经典之城

苏州人文经济发展三部曲

章剑华 著

江苏人民出版社

图书在版编目（CIP）数据

经典之城：苏州人文经济发展三部曲 / 章剑华著.
南京：江苏人民出版社，2025.7. -- ISBN 978 - 7 - 214
- 30540 - 4

Ⅰ. I25

中国国家版本馆 CIP 数据核字第 20251Y96U5 号

书　　　　名	经典之城：苏州人文经济发展三部曲
著　　　　者	章剑华
责 任 编 辑	强　薇
特 约 编 辑	朱云霏
装 帧 设 计	薛顾璨
责 任 监 制	王　娟
出 版 发 行	江苏人民出版社
地　　　　址	南京市湖南路 1 号 A 楼，邮编：210009
照　　　　排	江苏凤凰制版有限公司
印　　　　刷	南京爱德印刷有限公司
开　　　　本	652 毫米×960 毫米　1/16
印　　　　张	34　插页 16
字　　　　数	478 千字
版　　　　次	2025 年 7 月第 1 版
印　　　　次	2025 年 7 月第 1 次印刷
标 准 书 号	ISBN 978 - 7 - 214 - 30540 - 4
定　　　　价	98.00 元（精装）

（江苏人民出版社图书凡印装错误可向承印厂调换）

太湖晨曦

拙政园秋彩

乘风破浪

沪苏通长江公铁大桥

中欧班列

太仓港全景

京沪高铁

太湖新城

俯瞰相城

城市之心

渭塘珍珠

西部文体中心

运动乐园

幸福生活

城市生命体

　　"上有天堂下有苏杭，苏杭都是在经济发展上走在前列的城市。文化很发达的地方，经济照样走在前面。可以研究一下这里面的人文经济学。"2023年全国两会期间，习近平总书记在参加江苏代表团审议时提出了"人文经济学"这一重要课题。2025年3月，习近平总书记在参加江苏代表团审议时进一步强调要"以文化赋能经济社会发展"。

　　苏州是中国东部的一个城市，以其丰富深厚的文化底蕴、优美宜居的自然环境、蓬勃发展的经济活力，成为江南地区经济发展与文化繁荣的缩影，展现出传统文化与现代文明的交融共生，演绎着人文与经济的双向互动，为研究人文经济学提供了最具代表性的成功案例和富有启示性的实践样本。

　　苏州的故事，既是一部古城的复兴史诗，更是一幅人文经济协同发展的美丽画卷。正如央视一档节目中对苏州作了这样的评价：

　　苏州，一座东方水城，让世界读了2500年，她是世界读懂中国、读懂江南的"最美窗口"，她用古典园林的精巧，布局出现代经济的版图，她用双面绣的绝活，实现了传统与现代的对接。我们相信，在苏州，人文与经济，可以双向奔赴；开放与创新，必将引领未来。

是的，对于苏州这个案例和样本，我们完全可以把她当作一个城市、一个地域来进行多方面考察，作出全面的总结，并上升到理论的层面，概括出她在人文经济方面的重要经验和发展逻辑。

但是，在我看来，苏州作为一个千年古城，这里的人民、建筑、传统和自然景观，都赋予了苏州独特的生命力，使得这个城市如同一个有呼吸、有情感的生命体，或者干脆说她就是一个人。著名学者余秋雨写过一篇文化散文《白发苏州》，运用拟人这一修辞手法，将苏州比作一位2500岁的"白发"老人，既表现出苏州的历史悠久，也暗示了作者对这座城市未来发展的关切。而我最近去了苏州，看到的苏州并不是老态龙钟，并没有白发苍苍，而是那样生机勃勃，那样充满活力。无疑，苏州还是一个蓬勃的青年，想必还是一个永远的青年。

真的。那天我去了苏州，第一次登北寺塔。在方丈的引导下，我沿着狭窄的石阶拾级而上，每一步都仿佛踏在历史的脉络上。塔内的砖石透露着古朴的气息，墙壁上隐约可见岁月留下的斑驳痕迹。随着高度的攀升，塔外的声音渐渐远去，只剩下自己急促的呼吸声。

终于，我登上了塔顶。凭栏远眺，苏州城尽收眼底。近处，古老的街巷纵横交错，犹如一幅细腻的水墨画。粉墙黛瓦的民居错落有致，在阳光的照耀下，泛着柔和的光泽。那蜿蜒的小河，似一条丝带，穿城而过。远处，林立的高楼展现出苏州这座城市独特的魅力。尤为显眼的是，工业园区的现代建筑在蓝天白云的映衬下，彰显着城市的活力与繁荣。

微风拂过，带来一丝淡淡的花香。那是苏州特有的味道，融合了历史的厚重与生活的烟火气。此刻，我仿佛融入了这座城市，与她的过去、现在和未来紧紧相连。

在北寺塔上，我看到了苏州的前世今生。她既有古老的传承，又有现代的创新；既有宁静的水乡风情，又有繁华的都市景象。

这座城市，就像一部厚重的书卷，每一页都写满了故事，每一个角落都散发着魅力。

这座城市，更像一个生机勃勃的生命体。那些高低错落的新老建筑是她的骨骼，而城市里的小街、小巷、小河似一根根细微的血管，城中的园林则似心脏与肺腑。春风细雨中，覆盖城市的树木，透露出清新的色彩，发出的声音如吴侬软语般轻柔婉转，格外的亲切。

　　当然，我所看到的，还仅仅是她的形象。而她作为一个生命体，自有其生命和成长的法则，更有其性格、灵魂和精神。而这些，我还知之甚少。于是，我试图把苏州当作一个生命体来深入观察，进一步接近她、认识她，与她交个朋友，进而深入地了解她生成和成长的过程，这样也许可以窥见这座城市隐藏于人世间的秘密，进而更能总结和揭示这座城市的密码——人文经济的宝贵经验，以及她的历史足迹与发展规律。

　　如是，这便成为她的一部传记。

目　录
CONTENTS

上部

PART ONE

人文之光

时光不会倒流，历史可以回望。

翻开 2500 多年的历史篇章，从春秋伍子胥建阖闾大城迄今，苏州城一直保持着"水陆并行、河街相邻"的双棋盘格局。与之相应的是，经济与文化相向而行、水乳交融，在华夏文明的长卷上熠熠生辉。

放眼中国，有许多历史悠久、文化底蕴深厚的城市，也有许多土地富饶、经济发达的城市。而像苏州这样"文化很发达，经济照样走在前面"的城市并不多见。这里，早在农耕文明时期，文脉赓续，弦歌不绝，小桥流水与鱼米之乡浸润着中国历史上人文经济的江南意韵。这里，自唐末至明清，经济繁荣，文化昌盛，名家辈出，拥有丝织、造纸、造船等高度发达的手工业；以苏绣、玉雕、园林等为代表的苏工、苏作以及海外贸易蓬勃兴起，成为驰名中外的江南经济文化的中心之城。

文化与经济的融合发展，是历史的选择和时代的必然。从根本上说，文化是由经济决定的，而经济的力量又为文化提供发挥效能的物质平台。灿烂优秀的传统文化，以润物细无声的方式反哺了经济社会的蓬勃发展。在此过程中，经济与文化总是印证着彼此生发和螺旋式上升的发展规律，并悄然推动了人文经济学的历史生成。

苏州这座生生不息的历史古城，无疑是中国人文经济长河中的澎湃源流。

第 一 章

CHAPTER

ONE

———————

何以姑苏

"太湖三万六千顷，月在波心说向谁。"

这诗句中的"三万六千顷"，应该是个大约数，太湖实际的湖面面积为2578平方千米，水域面积为2338平方千米，湖岸线全长393.8千米。

太湖位于长江三角洲的南缘，古称震泽，最早见于《尚书·禹贡》"三江既入，震泽底定"。相传大禹治水时，将太湖命名为震泽。太湖又名五湖，在中国五大淡水湖中位居第三。

1984年，文物工作者在太湖三山岛发现了12000年以前的旧石器和古脊椎动物化石。从此，三山文化、太湖文明露出了水面。

约1万年前，太湖地区由众多的小湖泊和小石山组成。随着海水涨落，春夏之际，太湖地区还是一望无际的汪洋，秋冬海水退去，便成为杂草丛生的沼泽之地。随着时间的推移，经过海侵、海退，这里大大小小的湖泊逐渐连成一片，形成了如今的太湖。在这片辽阔的水域上，有许多岛屿。这些小岛绿树成荫，宛如一颗颗璀璨的翡翠点缀在太湖之中。其中的三山岛，位于苏州城西南约50千米的太湖之中，因一岛三峰相连而得名，面积约1.6平方千米。

那是自然力与人力对峙的洪荒时代。生活在三山岛上的先民，并不如我们现在想象的那么不堪。他们在春夏季节外出采摘果实、捕鱼狩猎，过得逍遥自在，食物也较丰富；到了寒冬季节，他们蜗居在山洞里，披着长发、裹着兽皮，三五成群地围在一起，抱团取暖，抵御难以忍受的严寒。好在他们早有准备，在山洞内贮存了之前从树上采摘而来的果实和捕猎获取的鱼肉。洞内还堆满了大大小小的石块，以及晒干了的树枝树干。这些既是他们的劳动工具，也是他们的防身武器，随时用来与其他凶猛的动物进行搏杀与战斗。

在激烈的战斗中，石块并不那么便于使用，杀伤力也不够大。于是，先民们把先前选择好的大小不一、凹凸不平的石料放在地上，然后用粗糙笨拙的手握住一块坚硬的石头，去捶击和打磨地面上的石料，使之更加轻便和锋利。无意中，捶击石块时迸发出来的火星溅落到旁边干燥的枯枝枯叶上，刹那间燃烧起来，形成一团熊熊烈火，顷刻间照亮了黑暗的山洞，也烤熟了存放在旁边的鱼肉。就是这样的偶然，让先人们感受到了温暖和光亮，也品尝到了熟肉的香味。

于是乎，星星之火照亮了三山岛。

三山岛虽无高峻巍峨之态，却有层峦叠嶂之姿。逶迤铺展，舒起缓伏，苍山碧水，景色如画。古代诗人这样赞美道：

> 长圻龙气接三山，泽厥绵延一望间。
> 烟水漾中分聚落，居然蓬莱在人寰。

三山岛成为先人理想的居住之地，而浩瀚的太湖水，孕育了大量的鱼类，这为早期人类创造了必要的生存条件。

比起水稻栽培，人类捕鱼的历史不知要早多少年。在农业文明形成以前，人类经历了一个以采集、渔猎为生的时代。特别是在水乡地区，渔猎在人类的生活中具有更为重要的意义。从太湖三山岛旧石器文化遗存来看，先民过着一种以渔猎为主、采集为辅的生活。即使到了新石器时代、原始农业已经出现的情况下，渔猎经济仍很发达。

那时三山岛的居民过着优哉游哉的生活，而发生农业革命后，他们的这种生活被打破。正如《人类简史》所描述的，大约1万年前，人类把多种野草中的一种驯化为小麦，但其实是小麦驯化了人类，为其所用，从早到晚为种植小麦忙得焦头烂额，整天被束缚在土地里，让农民过着比采集者更辛苦、更不满足的生活。

话说远了，回过头来说三山岛。在这里，无论是人们的生产劳动还是日常生活起居，似乎一切的一切都跟水有关系。小麦是旱作物，种得少。主要的农事活动是种植水稻，从下稻种、拔秧苗到莳秧、耥稻，每道工序都需要水。养鱼、捕鱼、养鸭、养鹅、采菱、采莲、种藕等，无一不与水有着密切的关系。

鱼儿离不开水，人也离不开水。

如果说，火是人类进程中的希望之光，那么，水就是人类发展的生命摇篮。正是太湖之水养育了这块土地上的先民，让他们繁衍生息、生生不息。

据《尚书·禹贡》载，虞夏之际，太湖列扬州之境，当时有部落陶臣氏、乌陀氏、鸿蒙氏和若簌余氏游居于太湖一带，因助夏禹治太湖水患有功受封赐，其中若簌余氏居地为今苏州一带，封为吴。

吴，也许是先人给太湖地区留下的最早落款。

吴由鱼字演变生发而来。鱼是这块古老土地上的先人依赖的食物。鱼米之乡，鱼在前，它与米饭一起为先人提供了生存的基本保障。

在吴文化博物馆里，展出了一只出土陶罐，上面的鱼纹图案，寥寥几笔，刻画出一个古老的"吴"字。这个"吴"字也被这块土地上的人们读为"鱼"。

吴鱼不分，吴地之称由此而来。

时空之门

　　苏州城东隅，阳澄湖南岸。有一座山，其实不是山，一个土墩而已，但它确实叫山，名曰"草鞋山"。据清代《元和唯亭志》记载，"枕阳澄湖滨，形如草履"，山因此而得名。

　　虽然早已有名，但在很长的时间里，它隐姓埋名，沉寂了许久，成为一片荒芜之地。直到 1956 年 6 月的一天，南京博物院一名考古工作者在苏州作考古调查，首次路过这里，他向草鞋山匆匆一瞥。

　　一瞥惊鸿。他与同事们随即在这里作了简要的考察，发现草鞋山面积约 1 万平方米，北半边稍高，南边低平，最高处约 15 米。顶上是明、清和近代墓葬的集中地，有许多砖券已露出地表，北面和东西面都有断崖……

　　他们初步判断，这座山不是自然的造化，而是人为堆积而成的，山下可能隐藏着文化层。

　　文化层，亦称"文化地层"，是由人类活动留下的痕迹，及其遗物和有机物所形成的土层堆积。在考古田野调查过程中，文化层是判定遗址价值的最重要依据。所以，文物工作者对此特别敏感，并且予以高度重视。

　　一年后，这里被正式命名为草鞋山遗址。由于种种原因，没有立即开展发掘工作，这里又沉睡了整整 15 年。

　　然而，考古工作者并没有遗忘这里。1972 年至 1973 年，南京博物院在吴县文物部门的协助下，对草鞋山遗址进行了第一次发掘。

一场横跨千年的历史叩问由此开始。

开始发掘那天，天空仿佛被泼洒了翻滚的黑色液体，沉甸甸的云层几乎触手可及。突然间，雨点不由分说地砸向大地。大雨如注，造成了山坡小范围塌方，为考古工作带来了一些困难。

文物有灵。没过多久，大雨戛然而止，天空一洗铅华。阳光透过洗净的天空，洒下金色的光辉，照在经过雨水洗礼的草鞋山上。考古工作者立即投入发掘工作，很快就有了意外的收获，一件高30厘米左右、内圆外方、通体泛黑的玉琮呈现在大家面前。

在场的文物工作者顿时惊喜不已，对这一遗址深藏的秘密充满了期望。

期望变成了现实。草鞋山遗址的首次考古发掘，就发现了从马家浜文化到崧泽文化再到良渚文化三个叠压的土层。

大家知道，马家浜文化遗址于1959年首次在浙江嘉兴马家浜被发现，距今约7000年至6000年；崧泽文化遗址于1957年在上海市青浦区赵巷镇崧泽村被发现，距今约6000年；良渚文化遗址于1936年在浙江省杭州市余杭区良渚镇被发现，距今约5300年至4300年。

这三个文化遗址是太湖流域史前文化的源流与代表。而草鞋山遗址一地托三家——保存了马家浜文化、崧泽文化、良渚文化的三个重要发展序列。

据文物专家介绍，草鞋山遗址的文化堆积厚度达11米，可分10层，是我国古遗址文化层堆积最厚的一处，在世界也属罕见。从地层叠压关系可以看出草鞋山遗址各层分属不同的文化时期，其先后次序是：第10、9、8层为马家浜文化，第7、6、5层为崧泽文化，第4、3、2层为良渚文化，并直接进入春秋时期的吴越文化。

这个序列，从新石器时代较早阶段开始，到太湖地区早期国家的繁荣阶段，几乎跨越了太湖地区、长江下游先秦历史的全部编年，再现了江南史前人类历史的发展史。

这是一幅埋藏于地下的完整的历史长卷，或者说是江南地区历史发展的一部完整"地书"，在考古学上具有里程碑式的意义。

这一遗址的意义越大，给当地人带来的遗憾也就越大。此话怎讲？在他们看来，草鞋山遗址比马家浜文化、崧泽文化的发现时间早，比良渚文化的命名时间也早两年。如果在发现草鞋山遗址的当年就进行发掘工作，如果发掘报告早日出笼，这里也许可以命名为草鞋山文化，这样，太湖流域乃至江南地区六七千年前的史前文化就可以直接冠之以"草鞋山文化"之名了。

"如果"没有意义，"结果"并无遗憾。在之后的 50 年时间里，草鞋山遗址共经历了 8 次发掘。随着发掘的一步步深入，一幅 6000 年前的文明图景渐次展开：

草鞋山遗址第十层出土了梅花鹿、四不像、野猪、牙獐和水牛等种类众多的动物遗骨，从这些遗骨中，我们似乎看到了六七千年前草鞋山一带的原始森林，这里河流、湖泊、沼泽纵横交错，动物在森林中奔跑；芦苇在湖荡里摇曳，鱼儿在河流里追逐……

草鞋山遗址中发现了柱洞、木桩和木板。有的木桩下面垫有木板，木桩周围还有一些烧土块、草绳、草束、芦席、篾席等。其中一处由 10 个柱洞围成一个椭圆形的地基，面积约 6 平方米，这显然是茅草房子的平面布局。这让我们依稀看到一块较为平坦而宽阔的地方，坐落着一个个低矮的木架土墙茅草棚，有门而没有窗户，时而有人从门中进出……

在草鞋山地层中，不仅发现了六千年之前的两种不同的稻种：粳稻和籼稻，并能按照不同的生长期分别栽种。遗址中还发现了稻田里的水沟和水坑，其供水来源一是水井，二是水塘。这种水稻种植技术和水田供水方式已十分先进。从中我们仿佛看到先民们在阳光下赤膊劳动，有的在开沟引水，有的在平整土地，有的在弯腰莳秧……

在遗址中还首次在史前墓葬中出土了玉琮，堪称中华第一玉琮。同时还发现了三块炭化的纺织物残片，这是我国出土的最早的纺织品实物。织物是用野生葛编织而成的，花纹为山形斜纹和菱形斜纹。这让我们想象出这样的场景：

茅草棚的门敞开着，一位穿着带花纹衣服的女人，坐在棚内纺织着花式葛布；棚外，她的孩子们正在附近的水塘里捕捉鱼虾；不远处，一头水牛在吃草；不一会儿，她的丈夫打猎回家，肩上扛着一头并不太大的野猪，身后跟着一条狗……

这些场景，还原了史前江南面貌。这种还原，并非仅仅是一种猜想，而是有草鞋山的遗址和遗物为实证。它无疑是太湖流域的先民走向文明的缩影。因此，草鞋山遗址顺理成章地成为江南史前文化的标尺。

如今的苏州人显然认识到了草鞋山遗址的重要性，他们似乎一下子解开了困惑已久的一个问题：我们从哪里来？为此，苏州市、县有关方面在这里规划建设草鞋山遗址公园，面积约 4 万平方米，核心区有主题展厅、古水稻田场景复原、考古工作站等，还原了 6000 多年前，草鞋山的先民们依水而生、农耕劳作、建造房屋、纺麻缝衣的景象，好一派江南史前文明的亮丽风景。

自草鞋山遗址公园开放以来，成千上万的人来此参观。踏进公园的大门，首先映入眼帘的是模拟先民们建造房屋的工艺——用"木骨泥墙"制作而成的"时空之门"。门不大，也不高，但它给人们打开了无限的时空想象。

穿越时空之门，人们可以从这里寻觅 6000 多年前的草鞋山，回望先人们走过的漫长历史。

先人从草鞋山走出，苏州从历史中走来。

土城初成

　　我国古代先民最早建国于黄河流域一带，他们以为自己居天下之中，故称"中国"。居住在"中国"的人称为"夏族"。居住在"中国"以外的土著人则称为"蛮夷"。

　　4000 多年前，中国历史上建立了第一个奴隶制国家——夏朝。按照恩格斯的观点，国家是文明社会的高度概括，故而，夏朝的建立标志着中华文明的肇启。

　　当时天下定为九州。江苏地区在徐州、青州、扬州区域之内。由于徐州、青州、扬州都在"中国"之东，居住在这三个区域的土著人也就称为"东夷"。

　　这一时期，在黄淮下游至江南一带，先后兴起了许多大小不等的国家，因处在中原王朝之东，故称"东国"，其中比较著名的部落有：留、大彭、倡、薛、邳、徐、吴、宜、干等。

　　吴即吴地，大约就在今天的江南一带。这里湖面宽阔、河流纵横、水系发达，在史前已经有"鱼"有"米"，但只是极其低水平的"鱼米之乡"。先人们在这片广袤无垠的土地上从事渔猎和农业等生产活动，辛勤劳作，繁衍生息。他们崇拜自然神和祖先，重视祭祀活动，奉鸟为图腾，擅长射箭，且长期保持着断发文身的习俗。那时，吴地已有比较明确的王位世袭系统和相对稳定的统治范围，基本具备了早期国家的雏形。

到了 3000 多年前的商末周初，我国仍处于奴隶制社会。这一时期，中原大地各国相互争夺、征战杀伐，成为结盟与背叛、权谋与冲突的政治舞台。

于是，中原地区的商王野心勃起，筹划削弱诸侯国势力，而周国首领古公亶父并非等闲之辈，他采用联姻的方式，争取到其他部落的支持，以图周国强盛。

古公亶父有三个儿子：长子太伯（又称泰伯）、二子仲雍、三子季历。依照礼制，身为长子的太伯拥有君位继承权。但是，古公亶父知道三子季历的儿子姬昌有圣德，就想传位给季历，再由季历传位给姬昌。

知子莫若父，同样，知父莫若子。太伯和仲雍知道父亲的意图后，暗中商讨对策。史书上说，他们商量后决定主动让贤，成全父亲和弟弟。于是，他们带领一部分族人，背井离乡，长途跋涉，越秦岭，过汉江，辗转曲折，一路沿长江东下，寻找安身立命之处，最后来到了吴地的梅里，见这里人烟稀少，土地广阔，更有朴实厚道的土著居民，于是就占卜定居。他们入乡随俗，断发文身，与当地人友善相处。

当地人觉得太伯有德有义，便追随归附于他，并拥立太伯为当地的君主，尊称他为吴太伯。

关于太伯奔吴的缘由，有多种说法，有人认为太伯并不是主动让贤，或许是用一个体面的理由自我放逐，或许是发动政变之后被驱逐。对于太伯奔吴的到达地，也有人认为，并不是今天的无锡梅里。这些都有待于进一步的考古发掘和科学论证。

但不管何种说法，确有太伯奔吴之事发生。太伯和仲雍在太湖之滨从长计议、依从民俗、繁衍生息。他们把先进的中原文化移植于此，与当地荆蛮文化相融合，建立社会秩序，改良民风民俗，大力发展农业生产，并在这里建立了封建奴隶制政权——号勾吴，后称吴国。

太伯建立勾吴，为部族之长。他有责任保护自己的族民，保护自己的土地。为此，他做的第一件大事就是筑城。有记载：

> 泰伯城。太伯筑城于梅里平墟，周三里二百步，外郭三百余里。

所筑之城，皆用夯实的泥土垒墙，故称之为"土城"。根据考古发掘，城址在今无锡市胡埭镇湖山村和常州市武进区雪堰桥镇之间，周长约 1.5 千米。史称"泰伯城"三百余里，应该指的是勾吴所管辖的范围。

"人民皆耕田其中"。吴地民众就在这土城之内生产生活。君位也一代一代地传下去。传到太伯 19 世孙寿梦时，部族不断壮大，人口不断增加，这小小的土城已不适应部族的发展，扩大城郭迫在眉睫。

寿梦胸怀壮志，雄心勃勃。他看到，当时的局势乃弱肉强食，小部落常被大部落打败，总是处在被吞噬的危险境地，遂决心扩展吴国的地盘，壮大自己的部族，以抵抗大部族的侵犯，确保吴地族群的安全。

按周朝的制度，部族是不能称王的，而寿梦冒天下之大不韪，大胆称王。称王后，寿梦随即大量招募勇士，组织和训练兵丁，不断提高自己的实力，打败了周边的几个小部族，将其纳入自己的版图。之后，他又向南边巡视，来到今苏州一带，见这里地势开阔、土地肥沃而平整，便决定"始别筑城，为宫室于平门西北二里"。与此同时，寿梦为振兴勾吴，广揽人才，建都亭，开设招贤馆，招募四方贤士为勾吴所用。从筑城到建都亭，勾吴向南方不断扩展，逐步扩大地盘。

公元前 561 年，寿梦去世，由长子诸樊继承王位。诸樊受到父亲的影响，继续向南方扩展。公元前 560 年，诸樊迁都于姑苏，城周十二里，约在今苏州城中部乐桥东北一带。

城虽不大，且仍为土城，但可谓苏州之"先城"。

韬光养晦

"先城"筑成 10 多年后，诸樊死去，由二弟余祭即位。余祭死，由三弟余眛即位。余眛死，按照祖制，王位应当是兄终弟及，由季札即位，但季札决定让位。按理，应由诸樊的长子姬光即位，但王位却传给了余眛之子姬僚，史称"吴王僚"。

这引起了姬光的不满，但他不露声色、藏其锋芒，暗暗积蓄力量，只待时机成熟，一剑封喉，夺取王位。

时在春秋战国，楚国发生内乱。楚平王听信奸臣的谗言，将太子建的师傅伍奢及其长子伍尚杀害，并派人追杀伍奢次子伍子胥。

伍子胥闻讯后开始逃亡，一路经过楚、宋、陈、郑等国，后由郑国奔吴，在友人的帮助下，摆脱追兵，一直逃到吴国都城梅里。

梅里城西，水陆闹市。一边是阔地平场，条条窄巷，乱石铺路，宅屋错落；一边是河湾水港，水色青青，许多木船靠在岸边。在河道狭窄处，有一座石桥横跨河上。

一天，伍子胥在土城里奔走，来到石桥上，无意间遇到一位占卜先生。正要擦肩而过时，占卜先生回过头来，一把拉住伍子胥，毕恭毕敬地行礼道："我看你面相，定是当世豪杰。"

伍子胥不禁一惊，连忙避让道："我是个乞丐，流落街头，你别笑话我了。"

占卜先生见周边有人，便将伍子胥拉到一旁说："你虽为乞丐，但英姿傲骨尚存，气度不凡，目光更是炯炯有神，想必胸怀鸿鹄之志，这绝对瞒不住我的眼睛。"

伍子胥连忙摇头道："我哪有什么鸿鹄之志，现在只想吃顿饱饭而已。"

"那好，我请你吃饭。"占卜先生不由分说地拉着伍子胥，来到了桥头的酒馆，在一个小包间里相对而坐。点过酒菜后，占卜先生压低声音道："听说楚国忠臣伍奢被满门抄斩，唯有次子逃过一劫，敢问你就是伍子胥吗？"

"不不不，不是。"伍子胥连连摇头，顿时满脸忧伤，再也说不出话来。

"你不说我也知道了。"占卜先生肯定道，"我相人无数，看你相貌，不用占卜，便知你非平凡之辈，将来定能大展宏图、建功立业，留名青史。"

伍子胥苦笑道："我如今穷困潦倒，丧魂落魄，不敢有半点奢望。"

占卜先生微微一笑，凑近轻声说道："实不相瞒，我并非占卜之人，而是公子姬光的门客被离，近来受公子吩咐，乔装打扮，走街串巷，寻访伍子胥。"

"那你一定是看错人了。"伍子胥颇为忐忑，不露声色道，"先生不必在这里耽误时间，还是抓紧寻访去吧。"

"不，此人远在天边，近在眼前。"被离诚恳道，"今日相见，绝非偶然，乃是天意，天将降大任于斯人也，机不可失，时不再来，请将军三思。"

将军？伍子胥心有所动，长叹一声道："先生称我为将军，让我惭愧不已。实不相瞒，子胥父兄被害，无奈流浪至吴国，大仇难报，又恐贵国不容，走投无路。"

"那我直言相告。"被离道，"吴王僚当然不会接纳您，但公子姬光爱才心切，仰慕将军已久，欲与您共谋大事。"

"此话怎讲？"伍子胥试探道。

被离分析道："吴王僚乃窃占王位，公子姬光颇为不服，一心想夺回王位，但如今他势单力薄，急需有智勇者助之。所以，他得知您已来吴国，便命我到处寻找，找到后邀请将军进府。"

伍子胥将信将疑，举杯问道："当真？"

"当真。"被离如实道来。

"恭敬不如从命。"伍子胥说，"那就听先生安排吧。"

两人碰杯，一饮而尽。

当天晚上，公子姬光在府中接见了伍子胥。

伍子胥向公子姬光礼拜道："承蒙公子宽容，接见我于危困之际，真是三生有幸！"

"免礼免礼。"姬光微笑道，"久闻将军大名，今日相见，乃是我的荣幸，将军请坐。"

伍子胥坐下，谦逊道："我现在是逃亡之人，还望公子关照与指教。"

"将军太过自谦了。"姬光道："您雄才大略，我结识于您，相见恨晚，请不吝赐教。"

"岂敢岂敢。"伍子胥拱手道，"若公子看得上我，我愿留在府上为公子效劳。"

姬光高兴道："那太好啦。将军留在府中，大事可图。"

是夜，两人相谈甚欢。伍子胥对姬光的用意心领神会，承允竭尽全力。

就这样，伍子胥投于姬光门下，甘当他的谋士。几年中，伍子胥结交了要离、孙武、专诸等好友，并一一介绍给了姬光。急需人才的姬光，像对待宾客一样对待他们，并都委以重任。

公元前 516 年，楚平王死了。这年春天，吴王僚趁着楚国办丧事的时候，派他的两个弟弟公子盖余和属庸率领军队，包围了楚国的潜城，并派延陵季子到晋国，观察各诸侯国的动静。而楚国早有防范，出动军队，断绝了吴将盖余、属庸的后路，吴国军队被断了回路，迟迟不能归还。

这正是千载难逢的机会。公子姬光急忙找来伍子胥、孙武、专诸等商议。孙武当场献上了自己撰写的军事著作——《孙子兵法》，共 13 篇，并劝说道："攻人用谋不用力，动武斗智不失机。公子乃先君之子，现又季札在外，趁机行动，就在当下。"

伍子胥则建议道："欲打人一拳，须防人一脚。公子当派一心腹门客潜伏在吴王僚的内宫，掌握其动向。乘他高兴时，邀请吴王前来府上赴宴，宴间伺机将他置于死地。"

真是英雄所见略同。孙武、专诸当即表示赞同。

公子姬光闻之喜形于色，转而思忖道："吴王僚生性谨慎多疑，如若请他赴宴，必会前呼后拥，卫士环身。到时，兵器如何带进去，却是个大问题。"

孙武说："我有一个方法，到时将短刃藏于鱼腹之中，只等靠近其身，便可掣刃而出。"

"这是个好办法。"姬光连连点头，并命人从室内取出一剑，长九寸，剑柄占了其长度的三分之一。他持剑介绍说，"此剑为越国欧冶子所造。当时所铸，共五把，各有其名。越王允常即位时，为密切与吴国的关系，将其中三把剑献于吴国。我手中之剑，便是三剑中的一把。父王当年将此剑赐给我，我一直藏于身边，如今正可派上用场。"

伍子胥和孙武分别仔细看过姬光手中的这把剑，啧啧称赞道："果真是把好剑！"

专诸则请求用剑一试，只听得"铮"的一声，将青铜制造的蜡台削去一块，而手中之剑竟是丝毫未损。

姬光得意道："此剑既是好剑，更是宝剑，近日常常在夜间熠熠发光，难道是欲待勇士持之以扬威吗？"

专诸领悟道："吾虽为布衣之身，但素仰勇士之风。承蒙公子厚待，今甘愿为公子赴死，刀山火海，在所不辞！"

"好！一言为定。"姬光随即布置道，"此事宜快不宜迟，我早已派人潜伏在吴王僚的内宫，得知他因前方战局不利，意欲让我助之。我不妨于近日设宴招待吴王僚，向他请命赴战，料他不会推辞。"

众人点头称是，并一起仔细商量宴请之事，决定冒险一搏。

果然，吴王僚接到请帖，正中下怀，一口允诺。

三天后，公子姬光在地下室埋伏身穿铠甲的武士，在厅堂里准备了丰盛酒席，宴请吴王僚。

那日上午，晴空万里无云，风和日丽，一切如常。吴王僚在众多卫士的簇拥下，起驾前往公子姬光的将军府。王宫卫队的士兵手持坚盾长戟，沿街布防，从王宫门前排到将军府内。可谓是警卫森严，防范严密。

姬光站在府第门口，热情迎接吴王僚。两人见过面，有说有笑地进了厅堂。吴王背后站着身材高大的卫士，手中紧握剑柄，目不转睛地守护左右。

面对丰盛的酒席和姬光的热情，吴王僚烦恼顿消，纵情畅饮。酒过三巡，姬光见吴王僚已有几分醉意，便告之道："吾近日足疾复发，顿觉疼痛难忍，请求离席片刻，回室内敷以药物，马上回来陪陛下痛饮。"

身边有美女相伴，吴王僚兴致甚高，便爽快道："但去无妨。"

姬光假装步履艰难的样子缓缓起身，离开酒席，一瘸一拐地走向内屋。

一到内屋，姬光迅速进入地下室，见在这里等待的专诸一切准备就绪，便使了个眼色，让其立即行动。

专诸熟练地端起盛着一条大鱼的盘子，低着头走进了厅堂。当靠近吴王时，吴王僚看了看他，和颜悦色地问："你就是将军府中新来的庖人？"

"回禀陛下，正是小人！"专诸绷紧的神经稍有放松，一边回答一边把盛着鱼的盘子放到桌上说，"我家住在太湖边上，自幼家父教我做菜，尤善炙鱼。"

吴王僚看着盘中的大鱼，的确色泽诱人、香气扑鼻，急欲品尝。

说时迟，那时快。专诸迅捷地从鱼腹中拔出一把利刃，使出浑身力气朝吴王当胸刺去。只听"噗"的一声，短剑穿透吴王胸膛。吴王随即倒在了席位上。

这时，卫士们才反应过来，将戟同时搠向专诸。专诸无法反抗，只得将自己的身体紧紧压在吴王僚的身上，与吴王同归于尽。

此时，厅堂陷入一片混乱，呼喊声此起彼伏。躲在内室的姬光闻声而动，立刻带着私甲从里面冲了出来。

外面，伍子胥也得到吴王被刺的消息，领着孙武、要离等一千余人，从旁边的小巷里持械而出。

公子姬光与伍子胥内外相应、合兵一处。王宫卫兵乱了阵脚，有的反戈一击，有的仓皇逃窜……

什么叫韬光养晦？姬光也。他在伍子胥等人的辅助下，不露声色，等待时机，最后用专诸的鲜血换来了他向往已久的王位，自号阖闾，并定当年为阖闾元年。

择地建大城

阖闾称王后，继续韬光养晦，口不贪嘉味，耳不乐逸声，目不淫于色，身不怀于安，并广罗人才，任贤使能，施恩行惠。他任命伍子胥为宰相、孙武为将军，常常在一起谋划国事。

一日，阖闾对伍子胥说："吴国偏僻，远在东南之地，又有江海潮汐之患，国无所御，民无所依，仓库不设，田畴不垦，无以示威邻国。你有什么办法吗？"

伍子胥思之良久道："臣闻治国之道，安君治民，是为上策。"

"怎样才能安君治民？"阖闾迫不及待地问，"你具体道来。"

"夫霸王之业，当定内而攘外，以近而制远。"伍子胥侃侃而论，"城，国之依也。吴国当务之急，必先建城郭，设守备，实仓廪，治兵库，使内有可守，外可应敌。"伍子胥胸有成竹地提出了一套建城之策。

"好！"阖闾拊掌赞同，并欣然道，"寡人委命于夫子，由你全权负责筑城之事，不拘人力、物力，皆可按需调之用之。"

一个重大决策就这么敲定下来。

伍子胥自感责任重大，不敢有丝毫懈怠，决定相土尝水，象天法地，择地建城。

第二天一早，东方微白的天空开始泛起一抹淡淡的红晕，四周的一切在薄雾中若隐若现。伍子胥率领一帮能工巧匠，出发勘察去了。

他们从吴都梅里出发，向西北方向行进，发现一处地块，较为平整，经过初步测量，可以建城。伍子胥亲自仔细踏勘地形后对大家说："建城非小事，何况我们要建大城，所以要观察天之八风、地之八卦，注重地质、地貌和地势，尤其是掌握土与水的关系。而我观察这里的地形，多方尚好，但地势较低，湿气过重，在此建城，怕有弊端，须另择地方。"

随行人都表示赞同。伍子胥一行便调转方向，向西南部进发。又步行了两天，来到一地，经过踏勘，大家一致认为这里适合筑城，因为离太湖不远，水路通达，运输方便；周边为平原水网地区，水流向东，天旱有水补充，天涝容易排泄，旱涝可防。而不远处多山，建城时开采石料极为方便。

伍子胥仰观于天，俯察于地，亲自测量土地之高低，品尝水质之咸淡。然后，他登上一高坡，伫立良久，旷观远眺，视野顿时开阔，心胸为之一振，兴奋地对大家说：

"这里濒临太湖，平畴广阔，沃野良田，河道如网，水流通畅，且天地之气相和合，四时之气相交替，阴阳之气相和谐，实为天然形胜之地，筑城最佳之处。在此建城，必定百物丰盛、百姓安康、吴国兴旺。"

同行人皆击掌欢呼："建城于此，吴国兴旺！"

回到梅里，伍子胥向阖闾禀报勘察情况，介绍所择城址的地理位置及环境，阖闾十分满意，当即表示赞同，并下令道："兴建大城，从速开工。"

而伍子胥知道，欲速则不达，必须做好充分准备才能开工。首先要制订规划，绘出图纸。他认为，城犹国也。所建之城，既要兼具政治管理、军事防御双重功能，以防止外敌入侵，保护百姓安宁，又要利于人口居住、集市贸易、促进经济。据此，伍子胥制定了建城规划，决定筑大、小两座城。大城在外，由民众居住；小城在内，由王居住，亦为大臣们商讨国事的重要场所。

规划制定好后，伍子胥又率领能工巧匠进一步勘察地形地貌，测量土层土质，在此基础上精心绘制了施工图纸。

一张宏伟的蓝图就此展开。

是年十月，秋意渐浓，金风送爽。一支支民工队伍浩浩荡荡地进驻工地，开始了大规模的筑城工程。

伍子胥任工程总指挥，带着几位将军驻扎在工地上，分段负责，及时调度施工队伍和所需物资，并督促施工的质量与进度。施工现场，各段都有能工巧匠组织施工，指导民工的施工技术与方法。

那时筑城，采用掘土为池、垒土为城的方法。池，护城河也。城，城墙也。把挖河的泥土堆积起来，逐层夯实，堆至一定高度，即为城墙。

但是，在太湖流域筑城就不那么容易了。这里水网密布，土地含水量高，挖出来的泥土非常潮湿，难以夯实，只能从远处将干土运来，这样工程量就大大增加了。

为了增加稳定性和牢固性，城墙下面很宽，逐步向上收缩，建成后的形状为斜坡形。筑城时，先按图纸画出地基，然后把地基一遍又一遍地夯实。这是基础，夯得越实越好。接着用木板将地基两边固定，中间填入泥土夯实。堆砌一层，夯实一层，如此反复进行，逐步增高到设计的高度。最后，在城墙顶上夯平为路，相隔一段建造一座亭子，为士兵守城瞭望所用。

如此浩大的工程，必然消耗大量的人力、物力。而且，民工们长年累月在工地干活，十分辛苦，还难免发生不测，有死有伤，使得民工常有怨气，甚至消极怠工。逢此情况，伍子胥总是来到现场，做民工的工作，告诉大家，筑城之事，大而言之，是防御外敌，保卫国家；从小处讲，也是为了民众安居乐业，发展生产，过上安宁稳定的生活，而且可以造福子孙后代。伍子胥还表示会给大家安排休息日，并改善伙食。伍子胥的一番话，消除了大家的怨气，民工们干活的积极性又高涨了起来。

伍子胥不仅安抚民工，自己也是身先士卒，日夜在工地奔波忙碌，时常与民工一道风餐露宿。同时要求将士不能欺压民工，并要求他们既要督促筑城进度，又要参与筑城事宜。

有一天，狂风裹挟着巨浪自城外汹涌而至，危及正在建筑的城墙。伍子胥与赤阑将军急急赶来。眼看城墙可能被冲垮，赤阑将军与兵士们奋不顾身地跳入水中，阻止风浪。城墙保住了，而赤阑将军不幸遇难。

几年后，城墙终于筑好，大城基本建成。

大城有多大？据史书记载："吴大城，周四十七里二百一十步二尺。陆门八，其二有楼。水门八。南面十里四十二步五尺，西面七里百一十二步三尺，北面八里二百二十六步三尺，东面十一里七十九步一尺。吴郭周六十八里六十步。"

大城城墙设有水陆城门8座：东南面为蛇门，西南面为蟠门、胥门，西北面为阊门、平门、齐门，东北面为娄门、匠门。除蛇门外，都建有水城门，并设有水闸，既可放船通行，也能阻水入城，皆为运输、生产和生活之需。城门的城墙上方建有城楼，有士兵站岗守望，观察城外动静，以防止敌人来犯。

大城不同于土城，不仅规模大了许多，而且在城墙内开挖了许多河道。据有关资料记载，当时城内主河道有7条直河、14条横河。零星的小河分布四方，不知其数。这些河道，有的要填没，有的要开掘，有的要疏通，并按照东南西北的方位，将河道拉成横河与直河。城内的河道，无论是从东到西还是从南到北，都与城外的大河相互连接，便于船只来往，成为城内外运输的主要交通网络。

古代居民皆择水而居。有了河道，就可以建造居民住宅。考虑到居民用水、出行和运输的需求，住宅依河道来布局，大都建在河道两岸，由此形成了"水陆并行、河街相邻"的格局。

城内街巷铺设道路，一般依据河道的走向和住宅的分布格局而修。大路通向八个城门，小路在大路两边分岔。分岔的小路再与大路相连，形成了四通八达的街巷布局，形似棋盘。

有河必有桥，有桥路才通。在建阖闾城时，同时建有许多桥梁，主要有：跨娄门外城河的娄门桥，跨齐门外城河的齐门桥，跨阊门内城河的里水关桥，跨齐门河的跨塘桥，跨城内第三横河支河的憩桥，跨城内第三直河的临顿桥……

从无到有，一座新城坐落在太湖之滨。

此城规模之大，相当于当时楚国的都城。因是阖闾所建，被称为"阖闾大城"。

大城既成。在伍子胥的周密安排下，选定大吉之日，吴王阖闾率领文武百官来到新城，举行隆重的开城大典和冬祭活动，然后，登上城楼俯瞰大城全景。

那天，冬雪初融，阳光普照，天地之间充满无尽的温暖和生机。吴王阖闾极目望去，只见城墙环抱、城楼高大、城门雄伟、城池宽阔，河道纵横、建筑迭起、街巷密布……

阖闾欣喜若狂，声如洪钟道："此乃大城也！"

"此乃大王之大城也。"伍子胥上前对阖闾说道，"城为国造，国因城强。国强，大王必成霸业；城兴，百姓安居乐业。"

"是啊！"阖闾慷慨激昂道，"大城雄起之时，便是吴国强盛之际。成就霸业，指日可待！"

城起城落

　　果然，阖闾大城建成后，吴国国力愈益强盛。公元前 512 年，强盛起来的吴国揭开了争霸的序幕。

　　吴国疆土四周西有强楚，北有晋齐，南有越国，强敌环伺。阖闾确立了先破强楚、再服越国的争霸方略，首先把矛头对准楚国，任命孙武为主将，采取分兵轮番击楚之策，频频攻楚于江淮之间，打得楚军一败涂地。

　　在骚扰楚国六年之后，于公元前 506 年，孙武率吴军 3 万，五战五胜，大败楚国 20 万大军，一直攻入楚国都城——郢都，迫使楚昭王仓皇出逃。

　　公元前 496 年，勾践继承越国王位。阖闾为解除后患，乘机攻打越国。越国则组成敢死队，集体自刎于两军阵前。吴国军队见之军心大乱。越军乘乱打开城门，闪击吴军。吴王阖闾在混战中身负重伤，兵败回到吴国。在临死前，他叫来了儿子夫差，告诫他一定要灭掉越国。

　　夫差继位后，立志要报杀父之仇，积极备战。两年后，吴王夫差任命伍子胥为大将，率领水军从太湖出发攻打越国。勾践也领了 3 万兵马，抢先占据太湖夫椒山，企图先发制人。吴军以逸待劳，迎击越军，而越军长途跋涉，以失败告终。

　　至此，吴国的霸主地位基本确立。

　　伍子胥却高兴不起来，因为吴王夫差不听劝谏，竟留下了越王勾践，把勾践夫妇和大夫范蠡三人软禁在石洞中，让他们穿着奴仆的破烂衣服，天天扫地喂猪，还要为吴王牵马开道。

而勾践为重振社稷，忍辱负重，表现得十分谦卑和恭顺。为了取悦吴王，越国向吴国进贡了大量粮食和布匹，还选了美女西施进献给吴王。吴王大悦，从此沉湎于酒色之中。

三年后，吴王夫差放勾践回国。勾践回去后，夜间睡在铺着柴草的地上，白天经常舔尝吊在房间里的苦胆，以此告诫自己不能忘记所受的苦难与屈辱，时刻准备灭掉吴国。

这就是"卧薪尝胆"成语的出处。

伍子胥听闻勾践的行为后，劝吴王夫差立即灭掉越国。但夫差根本听不进伍子胥的劝说，反而愈益疏远伍子胥，后来竟听信谗言，令伍子胥自刎。

之后，吴王夫差愈益骄横，一心做着称霸中原的美梦。公元前484年，吴军在文陵打败齐军后，夫差更加趾高气扬，而实际上此时的吴国，国力已经耗尽。两年后，夫差又一次打败齐国，便通知中原各诸侯到黄池会盟，明确宣示自己的霸主地位。

正在吴王夫差洋洋得意、弹冠相庆之时，忽闻越王勾践率军乘虚攻入吴国，杀死了吴太子。夫差得到消息后，急忙从北方撤军回国。吴国军队长途跋涉，劳累不堪，无法抵挡越军，只得以厚礼向越王勾践求和。

勾践已不是当年的勾践，他拒绝了吴王夫差求和的要求。公元前473年，越军攻破吴都，围攻夫差于姑苏山上。夫差穷途末路，欲仿当年勾践，向越王纳贡称臣，而勾践听从范蠡的劝谏，拒绝了夫差的求和。

夫差懊悔当初不听伍子胥之言，但为时已晚。他让人祭拜伍子胥，还交代身边人，待他死后，用白布遮住自己的双眼，因为他到了另一个世界后，羞于见到伍子胥。就这样，夫差在绝望之下伏剑自尽。

什么叫"刚愎自用"？吴王夫差之所作所为也。他葬送了自己，也葬送了吴国。

什么叫"卧薪尝胆"？越王勾践之所作所为也。他不仅复了仇，而且复了国。

越国攻克吴国之后，一把大火将吴王苦心经营的城池、宫殿、台苑焚烧殆尽。这些楼台宫馆，是阖闾、夫差时期先后建造起来的，以供自己寻欢作乐。主要有：

梧桐园，建在吴宫内，有前园和后园。园中大树参天，绿树成荫，范围甚广。

夏驾湖，建于吴趋坊西城下。名曰湖，实为游乐场所，是吴王避暑之地。

长洲苑，在大城西南山水之间。洲者，水中之陆居也；苑者，花园也。长洲苑就是在山水间建造的大型园林。

姑胥台，建于姑苏山上，三年乃成。台上建筑，珍材异木，饰巧穷奇，黄金之楹，白璧之楣，龙蛇刻画，灿灿生辉，其规模之大，构筑之用心，堪称极致。

馆娃宫，建于城西南木渎灵岩山上，同时建有响屧廊、玩月池，专供吴王与美女在此玩乐。

馆娃宫所在地
灵岩山寺旧影

吴王大造宫苑，不仅劳民伤财，而且中了越国的计策。因为建造宫苑所用木材，大多来自越国。越国有崇山峻岭，盛产贵重巨木，是建造宫苑的重要材料。越国向吴国进贡木材，表面是讨好吴王，实则是使吴国大兴宫苑，耗尽人力财力，并让吴王尽情享乐，沉湎于酒色之中，从而不理朝政，使国力日衰，进而达到灭吴之目的。

果不其然，吴国连年征战，又大兴宫苑，国力衰退。反之，越王勾践卧薪尝胆，积蓄力量，终于复国。

越王复国后，灭吴毁城，将吴地作为越国属地，对于在战火中破坏的城郭及苑园台馆，任其瓦砾成堆，杂草丛生，荒芜一片。

至公元前306年，越国为楚国所灭，吴地归属楚国。楚幽王时期，战国四公子之一的春申君受任为相，封江东，以吴为都邑。

春申君学识渊博、善于辞令，也勤于政事。他来到吴地，看到城墙残缺，宫殿被毁，满目疮痍，即着手筹谋修建城墙和宫殿。

春申君亲自筹集银两，组织人力，将破坏的城墙做了修理。他精于水利，经过踏勘，发现太湖的地势高于苏州，太湖水有灌城的危险，因而将水城门关闭。在修复的同时，春申君在子城旧址上建宫殿、筑厅堂，作为春申君之治所，后称桃夏宫。

至公元前221年，秦统一六国，建立了中央集权的君主制国家，并将天下分为36郡，在今苏州地区设立吴县，归属会稽郡。据史籍记载，始皇三十七年（前210年），南巡至会稽山，过吴地。从中可知秦始皇曾经到过苏州，但到过哪些地方，史书上无确切记载，而在民间，却流传着许多有关秦始皇的传说。

传说无从考证，但一件事是确切的，那就是秦始皇认为以后再无敌国之争，根本不需要城墙了，便下令全国，除首都咸阳城外，其余原诸侯国城墙一律拆除。此后，秦朝自统一全国至秦二世灭亡的15年间，阖闾城的城墙不复存在。

由于秦始皇施行暴政，反秦武装起义风起云涌。公元前 209 年，项梁、项羽杀会稽太守而自立为郡守，并起义反秦。公元前 207 年，秦亡汉立。

汉皇刘邦封堂兄刘贾为荆王，管辖吴地。他来到吴县后发现城墙已毁，便下令重建，但城墙重建后不久，刘贾被叛军所杀。刘邦亲征平叛，并调整荆国建制，建立吴国，封侄子刘濞为王。

刘濞英勇善战，屡建奇功。因为吴地山明水秀、风景宜人，刘濞对苏州怀有好感，心向往之。他到达吴地后发现，这里不仅环境优美，而且十分富庶，于是计划在此长期生活下去。他先把宫殿整修一新，并在城门外建了宗庙。后又发现西郊原有著名的长洲苑，经连年战火，已经荡然无存。他下令兴修土木，在苏州城西南郊长洲苑原址上重建了一个庞大的园林，并亲自将之命名为茂苑。

苑内山水相依，连绵起伏，宫中有宫，苑中有苑，亭台楼阁一应俱全，有宫观 70 余座，其间分布昆明池、初池、麋池、牛首池等 21 个。苑内花木丛生，奇花异石随处可见。可惜的是，这座园林只存在了二十来年光景。

汉末，由于皇帝无能，权臣当道，各地豪强纷纷独立，形成魏、蜀、吴三国鼎立的局面。苏州属吴国管辖。孙权称帝后，把苏州当作金库粮仓，还在这里建有多座佛寺。相传报恩寺塔就是孙权的母亲舍宅而建。

报恩寺塔为九级八面砖身木檐混合结构，高 76 米。塔身由外壁、回廊和塔心室组成。塔内部为双层套筒，八角塔心内备层都有方形塔心室，木梯设在双层套筒之间的回廊中；各层有平座栏杆，底层有副阶。从外观之，整座塔气宇轩昂，雄伟壮观。翘起的屋角、瘦长的塔身，使报恩寺塔在宏伟中又蕴含着秀逸的风姿。

三国鼎立先后 60 余年。吴国传至孙皓后不久就灭亡了。晋朝建立后，有过短暂的统一，但很快就分裂了，群雄争逐，割据称雄，纷纷称帝称王，到了晋代后期，出现了南北朝对峙的局面。从晋到南北朝，前后 300 多年，其间三吴地区的士族集团以苏州为中心，不断发动叛乱，朝廷则发兵平叛。

这样持续了 40 余年，苏州城置于战火之中，遭遇严重破坏。这一时期，士大夫们厌恶战乱，信佛者甚多，舍宅建寺成为风尚，再加上梁武帝笃信佛教，掀起了造寺高潮，私家园林也开始不断出现。

春去春来，潮起潮落。苏州城在政权更迭中命运多舛，在历史发展中起伏跌宕。

平江图记

隋朝是一个短命王朝，但它的建立标志着中国历史上南北朝时期的结束和大一统国家格局的重建。公元 589 年，隋文帝废除了吴郡建置，因城西有姑苏山，便改吴州为苏州。

苏州自此得名。

乱世则城毁，盛世则城兴。唐太宗李世民在位期间，出现了政治清明、经济复苏、文化繁荣的局面，史称"贞观之治"。唐玄宗即位后，又出现了"开元盛世"。公元 778 年，苏州升为雄州。从此，苏州再次雄起，城市建设迅猛发展，先后建有街坊 60 个，草房改瓦房，新建郡府园林，砖砌城墙约 21 公里，桥梁建设也达到了高潮，建成宝带桥、枫桥、带城桥等，总计近 400 座。

公元 960 年，赵匡胤登上龙座，建立了宋朝。15 年后，宋灭南唐，设立江南道，将中吴军改为平江军，任命孙承祐为平江军节度使。由此，雄州又称平江。

为什么称作平江？一说是苏州地势较低，与江水相平；又说是为庆贺宋朝平定江南而改名。再后来，又改平江为苏州。

宋朝时，金兵入侵苏州城，大肆烧杀抢掠，城内 60 坊大半被毁坏。南宋时，又增建至 65 坊。但不久，由于人口增多，经济繁荣，坊墙被推倒，开始演变为小巷。此间，城市建设全面发展，建园林、造寺庙、筑石桥⋯⋯

一个城市的兴盛，与国家的兴盛息息相关，也与地方官员的作为有着极大的关系。

公元1228年12月，李寿朋任平江府知府。任职期间，他动用大量人力、物力和财力，对历年遭战火损毁的苏州进行重建，并把街坊改作前街后河，按坊市的功能进行分区，使苏州城在恢复中有所提升，形成了全新的面貌。

完成苏州城的修建，离金兵夷灭苏州城已经过去了近百年。这百年的记忆很深、很痛，苏州人几乎是根据记忆从废墟中重建了这座城市。李寿朋深切地知道，再如何盛极一时的繁华景象，也会因为乱世突来尽相毁灭。他默默地对自己说，倘若再有乱世灭我平江，吾当刻碑防患于未然，既是怀念从前，记录当世，亦为后人留存，以供重建。

于是，他约请著名工匠吕梃、张允成、张允迪等人，请他们用摹刻上石的方式，记录苏州城市的平面轮廓和街巷布局。

工匠们领到任务后，跑遍苏州城内的大街小巷，边丈量边目测，先在纸上描绘出平面图，然后把主要建筑、园林、河道、桥梁等，一一标注其上。

图纸绘就后，又把它临摹到预先选好的石碑上，然后夜以继日、精益求精地进行凿刻。经过数月的努力，终于完成了平江图的制作。

这块刻成后的图碑，高248厘米，宽146厘米，厚30厘米。该图的刻制，严格遵循上北下南、左西右东的法则，方位正确，比例相近，图形简洁明了，上面详细呈现和标注出：城门5座，阊门、盘门、葑门、娄门、齐门，均有水陆两座城门守护；桥梁359座，南北直河6条，东西横河14条；庙宇、殿堂250余处，茶场、盐仓、酒库、米行、丝行、果子行、金银行、药市、绣坊、石匠铺、乐鼓铺等，兴盛姑苏，跃然图中；还有南园府学、长洲县学、鹤山书院、和靖书院、儒学坊、状元坊、沧浪亭、南园、

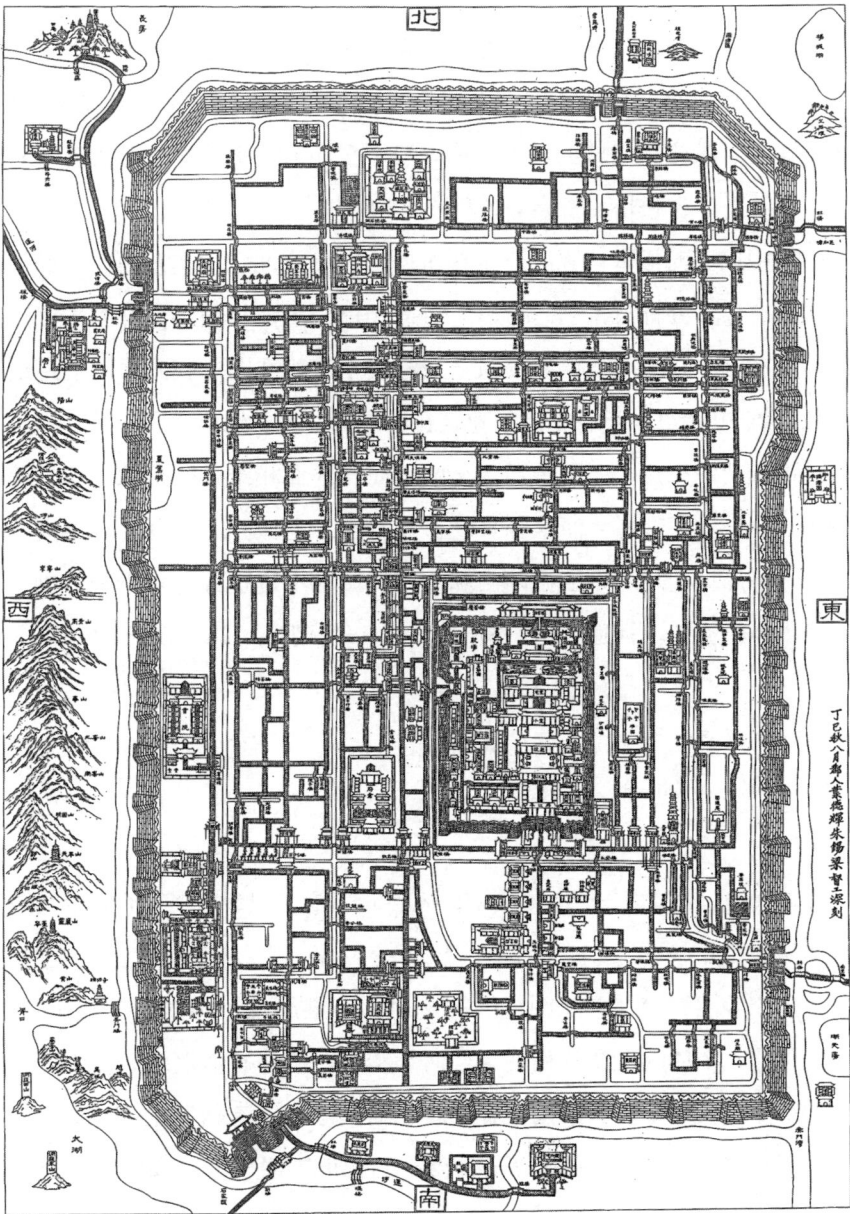

《平江图》拓片

杨园、乐圃等。

图上，苏州城呈长方形状态，自南至北，城墙笔直，毫无弯曲，恰似一本书。那横直有序的街巷，又很像一个棋盘，也像一个繁体"亞"字。图中详绘了宋代平江城的城墙、护城河、平江府、平江军、吴县衙署和街坊、寺院、亭台楼塔、桥梁等各种建筑物。

图中以城河最多。城河分布在城内，纵贯南北，横贯东西。河道上桥梁排列有序，并标有桥名。街道与河道相依，水陆相随，城外有护城河环绕。有些园林在该图上已有反映，如沧浪亭就能在图中找到。图上还绘有宗教建筑 80 余处，反映了宗教建筑在城市中的重要地位。

由于此图采用了中国古代传统的平面与立面相结合的形象画法，所绘的山丘、城墙、名塔、河水等景物形象直观。内城、宫城分别以不同符号表示，每座城门均分别绘出陆门和水门。城内水道也标示得十分详细，大小河道纵横交错，河道与街道相伴而行，正所谓：

> 君到姑苏见，人家尽枕河。
>
> 古宫闲地少，水港小桥多。

该碑刻完成的那一年，是南宋嘉定十二年（1229 年），正值金兵毁灭苏州城的百年祭。

当李寿朋看到《平江图》的碑刻时，心潮起伏，感慨万千。他知道，斗转星移，个体的生命犹如烟尘，何其渺小，终将有消退之时。而一座宏大的千年之城，要让其永恒留存于世，何其艰难，又何其重要！如今，这个他所挚爱的城市——平江府，已用万古留存的方式，镌刻在历史的长河里。

他为此自豪。

更让李寿朋意想不到的是，《平江图》既成了苏州地图的祖本，也成为了世界上现存最久、最完整的城市石刻平面图。

从他之后，苏州古城即便经历乱世，格局也没有大变。从空中俯瞰苏州全景，人们惊讶地发现，苏州城的城址和水道与《平江图》相比几乎没有变化。

姑苏繁华图

南宋王朝灭亡后，元世祖忽必烈于公元 1276 年改平江府为平江路，设置总管府，属于江淮行省。那时的苏州，虽然历经战乱，但还保持着旧时的一点繁荣。

元朝末年，汉族民众不堪外来民族的压迫，纷纷起义。公元 1356 年，张士诚在苏北起义，渡江南下，占领了苏州一带。

开始时，张士诚自称周王，建都苏州，后来改称吴王，并改苏州为隆平府。在苏期间，张士诚一方面修缮城池，从事建设；一方面加强军事，与朱元璋对抗。而朱元璋为统一天下，命大将徐达攻打苏州。但苏州城池坚固，攻打不下，徐达就将苏州城团团围住，欲绝城内粮草，让张士诚不战自降。但张士诚拒不投降，他为了解决粮食危机，在城内开辟了南园、北园，既种粮食，也种蔬菜。

徐达围困苏州城，按兵不动，以为等到城内断粮，张士诚自会投降。但城墙上的士兵依旧精神抖擞。当徐达得知城内自种粮食和蔬菜时，知道围城之法已毫无作用，便设法强攻，终于攻破了城池。

此时，张士诚住在苏州城内阊桥南边的齐云楼。该楼巍峨耸立、气势非凡、视野宏阔，既便于瞭望指挥，又相对安全。当徐达率兵攻破苏州城之际，张士诚自知失败难免，对妻子说道，我军已败，我也将死，你们怎么办呢？

其妻答道，你不用担心，我们不会辜负于你。

当日城破，张士诚率妻妾登楼，命养子辰保纵火焚烧。顷刻间，大火熊熊，火焰冲天，齐云楼被烧成灰烬，张士诚和他的妻妾们全被活活烧死。

齐云楼火势熊熊，顺其蔓延，承载着上千年历史的吴王宫城全部被烧毁，成为一片废墟。

朱元璋扫平各路政敌后，于1368年在南京坐上皇帝宝座，国号大明，年号洪武。同年秋攻占大都，结束了元朝在全国的统治。朱元璋在位期间，政治上强化中央集权制度，经济上大搞移民屯田和军屯，减免赋税，丈量全国土地，清查户口等。在他的统治下，社会生产逐渐恢复和发展，史称"洪武之治"。

然而，苏州例外。

朱元璋改平江府为苏州府。由于苏州百姓曾支持吴王张士诚，朱元璋对苏州百姓心生愤恨，只顾征收高额税赋，压制苏州城的建设，严重阻碍了苏州的发展。

但朱元璋对城墙另眼相待，觉得苏州城墙高大坚固，大有防御作用，于是下令对城墙进行维修加固。维修后的城门沿袭宋元旧制，仍开启阊、胥、盘、葑、齐、娄六个城门。除胥门外，都辟有水城门，以便舟楫通行。

例外之外还有例外。公元1372年，魏观任苏州知府。他到任以后，一反前任知府的苛政严刑，注重教化，讲究礼仪，建黉舍，正风俗，并与苏州的文人学士共同切磋诗文，十分友好。

其时，苏州府衙设在胥门外都水行司，地方狭小，地势低湿，且在城外，办事很不方便。魏观看到子城处断砖残瓦，杂草丛生，满目荒凉，觉得可在这里建造府衙。于是，他与群僚商议，并亲自绘制图纸，动用人力、物力大兴土木，仅几个月，一幢幢房屋拔地而起。中间为殿堂，作为府衙的会议大厅。两边为辅房，为官员的办事处所。

按照苏州的风俗，造房子上正梁时要举行仪式，梁上挂红绸，贴福字，匠人唱祝词，既表示祝贺，也讨个吉利。而官府造大殿上正梁则另有一番讲究，要请著名人士写一篇祝词，雅称"上梁文"。

叫谁来写呢？魏观想到了高启。

高启，字季迪，苏州本地人。博学工诗，与杨基、张羽、徐贲合称为"吴中四杰"。高启曾任户部右侍郎，与魏观早就相识。高启辞官回乡，隐居于吴淞青丘，自号青丘子。魏观任苏州知府，请高启搬来苏州城内居住，他们经常喝酒聚会，切磋诗文。

一天，魏观请高启等人聚会。席间，魏观对高启说："府衙建成在即，不日大殿要上正梁，您名为高启，实为高人，欲请赐祝文一篇，不知可否？"

"荣幸之至，荣幸之至！"高启道，"吾义不容辞，定用心作文，以表至诚至贺之意。"

翌日，高启便遣人将写就的《郡治上梁文》一文送到府衙。魏观阅之，颇为满意，赞其为上乘之作。

在上梁那天，高启在仪式上高声朗读《郡治上梁文》，赢得阵阵喝彩之声。

但是，正是这篇上梁文，给魏观和高启招致杀身之祸。因文中有"龙盘虎踞"四字，有人向朝廷告发，说魏观在张士诚宫殿的废基上建造府衙，居心叵测，恐有谋叛之心。御史张度还向朱元璋上奏表章，诬陷魏观"兴灭王之基，开败国之河"。朱元璋龙颜大怒，当即下旨将魏观、高启两人逮捕解京，定为死罪，将两人腰斩于市。

朱元璋仍不解气，又下令将魏观所建房屋统统拆除，一间不剩。此后，苏州子城长年荒废，成为废基，再也没有人敢在那里规划建房。这在更大程度上影响了苏州城的建设。

这还没完。朱元璋还下旨将苏州的大批居民，主要是支持张士诚的富户，迁移至苏北，人数达数十万之众，史称"洪武赶散"。

为此，官府专门在阊门设立码头，运送迁移百姓。这使得阊门成为水陆交通枢纽，水路有外城河、上塘河、山塘河，并与内城河沟通。陆路有山塘街、上塘街，与城内的中市路沟通。

大批人员的流动，客观上促使了阊门商市的集聚，这里人烟稠密，货物运转，商旅辐集，陆上车马、水上船只往来频繁，一时成为逐利者必争之地。

"洪武赶散"演变为"商贾云集"。凭着交通的便捷和经济的繁荣，苏州的货物运送到全国各地，全国各地的货物运往苏州，由此形成了发达的商业区和经济中心，这里商机无限，热闹非凡。

如此这般，引来许多官绅士人和书画雅客聚集于此，并在这里构筑别墅，为阊门增光添彩。此外，各地商人纷纷来苏州经商，他们为了结交同乡，相互帮助，抱团取暖，维护自己的利益，便开建立会馆之先河，各种会馆在这里应运而生，这在很大程度上进一步促进了苏州经济的繁荣。

然而，苏州经济的繁荣，日本觊觎已久，倭寇贼心顿起，屡屡侵犯我沿海边境，多次由崇明进入苏州，在阊门、枫桥一带疯狂作恶，烧杀抢掠，造成严重影响。为此，苏州只得加固了城墙，并筑起了铁铃关、白虎关和青龙关，统称"三关"，俗称碉堡，以防范倭寇入侵。

明代中后期，苏州城内的街巷既有拆除，也有新建，并逐渐向城外发展。始建巡抚衙门和苏州织造局，祠堂建设有所发展，寺庙、道观建设也相继跟上，尤其是园林建造进入高潮，并出现了家族和文人造园热，拙政园、留园正是在这一时期建成的。

公元1644年清军入关。次年5月占领南京，6月攻入苏州，到处纵火焚烧，房塌屋倒，焦木遍地，瓦砾成堆，城内多处建筑成为废墟。

清王朝统一全国后，苏州城先后进行了多轮修建。先有巡按御史秦世桢对被破坏的城墙、门楼及望楼进行修葺；后有巡抚都御史韩世琦改筑城垣，并拓女墙；再有浙江总督李卫和江苏巡抚张坦麟委檄修缮倾圮……

至此，苏州城基本恢复了旧貌。

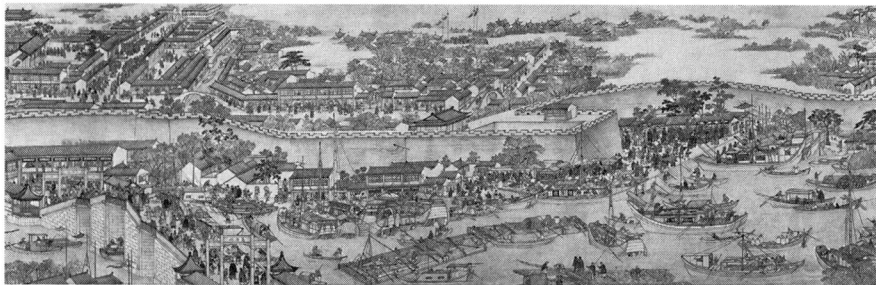

康雍乾三朝，清朝国力走向鼎盛。土地增垦，物产盈丰，尤其是小农经济达到高峰，社会生活繁荣稳定，综合国力日盛。

这一时期，苏州地区的经济大有发展，城市建设从恢复走向繁华，成为全国经济、文化发达的城市。那时，东南赋税，姑苏最重；东南水利，姑苏最兴；东南名士，姑苏最多。

这必然引起朝廷的高度重视。为了了解地方情况，康熙、乾隆曾分别六下江南。素有"天堂"之称的苏州，自然得到帝王的偏爱，甚至流连忘返。

乾隆每次南巡，必在苏州驻跸，但毕竟时间有限，回京后仍不能消解对这座城市的相思之情，于是，命自己属意的画师徐扬将苏州城摹写下来，以供观赏和留念，便于随时看到此地的繁华美景。

徐扬，世居苏州，曾经参与过《苏州府志》《苏州府城图》《苏州府九邑全图》《姑苏城图》等图书的编绘，并多次陪同皇帝巡游江南，对圣意心领神会。他凭借自己对家乡历史、文化与地理的谙熟，历时24年，以长卷形式和散点透视技法，于公元1759年画成《盛世滋生图》，进献给乾隆皇帝。

《盛世滋生图》是徐扬在题跋中给画作定的名称，而后来都称之为《姑苏繁华图》，这更好地概括了画作的主题和内容，即展现清代苏州的繁华景

姑苏繁华图局部

象，使得画作名称更加贴切和易于理解。

得到《姑苏繁华图》后，乾隆反复观摩，喜不自胜，爱不释手，当即在这幅画作上盖上自己的大印，并时常拿出来把玩。

《姑苏繁华图》全长 12.25 米。全幅画有各色人物 12000 余人，房屋建筑 2140 余栋，桥梁 50 余座，客货船只 400 余只，商号招牌 200 余块。

该图的画面自灵岩山起，由木渎镇东行，过横山，渡石湖，历上方山，介狮、何两山之间，入姑苏郡城，自葑、盘、胥三门出阊门外，转山塘桥，至虎丘山止。

打开长长的画卷，首先映入眼帘的是一片宽阔的农田。一群农夫挥舞着锄头，浇水施肥，挑秧担水，有的则在田间地头休息，或三五成群侃大山，一片生机勃勃的景象。在一村一镇一城一街之外，还描绘了石湖、灵岩山、狮山、虎丘山等苏州自然风光。

看了卷首的阡陌交通，后面就是灵岩山。该山在苏州城的西南面约十八里的地方，也就是在木渎镇的西边。此山的描绘，与李白在《苏台览古》中的描写有异曲同工之妙：

> 旧苑荒台杨柳新，菱歌清唱不胜春。
> 只今惟有西江月，曾照吴王宫里人。

由灵岩山向东，经过一座斜桥，到达木渎的繁华中心。此处胥江与香溪交汇，浑浊与清澈交融，有繁复的各色船只，其中最引人注目的，是正在江面上行驶的状元郎迎亲船只。河岸两边，饭店、绸布店、米行、杂货铺等各色店铺林立，真可谓美食一条街，从"上桌馒头"到"五簋大菜"，可以满足不同消费层次。人们在这里逛完街，吃完饭，品品酒，听听曲，求求佛，算算命。这就是苏州老百姓的日常生活。

木渎往东，越过三拱桥，就可以看到著名的苏州园林——遂初园。门前码头客船穿梭，仆人们正忙着搬运各种礼品。院内张灯结彩、高朋满座，盛极一时的清代大家族，完整地展现在世人眼前。

出了遂初园继续前行，便来到庵西，这里也有一处市集，虽然不大，但各类生活日用品均已齐全。

位于苏州城南十里之外，则是一片恬静安逸的景象。有一座高高耸起的拱桥叫越城桥，其下就是越来溪，溪通横塘。不远处则是非常有名的行春桥。当明月升起，九格月影连成了"石湖串月"的奇妙景色，令人啧啧称赞……

细细观赏与品味，整个画卷布局精妙严谨，气势恢宏，笔触细致，非常真实地刻画了江南的湖光山色、田园村舍、阊胥城墙、古渡行舟、沿河市镇、流水人家，描绘了苏州百里城郊的风景和街市繁华的景象，形象地反映了18世纪中叶苏州风景秀丽、物产富饶、百业兴旺、人文荟萃的繁盛景象。

值得称道的是，画家对于每一个具体人物的表现，都进行了细致入微的观察，最后组成一幅错综复杂的动人画卷。该图采用了全景式构图，以一种"旷观"的形式来表现，把时间和空间有机结合，画者与观赏者都有一种在场感，人物、屋宇、建筑有条不紊，人流、物流井然有序，活泼舒展，各类景物错落有致，十分和谐。

《姑苏繁华图》与《清明上河图》一样，不愧是中国古代画作的杰出代表，不仅具有极高的艺术价值，也有很高的历史价值。当然，作为一幅画作，《姑苏繁华图》只能是当时苏州的一个缩影，而真正的经济、社会、文化发展情况，画作毕竟无法加以全面而深入的记录与反映。

那时的苏州，资本主义开始萌芽，除了寺庙、道观数量继续增加，造园热度不减以外，开始出现基督教堂，并兴起了会馆、义庄、祠堂建筑热，名人宅第遍布大街小巷，更有公益事业开始发展，官方开始办厂，铁路开始建设，马路开始出现，供电电路开始运用……这表明，此时的苏州已开始步入了现代意义上的大城市行列。

然而，清朝末年，政府腐败无能，与外国签订不平等条约，国将不国，使得苏州经济社会日益萧条，城市建设日趋落后。

1911年10月，辛亥革命爆发，最终推翻了清王朝的统治，中华民国成立。一段时期，苏州城市的街巷、住宅以及公共事业等方面的建设，都有了较大发展。

1937年，日本发动全面侵华战争，苏州沦陷。城市建筑和人民生命财产遭到严重破坏。

抗战胜利后，苏州同其他城市一样，一度恢复了平静。大批难民流入苏州，加快了苏州城市建设的步伐，拓建了许多小巷，其数量达到了清代的两倍。

此时，西风东渐。在其影响下，新建的宅第、园林中仿照西方形式的建筑日渐增多，出现了一批中西合璧式园林、新型住宅建筑群以及小洋楼等，苏州的城市面貌发生了变化。城市的公益事业，供电、供水、电报、电话、汽车运输、铁路等有所发展。

但在国民党统治期间，城市建设停滞不前，居民生活十分艰难……

苏州再次由繁华走向衰落。

第 二 章

CHAPTER

TWO

————————

文脉春秋

首推太伯

苏州，这座闻名天下的古城，千百年来，多少开创者、建设者为之用尽心血、出力流汗，甚至付出生命，又有多少先贤圣哲、文人墨客为之播化文明、倾注精神，使之具有血肉之躯，成为生命之城。

追其先祖，首推太伯。大家都知道太伯奔吴的故事，无论是在奔赴吴地之前，还是抵达之后，其崇高的德行如璀璨星辰，闪耀在中原与江南大地之上。

太伯，商朝时期中原地区周族首领古公亶父的长子。他为了成全父亲的心愿，让君位于幼弟季历，后与二弟仲雍来到吴地，被当地民众推举为部族首领。后来，太伯在东吴之地建国，国号勾吴。勾吴国建立后，太伯却一直不肯称王，只让人们称"伯"。大约在公元前1193年，季历被殷朝第29代商王太丁杀害，季历的儿子姬昌要太伯回中原继位，太伯再次让位。

这就是让人肃然起敬的"太伯三让"。孔子赞曰：泰伯，其可谓至德也已矣。三以天下让，民无得而称焉。

更值得称道的是，太伯创建吴国后，以礼治国，以德率民，尊重当地风俗，传播中原文明，在当时落后的荆蛮之地，倡导仁义之举，开启文明之风，形成了源远流长、生生不息的吴文化源流。

太伯开创的吴文化精神和他本人的高风亮节，深远影响后世子孙，至春秋时期，吴国又出现了季札让王位于其侄子僚的贤德之举。

季札，吴王寿梦的幼子。寿梦在四个儿子中最喜欢季札，有意将王位传给他。但季札无意继承君位，因为在他看来，废长立幼违背祖制。然而，寿梦是一个强势的国君，不愿轻易改变自己的决定，临终时与诸子约定君位兄终弟及，欲传至季札。当余昧死后，季札仍不肯即位，于是由余昧之子僚继承王位。这引起了诸樊之子姬光的不满，他在伍子胥的策划与帮助下，于公元前515年通过"专诸刺王僚"事件，自立为王。而季札出使归国后，尽管从此不入朝，还是接受了既成事实，避免了宫廷内斗的悲剧，体现了高风亮节。

季札还是讲究诚信的典范。他有一次途经徐国时，徐国的国君非常喜爱他佩带的宝剑，难以启齿相求。季札知道徐君的意图后，便产生了赠剑于徐君的念头，但因自己还要遍访列国，当时便未相赠。待出使归来，再经徐国时，徐君已死。季札觉得既然自己动过这样的念头，相当于已经有过许诺，有许诺就应该兑现，哪怕是对方已不在人世，于是，他慨然解下佩剑，挂在徐君墓旁的松树上，侍从不解。他却说，我内心早已答应把宝剑送给徐君，难道能因徐君死了就可以违背我的诺言吗？

季札挂剑传为千古美谈，讲诚信、守信用成为当地风尚。

与季札同时期的言偃，则因得圣人之教而以文学名世。他是孔门七十二贤中唯一的南方人，学习尤为勤奋，遇到疑难问题总是诚恳地向孔子请教，深得孔子器重。

一次，言偃陪孔子参加祭祀仪式，结束后两人走到宗庙外，孔子仰天长叹。言偃觉得十分奇怪，就问道，老师为何叹气？

孔子说，我没有赶上夏商周英明君主当政的时代，可心里是多么向往啊！接着，他滔滔不绝地向言偃描述道，谋闭而不兴，盗窃乱贼而不作，故外户而不闭……最后又赞美道，这是何等理想的大同社会啊！

这在言偃的脑海里留下了深刻的印象。后来他在治政时，遵照师训，以礼乐教化人民，以致民风大变，境内多闻弦歌之声，百姓安居乐业。孔子见而乐之，调侃说，割鸡焉用牛刀。而言子回答说，以前老师曾教导我，做官的经过学习就会有仁爱之心，老百姓经过学习就容易遵章守纪，教育总是有用的啊！

言偃遵从孔子教诲，深研孔子学说，并学用结合，重在践行，成为"子游氏之儒"，其特点是效法先王，注重礼乐、重本贵德，孝以敬为先、行事应节制。后来他辞官返乡，以传播儒家学说为志业。数十年间，他倡办教育，收徒授业，教化民众，成绩斐然。

史前吴地民风，强悍尚武、轻死易怒。而在吴国建立后，出现了道德高尚的太伯、诚信君子季札，以及传播儒学的言偃。在他们的言传身教之下，吴地民风逐渐发生变化，由尚武转为尚文，由强悍转向温和，最终成为人文荟萃、民风淳厚之地。

文武双星

　　吴国时期，伍子胥和孙武双星闪耀。前者善经国、勇策谋，后者善治军、勇征战。

　　伍子胥，楚国人，少好于文，长习于武，有文治邦国、武定天下之才。因遭楚平王的迫害，只身逃往异国他乡。

　　相传，伍子胥在逃亡途中风餐露宿、饥困交加。一次，他遇到一位浣纱姑娘，见她的竹筐里有米饭，于是上前求乞。姑娘见此人可怜，顿生恻隐之心，慷慨地将竹筐里的饭菜全部给了伍子胥。伍子胥一顿饱餐之后，出于安全考虑，非但没有告诉姑娘自己的姓名和身份，还告诫姑娘说，假如后面有人来问你是否遇到过一个人，你千万别跟他们说，更不能说我往哪里去了。姑娘疑惑地问，先生，难道你是戴罪之人？还是你怀疑我会出卖你？伍子胥摇头道，你别问了，知道了对你我都不利。浣纱姑娘觉得人格受辱，又惊又气，随即抱起石块，投水而死。伍子胥见状，伤感不已。他咬破手指，在石上用鲜血写下：尔浣纱，我行乞；我腹饱，尔身溺。十年之后，千金报德！

　　伍子胥带着感恩和愧疚之心继续前行，进入昭关。昭关在两山夹峙之间，前面便是大江，形势险要，并且有重兵把守，过关真是难于上青天。伍子胥心急如焚，辗转反侧，一夜之间，竟然头发全白，容貌改变。幸亏在路上遇到一个叫东皋公的人，很同情他的遭遇，把他接到家里躲藏。东皋公有个朋友，长得有点像伍子胥，他便让朋友冒充伍子胥过关。守关的人逮住了假伍子胥，而真伍子胥因为头发全白，守关的官吏认不出来，就让他蒙混过关了。

伍子胥出了昭关，怕有追兵赶来，急忙往前奔跑，但遇到一条大江拦住了去路。正着急时，江上有个老渔夫划着小船过来，把他渡了过去。

过了大江后，伍子胥感激万分，摘下身边的宝剑，交给老渔夫说，这把宝剑是楚王赐给我祖父的，值一百两金子。送给你，聊表心意。

老渔夫回答说，楚王为了追捕你，出了五万石粮食作为赏金，还答应封告发人以大夫的爵位。而我不贪图赏金、爵位，怎么还会贪图你的宝剑呢？伍子胥连忙向老渔人致歉，收起宝剑，告别而去。

经过长途跋涉、千难万险，伍子胥终于到达吴国，不仅保全了自己的性命，而且帮助阖闾夺取了王位，并献上富国强兵之策，亲自设计和指挥兴建了阖闾大城。

阖闾大城建成后，吴王阖闾摆下盛宴庆贺，君臣忘乎所以，纵情欢乐。席间，伍子胥清醒地对大家说，如果今后阖闾大城被敌人包围，吴国援尽粮绝、濒临灭亡时，大家可去相门城下掘地三尺，取出粮食。大家以为伍子胥酒后胡言乱语，一笑了之，继续狂饮。

阖闾去世后，他的儿子夫差继承王位。夫差听信谗言，逼迫伍子胥自杀。伍子胥临终前对夫差派来的人说，我死后，你们在我的墓旁种满梓树，等它们长大后就做成棺材，吴亡后可用来埋葬吴国死难战士的英灵；再挖出我的眼珠悬挂在吴国都城的东门之上，我要亲眼看着越国的军队攻入姑苏灭掉吴国……

果然，越王勾践经过十年卧薪尝胆，最后举兵伐吴。那年，寒冬腊月，越军把阖闾大城团团围住。时间一长，吴军粮食得不到补充，有人记起伍子胥的嘱咐，急忙召集大家一起到相门城下掘地三尺，发现城墙基础竟是用糯米粉做的砖砌起来的。于是，大家把糯米砖挖出来食用，渡过了一时的难关。

难关虽渡，国难难免。后来越军进攻阖闾大城。据说，此时城头上伍子胥的眼睛突然睁开，吓得越军连忙撤退。这些传说显然是虚构的。但越军攻破城门，占领全城，最终灭了吴国，这是不争的事实。

吴国虽然亡了，但伍子胥的英名长存于世。他竭诚筹谋国事，举贤任能，兴建都城，整军经武，为国为民作出了杰出的贡献，也留下了宝贵的精神财富和许多佳话。

其中有一段佳话，说的是伍子胥一天七次举荐孙武为吴国将军。

孙武，陈国贵族后裔，后避乱出奔吴国，入吴后长期避世深居，潜心研究兵学。虽然伍子胥一天七次向吴王推荐孙武，但吴王开始时并不相信孙武的军事才华，就命他训练宫中的宫女。孙武便以吴王的两个宠姬为队长，分率两队宫女，当着吴王的面操练左右进退的步伐。击鼓三遍，那些宫女并没有把这个外来客放在眼里，仍嘻嘻哈哈。孙武见状，再次宣布纪律，并亲自击鼓，宫女们仍是一片嬉笑。孙武大怒，于是下令立斩两个队长以严军纪，连吴王求情都没用。孙武斩杀两姬后，宫女们顿时规规矩矩地操练了。

这事真假难辨，但吴王亲自面试孙武是真。他召见孙武，询问道，我欲征战，何以为战，何以为胜？

孙武从容而答，战争之胜负，并非取决于鬼神，而在于政治清明、经济发展、外交斡旋、军事实力、自然条件等诸因素，且应旷观远虑，综合施策，创造条件，抓住机遇，转危为安，克敌制胜。

吴王闻之，当即任用孙武为大将。

公元前506年，吴国伐楚，孙武出奇兵直逼汉水，在柏举一举击溃楚军20万，攻克楚国的都城——郢都，楚昭王慌忙逃往随国。从此，楚国元气大伤，再也不能构成对吴国的威胁。

孙武不但英勇善战、用兵如神、屡获战功，而且善于思考与总结。他

孙武像

根据历次作战经验，撰写了军事著作《孙子兵法》，共 13 篇，5900 多字，分别是计篇、作战篇、谋攻篇、军形篇、兵势篇、虚实篇、军争篇、九变篇、行军篇、地形篇、九地篇、火攻篇、用间篇。各篇的安排具有内在的逻辑，层层递进，形成一个全面完整的体系，从哲学的层面观察战争现象，探讨和揭示战争的一般规律，提出一系列指导战争的具体原则和方法：在战争开始前，要进行战略预测与运筹；运筹就绪，便进入战争准备阶段；战争准备完成后，就可以设计筹谋，制定具体的战争方略；紧接着确定作战的指导原则，解决地形、行军、火攻等具体的战术问题；最后使用间谍以获取敌方的情报……

《孙子兵法》是中国古代最著名的军事著作，被誉为兵书、兵经、兵典，是中国兵学的奠基之作，同时对哲学、文学乃至管理学等产生了广泛深远的影响，具有极高的文化价值。

显然，没有伍子胥的力荐，就没有孙武的用武之地，也就没有《孙子兵法》的横空出世。

孙武铭记伍子胥的知遇之恩，在伍子胥被杀后，孙武不再为吴国的对外战争谋划出力，转而隐居乡间，继续修订其兵法著作。不久，孙武因忧国忧民、郁郁不得志而离开人世。

兵圣虽逝，但《孙子兵法》永放光芒，至今仍在全世界广为流传，成为人类文化的珍贵财富。

文章两兄弟

　　人类社会的发展，从野蛮到文明，从武功到文治，从物质到精神。随着社会的发展，人类开始使用文字记录历史、传播思想。这些文字不仅用于记录史实，还被赋予了情感和艺术价值，从而逐渐形成了文学，滋生出诗词歌赋等文学样式。

　　从西汉至东汉，吴地文学萌发，四方文人汇聚于此，本地也出了严助、朱买臣、梁鸿、皋伯通等文学家。

　　至六朝时期，吴地文学兴起。苏州作为六朝政权的经济文化中心之一，经济迅速发展，成为全国最富庶的地区之一。经济的发展，为文学的繁荣奠定了物质基础。而且历任统治者大多重视文学，官府在设立儒学、玄学、史学三馆之外，还增设了文学馆，使文学取得了独立的地位。文士们更是聚集在高层门下，进行文学创作，谈艺论文，孕育出一批著名的文学家。

　　在当时，特别有名的是陆机与陆云两兄弟。

　　陆机与陆云出身吴郡四姓之一的陆氏，为孙吴丞相陆逊之孙、大司马陆抗之子。兄弟俩年少聪颖，好学上进。吴国灭亡后，两人隐退故里，闭门勤学十年，皆成高深学问，善诗能文。

　　公元289年，20多岁的陆机、陆云两兄弟从吴郡来到京城洛阳。初生牛犊不怕虎。他们得知朝廷元老、文坛泰斗张华乐于推荐人才，就径自前去拜访。经过一番交谈，兄弟俩为张华的大家风范所折服，而张华对陆机和陆云的才学也极为认可。之后，张华经常在各种场合推荐和赞扬这对兄弟，从此"二陆"声名鹊起、闻达四方。

陆机的文学作品形式多样，且每一种都具有相当高的文学成就。他流传下来的诗，共百余首，其中《吴趋行》一首，记录了当时阊门、吴趋坊一带的情况以及苏州的历史沿革，从最早的太伯、仲雍，到春秋时期的季札，再至孙吴时期的八族四姓，娓娓道来，文采斐然。

陆机最著名的作品是《文赋》，这是一篇赋体形式的文章，系统论述了文学创作问题，文中提出了"诗缘情而绮靡，赋体物而浏亮"的著名论断，对中国古代文艺理论的发展有重要的推动作用。

陆机还是一位出色的书法家。他的《平复帖》是传世年代最早的名家法帖，也是历史上第一件流传有序的法帖，有"法帖之祖"的美誉。该帖共9行84字，是陆机写给一个身体多病、难以痊愈的友人的信札，用秃笔写于麻纸之上，其笔意婉转，风格平淡质朴。

陆机的弟弟陆云，也是当时名气很大的文人，精研《老子》，能谈玄学，更善于诗文，其代表作有《为顾彦先赠妇》《答兄机》《谷风》等。《晋书》载其所著文章349篇，又有《新书》10篇。他与陆机在文学上既是同道，又有异见，对其兄"诗缘情而绮靡"的主张有着不同的看法，追求文章在情感上、修辞上的简洁清雅。

陆机《平复帖》

《晋书》曾记有"周处除三害"的故事：

周处年轻时为人凶暴强悍，任性使气，横行乡里，与猛虎、蛟龙被同乡的人并称为"三害"。周处听人劝说，去杀死了山上的老虎，又下河斩杀蛟龙。周处与蛟龙一起漂游了几十里远。经过了三天三夜没有音讯，乡里人都认为周处已经死了，便互相庆祝。

而此时，周处终于杀死了蛟龙，回来后，听说乡里人以为他也死了而互相庆贺，才知道自己被当作一大祸害，羞愧难当，便有了悔改的心意。

于是，周处就到吴郡去寻找当时的文化名人陆机和陆云，请求指点和帮助。当时陆机不在，只见到了陆云，周处就把全部情况告诉了陆云，并表示自己想要改正错误，可是岁月已经荒废，为时已晚，怕最终也不会有什么成就。

陆云听后对周处说，古人珍视道义，朝闻夕改，认为早晨听闻了圣贤之道，就是晚上死去也甘心，况且你还年轻，以后的路还长，前途还是颇有希望的。再说，人就怕立不下志向，如果有了志向，又何必担忧好名声不能远扬呢？

周处听了顿有所悟，从此改过自新，最终成为西晋时期的大臣，官至御史中丞。

这一故事，体现了陆机、陆云在当时社会上的声望，也说明了他俩对于吴地民风的深刻影响。

诗人三刺史

　　秋季的江南水乡，湖面波光粼粼，映照着两岸垂柳的柔和轮廓，树叶开始从绿色慢慢转为金黄，犹如泼洒了金色的油彩，构成了一幅生动的秋日画卷，给人一种岁月静好的美感。

　　在这样的一个秋日里，地处东南的苏州城，迎来了一位风雅绝伦的刺史。他就是闻名遐迩的杰出诗人韦应物。

　　唐代的苏州为雄州大藩，地沃物阜，朝廷极为重视郡守的人选，常常遴选负有声望的良牧贤吏出任苏州。韦应物便是。

　　韦应物，长安人，山水田园派诗人。他的诗歌以山水田园类成就最高，后世将他和王维、孟浩然、柳宗元并提。

　　韦应物于公元788年来苏州就任。当地吏民对他颇为好奇，更寄予厚望。他没有让苏州人失望，勤奋地处理政务，十分关心民生疾苦，尽量减轻民众负担，通过发展农副业生产，努力使民众过上小康生活。

　　韦应物还是一个清心寡欲、两袖清风的廉洁官员。他走访山水、锄药赏竹、参禅悟道，厌恶官场应酬、敛财等不良风气。公务之暇，与当时的著名诗人刘太真、顾况、秦系、皎然、丘丹等频频交往，切磋诗艺。任职期间，韦应物作诗作文，为苏州写下了许多诗篇，其中《登重玄寺阁》一诗把苏州风物描绘得淋漓尽致：

时暇陟云构，晨霁澄景光。

始见吴都大，十里郁苍苍。

山川表明丽，湖海吞大荒。

合沓臻水陆，骄闐会四方。

俗繁节又暄，雨顺物亦康。

禽鱼各翔泳，草木遍芬芳。

于兹省氓俗，一用劝农桑。

诚知虎符乔，但恨归路长。

韦应物之后30年，苏州又迎来了另一位大诗人白居易。

这个白居易，早年成名。他参加科举考试时，还是一个无名小辈。一次，他带着自己的诗稿去拜见当时的名士顾况。顾况看到诗稿上署名"白居易"，便开玩笑说，长安米正贵，居住可不易！当他翻开白居易的诗稿，读罢"离离原上草，一岁一枯荣。野火烧不尽，春风吹又生"的诗句时，不由得连声赞叹道，居易，居易，这样的好诗，如此的文采，在长安居住下来不是易如反掌吗？后来，顾况经常向别人夸赞白居易的诗才，使白居易的诗名很快传开了。

学而优则仕。白居易学成为官，先任杭州刺史，三年后转授苏州刺史。

白居易与苏州并不陌生，安史之乱时，十多岁的白居易避居苏州。韦应物任苏州刺史时，白居易年纪尚轻，无法与之结交，但对韦应物倾慕至极。

任职期间，白居易为官清正，体察民情，勤政爱民，为苏州百姓办了不少实事。一个偶然的机会，他了解到，当时城内民众去名胜虎丘，路线是出阊门沿山塘河堤岸一路西行，但山塘河堤岸过低，每逢梅雨时节，河水便会上涨，常常淹没堤岸，民众只能从田间阡陌绕道而行，殊为不便。这让白居易很是着急，于是组织民众清淤排涝，疏通河道，又整修河堤、垒石加固、栽柳种竹，既解除洪涝之忧，又可供车马往来。这样，苏州城内居民自山塘至虎丘游玩，非常便利。

因公务繁忙，白居易常以一天的酒醉来解除九天的辛劳。他说：如果没有九天的疲劳，怎么能治好州里的人民？如果没有一天的酒醉，怎么能娱乐自己的身心？白居易喝酒时，有时是独酌，有时乘兴到野外游玩，车中放一琴一枕，车两边的竹竿悬挂着两只酒壶，抱琴引酌，兴尽而返。他更多的时候喜欢与朋友共饮，或良辰美景，或花朝月夕，一面喝酒，一面操琴，一面吟诗。其诗多有对苏州自然景观和经济富庶的赞美：

> 阊门四望郁苍苍，始觉州雄土俗强。
> 十万夫家供课税，五千子弟守封疆。
> 阊闾城碧铺秋草，乌鹊桥红带夕阳。
> 处处楼前飘管吹，家家门外泊舟航。
> 云埋虎寺山藏色，月耀娃宫水放光。
> 曾赏钱唐嫌茂苑，今来未敢苦夸张。

第三位来到苏州的诗人是刘禹锡。他祖籍洛阳，出生于嘉兴，是中唐杰出的政治家和文学家，与白居易等人交情深厚。他曾说，苏州刺史例能诗，指的是韦应物和白居易。没想到数年之后，他自己也成为"例能诗"的苏州刺史。

刘禹锡性格倔强，在政治上并不得意，屡遭排斥，先后被贬达23年。他到任之时，恰逢苏州刚发生一次较重的水灾，他立即视察灾情、了解民瘼，赈恤灾民。在他的积极争取下，朝廷从本州常平仓调拨十万余石米分发各户，并宣布减免赋税，使得苏州地区灾后恢复生产，安宁如初，经济社会再现生机活力。

刘禹锡在苏州三年，忧百姓之所忧、急百姓之所急，夜以继日，辛勤工作，重兴民生，得到了苏州民众的爱戴和拥护。公元 834 年 7 月，刘禹锡奉命调离苏州刺史之任。

那天，秋风萧瑟，树叶摇落。刘禹锡走水路出阊门，苏州百姓依依不舍，十里送别，而刘禹锡也颇为感伤，黯然销魂，便写下《别苏州二首》，表达了对苏州人民的不舍之情：

> 三载为吴郡，临岐祖帐开。
>
> 虽非谢傅黩，且为一裴回。
>
> 流水阊门外，秋风吹柳条。
>
> 从来送客处，今日自魂销。

刘禹锡离开了苏州，但他的诗篇、他的情感、他的业绩永远留在了苏州这块土地上。

开风气之先

"先天下之忧而忧，后天下之乐而乐。"

范仲淹在《岳阳楼记》中的这句千古名言，是他一生的追求，也是他一生的写照。

范仲淹是地道的苏州人，祖上自五代时定居苏州。他两岁时，父亲范墉逝于徐州任上。由于生活所迫，母亲带着他改嫁山东朱氏。范仲淹27岁考中进士，授广德军司理参军，便带着母亲回到苏州，认祖归宗。

公元1034年，范仲淹回到阔别多年的故乡苏州，任知州。这一次他是为治水而来。此时，太湖地区正遭受严重的水患，洪水泛滥，大片农田被淹。范仲淹一到苏州，便深入灾区，亲自察访水道，分析水患原因，不分昼夜地踏勘和寻访年长的乡民，终于找到了苏州洪涝频发的原因——吴越时期兴修的水利设施已年久失修，疏导太湖出水的通道大多淤塞。

于是，范仲淹集思广益，吸收前人的治水经验，提出了"修围、浚河、置闸，三者如鼎足，缺一不可"的治水方针，并拨出银两，组织民众，向东南方向疏导吴淞江之水，加固堤围，又向东北方向开河、置闸，使太湖水分流入海，遏制了洪水的泛滥。

但是，天灾易治，人祸难防。当时朝廷里许多人质疑范仲淹的治水方案，又对他进行政治攻击。当水利工程进行到一半时，朝廷又要把他调走，幸亏有一位极具正义感的官员替他说话，认为范仲淹"治水有序"，这才让范仲淹继

范仲淹像

续留在苏州。范仲淹不负众望，治水取得了成功，百姓恢复了正常的生产和生活。紧接着，范仲淹又组织制定太湖流域的治水规划，建立起纵横交错、井然有序的农田水网系统，使这一地区逐渐成为旱涝保收的良田，社会也随之安定下来。

范仲淹既重视当地的生产与生活，也十分注重发展教育。他回到家乡的第二年，经人介绍，在苏州城南买了一块地，准备建造住宅。风水先生说，这是块贵地，范氏后人将公卿辈出。范仲淹听后很是高兴，但转念一想，贵一家不如贵一方，于是他对在场的人说，这样的风水宝地还是捐出来建学校吧，让天下之士都有机会在这里接受教育，让更多寒门学子能够脱颖而出，既光宗耀祖，又造福社会。

捐宅建学的想法产生后，范仲淹建议朝廷"劝天下之学，育天下之才"，宋仁宗采纳了这个建议。于是，范仲淹率先在苏州兴办府学，有人提出府学地基太大，范仲淹却说，兴办府学要从长计议，我还担心它将来会太小呢！

经过多年的建设，苏州府学顺利建成。府学设大成殿供奉孔子，还建造了校试厅、庖厨、澡堂等配套设施，为苏州的学子建成了一处规模大、设施全的专门学习场所。后来还建了收藏儒家及诸子百家著作的六经阁等，藏有大量的碑刻与祭器，丰富了教育资源。

学校建成之后，范仲淹聘请当时的名儒来校讲学，一时盛况空前。在范仲淹礼请的知名学者中，一位是山西人孙复，时称"泰山先生"，擅治《春秋》，多次到苏州府学讲学。另一位是江苏泰州人胡瑗，人称"安定先生"，为当时教育名家，因其正在苏州设学讲授儒家经术，于是范仲淹聘其为首任教席。胡瑗按照因材施教的原则进行教学，学生中有的重视儒学经术，有的好谈兵法军事，有的专攻文学赋艺，有的推崇道德节操，胡瑗经常让他们彼此切磋，汇集在一起展开讨论，起到互相启发的效果。胡瑗创立的这套注重经世、明体达用、分斋教学的方法，被称为"苏湖教法"。

范仲淹创立的苏州府学，独树一帜，堪称范式府学，其规模和声望不断增加。后来，范仲淹之子范纯礼任江淮发运使，与知州王巍主持扩建苏州府学，增广斋室，由 10 斋扩为 22 斋；房屋从初建的 50 间扩为 150 楹。宋元以后，苏州府学代有改建，但均在原址，至清末有碑记可考的重建、扩建达 30 余次之多，最盛时占地达 10 万余平方米，可见其规模之盛。

苏州府学的兴办，有力地促进了尊师重教的风尚和学术文化的传播。此后，苏州文风日盛，人才辈出。两宋 300 多年间，就出了 700 多名进士。到明清时期，苏州更以盛产状元进士而闻名全国，成为全国的文化中心之一。

饮水思源。范仲淹兴办府学，开风气之先，造福于世，遗泽千秋，为苏州文化的持续繁荣兴盛注入了不竭源泉。

苏轼于苏

"问汝平生功业，黄州惠州儋州。"

从苏轼的这一诗句看，他似乎与苏州的关系不大。其实不然，苏轼虽不是苏州人，也没有在苏州做过官，但他与苏州的渊源颇深、情谊笃厚。

苏轼，世称苏东坡，是北宋中期的文坛领袖，在诗、词、散文、书、画等方面取得了很高的成就。其诗题材广阔，清新豪健，善用夸张比喻，独具风格；其词开创豪放一派；其散文著述宏富，收放自如，与欧阳修并称"欧苏"，为"唐宋八大家"之一。

苏轼虽然在文学艺术上成就卓著、地位极高，但在仕途上十分坎坷，历尽艰难。他早年进士及第。宋神宗时，曾在凤翔、杭州、密州、徐州、湖州等地任职。后因"乌台诗案"，被贬为黄州团练副使。宋哲宗即位后，曾任翰林学士、侍读学士、礼部尚书等职，并出知杭州、颍州、扬州、定州等地。晚年，又因新党执政被贬至惠州、儋州。

苏轼被贬至黄州以后，在太守闾丘孝终手下任职。闾丘孝终是苏州人，他为官清廉，为人正直。其时苏轼在政治上不得志，但闾丘孝终敬重苏轼的才学与人品，仍然以礼相待，凡有宴会，总要请苏轼一起出席。由此，苏轼与闾丘孝终交往甚密，友谊深厚。

后来，闾丘孝终辞官回到苏州，居住在一条东西向的小巷里。小巷即用他的姓氏命名，称闾丘坊。

苏轼每次来到苏州，一定要去阊丘坊，拜访阊丘孝终，会会老朋友，叙叙往日情。苏轼曾作《浣溪沙》赠予阊丘孝终，其词曰：

> 一别姑苏已四年，
> 秋风南浦送归船，
> 画帘重见水中仙。
> 霜鬓不须催我老，
> 杏花依旧驻君颜，
> 夜阑相对梦魂间。

苏轼来苏，还有一个地方是必去的，那就是定慧寺，去见僧人卓契顺。

卓契顺本是苏州定慧寺里从事杂役的净人，跟随定慧院长老守钦学佛，与苏轼素昧平生。

苏轼曾在滆湖之滨——宜兴南新街塘头村买田百亩，计划以后在那里养老。后来因故被贬外地，计划成为泡影，但长子苏迈带着一家老小仍住在宜兴，全家人艰辛度日，苦苦思念远谪南荒的苏轼，但由于山河阻隔、相距遥远，既得不到苏轼的任何消息，也无法给苏轼寄送家书。

一次，苏迈把他的苦恼告诉了朋友钱世雄。钱世雄又在闲聊时告诉了守钦长老。卓契顺在一旁听说此事，便对苏迈说，惠州虽然遥远，但也不是遥不可及，更不在天上，行即到矣，我愿远行千里为你去送家书！苏迈求之不得，感激涕零。于是，卓契顺便携带着苏迈的家书以及守钦长老送给苏轼的《拟寒山十颂》上路了。

卓契顺只身一人，风餐露宿，跋山涉水两个月，从苏州一直走到惠州，终于在三月初二那天把书信送到了苏轼的手中。

苏轼看到卓契顺脸色乌黑，脚生重茧，不禁对这位助人为乐的陌生人充满了钦佩与感激。卓契顺在惠州停留了半个月，取了苏轼的回信就要踏上归程。苏轼问卓契顺可有什么要求，卓契顺回答说，唐代有个蔡明远，曾背米前去接济颜真卿，颜真卿心存感激，便写了一幅字送给他，后为著名的行书作品。我虽然没有背米来送给大人，但不知能否援引蔡明远的先例，得到大人亲笔写的几个字呢？

苏轼听了，感动万分，欣然挥毫，写了一幅陶渊明的《归去来兮辞》赠给卓契顺，并在题跋中详细记述了卓契顺千里迢迢送达书信的经过，希望他能名垂青史。

虽然卓契顺不求名垂青史，但苏东坡与他结交的经过，的确成了一段历史佳话。

苏东坡对苏州人情真意切，对苏州的名胜古迹也是情有独钟。他喜欢游历名山大川、名胜古迹，借以激发诗兴。他到苏州，最喜欢去的地方是虎丘。游览完虎丘以后，他被虎丘优美的风景所吸引、陶醉，即兴作词一首，其中有言道：

> 东轩有佳致，云水丽千顷。
> 熙熙览生物，春意颇凄冷。
> 我来属无事，暖日相与永。
> 喜鹊翻初旦，愁鸢蹲落景。
> 坐见渔樵还，新月溪上影。
> 悟彼良自咍，归田行可请。

吴门画派

　　中国画，堪称中国艺术之花，具有独特的艺术风格和审美价值，是中国文化精髓的重要载体，也是中华民族精神的直观体现。

　　中国的绘画历史，可以上溯到原始社会的新石器时代，距今至少有7000余年的历史。明代是中国古代书画艺术史上的一个重要阶段。这一时期的绘画，随着政治经济社会的逐渐稳定，文化艺术长足发展，出现了一些以地区为中心的名家与流派。其中，苏州吴门画派首屈一指、名噪一时。

　　吴门画派的开创者为沈周。他出身于苏州相城的书画世家，7岁发蒙，师从陈宽学习诗文。14岁代父听宣于南京，以百韵诗上呈户部主事崔恭。崔恭得诗惊异，怀疑是不是沈周自作，于是当面要求沈周在短时间内作一首《凤凰台歌》。沈周提笔迅速写成，崔恭大加赞赏，比之王勃。

　　沈周15岁时，伯父沈贞约开始教沈周绘画，沈周从此淡泊处世，一生不求仕进，醉心于诗文书画。他的绘画风格，大致可分为奠定基础的早期，形成与发展的中期，趋于成熟、自成一派的晚期三个阶段。

　　纵观沈周之绘画，在师宋元之法的基础上有自己的创造，进一步发展了文人山水画、花鸟画的表现技法，最终形成了构图简练、用笔凝重、线条老辣、笔墨浑厚、意境深远的绘画风格。其代表作有《庐山高图》《魏园雅集图》《沧州趣图》等。

　　沈周这一生，游山玩水，从未参加过科举考试，只是与诗、书、画为伴，淡泊名利，因此备受时人敬重。他很喜欢黄公望的《富春山居图》，便花重金购得，遗憾的是，这幅画被朋友借去欣赏后，就称丢了，未再归还。这若是放在其他人身上，定会不依不饶，可沈周并没有为难朋友，他只是凭借超凡的记忆力和画工，竟然把这幅画又画了一遍。

在当时，沈周在画坛负有盛名，在社会上的名气很大，常常陷入求画者的包围中。一次，沈周到杭州游玩，一大帮讨画者跟在后面。他的一位朋友为此写了一首打油诗：

> 送纸敲门索画频，僧楼无处避红尘。
> 东归要了南游债，须化金仙百亿身。

但沈周并未以此为傲，而是谦和待人，乐善好施。曾有一位贫穷的无名画家为了让自己的画多卖几个钱，便临摹了沈周的画，并把这些画拿来请沈周题字。沈周没有责备他，反而欣然为之润色补笔，使得这些作品看上去真的是沈周所画。不仅如此，沈周还在画后题款盖印，成全了那位无名画家，一时成为画坛佳话。

继沈周之后，吴门画派的领袖是文徵明。他出身书香世家，早年攻诗文书画，少时即负盛名。后得苏州巡抚李充嗣推荐，赴京经吏部考试后授翰林院待诏。4年后辞官南归，筑玉磬山房，家居以翰墨自娱。26岁时，文徵明拜沈周为师，但他并未专师一门，而是致力于融汇赵孟頫、王蒙、吴镇三家精髓，自成一格。其代表作有《昭君图》《采桑图》《绝壑鸣琴图》等。

文徵明尤精山水，并一专多能，能青绿亦能水墨，能工笔亦能写意。其创作题材，多表现文人雅士闲情逸趣。在文徵明的山水画中，最为人们称颂的是青绿山水画，能入神妙之境。

文徵明的人物画不画任何配景，不刻意追求外在的形似，更注重刻画人物内心的精神世界，追求的是内在的神韵，格调高雅古朴。他与其他文人画家一样，最喜欢画兰竹，几乎成癖。在他的笔下，幽兰或与翠竹丛生，或与荆条相杂，或生于湖石之侧，或长于流水之滨，或倒垂于悬崖，或招展于平地，千姿百态，神清骨秀。

明四家中最有个性的画家是唐寅。社会上一直流传着"唐伯虎点秋香"的故事：一次，唐伯虎和朋友游览虎丘，与华太师家的丫鬟秋香不期而遇，秋香无意中对他笑了三次，令他神魂颠倒。于是，唐寅乔装打扮，到华太师家里做了公子的伴读书童，最后抱得美人归……

这个故事实属虚构，而有一事确为事实。唐寅 29 岁那年参加应天府乡试，得中第一名解元。30 岁时与江阴富商徐经赴京会试。事后京都谣传徐经行贿主考官程敏政，得了试题。经反复审查，查出徐经拜见程敏政时，确实送了些见面礼；而唐寅受人请托，请求程敏政写了篇文章，也曾送了一点润笔费。所以，审查结论是：事出有因，查无实据。但朝廷为平息社会舆论，将徐经及唐寅削除仕籍，程敏政则被革职。

经过此事，唐寅对仕宦集团采取不合作的态度，游荡江湖，将胸中块垒倾吐于书画艺术之中，终成一代名家大师。

唐寅的画作不为院体画所囿，画中渗入了鲜明的文人画气韵，呈现出劲峭而又不失秀雅的品貌和风骨，构图删繁就简、简约清朗，画面层次分明、疏密有致；用笔清隽脱俗，纤而不弱，力而有韵，富有刚柔相济之美；墨色淋漓多变、润泽含章；意境平淡朗逸，清雅幽丽。其代表作有《落霞孤鹜图》《春山伴侣图》《秋风纨扇图》《枯槎鸲鹆图》等。

明四家中唯有仇英出身低微，生于太仓一个普通家庭，从小就跟着父亲干漆工活，但他特别喜欢画画。十七八岁的时候，他独自来到苏州城，一边当漆匠，一边学画画。

一个偶然的机会，仇英结识了大画家文徵明，使他的人生发生了重大转折。文徵明对仇英扎实的笔头工夫非常看好，对他的绘画才能与出身背景之间的落差更是佩服，故而十分照顾这个后生，经常指导仇英如何在绘画上自成风格。

后文徵明赴京任职，便将仇英引荐给了周臣。仇英就这样开始虚心地向周臣学画。周臣要求仇英继续打牢基本功，并指导他在绘画技巧上精益求精、力求完美。在老师的精心指导下，仇英精研六法，人物、山水、走兽、界画俱能，临古功深，落笔乱真，精丽艳逸，无惭古人。他在继承唐宋以来优秀传统的基础上，吸取民间绘画和文人画之长，形成自己的特色，对青绿山水和工笔人物尤有建树。其代表作有《桃源仙境图》《右军书扇图》《秋江待渡图》《人物故事图》等。这些作品使仇英在画界站稳了脚跟，以职业画家的身份活跃于当时画坛，并流传于世。

明四家之后，吴门画派后继有人，代代相传。至明代中期，吴门画派成为我国画坛主流，并对明末清初江南地区的一些画派产生影响，如以董其昌为首的松江画派就与吴门画派有着一脉相承的关系。

董其昌，1555 年生于松江府上海县。7 岁时，参加松江府会考。当时他写了一篇很得意的八股文，自以为有把握夺魁，谁知发榜时，竟屈居于堂侄董原正之下。原因是松江知府衷贞吉嫌他试卷上的字写得差，文章虽好，只能屈居第二。

这件事使董其昌深受刺激，从此他发愤学习书法。先以唐人颜真卿《多宝塔碑》为楷模，后又改学魏、晋名士之书法，临摹钟繇、王羲之的法帖。功夫不负有心人。经过十多年的刻苦努力，董其昌的书法有了很大的进步，山水画也渐渐入门。

后来董其昌又考中进士，因文章和书法俱佳被选为庶吉士，供职于翰林院。不久，便告病回到松江。京官和书画家的双重身份，使他的社会地位在当地迅速攀升。

在此期间，正值盛年的董其昌并没有一心养病，而是博览群书，博闻多识，采集众长，创作了许多描绘江南风光的山水画。又师法于董源、巨然、黄公望、倪瓒，笔法清秀中和、恬静疏旷，用墨明洁隽朗、淡而能厚，画面青绿设色、古朴典雅，其代表作有《岩居图》《秋兴八景图》《昼锦堂图》《琵琶行》《草书诗册》《烟江叠嶂图》等，还撰写画论，在明末清初的画坛影响甚大。

无论是吴门画派还是松江画派，其形成、发展和成功，既得益于江南地区的自然环境和人文环境，也与苏州的经济富庶有很大关系。在书画家群体的背后，是一个规模不小的书画市场。一些实力雄厚的富商大贾，或者具备一定文化鉴赏力的文人墨客，或者需要一些书画作品来装点门面的各界人士，都愿意出大价钱购买和收藏书画家的作品，由此形成了需求旺盛的书画市场。沈周、文徵明、唐伯虎等人的画作在市场上屡屡能卖出高价，少则十余两白银，多则数百两白银。

当然，江有两岸，币有两面。创作的商业化是把双刃剑，虽然可以刺激市场对书画作品的旺盛需求，但也使得书画家们难以真正潜心于艺术创作，往往以草率之作或临摹之作敷衍了事。这在一定程度上限制和影响了吴门画派等画家及作品的整体水平和成就。

但总体来说，吴门画派是中国绘画史上一个重要的艺术流派，其艺术成就和文化价值不仅在当时受到普遍推崇，也为后世留下了宝贵的艺术遗产。

三笑三言

在江南一带，广泛流传着"唐伯虎点秋香"的故事。这并非真实的故事，而是由苏州民间艺人编出来的。

这个故事的核心是"三笑"，也就是秋香对唐伯虎笑了三次。第一笑说的是唐伯虎去虎丘烧香，无意间跪在了陪同无锡华府夫人前来烧香的秋香姑娘的裙边。秋香站起来时抽动裙边，惊动了唐伯虎，他朝秋香一看，又惊又喜，目瞪口呆。秋香见之，不禁扑哧一笑。唐伯虎以为姑娘对他有意思，便追赶上去，一口气从苏州追到无锡华府。此时，秋香回头看到唐伯虎跟在后面盯着她，顿觉奇怪，忍不住又是一笑……

俗话说"三笑定终身"。这第三笑怎么编呢？民间艺人犯难了，就去找住在冯埂上的一位善编故事的冯先生。

冯先生听了民间艺人的来意，稍加思索道，这故事好编，唐伯虎是有名的江南第一风流才子，他要想博姑娘一笑，那是小菜一碟。

对对对。民间艺人急忙讨教道，冯先生，你说说看，唐伯虎是怎样让秋香姑娘又一笑的呢？

冯先生不紧不慢道：唐伯虎在无锡打听到秋香爱嗑西瓜子。于是，唐伯虎到市面上买了个大西瓜，小心翼翼地把瓜子嗑成完完整整的两瓣，并在一瓣瓜子壳里面画了个秋香，另外一瓣画上自己的头像，再合在一起。接着，唐伯虎卖身为仆，进了华府，瞅着个机会，把这瓜子画呈给秋香。

秋香打开一看，嘿！唐伯虎、秋香合于一壳，就像合在一个温馨的被窝里。秋香忍俊不禁，扑哧笑了出来……

好好好！民间艺人拍案叫绝，连声道，有了这第三笑，秋香与唐伯虎结百年之好也就顺理成章了。谢谢冯先生！

这个冯先生就是冯梦龙。

冯梦龙是当时苏州妇孺皆知的人物。他出身士大夫家庭，少有才情，酷爱读书，很受私塾先生器重。一次，私塾先生让学生对联，出上句为：塔顶葫芦，尖捏拳头捶白日。冯梦龙灵机一动，抢先对曰：城头箭垛，倒生牙齿咬青天。

虽然冯梦龙聪明好学，但他的科举之路十分坎坷，屡试不中，57 岁时才补为贡生，次年授丹徒训导，61 岁时升任福建寿宁知县。

冯梦龙在寿宁知县任上，进出都要经过石门隘。一次经过石门隘时，一群面黄肌瘦的百姓迎接他，有的手捧几棵芹菜，有的手捧盛着糍粑的木盘，有的手捧盛满莲子的小碗。冯梦龙颇为不解，后经交流才明白，芹菜谐音"勤"，希望知县勤政为民；糍粑谐音"慈"，希望知县慈悲为怀；莲子谐音"廉"，希望知县为官清廉。

冯梦龙心领神会，牢记于心，并努力践行。四年后，冯梦龙离开寿宁，经过石门隘时，百姓又捧上三道礼物：香气扑鼻的芹菜炒猪肉、豆沙裹糍粑、莲子蒸鹅肉。这是老百姓对冯梦龙勤政廉洁的褒奖。

这让冯梦龙百感交集。他收下老百姓的礼物后，随即取出银两交给他们，非常感激地说道，美食我收下了，钱你们也要收下。

在冯梦龙的再三恳请下，老百姓只得收下了他给的钱，更收下了他的情谊。

回到家乡苏州后，冯梦龙将更多时间和精力转向了他钟爱的文学事业。他曾在屡试不第、人生苦闷时在青楼遇见了苏州名妓侯慧卿，一见钟情，并从她那里获取了许多底层人士的生活素材和风花雪月的故事，为他后来的创作积累了资料。但侯慧卿从良后，却嫁给了一个富商。痛失所爱后，冯梦龙从此再未踏进青楼一步。

他一生勤于著述，编撰创作的作品总数超过 50 种，在小说、民歌、戏曲等通俗文学领域成果斐然，尤以《喻世明言》《警世通言》《醒世恒言》最为出名。

这些作品凝结着冯梦龙的心血，他不仅对宋元话本、明代拟话本进行了编辑与整理，同时进行了一定的修订与重构，并融入了他个人的创作内容。其主要内容有商人题材、婚恋题材，也有揭露官场和社会阴暗面的题材。这些题材迎合了大众的口味和价值观，标志着中国白话短篇小说在说唱艺术的基础上，经过文人的整理加工和独立创作，迎来了通俗文学的时代。

这个时代，随着商品经济的发展，新型市镇不断涌现，市民群体逐渐壮大。市民阶层凭借自己的智慧和辛勤劳动，创造并拥有了一定财富，日益成为在民间社会中占据重要话语权的一个社会群体。

相应地，在文学领域也出现了很多反映市民阶层日常生活的作品。由于市民阶层的受教育程度相对较低，文学作品注重趣味性和娱乐性，其中以通俗小说、民歌和戏曲三者最为流行。

冯梦龙顺应社会经济文化发展趋势，高度评价通俗文学，认为用文言文写成的小说过于深奥夸饰，只有用通俗易懂的文字和从百姓视角来写作，才能创作出百姓喜闻乐见的好作品。因而，他将全部精力投入通俗文学的整理和创作中，把握市场需求，迎合读者口味，创作了大量通俗文学作品，这些文学作品受到市民阶层的喜爱与好评，以其独特的文学风格流传于世。

百戏之祖

　　如同通俗文学主要来源于民间一样，中国的戏曲也是发轫于民间，起源于原始歌舞，是一种历史悠久的综合舞台艺术样式，由文学、音乐、舞蹈、美术、武术、杂技以及表演艺术综合而成。

　　经过汉唐、宋元，到明代形成比较完整的戏曲艺术。中国戏曲与古希腊戏剧、印度梵剧并称为世界三大古老戏剧，逐步产生了 300 余种戏曲样式，形成了中华戏曲百花苑。

　　苏州昆曲，乃百戏之祖。

　　昆曲又称昆腔，最早称为昆山腔，在元末明初流行于苏州昆山一带，是南戏四大声腔之一，由戏曲家顾坚始创。

　　顾坚，世居昆山，精于南辞，善作古赋。元朝将领扩廓帖木儿听说后，屡次请他做客均被推辞，而他与当时文人名士顾德辉、杨维祯、倪元慎、顾瑛等交往甚密，常常在一起切磋和创作昆山腔。但此时昆山腔影响力主要限于苏州地区。直到嘉靖年间，魏良辅对之加以改革，昆山腔才脱颖而出。

　　魏良辅，江西南昌人，官至山东左布政使，致仕后寓居太仓。他通音律、好戏曲，对昆山腔很是喜欢，但又有不满足之感，于是，他就与一些艺人朋友一起探讨，着手改良昆山腔。在过云适、张野塘等人的协助下，魏良辅吸收了当时流行的海盐腔、余姚腔以及江南民歌小调的某些特点，对昆山

昆曲

腔进行加工整理，将南北曲调融合为一体，从而改变了以往昆山腔平直呆板的唱法，形成了一种格调新颖、唱法细腻、舒徐委婉的"水磨腔"。同时，魏良辅还研究出一套完整的表演体系，并对伴奏乐器进行改革。原来南曲伴奏以箫、管为主要乐器，为了使昆山腔的演唱更富有感染力，他将笛、管、笙、琴、琵琶、弦子等乐器集合于一堂，用来为昆山腔的演唱伴奏，从而创造了一个全新剧种——昆曲。

正因为如此，魏良辅被尊称为昆曲的鼻祖。

起初的昆曲，多为文人雅集助兴，并非舞台演出，观众数量有限，流传范围不广。为此，魏良辅的学生梁辰鱼作了进一步的探索。

梁辰鱼试图把昆山腔用于戏剧，将昆山腔的清唱技巧和音律风格融入舞台表演中，并根据明代传统作品《吴越春秋》创作了昆腔传奇《浣纱记》，使之登上了戏剧舞台，成为昆剧的奠基之作。

《浣纱记》共45出，讲述了春秋时期吴越两个诸侯国争霸的故事。全剧故事情节曲折，结构完整，西施形象刻画得惟妙惟肖，人物性格鲜明活泼，尤其是许多富有创造性的音乐段落，增强了该剧的演出效果，为昆曲的传播插上了翅膀。

而推动昆曲实现更为广泛的传播并走向全国的有功之臣，当推沈璟。他出身吴江望族，中进士后官至吏部员外郎、光禄寺丞，有儒臣直谏风格。壮年时辞官归隐，沈璟闲居故里20余载，钟情于昆曲艺术。他针对当时传奇创作不谐音律而追求典雅之风，力主作曲必须严守格律，同时崇尚本色，反对雕琢辞藻，赞赏宋元戏文中质朴、古拙的本色语言，强调戏剧创作应该以场上之曲为追求、以演出效果为中心、以台下观众为本位，而不是不守格律的案头之作。这对于规范当时的昆腔传奇创作大有裨益。

沈璟的代表作《义侠记》讲述了武松的故事，从景阳冈打虎开始到上梁山，加入了武松的家人寻找武松的情节，对后来的以"武松打虎"为题材的戏剧创作产生了较大影响。更难能可贵的是，沈璟在创作实践的同时，奖掖后学，在他身边汇聚了许多志同道合者，如沈自晋、冯梦龙、吕天成、徐复祚等，形成戏曲史上的吴江派。他们秉承其曲学主张，强调以观众为本位，重视格律，力倡语言本色自然。正是在沈璟等一批人的努力和推动下，昆腔传奇创作得以进一步规范和繁荣，昆曲逐渐流布天下。

晚明时期，苏州地区出现了职业性质的昆伶和昆戏班，从业人数达到千人以上。他们的表演歌舞合一、唱做并重，加上音乐的配合、舞台的设计、服饰的呈现、道具的使用，真是精彩绝伦、美不胜收，吸引了无数观众。

就这样，昆曲的演出频次越来越多，活动范围越来越广。戏班走到哪里，演员就唱到哪里，昆曲就红到哪里。无论是业余清唱还是舞台表演，无论是职业戏班还是家庭戏班，无论是案头创作还是场上剧本，都广受欢迎，掀起了中国历史上戏曲演出的高潮，即使是在京都皇城，也传出了婉转的昆曲之声。

姹紫嫣红开遍，昆曲红遍全国。

最美之音

在苏州，另一颗艺术明珠与昆曲一样璀璨夺目，那就是评弹。

关于评弹的起源，有一个并不美妙的说法。

话说 1615 年秋天，60 岁出头的董其昌看中了佃户陆绍芳的女儿绿英。他的二儿子董祖常便带人强抢绿英给父亲做小妾。随后，便有人将此事编成故事《黑白传》。不久，说书艺人钱二到处说唱这个编出来的故事。

董其昌知道后，认为这个故事起于庠生范昶，竟私设公堂拷问，但范昶并不承认，而且还跑到城隍庙里起誓，为自己辩白。10 天后范昶死亡，范母认为这是受董家所迫，于是带着儿媳龚氏、孙媳董氏等穿着孝服到董家门上哭闹，引起董范两家争吵，双方大打出手，各有人受伤。

范家状告董家，但由于董家势力太大，范家告状未成。这事引起了民愤，大批百姓围住董府，将董府数百间房屋与亭台付之一炬。董其昌惶惶然避难于苏州等地，直到半年后事件才逐渐平息下来。

这一事件中，钱二说唱的《黑白传》被视为苏州评弹的起源。

这一评弹起源说，很难作为定论。其实，评弹之起源，应是宋元时期苏州的民间讲唱，当时盛行于江苏、浙江、上海一带。到明末清初，苏州评弹才日臻完善，并逐步兴起。

兴起之缘由，与苏州市民社会的繁兴有关。随着商品经济的发展与繁荣，苏州出现了资本主义生产关系的萌芽，市民阶层随之壮大。新兴的生产关系形成新兴的社会思潮，新兴的社会阶层呼唤新兴的文学艺术，从而催生了富有市民气质的新型文艺创作。

苏州评弹是苏州评话和苏州弹词的合称，其中，苏州评话为"大书"，只说不唱，以一人表演为主，题材多属朝代更替、英雄传奇之类的历史事件，多以醒木、茶壶、折扇、一桌一椅等简单道具为背景和辅助。苏州弹词为"小书"，早先只唱不说，后来又说又唱、说唱相间，以唱为特色，题材多属人情世态、家庭变故和恋爱婚姻之类，并以一桌二椅、男女两人合演为主，乐器有三弦、琵琶，唱腔风格古朴清雅。

人称"大书一股劲，小书一段情"，在发展中逐渐融合。自清代乾隆至道光年间，苏州评弹已趋成熟，逐步兴盛，出现了一批知名的苏州评弹艺人及其代表作。以陈遇乾为首的"前四家"脱颖而出。陈遇乾早年有在昆曲集秀班、洪福班学艺的经历，故而他所创的评弹，如《白蛇传》《玉蜻蜓》具有浓厚的昆曲味，深沉苍凉，一吟三叹。而王周士善唱的《游龙传》《落金扇》，吸收昆曲、吴歌的声腔和滩簧的表演，炉火纯青，成为评弹艺术的典范。

相传，乾隆在京城里听说了苏州评弹的盛名，所以一到苏州就命人去找苏州最好的说书先生。于是，王周士就来见驾了。但是，这老王磕了头之后，就站在那里默不作声，乾隆很奇怪，便说道，你可以开唱了。

王周士抬头回答道，皇上，小人执业虽然低微，但是习惯是坐着唱的，还要弹奏乐器，站着或跪着都不行啊。

乾隆听了，就赐给他一个蒲团，王周士这才坐下来弹唱。要知道在金銮殿上，极品大员在皇帝面前也是不能坐着的，而苏州弹词艺人却能与皇帝平起平坐，破了先例。

王周士一开腔，音韵悠扬舒缓，让乾隆听得心旷神怡、浑身舒坦。一高兴，乾隆居然给王周士赐了七品冠带，并令其随驾北去。

从此，苏州评弹更是声名远播、身价百倍。

即使是在国势日衰的晚清，苏州评弹照样呈兴盛之态。咸丰、同治年间又出现了以马如飞为代表的"后四家"。马如飞家境艰难，子承父业，从表兄桂秋荣习《珍珠塔》，未及一年，就于江浙一带演出。三年后，马如飞在苏州与师父桂秋荣同时演唱，竟艺胜一筹，于是声名鹊起。他所创马调，在吴地传统文化特色的基础上，吸纳了京腔、徽调、山歌的精华，与"前四家"的陈调、俞调一起，成为苏州评弹三大流派和基本曲调，广受欢迎，经久不衰。

　　评弹，不愧为流传于太湖流域的最美声音。

匹夫有责

在苏州府与松江府之间的商旅要道旁，有一个江南名镇——千墩镇。

据说当年在吴淞江边有许多土墩，从江边依次数来，至此刚好是第一千个，于是人们便称此地为千墩。这里曾有吴越争霸烽火台，建于秦始皇南巡过的秦望山上，距今已有 2500 年的历史。它是苏州至上海的中心水埠，也是昆南地区小集镇群的中心，这里土地肥沃、商业繁华，水上白帆若云、舟楫如流，素有"金千墩"之美称。

镇上的顾氏家族为江东望族，其宅第宽阔，分为南北两宅。南宅有一间屋子有四扇明瓦窗，窗前的小天井里种有两棵蜡梅。1613 年的一天，蜡梅怒放，一个男孩在这间屋子里出生了，取名炎武。

尚在襁褓中的炎武，过继给了去世的堂伯顾同吉为嗣。嗣母王氏出身于书香门第，非常勤奋好学，年轻时白天纺织，晚上看书至二更才休息，尤其喜欢读《史记》《资治通鉴》和明朝的政纪诸书。炎武过继过来后，嗣母精心抚养，6 岁时便授以《大学》，教以岳飞、文天祥、方孝孺的忠义故事。炎武 7 岁时上私塾，开始读孙子、吴子诸书及《周易》《左传》《国语》等，之后始学科举文字，以求早日取得功名。

14 岁时，顾炎武取得诸生资格。后与同窗归庄兴趣相投，成莫逆之交。到 18 岁时，他俩前往南京参加应天乡试，同入复社。

复社是明末以江南士大夫为核心的政治、文学团体。崇祯年间，朝政腐败，社会矛盾趋于激烈，一些江南士人组织社团，主张改良。他们怀着满腔的政治热情，以宗经复古、切实尚用为宗旨，切磋学问，砥砺品行，反对空谈，密切关注社会生活和民生实事，积极参加政治斗争。

加入复社后，顾炎武与归庄特立独行，正直尚义，从不迎合世俗成见，充满大无畏的创造精神。他俩都喜欢作古文辞，砥节砺行，不苟合于世俗，时人称之为"狂人"。

顾炎武在近"而立"之时，断然弃绝科举帖括之学，遍览历代史乘、郡县志书，以及文集、章奏之类，辑录其中有关农田、水利、矿产、交通等记载，兼以地理沿革的材料，开始撰述《天下郡国利病书》和《肇域志》。

1644 年，李自成攻入北京，崇祯皇帝自缢，明朝灭亡。顾炎武惊悉后，于无比悲愤中写下《大行哀诗》。

清兵入关后，顾炎武侍奉嗣母迁居常熟。那年，南明弘光朝廷在南京建立。顾炎武由昆山县令杨永言推荐，欲投南明朝廷任兵部司务。顾炎武把复仇的希望寄托在弘光小朝廷之上，临行前满腔热忱、奋笔疾书，撰写了《军制论》《形势论》《田功论》《钱法论》，从军事战略、兵力来源和财政整顿等方面提出一系列建议，意为摇摇欲坠的南明朝出谋划策。

然而，就在顾炎武取道镇江赴南京就职途中，南京即为清兵攻占，弘光帝被俘，南明军崩溃，清军铁骑指向苏杭。

其时，江南各地抗清义军纷起。顾炎武和挚友归庄等人投笔从戎，参加义军。义军合谋，拟先收复苏州，再取杭州、南京及沿海，但义军进攻苏州城，旋即被清军击溃，不久江南各城相继陷落。

顾炎武潜回昆山，又与杨永言、归庄等守城拒敌。不过数日，昆山失守，死难者多达 4 万。顾炎武生母何氏右臂被清兵砍断，两个弟弟被残酷杀害。顾炎武在城破之前突围，侥幸回到常熟。

九天后，常熟陷落，顾炎武嗣母王氏闻变，绝食殉国，临终前嘱咐顾炎武说，我即使是一个妇人，身受皇恩，与国俱亡，那也是一种大义。儿子务必记住，你不是他国臣子，千万不能辜负累世国恩，一定要牢记先祖遗训，忠义为节，天下为任，这样我就可以含笑九泉了。

顾炎武含泪答道，母恩似海，国恩浩荡，我将终身不忘母亲教诲，为国为民，立志复兴，做个有志气、敢担当的清正之人。

母亲去世后，顾炎武发誓永不为清朝服务，并积极参加抗清复明的"复社"。每年端午节，他总是在门前悬挂一块红色的幔，在里面塞上一点蒜青，并在后面挂一块白布，白布上写着"避青"两字，意为坚决抗清。他曾六次从家步行至南京明孝陵，哭吊明朝开国皇帝朱元璋，还不辞跋涉之苦，两次到北京昌平县长陵哭吊明成祖朱棣，六次到明思陵哭吊明朝末帝朱由检。在之后的几十年中，顾炎武矢志参与抗清活动，虽然一再受挫，但他并未因此而颓丧。他作诗明志：

> 万事有不平，尔何空自苦。
> 长将一寸身，衔木到终古。
> 我愿平东海，身沉心不改。
> 大海无平期，我心无绝时。
> 呜呼！君不见，
> 西山衔木众鸟多，
> 鹊来燕去自成窠。

顾炎武以精卫填海自励，一边抗清，一边苦读，无论是身居家中还是旅途之中，都是手不释卷，每有所得，则记录成文，或对过去所撰述文字予以修改润色，故而一生著述宏富。其中《日知录》是他毕生的心血之作，正如他在自序中所写："愚自少读书，有所得辄记之，其有不合，时复改定。或古人先我而有者，则遂削之。积三十余年，乃成一编……"

《日知录》以明道、救世为宗旨，集中体现了顾炎武的政治思想和学术成果，遍布经世、警世内涵。顾炎武把写这部书比作采铜于山，自言平生之志与业皆在书中，其中有言道：

"保国者，其君其臣肉食者谋之；保天下者，匹夫之贱与有责焉耳矣。"

这就是"国家兴亡，匹夫有责"的最初出处。

这句传世名言，成为文人贤士、英雄好汉的座右铭，更是苏州这座城市的精神丰碑。

章氏国学

位于苏州市锦帆路 38 号的章太炎故居，始建于 20 世纪 30 年代，为章太炎当年藏书、著述、会客和生活起居之所，建筑外观呈中西合璧风格，清水砖墙，青灰瓦屋面，大门柱子仿罗马式，木门窗既有苏州传统建筑韵味，又融入西式洋房元素。

1934 年章太炎定居苏州后，曾在此创办"章氏国学讲习会"。

与历史上许多名人贤者一样，章太炎虽然不是苏州人，却与苏州结下了不解之缘，并为近代苏州进行了新思想、新文化的启蒙。

章太炎，1869 年 1 月 12 日出生于浙江杭州府余杭县东乡仓前镇。9 岁时外祖父就对其进行系统的文字音韵学教育。13 岁在父亲的指导下开始研读《说文解字》《音学五书》《经义述闻》等，打下了初步的汉学基础。不幸的是，章太炎 16 岁参加县试时，癫痫病突然发作，没有考成。从此放弃科举，广泛涉猎经史子集。

1894 年，中日甲午战争爆发，以北洋水师全军覆没告终。清政府迫于日本的军事压力，签订了中日《马关条约》，给中华民族带来了空前严重的民族危机，大大加深了中国社会半殖民地化的程度。

28 岁的章太炎悲愤填膺，毅然加入康有为在上海设立的上海强学会，从此走上了维新变法的道路。之后，章太炎在上海爱国学社任教，结识邹容等革命志士，并为邹容《革命军》一书撰序，还发表了《驳康有为论革命书》，与改良派展开针锋相对的斗争。

1903 年 6 月 30 日，清政府与帝国主义勾结，制造苏报案，章太炎被捕入狱。三年后，章太炎出狱，孙中山自东京派人来迎，遂东渡日本，加入同盟会。在东京留学生欢迎会上，章氏发表演说，指出当前最紧要的，第一是用宗教发起信心，增进国民的道德；第二是用国粹激动种姓，增进爱国的热肠。

在日本，章太炎主办《民报》并将其作为革命舆论阵地，揭露帝国主义、封建主义的种种罪恶，抨击改良主义和无政府主义。这引起了清廷的恐慌和仇视。

清政府派唐绍仪与日本政府交涉，日本政府出面封禁了《民报》，将章太炎唤至警署。在法庭上，章太炎据理力争，裁判长理屈词穷，但东京地方法院还是对章太炎作出了服役 150 天的判决。后由鲁迅等人代交了罚金，章太炎才被释放。

1911 年 10 月 10 日，武昌起义爆发。在之后的短短两个月内，湖南、广东等 15 个省纷纷宣布脱离清政府独立。

消息传到东京，章氏中断讲学，毅然回到上海。

1912 年 1 月 1 日，中华民国临时政府在南京成立，孙中山被推举为临时大总统。章太炎任中华民国联合会会长。2 月 12 日，清帝溥仪退位，清朝灭亡。这一历史时刻不仅终结了清王朝长达两百多年的封建统治，更意味着在中国延续两千多年的封建帝制彻底画上句号。

然而，辛亥革命的成果被袁世凯篡夺。1913 年 3 月，伟大的民主革命先行者、中华民国的主要缔造者之一的宋教仁，在上海遇刺身亡，证据显示系袁世凯势力所为。

闻此噩耗，章太炎怒不可遏，发表反袁文章，又只身赴京当面讨袁。他手持羽扇径闯总统府，以示对袁世凯的反对和蔑视，遭袁世凯拘禁。其间，袁世凯设宴款待京城名流，因惮于章太炎的政治影响力，也邀章太炎出席，而章太炎收到袁世凯请柬后，写上"恕不奉陪"四字，随即派人送回。

1915年12月，袁世凯竟冒天下之大不韪，宣布自称皇帝，改国号为中华帝国，建元洪宪，史称"洪宪帝制"，并定于1916年1月1日举行登基大典。此举遭到各方反对，引发护国运动，3月22日袁世凯不得不在做了83天皇帝之后宣布撤销帝制，于1916年6月6日因尿毒症不治而亡。

袁世凯死后，章太炎重获自由。

之后十多年里，时局混乱，各派势力像走马灯一般变来变去，军阀混战，使人民生产、生活无法正常进行，给中国社会带来了深重的灾难。

至20世纪30年代，日本帝国主义侵略中国。他们在沈阳附近炸毁南满铁路，炮轰东北军驻地，制造了震惊中外的九一八事变，霸占了东北三省，并企图占领整个中国。

这极大地激起章太炎的民族义愤，他毅然投身于抗日救亡运动，并不顾年迈到北平拜见张学良、吴佩孚，力劝他们抗战。后又通电怒斥蒋介石的不抵抗政策。他在电文中指出，国家危急至此，犹不奋力向前以图恢复，平日整兵治戎，所为何事？应即督促前进，自谋靖献。如犹逍遥河上，坐视沦胥，此真自绝于国人，甘心于奴隶者矣！

在革命斗争中，章太炎表现得十分决绝和自若，不愧为革命先驱。他既是传统的知识分子，也是国学泰斗，面对未竟的学术事业，往往饮恨在心，不能释怀。晚年，章太炎寓居苏州，购买了位于侍其巷的住宅，后又定居锦帆路，以年老体弱之身，在苏州创办章氏国学讲习会。

在章氏国学讲习会筹办期间，组织章氏星期讲演会，章太炎共讲九期，由弟子王謇、吴契宁等人记录，后行刊出版，目次分别为《说文解字序》《白话与文言之关系》《论读经有利而无弊》《论经史实录不应无故怀疑》《再释读经之异议》《论经史儒之分合》《论读史之利益》《略论读史之法》等。

章氏国学讲习会成立后，章太炎亲自讲授，每日午后开始，一茶一烟，端坐讲坛，清言娓娓，一讲就是两三个小时。而听者近五百人，济济一堂，连窗外走廊上也挤满了人，大家听之不倦，收获满满。

应全国学术界要求，章太炎每一门课讲毕，都记录成册，分别为《小学略说》《经学略说》《史学略说》《诸子略说》《文学略说》。这些内容都是章太炎治学的心得，有着重要的学术价值，内容丰富而充实，讲解全面而系统，深入浅出而不乏真知灼见。

而此时，章太炎患病在身，讲课中常常气喘不止，到后来已不能进食，但他仍坚持授课，他说，饭可不食，书仍要讲。

1936 年 6 月 14 日，一代国学大师章太炎病逝于苏州。

章太炎兼革命大家与国学大师于一身，一生特立独行、卓尔不群。鲁迅评价自己的老师章太炎说，我以为先生的业绩，留在革命史上的，实在比在学术史上还要大。

此言极是。但这并没有贬低或否定章太炎的学术成就。尤其是章太炎先生晚年创办的国学讲习会，其之于苏州乃至全国，具有弘扬革命精神和传承国学文化的双重意义。

第 三 章

CHAPTER

THREE

———————

巨
匠
輩
出

雌雄宝剑

在火器还没出现之前，刀、斧、剑、矛等冷兵器一直都是战场上的主力武器，而剑在冷兵器中，虽然杀伤力不是最大，但使用最轻便，外形最好看，往往是双边开刃，横竖都可杀死敌军，且有礼仪佩饰功能。

故而，在古代，剑乃百兵器之首。

相传吴王阖闾酷爱宝剑。为了防身和提高武艺，更为了成就霸业，他派人在各地寻求铸剑高手。

终于有一天，阖闾派出的人在吴楚边境的平川上，找到一对铁匠夫妻，只见他俩相互配合，技术熟稔，铸造出来的剑冷光闪闪，十分锋利。

这对夫妻，男的叫干将，女的叫莫邪。

吴王阖闾得报后，急忙召见干将，命令道，听闻你身手不凡，命你为我打造两把宝剑，越快越好。

干将行过礼，抬头道，造剑易，造宝剑难。

怎么？吴王疑惑道，难道你不愿意为我打造宝剑？

不不不。干将连忙解释说，吴王用剑，非上等宝剑不可，而上等宝剑需用上等铁料，这我实在没有啊！

这个嘛，就不用你担心啦。吴王命人拿出一样东西递给干将。

干将恭恭敬敬地接过这东西，端详了一番，又用手掂了掂，连声赞道，好铁！好铁！

你眼力果真不错。吴王得意道，这是吾得到的一块上等好铁，交与你制成宝剑。

干将为难道，铁是好铁，但要打造两把宝剑，怕是分量不足。

那怎么办？吴王急切地问，加上你的铁可以吗？

不行。干将表示道，如果大王假以时日，我可以到群山之中，采五山之铁精，撷六合之金英，炼成好铁，这样才能造出真正的宝剑来。

好！吴王大悦道，只要能造出宝剑，一切皆可。

离开吴宫回到家中，干将向妻子莫邪说了吴王要自己打造宝剑一事。莫邪说，这是好事，也是难事。事不宜迟，我陪你明天就去山中寻找矿石。

翌日一早，夫妻两人就出发了。他们从苏州到无锡，再到溧阳，跋山涉水，翻过了几十个山头，但一无所获，最后来到阳羡。这里地处太湖之滨，乃雁荡山脉北线余脉。两千万年前，一颗小行星带着大量的铁元素撞击地球，形成巨大的湖泊和山脉。

虽然干将、莫邪不知道这里的山脉是怎样形成的，但冥冥之中自有天意，他俩似乎觉得这里可能有他们想要的东西，便放慢脚步，旷观每一个山头，细琢每一块巨石。

有一天，从不远处突然传来一阵阵铿锵之声，他俩便循声而去，走近一看，原来是几个民工在开山挖石。只见挖出来的石头呈红棕色，干将捡起几块在手中掂量了一下，很沉，断定这是优质的铁矿石。于是，他俩与民工谈好价格，装了满满的两大袋，各背一袋，满载而归。

回到家中，他俩顾不上长途跋涉的劳累，立即请来几个帮工，开始冶炼。他们用木炭作燃料，在炉中将铁矿石冶炼成海绵状的固体块，待炉子冷却后取出，便成了块铁。

由于块铁含碳量低，质地软，杂质多，他们又将块铁在炭火中加热吸碳，提高碳含量。不料，那天气温骤然下降，铁汁凝聚在炉膛里无法消融。干将诧异道，这是何故呀？

莫邪想了想说，记得师傅说过，神物的转变需要人作牺牲。说罢，她马上剪下自己的头发和指甲，投入熊熊燃烧的炉火中。

干将也割破手指，把鲜血滴入炉中。这样一来，果然不久铁汁就沸腾了。

接着，他们把铁汁取出冷却，然后夜以继日，反复锻打，并倾注匠心，精心制作，终于做成一对雌雄宝剑。

这是夫妻俩几年心血的结晶，所以分别用自己的名字作为宝剑的名字，雄剑叫干将，雌剑叫莫邪。

干将把雄剑装进皮鞘里交给莫邪，把雌剑装进木鞘里自己拿着。他对妻子说，我用尽心血和汗水替吴王铸剑，但吴王是个猜疑心很重的人，肯定会怕我将来又替别人造剑，不知哪一天找个借口杀掉我。

啊？莫邪惊恐道，那怎么办呢？

干将胸有成竹道，我现在去献剑，把这柄雌剑献上去，雄剑你要收藏好，我死后，你肚里的孩子生下来，若是女孩也就罢了，若是男孩，等他长大了，让他拿着那柄雄剑替我报仇。

说完，干将便背上雌剑，见吴王去了。

见了吴王，干将把雌剑献上。吴王接过宝剑，只见此剑寒如秋水，锋利无比，不禁夸赞道，此等好剑，实为古今稀有，不愧为匠心之作。转而又问，不是说好制作两把宝剑的吗？

干将预先酝酿了答词，从容道，宝剑乃千锤百炼而成，三年造一把，已用尽苦心，耗尽精力，还望吴王见谅。

无妨，无妨。吴王手拿宝剑爱不释手，反复欣赏后说，一把也成，天下唯吾独有，亦是好事。转而又对干将说，你造宝剑献于我，定有奖赏，但你绝不能再造此剑，否则当斩。

干将应答道，从此往后，我只造农具，永不造剑，而我有个请求，大王得此宝剑，只能用以护身，决不持剑杀人。

吴王欣然应允，并给干将以丰厚奖赏。

一天，吴王阖闾来到虎丘，一时兴起，从腰间抽出干将所献之剑，斩石试剑，瞬间将大石一劈为二，而宝剑完好无损。身边文武官员齐声叫好。

几个月后，莫邪生下了一个儿子，取名叫莫干。夫妻俩一边抚养孩子，一边打制农具。其铁匠铺生意兴旺，远近闻名。

吴王得到宝剑后，并没有为难干将，更没有把干将杀死。他佩带宝剑，率领吴国军队驰骋疆场，征战杀伐，一直信守承诺，从未用此剑杀人，只是佩带于身，化凶为吉，遂成霸业。

园甲天下

唐宋元明清，从古看到今。

看什么？在苏州，最有看头的，看过后印象最深的，莫过于古典园林。

苏州古典园林不仅是吴地园林的典型代表，也是中国乃至世界的典范。正所谓：苏州园林甲天下。

苏州园林的营造，早在唐以前就已开始，可追溯至春秋时期的吴国皇家园林。李白有诗云：

　　姑苏台上乌栖时，吴王宫里醉西施。

姑苏台就在春秋吴国的皇家园林内，里面有前园、梧桐园等多处宫苑，而离宫别苑类的有南城宫、馆娃宫等。吴国园林有 30 多处，亭台廊榭、宫殿馆阁等建筑类型齐全，皆以水为背景，借景于自然，为后世苏州园林之滥觞。

苏州私家园林起始于东晋。时任平北将军参军的顾辟疆营造了吴中第一座私家花园——辟疆园。相传王献之自会稽经吴，闻此名园，径来访之。

王献之与主人并不相识，但仍大摇大摆入园游赏，旁若无人，见怪石清池、柳深竹荫，赞其不愧为吴中第一，但也直截了当点评园中不足之处，尽显其文人气质。

三国两晋时期，佛教建筑兴起，除殿宇以外，多有附属的园林，而寺院丛林具有公共园林的性质，供庶民进香时游览憩息。

南北朝时期，江南庄园遍布。苏州兴起模拟自然野趣的宅第园林，或在旷野之处，或在山水之间，营造各式园林。那时开始用太湖石作为造园材料，使园林景观别具一格。

唐代苏州，经济繁盛，风物雄丽，为东南之冠。白居易任苏州刺史时，其园林式厅署，亭榭楼阁，假山曲池，竹树繁花，包含了园林营造的特色与精华。

如同绘画一般，宋代园林由写实向写意过渡，且初成模样。此时正值宋室南迁，北方造园越发萧索，而苏州及江南园林风头正劲，大显风骚，逐步成为中国庭园之主流，其代表作就是沧浪亭。

沧浪亭，原为五代十国时期平江军节度使孙承祐的池馆，后来废园被宋代著名诗人苏舜钦以四万钱买下，重新修建。建好后，苏舜钦漫步其间，不禁想起先秦时期那首佚名的《沧浪歌》：

沧浪之水清兮，可以濯我缨。

沧浪之水浊兮，可以濯我足。

于是，苏舜钦为其题名"沧浪亭"，并隐居于此。

沧浪亭造园艺术与众不同，未入园而先有景，一泓清流绕于园外。园内则以山石为主景，顽石成群，奇石嶙峋，形态各异，曲折起伏，既显自然之韵，又寓造园者之思。这些被选入园中的石头，每一块都有其独特的纹理与姿态，它们不仅是造园者精心挑选的石头，更是时间的见证。

园中的池塘清澈见底，岸边柳荫夹道，随风轻拂水面，泛起点点涟漪。重重叠叠的亭台，有的倚山，有的临水，各自独立又相互联系，形成了一幅幅优美的园林景致。园中的植物也有其特色，四季流转，花卉依次绽放，或娇艳欲滴，或清雅脱俗，无不给人以美的享受。春有桃花，夏有荷花，秋有桂花，冬有梅花，四季如画，各具风情。

沧浪亭的建筑也特别讲究。明道堂是园林的主体建筑，此外还有五百名贤祠、看山楼、翠玲珑馆、仰止亭和御碑亭等建筑与之相映衬，各种造型精美的漏窗将园林的内景、外景和近景巧妙地结合起来，给人以远眺近临、心旷神怡之感。

沧浪亭的文化气息浓厚，诗中有画，画中有诗。园中随处可见诗文碑刻，这些文字仿佛在诉说着园子背后的悠悠岁月与文人的雅兴。此外，园中还设有多个观景处，让人在观赏风景之余，也能享受心灵上的洗涤。

元朝时期，许多文人士大夫聚集于苏州，有目的地参与园林的设计，把他们的审美意识融入其中，创造性地修建富有诗情画意的自然山水园林，从而使苏州园林的艺术手法达到一个新的水平。其代表作是狮子林。

狮子林是因元末高僧天如禅师而建。天如禅师于 1341 年来到苏州讲经，受到弟子们拥戴。翌年，弟子们买地置屋建园。因园内有竹，竹下有石，状如狮子；又因天如禅师得法于浙江天目山狮子岩普应国师中峰，为纪念佛徒衣钵、师承关系，遂取佛经中狮子座之意，将其命名为狮子林。

狮子林是一座韵味悠长、蕴含巧思的江南古典园林，平面呈长方形，面积约 15 亩，以其独特的园林布局和精美的石雕艺术闻名于世。园内仿佛是一个石头构成的世界，奇石嶙峋，或似狮子蹲伏，或如猛兽静卧，形态各异，惟妙惟肖。这些天然或人工修凿的山石，构成了狮子林的核心景观。穿行在曲折的石径之间，峰回路转，移步换景，每一步都可见到不同的风景，感受到一种忽明忽暗、空间转换的奇妙体验。

狮子林中的建筑也十分精美。古朴的亭台、飞檐翘角的楼阁，与周围的自然景观相得益彰，更显雅致。建筑的分布错落有致，主要建筑有燕誉堂、见山楼、飞瀑亭、问梅阁等，其门窗上的木雕、屋顶的瓦当，无不展示了中国古代工艺的精湛，被视为吴地园林成熟期的标志。

明代是苏州古典园林最为繁盛的时期，无论数量还是艺术造诣，都进入了历史上的最高峰，进而形成了苏州的园林城市特色，奠定了苏州古典园林在全

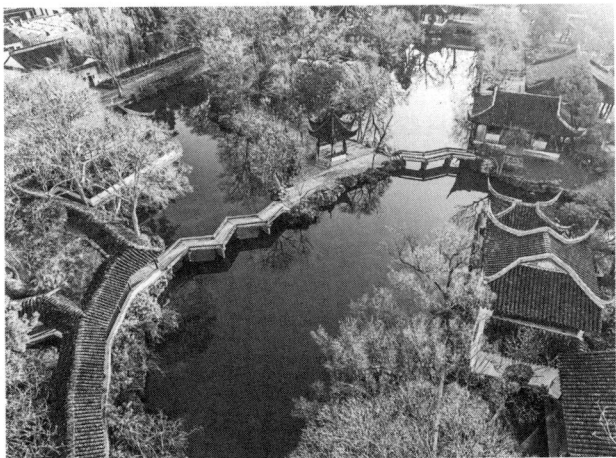

拙政园

国的领先地位。正所谓：园池亭榭，宾朋声伎之盛，甲于天下。其代表作是拙政园。

拙政园始建于明正德四年（1509 年），由解官回乡的御史王献臣以大弘寺基建造宅园，取西晋潘岳《闲居赋》中"此亦拙者之为政也"之意为园名。

拙政园融合了自然的山水景观与人类的智慧创造，占地面积 78 亩，分为东、中、西三个部分，各具特色，相映成趣。东部庭院的特点是林木茂密，给人一种深藏不露的感觉。步入其中，幽静的氛围令人心旷神怡。中部园林是拙政园的精华所在，大片的水域占据了主角地位，湖面的倒影与错落有致的山石、绿树构成一幅美妙的画面。中部的主体建筑是远香堂，造型古朴，气势雄伟。水边的香洲，隔水而望，阳光下美得令人心动。而西部则更多地体现了园林的雅逸氛围，曲径通幽，假山流水间，可以窥见主人的生活情趣。

在拙政园中，各种景致如同一场视觉上的盛宴。四季变换，园内的风景也随之更替，呈现出不同的风情。春日，花木扶疏，芳草萋萋；夏日，池塘荷花盛开，水波微澜；秋天，枫叶红于二月花，落叶纷飞；冬季，白雪皑皑，园中尽显静谧之美。

拙政园不仅以自然景观取胜，更以丰富的文化内涵著称。园内多处配有诗文题记，这些铭文不仅是对园景的赞美，更是园林主人向世人展示其精神世界的方式。同时，拙政园的建筑艺术、雕刻、绘画等，都极具研究价值。尤为难得的是，拙政园虽是人工建造的，但不失自然生态之野趣，彰显了明代建园风范，堪称"江南名园，园中精华"。

苏州好，城里半园亭。清代的苏州园林非常多，几乎遍布城市之中，而且开始从文人写意园林向平民化、大众化院落转化，呈现出简约的特色。其代表作是留园。

留园始建于明代万历二十一年（1593 年），由太仆寺少卿徐泰时所建，最初名为"东园"。在清代经历了多次易主和改建后，最终在清朝乾隆年间被苏州富商刘恕购得，进行大规模修缮和扩建。他在园中遍植竹子，搜集了十二名峰移入园内，形成了独特的园林风格，并将之更名为"寒碧山庄"，俗称"刘园"。

到了晚清，该园再次易主，被晚清大臣盛康购得。盛康在购得留园后，进行了进一步的修缮和扩建，并将其改名为"留园"，寓意"留住美景"。留园在盛康的经营下，增建了诸多景点，如"东山丝竹"戏台、祠堂和部分宅屋等，使园林更加宏伟壮观。

该园以建筑艺术著称，厅堂宽敞华丽，庭院富有变化。利用云墙和建筑群把园林划分为中、东、北、西四个不同的区域。东部以厅堂、庭院建筑取胜；中部以山水见长；北部陈列数百盆朴拙苍奇的盆景，一派田园风光；西部颇有山林野趣，其间以曲廊相连，迂回连绵，通幽度壑，秀色迭出。

留园内亭馆楼榭高低参差，曲廊蜿蜒相续有 700 米之多，颇有移步换景之妙，给人以"山重水复疑无路，柳暗花明又一村"的感觉。从四面亭、六角亭到长廊、水榭，重门叠户，庭院深深，院落之间以漏窗、门洞、长廊沟通穿插，互相对比映衬，成为苏州园林中院落空间最富变化的建筑群，体现了江南园林的精致和温婉。主厅五峰仙馆，俗称楠木厅，厅内装修精美，陈设典雅，其西有鹤所、石林小院、揖峰轩、还我读书处等院落。

留园的建筑在苏州园林中不但数量多，分布也较为密集，其布局合理，空间处理巧妙，每一座建筑物都有着自己鲜明的个性，处处显示了咫尺山林、小中见大的造园艺术手法，使园林建筑与山、水、石相互融合，呈天然之趣。

苏州各个时期的著名园林，除沧浪亭、狮子林、拙政园、留园外，还有网师园、西园、艺圃、耦园、怡园、鹤园、听枫园、退思园、环秀山庄等。这些园林，虽由人作，宛若天开。有人将苏州园林的特点概括为"三风"：

一曰风景。以独具特色的江南水乡建筑为主体，辅之以叠山理水和花草树木，组成美不胜收的自然景观和人文景观。

二曰风雅。以中国书画写实与写意相结合的手法，设计园林，绘制蓝图，然后精心施工，精雕细琢，并配之以匾额、楹联、挂屏、字画等，进而使园林充满诗情画意、仙境禅意，尽显风雅。

三曰风骨。以景造园，以园寄情，以林托志，昭示园主风骨。这种风骨，既不是与朝政风霜刀剑的直面碰撞，也不是逃避现实、遁于深山的隐居，更不是寻求宗教、消极厌世的解脱，而是换一种方式，追求自洁清高、心高志远的生存方式。

苏州园林是一种独特的文化元素，因城而建，因文而兴，塑造了苏州城市的精神气质和文化品格，从而使苏州城市具备了无与伦比的永久魅力。

香山帮传奇

苏州园林甲天下，离不开高超的建筑营造技艺。

何止是园林呢？从苏州的小桥流水人家，到京城的皇家宫殿，都需要高超的营造技艺，都留下了香山帮工匠的辛勤身影。

香山，处在苏州西部太湖之滨的胥口一带，传说因吴王种香草于此，遣西施及美女采摘而得名。而香山帮工匠，滥觞于春秋战国，发展于唐宋。北宋末年，朝廷设应奉局于苏州，征调吴郡能工巧匠赴京营造苑囿。直到明代，香山帮一举名闻天下。

这要从朱棣夺取天下说起。

朱棣是明太祖朱元璋的第四子，洪武三年（1370年）被册封为燕王。朱元璋死后，朱允炆继帝位，与朝臣密谋，计划铲除诸王。朱棣大为不满，遂于北平起兵，自诩靖难之师，攻破都城南京，夺取天下，当上了大明王朝的第三个皇帝，将北平改名为北京。

而朱允炆下落不明，有传说是在火海中上吊自杀，有传说是乘乱从暗道逃到江边，坐船出海。朱棣从此留下了一块心病，十分不安。更使朱棣寝食难安的是，有一天上朝时，被一心想为建文帝朱允炆报仇的御史大夫景清谋刺，险些送命。这之后，朱棣经常做噩梦，加上不习惯南京湿热的天气，更强烈地怀念他的故地北京。

公元1405年，趁东南季风起时，朱棣派遣的一支船队由郑和率领开始远洋航行。其远航的目的，明里是为了展现大明国威，暗里是为了寻找失踪的建文帝。

之后不久，不知是朱棣暗中授意，还是大臣们自己揣摩皇上意图，在一天上朝时，以李至刚为首的一群大臣，建议在北京修建一座新的宫殿。

正中下怀！朱棣皇帝毫不犹豫地接受了这个建议。于是，一场浩大的工程拉开了序幕。

先是开始了长达 11 年的准备工作。朱棣派人奔赴全国各地，在崇山峻岭里开采名贵木材和石料，然后运到北京。这是一项十分艰辛和危险的工作。许多平民百姓进山采木，累坏了身体，甚至丢了性命。为了运送一块建造宫殿用的巨石，数万名劳工在道路两旁每隔一里左右掘一口井，到了寒冬腊月，从井里汲水泼成冰道，用近一个月的时间，将巨石运送到建设工地。

在准备工作基本完成后，朱棣于公元 1417 年开始从南方调集大量能工巧匠进入北京，正式开始兴建宫城。

香山帮工匠成为首选，因为他们长期投身于吴地城乡建设尤其是园林建造中，积累了技术精湛、分工细化、工种齐备的营造技艺和经验。其中，以大木作领衔，涵盖了大木营构、小木装修、砖石雕刻、灰塑彩画等类别，囊括了建筑的各个环节和所有方面，形成了匠心独运的苏派建筑特色，其名气闻达四方。

在应召的香山帮工匠中，蒯祥成为头领。

蒯祥，苏州人，其父蒯福能是当地很有名望的工匠，被推为木工首。蒯祥自幼随父学习营造技艺。由于他勤奋学习、刻苦钻研、锲而不舍，三十而立，学有所成，成为一位能目量意营、准确无误、指挥操作、悉中规制的能工巧匠。

是年，蒯祥带领着一批香山帮工匠，怀揣着绝技与梦想，踏上了北上的征程。

临行前，父亲删福能交给删祥一只八宝盒，语重心长地对儿子说，这盒子里存放着香山帮世代摸索出来的十八般武艺，也就是各种榫卯绝技以及斗拱样式。

父亲，万万不能。删祥恳切道，这是我家的传家宝，我出门在外，难以保存，万一有闪失，儿子我实在担待不起。还是由父亲您保存为好。

不，你拿着。删福能不容置疑道，香山帮的千年古训也镌刻在盒盖上。你这次身负重任，不仅关系到皇家体统，也关系到香山帮名声。今天我交给你这只盒子里的东西，你一定会用得上。你要用生命保护好这只盒子，更要用生命去践行香山帮的千年古训。

我听父亲的。删祥从父亲手里毕恭毕敬地接过八宝盒，十分感激道，父亲的悉心栽培，我当铭记于心。

删福能告诫道，从今以后，你要把七情六欲统统抛到脑后，牢记和践行香山帮的千年古训。

父亲放心，我已牢记于心。接着删祥朗声背诵起来：

香山工匠，以诚为本，以勤立命，以精名世。贫贱不移，威武不屈，穷善其身，达济苍生，一丝不苟，营建广厦，穷艺皓首，造福天下！

删福能欣慰地点头，又嘱咐道，你要带领香山帮的兄弟们，拼上身家性命，用尽全部心血，营造一等的建筑，确保一等的质量，让香山帮的荣耀永存于世，为祖宗争光，为家乡争光。

删祥郑重地表示，孩儿已经准备好了，你就等着我们的好消息吧！

肩负着重托，告别了父母，删祥带领香山帮的工友们离开家乡，来到北京。

在高手如林的激烈竞争中，香山帮以高超的技艺脱颖而出。然而，由谁来担当大作首主持营造呢？围绕着这一问题，朝廷官员因各种利益的考量和各种因素的干扰，一时难以定夺。

为了匡扶正义、抵御歪风、主大营缮，蒯祥当仁不让，与多方势力斗智斗勇，以技示人，以情动人，最终感化了朝廷官员，当上了大作首，主持新皇城的设计与营造。

当时，蒯祥的年龄尚轻、资历尚浅，就名望而言，比起老工师蔡信、杨青，还是稍逊一筹。在宫殿的初建阶段，蔡信、杨青等起了很大作用。但他们都年事已高，而蒯祥正值年轻力壮，又工于计算和绘画，受到督工蔡信等人的重用。

在蔡信、杨青去世后，便由蒯祥主持设计与施工。他技艺超群，虚心听取各方意见，并严格按照封建宗法礼制，依据传统的阴阳五行学说，精心设计，制作图纸。

新皇城的前部为外朝，是皇帝处理政务的地方，有三大殿，即太和殿、中和殿、保和殿，体现了中华传统思想。太和意为人与宇宙、人与自然的和谐；中和意为人与社会、人与人的和谐；保和意为人自身心理和生理的和谐。后部的宫殿则是内廷，是皇帝的生活区域，既有各类房舍，也有山水园林。整个新皇城比元朝时略向南移，各大宫殿依中轴线，左祖右社，方方正正，稳稳当当，象征大明王朝长治久安。

工部尚书宋礼看到新皇城的图纸后，又亲自实地考察了一番，确定设计图纸符合规制和需要，又具有实施的可操作性，于是呈报给皇上。

朱棣皇帝拿到图纸，听了宋礼的汇报，非常满意，随口问道，新皇城共有多少间房屋？

蒯祥当即答道，宫中有九重宫阙，共计房屋 9999 间半。

9999 间半？朱棣疑惑道。

蒯祥解释道，传说天宫有 1 万间房屋，故而皇宫建 9999 间半为宜，这样既体现了人间帝王对天帝的尊敬，又不失人间皇权的威严。

好好好！朱棣顿时心花怒放，当即痛快地批准了蒯祥等人的设计方案。

就这样，新皇城的营造如期开工。

营造工程难度大、困难多，也难免发生一些施工事故。当时缅甸向明朝进贡了一块巨木，朱棣下令将其做成大殿的门槛。一个木匠不小心把这块木头锯错了，足足短了一尺多。这可是天大的过错啊！这个木匠吓得脸色煞白、手足无措，慌忙向蒯祥作了汇报。蒯祥到现场一看，让那个木匠干脆再锯短一尺。在场的工匠们不知何故，都很惊讶。之后，蒯祥亲自动手，在门槛的两端雕琢了两个龙头，再在边上各镶一颗珠子，让门槛可以装卸。

这事在工地上传开了，还传到了朱棣皇帝的耳朵里。朱棣十分赞赏蒯祥的智慧和手艺，每每以"蒯鲁班"称之。

蒯鲁班名不虚传，当之无愧。他在营建宫殿楼阁时，只需略加计算，便能画出施工图来，待施工完毕后。建筑与图样尺寸分毫不差。

经过长达 15 年的准备与施工，新皇城终于建成。依照中国古代的星象学说，天空的恒星划分为三垣，指的是紫微垣、太微垣、天市垣。紫微垣为中垣，又称为紫微宫，传说是天帝的居所。而作为真龙天子的皇帝，居所应当与天帝的居所相对应，取"紫"字以对应紫微宫。而"禁"字是指皇家禁地，一般人不得入内。故而新皇城被称为紫禁城。

公元 1421 年的农历元旦，朱棣在新落成的紫禁城举行了规模宏大的朝贺仪式。他登上了高大壮阔的太和殿，接受大臣们的跪拜。

朱棣和大臣们都为这座辉煌无比的宫殿所振奋。踌躇满志的朱棣皇帝，找来一位会推算未来的姓胡的官员，让他算一下以后会发生什么事。胡回答说，四月初八宫殿会发生火灾。闻此言，朱棣大怒，把这个胡姓官员关进了监狱，并表示到时候若不着火就砍了他的头。

然而，四月初八，天气骤变，电闪雷鸣，三大殿真的被雷电击中了，大火熊熊燃烧。顷刻间，三大殿灰飞烟灭。

毁于天火的三大殿，在永乐时代没有重修。十多年后，也就是 1436 年，明英宗朱祁镇即位。他十分崇拜曾祖父朱棣，做了一件他父亲和祖父都没有做成的事情——重修紫禁城。

负责重修紫禁城的仍是蒯祥。一年半之后，重建工作顺利完成，紫禁城又完好如初。一座世界建筑史上独一无二的经典之作，从此傲然于世。

蒯祥因建造紫禁城立下汗马功劳，后被任命为工部左侍郎。晚年，蒯祥辞官归隐。回到苏州后，他过着简朴的生活，并继续关心和指导当地工匠的技艺传承，使香山帮后继有人，并形成了香山帮的建筑特色。他们不仅在建筑技术上有着超高的技艺，而且在艺术上也具有极高的造诣，一瓦一脊、一镂一雕，于层叠之间彰显出洗尽铅华的纯粹典雅。

更为宝贵的是，以蒯祥为代表的香山帮工匠在长期的实践中，形成了"以诚为本、以勤立命、以精名世、一丝不苟、追求完美"的工匠精神，并身体力行，世代相传，恩泽千秋。

一块金砖一寸金

紫禁城的营造，离不开香山帮工匠巧夺天工的技艺，也离不开一种特别的建筑材料——金砖。

金砖，为苏州所特有。

金砖又称御窑金砖，是古时专供宫殿等重要建筑使用的一种高质量的铺地方砖，为中国传统窑砖烧制业中的珍品。

金砖名字的由来有三种说法：一是金砖由苏州陆慕御窑烧制后送往京仓，故称"京砖"，后来演变成了金砖；另一种说法是，金砖烧成后，质地极为坚硬，敲击时会发出金属般铿然之声；还有一种说法是，在明朝的时候，一块金砖价值一两黄金，所以叫作金砖。

无论何种说法，都表明金砖之金贵。

那么，金砖是怎样制成的呢？

一方土，想要成为金銮殿上的一方砖，不是一件易事。苏州当地的百姓，选用地表下含铁质的黏土，由陆慕御窑烧制了明清皇家建筑专用的墁地金砖。其古老的传统手工技艺，需要经过大大小小数十道工序。

第一步是取土。取土之前先要选土，那些有经验的师傅才能看出哪里的土不仅具有黏性，而且土中含铁量较高，可以磨成粉末。选好土之后，还要经过掘、运、晒、椎、浆、磨、筛七道工序才算完成，耗时长达 8 个月。

第二步是制坯。把备好的泥土，用半手工半机械的方式制成砖坯。普通的金砖，只要按照需要的尺寸和厚度把泥土制成坯块即可。比较复杂的是那些有特殊工艺要求的花砖，比如有的砖上需要绘制图案，为了让烧制出来的图案生动逼真，就要求在制坯时对图案的刻画把握得恰到好处。

第三步是烧制。坯入窑后，点燃窑火的过程复杂至极：以糠草熏一个月，片柴烧一个月，棵柴烧一个月，松枝柴烧40天，经过这四种不同燃料的燃烧，在耗时130天之后，方可窨水出窑。所谓窨水，指的是一窑砖烧好后，必须往窑里浇水降温。这些浇向窑里的水，得由窑工们沿着窑墩外那条又陡又高的砖梯挑到窑顶，再从窑顶浇入窑中。

第四步是出窑。出窑的日子，小小的窑腹里灰尘弥漫，异常呛人。在出窑之前，虽然已往窑中浇水降温了四五天，但窑中的温度仍然很高，长时间烧制过的金砖更是炙热难当。一块块又烫又重的金砖，在工人们手里飞快地传递着。为了督促同伴加快速度，同时，也为了给自己鼓劲，工人们在搬卸金砖时，嘴里会发出一种奇怪的哑哑声。

第五步是打磨。刚从窑里搬出来的金砖还只能算是璞一样的半成品，要让它成为光彩照人的玉，还得花一番心血进行细致的打磨。金砖的打磨只需要极其简单的工具，在一个圆形的水槽里进行，一边磨，一边冲水，不仅要让金砖表面变得平滑，而且随着使用时间的不断延长，其表面会愈发光亮，甚至可以当镜子用。

最后一步是泡油。打磨之后的金砖，要一块块地浸泡在桐油里。桐油不仅能使金砖光泽鲜亮，还能够延长它的使用寿命。

以上工序耗费的时间加在一起，需要整整一年，而每座窑一次能够生产的金砖，至多不超过7000块。

明清以来，金砖受到历代帝王的青睐，成为皇宫建筑的专用产品。明代永乐年间，明成祖朱棣迁都北京，大兴土木建造紫禁城。经苏州香山帮工匠的推荐，陆慕砖窑被工部看中，决定"始砖于苏州，责其役于长洲窑户六十三家"。由于质量优良，博得了永乐皇帝的称赞，赐名窑场为御窑。

在苏州郊外，至今保存着一座双孔连体窑，也称姊妹窑，就是传说中因永乐皇帝所赐而得名的御窑。窑址东西长 35 米，南北长 33 米，占地 1150 多平方米，窑内为圆锥形，底面直径 6.7 米；拱形窑门宽 2.42 米，高 3.05 米，圆柱形烟囱直径 1 米，高 4.25 米。

像这样的砖窑，曾经烧制过无数的金砖，也发生过无数的故事，既承载着金砖的辉煌，也记录着工人的艰辛。有一首《竹枝词》是这样描写的：

> 货船泊岸夕阳斜，女伴搬砖笑语哗。
> 一脸窑煤粘汗黑，阿侬貌本艳于花。

诗中描写了金砖出窑时的场景：在炎热的窑中劳作，女窑工很快就满脸汗水，飞扬的尘土扑到脸上，原本花一般的女子，刹那间也乌黑如煤灰。

从苏州解运金砖至京城，大多走的是运河水路。通常需要搭江南粮船，沿运河至京师通州，偶尔也到天津，沿途由官员负责全程解运。某些特殊情况下金砖运输会雇用民船，民船的船工一般从窑工中抽夫充当，因苏州至北京路程遥远，往返几近一年之久，栉风沐雨，十分艰辛。有史料记载：

> 昼夜不绝起集，军夫接递常以一二千计，凌冒风雨，送往迎来，艰苦万状。

北京故宫的太和殿、中和殿、保和殿铺墁的都是金砖。在砖的侧面，有明永乐、正德、清乾隆等年号和"苏州府督造"等印章字样。

用精巧技艺和辛勤汗水制成的一块块金砖，铺设于殿宇之上、苑囿之中，默默地见证了朝代的兴衰、时代的变迁、权力的更替、祭天的盛举、大臣的荣宠……

作为明清两代皇家御用墁地物料，随着时间的推移，金砖逐渐融入民间生活，晚清和民国时期，在江浙一带的园林宅邸中时常可见，文人雅士或将金砖铺设之处作为供博弈、饮茶的雅集之所，或置于书房供习书、展画之用。有的手工艺人还将金砖雕刻为工艺品，供人们观赏收藏，一些公共场所也出现了使用金砖的建筑。

北京紫禁城已经走过了 600 年的岁月，建造紫禁城所用的金砖也同样走过了 600 年的岁月。

金砖，并没有随着王朝的灭亡而退出历史舞台，相反，时间赋予了它金子般永恒的生命。

锦绣人生

　　苏州男子勤劳肯干、匠心独运，他们造剑、造园、造房、造砖，名扬海内外。巾帼不让须眉。苏州女子也是吃苦耐劳、心灵手巧，她们的手工艺尤其是苏绣，艺品出众、载誉四方。

　　苏绣起源于苏州，至今已有2000余年的历史。

　　相传，太伯奔吴，在江南一带建立了吴国。当时，当地人有断发文身的习俗。吴国君主想破除这种陋习，于是和长老们在一起商议。正在缝衣的孙女女红边缝边听走了神，一不小心，手被针扎了，一滴鲜红的血顿时浸染在衣料上，渐渐晕开成一朵小花。女红突发灵感，把图案绣在衣服上，以替代文身，于是产生了苏州地区独特的刺绣技艺——苏绣。

　　苏绣在宋代趋于成熟，已具有相当高的艺术水平。据明万历年间《清秘藏》一书记述：宋人之绣，针线细密，用绒止一二丝，用针如发细者为之。设色精妙，光彩射目。山水分远近之趣，楼阁得深邃之体，人物具瞻眺生动之情，花鸟极绰约嗛嚲之态，佳者较画更胜。

　　当时，不仅有以刺绣为生的，而且富家闺秀也往往以此消遣时日，陶冶性情。所谓"民间绣""闺阁绣""宫廷绣"的名称也由此而来。

　　明朝时，苏绣已成为苏州地区一项普遍的群众性副业产品，出现了"家家养蚕，户户刺绣"的盛况。城内还出现了绣线巷、滚绣坊、锦绣坊、绣花弄等坊巷，可见苏州刺绣之兴盛。刺绣艺人结合绘画作品进行再制作，以针作画，所绣佳作栩栩如生，笔墨韵味淋漓尽致，在针法、色彩、图案诸方面已形成独特的艺术风格，与书画艺术媲美争艳。

《红楼梦》第五十三回写道：原来绣这璎珞的也是个姑苏女子，名唤慧娘。因她亦是书香宦门之家，她原精于书画，不过偶然绣一两件针线作耍，并非市卖之物。凡这屏上所绣的花卉，皆仿的是唐、宋、元、明各名家的折枝花卉。故其格式配色皆从雅，本来非一味浓艳匠工可比；每一枝花侧皆用古人题此花之旧句，或诗词歌赋不一，皆用黑绒绣出草字来，且字迹勾踢、转折、轻重、连断皆与笔草无异……

清代苏绣更是盛况空前，苏州专门经营刺绣的商家就有65家，因此被称为"绣市"而扬名四海。当时针法之多、应用之广，莫不超过前朝，山水、亭台、花鸟、人物，无所不能，无所不工。加上宫廷的大量需要，豪华富丽的绣品层出不穷。

清代中期，苏绣在绣制技术上有了进一步发展，出现了精美的"双面绣"，就是在同一块底料上，在同一绣制过程中，绣出正反两面图像，轮廓完全一样，图案同样精美，可供人在正反两面仔细欣赏。技艺之精湛令人拍案叫绝。

苏绣分为闺阁绣和商品绣两类。所谓闺阁绣，即出自名门闺媛之手，以国画为绣稿，精工细绣，不计成本。闺阁绣对于绣技以及绘画书法方面的造诣要求较高，因而成本也较高，通常用于高档物品的装饰。而商品绣是刺绣工厂的产物，出自民间工匠之手，质朴实用，成本较低，通常用作馈赠礼品。

在苏绣的发展过程中，涌现出大批著名艺人，其中以清末民初的工艺大师沈寿最为突出。

沈寿，原名云芝，生于苏州，从小就受到女红习俗的熏陶。她姐姐沈立平时在家刺绣，沈寿耳濡目染，很早就对刺绣感兴趣，学着为姐姐劈丝分线，穿针引线，并随姐姐对绷习绣，8 岁就能独自刺绣了。

20 岁那年，沈云芝同流寓苏州的浙江山阴人余觉结婚，艺术生涯由此发生重大变化。

余觉乡试中举，平时擅书能画，既通旧学，又尚新风，成了沈云芝事业上的伴侣和襄助者。他上午教书，下午研究绣艺，以画理教妻。沈云芝则以绣法告夫。夫画妻绣，配以题款，绣品平添意趣神韵，高人一筹。余觉曾在《痛史》中自述：

> 乃至半日废书，半日研绣。余则以笔代针，吾妻则以针代笔，十年如一日，绣益精，名益噪。

余觉和沈云芝两人对历代刺绣针法进行了详细比较和分类研究，使针法技艺趋向条理化，自成一家，臻于成熟。他还为沈云芝的刺绣提供了许多精致的绣稿，并极力助推苏绣的创新和走向世界。

1899 年，余觉应上海潘道尹之聘就馆教书，云芝随往。这个时期正值西风东渐，在开放的上海，余觉见到了西洋油画与摄影照相。经过分析对比，他告诉云芝，西洋画根据透视原理，不仅能形似，还能光似。

沈云芝逐步领悟到阴阳明暗之理，并在实践中创造出虚实针来表现明暗之别。她认为，面光者阳，背光者阴。阳则明，背则晦。如果光在物之左，则左明而右边暗；照射在上方，则上面亮而下面暗；反之亦然。若论表现面积小而光线变化又多的，就数人的面部了。额头、颧骨、鼻子、脸颊、耳朵、眉睫之间都属于阳面，其他都是阴面。若要区分阴阳面光线的多寡，就要先视画稿中有多少阴阳面，再求出光线要分成多少不同的强弱等级。绣品要正确表现出光影效果，就得知道用线配色的技巧，以求光线和谐。

在此认识的基础上，沈云芝吸收了西洋绘画的表现手法，将刺绣技艺提高到崭新的发展阶段。

这时，大显身手的机会来了。

1904 年，慈禧太后七十寿辰，东南官员争相献礼贺寿。余觉同科朋友单束笙前往余家索订绣品。

余觉亲自挑选了 8 幅佛像画稿，组织几位绣女，以云芝为首绣制。

虽然精神上颇有压力，但云芝沉着冷静，亲自选择上等的丝绸，在上面精心复制底图。然后与姐妹们一起，将丝绸绑定在绣绷上，开始刺绣。她们根据图案的不同部位，选择最合适的针法，从最基本的图案边纹开始，逐渐过渡到复杂区域。细密的绣线在绣娘的手中游走，那细腻的丝线穿梭于绸缎之上，每一针每一线，都凝结着绣工的高超技艺和巧思深意。

云芝特别注意处理颜色变化，在颜色渐变或者多色混合的部分，使用分层叠绣或者渐变线材的方式来实现平滑的过渡。在主要的形状和区域绣制后，添加细节点缀，如佛像的五官、佛手上的莲花等。

经过 100 多天的精心绣制，《八仙上寿图》完成了。她们解除绣绷，裁剪掉多余的绸料边缘，并进行熨烫，最后将刺绣作品一一装框。

余觉把朋友单束笙请到家里，一起验货，不，应该说是一起欣赏。余觉评价道，这 8 幅苏绣作品，件件繁而不乱、雅而不骄，细腻之中显高雅，朴素之中见精神。

"是的，是的。"单束笙称赞道，"这些绣品技法精湛，无一不流露着苏绣的独特的艺术魅力，更绣出了深厚的佛教文化内涵。我马上请农工商部代奏进呈。"

几天后，慈禧见到绣品，赞叹其为绝世神品，大喜。随即懿旨嘉奖，亲书"福""寿"两字赐之，并由商部颁宝星勋章正副各一。商部尚书载振也题诗相赠：

九如天保颂无疆，寿宇宏开帝泽长。

万国衣冠王会启，御屏争说姓名香。

从此，沈云芝改名沈寿。

这成为她成功的新起点。随后清农工商部奏准筹设绣工科，并奏准余沈夫妇去日本考察美术刺绣教学情况。

1905 年 11 月初，夫妇俩从上海乘轮船偕赴日本考察两个月。他们在日本悉心考察，与同行交流，颇受启发。回国后，夫妻俩再行钻研，反复试验，终于创成形神兼备的仿真绣。

传统方法刺绣人物面目，只用从上到下一个方向的针法，形成一张平淡无质感的脸。而沈寿的仿真绣，则能根据面部肌肉的凹凸和光线变化产生的阴阳层次，施针配色，讲究透视和明暗，达到西洋画的艺术效果，使人物有质感、立体感，将苏绣艺术升华到一个新的高度。

从此，艺术佳作在沈寿手中连缀而出，绣品在国内外频频获奖。她的作品《意大利皇后爱丽娜像》曾作为国家礼品赠送给意大利，轰动了意国朝野。1915 年，《耶稣像》在美国举办的巴拿马太平洋万国博览会上获一等奖，售价高达 13000 美元。《美国女优倍克像》赴美展出时，盛况空前。

仿真绣享誉中外，掀开了苏绣崭新的一页。

沈寿不仅是一位出色的刺绣艺术家，而且还是一位富有经验的刺绣教育家。1914 年，沈寿任江苏南通女红传习所所长。在教学中，她主张"外师造化"，培养学生仔细观察事物的能力。绣花卉，她就摘一朵鲜花插在绷架上，一面看一面绣。绣人物，她要求把人的眼睛绣活，绣出人的精神。在沈寿的精心教诲下，女红传习所培养了许多苏绣人才，其绣品也逐步形成了"细薄匀净"的风格。

沈寿还通过口授的方式，将自己的绣艺进行总结，由张謇执笔出版了较完整的一部刺绣理论著作《雪宦绣谱》，于 1919 年由南通翰墨林印书局出版发行。此书在理论上对前人的针法进行了详尽的阐述，总结了刺绣中常用的 18 种针法，填补了刺绣针法研究的空白。

沈寿以其苏绣技艺、苏绣作品、苏绣理论，独创了"沈绣"，一枝独秀，成为苏绣艺术史上的一代宗师。

中部

PART TWO

———

涅槃之路

古城，岁月的沉淀，历史的画卷。

每一段城墙，每一条小巷，每一块青石，每一片黛瓦，都承载着浓厚的人文气息，它们既是历史的见证者，也是文化的传承者。

然而，时序轮回，城起城落。不知始于何年何月，苏州古城逐渐破败了、衰退了，失去了往日的容颜和神采。

终于，在有识之士的呼吁下，国家高层作出重要决策，古城苏州踏上了涅槃之路。文保专家与苏州市民共同担负起古城保护的庄严使命。他们并非将其束之高阁，而是以敬畏之心去呵护她的每一寸肌理，在古城保护与人文经济发展之间寻求平衡，让古老的街巷在修缮中重焕生机，让传统的技艺在传承中绽放光芒。

城市是人文经济的摇篮。城市兴则人文经济兴。

古城的保护，城市的发展，为人文经济提供了广阔的舞台和坚实的基础。完善的基础设施、便捷的交通网络和发达的商业环境，为文化产业、文旅融合、创意经济等人文经济领域的发展提供了必要的条件和有力支持。

而人文经济的发展，为古城注入了鲜活的血液。当修缮一新的街巷迎来特色小店，当夜幕降临灯火亮起，当古老的城市焕发出新的生机，一幅崭新的城市生活画卷便徐徐展开……

第 四 章

CHAPTER

FOUR

古城呼唤

园林春早

时序轮回，沧海桑田。1949 年 4 月 27 日，苏州解放，古城回到人民的怀抱之中，古城的历史揭开了新的篇章。

新中国成立后，苏州人民在党的领导下，面对贫穷落后、一片萧条的严重状况，全面恢复和发展国民经济，取得了社会主义建设的良好开端。

然而，此时的苏州园林严重失修，一片破落。面对这一状况，苏州市政府计划进行修复工作。市领导找到在本市工作的谢孝思交谈，希望把苏州园林恢复起来。

谢孝思生于贵阳，毕业于国立中央大学。新中国成立前执教于苏州国立社会教育学院艺术教育系，院址就在拙政园。当年，他在园中山坡地上备课，在远香堂里上课，环境十分清雅。从那时起，他与苏州园林结下了半个多世纪的不解之缘。新中国成立后谢孝思历任苏州市文联名誉主席、苏州美术教育学会会长等职。他全身心投入绘画、书法的研究与创作之中，同时一直关注和研究苏州园林。

市领导的意见正是谢孝思的意愿。他对市领导说，苏州丰富的园林名胜古迹和文物，有很高的历史艺术价值，是苏州的瑰宝，是祖国的瑰宝，也是人类的瑰宝，应该得到很好的保护、修复和利用。他建议市里成立专门机构，组织实施园林修复工作。

不久，苏州市政府同意由本市的谢孝思、周瘦鹃、范烟桥、陈涓隐、蒋吟秋、汪星伯等，以及外地的园林专家陈从周、刘敦桢组成了苏州市园林修整委员会，共同商议如何整修园林。

在园林修整委员会中，有一位专家发挥了重要作用，他就是陈从周。

陈从周，1918 年出生于杭州城北的青莎镇，是家中最小的孩子。父亲是位将生意经营得不错的商人，在临近京杭大运河的地方造了一栋住宅。宅子十分雅致，带有一个不大的园林，里面有山，有石，有花，有木。

陈从周从小就接受全面的中西合璧式教育。1938 年，考入了杭州的之江大学，主修中文和历史。画家张大千、书法家王蘧常、学者任铭善都是陈从周的恩师。他一边学习文史哲和书画艺术，一边自修园林和古建筑营造知识。

1952 年，陈从周进入同济大学任教，从事古建筑的研究与教育。第二年他与刘敦桢一起应邀来到了苏州。从此，他与苏州古典园林结下了不解之缘。

那时，他每周五晚从上海来苏州，住在观前街九胜巷的远东饭店。翌日一早，便与其他专家一起考察古园林和古建筑。渐渐地，他越来越迷恋于园林，并深深地陶醉其中。在陈从周等专家的建议下，苏州市政府决定先整修留园。

留园始建于明万历年间，是中国大型古典私家园林。但该园建成后命运坎坷，多次易主，几度荒废。苏州市政府组织整修时，留园已经面目全非。陈从周考察后认为，留园内有不少古树，这些树木生长十分缓慢，说明是当时建园时种下的。虽然园内建筑多有毁损和坍塌，但树木还在，这正是整修园林的依据和价值所在。

经过专家的论证，园林修整委员会确定了详细的整修方案，然后组织当地能工巧匠精心施工。

谢孝思带领一班人积极投入园林整修工程中。他们先用两个月的时间清理场地、动迁棚户人家，同时摸清全园景点，访求能工巧匠，组织工种队伍，采集建筑材料，做好施工准备。接着，精心组织施工，从留园中部的涵碧山房、明瑟楼、绿荫轩、曲溪楼、清风池馆，到东部的还我读书处，均在原址上一一修复出来。在整修中，谢孝思遵循"利用旧料、保证质量"的原则，想方设法利用老木料、旧物件，把园内 660 米的走廊修建了起来。

半年多后，留园得以全面修复，被建筑学界称作古典园林修复史上的奇迹。

就在这一年，虎丘塔发生局部坍塌。

虎丘塔是苏州云岩寺塔的俗称，建于五代后周显德六年（959 年），落成于北宋建隆二年（961 年），距今已有 1000 多年历史，是苏州行政区划内年代最久远的古建筑。该塔七级八面、高 47 米，塔体至少于明代开始向东北倾斜，塔尖倾斜 2.34 米，塔身倾斜度为 2.54 度。

对此，苏州市政府迅速组织专家研究抢修方案。陈从周亲自到实地考察，了解掌握第一手资料。

他来到虎丘塔，在市文物部门同志的协助下，打开了塔门。塔里寒气逼人，蛇鼠乱窜。他踏着云梯，一步一步缓慢向上攀登，梯子不时发出吱吱的响声，惊起了塔顶的野鸽。他登上了塔顶，只见上面覆盖着一层厚厚的鸟粪。陈从周浑然不顾，用手拨开厚厚的尘埃和鸟粪，通过仔细观察，终于把这座塔的建筑结构搞得一清二楚。后来人们称陈从周是近百年来冒险登上虎丘塔的第一人。

在弄清了虎丘塔的建筑结构后，陈从周与刘敦桢等专家研究制定了虎丘塔抢修加固方案。此时的虎丘塔已有近百年未曾大修，整个塔体倾斜严重，塔身千疮百孔，满目疮痍，岌岌可危。专家们一致认为，首先需要解决的是塔体裂缝，如不及时干预，必然是同杭州的雷峰塔一样向外崩塌。专家们最终选用了在每层塔身箍三道钢筋的方法，即在每个转角包钢板，箍筋包在钢板外，接头处用花篮螺丝收紧，每根箍筋设 4 个接头，旋紧螺丝达到箍紧塔身的作用。

此时，新中国成立不久，百废待兴，人力、财力和物力都十分有限，

石塔修缮

技术水平也相当落后。技术人员和施工人员在十分困难的情况下，虚心听取专家意见，充分发挥主观能动性，进行塔身的加固和修复工作。

在此过程中，陈从周经常到现场察看和指导，有时在学校脱不开身，或是出差在外，便常常用写信的方式予以指导和关照。有一次，陈从周要去北京开会，但他放心不下虎丘塔，临行前，他给苏州市文物保管委员会写了一封信，信中说，苏州虎丘塔的年代，虽砖上有五代最末一年的题记，但考虑到工程巨大，推测其应完工于北宋初期。今发现建隆二年经匣，证明从前的推测并无错误，不胜欣慰。唯据本人所见宋元之塔，往往塔身内藏有佛像或泥制小塔，希望工程队多多留意为盼。此塔各层腰檐与塔顶之瓦久已脱落，雨雪侵入可增加塔身重量，而塔身结构又缺甚多，虽加铁箍，仍须注意防水工作。又明代改建的第七层，外壁较薄，现已四分五裂，有些竟如孤立的屏风，施工时盼特别注意。

从北京开会回来后，他又赶到现场察看，并及时提出具体的意见。他在给施工队的书面意见中说，施工情形尚好，唯有三点请考虑：一是上面加固后，如基础不加固，是无济于事的，待上面加固后，基础务必要加固，而且上面经加固后，再进行基础加固，实施过程中亦较安全而方便。此事我返校后复与张问清教授等谈过，他们主张与我相同。二是塔上发现竹钉，是一个很好的竹材利用，其作用为增加粉饰的黏着力。我携带数颗，已交同济大学竹材利用委员会作标本陈列，他们认为是竹材利用的新启示。如能拍照，拍一张竹钉在壁面的情形，留作记录亦好。三是塔上的细部线脚、花纹等务必要好好保存，在施工中当心。另外，钢板钢筋要上红丹防锈漆，俾不致腐朽。至要至要。

在专家的精心指导和工程队的努力下，虎丘塔完成了一次重要的加固维修，转危为安。

两年后的1958年，陈从周、谢孝思等专家又呼吁抢救网师园。

网师园始建于南宋时期，占地面积不大，初为万卷堂，后重建并定名网师园。岁月更迭，几易其主。园主多为文人雅士，各有诗文碑刻遗于园内，历经修葺。园内主要建筑有丛桂轩、濯缨水阁、看松读画轩、殿春簃等。网师园的亭台楼榭无不临水，全园处处有水可依，各种建筑配合得当，布局紧凑，以精巧见长。

新中国成立后，园内曾驻军。1958年部队撤出，苏州医学院附属医院占用大部。当时有人建议在这里拆园办厂。陈从周得知后，立即找到市园林管理处反映情况，并一同前往实地察看。陈从周当场指出，网师园是苏州园林中小型古典山水宅园的代表作品，必须抓紧修复。

很快，苏州市政府采纳了陈从周的意见，将网师园划归市园林管理处接管，迁出医院和8户居民，拨款4万元进行抢修，先后修复了月到风来亭、樵风径、水池东岸云冈及引静桥、铁琴及庭院、小山丛桂轩、竹外一枝轩等，新建梯云室及庭院，以墙分隔西部内院，增辟涵碧泉、冷泉亭等，配置家具陈设。东邻圆通寺法乳堂也归到该园。

修复工程竣工后，苏州市政府邀请专家们前来察看。陈从周看后十分满意，给予充分肯定，称其为"小园极则"，同时也指出了一些不足之处，让施工方进一步完善改进。

这次修复，使网师园保持了苏州旧时世家宅园相连的风貌，全园分为东部住宅区、中部山水花园、西部别院。修复及相关改进工作历时近一年，于次年9月对外开放，供游客游览。

正是苏州市政府的高度重视和陈从周、谢孝思等专家的积极参与，使苏州古典园林获得了新生。1961年3月，留园被中华人民共和国国务院列入第一批全国重点文物保护单位。

这一期间，陈从周出版了他的第一本书——《苏州园林》。这是我国当代第一本有关园林的专著。后来，他又陆续出版了《苏州旧住宅参考图录》《漏窗》等书，在中国园林界声名鹊起，被称为"中国园林第一人"。

大家谏言

社会的发展道路总是漫长而曲折的。

在社会主义建设时期，我国发生了"大跃进"和"人民公社化运动"等一系列重大失误，加上遇到三年困难时期，经济社会和人民生活陷入了严重困境，后经调整略有好转。但在"文化大革命"中，全国各地处于长期动乱的局面，国民经济运行遭受严重破坏。

苏州也不例外。更为严重的是，苏州古城内的文物古迹、名人字画等遭到不同程度的损毁，百年老店的招牌无一幸免，古街、古巷、古建筑和园林等，或改换门庭，或挪作他用，丧失了古城原有的风貌。

党的十一届三中全会的召开，如一声春雷，划破历史的长空，由此徐徐拉开了我国改革开放的恢宏序幕。拥有千年古韵的苏州古城，恰似久蛰逢春，瞬间焕发出蓬勃的青春活力。

一时间，姑苏大地，从市井街巷到政府机关，从繁华市区到偏远乡村，全市上下干事创业热情如火炬燎原。人们迅速响应时代的召唤，坚定地实施工作重点的转移，以果敢的决心、奋进的姿态，积极投身于经济调整的浪潮之中，推动经济全面复苏，经济社会发展进入了新车道，许多方面的工作在全省乃至全国崭露头角。

1983 年 2 月 5 日，邓小平乘专列离开北京，前往江苏苏州、浙江杭州等地考察。

2月6日下午，抵达苏州。第二天，邓小平就与陪同考察的江苏省负责人江渭清、顾秀莲一起，听取苏州市负责人的工作汇报。汇报中，邓小平最关心的问题是，到2000年，江苏能不能实现翻两番？[1]

江苏省领导回答说，就全省而言，用不了20年时间，就有把握实现翻两番。

邓小平接着问，苏州农村的发展采取的是什么方法？走的是什么路子？[2]

苏州市领导告诉他，我们主要靠两条，一条是重视知识，重视知识分子的作用，依靠技术进步。还有一条是发展集体所有制，也就是发展中小企业。在农村，就是大力发展社队工业。

江苏省领导补充说，苏州的社队工业在初创阶段，曾经经历过"千方百计找门路，千言万语求原料，千山万水跑供销，千辛万苦创基业"的艰难过程，之所以能够快速发展，归根结底，凭借的是灵活的经营机制，实行的是市场经济体制。

听了这番话，邓小平点头道，看来，市场经济很重要！[3]

3月2日，邓小平在同几位中央负责同志谈话时指出，这次，我经江苏到浙江，再从浙江到上海，一路上看到情况很好，人们喜气洋洋，新房子盖得很多，市场物资丰富，干部信心很足。看来，四个现代化希望很大。邓小平还指出，江苏从一九七七年到去年六年时间，工农业总产值翻了一番。照这样下去，再过六年，到一九八八年可以再翻一番。[4]

谈话内容很快传到苏州，给苏州广大干部群众以极大的鼓舞和强劲的

---

[1] 相关内容参见《邓小平年谱（1975—1997）》（下），中央文献出版社2004年版，第886页。
[2] 刘金田：《邓小平在1984》，江苏人民出版社2018年版，第79页。
[3] 中共江苏省委党史工作办公室：《中共江苏地方简史1921—2021》，江苏人民出版社2021年版，第173页。
[4]《邓小平文选》第三卷，人民出版社1993年版，第24—25页。

动力，也为苏州的发展指引了一条康庄大道。

就在这一年，苏州实行地市合并和市管县新体制，开始迈入市县统筹、城乡一体、工农协调发展的历史新阶段。两年后，中央确定苏州为沿海经济开放区，助推苏州走上开放型经济发展的快车道。苏州市及时抓住和充分利用这些历史机遇，坚持以发展为主线，以改革开放为动力，以推进工业化、城镇化和经济国际化为主要抓手，大胆探索，积极进取，推动改革开放和现代化建设不断取得新突破、开创新局面、登上新台阶，实现了经济的跨越式发展、社会的全面进步、城乡面貌的巨大改变，开始走在全国大中城市的发展前列。

然而，在这一经济快速发展时期，苏州城市建设积累了许多历史欠账，面临诸多一时难以解决的问题。

陈从周早在20世纪60年代考察艺圃时就指出：犹存明时风格，今园日颓，恐将不久于人世。十年动乱结束不久，他又来苏州考察，发出"救救苏州"的呼声。

著名报告文学作家徐迟在1979年3月发表的文章中，更是直截了当地说，现在苏州已经是一个被污染了的天堂。

这绝不是危言耸听！

当年7月，国务院环境保护领导小组办公室调查组在苏州进行实地调查，撰写了特急汇报材料《苏州——"天堂"的灾难》，列举了苏州古城区存在的种种问题和突出矛盾。

苏州古城曾是国内外著名的园林城市，风景优美，名胜众多，古迹遍布。更为难得的是，建成2500年来，不仅城址从未变更，而且形成了河街相邻的"双棋盘"格局，放眼全球，绝无仅有。苏州解放时，城墙城门基本保存，河道保留一环三横四直骨干网架，总长40多千米，桥存261座。但从"大跃进"到"文化大革命"的近20年间，苏州这座古城发生了很多次"建设性破坏"和"破坏性建设"，不少古典园林、风景名胜和历史建筑被鲸吞蚕食，遭受比较严重的破坏。据 1959 年普查结果显示，苏州市区共有保存较完整的古典园林 38 处、庭院 47 处，而至 1981 年，艺圃、惠荫花园、南半园、畅园、曲园、慕园、五峰园等园林庭院已被企事业单位占用，或被当作民房居住，损毁比较严重，有的面目全非，有的荡然无存，能作为旅游景点开放的仅有 16 处。在已开放的 16 处中，原本与园林连成一片的住宅部分也被大量占用，被侵占的土地约有 15 万平方米，其中十年动乱期间被侵占的土地约 10.8 万平方米。城区保存较为完整的砖石城墙仅存 1000 余米，城门仅存盘门、金门、古胥门 3 座，河道仅存 33.37 千米，且三横三直主河道中，有两段在"文革"中被改造成防空地道。

更为严重的是，环境污染日益严重。1979 年市区 600 多家工矿企业中，有污染物排放的达 300 多家、重污染的 82 家，而且多数插建于建成区内，不少工厂与民房仅一墙之隔，甚至同院同楼。有锅炉 520 台、工业窑炉 593 台、烟囱和工业排气筒 900 多个，每年排入大气烟尘 8435 吨、二氧化硫 5.8 万吨，每天排放工业废水 42 万吨、生活污水 5 万吨，其中 60% 未经任何处理就直接排放至河道，造成苏州水道污染十分突出，甚至危害城市饮用水源。

发生如此严重的问题，其主要原因在于长期以来缺乏一个完整的、比较切实的总体规划。由于政府领导机构对城市建设缺乏经验，对苏州城市性质前后认识不一致，致使 1959 年开始编制的苏州城市建设总体规划长期定不下来。正是由于城市性质变化不定，加上受"左"倾思想的影响，强调"先生产后生活"，把消费城市变为生产城市，搞工业、抓建设基本上都没有规划可循，由此造成了一系列严重的后遗症。

当然，客观上区域范围太小，城市功能和工业发展没法科学布局。苏州市行政区域面积为 119.2 平方千米，其中城市建成区面积仅为 28.7 平方千米，而市区人口 55.15 万人，每平方千米的人口密度为 19216 人，超过国家建委拟定的标准近 1 倍。在 14.2 平方千米的古城区中，居住了 36 万余人，平均每平方千米高达 2.5 万人，且每年还有 1500 多万中外游客来苏旅游。建成区内共开设工厂 200 多家，全城被 21 家化工厂四面包围，10 家印染厂在市中心开花，3 家大型造纸厂占据水源上游，42 家电镀厂星罗棋布，形成了居民区、工厂区、宾馆区、园林风景区犬牙交错的混乱布局。同时，市政公用设施严重落后，市区人均占有道路面积仅 2.72 平方米，远不能适应 5500 多辆机动车和 19 万辆自行车的车流要求。人均城市公共绿地仅 1.26 平方米，与"园林城市"的称号相距甚远。

党的十一届三中全会后，苏州市委、市政府已有了一定程度的重视，也做了不少工作，但由于欠账很多，短时期内不能有效地解决问题。

苏州的情况并非个例。在全国，许多著名古城都有类似情况，甚至有些古城的破坏和污染程度触目惊心。为此，国家城建总局初步确定把苏州与杭州、桂林、承德、肇庆列为全国五个风景旅游城市，加以保护和规划。

1981 年 2 月 24 日，国务院作出了《关于在国民经济调整时期加强环境保护工作的决定》，其中特别提出，杭州、苏州和桂林是我国著名的风景旅游城市，一定要妥善保护。各级政府要把保护好这三个风景区作为一项重要工作，按照风景旅游城市的性质和特点，做出规划，严加管理。要采取有效措施，防止污染，制止破坏自然景观的行为，逐步恢复已破坏的风景点。

这个决定还要求国务院环境保护领导小组会同国家有关部门帮助和督促这几个城市制定规划，积极实施，切实做出成绩。

这是国务院首次明确苏州的城市性质，把苏州列为我国著名的风景旅游城市之一。

在此背景下，时任全国政协常委、中共中央党校顾问吴亮平约请江苏省人大常委会副主任、南京大学名誉校长匡亚明于 1981 年 11 月到苏州调查研究。

吴亮平，浙江奉化人，早年投身革命，参加长征，曾任中共中央宣传部副部长，并担任毛泽东同斯诺谈话的翻译。新中国成立后，任化学工业部副部长、中国科学院哲学社会科学部领导小组成员、中国共产党中央顾问委员会委员等职。

匡亚明，江苏丹阳人，早年参加革命。在抗日战争和解放战争时期，匡亚明曾任中共中央社会部政治研究室副主任、《大众日报》社长等职，其间开展了大量调查研究工作。他在《解放日报》上发表的《论调查研究工作的性质和作用》一文，得到毛泽东同志高度肯定。新中国成立后，曾任中共华东局宣传部常务副部长、吉林大学常务书记兼校长、南京大学党委书记兼校长等职。

11月下旬的一天，满地飘落的金黄色叶片，如同这个季节的诗篇，写满了岁月的流转与生命的轮回。两位年事已高的老革命家和著名学者，轻车简从来到了苏州。在南园宾馆一间陈旧局促的会客室里，吴亮平和匡亚明会见了中共苏州市委常委、常务副市长施建农等苏州方面的人员。

相互介绍和简单寒暄后，吴亮平说，上有天堂，下有苏杭，苏州比杭州还要古老。在我看来，苏州这座美丽古城，中国少有，世界上也是少有，除了埃及就是苏州了。

匡亚明插话说，埃及历代没有增加多少名胜古迹，而苏州一朝一朝增加了不少。我遇到过一个美国人，他走了许多国家，没有看到过像苏州这样美丽的地方，要是在其他国家，不知要把苏州当成什么样的国宝保护起来了。

是这样的。吴亮平直截了当地说，我们从多方面了解到，苏州市在古城保护上存在诸多问题和困难，我们这次来，就是进行调查研究，掌握真实情况。

施建农副市长当即表示，非常感谢吴老和匡老亲自搞调查研究，我们一定全力配合。接着，施建农安排在座的市园林管理处处长和作家仲国鎏、沈伟东三人协助吴老和匡老调研，并承担材料起草工作。

之后几天，吴老和匡老在苏州召开了多个座谈会，并与一些人个别交谈，从各方面了解情况，听取意见，还察看了虎丘等多处园林名胜、文物古迹，掌握了大量第一手资料。

其间，吴老和匡老与参与材料起草的三位同志一起，翻阅有关资料，商量写作提纲，梳理存在问题，查找问题症结，探讨解决问题的办法与建议。最终形成了《关于苏州园林名胜遭受破坏的严重情况和建议采取的若干紧急措施的报告》，包括"苏州园林名胜是祖国的瑰宝""触目惊心的严重破坏""关于紧急抢救苏州园林名胜的建议"三个部分。

专家就是专家，他们的认真与严谨令人折服。初稿出来后，吴老与匡老又反复斟酌，尤其是建议部分，因涉及江苏省、苏州市及吴县的有关体制等问题，于是他们在听取多方意见后，最后吴老亲自动手，作了郑重而仔细的修改，对紧急抢救苏州园林名胜提出了四点有针对性的具体意见：尽快明确苏州城市的性质和建设方针；坚决而有力地进行经济的调整；颁布加强保护苏州风景的严格规定，坚决而严格地予以实现；建立姑苏风景特区。

吴老和匡老在苏州的调研持续了20多天。离开前，他们又与苏州市委、市政府的领导交换了意见。

由于做了充分的调查研究，他们有了发言权，所以在交谈中，直言不讳地指出苏州古城保护存在的许多问题，并批评苏州由于较长时期以来对城市性质的认识把握不够准确和恰当，没有按照城市的性质发展相应的经济，发生了"建设性破坏"或"破坏性建设"的现象，现在到了非常严重的程度。他们严厉地指出，这是丢掉了金饭碗，端起了讨饭碗，教训十分惨痛而深刻。

尖锐的言辞，诚恳的语言，打动了苏州市的领导，他们当场表示虚心接受批评，积极抓紧整改。

匡老告诉在场的领导，吴老与我这次来苏州的调查，将形成一个报告和一篇文章，报告送给中央，文章送上海《文汇报》发表。

吴老强调说，报告也好，文章也好，目的是要解决苏州的城市性质和城市发展的方针问题，使苏州古城发生一个较大的变化。我一回北京，就把这次调查报告送给中央。最后他加重语气说：

这事已经刻不容缓！

国家定性

刻不容缓，事不宜迟。吴亮平回到北京后，把调查报告呈报中央，并给中央几位主要领导写了一封亲笔信。

中央高层领导收到调查报告后非常重视，邓小平首先作出批示：此件转江苏省委研究，采取有效措施，予以保护。接着，其他中央主要领导也作出批示：请建委牵头，组织一个小组，协同江苏省委拟定有效措施，予以保护，并有计划进行恢复。①

中央领导作出批示后，吴亮平、匡亚明将调查报告稍作改动，以《古老美丽的苏州园林名胜亟待抢救》为题，在《文汇报》公开发表，引起社会各方面的很大反响。

不久，中央组成了由国家建委第一副主任谢北一和国家经委负责人张雁翔带队的包括国家建委、经委、计委、城建总局、旅游总局、文物局、财政部、国务院环境保护办公室等部门参加的中央调查组。在这同时，中共江苏省委也成立了由省建委主任王楚滨为组长的调查组。

中央和省委调查组于 1982 年 1 月底到达苏州。他们与苏州市委、市政府及有关部门的负责同志一起，首先学习中央几位领导的重要批示精神，统一对苏州历史文化名城和风景旅游城市性质的认识。接着，调查组成员

①《中央书记处参阅文件〔1981〕9 号》。

深入一个个现场踏勘，并分头召开多种类型的座谈会，还举行了多次不同规模的讨论会，广泛听取各方意见和建议。苏州市委、市政府及各有关部门如实汇报了在古城保护问题上所遇到财力上的紧缺和困难。

3个月后，江苏省委、省政府和国家建委分别向中共中央、国务院上报了《关于保护苏州古城风貌和今后建设方针的报告》（以下简称《报告》）。

《报告》中提出：苏州市今后要注重处理好建设风景旅游城市和发展工业生产的关系、保护古城与现代化建设的关系，苏州市的工业经过合理调整以后，还应该继续有所发展和提高；要在保护古城风貌的前提下，改造环境，改造各项生活服务设施，使之逐步符合现代化的要求。

《报告》还建议中央考虑调整和扩大苏州市的行政区划，将吴县划归苏州市，并在税收和资金政策上给予苏州特殊的扶持。

不到两个月的时间，国务院就复函江苏省政府，原则上同意省里的《报告》，并要求加强领导，搞好规划，协同有关方面尽快制订具体实施方案，同时明确：关于建设资金方面问题，主要靠苏州市自力更生解决，不足部分由国家、江苏省适当给予补助，4年内国家、江苏省每年各补助1250万元，并同意苏州市按工商利润5％的标准向企业征收城市维护建设资金。

这样，中央和省实际上给予苏州总共有上亿元的经费补助。这在当时是一笔不小的数字，真是雪中送炭，解决了苏州之急需。

1982年，国务院正式公布24个城市为国家第一批历史文化名城。苏州位列其中。

国家历史文化名城，是中国五千年文明历史孕育出来的文化底蕴深厚、发生过重大历史事件而青史留名的城市。

这些城市，有的曾是王朝都城，有的曾是当时的政治、经济重镇，有的曾是重大历史事件的发生地，有的因为拥有珍贵的文物遗迹而享有盛名，有的则因为出产精美的工艺品而著称于世。它们的留存，为人们回顾中国历史打开了一个窗口。

苏州作为第一批历史文化名城，是国家对于苏州城市性质和建设方针的正式确定。市委立即召开会议，贯彻落实中央决策，研究具体实施办法。

会上，许多同志认为，中央和省委的决策非常及时，苏州被国家确定为风景旅游城市、历史文化名城，这无疑是意义重大的契机，当下，苏州应立即把古城的保护和发展放到重要议事日程，积极贯彻，有效落实，加快推进。

然而，会上也出现了一些不同的声音。有人认为，苏州不能满足于历史文化名城这一定位，更要建设现代化大城市，但两者是有一定矛盾的，弄不好城市建设会受到严重的束缚与制约。

有人提出，把苏州确定为风景旅游城市，是不是定位低了？是不是会影响工业发展和经济建设？

有人附和道，苏州的旅游业能否兴起来，这还是个未知数，即使兴起来了，经济收入也高不到哪里去。只有大力发展工业经济，才能更多增加财政收入，更快扩大就业安排。

针对一些人的顾虑和担忧，市委主要领导在讲话中强调，风景旅游城市和历史文化名城，与发展生产并不是矛盾的，从本质上和长远发展来说，是相辅相成、互为促进的。保护风景名胜，兴办旅游事业，也是国民经济的重要组成部分，本身就是繁荣经济、发展服务行业、扩大劳动就业的一个重要途径。明确城市性质后，苏州市的工业调整和发展就有了方向，有利于逐步建立轻型、节能、高效的工业结构。虽然一段时期苏州园林和文物古迹遭到严重破坏，但经过努力还是可以把精华部分较好地修缮和保存下来，完全可以作为苏州进一步建设风景旅游城市的良好基础。只要注意科学规划、合理布局、风格协调，正确处理保护古城风貌和现代化建设的关系，两者是可以统一起来的，搞得好还能形成苏州城市建设的独特风格。

市委主要领导的一番话，对统一思想起到了很好的引导作用，大家提高了认识，达成了共识，一致表示要做好规划，分步实施，扎实推进。

1982年金秋时节，苏州市委召开新中国成立以来的第一次城市建设工作会议，学习贯彻《国务院关于保护苏州古城风貌和今后建设方针的报告的复函》和中央、省委有关指示精神，动员全市人民保护好、建设好、管理好苏州这座国家历史文化名城和重点风景旅游城市。通过这次会议，全市各级各部门对苏州城市性质的认识出现了一个飞跃，大大提高了按照城市性质进行城市建设的自觉性。

自此，苏州市古城保护与城市建设进入历史性的新阶段。

古城保护，规划先行。苏州市启动了新的城市总体规划工作，邀请国家建设委员会和江苏省有关领导及国内著名专家来苏参加总体规划评议会议。市有关部门多次组织召开城市规划讨论会，并把城市规划图向两会代表作了展示汇报，听取和集中各方面的意见，对规划方案进行了多次修改。市委对每一稿方案都进行了讨论审查，并多次向国家建委和江苏省委、省政府进行汇报。

在此基础上，在苏州市八届人大常委会第二次会议上，审议并原则通过了《苏州市城市总体规划》。其规划指导思想为：保护和改造老城区，建设城郊区，重点发展小城镇，充分体现苏州城市固有的园林、风景、水乡特色。

总体规划上报后，苏州市本着大胆探索、积极有为、自力更生、量力而行的原则，为规划的实施展开了行动。

一场全面整治环境、保护古城风貌的战役打响了。

首先组织对全市1000余处文物古迹、园林名胜和古建筑进行一次全面调查，重新公布了经调整后的苏州市第一批文物保护单位55处和第二批文物保护单位38处。之后，采用使用中央和省重点拨款、地方财政投资、使用单位自筹经费等多管齐下的方法，先后组织对26处文保单位进行维修，其中全面维修的有 13 处。

虎丘塔再次成为重点。随着改革开放的推进，国家进入了大规模建设阶段，城市化建设如火如荼，建筑工程技术水平突飞猛进，高超的勘察技术加上成熟的工程技术，使加固虎丘塔基础成为可能，通过"围、灌、盖、换"一套系统的组合拳，为虎丘塔打造了坚固的人工基础，制止了虎丘塔的倾斜，实现了倾而不倒的状态。

之后，文保工作人员在日常维护中发现，虎丘塔存在塔顶漏水、塔体渗水、砖体风化酥松掉落、塔身生物侵害等险情，随即启动维修工作，更换断砖、碎砖，重新勾缝，对塔身植物进行生物灭杀，对风化严重的部位进行防风化处理，整个塔身喷涂防水剂。同时，对虎丘塔进行了三维激光扫描，为虎丘塔保存了精密数字档案，并对塔身各个时代的建筑材料进行取样分析，研究虎丘塔的传统工艺。

在对虎丘塔、艺圃等重点名胜古迹进行整修的同时，全面整治城内河道水系，组织疏浚河道 34 条、总长 21.87 千米，其中 5 段进行了河面拓宽、驳岸重修；拆除河道上的人防工事，重新凿通河道；为改变古城区河水流量小、流速慢、稀释自净能力差的局面，在环城河口门处建起 4 座换水泵站，每月总排水量 300 万立方米，从而使古城内以"三横三纵"为骨架的河道水系和水城景观基本得到恢复。

在路桥建设上，先后拓宽、改造了 20 余条道路，新建、改建了 20 余座桥梁，改造、翻建了 40 余条小街小巷的路面。

在住宅建设上，由各系统各单位自行选点、分散建造逐步改变为统一征地拆迁、规划设计、施工管理，并成立苏州城市建设开发公司，市区住宅建设进入按城市总体规划综合开发的新阶段，一批规模较大、基础设施和公建配套较齐全、环境质量较好的居住小区陆续建成，不仅使 10 多万市民改善了居住条件，而且有效疏散了古城区人口。

市花与市树

在城市改造与建设的同时，苏州市政府高度重视城市的绿化美化。这在当时是颇为领先的做法。

城市绿化美化犹如灵动的生命诗篇。它是街道旁整齐排列的行道树，夏日撑起绿荫，为行人遮挡炽热阳光；它是街角精心布置的花坛，五彩花朵绽放，给单调的建筑线条添上绚丽色彩。

绿化美化不仅带来视觉享受，更是城市生态的守护者。繁茂的绿植吸收二氧化碳，释放清新氧气，净化着被污染的空气。大片的绿地像海绵，吸纳雨水，缓解城市内涝。

而且，城市的绿化美化还能抚慰人们的心灵。当市民在忙碌一天后漫步于公园，穿梭在绿树间，听鸟鸣闻花香，压力与疲惫随之消散。它提升了城市的宜居程度，让人们生活得更舒适幸福。所以，城市绿化美化绝非表面功夫，而是关乎城市未来、居民福祉的关键所在。

苏州市的领导者和建设者们早就认识到城市绿化美化的重要性，于1981年建立市、区两级绿化组织，有计划地开展城市绿化，并动员市民义务植树。几年间，共绿化道路 46 条、长 71.2 千米，形成 5 段城墙绿带，在居民新村中建起了 11 个较大的组团式小游园，利用城市闲置地建起阊门鲇鱼墩滴翠园、三香路三香园、城东北古城垣东园等公共园林、绿地。

为了营造绿化美化的浓厚社会氛围，1982 年，苏州市确定桂花为市花。

桂花在我国有两千年的栽培历史，据《吕氏春秋》载：物之美者，招摇之桂。古人将其喻为"天香"。有诗云：桂子月中落，天香云外飘。

苏州人称桂花为木樨花，桂花在苏州的栽培历史悠久。1959年，苏州选送了350盆桂花，装点北京天安门观礼台，苏州桂花从此声名远播。

苏州人爱桂花的香，香得无处不在，香得沁人心脾。但它不争宠、不张扬，在默默无闻中自有内在的芬芳，就像低调内敛的苏州园林一样。

苏州人爱桂花还有特别的含义。苏州是状元之乡，盛产才子佳人。考上状元的别称是什么？蟾宫折桂。因此，不论庭院大小，苏州人家均喜栽植桂花树。

桂花还有其经济价值，它可以做成食品，可以酿酒，可以入菜，可以配糕点、小吃。

桂花被选为市花，也算是众望所归！

之后，苏州市专门建造了一座以市花为特色的专类公园——苏州市桂花公园，位于城内东南隅，沿环城河内侧，种植桂花5600多棵，包括金桂、银桂、九龙桂、朱砂、丹桂、月桂等50多个品种。据介绍，大凡全国的桂花名品，苏州桂花公园内都有栽植。

园中，桂树成林，高低错落，像是大自然精心排列的绿色方阵。它们的枝干或粗壮苍劲，如饱经沧桑的老者，沉稳而坚毅；或纤细柔韧，似温婉婀娜的少女，轻盈且灵动。褐色的枝干蜿蜒伸展，交织出一片错落有致的脉络，仿佛在诉说着古老而神秘的故事。而那满树的桂花，便是这故事中最动人的篇章。金黄的、淡黄的、乳白的，一簇簇，一丛丛，如同繁星点点，隐匿于翠绿的叶间。

微风拂过，桂花园便成了香的海洋。那浓郁而甜美的香气，如丝如缕，悠悠地飘散开来。这香气，仿佛有一种神奇的魔力，能驱散人心头的阴霾，让疲惫的心灵瞬间得到慰藉，使你仿佛置身于一个如梦如幻的香氛世界。

同年，苏州又把香樟树确定为市树。

香樟树的枝干粗壮而遒劲，向四面伸展，似是在拥抱天地。褐色的树皮，纹理纵横，宛如岁月镌刻的诗篇，记载着风雨洗礼与时光变迁。

20世纪70年代，苏州市园林绿化部门尝试在留园路种植香樟，为香樟作为行道树种植的先导。当时，因为担心香樟受冻害，特意缩小了种植的树间距。所以现在你会发现留园路上的香樟树比别的路段密。在园林绿化工作人员的精心养护下，留园路上的香樟蓬勃生长，试种获得了成功。

在留园的小径旁，香樟树如忠诚的卫士，静静守望。每当微风轻拂，香樟树便奏响自然的乐章。枝叶相互摩挲，沙沙作响，似在低语，又似在浅吟。空气中，那独特的清香弥漫，淡雅而宜人，不张扬，却能沁人心脾，令人仿若置身于宁静的山林，忘却尘世纷扰。这香气，还带着驱虫的功效，默默守护着周围的一切。

从此，在缺少常绿绿化树种的苏州，香樟得到了大规模的种植，成为城市植被中的基调树种。

这显然与苏州人爱香有关。选桂花为市花，是因为它的芳香。选香樟为市树，因为它浑身散发着香气，香气还能驱蠹防蛀。

同样，香樟也有一定的经济价值。香樟的根、干、枝、叶可提取樟脑、樟油，种子也可榨油。还是制造船只、家具、箱柜以及进行工艺雕刻等的上等用材。过去考究的衣箱就是樟木做的。

香樟树不仅以其姿容与香气动人，更以其坚韧品格令人赞叹。无论是烈日高悬的盛夏，还是寒风凛冽的严冬，它都傲然挺立。暴雨倾盆，它稳如泰山，用身躯抵挡风雨侵袭；冰雪压枝，它不屈不挠，以顽强意志经受寒冷考验。

香樟受到苏州人的特别喜爱，选作"市树"，也就是理所当然的了。

在这喧嚣的世界里，香樟树坚守着自己的一方天地，以独特魅力与高尚品格，为古城增添了一抹诗意，成为苏州人心中永恒的风景。

第 五 章

CHAPTER

FIVE

又见繁华

　　阳光洒在高低错落、新旧相间的街巷里，空气中弥漫着淡淡的煤烟味和饭菜香。街道上，自行车叮当作响，人们穿着朴素却整洁的衣裳，脸上洋溢着对生活的憧憬。录像厅里座无虚席，年轻人为精彩的武打场面热血沸腾；书店中，人们如饥似渴地翻阅着书籍，知识的光芒在眼中闪烁。

　　那是一个梦想开始发芽的年代，一个烟火与激情迸发的年代，一个充满希望与活力的时代。

　　1986 年 6 月 13 日，国家正式批复同意《苏州市城市总体规划》，规定苏州市今后的发展方针是，全面保护古城，积极建设新区，发展小城镇，把苏州逐步建成环境优美、具有江南水乡特色的现代化城市。

　　这是中央对苏州的新定位、新要求。

　　根据中央精神，苏州市确定了"一城两线三片"的重点保护范围，即护城河以内 14.2 平方千米的苏州古城，山塘街、上塘街，虎丘片、留园片和寒山寺片。

　　从此，苏州古城保护建设进入实质性推进阶段。

　　古城保护建设的开篇之作是平江历史街区。

　　平江路所在的平江历史街区，距今已有 2500 多年历史。春秋时期，伍子胥建造吴国都城阖闾大城，也就是苏州古城。宋元时苏州又名平江，平江路由此得名。

在平江路入口处，坐落着《平江图》碑刻，上面详细描绘了宋代平江城的平面轮廓和街巷布局。今天的苏州老城区大致保留了与图中相似的格局，其中以平江路为核心的区域变化最小，不仅集中了城内最密集的河道、桥梁和水巷，延续了"水陆并行、河街相邻"的双棋盘格局，还保存了众多最典型、最完整的文物古迹和历史遗存。

虽然平江路古貌犹存，但它与许多城市的旧区一样，太老了，太旧了，太破了，甚至衰败了。一些盲目建设的工厂、垃圾站等对整体风貌破坏严重，用脏乱差来形容并不为过。大多数房屋建于清末民初，年久失修，饱受蚁害水患，蛛网式的线网密布，基本设施陈旧老化，居民生活十分局促与不便。

更为严重的情形是，一些文物古迹和历史遗存被一点点吞噬、毁损、埋没，处在濒危状态。

人们感叹：平江路不平安。

平江路风貌保护和环境整治迫在眉睫。1987 年，同济大学建筑与城市规划学院教授、中国历史文化名城保护专家委员会委员阮仪三应苏州市之邀，制订苏州历史文化名城保护规划，他首先关注到的就是平江路。因为平江路是他从小生活的地方。他向参与做规划的助手和学生们说，我在钮家巷度过了童年。原来家门口小河通到平江路，河水碧清，小鱼唼喋，每当河滩头有人来淘米，洗衣服的人就会自觉地挪到下游去。巷子里"磨刀磨剪刀"和"笃笃笃，卖糖粥"的吆喝是我熟悉的乡音。当我再次回到故乡的时候，这些声音已经听不到了。

在他看来，守住人们心中的"外婆桥"，才能留得住乡愁。要保护的不仅是建筑，还有里面的人和文化，从而让城市留住记忆，让人们记住乡愁。

在做规划时，必然碰到的一个难题是，对于古街、古屋、古迹是拆还是留？在此选择上，阮仪三固执地选择留——能留多少是多少！

这就是他的乡愁。

乡愁是一种眷恋家乡的情感状态。对故土的眷恋是人类共同而永恒的情感。远离故乡的游子，都会思念自己的故土家乡。

对于阮仪三来说，乡愁是他制定古城保护规划的内在动力和基本遵循。

2002年，以迎接第28届世界遗产大会在苏州召开为契机，苏州市委、市政府启动了平江路风貌保护与环境整治先导试验性工程，再次邀请阮仪三领衔编制街区保护整治方案，并担任总规划师。

于是，阮仪三在他主持编制的《苏州平江历史街区保护与整治规划》基础上，又编制了《苏州平江路街景保护整治规划》，制定了"修旧如故，以存其真"的方案，并提出保持古城格局、展现传统风貌、美化环境景观、传承历史文化的基本要求。其保护和整治的平江片区面积为2.48平方千米，与平江街道的行政区划吻合，涵盖古城54个街坊中的12个，包括5个历史文化街区中的2个。

2002年12月，苏州市、区两级政府开始全力推进平江片区整体保护示范工程，成立了苏州平江历史街区保护整治有限责任公司。这是平江历史街区保护与整治项目的实施主体。

公司成立后，很快启动了以平江路为核心的平江历史街区风貌保护与环境整治工程。相继实施了房屋修缮、河道清淤、码头修整、驳岸压顶、绿化补种、路面翻建、管线入地等基础性工程。通过平江历史街区风貌保护与环境整治工程的实施，街区内的房屋保持了精、细、秀、美的建筑特点，并形成了一批经典的遗产保护修复案例。

令人尤为欣喜的是，近8000户居民原生态的生活习性得以保留，基础设施及生态环境得到极大优化，粉墙黛瓦的街巷和河道纵横的水乡面貌得以重现。不少居民还发现，家门口拔去的树木种回了，填平的河道恢复了，杂乱的街面变得整洁了……

平江历史街区风貌保护与环境整治工程取得显著成效，不仅得到了当地居民和国内业界的一致好评，也赢得了世界的赞誉。2005年荣获联合国教科文组织颁发的亚太地区文化遗产保护奖。教科文组织评价说：

该项目是城市复兴的一个范例，证明了历史街区是可以走向永续发展的。

　　是的，平江路保护整修的目标就是让它活起来，实现永续发展。为此，平江历史街区利用自身文化底蕴深厚的优势，积极推进招商引资和旅游资源整合工作，着力打造以平江路为核心的文化休闲旅游特色街区。先后完成房屋利用面积2万多平方米，特色客栈、青年旅舍、高档会所、艺术画廊、古琴会馆、经典咖啡馆、老字号茶楼相继在这里落户。

　　踏入平江路，仿佛一脚迈进了历史与现代交织的梦境，千年时光在这里温柔缱绻，岁月的辙印与今日的鲜活相互交融。石板路在晨光的轻抚下，泛着温润的光泽，每一块石头都仿佛在诉说着往昔的故事。

　　河道宛如一条碧绿的丝带，蜿蜒穿过平江路。水面波光粼粼，像是撒落了满河的碎金，闪烁着这座古城的记忆。河道两岸，垂柳依依，细长的柳枝随风轻舞，似是在向路人招手。

　　街边的店铺陆续开门，老字号的苏绣店里，绣娘们专注地飞针走线，五彩丝线在她们手中穿梭，化作一幅幅精美的刺绣作品，将苏州的细腻与温婉展现得淋漓尽致。茶馆里，茶香四溢，老人们围坐在一起，一边品着碧螺春，一边闲话家常，吴侬软语在空气中飘荡，仿佛带着千年的韵味。而那些充满创意的咖啡馆、书店和手工艺品店，则为平江路注入了新鲜的活力。

　　今日的平江路，是历史的传承者，也是时代的弄潮儿。它承载着千年的文化底蕴，又在时代的浪潮中焕发出新的生机与活力。在这里，人们既能感受到古老苏州的典雅与温婉，又能触摸到现代生活的时尚与灵动。它就像一本厚重的史书，每一页都写满了故事，等待着每一个有缘人前来翻阅、品味。

　　2023年7月6日上午，习近平总书记来到这里考察，详细听取苏州古城保护及平江历史文化街区保护、修缮、利用情况汇报，步行察看古街风貌，观看苏绣制作，体验年画印刷。他说，中华优秀传统文化代代相传，表现出的韧性、耐心、定力，是中华民族精神的一部分。①

在街边小广场上，附近游客与居民看到习近平总书记来了，纷纷向他问好，总书记对大家说，昨天我看了工业园区，今天又看了传统文化街区，到处都是古迹、名胜、文化，生活在这里很有福气。苏州在传统与现代的结合上做得很好，不仅有历史文化传承，而且有高科技创新和高质量发展，代表未来的发展方向。平江历史文化街区是传承弘扬中华优秀传统文化、加强社会主义精神文明建设的宝贵财富，要保护好、挖掘好、运用好，不仅要在物质形式上传承好，更要在心里传承好。②

怎样进一步保护好、挖掘好、运用好？

苏州市按照习近平总书记的要求，已经有了新的时间表和路线图。

---

①②《习近平在江苏考察时强调：在推进中国式现代化中走在前做示范 谱写"强高美高"新江苏现代化建设新篇章》，《人民日报》2023 年 7 月 8 日。

山塘新姿

几乎在开启平江路保护与整治的同一时期，2002 年苏州市委、市政府作出决策，实施山塘历史文化保护区修复工程。

山塘街位于苏州古城西北部，全长 3600 米。它的缘起与白居易有关。

公元 825 年，白居易任苏州刺史，因虎丘在城西北，与古城交通不便，又因河道不畅，易致水灾，于是组织百姓开凿水道，由阊门城河直达虎丘山麓，并与运河贯通。这条水道就是山塘河，其淤泥堆积于河边就成了"白公堤"。天长日久，堤演变成街，即为山塘街。白居易在《武丘寺路》中写道：

> 自开山寺路，水陆往来频。
>
> 银勒牵骄马，花船载丽人。
>
> 芰荷生欲遍，桃李种仍新。
>
> 好住湖堤上，长留一道春。

白居易堪称山塘"始祖"。

而山塘街真正得以发展是在宋代。当时，商业日渐繁荣，人们修建了许多寺院和桥梁，主要有：寿圣禅寺、渡僧桥、桐桥、西山庙、小普陀等。此时的山塘街，两岸杨柳依依，景色优美，许多文人墨客在此留下优美诗篇。

明宣德年间，名臣周忱任江南巡抚，况钟任苏州知府，其间社会安定，生产恢复。明万历年间，木铃衲子募化修堤，长洲县令韩原善助成其事，山塘街再度繁华。

当时，苏州经济日益发达，成为全国著名的经济和文化中心，山塘街伴随着苏州一起得到空前发展，成为山塘历史上最为昌盛的时期。五人墓、玉涵堂、敕建报恩禅寺、李鸿章祠、普济桥、通贵桥等均建于这个时期。

历经 1200 年的历史变迁，山塘街仍保持着水城古街、一街一河的基本格局和小桥流水、粉墙黛瓦的传统风貌，充分体现了历史风貌的完整性。

从水路上看，山塘街河逶迤平行，绵延七里。山塘河东段水面幽深宁静，民居临水构筑，水流侵蚀的木桩上支撑着水榭水阁，各种河埠石级依次掠出水面。西段水面疏朗宽阔，夹岸花木扶疏，绿树成荫。古桥或高或低，或平或拱，或单孔或三孔，形态各异。

从陆路上看，沿街两侧大多数是晚清至民国年间的建筑，单门面就有石库门、将军门、栅板门、遮堂门、矮挞门、雀宿檐门等多种式样。至今仍居住着大量原住民，洗衣用井水，夏天摇蒲扇，冬天晒太阳，延续着传统的生活方式和习俗。

从历史风貌上看，这里垂柳碧波、商贸繁荣、人流如潮、民居密集、古迹丛列、名贤辈出，不愧为千古名胜地。

而街区之内，文物古迹荟萃，有国家、省、市级文保单位 11 处，市级控保建筑 16 处，古牌坊 9 处，其他古迹 40 余处。康熙、乾隆皇帝及许多著名文人墨客都曾游历山塘，至今仍存有唐代至民国期间古诗词 300 余首。

清代画家徐扬所绘的《姑苏繁华图》中"一街"即山塘街。这里传统民居密集，原住民占 85% 以上，枕河而居，邻里相望，传统民俗活动代代相传，充分体现了历史生活的延续性。

山塘街被誉为一条活着的千年古街。

虽然活着，但"白公堤"已是白发苍苍。山塘街老了，衰落了。至20世纪八九十年代，这条历史上赫赫有名的古街，满目疮痍，破旧不堪。呈现在人们面前的是：河道污染严重，驳岸下沉，河埠石级出现断裂甚至塌陷现象；基础设施落后，空中电线纵横交错，路面铺设材料五花八门；地下管网淤塞，历史遗存缺乏有效管理；危旧房屋较多，有些墙壁砌成了红砖墙，屋面铺上了石棉瓦，违章搭建严重；环境脏乱差，消防设施落后，居民生活条件堪忧……

濒危的建筑，脏乱的街道，坑洼的路面，黑臭的河道，把"老山塘"变成了"破山塘"。

更令人痛心的是，历史古迹逐渐消失，名人宅第、寺庙祠堂、戏台会馆、古墓古桥等遭到不同程度的损毁，有些已经消失在历史的尘埃中……

抢救山塘，十万火急；整修山塘，时不我待。

2002年6月18日，山塘历史文化保护区保护性修复工程拉开序幕。

市里成立了由市长亲自挂帅的山塘历史文化保护区保护性修复工作领导小组，并由苏州大学教授周国荣、苏州城市建设环境保护学院教授雍振华、市文物局局长陈嵘等组成山塘保护性修复专家小组。

经过领导小组与专家小组反复研究论证，确定了保护风貌、修复如旧、延年益寿、有机更新、分类保护的总体思路，并决定采用渐进式、微循环、小规模、不间断的修复方式和先挖掘再规划、先规划再试验、先试验再推开的方法步骤。

领导小组与专家小组还邀请了中国文物研究所所长罗哲文、中国城市规划学会常务理事朱自煊等国内著名专家担任顾问，征询他们的意见。

修复工程伊始，罗哲文、朱自煊就来到山塘，他们在现场察看后，提出了重要的意见。

罗哲文认为，历史文化街区的保护要做到形神兼备。形，就是在物质层面保护其原貌；神，则是保护其历史上形成的非物质文化遗产。非物质文化遗产的保护，其重要性并不亚于有形遗产的保护。让古建筑活起来，让古建筑的保护充满灵动韵律，才能更好地体现古建筑的丰富内涵。

他还指出，在山塘街上，有白居易的诗歌，有原住民特有的生活情态，以及传统工艺、风味食品等，这些都是能使山塘街形神兼备的重要元素。要深入挖掘其深厚的文化内涵，从而使古街实现形与神的和谐统一。

朱自煊则提出，历史文化名街必须具备真实性、完整性和文化形态的延续性，这是最关键的三要素。同时应允许各种文化形态的多样存在，但本原文化一定是主流。在保护山塘街历史文化风貌的过程中，不同区段要有不同的特色，而这些特色又都是从本原文化中衍生出来的，这正是山塘街保护修复要做好的文章。只有把山塘街修复成兼顾活力营造与原有风貌留存的古街，未来才会有更大发展空间。

专家学者的意见，为山塘街的保护性修复明确了定位与要求，接下来就是如何实施了。

修复工程由山塘街所在的金阊区组织实施。时任金阊区政府常务副区长平龙根分管这项工作。

用平龙根自己的话来说，他是喝着山塘河水长大的。但对于如何做好山塘街的保护性修复，他是外行。当初，他每个礼拜要主持召开一次领导小组办公室会议，开始时，大家的发言他听不太懂，规划图纸也看不明白。但他没有打退堂鼓，而是虚心地向专家学者和同事请教，查阅大量资料，并天天到实地察看，把山塘街的情况摸得一清二楚，很快进入了角色，站到一线组织指挥。

首先，在充分挖掘历史、详细调查的基础上，借鉴清代《姑苏繁华图》《虎丘山塘图》的基本格局，遵循山塘街的有机肌理，领导小组办公室委托苏州市规划设计研究院编制详规，在经专家论证后，规划方案在市规划展示馆向市民公示，广泛征求各方面意见，使具体修复方案更具科学性、合理性和可操作性。

为了积累经验、稳步推进，根据专家意见，决定将新民桥至通贵桥段的180米作为试验段，并将位于通贵桥下塘东杨安浜的玉涵堂作为文物保护单位保护性修复的试点。

玉涵堂，其名取自孔子的"君子比德于玉"之意，是世居山塘街的明代吏部尚书吴一鹏的故居，占地面积4896平方米，为山塘地区最大的古建筑群。经470多年的岁月侵蚀，相当一部分建筑屋面坍塌，墙体鼓凸，柱子糟朽，门窗缺损，显得残败破落，其衰败景象曾被电影《红粉》选作拍摄场景。但由于当时使用单位苏州茶厂已采取了一定的保护措施，因此厅堂楼阁齐备，扁作梁架完整，青石柱础古朴，仍保留着封建官宦大型宅第的格局，其门楼不失为江南砖雕门楼中难得一见的精品。

通过招投标，确定具有古建筑保护丰富经验和良好业绩的苏州太湖古典园林建筑有限公司为施工中标单位。他们根据文物保护中关于"必须遵循恢复原状或保存现状的原则"的要求和专家小组的建议，明确了维修设计的真实性、整体性、安全性三原则，采用传统材料、传统工艺、传统施工队伍，对木作中的柱子、梁架、楼面、门窗，瓦作中的地面、墙体、门楼、屋面，以及配套中的消防、给排水、供电线路等作了明确的规定，并精心组织施工。

经过一年半的努力，玉涵堂保护性修复工程按时竣工。修复后的玉涵堂，建筑面积6000余平方米，恢复了四路五进格局，建有五子亭、重檐亭、梅花草堂，修复了状元游街、长亭送别、仙人送桃等砖雕门楼。至此，玉涵堂又重现了当年的气势和神韵。

修复后的玉涵堂如何使用呢？当时有两种观点：一种认为应按传统规制摆设明清家具，以封建官宦大型宅第的形象展示于人；另一种认为这样做投入巨大，且摆设的明清家具实为赝品，已难以真实再现当年场景，可另辟蹊径，将其布置为山塘人文风情馆，使之成为领略山塘人文风情的窗口。

领导小组经反复讨论和论证，采纳了后一种意见。一年后，山塘人文风情馆布展完成，精彩亮相。

玉涵堂的修复与使用，得到了当地居民和领导、专家的一致好评。诺贝尔物理学奖获得者李政道在视察玉涵堂后，兴致勃勃地挥笔题词：

文物化新，玉涵于堂。

在玉涵堂修复的同时，从通贵桥到新民桥的修复试验段工程也顺利进行，先后修复了民居，移建了汀洲会馆、古戏台，新建配套用房、新民桥停车场。

试点获得成功，修复全面展开。从山塘桥到通贵桥，全长180多米，修复冈州会馆、新建御碑亭。同时七里山塘全面道路改造、管线入地、河道清淤、驳岸整修。之后几年，先后完成沿河景观灯光、风貌整治、环境绿化以及所有公厕改造；新建山塘入口处牌楼，修复山东会馆门楼、星桥下塘货仓廊棚、水榭水阁等，同步对纵深背街小巷包括前小邾弄、星桥上下塘、薛家湾等地段进行风貌整治；修复陕西会馆、普福禅寺、贝家祠堂、桐桥遗址、南社第一次雅集处张公祠等；修复义风园、渡僧桥入口处观景平台、贝家祠堂沿河码头、观音阁、阊门寻根纪念地等5个重要节点，并启动虎丘地区综合改造工程、万福桥至斟酌桥保护性修复工程。

在山塘街保护性修复过程中，领导小组始终坚持以人为本、以文为魂，将挖掘山塘文化资源、改善街区居民日常生活、保持街区活力作为出发点和立足点。通过古宅民居修复、民居解危、河水清淤、公厕改造、绿化美化等，使破山塘恢复成老山塘、古山塘。正所谓，天下最美苏州街，雨后着花鞋。同时，挖掘和恢复了民间文化艺术节、送年画、接财神、闹元宵、百花节、轧神仙等濒临失传的吴地民俗文化活动，较好地保留了代代相传的传统生活习俗。

正因为如此，修复后的山塘街再现了苏州古城明清时期社会生活的样本。

山塘街保护性修复工程完成后，罗哲文先生欣然命笔："七里山塘，千年古街。"并作词云：

姑苏好，遍地泛清流。
七里山塘波影荡，
满城碧水映朱楼，
双桨动兰舟。

2010 年 4 月，第二届"中国历史文化名街"评选推介活动初评结果揭晓，苏州山塘街等 15 条街区在参与评选的全国 200 多条历史街区中脱颖而出，顺利入围。后经过紧张、激烈的邮件投票、网络投票、短信投票，山塘街顺利入选，位列榜首。

6 月 12 日，第二批"中国历史文化名街"授牌仪式在苏州太湖论坛国际会议中心隆重举行，联合国副秘书长沙祖康亲自为金阊区区长授牌。至此，苏州山塘街正式成为中国历史文化名街。

今日山塘街，宛如一颗镶嵌在苏州古城的璀璨明珠，不仅是炙手可热的旅游胜地，更是备受瞩目的"网红打卡"地标，同时还是人文与经济完美交融的生动实践之地。

每日，这里皆如潮水般涌动着八方来客。人们沿着街道缓缓前行，仿若置身于一幅徐徐展开的历史长卷，细细品味着每一处景点，沉醉于这千年老街的独特魅力之中。

踏入街区，一座巍峨的牌坊赫然矗立眼前，仿若一位饱经沧桑的老者，静静守护着这片古老的土地。牌坊最上方，"山塘胜迹"四个大字苍劲有力。据说这是当年乾隆皇帝御笔亲题，一笔一画间，似仍能窥见往昔帝王巡游的威严与荣耀。

穿过牌坊，信步前行约百米，便来到了唐少傅白公祠。这座祠庙，是后人对唐朝时期山塘街开凿者白居易的深情缅怀。站在祠前，仿佛能看见千年前，白居易身着素袍，心怀苍生，指挥民众开河筑堤的忙碌身影。他的功绩，如这山塘河的流水，润泽千年。

再往前约百米，山塘桥横跨在静静流淌的山塘河之上。山塘河，宛如一条碧绿的丝带，蜿蜒贯穿整个山塘街，而一座座石桥，则如丝带之上的精美纽扣，将街道与另一侧紧紧相连。据说，往昔共有 40 座石桥，岁月更迭，如今仍留存 19 处，每一座桥都承载着无数的故事与回忆。

七里山塘，亦名七狸山塘。传说自明朝起，刘伯温为破风水，在这七里山塘街精心放置 7 尊石刻狸猫，它们形态各异，栩栩如生，分别守护着 7 座不同的桥梁。其中有一只美人狸，尤为引人注目。在美人狸身旁，便是乾隆御碑亭。遥想当年，乾隆皇帝六下江南，钟情于苏州的湖光山色，在这块灵秀之地留下诸多墨宝。亭中石碑，正面刻着"山塘寻胜"，笔锋刚劲，背面则镌刻着乾隆皇帝于 1762 年留下的诗篇：

> 阊门西转历山塘，寻胜云岩春载阳。
> 摧婪峰容真虎踞，荒唐剑气幻鱼肠。
> 司徒文学应称独，洗马风流不可当。
> 高处纵眸喜有在，近遥绿麦一方方。

继续前行百米，冈州会馆映入眼帘。该馆始建于康熙年间，由冈州商人齐心修建，馆内雕梁画栋，飞檐翘角，每一处细节都彰显着当年商人的富庶与对家乡的眷恋。

再往前约 200 米，便是岭南会馆。它始建于明朝万历年间，由广东商人建成，是苏州最早设立的商会，见证了苏州商业发展的辉煌历史。如今，这里已成为江南织造府的所在，馆内陈列着各种精美的丝绸制品，绚丽的色彩、细腻的纹理，无不诉说着江南丝绸的千年传奇。

沿着石板路继续漫步，通贵桥静卧于前，寓意着通往富贵。走过通贵桥不远，便是明代吏部尚书吴一鹏的故居玉涵堂。吴一鹏曾担任明朝正德皇帝的老师，其故居虽历经岁月洗礼，却依然保留着当年的古朴韵味，让人不禁遥想当年的书声琅琅与文人雅趣。

行至街区中段，一座造型精美的山塘戏台跃入视野。飞檐斗拱，气势恢宏，仿佛一位盛装的舞者，在岁月的舞台上演绎着千古风流。这里，曾是山塘街区最为热闹繁华之处，往昔，苏州城的百姓们最爱聚集于此，听一曲婉转的评弹，看一场精彩的戏曲，在那悠扬的唱腔与灵动的身姿中，寻找生活的乐趣与慰藉。

戏台往前百米，便是苏州商会博物馆。它是我国第二家商会博物馆，馆内陈列着苏州商会自 1905 年至今的风雨历程，每一件展品、每一段文字，都如同一把钥匙，带领人们打开历史的大门，探寻苏州商业发展的脉络与奥秘。

在苏州商会博物馆前，便是金庸先生《天龙八部》中屡屡提及的松鹤楼。这座始建于清朝乾隆年间的老字号酒楼，至今已有两百多年历史，见证了苏州饮食文化的传承与发展。店内，一道道精致的苏州本帮菜，色香味俱全，让人在品尝美食的同时，也领略到江南饮食文化的独特魅力。

山塘街的尽头，新民桥横跨两岸，桥的那头，便是通往虎丘山的方向。虎丘山，那座承载着无数历史传说与文化典故的名山，仿佛在远方静静召唤，为山塘街的旅程增添了一抹神秘的色彩。

旧时光里的温柔之乡山塘街，如今在古韵中增添了一抹新彩，变成了一条繁华的商业街。街边新开设的创意小店与古老的建筑相得益彰，传统苏绣与现代设计巧妙融合，精致的绣品在灯光下闪烁着迷人的光泽，既有江南水乡的温婉灵秀，又不失当代艺术的创新活力。街角的咖啡馆飘出的咖啡香与不远处茶馆的袅袅茶香交织在一起，传统与现代的味道相互碰撞，却又奇妙地和谐共生。店铺里，琳琅满目的小商品令人目不暇接，街头巷尾的美味小吃香气四溢，应有尽有。这里，每年迎接游客 3000 多万人次，年营业额高达 4600 万元，人文旅游经济在这里得到了充分而蓬勃的发展。

山塘街不仅是苏州的历史记忆，承载着千年的文化底蕴，更是新时代的活力象征，在岁月的长河中，始终绽放着独一无二的迷人光彩，吸引着无数人前来探寻它的魅力与故事。

重建阊门

山塘街的牌坊上方，正面写着"山塘胜迹"，背面写着"路接阊阖"。因为山塘街连接着苏州的阊门，而且，历史上山塘街的繁华与阊门密不可分。

阊门，始建于春秋时期，是苏州城的八门之一。

阊是通天象之意，表示吴国将得到天神保佑，日臻强盛。《吴越春秋》记载：立阊门者，以象天门，通阊阖风也，故名阊阖门。阖闾率大军由此门出城远征楚国，表示一定要打败楚国的决心，故又把阊门称为破楚门。

2500 多年来，阊门一直是苏州古城的化身和缩影。唐代著名大诗人白居易在《登阊门闲望》一诗中描写了阊门的雄伟和繁华景象：

> 阊门四望郁苍苍，始知州雄土俗强。
>
> 十万夫家供课税，五千子弟守封疆。
>
> 阊间城碧铺秋草，乌鹊桥红带夕阳。
>
> 处处楼前飘管吹，家家门外泊舟航。
>
> 云埋虎寺山藏色，月耀娃宫水放光。
>
> 曾赏钱塘嫌茂苑，今来未敢苦夸张。

阊门享有盛名更重要的原因，还是因为明清时期这一带曾经是全苏州

阊门

最繁华的商业街区。包括城外呈放射状的南濠街、上塘街和山塘街，以及城内的阊门大街。与这些街道平行，又有外城河、内城河、上塘河、山塘河分别从五个方向汇聚于此。

清代乾隆年间的名画《姑苏繁华图》表现了当时阊门至枫桥十里长街万商云集的盛况。当时这里各种店铺多达数万家，各行各业应有尽有，各省会馆纷列其间。清朝的孙嘉淦在《南游记》里这样描述阊门：

居货山积，行人流水，列肆招牌，灿若云锦。

《红楼梦》开篇就说，阊门最是红尘中一二等富贵风流之地。而明代唐寅的诗作《阊门即事》写道：

世间乐土是吴中，中有阊门更擅雄。

翠袖三千楼上下，黄金百万水西东。

五更市卖何曾绝，四远方言总不同。

　　若使画师描作画，画师应道画难工。

　　阊门因此成为当时苏州的代名词。

　　然而，对于苏州人来说，阊门曾有一段不堪回首的往事——

　　1860 年 5 月，太平天国忠王李秀成攻打苏州。江苏巡抚徐有壬和总兵马德昭接连颁布三道命令，烧毁城外商业区，以巩固城防：首令民装裹，次令迁徙，三令纵火。

　　于是，曾经繁华盖世的阊门商业区，直到枫桥寒山寺，转眼之间化为灰烬，数十万苏州市民逃往上海租界。时人曾作《姑苏哀》：

　　清军十万仓皇来，三日城门闭不开。

　　抚军下令烧民屋，城外万户成寒灰。

　　健儿应募尽反颜，弃甲堆积如丘山。

　　战后，苏州的经济中心地位为上海所取代。阊门商业区只有小规模的恢复，其地位甚至不及城内的观前街。

　　更令人痛心的是，在 1958 年全国开展"大跃进"运动中，阊门的水陆城门全部被毁，城泥城砖都被挖下来砌小高炉大炼钢铁。

　　阊门被拆，一直是苏州人的一块心病。

　　时间到了 1995 年，时任金阊区副区长的顾志新萌生了一个想法，要恢复阊门盛世风光。他邀请了市政协和文化、宗教、商业、旅游、规划、建设等方面的人士，实地考察阊门内外。

　　盛夏时节，冒着将近 40 摄氏度的高温酷暑，一行 10 多人，大家都乐此不疲，边走边聊，最后在阊门饭店里坐定下来，进行探讨，情绪很热烈，都愿为重建阊门出一份力气。

在这群人中，有一位年届 90 的老人，名叫谢孝思。他是贵阳人，早年考入中央大学艺术教育科国画组，师从名画家吕凤子、汪采白、徐悲鸿等学习书画，后定居苏州，从事国画艺术创作和教育工作。

　　苏州不是谢孝思的故乡，却是他钟爱了大半辈子的地方。60 多年的岁月里，他与苏州古城文化艺术紧密相连。从文物保护到古迹修复，从文艺创作到人才培养，他倾注了全部的心血。

　　那天，谢孝思在走访了阊门遗址后感慨万千。他说，苏州丰富的文化遗产——地上地下文物，它们有很高的历史文化价值，是苏州的瑰宝，是祖国的瑰宝，也是人类的瑰宝，应当受到高度的重视。他表示，重建阊门，再现昔日盛世风光，对于修复苏州古城，延续苏州文脉，是一件很有意义、很是必要的事情。

　　谢孝思的一席话，引起了同行的徐刚毅的共鸣。

　　徐刚毅生养在苏州这座历史文化名城，从小就萌生出了强烈的古城情结。1993 年之后，他开始关注苏州古城保护，足迹遍及城内城外千余条小巷街道，拍摄了上万张古城街巷的照片。此时，"重建阊门"四个字深深刻印到了他的脑海里，之后竟成为他的一个理想。

　　但是，这次走访活动并没有成为重建阊门的起点。因为这位副区长不久后便离任了，此事也就没有了下文，阊门失去了一次重建的机会。

　　两年后，徐刚毅调任苏州市地方志编纂委员会办公室主任。这使古城保护成了他的分内事，重建阊门又上心头。

　　在接下来的日子里，只要一有机会，徐刚毅便到阊门和西中市那一带的街巷中去，一条小巷一条小巷地来回走动，一面墙一面墙地端详，一个店面一个店面地观察，果然发现此处风貌不同寻常。自太平天国战争中阊门内外被毁，同治、光绪年间这里逐渐恢复，由于户主大多是工商人家，有经济实力，故建筑形式和质量要比苏州其他地方都好。特别是西中市，20 世纪 30 年代街面拓建，商铺店堂重新建设，民国海派风格的建筑鳞次栉比。他数了一下，至今南侧还有 15 幢，北侧还有 16 幢，而且都坐落在千年阊门城下，皋桥之侧，泰伯庙前。如将这些因素综合起来考察，阊门完全可以成为苏州重要的历史街区。

随着走访的深入，徐刚毅强烈意识到，要让世人都知道阊门！于是，他开始上书苏州市领导。

1999 年 10 月 9 日，第一封信发出。信中列举了阊门地区的街巷历史、人文古迹，并且提出了以保护西中市为契机，重建阊门水陆城门、修复泰伯庙，为将来苏州的古城旅游奠定基础。

2000 年 4 月 11 日，第二封信发出，信中回顾了苏州街坊改造的经验教训和成败得失，建议政府应有具体职能部门来承担古城保护的职责。同时希望市委、市政府对古城保护工作有一个旗帜鲜明的态度，其中特别介绍了阊门历史街区的情况，恳请市委、市政府加以重视。

然而，信发出去之后石沉大海。

写信不成便上访，不，确切地说是奔走，或者说游说。这里不妨把徐刚毅当年的日记摘录如下：

4 月 27 日。下午到文管会，与分管领导谈阊门 15 号街坊的保护问题，他却透露了一个消息，目前规划已经批准，15 号街坊即西中市的改造动工在即。此消息令人震惊，西中市一拓宽，阊门不也完蛋？

4 月 29 日。一夜无眠，上班后到苏州市委，向秘书长谈阊门保护的重要性。我情绪十分激动，然秘书长并未怪罪，反而表示理解，并答应向市委书记汇报。

5 月 12 日。下午市政府副秘书长来电，说副市长和建委主任在市建委，等我去汇报。我欣然前往。他们听取了我关于保护 15 号街坊和保护利用阊门一带旅游资源的建议，似乎颇感兴趣，并约我有机会一同去实地考察。我极其兴奋，然而此后便再无下文。

5月18日。下午到规划局，向邱晓翔局长介绍15号街坊、泰伯庙、西中市民国老街、阊门水陆城门的保护与利用问题。邱局对古城保护一向热衷，听后也很感兴趣，约定隔日下午再请金阊区分管城建的周建中副区长一起来进行深入探讨。

5月19日。下午再到规划局，与邱局和周副区长谈阊门之事，他们觉得蛮有价值，但认为现在实施，尚有距离，因为要将阊门重建列入市政府工作程序，还有许多工作要做。

6月11日。下午苏州大学退休教授周国荣来我家。周教授多年来为山塘保护到处呼吁，我则在为阊门的保护而奔走。山塘与阊门相连，共同保护利用价值更大。我俩相见恨晚，决定联手，共同为阊门与山塘而努力。

6月30日。下午到规划局，见分管副局长，他却说此事很复杂，难度很大。

7月18日。心有不甘，上午与周国荣一同到建委，询问保护阊门下一步应该如何行动？建委主任说你们应与金阊区联系，此事由他们牵头，要他们提出方案报市里审批。我和周国荣商量，认为重建阊门耗资巨大，难度很大，看来政府有关部门积极性不高，如果有民资介入，不知能否成功，不妨一试。

8月2日。上午与周国荣一起到金阊区商业局寻找亚细亚集团老总龚国钧，与他商谈阊门水陆城门重建事宜。他表示先请工程师设计一个效果图，论证后再说。

8月4日。上午约市文物古建工程处工程师沈忠人同到金阊区商业局与龚国钧会面，商量请沈工先画出阊门水陆城门效果图，然后由金阊区亚细亚集团来报项目去审批。之后与沈工实地踏勘阊门城门城墙位置。

8月23日。市委、市政府召开城市化工作研讨会，邀请10位政府聘请的专家学者出席，他们大多是在苏高校的教授，而我也有幸被列入，有点诚惶诚恐。轮到我发言，心想一直要想寻找机会向领导当面汇报，今日机会终于来了，正好倾诉衷肠，一吐为快。于是便针对古城保护方面的当务之急，谈了我的意见，主要是建议市政府明确阊门、山塘、平江三个历史街区的地位，以确保这些街区不再受到破坏。

至此，徐刚毅似乎看到了一点希望，毕竟市委、市政府领导亲自听取了他的意见。

然而，希望很快变成了失望。几天后，徐刚毅结识了金阊区城建局局长，从他那里得知，有关部门已决定在阊门地区开发建设商住楼，重建阊门恐怕没戏了。

徐刚毅忧心忡忡，却无可奈何。之后一段时间，他一直放心不下，有空便经常到阊门一带走走，一探究竟。一天，他发现在阊门遗址范围内，果然有人开始施工了。

传言居然变成了现实。徐刚毅心急如焚，他知道，阊门遗址一旦被毁，将来重建阊门便再无可能。怎么办？决不能坐以待毙，继续上书！

就在此时，民盟苏州市委主委把徐刚毅约到办公室，开诚布公道，听说你在为保护阊门历史街区奔走呼号，我们想助你一臂之力，把此事作为民盟委员的集体提案。

徐刚毅甚为感激，介绍了目前的事态，并沮丧道，情况紧急，恐怕已经等不到明年政协开会的时候了。

主委则说，我们以紧急提案形式尽快上报，请你先提供一个初稿。

徐刚毅一口答应下来，连夜写出初稿，次日便交给了民盟办公室。他们经过修改，以《关于尽快确定阊门历史街区地位，早日形成苏州古城大旅游格局的建议》的紧急提案，送交市委、市政府。

与此同时，徐刚毅又写了《紧急吁请——事为阊门城址即将被挪建商房，请予以阻止，并立即确立阊门历史街区地位》的呼吁书，经周国荣教授修改后，分送市委、市政府。

几天后，市委书记便在呼吁书上批示：请金阊区委、区政府与徐刚毅、周国荣进行协商。

遵照市委书记的批示精神，市政府秘书长于当日下午召集金阊区委书记、区长等相关领导与徐刚毅、周国荣对话沟通。区领导首先介绍了金阊区在保护文物工作中的做法，同时说明关于阊门城址在建的项目和即将展开的西中市拓建工程，都是按章办事，得到了市有关方面批准的。

听了区领导的介绍与说明，徐刚毅了解了更多的情况，对区里的做法也表示理解，但他坚持认为，阊门遗址应该得到有效的保护，重建阊门必须及早放上议事日程。他恳请区政府在问题没有解决之前，千万不要急于在阊门遗址上动工开发建设，以免将来后悔。

周国荣也警告说，苏州作为历史文化名城，阊门遗址及其周边区域的地位举足轻重，一失足将成千古恨！

这次沟通后，徐刚毅担心在阊门区域的开发建设工程停不下来，于是他又写了《为确定阊门历史街区再进一言》的上书信，希望市领导对阊门地区的拆迁建设千万慎重，并恳请市领导能听一次人大、政协同志和专家学者的意见，再做定夺，以免决策失误。

就在信件提交上去的当天傍晚，苏州市市长就到阊门实地了解情况，并让徐刚毅陪同。市长一行察看了阊门水陆城门遗址、西中市老街、泰伯庙等，最后来到德馨里。

附近居民见到市长，都围上来，纷纷对老房子怨声载道。市长招呼徐刚毅过来听听老百姓的意见，并对他说，专家的意见要听，市民的意见也要听，这样对解决问题有好处。

徐刚毅听出市长话中有话，便辩解道，老百姓对老房子有意见，主要是房子漏雨了，墙头裂了，希望有关部门能帮他们解决问题，并不都是要求拆迁的。

接着，徐刚毅陪着市长边走边看边谈，竭力说明保护阊门遗址的必要性和重要性。市长说，西中市倒蛮热闹，是否可以保留一张皮。最后市长又表示，阊门城址应该保留。

听到市领导如此表态，徐刚毅又看到了希望，颇感欣慰。然而，令徐刚毅没有想到的是，在停工3个多月之后，阊门遗址商业用房建设工程重新开工。

徐刚毅的心一下子凉了半截。他没有想到，经过呼吁，市有关方面都已了解此事，并已介入处理，可该工程还是照旧进行。阊门城门遗址早已被公布为市级文物保护单位，在它的范围内重新开工，实在让人难以接受。

不行！徐刚毅再次前去阻止。虽然形单影只，但他坚信，保卫阊门，天经地义！他对施工人员说，阊门迟早是要重建的，总是要恢复的，你们现在建，将来再拆，是在浪费钱财啊！

工地上的人却说，你跟我们讲有什么用？

是啊，跟那些民工说又有什么用呢？还是要找政府，找领导。

徐刚毅人如其名，有着刚毅的性格与意志，他继续写信，继续上书，继续游说。在其中的一封信中，他写道：

　　各位领导，我们的祖先已不可能再站出来为这座千年古城说话，我们的后人也还来不及站出来为自己今后的家园讨个说法。

　　苏州，这座两千五百年古城的前途命运，就全靠我们这一代能有人来为它说几句公道话，做几件无愧于心的事了。现任市委、市政府比任何一届都对苏州古城保护工作有感情，只是由于情况不尽熟悉罢了，所以我诚恳地向领导们提出了这些看法。

　　以上所讲，不过是我的一家之言。我不说，良心要受到谴责。至于说了之后成功与否，只能看天意了……

什么是天意？

天意就是时机。

时机来了！第 28 届世界遗产大会将于 2003 年 6 月 26 日在苏州召开。

拿什么来迎接世界遗产大会？拿什么给世界遗产大会的各国贵宾和专家看？

在第 28 届世界遗产大会召开前一年的 5 月 24 日，由苏州市第九次党代会确定的"十五"期间十大重点工程之一的环古城风貌工程正式启动。阊门节点被列为环古城风貌工程中的重中之重。

至此，保护阊门、重建阊门成为定局。

阊门城门与城墙修复方案的设计工作由苏州园林设计院负责。2003 年 5 月，该院针对修复阊门进行了深化设计，他们以文物保护部门提供的考古资料为依据，借鉴清代《姑苏繁华图》等图像。最后经过社会公示、投票表决，选定了设计方案，即突出明清的城门形制，修复两重瓮城城墙。

为了尽可能多地传递出阊门的历史信息，修复工作遵循"修旧如旧"的原则。有关部门特地收集了一些旧城砖并特制了大量原规格的城砖，采用掏砌法进行墙体修补。在新城门与老城门衔接的处理上，新城墙将原来那段残存的民国城门隔空包纳其中，丝毫不破坏其本来面貌，将历史遗迹原封不动地保留下去。

按照阊门城门与城墙的总体修复方案，曲折逶迤的外圈瓮城将由北、西、南三个方向环抱内圈瓮城和主城门，南北长约 120 米，东西宽约 90 米，内圈瓮城约 45 米见方。瓮城的高度为 7 米多。内外陆门上分别建造敌楼和城楼。城楼面阔五开间，深四进，基本上参照盘门城楼，但气势更为恢宏。另外还在瓮城的水关内布置了一组临河古建筑，以丰富瓮城的空间层次。

但是，考虑到道路交通等因素，专家组决定对陆城门东面的城墙先行修复，瓮城、城楼和敌楼的修复则作为远期规划，等待时机成熟后再分步实施。

水城门的修复施工中也出现了新的情况。工程队在清理阊门下塘河底的淤泥时，发现了几排平铺的石板和几十根碗口粗的木桩，据住在附近的老人说，几十年前苏州大旱，他亲眼看到过木桩露了出来。

这是否就是古代水城门的基础呢？苏州文物部门当即组织考古调查队进驻现场。在文物部门的鉴定结果没出来之前，阊门修复工程只能暂停。

7 天后，苏州博物馆考古部完成了阊门遗址的抢救性考古调查。调查过程中没有发现早于汉代的城墙遗迹，挖掘出大量汉代和唐代的釉陶片和砖砾瓦片，其中也没有发现早于汉代的遗物。从木桩和夯筑黄土剖面以及外包的城砖进行分析考证，确认这是五代时期阊门砖城楼的遗迹。五代之前苏州的城墙都是土城，吴越王钱镠始以砖砌苏州城墙。

当时阊门大修，先在古河道中打下木桩，然后在木桩间填充瓦砾、釉陶片和泥土，再夯筑，最后在夯土外包以城砖，形成一个南北略长于东西、面积 10 余米见方的砖城楼。

由此看来，五代时期阊门水城门就在城楼的北墙中间，随着历代改建重修，水城门位置逐渐北移。阊门遗址历代变化很大，现有遗存不仅年代较晚而且损毁严重。

针对这种情况，文物部门提出，阊门的修复要最大限度地保留明清时期的原有风貌。对现有水城门水闸以下的清代遗物原样保留，再用清代花岗岩加高水闸修复护壁；保留河道南岸水城门两边石壁，残损处用明代青石修补复原；将水关桥 1949 年后水泥加宽部分拆除，恢复到原有的尺度形制，使它与水城门风格一致……

修复工程是一项复杂的综合工程，需要承担起历史和文化的责任，不能急躁，更不能马虎。就是在各种问题不断出现再予以解决的情况下，规划蓝图一步一步地变为现实。

从园林设计院到博物馆考古部，从一张张阊门修复的规划蓝图到地表下汉唐的釉陶、炭化的础桩，从"最是红尘中一二等富贵风流之地"的繁华旧梦到环古城风貌保护工程的逐步实施，无不令人深切地感受到这座城市历史之悠久、文化积淀之深厚。

在阊门的修复过程中，也有专家提出了质疑。根据国家文物保护法，文化遗址保护的原则是"修旧如故，以存其真"，对已不存在的东西不提倡重建。古代重修城墙，是因为它具备防御的功能，有实用性价值。现代的修复如果只是单纯复古，那么其价值又有多大呢？

但是很多专家坚持认为，阊门是老苏州的象征，重新修复是对文物古迹生命的延续。例如滕王阁在1300年里就重新修建了28次。更何况阊门城门城墙的基础还在，其内在的文脉2500年来从未中断过，这种修复行为本身就具有深远意义。

这样的争议已持续了好多年，将来恐怕还会继续下去。不同的价值观念，在处理保护与发展的具体问题上，必然会产生矛盾。

但争议的结果，共识大于分歧，行动胜于雄辩。经过三年的建设，环古城风貌工程中的阊门节点初露端倪，水陆城门建成，吊桥也重建，瓮城遗址则全部展现，五龙桥、五泾庙业已竣工。

两年后，阊门城楼竣工，水城门正在重建，南新路一侧城墙已经显露并得到整修，河道泵闸拆除后正在重建聚龙楼，探桥亦已重修。大家站在吊桥上，环视左右，只见阊门城楼巍然耸立，瓮城遗址伏于绿茵草地，聚龙桥矗立于水面，对岸方基上的白居易纪念苑殿堂连绵，百间民居屋舍临水而列，远处山塘桥与五龙桥遥相呼应……

阊门，苏州辉煌的一扇门户，历经岁月沧桑，如今又见它繁华重现。

当你踏入阊门，那古老的城楼如一位沉默而威严的历史守望者，静静矗立眼前。城楼上的砖石，斑驳陆离，恰似一部部无言的史书，每一道痕迹都是时光亲手镌刻的记忆密码。城楼之下，人潮如涌，似奔腾不息的河流，热闹喧嚣之声不绝于耳。

街道两旁，店铺鳞次栉比。踏入传统的苏式糕点铺，那阵阵甜香，恰似温柔的召唤，瞬间将人的味蕾唤醒。海棠糕、梅花糕等精致点心，宛如一件件精美的艺术品，色泽诱人，形态可爱，引得食客们纷纷驻足，迫不及待地品尝这舌尖上的姑苏风情。再看那丝绸店内，五彩斑斓的绸缎，恰似天边流动的云霞，又似梦幻中的银河倾泻，每一寸都流淌着苏州丝绸的细腻与华美，诉说着这座城市千年的丝绸传奇。传统商铺、创意工坊与特色小店在此汇聚，它们巧妙地将现代元素与姑苏文化交织融合，仿佛为这条古老的街道披上了一件时尚而不失典雅的外衣，增添了别样的迷人魅力。

阊门附近，一幅生动的水乡画卷正在徐徐展开。船只往来如织，货船满载着希望与繁荣，在波光潋滟的水面上缓缓行驶，那摇曳的身姿仿佛重现了昔日商业往来的繁忙胜景。河岸边，垂柳依依，细长的柳枝如绿丝绦般随风轻舞，似在温柔地抚摸着大地。老人们闲适地坐在石凳上，谈古论今，他们的眼中是岁月沉淀后的从容与豁达；孩子们则在一旁嬉笑玩耍，那清脆的笑声如银铃般，为这宁静的河畔增添了无限的生机与活力。

不远处的集市，各种叫卖声、讨价还价声交织在一起，奏响了一曲充满烟火气的市井乐章。摊位上，新鲜的蔬果色彩斑斓，仿佛是大自然馈赠的珍宝；精美的手工艺品琳琅满目，每一件都凝聚着工匠们的智慧与心血。摊主们热情洋溢地招呼着每一位过往的顾客，他们脸上绽放的幸福笑容，温暖而灿烂。而文化活动更是为这个舞台增添了一抹亮丽的色彩，传统的评弹表演，那吴侬软语婉转悠扬，如潺潺溪流，流淌进人们的心田，引得众人纷纷停下脚步，沉醉在这美妙的韵律之中。

随着夜幕的降临，阊门灯火通明，城楼在灯光的映照下，更显雄伟壮丽。街道上的霓虹闪烁，恰似夜空中璀璨的星辰，与河畔的点点灯光相互辉映，共同勾勒出一幅绚丽多彩的繁华夜景图。那光影交错间，仿佛能看见过去与现在在时光的长河中交汇融合，演绎着一场跨越时空的对话。

今日之阊门，在新时代的浪潮中，既保留着历史的韵味，又焕发出勃勃的生机，成为苏州城中一颗璀璨的明珠，吸引着八方来客，续写着属于自己的辉煌篇章。

以32号街坊为例

　　城市是人类社会发展到一定阶段的产物，通常是人口密集的区域，具有经济、文化、政治等多方面的功能。而最主要的功能，还是要满足城市居民的生产生活之需。

　　苏州古城，既是江南文化传承发展与延续的重要载体，又是古城居民生活生产的空间。

　　然而，长期以来古城部分区域正面临产业业态低端低效、人居环境品质欠佳、公共配套设施不足以及原有生活形态难以延续等突出问题。

　　如何在保护古代遗产、延续历史文脉、保留城市气质的同时，改善居民的生活环境，提升空间品质和文化魅力，增强街坊活力，满足居民日益增长的美好生活需要，进而让历史文化和现代生活融为一体，这是古城保护更新面临的重要课题。

　　早在1986年，苏州就明确了"一城两线三片"的名城保护范围和"重点保护、合理保留、普遍改善、局部改造"的保护方针。古城区被划分为54个大小不等的街坊，不断探索街坊保护更新的新路。

　　其中32号街坊是保护更新的一个成功案例。

　　32号街坊，曾是苏州城市记忆中斑驳却珍贵的一角。它位于古城西侧，东至养育巷，南至道前街，西至学士街，北至干将西路，总面积约23.24公顷，现有居民1550户，常住人口2750人。作为明清时期官署集中地，基本延续了明清以来的名称、走向、格局，区域内古城风貌特色显著，拥有大量的文保建筑和传统民居。

但由于年久失修，这里老旧的建筑、杂乱的管线、狭窄的街巷，满是岁月痕迹，面临着基础设施滞后、居住环境欠佳等诸多问题。为了让这片承载着历史文化的区域重焕生机，一场精心规划的更新改造工程悄然拉开帷幕。

2018年，32号街坊被列为第一批城市更新试点项目，从保护、规划、实施等层面，姑苏区政府进行了有益尝试和探索。

古街坊的保护更新，仅仅依靠政府较难实现，需要更多引进国有平台公司、开发商、金融企业、居民等各类主体共同参与。区政府与20余家优秀企事业单位，以及苏州工艺美院、苏州大学、苏州特殊学校等校园结对共建，让共建单位、志愿服务团队主动认领、定期入驻，一起参与古街坊的保护更新工作。

首先实施"细胞解剖工程"，开展解剖式普查，对街坊内古房、古井、古桥、古树等进行深度调查，全面收集民居建筑的结构、形制、布局信息和历史沿革等资料，摸清家底，守住保护更新底线。

在此基础上，将各级保护要求纳入控制体系，形成71个保护更新单元和284个实施院落，并以实施院落为基本单位，按照协议搬迁模式，将选择权交给居民，分批收储院落和房屋，实现街坊保护更新的动态有序引导。

接着进行环境整治，提升街巷整体风貌。修缮整治屋面、外墙、院落等，建设口袋公园，同时对街坊内近4000米的道路，实施电力、通信、架空线整治和入地工程，增加近2800平方米绿化面积；打通富郎中巷、养育巷、西支家巷断头路，改善交通条件；增设电瓶车充电桩，缓解充电难题。以零星楼宅、传统民居为重点，由政府出资，组织相关单位进行自来水管道更新、雨污水管道改造、通信线路扩容和电力增容等，完善公共设施配套，统筹利用沿街商铺、街坊空地、闲置房产等资源，设立各类居民生活服务站点。

在更新改造过程中，始终遵循"修旧如旧"的原则，最大限度地保留了建筑的原有风貌。工匠们用精湛的技艺，修复破损的墙体，更换腐朽的梁柱，让老宅重新稳固，更加美观。同时，引入现代化的设施，改善居民的生活条件。

在修复建筑的同时，区政府注重文化的传承与创新。古老的街巷中，传统的苏绣、核雕等手工艺工作室纷纷涌现。手工艺人们在这里展示着精湛的技艺，吸引着游客和艺术爱好者。文化活动也丰富多彩，评弹表演、昆曲演出等传统艺术形式，在古宅庭院中上演，让人们得以近距离感受苏州文化的魅力。

街坊的保护更新，说到底还是要发展经济。32号街坊以古宅修缮等为契机，带动周边环境的统一整体提升，联系周边资源，发挥古建老宅稀缺载体功能优势，打造开放式特色街区，将文化优势转化为产业优势。

此外，32号街坊还积极探索新的发展模式。一些老宅被改造成特色民宿、咖啡馆、书店等，既满足了游客的需求，也为街坊带来了新的活力。这些新业态与传统文化相互交融，形成了独特的街区氛围。

32号街坊的保护更新实践一直处在动态发展中，不断发现新情况，采取新措施，解决新问题。针对32号街坊人口老龄化问题，街坊管理者根据困难老人的实际生活情况和主观意愿，调动入住青年人的积极性，帮助年轻人与老年人居家结对，探索创新养老服务模式。同时，通过营造"精而美"的软硬件环境，吸引金融机构聚集，布局金融商务办公、金融文化展馆、高端酒店、共享文化广场、展览，以及信息共享中心、数字图书馆、网红咖啡店、财经书店等，既为区域内高端金融人才商务洽谈、休闲聚会提供场所，又为街坊居民打造"无线小镇"，提升智慧服务，实现智能化管理。

如今，踏入苏州 32 号街坊，仿若步入一幅缓缓铺展的历史画卷，往昔的故事流传于各个角落，现代的活力亦在其间蓬勃洋溢。

传统民居宛如沉睡的佳人，在精心修缮中重焕熠熠生机。以瓣莲巷 6 号为例，曾经它或许被违建遮蔽了容颜，格局也略显杂乱。然而，经能工巧匠们精雕细琢，违建拆除，格局恢复，摇身一变成为集"中医馆 + 精品养生馆 + 养生药膳"于一体的健康养生馆。走进其间，古朴的气息与养生的理念相互交融，仿佛能听见历史与现代的轻声对话。

"金融街坊"的定位，如同一股强劲的春风，为这片古老的街区注入了现代商业的蓬勃活力。苏州基金、苏州资管、哇牛资本等 29 家金融相关企业，纷纷入驻这片充满魅力的土地。古色古香的院落间，金融精英们脚步匆匆，忙碌穿梭。阳光透过天井，温柔地洒落在工位之上，那金色的光影，恰似一条无形的纽带，将传统与现代奇妙地交织融合，绘就出一幅独特而和谐的画面。

文化业态在此亦是丰富多彩。雷允上中医主题文化馆于瓣莲巷 4 号的曹沧洲祠内落地生根，这里承载着吴门医派源远流长的仁医精神，每一味中药、每一个典故，都似在诉说着往昔医家的济世情怀。而在剪金桥巷，女性主题书店——绛书房悄然开业，书香如缕，弥漫在空气中，为街坊增添了一抹温婉的文化柔情，仿佛在喧嚣尘世中开辟出一方宁静的精神桃源。

苏州 32 号街坊，不仅是历史与文化的厚积之地，更洋溢着浓浓的生活气息。原住民们依旧在此延续着他们质朴而温暖的生活。闲暇之时，大家围坐在一起，沐浴着暖阳，唠着家长里短，欢声笑语在空中回荡。许多年迈的房东，热情好客，总是乐于与游客分享自家宅院的点滴故事，那些故事里，有家族的传承，有岁月的变迁，更有对这片土地深深的眷恋。院子里的百年老树，静静伫立，见证了街坊的兴衰变迁，成为邻里间情感的坚实纽带，将大家的心紧紧相连。

苏州 32 号街坊，在时光的长河中，坚守着保护与开发并重的理念，既保留着江南文化的根与魂，又在新时代的浪潮中，以开放包容的姿态轻盈拥抱现代生活。它已然成为历史与现代完美融合的典范之作，让每一位踏入此地的人，都能深深沉醉于姑苏城那独特的魅力与韵味之中，流连忘返。

下部

PART THREE

———

现代之星

承百代之流，会当今之变；以古之规矩，开今之生面。

这句蕴含着深邃智慧的话语，恰似一把钥匙，为我们开启了洞察时代发展脉络的大门。

自改革开放的春风拂过华夏大地，尤其是步入新时代的壮阔征程，苏州，这座古老而又充满活力的城市，在经济与人文的浩瀚海洋中，找准航向，破浪前行。它以文化为强劲动力，为经济发展注入全新能量，激活高质量发展的澎湃新动能；又以经济为坚实土壤，让文化在其中生根发芽，绽放出时代的生命力。它致力于促进人与自然的和谐共生，不懈追求人的自由全面发展，将人文精神深度融入经济发展的内核之中。

至此，苏州不再单纯执着于冰冷的数字增长，而是将目光更多地投向人的价值彰显、文化的传承与创新，以及社会的可持续发展。

如果把城市比作一个灵动的生命体，那么经济恰似城市那健壮的体格，支撑着城市的运转与发展；而人文，无疑是城市的灵魂，赋予城市独特的气质与魅力。且看今日之苏州，正以科技为羽翼，以生态为基石，以文化为灵魂，以民生为根本，精心孕育一个人文经济高度发达的城市生命体，打造一个古代文化与现代文明交相辉映的经典之城。

第 六 章

CHAPTER

SIX

———————————

开疆拓城

首战河东

在吴语地区有一句俗语，叫作"螺蛳壳里做道场"。这话带有一种无奈或揶揄的意味，暗指尽管付出了努力，但受限于环境和条件，难以取得大的成就。

这句话倒非常贴切地形容了 20 世纪八九十年代苏州城市建设的状况。那时，虽然古城区得到了有效的保护，但由于城区面积太小，城市的发展受到了极大的限制。

迫于发展的压力，几年中，城区形成了向古城外四周"摊大饼"式的发展格局，出现无序发展的倾向，这给苏州城市发展带来了新的问题和不利因素。

苏州市委、市政府发现了这一问题，开始意识到，苏州必须借鉴国际上许多国家的惯例与经验。

法国巴黎对 19 世纪中期的城市改造进行了反思。一方面，设立保护区，对历史文化建筑的保护和修缮进行补贴，并拆除违章建筑、疏解人口，为低收入者提供租房补贴，使旧城改造平稳有序。另一方面，巴黎摒弃了单中心模式，积极打造若干个选址合理、交通便利、功能全面的新城，既疏解了中心城区的人口和产业压力，保护了历史文化遗产，也为城市发展开辟了新的空间。

意大利政府为了保护罗马古城，在旧城南部规划建设了一座现代化新城——新罗马。新罗马不仅配备了现代化的银行、会议大厦、博物馆等建筑设施，还拥有公园和广场，设计理念先进，街道整齐划一，绿树成荫，秩序井然。

第二次世界大战后，英国及其他一些国家也都进行了大规模的城市建设活动。这种做法有效解决了现代与传统之间的冲突，并被全球众多城市效仿。

苏州市委、市政府认识到，只有在古城以外另辟新区，才能从根本上解决好保护古城和发展经济、建设城市、改善居民生活环境之间的矛盾。时任市委书记王敏生在常委会上说，苏州古城风貌自然不能动，但这并不意味着苏州的城区经济不能发展。我们对老城的保护，负有历史责任。可是在经济全球化形势下，我们应当让古苏州照样腾飞起来。我们应当给古城插上翅膀，有了这双翅膀，苏州腾飞了，古城风貌的保护才能真正成为可能。

何为翅膀？就是实施城外拓展战略——在城外选一块地，建设一个苏州新城。

翅膀插在哪里？纵观古城南北，一面是傲视天下的常熟，一面是风云激荡的吴江。苏州想发展，欲断两县的凤头虎尾，必然会影响大局。显然，向南北方向发展是不合适、不可能的。

市委、市政府领导把目光落到了古城以西、大运河以东的开阔地带。这里怀抱烟波浩渺的太湖，是块绝妙的风水宝地。

翅膀就插在这里。

经过充分酝酿、多方论证，苏州市研究制订了新区开发建设的规划，将其调整充实于《苏州市城市总体规划》之中。

新区规划的总面积 26.48 平方千米，其中大运河以东 11.37 平方千米，大运河以西 15.11 平方千米。在开发建设步骤上，先集中力量发展运河以东地区，河东基本成型后再向河西地区推进。

新区建设的目的，首先为了更有效地保护古城，解决古城内工业、人口、旅游、交通的超负荷问题；同时为了更好地解决保护古城与城市发展的矛盾，为城市发展提供出路。到 2000 年，老城区计划迁出的工厂和人口主要迁往新区，新区居住人口达 25 万。

新区规划体现了三个特点：一是具有独立职能而又相对独立的新区。今后古城区以历史文物、文化艺术、传统工业、商业和旅游为主；新区以经济贸易、现代工业、科技信息和居住为主。二是具有吸引力和现代化的新区。新区的规划建设都要体现现代感，突出一个新字，具有完备的城市基础设施和公共服务设施，具有良好的城市环境和优美的城市景观。三是具有苏州特色的新区。在新区规划设计中，做到与古典园林遍布的古城相互辉映，构成"假山假水城中有园，真山真水园中建城"的苏州城市新特点。

蓝图初成，且干且行。

苏州市迅速启动了河东新城区的开发建设。首先以住宅小区改造和道路建设为重点。在扩建三香新村的同时，开发建设规划设计水平更高的彩香新村，建筑面积 29.3 万平方米，有楼 190 幢、房 6297 套、各类小区配套建筑面积 1.66 万平方米。同时将三香路延伸至彩香桥，建设连接三香路和金门路的彩香路，使这两条新区东西向主干道实现环通。

1984 年 3 月，城乡建设部领导在讨论修改《苏州市城市总体规划》专题会议上，要求苏州在明确发展方向的前提下加快开发新区。

1986 年 6 月，国务院最终批复同意的《苏州市城市总体规划》明确了苏州新区的总体规划和构想。

随着苏州新城区总体规划基本明确，河东新区进入综合开发建设的新阶段。市政府成立了新区开发领导小组，正式确定"新区"名称；领导小组下设苏州新区开发指挥部，归口市建委管理，具体负责开发建设工作；组建主要从事新市区开发建设的苏州市政建设综合开发公司，承办开发区内征地、补偿、动迁安置等业务和项目建设。

按照城市发展功能需要，河东新区的公共设施建设逐步展开，一批公共管理机构、科研、教育、医疗、公共文化单位相继进入，城市形态开始形成。

首家部属科研单位——国家建材工业局新组建的苏州混凝土水泥制品研究院进驻新区；

首个公共服务单位——苏州市妇幼保健医院正式对外门诊；

首条全长3192米的东西向主干道开通；

首座高17层的开发大楼投入使用；

首家高档宾馆酒楼和大型交易市场——胥城大厦投入使用；

首个入驻新区的政府机关——苏州市计划生育指导中心建成投入使用；

首个大型公共文化活动场所——苏州市青少年活动中心建成投入使用；

首批大型住宅区——彩虹、三元等5个住宅区和3幢17层高层住宅楼建成入驻，并配套建设了新村各类商业服务网点和幼儿园、小学及彩香、三元两所中学。

紧接着，高94.6米的雅都大酒店结构封顶，刷新了苏州高楼新纪录；苏州医学院附属第二人民医院门诊部建成开诊；国家建筑材料工业部苏州非金属矿山设计院也在新区建造新大楼，并迁至此地办公；苏州海关大楼落成运行，苏州国际贸易展览中心、苏州革命博物馆奠基兴建……

经过近10年快速、有序的开发建设，至1990年9月，11.37平方千米范围的河东新区，道路网络基本形成，城市功能初步完善，共建成住宅房100多万平方米，公共建筑配套设施10多万平方米，居住人口超过10万人，其中绝大部分从老城区迁徙而来，有效疏解了古城人口。

河东新区的开发建设，把苏州城市建设发展推上了快车道，市区的建成区面积由1980年的28.6平方千米扩展到1991年的49.2平方千米。

这样的扩张速度、建设规模和人口迁徙规模，为苏州建城2500年来所未有。

挺进河西

即使是前所未有的扩张，苏州新区建设却面临着内外压力。从内部看，河东的规划面积已经基本开发完毕，发展受到局限；从外部看，在改革开放浪潮的涌动下，深圳、上海等地一个个新区迅速崛起，苏州市周边的常熟、昆山、张家港等"五虎崽"蓬勃发展。

时不我待，机不可失。苏州市委、市政府及时作出决策：

实行战略转移，由运河之东向运河之西挺进！

河西新区开发建设拉开序幕。其规划范围为东至大运河、西至狮子山和何山、南至横山北麓、北至白洋湾，总面积 12.84 平方千米，分成工业区、科研文教区、商业区、行政区和住宅等功能区。

1990 年 10 月，市委决定调整新区开发领导小组成员，由市长任组长，分管城建和工业、外向型经济的两位副市长任副组长；11 月，市政府决定市新区开发领导小组指挥部由市新区开发领导小组直接领导，相当于一级局建制；指挥部成员和工作人员从市各有关部门统一抽调，所有人员迅即到位。

市委、市政府还特别明确，今后把河西与河东统称为苏州新区。

然而，苏州新区有名称却无身份。当时国家对开发区的政策处在紧缩整顿阶段，并明确表示不再批准新设开发区。

国家不批准，等于没出生证。名不正则言不顺，许多工作无法切实推进。市委书记王敏生说，发展是硬道理，拿到批文是更硬的道理！他指派河西新区管委会副书记王福康常驻北京，并向他下了死命令：高新区批不下来，就不要回来。

王福康带着一帮人到国家部委汇报工作，一去就是几个月。他们到科技部汇报工作，一天不行，第二天接着去，还是不行，第三天又去，天天到科技部报到，以至于新来的门卫以为他们是在科技部工作的。

这应了当时的一句流行语，"跑部前进"。经过多方努力，终于在1992年11月9日，国务院批准苏州市建立国家高新技术产业开发区。之后，国家科学技术委员会发文，同意苏州高新技术产业开发区为国家高新技术产业开发区，总面积6.8平方千米。

当国家高新技术产业开发区这块国字头的招牌从北京拿回时，指挥部的小院里一片欢腾。许多人敲着饭碗相互庆贺。

苏州国家高新技术产业开发区的正式建立，使苏州从此进入一个崭新的"园区革命"时代。

市委调王金华任苏州市计委副主任、新区开发指挥部常务副指挥、党组书记，兼市城建开发总公司总经理、党组书记。

王金华何许人也？

他是上海人，1968年应征入伍，1982年转业至昆山工作，1984年任昆山县工商局副局长，次年任昆山县城北乡党委书记。1989年，他被任命为昆山县委常委、副县长、昆山经济技术开发区党工委书记。王金华到任后，与时任县委书记吴克铨等人并肩战斗，在原有基础上，拓宽思路，积极作为，使昆山经济技术开发区快速发展，跨上了一个新的台阶，走出了一条令世人瞩目的"昆山之路"。

就在王金华准备甩开膀子大干一场之际，一纸调令，让他到了一个新的更大的战场。市委给王金华的任务是：用10年时间，再造一个新苏州。也就是说，当时苏州市区的工业产值是146个亿，10年后，新区也要实现工业产值 146 个亿。不，是 150 亿。

这是军令状吗？是的。王金华在经过深入调查和广泛讨论后，在新区开发动员大会上，一口气提出了四大战略：

开放战略，就是以引进外资为突破口，实施全方位的对外开放。产业进步与世界同步、具有国际运作能力才是真正的现代化开放型的经济发展。

科技战略，就是瞄准高新产业，使新区真正成为高新技术成果产业化、商品化、国际化的基地。

人才战略，就是造就现代化管理人才队伍、国际化运作人才队伍和科技专业人才队伍三支队伍。

繁荣战略，就是通过"三产"和社会事业，将新区建设成一个现代化的新苏州城区。

发展战略既定，创业战斗打响。

高新时速

如果说苏州古城是天堂，那么苏州新区就是战场。

战场就在一片坑洼荒芜的土地上。这里雨多，一下雨，到处一片泥泞，一步三滑，行走艰难。王金华带领创业团队在这里开始了艰难跋涉。当时他们都有三件随身物品：雨鞋、雨披、自行车，借此跑工地、跑企业，长年累月、昼夜兼程奋战在工地第一线，掀起了波澜壮阔的建设热潮。

首先是加快基础设施建设。为配合区内发展需求，进一步兴建和完善道路与桥梁、供电供水供气等各项基础设施，实现"五通一平"，形成狮山路、金山路、玉山路、滨河路、运河路"三横二纵"交通路网，并不断加大基础软件建设，大力发展经济、教育、科技、文化等公共事业，相继出台相关政策法规，努力改善营商环境，为招商引资工作创造有利条件。

在加强基础设施建设的同时，高新区把服务视为第一投资要素，通过创新服务理念、服务措施和服务方式，不断提高服务水平。为投资者服务从当初"人盯人"的"保姆式服务"，逐步发展形成规范化、高效率的新办项目"一站式服务"、对外经贸"网络式服务"、重点企业"契约式服务"、创业项目"孵化式服务"等个性化服务方式。

华硕电脑是较早落户苏州高新区的台资企业，落户之初，需要尽快建成一个生产主要部件的车间。华硕方面的人问新区相关负责人：包括装修、设备安装到位，45天能不能弄好？一般这样的工程都要6到8个月。当时高新区接下了这个任务，在管委会的统一调度下，真的就在 45 天内完工了。华硕的老总竖起了大拇指称赞道，跟你们这样的团队合作，放心！

放心，让更多的外商前来投资。

苏州新区通过政府扶持和制定优惠政策，吸引了更多的投资，这些投资不仅包括外国直接投资，还包括内资引进。随着内外资的引入，新区内各企业得到蓬勃发展，对外贸易和经济总量迅捷增长，创造了堪比"深圳速度"的"高新速度"：

1991 年，启动 1 平方千米开发。

1993 年，开发面积达 12 平方千米。

1994 年，开发面积增至 20 平方千米。

1995 年，苏州新区在全市经济中所占份额已接近 50%。

1996 年，"苏州高新"股票在上交所首发上市，成为全国首批发行股票的高新区；依托南京大学丰富的教育资源，多渠道开展各类文化、科技、科研等教育教学交流活动。

1997 年，苏州乐园欢乐世界在狮山脚下欢乐登场，成为全国首批一级（AAA）旅游景区；苏州高新区在美国成功发行国际信托，成为全国第一个实现国际融资的高新区；首届亚太经济合作组织（APEC）科技工业园区网络会议在北京举行，北京、苏州、合肥、西安 4 个高新技术产业开发区经国务院批准，作为中国高新区的杰出代表被正式选为第一批向 APEC 成员特别开放的园区。

2001 年，苏州留学人员创业园成为我国首批国家留学人员创业园。

新区开发建设的 10 年中，累计引进外资项目 1500 多个，全球 500 强项目 45 个，外商投资总额 200 亿美元，合同利用外资 130 亿美元。经济总量超过了 10 年前苏州市区总和，出口额占江苏省十分之一，全国百分之一。主要经济指标均列全国高新区前三位，引进项目投资规模和力度、上缴税金居全国高新区第一。

新区建设创造了无数个"第一"和"唯一",成为全国高新区的一面旗帜。

联合国开发计划署高级顾问拉卡卡访问新区时盛赞道,高楼林立的苏州新区有着强大的吸引力,上千个外资企业项目和企业在这里落户,这在世界上也是极少有的奇迹。你们这里就像一个小小的联合国。

苏州新区的"小联合国"别称就这样叫开了。

这真是:十年河东,十年河西。

这十年,苏州新区始终坚持发展为第一要务。不断提升综合实力和核心竞争力,2012年GDP突破800亿大关,工业总产值突破2500亿大关,战略性新兴产业产值占规模以上工业总产值比重52.4%,位列全市第一。

这10年,苏州新区始终坚持创新驱动发展战略。推动科技和经济紧密结合,"中字头""国字号"科研院所抢滩落户,累计进驻大院大所70多家,拥有国家高新技术企业219家,科技部创新人才、江苏省科技创新团队数量列全市第一,成为全国首批创新型科技园区试点、全省首批创新创业人才基地,多次荣获全国科技进步考核先进区。

这10年,苏州新区始终坚持走新型城市化道路。大力实施"中心区提升、北部崛起、南部融合、西部挺进"战略,建设狮山商圈城市综合体,太湖大道高架建成投用,轻轨一号线穿城而过,成为"一核四城"城市格局的"重要板块"和城市现代化建设的"重要缩影"。

这10年,苏州新区始终坚持体制机制创新。积极探索开发区和行政区体制有机融合的现实路径,不断强化改革先行功能、科技创新功能、综合服务功能,提高管理服务效率,探索更加符合实际的经济社会发展模式及创新资源配置模式。

经过10年开发,52平方千米基本开发完毕,苏州新区发展空间受限,出现"项目土地"的现象。苏州市委、市政府及时决定实行区划调整,高新区与虎丘区"两区合并",开发面积拓展至223平方千米,实行"两块牌子,一套班子"的管理模式,掀起了"二次创业"的新高潮。

太湖时代

浩渺的太湖，湖光山色交相辉映，生态湿地星罗棋布，是大自然馈赠的生态宝库。

苏州高新区依傍浩渺太湖，拥有约 28 千米的太湖岸线，这是大自然赋予的得天独厚的珍贵财富。

又是一个新的 10 年，以 2012 年行政中心西移为标志，苏州高新区从"运河时代"迈向"太湖时代"。

"太湖时代"为高新区注入了创新发展的澎湃动力。高新区综合利用自身在科技、经济、生态、文化等方面的优势，大力实施创新驱动发展战略，围绕产业链布局创新链，围绕创新链强化产业链，着力打造现代产业体系，建设具有影响力的自主创新战略高地。

筑巢引凤，万鸟归巢。2018 年，高新区在苏州市率先启动"智汇苏高新"高层次人才会客厅建设，为高层次人才提供咨询交流、项目路演、产品展示、创意对接等服务。在国内率先开发运行具有手机 App 和计算机网站"双通道"模式的高层次人才智慧应用平台。推出"线上申办＋电子认证"模式的"电子服务卡"，整合 13 类 46 项服务举措。组织"才聚高新，智汇虎丘"创新创业大讲堂、主题沙龙、"一日训练营"等活动，扶持培育"创业精英协会""博士后联谊会""太湖群鹰会"等人才团体。

在创造软硬件条件的同时，积极营造良好的营商环境，为企业提供优质服务。2020 年 11 月，东南大学苏州医疗器械研究院院长顾忠泽在汇报了近年来发展情况后，反映了一个迫切需要解决的难题——研究院急需申请一项省级行业资质。自 3 月起，该院就申请该资质进行了多方调研准备，可是由于缺乏经验，工作进展缓慢。能否取得该资质关系到研究院次年 2 月相关项目的申报，如果没有在年底前取得资质，那么次年的相关项目申报就完成不了。了解到这一情况后，当天下午，一个微信群就建了起来，区级机关相关部门一起商量如何解决问题。走访结束 3 周后，就迎来省局相关人员的现场考核，并很快顺利获批相关资质。原先获批需要 7 个月时间，缩短至 3 周就给办好了。

产业发展更是"太湖时代"的重要支撑。高新区围绕太湖，积极布局战略性新兴产业。在太湖科学城，打造了科技创新的核心引擎。这里汇聚了众多高校、科研机构和创新企业，形成了以新一代信息技术、生物医药、新能源等为主导的高端产业集群。华为、阿里等知名企业的研发中心纷纷落户，大量高端人才汇聚于此，推动着科技创新成果不断涌现，为区域经济发展注入了强劲动力。

高新区始终在发展高端产业上体现"高度"，在集聚高端要素上展现"浓度"，在培育创新业态上形成"标志"。抢占战略性新兴产业制高点，大力发展新一代信息技术、新能源、医疗器械和生物医药产业；积极向产业链高端延伸，推动区域制造业高端化、智能化、绿色化、服务化、品牌化，并以此辐射带动区域现有产业转型升级；着眼形成更多引领型发展模式，促进互联网与实体经济融合发展，培育壮大数字经济、创意经济、分享经济、新金融，在新技术、新产业、新业态、新机制上率先突破，为苏州市乃至江苏省转型发展提供示范；通过建设和完善专业化、特色化、开放型的研发平台、技术交易平台、创新服务平台，大力吸引海内外各类科技人才和各类高水平研发机构落户，进一步引导金融资源和社会资本向关键创新领域聚集，培育有竞争力的创新集群，打造具有"硅谷气质"的创新高地。

生态环境也是生产力。绿水青山能够产生巨大的经济社会效益。保护生态环境就是保护生产力，改善生态环境就是发展生产力。高新区始终将生态保护放在首位。一方面，大力整治太湖周边的生态环境，对入湖河道进行清淤疏浚，加强湿地保护与修复，恢复了太湖周边丰富的生物多样性。如今，太湖之畔，白鹭翩跹，水草丰美，一幅人与自然和谐共生的美丽画卷徐徐展开。

文旅融合是人文与经济的最佳结合点，也是"太湖时代"的独特亮点。依托太湖的自然景观和人文底蕴，高新区打造了一系列特色文旅项目。太湖国家湿地公园成为人们亲近自然、休闲度假的好去处；镇湖刺绣小镇，传承和弘扬了苏绣这一国家级非物质文化遗产，吸引国内外游客前来感受传统手工艺的魅力。同时，太湖文化节等活动进一步提升了区域的文化影响力。

区内外完善的交通基础设施，为"太湖时代"的发展铺就了快车道。区内构建了四通八达的交通网络，不仅加强了与苏州主城区的联系，还方便了与周边城市的沟通交流。太湖大道等主干道贯穿东西，轨道交通延伸至太湖畔，大幅缩短了人们的出行时间，也促进了区域间的资源共享和协同发展。

民生保障直接关系到人民群众的基本生活需求，尤其是教育、医疗、住房等，这些需求的满足直接关系到人民的幸福感和获得感。为此，高新区不断加大教育投入，引进优质教育资源，建设了一批高水平的学校。同时，完善医疗服务体系，新建和扩建了多家医院，提升了医疗服务水平，让居民在家门口就能享受到优质的教育和医疗服务。

对外合作是经济持续发展的重要驱动力。2019 年 3 月，南京大学与苏州市人民政府签署全面战略合作暨南京大学苏州校区建设协议，苏州高新区与南京大学牵手，共建融国内一流的高水平应用型大学、创新型特色研究生院、一流的国际学院和一批一流的创新技术研发平台、产业基地为一体的南京大学苏州校区。

两年后，苏州市与南京大学签署了深化全面战略合作的相关协议。之后仅用20余天时间，完成了征地、供地、抗震评审、规划许可、施工许可等审批事项，同步公示，联合审批，再次显示了当天拿地当天即可开工的"高新速度"。

围绕南京大学苏州校区，苏州新区将打造环南大创新圈，并在此基础上全力建设10平方千米的太湖科学城，利用15年的时间，把太湖科学城建成具有全链条创新生态的"创新智慧之城"、面向全球的"开放共享之城"和融合科学人文元素的"美丽人文之城"。

湖阔任鸟飞，扬帆起远航。

处在"太湖时代"的苏州新区，正以生态为底色，以创新为动力，以文旅为特色，以民生为根本，努力打造一个宜居、宜业、宜游的现代化新区，向着更加美好的未来稳步前行。

第 七 章

CHAPTER

SEVEN

———————

新城崛起

东方风来

红雾初开上晓霞，共惊风色变年华。

公元 1978 年，就在这一年，历史翻开了新的一页，中国开始了一个春天的故事。

这年上半年，刚刚复出的邓小平亲自推动了一场关于真理标准的大讨论，使实事求是的思想路线在中国重新确立起来。10 至 11 月间，邓小平频频出访国外，接连访问了日本、泰国、马来西亚和新加坡。他一路走，一路看，一路问，一路思考着未来中国的发展道路。

访问中，邓小平对新加坡的印象尤为深刻。这是他时隔 58 年后的故地重游。1920 年 9 月，一艘叫作"鸯特莱蓬号"的邮轮，从上海出发开往法国马赛。在货舱里挤着一批赴法勤工俭学的中国青年学生，16 岁的邓小平就在其中。在途经新加坡港停泊的两天里，邓小平首次踏上了这个东南亚岛国——新加坡，他在这里所看到的，与自己的国家一样，贫穷而落后。

58 年过去，弹指一挥间。当年出国求学的少年，已是中国的重要领导人。新加坡总理李光耀对邓小平的来访非常重视，做了精心安排，并向邓小平详细介绍了新加坡经济发展过程、对外开放政策以及吸引外资等各项措施。

在新加坡访问的第二天，邓小平在李光耀总理的陪同下，登上了该国西南部的裕廊山。山不高，海拔四五十米而已，但站在山顶的观景台上，可以鸟瞰四周，风景如画的新加坡尽收眼底。李光耀总理热情邀请邓小平在山顶的一片森林里植树留念，邓小平欣然同意，挥锹种下了一棵苹果树。

种树后，邓小平一行来到了山下的裕廊工业区参观。这是亚洲最早成立的开发区之一。第二次世界大战结束后，新加坡是一个缺乏资源、工业基础落后、失业率极高的弹丸之地。为了改变这种面貌，新加坡依托自身作为世界海路运输重要中心的有利条件，通过大力引进外国的资金、技术、人才，在一片荒芜的沼泽地上，进行大规模的成片开发，建成了一个占地5平方千米、基础设施完备的裕廊工业镇，开办了一批现代化工厂，推动了全国经济的高速增长，进而使新加坡一跃成为闻名遐迩的"亚洲四小龙"之一。

国内的现实状况、国外的所见所闻、新加坡的做法和成就引起邓小平的深刻思考。

一个伟大的构想在邓小平的心中酝酿生成。这年底，也就是在裕廊山种下苹果树后的一个多月，邓小平在党的十一届三中全会上成为党中央领导集体的重要核心。全会提出了把全党工作的重点和全国人民的注意力转移到社会主义现代化建设上来，并实行改革开放的战略决策——对经济管理体制和经营管理方法进行认真改革，在自力更生的基础上积极发展同世界各国平等互利的经济合作。

从此，中国进入了改革开放的新时期。

一年后，邓小平在全国各省、市、自治区第一书记座谈会上，特别讲到了新加坡的做法和经验。他说，我到新加坡去，了解他们利用外资的一些情况。外国人在新加坡设厂，新加坡得到几个好处，一个是外资企业利润的百分之三十五要用来交税，这一部分国家得了；一个是劳务收入，工人得了；还有一个是带动了其他的服务行业，这都是收入。[①]

---

① 《邓小平文选》第二卷，人民出版社 1994 年版，第 199 页。

瞬间，新加坡经验在中国传开。各地、各部门组织的代表团纷纷到新加坡考察学习。几年后，中国政府首次聘请外国专家担任我国沿海开发区的经济顾问，其中就有当年陪同邓小平考察裕廊工业镇、人称"新加坡经济之父"的新加坡原第一副总理吴庆瑞博士。他担任中国政府顾问近6年，邓小平每年都会见他，详细听取他的建议。1988年邓小平在会见来访的李光耀总理时说，中国改革缺乏经验，但本领是可以学会的，其中包括向新加坡学习。

20世纪80年代，我国改革开放全面启动，联产承包责任制全面推行，乡镇企业异军突起，市场调节机制初步形成，深圳等4个经济特区逐个设立……短短十多年，改革开放取得了实质性的进展与成效，有力地促进了经济社会的发展和人民生活水平的提高。

80年代末，国际局势风云突变，国内外形势变得十分复杂，世界社会主义出现严峻考验。面对复杂局势，我国韬光养晦、稳住阵脚、沉着应对，经受住了苏联解体和东欧剧变的冲击，逐步打破西方的种种"制裁"，在国际上站稳了脚跟，继续推进改革开放，经济社会发展走上健康平稳的发展轨道。

1990年，我国向全世界宣布了开发开放上海浦东重大战略决策，引起国际社会广泛关注。近水楼台先得月，邻近上海的苏州，自然搭上了"顺风车"。

那年10月，中国与新加坡正式建立外交关系。翌年，正是江南春光明媚的日子，新加坡副总理李显龙访问苏州。市长章新胜和市人大常委会副主任吴克铨热情接待并陪同李显龙参观了拙政园等景区，最后来到万景山庄。

这里原来是东山庙遗址，后建成一座仿古建筑园林，它前临碧波荡漾的环山河，背倚起伏的岗岭。山庄内假山瀑布，松林小溪，环境幽雅；堂轩亭阁，回廊曲径，错落有致，将自然景观与仿古建筑融为一体。这里还

万景山庄

荟萃了苏派盆景精华，盆景之多列苏州各园之冠。

李显龙一行饶有兴趣地参观了万景山庄，他一边端详，一边对章新胜市长说，这里的盆景与苏州的双面绣一样，非常精巧，体现了苏州人的心灵手巧，真了不起。

章新胜介绍道，这些都是苏州的传统工艺，正如李显龙副总理所说，苏州人心灵手巧。同时，苏州人更有耐心与韧劲，十分勤劳。

李显龙点头道，这点与新加坡人很相似，我们这边有一种工艺，或者说是一个产业，就是制作假发，也需要心灵手巧和刻苦耐劳。我们当年招商引资，也是给外宾看新加坡的假发厂。他接着说，苏州和新加坡还有一个相似之处，苏州是园林城市，新加坡是公园城市，虽然不完全一样，但都是很美的。

是的呢。章新胜话锋一转说，但在城市建设和经济发展上，我们要向新加坡学习。

我们可以合作嘛。李显龙说，我以为，我们之间是有经济合作基础的。

章新胜听李显龙这么说，心中暗喜，便问道，那我们今天就在这里坐下来谈谈合作如何？

李显龙笑道，客随主便，听你安排吧。

这天，宾主双方在万景山庄座谈了两个多小时，就新加坡与苏州的经济合作事宜进行了初步探讨，商定在时机成熟时加以推进。

东方风来满眼春。1992年元旦刚过，88岁的邓小平到武昌、深圳、珠海、上海等地视察并发表谈话，深刻分析国际国内形势，科学总结党的十一届三中全会以来党的基本实践和基本经验，提出了衡量改革开放的"三个有利于"标准。

邓小平南方谈话如一股旋风席卷神州，为我国在新形势下坚持改革、扩大开放注入强劲动力，由此掀起了新一轮改革开放的热潮。

在视察南方时，邓小平再提新加坡，他说，广东二十年赶上亚洲"四小龙"，不仅经济要上去，社会秩序、社会风气也要搞好，两个文明建设都要超过他们，这才是有中国特色的社会主义。新加坡的社会秩序算是好的，他们管得严，我们应当借鉴他们的经验，而且比他们管得更好。①

这些谈话内容，引起了新加坡朝野的热烈反响。新加坡是华族占多数的国家，多半新加坡人是数百年里闯南洋求生存的华人后裔，对中国怀有深厚的感情，当他们听到故国领导人在讲话中对其进行了褒奖，无不欢欣鼓舞。李光耀资政更是引以为傲，予以特别的重视。

李光耀，祖籍广东，毕业于新加坡莱佛士学院，新加坡人民行动党的创始人之一。曾任新加坡开国总理、新加坡最高领导人，时任国务资政和内阁资政，被誉为"新加坡国父"。李光耀对中国怀有特殊的友好感情，热情称赞中国改革开放的方针政策。在他的亲自倡导下，新加坡决定采取非同凡响的行动，积极呼应邓小平讲话精神和中国改革开放事业。

于是，新加坡主要领导人分别率领大型商务考察团频频来华，落实邓小平关于借鉴新加坡经验讲话精神的"一揽子计划"，即在中国帮助开发建

---

① 《邓小平文选》第三卷，人民出版社1993年版，第378—379页。

设一个工业园区，把新加坡经济和公共管理经验运用到工业园区的开发建设中。

中国高层对李光耀的思路与做法非常赞赏和欢迎。江泽民总书记、李鹏总理、朱镕基副总理、李岚清副总理等领导人分别多次会见新加坡考察团，反复商谈工业园区项目。新加坡领导人则风尘仆仆地奔赴中国沿海、沿江地区，进行深入考察，意在寻找一个可与中国进行"软件移植"的深层次经济合作的试验场。

十月江南未陨霜，青枫欲赤碧梧黄。在这美好的季节里，李光耀资政和王鼎昌副总理率团访问江苏。

有朋自远方来，不亦乐乎。更何况，他们是来传经送宝、选地建园！江苏省委、省政府高度重视。为了迎接新加坡贵宾，省长陈焕友特批从上海租用了一辆"加长奔驰"，陪同李光耀一行在江苏考察。

1992 年 10 月 1 日，中国国庆节。李光耀资政率新加坡考察团来到苏州考察，首先听取了苏州市领导关于改革开放和经济发展的情况介绍。接着，苏州方面精心安排考察团看了"三样宝"：展现优雅环境的苏州园林，体现精细劳动的苏绣，代表精致文化的苏州盆景。考察团对这座具有 2500 多年历史的文化名城，以及改革开放以来经济和社会发展各个方面取得的成就，留下了深刻的印象。

那天机缘巧合，午餐时陪同李光耀的省领导接到通知，有重要任务须赶回南京。这样，按照外事章程，章新胜作为市长，从陪同二号改为陪同一号。这一改动，章新胜有机会坐上了李光耀资政乘坐的一号车。

此时的章新胜，已在苏州当市长多年，对苏州这座有 2500 多年历史的古城向何处去、如何走出一条新的发展道路的问题，有着深刻的思考和比较。他知道，古今中外保护古城、建设新区有各种成熟的经验，不乏典型案例。比如，20 世纪 30 年代，意大利为了保护罗马古城，建设了新罗马城；还有，意大利为了保护威尼斯水城建设了威尼斯工业新区；再有，法国巴黎中轴线香榭丽舍大街两头延伸到德方斯新城和蓬杜瓦斯新城，疏解古城压力；国内有梁思成和林徽因夫妇写的保护北京明清600年古城的报告，建议在北京公主坟以西建设新北京城。他深刻感到，苏州能否抓住紧邻上海的区位优势、自身丰厚的历史文化优势，事关今后苏州能否有一个大的战略性发展选择与决策。

于是，他利用从饭店到火车站的20多分钟时间，与李光耀亲切交谈，一个劲地推销苏州。

李光耀对这位年轻的市长颇有好感，问他道，你曾经跟我们王副总理说，让新加坡来苏州大规模投资，是吗？

是的。章新胜说，你们新加坡有近500亿美金的外汇储备啊！

你怎么知道的？李光耀有些惊讶。

章新胜回答说，我是在世界银行和国际货币基金组织报告上看到的。你们为什么不拿其中的10%投到苏州，把苏州也建设成像新加坡那样一个高度发达的花园城市呢？

李光耀试探道，我们要投的话，与以前你们前几轮外国来华投资的投法不一样。他们仅做二次开发，而我们要从一次开发做起，然后再做工业、商业和住宅等二次开发，而且必须是高标准的。这样的开发投资很大、回报期很长，你们怎么能保证呢？

章新胜明确表示，我们会尽一切努力，保证提供最优惠的条件，确保你们的投资能够成功。苏州的干部和群众也都会支持的，他们也都向往着有像新加坡人那样的工作、住房和花园城市生活。

李光耀若有所思，不再言语。

很快，汽车到达火车站，列车缓缓进站停靠在站台旁。李光耀吩咐新加坡驻华大使，将他在北京的一篇讲话稿拷贝给章市长看。然后，他与送行者一一道别，上了火车。

这时，令人意想不到的一幕发生了。本来已经登上列车的李光耀，又从车上下来，折回到章新胜面前，提了一个非常具体的问题：苏州有国际机场吗？有港口吗？

没有。章新胜赶紧补充道，但离苏州只有90公里的上海有国际机场，我们自己的机场也在规划中。我们这里还有个太仓的浏河港，那是郑和下西洋的出海口，地处长江和沿海开放交会处，拥有38多千米的长江岸线，以及12多米深水航道，是一个天然良港。

李光耀满意地点了点头，但并未表示工业园区是否落址苏州。

几天后，新加坡考察团在结束访华离境时，王鼎昌副总理向记者透露：有意在苏州物色一块土地，用我们的经验来开发，创建一个新加坡式的模范工业园区。

新加坡抛出了绣球，传递出新方的一个重要信号！

江苏方面敏感地捕捉到了这一极具诚意和价值的信息。机不可失，时不再来。10月18日，陈焕友省长率团访问新加坡，以呼应新方的意向。李光耀、王鼎昌、吴作栋、李显龙等新加坡领导人分别会见代表团主要成员。在新期间，江苏代表团与新加坡贸工部、新加坡财团负责人多次会商，就合作建设苏州工业园区的议题基本达成共识。

趁热打铁。一个多月后，章新胜市长率领苏州市政府代表团访问新加坡，与新方签署了联合公告，明确表示双方对在苏州建设工业园区的设想很感兴趣。

此时，离邓小平南方谈话正好10个月的时间。

十月怀胎。中新合作建设苏州工业园区的构想基本形成。

构想，如隐形的翅膀，承载着梦想与渴望，跨越现实与理想之间的鸿沟，飞越千山万水的时空距离。

不久，新加坡总理吴作栋怀揣着中新合作的基本构想，率团访问中国。他在与李鹏总理的国事会谈中，第一次明确提出通过中新合作在苏州建设工业园区。李鹏总理当即表示，中国对此持积极态度，并希望苏州工业园区既抓物质文明又抓精神文明。凡涉及主权的行政管理归中方，经济管理可以请新方参与。

中新双方高层领导人明确表态后，苏州市政府雷厉风行，随即邀请新加坡重建局规划专家来到苏州，与苏州市的有关专家一起为园区选址。最初，苏州市政府建议在苏州新区基础上建设工业园区，但新方婉转表示，要在"一张白纸"上建设一个全新的工业园区。

想当年，吴国也是在"一张白纸"上开始建"大城"的。宰相伍子胥选址苏州，足见其大智慧、大手笔。这里既是同南方越国贸易往来的交通要道，又是战争时期的兵家必争之地，而且与太湖有一段距离，可以防范从太湖过来的越军和盗匪的侵扰。由于选址好，2500年以来，苏州城就留在这个位置上，再也没有移动过。

现在，这张"白纸"上写满了密密麻麻的文字，需要另选一张白纸来写最新最美的文字。苏州市政府为未来的工业园区提供了4张"白纸"——4 块可选地块。

双方专家一起跑遍了苏州四郊。他们发现，位于城市西北部的两块土地，都接近苏州钢铁厂，因为环境等因素，专家们很快就表示不作考虑。另一地块处于城北部的沪宁高速公路正中，也被排除了。最后只剩下金鸡湖地块了。

金鸡湖源于春秋时期的琼姬湖，早在 5000 年前，金鸡湖区域已经有人类活动和居住痕迹，其东岸的琼姬墩发现了新石器时代史前人类祭天用的土坛。金鸡湖周边是一片湖荡密布、阡陌纵横的沼泽湿地，平均海拔仅 3.46 米，可耕地都在警戒水位 3.7 米以下。

照例，这样的低洼地块是不适合建造工业园区的。但规划专家独具慧眼，他们认为，金鸡湖地块既与苏州古城区相连，又靠近上海，向东延伸可有 70 平方千米的回旋余地，具有发展的纵深性，可以为长期发展提供理想空间。

无疑，金鸡湖一带正适合工业园区在这里"金鸡独立"！

先规划后开发，是新加坡的一条重要经验，也是一条铁律。所以，在选址确定后，首先着手规划工作。由新加坡重建局、苏州市规划建设局、新加坡建屋发展局和裕廊管理局共同组建了规划组，立即为园区的未来做规划设计。他们根据新加坡的城市规划经验，借鉴国际先进理念，结合苏州的地理位置、自然环境、经济基础、发展趋势等因素，经过近一年的精心研究、反复论证、多次修改，设计出园区 20 年的发展构想，包括功能定位、区域特色、产业结构、人员构成、开发建设进度等。

概念规划初稿出来后，王鼎昌首席私人秘书潘先浩与新加坡国家总规划师邱鼎财等人访问苏州。在双方领导参加的会议上，邱鼎财介绍说，这个概念规划初稿，是在各方共同努力，尤其是在王鼎昌副总理亲自关心和指导下做成的，耗资 30 万新币。

潘先浩补充道，李光耀资政对此非常重视，多次亲自过问，并让我们把规划初稿送过来，作为来自新加坡的礼物，赠送给苏州市政府和即将成立的苏州工业园区。

苏州市有关方面领导听取介绍后，表示非常感谢新方送来的厚礼，对规划初稿给予了较高评价。同时，考虑到动迁等因素，提出将区域西界从东环路向东适当后退的建议。新方表示认同，随后便对概念规划做了修订。

修订稿出来后，中新双方认为可以据此进行深化设计，并决定由苏州方面来负责，聘请时匡担任苏州工业园区的总规划师。

毕业于同济大学建筑系的时匡，曾任苏州市建筑设计研究院总建筑师、日本神户艺术工科大学客座研究员、高级访问学者。领此任务，时匡立即邀请国内外设计院参与苏州工业园区的景观设计。他与规划师们查阅大量资料，反复消化概念规划的设计思路和要求，加班加点，在最短的时间内绘制完成了苏州工业园区第一部景观规划方案，严格按比例制作了规划图，咖啡色为工业区，黄色为居住区，红色为商业区，蓝色为水面，绿色为绿化带。

为了让景观规划能够更加直观形象地展现出来，时匡还特地请了一位画家，把景观规划图画成实景效果图。

乍一看，这是一幅五颜六色的水彩画，而实质是一张布局严谨的城市规划图，蕴含着丰富的内容和新颖的理念，采用了一种结构独特的功能用地布局。

一座新城的总体轮廓跃然纸上。

1993 年 5 月的一天，李光耀资政访问苏州，他看到了这张既有实际依据又富有想象力的规划效果图，心中涌动着一种难以言喻的喜悦，这正是他心中构思已久的蓝图，他相信，沧海可以变为桑田，蓝图终将成为现实。

次日早晨，江苏省委书记陈焕友辗转于香港、上海，从外地风尘仆仆赶到苏州，在竹辉饭店与新加坡客人共进早餐。之后，宾主双方举行正式会谈。会谈是在非常友好的气氛中进行的，双方一致同意合作建设苏州工业园区。会谈结束后，李光耀资政、王鼎昌副总理、陈焕友书记以及苏州市委书记、市长等有关人员出席协议签字仪式。苏州市人民政府和新加坡劳工基金公司签订了合作开发苏州工业园区的原则协议书。

协议提出，苏州工业园区规划发展总面积为 70 平方千米，计划总投资将达 200 亿美元，首期开发 8 平方千米；苏州工业园区的发展目标是：从中国的国情出发，借鉴新加坡的经验和发展裕廊工业园镇的成功做法，逐步建设一个以高新技术为导向、外向型经济为主体、基础设施先进完备、二产发达、三产繁荣、环境优美、交通便捷、生活方便、社会文明，具有一流水准的国际化工业园区。

江苏方面的领导一直与新方进行沟通，就合作共建中的许多具体问题多次进行磋商。有一次，新加坡驻华大使郑东发先生向陈焕友书记提议说，为了合作共建苏州工业园区，新方领导人已两次来中国了。就像一对年轻人谈恋爱应当你来我往，希望中方也派一个政府高级代表团访问新加坡，加速项目洽谈进程，为双方中央政府最高领导人正式会谈并签订两国合作协议做好准备。

对对对，有来无往非礼也。陈焕友书记一口允诺，并幽默道，我们去新加坡"谈恋爱"去。

陈焕友书记向时任中共中央政治局常委、国务院常务副总理朱镕基汇报并得到授权，代表中方和新方会谈工业园区项目并草签协议。①

得此授权，陈焕友书记立即着手组建中国代表团。代表团由三部分人员组成：一部分是江苏省政府的领导和有关部门的负责同志，一部分是国务院特区办副主任赵云栋同志牵头的由国家有关部委副部长或司局长组成的国务院专家组，还有一部分是苏州市委书记和市长等组成的工作小组。

获知中国代表团即将访问新加坡的消息，新方对此非常重视。李光耀

---

① 陈焕友：《苏州工业园区创建的前前后后——献给改革开放 30 周年》，《新华日报》2008 年 8 月 3 日。

资政专门作出指示，采用开放的办法，积极配合中方考察，代表团要看什么就让客人看什么。按照李光耀资政的要求，新方为中方代表团的考察活动做了精心的准备。

1993 年 10 月 18 日，以陈焕友为团长的中国代表团抵达新加坡，新方以高规格予以接待。内阁资政李光耀在总统府会见并宴请了陈焕友等主要成员，新加坡总统王鼎昌、总理吴作栋、副总理李显龙也分别会见了中国代表团一行。

中国代表团的考察活动行程满满。他们的第一站是裕廊山。在山顶森林公园里，大家看到了一棵挺拔的苹果树，衬着蓝天白云，在微风中徐徐摆动枝条，像是在迎接远道而来的客人。树下，立着一块蓝底小石碑，碑上镌刻着一行英文，其中文含义是：

此树由中华人民共和国副总理邓小平先生阁下于 1978 年 11 月 12 日至 14 日对新加坡共和国进行正式访问时种植。

看着这棵苹果树，大家感慨系之，心中升腾起一股暖流，但愿这棵枝繁叶茂的苹果树，早日结出丰硕的大苹果。

在接下来的时间里，中国代表团分别走访了新加坡的 35 个政府部门和法定机构。每到一处都由主要官员接待，毫无保留地介绍情况，陪同参观现场，提供资料。几天下来，代表团成员收获很大，进一步加深了对邓小平谈话精神和新加坡经验的理解。大家一致认为，借鉴新加坡经验是完全必要的，也是切实可行的。

其间，中国代表团与新加坡方面进行了多次会谈。在一次会谈中，李光耀资政主动提出，新方将向苏州工业园区输出规划、建设和管理软件，免费为中方培训各类专业人员。同时，他也十分关心中国对苏州工业园区实行什么样的优惠政策，希望苏州工业园区能享受深圳、珠海等特区的优惠政策。

　　陈焕友向李光耀坦诚道，我出发前几天，国务院常务副总理朱镕基来南京和我们研究江苏省的财政体制改革等事宜，我就抓住这个机会向他汇报说，过几天就要率团去新加坡，商谈中新两国合作共建苏州工业园区项目并草签合作协议，有关工业园区的优惠政策肯定是谈判中不可回避的难题，请党中央、国务院给予支持。朱镕基同志听后明确表态，你可以跟李光耀先生讲，苏州工业园区虽然不能完全享受深圳、珠海等特区的优惠政策，但可以参照沿海开放城市经济技术开发区的各项政策，这叫作"不特有特、特中有特"。①

　　那就好，那就好！李光耀爽朗地笑道，有了这八个字，就拿到尚方宝剑啦。

　　随着谈判的深入，中新双方在园区规划、合作方式、运行体制等大的方面达成了共识，但在一些具体问题上也有一些分歧，甚至发生争论。

　　比如，对于苏州合作项目的名称问题，新加坡裕廊开发区在他们那里叫"裕廊工业镇"，新方想与苏州合作的就是裕廊工业镇的模式，因此他们主张称作"苏州工业镇"。而中方认为，镇在中国是行政单位，中外合作建设一个行政单位不妥，容易造成误解，还是叫苏州工业园区为好。通过洽谈，新方接受了中方的意见。

　　又如，苏州工业园区的开发范围问题，新加坡方面坚持将规划面积定为70平方千米，但我国有关方面只同意8平方千米。这个问题直接关系到新方的投资信心和园区的长远发展。代表团经过反复讨论与斟酌，与新方商定并明确，按70平方千米做规划布局，前期先搞8平方千米。

　　再比如，园区内的治安、司法行政管理涉及维护中方主权的问题；规划中的公共用地、绿化用地的分摊问题；供气、供电、供水规划建设及供

---

① 陈焕友：《苏州工业园区创建的前前后后——献给改革开放30周年》，《新华日报》2008年8月3日。

应价格问题，等等。中新双方经过反复协商，问题得到解决，形成一致意见。

访问结束前，陈焕友书记和新加坡贸工部部长丹纳巴南，签署了《新加坡政府机构向江苏省苏州市提供经济和公共管理软件的备忘录》。苏州市市长章新胜与新方吉宝集团董事会主席沈基文，签署了《苏州工业园区的初步商务协议》。

经过这次"恋爱"，中新双方也算为未来的经济合作"订婚"了。

满载着访问的成果，中国代表团回到国内。陈焕友书记及时向国务院领导汇报了访问情况，并根据中央领导要求，迅速推进苏州工业园区的各项筹备工作，着手组织起草《苏州工业园区项目建议书》。

陈书记亲自点将，让省政府开放办干部潘云官负责起草工作。接到任务，潘云官第二天就赶去苏州，向章新胜市长作了汇报。章市长极为重视，认为项目建议书是争取中央批准和支持的关键性文件，随即抽调熟悉相关情况的市计委副主任萧宜美、市政府办公室副主任寥建与潘云官一起，成立了一个"新加坡研究组"。

开始时，这是一个无编制、无职务、无经费和无固定办公场所的"四无"小组。而小组成员都是经验丰富，且肯吃苦和奉献的同志，虽然工作条件十分艰苦，但他们靠一腔热血和情怀理想，任劳任怨，先干起来再说。

两个多月后，市政府好不容易提供了二楼一间原先堆放文件和杂物的小库房作为临时办公室，解决了居无定所的状况。研究工作开展一段时间后，他们便开始了《苏州工业园区项目建议书》的起草工作。

为了抓紧时间，他们买了一箱方便面放在房间里，尽量减少出去吃饭的时间。起初，他们无从下手，只能参照新加坡开发印尼巴淡岛工业园区和海南、福建成片开发的相关材料作为参考，但这些与将要建设的苏州工业园区在很多方面完全是两码事，照搬照套肯定不行。他们便认真学习中央和省、市领导关于建设苏州工业园区的讲话和指示精神，收集研究大量相关的政策法规和经验材料，进行反复讨论，梳理出思路与提纲，然后开始起草。

起草中，有时为了一句话、一个词，三人斟酌半天，甚至争得面红耳赤；有时遇上吃不准的重要问题、重要提法，及时向省、市领导请示。初稿形成后，他们又进行反复推敲和修改，有的内容几次推倒重写。经过一周的努力，项目建议书终于成稿了。

建议书对中新合作开发建设苏州工业园区项目，从项目的概况、项目的必要性和意义、土地使用权的出让、外商投资意向、建设条件、苏州工业园区的管理、项目的开发形式、中方对经济效益的分析、苏州工业园区接受新加坡软件的方案等 10 个方面，进行全面详尽的分析和阐述。

1993 年 12 月 16 日，江苏省政府向国务院呈报《关于报送苏州工业园区项目建议书的请示》。为了慎重起见，陈焕友书记要求潘云官等三人将建议书送到北京去，随时准备根据中央有关部门提出的意见进行修改。

到达北京后，潘云官等人将建议书等相关材料送去国务院办公厅后，就在宾馆里等候。一天又一天过去了，他们焦急不安地等待着，真有度日如年的感觉。终于在一天上午，接到了国务院二局局长赵维绥的电话，让他们立即过去一趟。在去国务院办公厅的路上，潘云官他们既高兴又忐忑。高兴的是将有下文，忐忑的是不知下文如何。

他们到了之后，赵局长对他们说，建议书写得不错，就不必修改了。听赵局长这么一说，他们心中的一块石头落地了，顿时放松了许多。然而，赵局长接着说，我这里根据建议书中的内容，列出了 10 个问题，你们必须一一作出说明。说完，赵局长把一张写满了字的纸递给了潘云官。

潘云官接过那张纸，从头到尾仔细地看了一遍，不禁眉头紧锁道，这些问题我们似乎都回答不了。

是的，你们不一定能回答。赵局长不紧不慢道，所以，你们要去找相关部门，请他们作出说明，并提出明确的意见。

时间紧吗？潘云官问。

当然啦，越快越好。赵局长透露说，国务院领导同志近期要专题研究苏州工业园区的事，在研究前先要把这些问题弄清楚。所以时间很紧，这才要你们一个一个部门去跑。

潘云官等人带着这些问题回到宾馆。这些问题涉及国家的近 20 个部委办局，时间上又那么紧，他们感到力不从心。怎么办？潘云官只得向省里汇报请示。

陈焕友书记得知这一情况，当机立断，亲自率领省级机关相关部门和单位的领导奔赴北京，分头到国家部委办局登门拜访，汇报情况，请求他们就有关问题进行研究，提出明确的意见。

也许是事关重大，也许是被真诚所打动，仅仅几天的工夫，国家有关部委办局都拿出了意见。潘云官等人整理后，随即送赵维绥局长。赵局长甚为满意，对江苏人的办事能力与办事效率大大称赞了一番。

效率赢得时间。1994 年 1 月 21 日，朱镕基副总理主持召开国务院常务会议，听取苏州工业园区项目情况汇报，国务院副总理邹家华、李岚清和国务委员宋健以及国家有关部委负责同志参加了会议。陈焕友书记以江苏省苏州工业园区建设领导小组组长身份，汇报了中新双方谈判结果、合作建设苏州工业园区的情况和请示。朱镕基代表国务院作总结讲话。会议决定原则上批准中新双方合作开发建设苏州工业园区，同意随后不久举行中新两国总理会谈和正式签订合作协议。[1]

几乎在同一时间，远在新加坡泛太平洋宾馆楼上，苏州商务谈判代表周迅、吴克铨和江苏投资公司的代表陈志远，正在与新方进行商务谈判，这次谈判已经持续了 4 天。

一个月前，新方派员到苏州，在竹辉饭店与中方就社区设施、基础设

---

[1] 陈焕友：《苏州工业园区创建的前前后后——献给改革开放 30 周年》，《新华日报》2008 年 8 月 3 日。

施和国家优惠政策等问题进行了商务谈判，基本达成共识，但也有一些问题，如土地价格问题就没有谈妥。

这次苏州谈判班子带来了一个"价格计算方程式"，而新方对此还是不肯接受，认为这样的价格难以吸引外方投资者的兴趣，也不利于企业在园区的迅速成长。而苏州方面反复强调，由于动迁成本太高，土地价格无法再压低了，否则上级政府不会同意，基层政府也担负不起。经过拉锯式、马拉松式的谈判，终于在21日双方就土地价格计算方程式达成了协议。

当天晚上，新加坡吉宝集团宴请苏州代表团。吉宝集团是一家全球资产管理及运营商，总部位于新加坡，业务遍及全球20多个国家，在基础设施、城市发展和互联互通领域拥有可持续解决方案能力。吉宝集团领头的投资财团，其投资对象就是中新苏州工业园区开发有限公司，简称CSSD。也就是说，CSSD是苏州工业园区的开发商。故而，中新的商务谈判就在苏州与CSSD之间进行。现在谈判成功了，双方都很高兴。

宴会上，宾主双方频频举杯，相互庆贺，洋溢着欢乐的气息。吉宝集团董事会主席沈基文兴奋地说，今天我们通过商谈，圆满达成协议，而刚刚得到北京传来的消息，朱镕基副总理在今天主持召开了国务院常务会议，通过了关于中国与新加坡政府合作开发苏州工业园区的决议。真是好事成双、喜上加喜啊！

席间，吉宝集团投资财团特别业务总经理张大正向沈基文一一介绍了苏州商务谈判代表团成员，并特地向沈主席引见了江苏投资公司的代表陈志远，说他是中方财团最大的投资者。沈基文听了尤为高兴，站起来与陈志远碰杯道，陈焕友省长讲的话是算数的，他把自己的钱也投进了这个项目，不是口头上说说而已。大家闻之皆欢，都说以后会有更多更好的消息。

果然，好消息很快就来了。2月11日，国务院下发《关于开发建设苏州工业园区有关问题的批复》，同意江苏省苏州市同新加坡有关方面合作开发建设苏州工业园区，园区设在苏州市城东金鸡湖地区。要求按照建立社会主义市场经济体制的要求，将苏州工业园区建设成为与国际经济相适应的高水准的工业园区；确定苏州工业园区实行沿海开放城市经济技术开发区的各项政策，致力于发展以高新技术为先导、现代工业为主体、第三产业和公益事业配套的现代化经济开发区；按照"精简、统一、效能"的原则，设立精干的管理机构，不要求区内机构与上级机构对口设置。

2月26日下午，北京钓鱼台国宾馆18号楼。

李鹏总理与新加坡总理吴作栋在这里举行正式会议。会议结束后，在李鹏总理和吴作栋总理的见证下，李岚清副总理和李光耀资政代表中新两国政府签署了《关于合作开发建设苏州工业园区的协议书》。

那天晚上，李光耀资政一行抵达北京香格里拉大酒店宴会大厅。20点18分，在李光耀资政和陈焕友省长的见证下，新方吉宝集团董事会主席沈基文和苏州市市长章新胜在商务总协议上签了字。按照商务总协议，中新共同投资的合资公司是工业园区的开发主体。合资公司按协议价格，从政府手中取得土地，进行基础设施和公用设施建设，并负责对外招商工作。在合资公司中，新方占65%股份，中方占35%股份。合资公司主要由新方负责，由中方任命副董事长、副总裁。董事会章程规定，重大问题需由2/3董事会成员通过，这就是说，重大问题需经中方同意。园区管委会主要负责农民拆迁、土地空产出让和项目审批及借鉴新方经验，并从中国实际出发，建立新的机构和规章制度，进行"亲商"服务。

至此，苏州工业园区如新生的婴儿呱呱坠地了。

跬步以至千里

在金鸡湖北岸，有一个度假村。

由于地处偏僻，经营不善，这个度假村已经关门歇业、废弃许久。就是这个破败不堪、青苔满墙的度假村，被苏州工业园区筹委会看中了，作为他们的办公用房。工作人员用了十几天时间，对度假村进行清理和修缮，让筹委会安下家来。

这个筹委会是在 1993 年 11 月成立的。市长章新胜任主任，黄俊度、周迅、吴克铨任副主任，从全市抽调 10 多名县局级以上干部参加筹委会工作；筹委会下设软件综合办公室、农村办公室、联合发展总公司。筹备经费仅 100 万元。

筹委会在金鸡湖度假村正式挂牌那天，没有举行什么仪式，只是参与筹委会的 22 名工作人员在筹委会的大门前拍了一张集体合影照。虽然门前是烂地泥潭路、一片荒草地，但大家的心情格外激动，他们拥有了创业的基地和第一个指挥中心。

苏州工业园区从此启航。

这里，地处太湖流域阳澄淀泖区，地势低洼。正所谓：瘴云梅雨不成泥，十里猪棚压大堤。历史上曾无数次大面积遭受水淹。就在两年前的 1991 年，江苏发生百年不遇的洪涝灾害，这里一片汪洋，几成泽国，水的最深处漫过屋顶。解决水患问题，是苏州工业园区开工建设的第一道难题。

中新两国规划专家通过实地考察，反复研究，形成两个方案：

第一方案，在金鸡湖周边构筑防护堤。

第二方案，在开发区内填土，使之全面抬升。

对于这两个方案，存有不同的意见。有人主张采用第一种方案，认为这个方案的工程量小，可以最大限度地节约投资成本和时间成本。而新方专家认为，第一方案虽然成本低、见效快，但治标不治本，遇上大洪水极容易溃堤，后患无穷，不如采取第二个方案，立足长远，一步到位，彻底消除后患。

最后，大家权衡利弊、从长计议，达成一致意见，采用填土方案。

在近8平方千米的地块上，整体填高1米，需要几千万方的泥土。土从何来？经过考察论证，决定从市郊上方山取土并运至开发区。这样最经济也最可行。

一场填土战役全线拉开。

这是一场别样的淮海战役。一支支运土大军进入工地，一辆辆运土车辆来回奔驰。壮阔的施工现场，人山人海，机器轰鸣，铁锤震耳，人声鼎沸，好一派热火朝天、战天斗地的景象！

这就是愚公移山！这就是精卫填海！

填土工程，不仅是园区的基础，更是梦想和希望的发源地。每一斗泥土铲起，每一辆卡车开出，都是对事业的耕耘与开拓。一晃三年过去，首期开发区8平方千米填土平整工程基本完成，平均填高近1米，使园区的防洪标准高于百年一遇洪水水位0.5米。两年后的六七月间，苏州境内连降暴雨，河湖水位急剧上涨。但由于开发区内的土地已经填高，在洪涝灾害中安然无恙，经受了第一次严峻考验，保证了开发区建设的照常进行。有人为此欣然赋诗一首：

八方取土小山丘，几万大军汗水流。

平地抬升高三尺，百年大浪也回头。

第一个难题就这样解决了。接下来的第二难题是动迁。最先需要动迁的，是位于苏州工业园区首期开发启动区的娄葑乡团结村。如何让团结村在"团结"的氛围下顺利动迁，这是摆在基层干部面前最为头痛的"天下第一难"。

为此，娄葑乡党委、乡政府在团结村召开动员大会。与以往的各种动员大会都不同，到会的男人、女人脸上大都显露出疑虑和担忧。乡长王白男宣读动迁政策后，党委书记金根男作动员讲话。他说，中新两个国家合作弄个开发区，没有弄不成的道理。有人说市里是要了"新家婆"，就勿要"老家婆"，这是怪话。道理很简单，一个现代化的新园区不可能没有一个相匹配的周边地区。所以，机遇千载难逢，娄葑动迁势在必行，且前景无限！

村书记的动员讲话并没有真正打动村民，他们在看到"前景无限"之前，还是有疑虑、有抵触的。关键时刻，党员干部挺身而出、迎难而上。会后，乡干部金根男、王白男和村干部包建明、钱根男站到一线，走家串户。他们改变方式方法，没有立刻宣扬政策，而是深入了解每家每户的生活和想法，耐心做思想工作，分析搬迁政策和园区建设可能带给他们的好处，并帮助解决一些实际问题。

其间，他们吃住都在一个村办企业的办公室。几天下来，金根男两眼深陷，声音沙哑。王白男重病缠身，脸色蜡黄。家里多次电话来催，他们都只能回答，走不开啊！

随着时间的推移，村民们的担心和疑虑，逐渐变成了明朗的希冀和决心。他们不再被动等待，而是开始主动探讨、规划自己的未来。经过10多天的艰苦工作，首批50户农户签下动迁协议书，同意搬家。

那天，十几辆卡车开到了村口，旗帜、横幅都拉了起来。但天公不作美，竟然下起雨来，且雨势猛烈，如潮水般倾泻而下。

一个小后生冒着倾盆大雨，拿着一串鞭炮跑过来问："阿要放炮？"

此时的金根男，浑身已被大雨淋透。他仰望苍天，沉默良久，最后吐出了一个字，不，是高声喊道：放！

鞭炮在半空中炸开，锣鼓应声响起来。大雨中，团结村的农户们怀着喜忧参半的复杂心情，有的穿着雨衣，有的打着雨伞，相互帮衬着、忙碌着，开始了他们从未经历过的大搬家——整个村子、整个娄葑在风雨中移动……

这时，两行热泪从金根男黝黑的脸上滚落。他曾用他特有的语言表过态：娄葑一定要让"娘家人"放心、"婆家人"称心。

现在，他做到了，娄葑做到了。在娄葑乡党委一班人的共同努力下，团结村太保浜、桑家桥、秋塘浜的56户农户全部动迁完毕，安置妥当。

两大难题的解决，使苏州工业园区的开发建设迈出了可喜的第一步。

在此期间，省、市领导多次到工地视察。有一次，工业园区的领导在现场向陈焕友书记汇报说，首期8平方千米周边有5个乡镇，建议把这5个乡镇的200多平方千米一次性划归工业园区。陈书记问，要用这么多土地吗？有人解释道，并不是工业园区马上要动用这么多土地，而是归工业园区集中管理、统一规划、滚动开发。

陈书记没有立即表态，而是驱车在周边进行详细考察，事后又征求市里的意见。市领导当中有两种不同的意见，一种认为这样划归涉及面太广，且直接关系到群众的切身利益，不利于安定团结。而另一种意见认为，把200多平方千米一次性划归工业园区规划管理，既有利于工业园区的长远发展，又有利于带动周边村镇的经济发展，实现园乡整体面貌的改观。

两种意见，各有理由，相持不下。为此，陈焕友书记把这个问题带回省里，听取有关部门的意见，并与省委几位副书记商量，又提请省长办公会议研究，最后省里形成了一致意见。

为了统一市县领导干部的思想，陈焕友书记带领省里 20 多位厅局级以上领导干部，到苏州现场办公。在领导干部会议上，陈焕友书记说，我代表省委、省政府作出决定，将苏州郊区和吴县的 5 个乡镇划归苏州工业园区统一管理。这是从省市县发展的长远利益出发的。会上，苏州市和吴县的领导同志顾全大局，都表示服从省委、省政府的决定。不久，省政府把苏州区划调整的决定以文件形式正式印发下去。

领导者敢于决策、善于决策，是事业成功、目标实现的关键所在。这次省里的决策，把苏州工业园区管理区划扩大到 200 多平方千米，颇有预见性和前瞻性，有效地避免了园区发展过程中分散、重复、低水平开发的现象，为苏州工业园区的长远发展奠定了重要基础。

一个平常而值得铭记的日子：1994 年 5 月 12 日。

这天上午，中新双方在金鸡湖畔隆重举行苏州工业园区首期开发典礼。

典礼仪式简朴而隆重。江苏省市领导、有关部门负责人和新加坡方面的人士共 200 多人出席典礼。江苏省委书记陈焕友、国务院特区办公室主任胡平、中新双方财团代表林子安、苏州市市长章新胜分别致辞，新加坡裕廊镇管理局主席王康钦发表即席讲话。

随后，在位于园区首期开发范围内的苏斜路工地上，中新双方官员共同挥锹培土。随着最后一锹土的落下，现场响起了热烈的掌声，整个工地沸腾了。接着，上千人组成的 10 支施工队伍，数以千计的工程车辆各就各位。只听得一声令下，机器启动，车辆奔驰，拉开了园区开发建设的帷幕。

翌日，国务院副总理李岚清亲赴园区视察启动建设情况。迎着江南春日绵密的细雨，眼望着机声轰鸣的建设工地，他以坚定的语气说道，现在全国乃至其他一些国家都在关注着苏州工业园区，我们要按照平等互利、真诚合作的原则，使双方都能取得一个满意的成果。这件事情关系重大，只能搞好，不能搞坏。

这是动员令，也是下战书。

基础设施建设是首战，也是硬仗。在开发建设过程中，新加坡经验得到充分运用，按照"先地下、后地上"的开发程序，把8种管线一次性深埋地下，避免了城市建设中屡有发生的"拉链路"现象。中国速度在这里得到充分体现，一年建成12条道路、9座桥梁，完成4条河道的整治、8万平方米的绿化，埋设各类地下管线90千米；全长52.8千米的苏沪机场路苏州段超二级公路建成通车，苏州至虹桥机场的时间缩短至1小时；区内首个标准厂房——新苏工业坊和首幢商务办公楼——馨都广场主楼先后开工。至第二年底，启动区基础设施建设全面完成九通一平，比各地国家级开发区一般实现的七通一平增加了供热和有线电视两项。

在加快基础设施建设的同时，如何消化、吸收和运用好新加坡软件也是园区开发建设的题中之义。

新加坡软件，在他们国家被视为国宝，或叫无价之宝，是新加坡建国以来的经验积累，也是李光耀执政40年的辉煌成果。

新加坡软件有大软件与小软件之分。所谓大软件，就是社会管理、城市治理的体制机制，在软件中起统帅作用。而小软件则是部门经验，包括具体的措施和做法。新方更重视大软件，因为大软件是小软件的灵魂。如果没有大软件统领，小软件也是做不好的。

为了弄清新加坡软件的情况，国务院派了19个部门的专家赴新考察，提出接受软件转移主要包括三个方面：规划建设管理、经济发展管理、公共行政管理。

当时，大家对"软件"两字一时吃不准，因此在谈判中，中方建议不叫软件叫经验，这样既容易理解，也可以与邓小平南方谈话相衔接。新方听了欣然接受，因为在他们看来，经验比软件更高一层，而且更容易被大家接受。

在实际工作中，苏州工业园区既注重学习借鉴新加坡经验，也强调与中国实际情况相结合，在吸收中转化，在转化中创新，高度重视社会管理、体制机制、人才培养、亲商服务等方面的软件建设。

万事俱备，只欠东风。在硬件建设、软件建设基本到位后，招商乃当务之急。招商是合资公司负责的，实际主要由新方负责。如果招商不好，土地就转让不出去，合资公司就无法生存。

当时，国际上特别是欧美国家的企业，对中国的投资环境疑虑甚多。为了消除大家的顾虑，李光耀多次发表谈话，希望各国企业到工业园区投资，并保证企业在当地的权益会得到充分维护。新加坡总理吴作栋亲自率领招商团赴欧洲，专门向世界推介苏州工业园区。在招商团中，出现了苏州市领导干部的身影，这也是新加坡和苏州首次联合招商。在大家的努力下，招商工作旗开得胜，第一次签约金额就有 10 多亿美元，而且来的多数是欧美大企业。

1994 年 9 月，苏州医疗用品厂和美国 BD 公司合资兴办的苏州碧迪医疗器械有限公司正式签约，这是园区第一个工业合资项目。紧接着，14 个外商投资项目举行集中签约仪式，总投资 8.71 亿美元，其中美国超微半导体、狮王啤酒等 6 个项目投资额在 1500 万美元以上。投资额最大的是韩国三星电子，也是落户园区的首家世界 500 强企业。到该年底，已签约进区的外商投资企业 26 家，计划投资总额达 11 亿美元，合同利用外资 1.84 亿美元，实际到账外资 7000 万美元。

一鼓作气。1995 年，招商引资又取得突破性进展，引进近 50 个外商投资项目，合同外资 12.6 亿美元，到账外资 2.4 亿美元，其中投资额 3000万美元以上的有 20 家，超过 1 亿美元的 5 家，平均单项投资规模达 2770万美元，创造了全市各开发区的最高纪录。而且，进区项目中 40% 为高新技术产品，填补国内空白；进区的世界 500 强企业新增德国西门子，日本富士通、日立，英国 BOC 集团、BP 公司，美国礼来、百得、哈里斯、霍尼韦尔集团，法国莱雅集团等 10 家。力斯顿助听器项目在租用的 1 号标准厂房内正式投产，成为园区首家投产的外资企业。之后几年，招商工作一直顺利推进，引进外资势头强劲，园区开发进展迅速。

然而，天有不测风云。正当苏州工业园区快速成长与发展之时，亚洲金融危机爆发了。

1997年7月2日，亚洲金融危机最先席卷泰国。不久，这场风暴波及马来西亚、新加坡、日本、韩国、中国等地。泰国、印度尼西亚、韩国等国的货币大幅贬值，同时造成亚洲大部分主要股市大幅下跌，冲击亚洲各国外贸企业，造成亚洲许多大型企业倒闭，工人失业，社会经济萧条，打破了亚洲经济急速发展的景象。

对于经济外向度很高的苏州工业园区来说，受到亚洲金融危机的冲击很大。最为突出的表现是，招商引资的源头受阻，外商投资项目急剧减少，已签和在建项目的进展也受到不同程度影响，不少项目延缓外资到位和推迟开工。同时出口竞争加剧，出口商品价格的比较优势逐步失去，竞争处于不利地位，收汇风险进一步增加，影响了出口企业的经济效益。

面对来势凶猛的亚洲金融危机，苏州工业园区沉着应对，积极进取，化被动为主动，化不利因素为有利因素，在危机中寻找新的发展机遇，做出了"二次创业"的重大部署，提出开发区建设要从初期的主要依靠政策优惠转到主要依靠机制、技术和功能优化、管理创新上来，以实现更高层次上的可持续发展，进一步推进开发区建设。

行动是最有力的应对。园区采取一系列切实有效的措施，及时做好外资引导工作，按照国家产业结构调整要求和《苏州市外商投资产业指导目录》，引导外资重点投入高新技术产业、农业、基础产业、基础设施和高水平的第三产业项目，实行全方位利用外资；排出一批重点配套项目和产品，多次举办配套协作产品展示洽谈会，使众多外资企业就地找到了理想的配套协作加工生产基地，扩大了产销量，节约了加工时间和成本；进一步优化投资软环境，以外商投资服务中心为主窗口，更好地为外商投资企业提供政策咨询、项目审批、工程建设、生产经营、企业投诉、纠纷调解、法律咨询等方面的服务，增强招商引资的竞争力。

阳光总在风雨后。经过综合施策，园区转危为安，不仅把金融危机的负面影响降到了最低水平，避免了大滑坡、大衰退，而且推动外向型经济在更高层次上健康发展。就这样，苏州工业园区走过了极其艰难的创业阶段，经受住了亚洲金融危机的严峻考验，取得了极为不易的发展成绩。

2000年，是20世纪的最后一年。苏州工业园区走过了5个年头的创业阶段。1月1日，在园区国际大厦和新加坡电讯中心两地举行了视频会议。市委书记梁保华、市长陈德铭、园区管委会主任谢家宾、中新苏州工业园区开发有限公司副总裁吴多深等，与新加坡贸易与工业部政务部长林瑞生、常任秘书许文远、中新苏州工业园区开发有限公司总裁林梁长、软件项目办公室主任何鸣杰和中国驻新加坡大使馆参赞董松根等互致新年问候，一起回顾5年的风雨历程、创业之路，充分肯定5年多来取得的来之不易的成果——

经过五年的奋战，一期开发建设全面完成。至2000年底，园区累计投入基础设施建设资金78.27亿元，平均每平方千米达6.93亿元，居国内各开发区之首。基础配套设施日臻完善，高科技工业园区初具雏形，成为苏州经济和社会事业发展的强大引擎和对外开放的主要窗口，并开始在全国各级各类开发区中崭露头角。

经过五年的奋战，城市格局基本形成。区内首个商品房住宅小区新城花园首期住宅竣工，配套的邻里中心新城大厦、小学、幼儿园及邻里公园也相继投入使用。海关大楼、国际大厦、馨都广场、新苏国际大酒店、苏州新加坡国际学校等相继建成开业，一个现代化新城区悄然崛起。

经过五年的奋战，科学管理体系逐步建立。积极借鉴新加坡在经济发展和公共行政管理方面的经验，把招录的工作人员分期分批送往新加坡，

东方之门

接受专业管理培训，受训人员运用所学到的管理知识和经验，编制了7项园区管理办法。中新双方还举办借鉴新加坡经验研讨会，围绕经济增长的亲商环境和持续增长有序发展等专题，共同研讨制定园区的竞争战略，探索建立具有中国特色、符合国际惯例的投资环境和管理体制。

经过五年的奋战，经济总量快速增长。与开发前相比，2000年园区国内生产总值翻了四番，达到130.5亿元，财政收入增长33倍，达到16.3亿元，外贸总额从几百万美元扩大至34亿美元，经济总量年均增速达到70%左右，占苏州经济总量比重上升到10%左右。

梦想的彼岸，是用奋斗的双桨划过去的。5年的奋斗，使苏州工业园区成为国内外工业园区建设史上的一个奇迹。

世界首批具有现代意义的开发区，建于20世纪五六十年代的欧洲。亚洲首个开发区，建于1961年的新加坡。

我国国家级开发区建设，始于1984年。当年，经国务院批准，大连等首批10个国家级开发区应运而生。

苏州工业园区的起步，与世界相比晚了30多年，与国内相比晚了

10 年。

有人是这样形容江苏人的：醒得早，起得晚；起得晚，跑得快。

是这样的，起码苏州工业园区就是这样的。虽然起步晚了，但由于中新两国政府的全力推动和支持，园区高水准规划、高强度投入、高起点开发，从而弥合了时空之差，后发先至，实现了后来居上，成为后起之秀。

构筑『同心园』

新世纪的第一缕阳光，照耀在神州大地。

2001 年，新世纪的第一年，正是我国迈向第三步现代化建设战略目标，实施第十个五年计划的第一年。

这一年，经过多年的社会主义市场经济体制建设和入世谈判，中国正式加入世界贸易组织（WTO），成为第 143 名成员，对外开放掀开新的篇章。

这一年，中方全面主导苏州工业园区开发建设，进入新的发展阶段。

在此之前，中新双方在友好合作过程中，取得了重要进展和重大成果，但也在一些方面产生了分歧。主要表现在：

新方侧重于理性决策，其主张在决策之初就明确所要达到的目标，形成相对稳定的政策，一旦政策制定，就应该严格执行，不允许有大的更改和调整。

中方则侧重于用渐进的方式来完成苏州工业园的定位、建造和运作，"摸着石头过河"。随着国情和内外条件的变化，主张面对现实，根据中国国情对工业园区的建设和运作政策作出调整。

新方主张将新加坡的治理模式和重商主义精神完整移植到中国，在中国建立一个新加坡式的工业住宅混合社区。

而中方认为，对于新加坡的经验及管理方式，应有鉴别地、有取舍地引进和吸收，以建成一个具有中国特色的、适合中国国情的新兴工业区。

分歧，是不同观点、意见或者利益的冲突，通常源于不同的利益、认知、经验、信息和价值观，是一种普遍存在的社会现象。

在经济合作中，分歧在所难免，甚至可以说，有合作就会有分歧。有分歧是正常的，没有分歧是不正常的，问题在于如何化解分歧。

面对分歧，中新双方多次坐下来进行协商谈判，充分表达各自的意见，有时也会发生激烈的争议，但双方始终抱有一个共同的初衷与愿望，这就是：坚持友好合作，一定要把园区办成、办好、办到底。

正是抱着这一初衷与愿望，大家在谈判中求大同存小异，相互理解，各自谦让，寻找最大"公约数"，用"同心圆"构筑"同心园"，最终达成协议，于1999年6月28日，中新双方签署《关于苏州工业园区发展有关事宜的谅解备忘录》（以下简称《备忘录》）。

《备忘录》确定从2001年1月1日起，中新苏州工业园区开发有限公司实施股比调整，中方财团股比由35％调整为65％，中方承担公司的大股东责任。

在签署《备忘录》的同时，中新两国发布联合公报，宣布"四个不变"，即园区的发展方向不变，合资公司的性质不变，中新合作的框架不变，园区管委会、合资公司对所有外商的承诺不变。

新方还明确表示，要站到更高的起点上深化合作，尤其是在软件上下功夫，做到"硬退软进"，即在新方股比下降的情况下，增加对园区软件的输出，具体措施是邀请更多的人员到新加坡进行培训，把新加坡在园区开发、城市管理等方面的经验毫无保留地传授给中方人员，以供学习与借鉴。

对此，苏州市领导给予热情呼应，随即在全市范围内选调了20多名优秀干部和业务骨干赴新加坡培训。在新期间，新加坡方面做了精心的安排，选派著名专家、优秀管理者和企业家给中方人员授课和介绍经验，还让中方人员一对一跟班学习，亲眼看到和亲身感受新加坡的创新精神、管理经验、亲商理念和实际运作。而中方受培人员抓住这宝贵的机遇，全身心地投入培训之中，虚心学习，诚心请教。半年下来，受培人员学习了许多先进的理念和方法，同时增进了中新双方的理解和友谊，为中新合作和苏州工业园区的进一步发展注入了新的因子和动力。

世界上，最宽阔的是海洋，比海洋更宽阔的是天空，比天空更宽阔的是人的胸怀。

中新双方领导人的开阔胸怀和远见卓识，使苏州工业园区的股比调整非但没有造成任何消极影响，反而带来转机和积极的效果。就在股比调整后的第一年，苏州工业园区盈利760万美元，超过预期目标。

翌年初，苏州市代表团访问新加坡，随同访问的市歌舞团在新加坡国立嘉龙剧院演出四幕大型舞剧《干将与莫邪》，新加坡副总理夫妇观看演出。访问中，市领导多次表示，此次出访新加坡的一个主要目的，是要对新方表示感谢。苏州工业园区实现股比转换后，在中新双方的友好合作和共同努力下，取得了较好的收益，主要经济指标完成情况十分喜人，引进外资实现新高，园区发展在新起点上创造了新纪录。

这一新的纪录，昭示着中新合作牢不可破，预示着新一轮发展势不可挡。

向东！向南！

在迈向 21 世纪的征途上，全党和全国各族人民经过共同努力，完成了国民经济和社会发展的第九个五年计划，实现了现代化建设"三步走"战略的第一步、第二步目标。

2002 年，中国共产党第十六次全国代表大会胜利召开，提出全面建设小康社会的奋斗目标，并从经济、政治、文化等方面勾画了宏伟蓝图。

追星逐月日千里，乘势而上正当时。苏州市委、市政府及时召开动员大会，提出苏州工业园区加快开发建设，二、三期的开发正式启动。

新官上任三把火。新任园区工委书记王金华带领新的领导班子，根据市委、市政府的战略部署，适时调整目标任务和发展策略，以时不我待、只争朝夕的精神，第一时间开启了园区大动迁、大开发、大建设、大招商、大发展，并组织开展了一场大会战。

向东发展！大会战首先在苏虹路打响。

坊间曾流传这样一个说法：如果苏虹路堵车，长三角的 IT 企业可能会跳脚！而现实情况是，这条西起 227 省道、东至星龙街、长 14 千米的道路，在 2001 年之前，路的两旁还错落分布着农户与水塘，被苏州乡下生活的气息包裹着，显得格外恬静。当年的园区规划上，苏虹路是工业区主要的交通干道。如今，园区进入大发展时期，这条路到了应该改造为交通干道的时候了。

很快，机器的轰鸣打破了往日的平静，一边镇村干部忙着征地动迁，一边工程建设人员挥汗如雨地施工。不久，动迁安置全面完成，高等级基础设施顺利建成。在此过程中，招商人员带着全球投资者脚踩泥泞，进行项目选址考察。

尽管当时的苏虹路还显现着质朴的面貌，但在苏虹路附近高悬着一条醒目的标语：转型升级，智造未来！这表达了当时苏州工业园区的发展诉求，更昭示着这里的未来发展之路。

路，实现了通达，指引着向前。一条宽阔而畅通的道路，也是一座通向机会与希望的桥梁。

那年，友达光电在寻找场地的时候，几乎一眼就相中了苏虹路。在友达光电看来，苏虹路所在的苏州工业园区，日后势必会成为资本与技术密集的重地，而苏虹路正是他们最适合投资建厂的地方。

友达光电来了。紧接着，飞利浦、博世、艾默生、百腾科技、安德鲁、罗杰斯、SEW、三星电子、诺基亚通信等一批全球知名企业纷纷将项目落在这里。

苏虹路名副其实，成为一条聚集高新产业的"长虹"。生产企业与配套产业的产品流通变得更为顺畅与快捷，很多企业在生产过程中所需要的设备、技术、投资以及员工都能在区域内得到解决，生产效率与服务效率大幅提升，为园区发展注入了强劲活力。通信设备、计算机及其他电子设备制造业构成了园区内的支柱行业，产值和就业人口更是达到了全园区的近一半。

高科技企业的聚集令苏虹路变得熠熠生辉。这里的每一天，产出 GDP 1 亿元、上缴财政收入 1260 万元、引进外资 400 万美元。

这样一份成绩单，令国内外瞩目。但苏州工业园区的决策者并没有陶醉其中，而是悄然锁起了眉头。没错，从单位企业就业人数来看，可以位居所有行业之首，但一旦换算成单位就业人员创造的产值，其排名便迅速跌落神坛，甚至居于平均水平之下。不仅如此，当时园区还出现了一个典型的例子：某厂家贴牌生产了全世界 63% 的鼠标，该厂一个鼠标出口价格是 25 至 30 元人民币，而贴上外国品牌在海外的售价高达 28 美元，价格翻了六七倍。

这让苏州工业园区的决策者幡然醒悟：这样的高新技术聚集，弄不好会给园区造成一种假象，甚至令园区的前路蒙上一层薄雾。他们强烈地意识到，必须尽快实现"园区制造"向"园区创造"的战略转型。外资带来的制造加工业做得再好，也不会成为自己的核心竞争力。想要实现持续高效发展，必须朝着科技含量高的方向发展。

于是，苏州工业园区新的领导班子及时提出，乘着我国"入世"的东风，积极融入世界经济大潮，抢占高新技术产业制高点，增强科技创新优势，实施"产业升级、科技跨越、服务业倍增"三大行动计划。从"引资"向"引智"转变，立足于"转型、提升、优化、创新"的八字方针，向着国际新兴科技产业城市的目标迈进。

这一重大战略转移，需要高等教育的有力支撑，加大高层次人才培养力度。然而，改革开放以来，缺乏高等教育资源成为制约苏州经济社会发展的重要因素，特别是随着苏州工业园区的快速起步，这一短板带来的压力越来越明显。在当时，放眼整个苏州，全日制高等教育院校只有几所，苏州工业园区显然是零。怎么办？园区领导果断决策：

向南发展，实现零的突破！

园区的南部是独墅湖。

相传，独墅湖原是姑苏城外的一片平原，古人在这片土地上过着田园牧歌的生活。但在北宋时期，一场地震让平原凹陷。随着时间的冲刷，逐渐形成了现在的独墅湖。

独墅湖景色秀丽，湖水清澈，腹地开阔。在这里办学兴教，可谓是得天独厚。

在中新联合协调理事会第六次会议上，新方提出希望园区营造良好的投资环境，办学兴教，加大人才培养力度。苏州工业园区领导当即表态同意，并提议在独墅湖区域建设苏州研究生城，重点培养研究生和高科技人才。

双方一拍即合。就这样，一个高屋建瓴、高瞻远瞩的项目诞生了。

从零开始，规划先行。同样借鉴新加坡经验，一开始就严格按照"统一规划、分期开发、政府支持、自主办学"的原则和"运作企业化、后勤社会化"的理念，进行研究生城的开发建设。同时，吸取世界名校的建设经验，第一期工程中就将区域分为了高等教育、新兴产业和公共配套三大功能区，并把园区所特有的邻里中心模式也移植到了这里。

初秋时节，独墅湖畔。苏州研究生城启动区奠基仪式在这里举行。

本是天高云淡、凉风习习的天气，但那天一早就下起了瓢泼大雨，让原本泥泞的路变得更不好走。不好走也得走。大家冒着大雨、脚踩烂泥，准时准点来到仪式现场。

也许是上苍被感动了，奠基仪式开始前一刻，雨停了，天晴了。大家在热烈的氛围中，在雨过天晴的清新空气里，为苏州研究生城的开发建设铲下了第一锹土。一时间，车轮压过泥潭，塔吊挥舞铁臂，建设工地如火如荼，奏响奋战的乐章。

与当时国内很多地方的大学城建设相比，苏州研究生城不需要入驻大学自主建设，而是实行"交钥匙工程"，即由园区出钱出力负责建设，学校只需"拎包入住"。

2003年，第一幢教学楼正式交付使用。中国科学技术大学苏州研究院首家进驻，第一批学生开学报到。随后，西安交通大学、东南大学、中国人民大学等高校相继入驻。西安交通大学还与英国利物浦大学合作在园区办学，成立的西交利物浦大学成为教育部最早批准的中外合作大学之一。

继西交利物浦大学之后，国际知名高校落户科教创新区的消息频频传出——美国加州大学洛杉矶分校、新加坡国立大学、德国卡尔斯鲁厄理工学院、牛津大学高等研究院等接踵而至。其中，新加坡国立大学苏州研究院，是中国首家世界一流大学在华开设的、自主运营的国际学院。而牛津大学高等研究院是牛津大学建校800多年来，在海外设立的第一个研究院。

与国内一般大学城不同，苏州研究生城内的学校与学校之间不设围墙，也不需要刷门禁卡，所有人员自由出入。校区建设了公共的宿舍区，为没有专门宿舍楼的大学统一提供学生宿舍，让来自不同大学和不同专业的学生住到一起，大家可以相互交流和学习。在打破物理围墙的同时，拆除心理上的无形围墙。入驻的33所高校，除了自己拥有骨干教师团队，还聘请科学家、企业家、政府官员当客座教授，让最新的科研信息、管理方法、经营案例，与象牙塔里的学生实现知识互补、思维碰撞和观念激荡，产生独特而实用的教育效果。

学校不设围墙，发展没有止境。一年后，苏州研究生城承担起新的"使命"——更名为苏州独墅湖高等教育区，从培育人才走向培育与引进并重，将目标聚焦高精尖人才，让他们成为产业发展的中坚力量。在优质教育资源不断集聚的同时，园区借鉴斯坦福大学与硅谷的发展经验，以大学和科研机构为中心，放大技术外溢效应，推动科技与教育相结合，加快培育原创性创新成果，实现科研成果迅速转化。

于是，这里又跨出了第三步。2008年，新任园区党工委书记马明龙到独墅湖高等教育区调研，提出成立苏州独墅湖科教创新区，实现从"为产业培养人才"到"人才引领产业"的跨越式发展。同年，苏州工业园区服务外包职业学院诞生，建校之初就坚持以"构建校企互融共生命运共同体"的理念来开展校企合作，推动产教融合，先后与468家企业开展深度合作，共建校外实训基地226家，为园区产业发展输入高精人才。

三易其名，三次跨越。苏州科教创新区不仅弥补了苏州高水平大学稀缺的短板，而且迅速成为苏州高等教育内涵式发展和自主创新的重要力量，实现了人才高端化、研究前沿化、校区国际化、科研产业化，成为苏州工业园区打造"四个一流"的智力引擎。

在这里，各种创新要素交互作用：创新资源供求关系得到协调，产、学、研实现了"门对门"的合作模式，政府牵头，学校培养产业人才，企业获得新技术，一个以企业为主体、产学研紧密结合的技术创新体系在园区成型。在此过程中，诞生了一批如信达生物、纳微科技、思必驰等行业内佼佼者，科技进步对园区内经济发展的贡献率也在不断攀升。

独墅湖华丽转身：从"独墅湖"到"东方慧湖"，从"独墅湖畔好读书"到"独墅湖畔好创业"。无论是来此创业，还是来此观光，人们都会由衷赞叹：

风景这边独好！

金鸡和鸣

在独墅湖崛起之时，金鸡湖也不甘示弱。作为苏州工业园区的母亲湖，一直处在不断改造和提升的过程中。

金鸡湖是一个天然湖泊，位于苏州工业园区的中心地带。这里曾是渔业养殖场，水域面积 7.4 平方千米。由于长期以来未进行疏浚，湖底淤积严重，淤泥沉积平均 30 厘米左右，湖水因受上游河道及周边地区工农业污染影响，水质污染较为严重。2002 年，园区决定全面停止原有的水产养殖，周边污水全部截流进污水处理厂集中处理，逐步改善金鸡湖水质。2003 年，苏州工业园区邀请主持设计过亚特兰大奥林匹克广场的美国易道公司，在园区成立分公司，抽调全球一流设计师，为金鸡湖进行环境设计，以彻底改变金鸡湖及周边地区面貌。

根据科学的环境设计，首先采用全干湖方式分两期实施清淤取土工程，共清淤近 100 万立方米，取土 1200 万立方米，平均挖深 1.5 米。在实施清淤取土的过程中，把湖底取出的土用于低洼地、沼泽地的填土，避免挖废耕地 1.5 万多亩，等于新增用地 10 平方千米，不但有力平抑了土方价格，节约了开发成本，而且从根本上治理了湖水，减少了耕地直接挖废、道路破坏和环境污染，开创了"清淤、治水、取土、造景"相结合的土地综合开发和环境综合治理新模式。

两年后工程全面竣工，重新放水还湖。此时的金鸡湖，湖水质清如镜，湖边垂柳依依，构成了一幅美丽的画卷。正可谓：

湖光秋月两相和，潭面无风镜未磨。

此时的金鸡湖上多出了两座小岛，就是通过这次清淤工程造就的人工岛屿。高空俯瞰时，它们像两朵漂浮的莲花。其中，一岛被命名为桃花岛，另一岛为玲珑岛。

桃花岛的名字来源于金庸先生，当年金庸先生来到苏州，看到满岛桃花盛开，落英缤纷的景象，欣然题写了"桃花岛"三个字。有"金鸡湖之心"之称的桃花岛，占地约150亩，岛内有数百种植被，环境清幽、林木层叠，是一座天然绿色氧吧。岛内不仅有美丽的自然风光，还有浓厚的艺术气息，即便不是桃花盛开的春日时光，也能在这里邂逅充满浪漫韵味的"世外桃源"。

离桃花岛不远处的玲珑岛，种植了上百种湿地及水上植物。为保护岛上的生态环境，此岛不对外开放，但一年四季，都能听到岛上百鸟和鸣的悠扬之声，汇聚成一曲曲和谐动听的自然乐章。

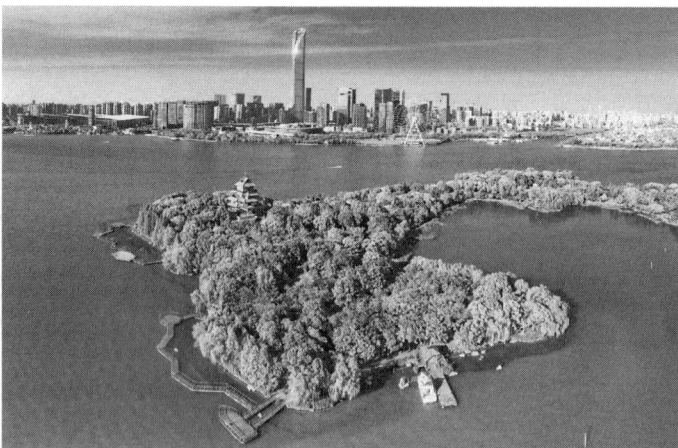

苏州桃花岛

金鸡湖环境综合治理工程取得了良好的生态效益、经济效益和社会效益。不仅荣获美国景观建筑师协会优秀设计大奖，而且大幅提升了园区品质，带动了人气、商气集聚，建设了城市广场、湖滨大道、水巷邻里、风之园、望湖角、金姬墩、文化水廊、玲珑湾等八大环湖景观，使这里成为国内最大的城市湖泊公园、5A级商务旅游示范景区和最受中外游客青睐的"网红打卡地"。

一座现代化、园林化的新城区在美丽的金鸡湖畔展现于世人面前。

筑巢引凤

2006 年，苏州工业园区迎来了又一个重要里程碑。

科技部正式将苏州工业园区纳入国家高新区管理序列，由此，园区具备了国家级"经开区 + 高新区"的双重身份。

身份变了，思路不得不变。园区党政领导专程到深圳考察，在实地感受深圳澎湃的创新活力后，果断决策成立科技发展局和科技招商中心，精准实施科技人才计划，大力发展创新型经济。不久，园区又出台了《苏州工业园区吸引高层次和紧缺人才的优惠政策意见》《苏州工业园区鼓励科技领军人才创业工程实施意见》，面向全球征选自主创新型科技创业项目，建立专家库进行评选，获评项目享受项目启动资金、风险创业投资、跟进风险投资、项目贷款担保、统贷平台支持 5 个专项资金资助，并给予项目资助配套、研发用房补贴、租用住房补贴、购买住房补贴、家属子女安置 5 项重点支持措施。

在优化软件的同时，苏州工业园区继续完善硬件设施，以适应高科技产业的发展和高层次人才的引进。

没有机场，是苏州发展的一条短腿。想当年，李光耀资政曾问苏州有没有国际机场，时任市长章新胜回答说，正在规划中。一晃十多年过去，机场连个影子也没有。这是苏州人心中的一个隐痛。但聪明的苏州人在想，有形的机场一时半会建不起来，能不能建一个无形的机场？

园区领导在考察了发达国家的物流模式后，大胆提出了没有机场的

"虚拟空港"的设想。在外经贸部、民航局、海关总署、上海海关、南京海关等部门的支持下，建立了 SZV 空陆联程模式，将苏州工业园区视为虚拟空港，使用 IATA 规定的苏州城市代码 SZV 为标识，货物抵达上海机场后，由航空公司直接中转至苏州工业园区。实行新模式后，从飞机落地到货物运至工厂，从原来的 13 天缩短至 12 小时，费用节省 50%。之后，苏州虚拟空港成功与全国 7 个实体机场实现联动对接。

从"没有围墙的校区"到"没有机场的港口"，从"改善环境"到"完善政策"，苏州工业园区通过在硬件和软件上的不断改造与升级，实现了从起步阶段主要靠"招商"到发展阶段主要靠"引资"的转换，出现了筑巢引凤、万鸟归巢的喜人景象——

第一只"布谷鸟"飞来了。他叫陈文源，是苏州本地人。在 20 世纪 90 年代的出国潮中，他飞走了，飞到了日本，在那里学习电子专业。学成归国后，他先到深圳去闯了闯，很快就飞回了苏州。那时，苏州工业园区的开发建设如火如荼，已成规模。一天，他来到早有耳闻的苏州工业园区，眼前的景象让他惊呆了：近看是绿茵茵的草坪，远看是碧波荡漾的金鸡湖。一座座造型现代的建筑物坐落湖畔，一幢幢拔地而起的新大楼分布在园区之内。更令他欣喜的是，路边的大树上不时传来"布谷、布谷"的叫声。这是他儿时最熟悉、最喜欢的鸟叫声了，现在居然又清晰地在他的耳畔回荡。他不禁怦然心动！这不正是布谷鸟对他的召唤吗？于是，他下定决心来到园区。起初，他在一家日企工作，一边积累经验，一边等待时机。2006 年，蛰伏两年的陈文源决定不再等待，他决定自己干，便注册成立了苏州华兴源创科技股份有限公司，意在振兴中华，从源头做起，从原创开始。做什么呢？当然做自己专长的液晶显示器检测。这是当时热门的一项关键性新技术。创业之初，十分艰难，陈文源与他的团队求千家、跑万户，用最好的技术，做最好的服务，求最快的发展。短短数年，公司迅速成长，跻身于苹果公司的合格供应商，迎来了良性高速发展，后又成功上市，成为苏州工业园区首批登陆科创板的公司之一。"布谷鸟"开始展翅飞翔了。

鹰，虽属鸟类，但它体格强壮，爪子锋利，双羽粗硬，动作迅猛，叫声嘹亮，绝非一般鸟类。刘圣就是一只鹰，一只雄鹰。他从南京大学毕业后，远涉重洋，在美国发展，在硅谷成立了旭创公司。然而，就在这时，苏州工业园区"全球招聘"来到了加州。在招聘现场，刘圣试探地问，你们那儿真的需要人？太需要了，特别是像你这样的高材生！如果你能到我们园区看看，就帮你订好机票，随时可以来，我们在苏州等你。苏州园区工作人员热情诚恳的邀请，让刘圣心头一热，他点了点头，表示会早点回去看看。就这样，刘圣不久便飞回中国，来到苏州。他看到这片已经开发十多年的美丽土地，它的创业环境一点不比硅谷差，完全称得上"天堂之天堂"。不走了！2008年4月，由他创办的苏州旭创科技公司在苏州工业园区正式成立。第一年，旭创推出首款产品10GSFP＋紧凑型光模块。与此同时，公司快速研发出小封装、低功耗的40GQSFP＋高速光模块，完成了40GQSFP＋全系列产品的开发量产工作，成为国内第一家具备40G光模块批量生产能力的公司。从此，旭创一直领跑国内同行业，研发成果始终位居业界前列，产品销售额一直保持年均80％以上的增长率。

鹰击长空，大雁南飞。2006年春，一只大雁从祖国首都南飞到人间天堂。杨辉，于1982年毕业于北京大学无线电专业，之后一直在中国科学院半导体研究所工作。1991年取得博士学位后，在德国柏林科学研究机构做博士后与客座研究员。回国后，他被聘为中国科学院半导体研究所研究员，是一位非常杰出的青年半导体科学家。这次他被派到中国科学院与江苏省政府共同组建的苏州纳米技术与纳米仿生研究所担任负责人，领衔一项世界科技前沿技术的研究与开发。群雁高飞头雁领。在杨辉的带领下，几年下来，苏州纳米所人才济济，数百位与杨辉经历相仿的海归科学家，既做研究又搞开发，成为科技实业家，取得了丰硕成果。

也有"王者"归来。王者，王蔚也。他也是苏州人，大学毕业后在以色列Camtek公司大中国区工作，由于聪慧与能干，当上了这家公司的大中华区总经理，取得了不凡业绩。但他感觉到，外国人是用他赚中国市场的钱，骨子里却瞧不起中国人，故而他萌生了自己出来干的念头。于是，王蔚带着以色列朋友来到园区，结果一拍即合，一谈便成。我国第一家中外合作非法人制基金在苏州工业园区设立。王蔚利用基金投资引入以色列Shellcase公司的实验室技术，成立了苏州晶方半导体科技股份有限公司，把以色列公司的芯片封装技术移植过来，并很快实现了量产，营业额不断飙升。10年后，晶方科技在上海证券交易所挂牌上市，进而在背面硅穿孔的晶圆级芯片尺寸封装领域确立了"王者"地位。

机器人也来苏州工业园区落户了。机器人的主人叫朱振友，他早年在上海租用了一间76平方米的房子，开启了进军机器人的创业之路。设计图纸画了一张又一张，但与客户洽谈投资与产品时，十有八九遇到的都是摇头派。难以为继之时，朱振友在一次长三角会议上，介绍了公司在机器人设计和开发方面的情况。会后有两个单位有投资意向，一个是私募投资公司，一个是苏州工业园区。朱振友毫不犹豫地选择了后者，因为他早就耳闻那里良好的投资环境。百闻不如一见，来到苏州工业园区，朱振友才真正感受到园区的办事效率与良好的服务态度，不仅所有跑腿的事都由园区人员包办了，而且免费提供了2200平方米的公司用房。从此，朱振友和他的公司一路高歌猛进，实现了跳跃式的迅猛发展。特别是林涛等专家的全身心加入，使强强联手后的江苏北人智能制造科技股份有限公司，以其强大的智能设计能力和优质的服务，赢得了广大客户，走在了行业发展的最前沿。

其实，早在新中国成立之初，那些在国外留学和从事科研工作的优秀人才，如钱学森、谢希德、王昆、王淦昌、王守武等，他们就是这样，放弃国外优厚的待遇和优越的生活回到祖国的怀抱。如今，许许多多的后继者也义无反顾，走上了科学报国之路。

长空里，群雁高飞。源源不断的人才资源，转化为澎湃不竭的发展优势，创造着昨天、今天和明天的辉煌。

凝『新』聚『力』

在历史长河的波涛中，中国宛如一艘巨轮，坚定地驶入了一片新的辽阔海域。

2012 年 11 月 8 日，具有划时代意义的中国共产党第十八次全国代表大会在北京开幕。大会明确提出了"两个一百年"奋斗目标，即在 2021 年中国共产党成立一百年时全面建成小康社会；在 2049 年中华人民共和国成立一百年时，建成富强民主文明和谐的社会主义现代化国家。

中国进入了新时代。

神州大地掀开了继往开来、团结奋进的时代篇章，展现社会主义现代化和中华民族伟大复兴更加壮丽的前景。

2014 年 11 月，习近平总书记在会见新加坡国务资政李显龙时指出，今年是苏州工业园区开发建设 30 周年。30 年间，苏州工业园区从"池塘洼地"变成"创新之城"，树立两国合作的生动样板，也是新加坡深度参与中国改革开放的见证。①

习近平总书记的重要讲话极大地鼓舞了苏州工业园区全体人员。园区上下迅速行动起来，认清新形势，明确新任务，承担新使命，奋飞新时代。

2015 年 9 月 30 日，已经具有"双重身份"的苏州工业园区，又添新职

①《习近平会见新加坡国务资政李显龙》，《人民日报》2024 年 11 月 27 日。

能。国务院下发《国务院关于苏州工业园区开展开放创新综合试验总体方案的批复》，同意在苏州工业园区开展开放创新综合试验。

根据国务院批复要求，园区领导班子在深入调查研究的基础上提出，面对新时代、新任务，努力探索一条开放与创新融合、创新与产业融合、产业与城市融合的发展道路，使园区成为构建开放型经济新体制的排头兵，为国家级经济技术开发区转型升级、创新发展提供新经验，开辟新路径。

为顺应改革开放新形势，园区抢抓科技和产业革命新机遇，积极拓展中新合作领域，不断丰富中新合作内涵，围绕"建设世界一流高科技园区、打造新时代改革开放新高地"奋斗目标，园区将中新合作的重点逐步向科技创新、金融开放、服务贸易、社会治理等领域拓展，赋予中新合作新活力。

在科技合作领域，新加坡国立大学苏州研究院、南洋高科技创新中心等相继落户园区，在离岸孵化与国际技术转移、产业与技术育成、人才与项目引进等方面取得积极成效。按照习近平总书记关于"希望尽快建立中新合作研究中心，为两国合作提供智力支持"[1] 的重要指示，由中国科技部和新加坡贸工部牵头，新加坡国立大学与园区合作共建"新加坡—中国苏州创新中心"，引进新加坡科技服务成熟经验，连续 4 年召开中新国际科技交流与创新大会，营造了国际科技成果产业化的良好环境。

在现代服务业合作领域，园区大力深化中新金融合作，并取得了显著成效，基本形成了金融机构高度集聚、功能层级相对较高、金融产品和服务较为丰富的发展格局。星展银行、华侨银行、大华银行等新加坡知名银行相继落户园区。

在社会治理合作领域，深入开展全国唯一的中新社会治理合作试点，邻里中心、民众联络所、社情民意联系日等成为园区借鉴新加坡经验、创

---

[1]《习近平会见新加坡总统陈庆炎》，《人民日报》2014 年 8 月 17 日。

新社会治理的品牌。

从新加坡来，到新加坡去。近几年来，苏州工业园区走向国外，包括走向新加坡，进行多方面的合作，东吴证券、苏州银行获批到新加坡设立分支机构，有些项目和机构已在新加坡落地。中新跨境人民币创新业务试点取得显著成效，中新合作服务贸易创新论坛等重要会议和重大活动在新加坡成功举办。

随着苏州工业园区发展的日益成熟，园区人将目光放到了区外更广阔的空间，主动践行"先富带后富"理念，输出园区经验、园区品牌，帮助其他地区共同发展，同时也在异地合作过程中，为园区产业高端化转型腾出了更多空间，搭建了更大舞台。

苏州宿迁工业园区是苏州工业园区"走出去"的首个合作项目。自开发建设以来，苏州工业园区出人、出钱、出项目，一轮又一轮选派干部到宿迁，开展艰苦的二次创业。通过创新开发机制，促进产业梯度转移，形成了电子信息、精密机械、新能源新材料为主的产业格局。在江苏省共建园区综合考评中，苏宿工业园区实现"十连冠"。

立足苏州市，深耕长三角。2012 年，苏州工业园区与滁州市政府合作共建中新苏滁高新技术产业开发区，实施企业主导模式，以市场化开发主体合作为主，苏州工业园区主要输出品牌、资金、人才、管理与招商经验，由双方成立合资股份公司，负责规划开发、招商引资和经营管理等工作，按照市场化方式充分考虑双方诉求，并按股本比例或协议对园区收益进行分配。通过这样的合作模式，苏滁高新技术产业开发区已成为苏州工业园区融入长三角区域一体化发展的重要窗口、示范平台和跨省共建园区的新典范。

在国家战略的"棋盘"上如何"落子"？苏州工业园区充分发挥自身的独特优势，为全国发展勇挑重担。根据中央部署，苏州市对口支援霍尔果斯。在蒙古语里，霍尔果斯的意思是"驼队经过的地方"。古代，苏州出产的茶叶和丝绸，通过丝绸之路上的驼队运到这里，中转销往西方，为当地积累财富。如今，地处西北边陲的霍尔果斯，具有发展边境贸易绝佳的区位优势，是连接亚欧大陆的黄金口岸。中央的嘱托，历史的渊源，让苏州工业园区西行4800千米，在规划编制、产业合作、投资促进、人才交流、信息互通等多领域全方位对口援建，资金、人才、项目等持续不断地输入这座小城，积极实施产业援疆、项目援疆、智力援疆、文化润疆，坚持把输血与造血、硬件与软件、物质支援与文化交流相结合，将园区经验和霍尔果斯本土实践相融合，突出产业招商、聚焦民生福祉、开展民族交流，进而在基础设施建设、产业发展、人才培养、乡村振兴等各领域结出累累硕果。

开放发展是苏州工业园区的底色和基因，更是园区的动力源泉和活力标志。在国内国际"双循环"大格局下，园区整合国内国际两种资源、两个市场，推动国际研发与国内创新孵化相互激励的国际合作科技创新模式，以此实现海外创新成果的"跨境提供"。自2017年起，园区布局建设首个海外离岸创新中心至今，通过合作设立实验室、组建实体公司、成立海外投资基金等方式，在美国、德国、日本、以色列、新加坡、中国香港等国家和地区设立了22个海外离岸创新中心。

近年来，园区牢牢抓住"一带一路"倡议实施的重大机遇，在国家开放体系中积极探索，系统谋划"引进来、走出去"双向并举的开放模式，加强国际双向合作，探索"走出去"的新路径，在用好两种资源、开拓两个市场中展开新的谋篇布局。2018年，苏州工业园区与新加坡胜科集团签订战略合作协议，携手在东盟国家拓展产业园区项目。2020年正式获得缅甸政府批准的缅甸新加坡工业园，成为苏州工业园区在"一带一路"沿线国家和地区设立的首个海外园区，双方以企业对接为基本载体，聚焦物流、食品加工、纺织服装等产业，并由集团企业提供标准厂房及商住生活配套方面的支持。

园区"飞地"成为区域共同发展的"高地"，初步形成了"本地园区"

与"合作园区"比翼齐飞、双园并进的新格局。至今,苏州园区合作共建的国内和中外产业园区超过 10 个,走出去园区面积超 250 平方千米,取得了较好的社会效益和经济效益。

时代孕灵蛇之珠,智者抱荆山之玉。

在新一轮科技革命浪潮中,人工智能、量子科技、生物技术、新能源、新材料等前沿技术的迅猛发展,正以前所未有的方式重塑生产方式、产品形态和服务模式,催生出全新的生产力质态——新质生产力。

苏州工业园区的决策者敏锐地捕捉到未来经济发展的总趋势,他们认识到,要掌握发展的主动权,就必须走好科技创新的"先手棋",以科技创新为动力引擎、当开路先锋,加快培育新质生产力。为此,园区早谋划、早布局,凝高新产业之新,聚新质生产力之力,厚植高新产业土壤,促进先进技术落地生根,向新质生产力的高峰奋勇攀登。

曾几何时,由大模型引领的新一轮人工智能变革悄然兴起。国内大模型产业迅速发展,一批又一批的大模型企业如雨后春笋般涌现。对于这些公司来说,最迫切的问题是应用落地。而苏州工业园区成为他们的不二选择。

这是因为,一个时期以来,园区聚焦人工智能、软件和信息服务、集成电路设计等重点方向,集聚相关企业超 1700 家,产值超千亿元。培育了华兴源创、同元软控等细分赛道行业龙头,微软、华为、科大讯飞等龙头企业相继在园区设立软件研发或创新中心,汇博机器人、聚合数据等一批企业获评工信部试点示范项目。同时,园区不断从政策层面、市场层面等多维度积极推进先进技术在当地的落地生根,实现人工智能与产业的融合。园区获批江苏省首批软件名园、江苏省工业大数据应用示范区、江苏省信创先导区,苏州中科集成电路设计中心入选工信部重点领域产业人才基地,华东地区唯一国家级工业软件协同攻关平台落户园区。

产业土壤深厚、应用场景广阔、产业数据专业,对于大模型企业有着极强的吸引力。苏州工业园区日益成为最具吸引力和竞争力的大模型应用落地地区之一。从通用大模型、专用垂直领域模型到企业级 GPT 产品工具研发应用，从语言计算、芯片设计到科技信息服务，以大数据驱动的通用大模型和以知识驱动的垂直行业专业模型深度融合，在园区形成多个应用标杆。

位于苏州工业园区新平街 338 号的思必驰科技股份有限公司，是国内领先的对话式人工智能平台公司，研发自然语言交互智能技术，将人们的眼睛、耳朵、嘴巴和大脑的功能联结在一起，进行一体化生理技术革命，从感知到认知，形成人机智能交互的完整技术链条。思必驰不仅关注语音控制，更关注人机对话、多轮交互、打断纠错等技术，推动智能语音和自然语言技术应用变革。他们还与上海交通大学共同成立了智能人机交互联合实验室，由首席科学家俞凯领衔从事前沿和底层的技术研究，然后进行产业转化，其中智能车载后视镜，占据了全国 60% 左右的市场份额。思必驰，行必果。前不久，思必驰发布了自主研发的对话式语言大模型 DFM-2，可以开展大规模、高质量、个性化的人工智能系统定制，赋能智能汽车、智能家居、消费电子及数字政企类客户。

2014 年，一颗璀璨的信号弹陡然升空。企查查科技股份有限公司旗下的一款企业信息查询工具——企查查 App 问世，开启了企业信用数据商业化之路。平台基于完全公开的企业征信信息的整合，经过深度学习、特征抽取和使用图构建技术，为用户提供全面、可靠、透明的数据信息，包括企业关系图谱、股权穿透图、风险监控、商标、专利信息、招投标信息等多种数据查询和智能分析服务，帮助企业提高用户商业决策效率。2023 年，企查查发布了全球首款具有完全自主知识产权的商查大模型"知彼阿尔法"，其总用户数已超 5 亿，覆盖全球 5.5 亿家企业数据，汇集国内 80 个产业链、8000 个行业、6000 个细分领域的商业信息，总查询次数突破 10 万亿次。

同样是提供信息服务，智慧芽信息科技有限公司聚焦于科技创新情报和知识产权信息化服务两大板块。通过机器学习、计算机视觉、自然语言处理等人工智能技术，围绕科技创新与知识产权，构建产品矩阵，包括全球专利数据库、知识产权管理系统、研发情报库、新药情报库、生物序列数据库、化学结构数据库等，为科技公司、高校和科研机构、金融机构等提供大数据情报服务。他们自主研发的智慧芽文本生成大模型算法，是基于知识产权与研发创新场景开发的大语言模型技术，满足知识产权、研发创新、生物医药等不同垂直领域的专业需求。2024 年，智慧芽正式发布全新 AI 助手"芽仔"，强化了科技创新情报和知识产权信息化服务。小荷才露尖尖角，早有蜻蜓立上头。目前，智慧芽已经服务全球 50 多个国家超12000 家客户，涵盖了生物医药、新材料、新能源、智能制造、新能源汽车、半导体等 50 多个高科技行业。可以相信，"智慧芽"一定会茁壮成长为"智慧树"。

减负增效，是教育界也是全社会极为关注的话题。成立于 2012 年的苏州清睿教育科技股份有限公司，作为人工智能教育信息化的领军企业，一直坚持为英语教育"减负增效"。该公司研发的教育领域专用大模型ArynGPT，可支持双语对话，并根据实际教学需求，自动生成英语考试题目，大幅提升教学效率，推进教育数字化转型。他们推出的人工智能创新产品"口语 100 智慧学习空间"，用人工智能双向教学模式改变了以往低效烦琐的英语教学模式，让学生的学习效率大大提高，学习成绩得到大幅度的提升，进而受到了众多学生与老师的青睐。

随着大模型呈现加速发展态势，苏州工业园区重点布局这一新赛道，并率先发布专项行动计划，将大模型和算力纳入区域"623"产业体系，依托实体经济、场景资源、企业集聚等先发优势，从算力基础支撑、数据要素供给、技术攻关提升、企业集聚攀高、应用场景落地、一流生态构建六方面进行全链条布局，力争将园区打造成为具有全国影响力的人工智能大模型应用产业集聚区。

与人工智能并驾齐驱的纳米技术，在苏州工业园区更是得到了长足发展。

纳米，一个非常小的长度单位，只有十亿分之一米，相当于人类头发丝直径的万分之一。但就在这毫厘方寸之间，纳米技术重塑微观世界，叩开了新材料设计和创新的大门。在我们的日常生活中，纳米技术场景应用广泛，如身份证上的防伪标识、手机芯片、医疗器械等很多物品，已经与纳米材料、纳米技术联系在一起。

苏州工业园区早在十多年前就开始在纳米科学技术领域前瞻布局，创建了苏州纳米城。虽然占地面积仅 1 平方千米，但已经引领苏州工业园区纳米产业产值规模突破千亿元。这里有 500 多家纳米技术相关企业，还聚集了 10 多家科研院所，引入了 10 个院士团队，创造性地打造了 20 个公共服务平台。以苏州纳米城为核心的苏州市纳米新材料集群，入选工信部第一批先进制造业集群。

位于苏州纳米城的中国科学院苏州纳米所，面向国际科技前沿、国家战略需求与未来产业发展，开展相关领域基础性、战略性、前瞻性研究。该所投资建设了三大公共平台：纳米加工平台拥有完备的微纳加工实验线，加工精度从微米到数十纳米，实现了 6 英寸、4 英寸、2 英寸的小片兼容；测试分析平台具备全面的纳米尺度下的单分子和纳米结构的测试设备，具有一系列具有自主知识产权的引领性的国际先进测试分析技术；纳米生化平台拥有微流体、单分子及高通量等先进技术装备，具备开展生物制药、药物传递、体外诊断、生物材料、细胞和微生物工程等多方面工作的能力。在搭建平台的同时，该所重点进行自主研发。所长王强斌和他的团队一起，花费 10 年时间，在微观世界里时而飞舞，时而驰骋，用数字、符号、引理、公式、逻辑、算力，研发出一款国际首创的试剂盒，仅用 15 分钟，就能快速判断肿瘤病理，而传统的肿瘤临床病理检测通常需要 3—7 天时间。

这无疑为人间送来了福音。

领军人才是推动社会、经济和科技发展的重要力量。作为苏州工业园区第一批引进的科技领军人才，江必旺创办了苏州纳微科技股份有限公司。这是一家专门从事高性能纳微米球材料研究、开发、生产和销售的企业，致力于研发纳微米球制备和应用技术平台，其产品应用于生物制药、平板显示、LED照明、食品检测、酶催化、环境监测、标准计量和医疗诊断等各行各业。公司已通过质量管理体系认证，建成苏州市纳微米材料工程技术研究中心、苏州市企业技术中心、苏州工业园区博士后工作分站，申请国家发明专利20多项，且承担国家"十二五"科技支撑计划、科技部重点创新基金及江苏省科技成果转化专项资金。高效生物医药分离纯化介质项目已获得国家重点新产品立项计划。2021年，纳微科技在科创板上市，成为国内首家纳米微球材料领域的上市公司。

在科技领域，"0"到"1"是从无到有地创造全新技术，"1"到"10"是对现有技术和产品进行改良和发展。有人认为，中国在"1"到"10"上做得很好，而在"0"到"1"上做得不够。这是事实，但正在得到改变。

12年前，中国科学技术大学苏州高等研究院博士生导师苏育德带领他的课题组，在独墅湖畔追求他们的学术梦想：在微生物—纳米杂化材料领域实现原始创新，试图在肉眼看不见的纳米尺度下，运用新方法、新技术探索新效应，发现新现象，构建新理论，为未来产业蓄势增能。10多年中，苏育德课题组孜孜以求，探索着纳米科技最前沿的难题和中国纳米科技的发展道路，取得了积极的进展。他们提出的原位负载微生物催化剂的概念，提高了微生物与纳米材料之间的电子转移效率；他们研发了密堆积的固碳细菌—纳米线复合电极，一周内实现了效率达3.6%的"太阳能至醋酸"能量转化，为地球碳平衡和火星大气转变提供了可能。身处纳米技术研发一线，苏育德开创性地提出了一系列前沿理论和概念，带来了全新视角，搭建了广阔的舞台，实现了从"0"到"1"的突破。

而苏大维格光电科技股份有限公司的乔文博士团队则在从"1"到"10"上下功夫，注重纳米技术的实际运用和产业开发。他们研发出来的透明显示器，就是在玻璃中间加上一层压印了纳米结构的显示材料，这相当于用头发丝粗细的线宽，铺满整个足球场，其定位和排列精度要求达到头发丝的百分之零点几。这种显示器，不仅能从正反两面显示投射在里面的视频，观影者还能同时透过玻璃看到玻璃后面的实际物体。

　　在苏州纳米城里，不只是研发，纳米产业链上的配套公司也很齐全。2012 年，李晓旻带着他在新加坡已经发展了 8 年并初具规模的胜科纳米，入驻苏州工业园区。当时，中美贸易争端的硝烟正浓，芯片产业的螺丝钉作用日益显现，成为各国争相抢夺的利器。而芯片是一个技术门槛非常高、研发周期长、资金投入大且竞争激烈的行业。芯片企业在发展的过程中，各种矛盾和瓶颈层出不穷，如成本的控制、技术的迭代、人才的缺失等问题。这些瓶颈和问题都会导致其最终产品的竞争力下滑。李晓旻敏锐地洞察到芯片企业伴随着业务增长而来的痛点，毅然决定入局芯片产业，创办了自己的公司，作为芯片的第三方分析服务公司，为芯片的"疑难杂症"把脉诊断，并提出解决和改进的方案。与半导体行业的质量检测机构不同的是，胜科纳米就像是一家芯片"综合医院"，从诊断病因到治疗方案一应俱全，提供一条龙服务。经过了 10 多年的发展，胜科纳米夯实了高效优质服务的基础，并积累了海量原始数据，开发了大量自主知识产权的测试方法。胜科纳米，胜人一筹。如今，他们确定了新的长远目标，从"综合医院"向"制药工厂"发展，凭借自己研发出来的独特配方，为纳米企业找出病症，对症下药，提供解决方案，为企业发展保驾护航。

　　有"中国医谷"之称的苏州生物医药产业园，是苏州工业园区重点培育的战略性新兴产业核心载体。这里集聚了信达生物、开拓药业等相关企业 1400 多家，在新药研发领域累计获得 166 项临床试验批件；在医疗器械领域，共有 11 个产品获批进入国家创新医疗器械特别审批程序，占江苏省总数的近 50%。生物医药创新型龙头企业、创新型人才规模、生物创新药临床批件、生物大分子药物总产能、企业融资总额五项指标均占全国 20%以上。据中国生物技术发展中心发布的调研报告显示，苏州生物医药产业园在全国 211 个生物医药产业园中稳居第一方阵，综合竞争力、产业竞争力、技术竞争力和人才竞争力均名列前茅。

"要让更多中国生物药在国际市场拥有话语权，惠及更多中国老百姓！"抱着这样的信念，10 多年前，已经在国际医学界颇有声望的专攻肿瘤免疫研究的科学家俞德超，决定回国研发生物制药。苏州工业园区以极大的热情和真诚拥抱了俞德超，让一心报效祖国和造福中国百姓的俞德超深受感动，下定决心到苏州工业园区落户，力争拿出在中国土地上生产出的、被国际认可的一流水平的生物新药！始于信，达于行。信达生物制药（苏州）有限公司聚焦研发高质量的单抗生物药。单抗类药物具有很高的技术要求和研发壁垒，是代表全球制药最高水平的高端生物药，美国、日本、欧盟等发达国家和地区垄断着全球 98％以上的单抗类药物。为了攻克高难度的单抗生物药，俞德超走国际化之路，寻求与国际制药巨头礼来合作。礼来的要求非常高，其标准比美国 FDA 的标准还要高。他们多次派人到苏州现场核查。本来信达在 2014 年就拿到了第一个项目 IBI301 的临床批件，马上可以做临床试验了。但礼来在核查时认为，信达的生产工艺和生产设施达不到全球质量标准，要求信达整改生产工艺和质量标准。按照礼来的要求，生产工艺整改至少要花 36—48 个月。这就意味着 IB1301 的临床试验要延迟至少 36 个月。而信达是一家没有任何销售收入、全靠市场融资维持的初创公司，每月的平均开支少说也得几千万元，推迟 36 个月意味着要多出几亿元的支出。为了生产出符合国际标准的药品，信达上下咬紧牙关、加班加点，用 18 个月完成了整改。就这样，历经 7 年多拼搏，俞德超领导开发的"信迪利单抗"于 2018 年 12 月获准上市，成为中国首个具有国际品牌的国产 PD－1 单抗新药，拥有全球知识产权。在"信迪利单抗"上市之前，我国先后批准了两个进口的PD-1类药物"K药"和"O药"，被业界誉为"抗癌神药"。值得自豪的是，"信迪利单抗"的治疗效果并不亚于这两个进口药物。

2019年第一期《柳叶刀·血液学》杂志以封面文章的形式，刊发了由中国医学科学院肿瘤医院石远凯教授牵头进行的"信迪利单抗"的临床研究结果——这是中国第一项荣登该杂志封面的科研成果。临床数据表明，采用"信迪利单抗"免疫治疗，霍奇金淋巴瘤的客观缓解率高达85.4%，疾病控制率达97.8%；77.6%的患者使用该药6个月后没有出现疾病进展。而"O药""K药"的同类数据分别为77%和69%，治疗费用也比"信迪利单抗"高得多。除治疗淋巴瘤，"信迪利单抗"还在进行20多项临床试验，包括一线肺鳞癌、二线肺鳞癌、一线胃癌、一线肝癌和食管癌等，初步结果令人满意。在不久的将来，"信迪利单抗"有望造福更多肿瘤患者，缔造属于中国的"神药传奇"。

正在缔造"神药传奇"的，还有成立于2015年的百济神州生物科技有限公司。该公司专注于为癌症患者研发抗肿瘤新药物。一款创新药从诞生到上市，所经历的研发、生产、商业化过程，往往是一个漫长的周期。多年来，百济神州通过强大的自主研发能力和外部战略合作，专注于创新药研发和生产的全流程，不断加速开发多元、创新的药物管线和产品组合，持续提升药物的可及性和可负担性。同时推进建设百济神州苏州药学研发中心，构建了创新药物产业化园区，并打造全球临床团队，推动临床与研发、生产的"无缝衔接"。公司获评国家高新技术企业，拥有江苏省工程技术研究中心、专精特新"小巨人"企业、江苏省企业技术中心等资质。迄今为止，百济神州已有3款自主研发并获批上市药物——包括创新药百悦泽、百汇泽和百泽安。其中，百悦泽已在美国、中国、欧盟、英国、加拿大、澳大利亚等70个国家和地区获批上市，百泽安已在中国、欧盟和美国获批上市，实现了中国创新药出海的"零的突破"。

人工智能、纳米技术和生物医药三大新兴产业，已成为苏州工业园区发展新质生产力的有力引擎和重要支柱，实现年产值超 4000 亿元。为了推动高新技术产业的更快发展，苏州工业园区计划每年引进优质高新科技项目超 1000 个，到 2026 年，这里将拥有高新技术企业 3500 家，滚动培育"瞪羚"企业 180 家、"独角兽"及"潜在独角兽"企业 65 家。届时，苏州工业园区将形成新一代信息技术、高端装备制造 2 个 3000 亿元级产业集群，形成生物医药及大健康、纳米技术应用及新材料、人工智能及数字产业、新能源及绿色产业 4 大新兴产业集群，地区生产总值突破 6000 亿元，使苏州工业园区从新质生产力的"高地"向新质生产力的"高峰"跃升。

　　行百里者半九十。现在，苏州工业园区离新质生产力的"高峰"还有一定的距离。让我们拭目以待，且看奋斗者的智慧与毅力吧！

文化植入

　　苏州工业园区，这座江南文化与现代城市融合发展的典范新城，正是在经济增长与文化建设两者的互动中发展起来的。园区在推动经济高质量发展的同时，始终坚持把文化建设摆到突出的位置，致力于在工业园区植入文化元素。

　　2012 年 5 月，由著名雕塑家吴为山策划并领衔的首届苏州·金鸡湖双年展在园区成功举办。2024 年 4 月，以"生动江南、立体苏州"为主题的第六届苏州·金鸡湖双年展也如期举办，设有主题展、学术论坛和平行展，并有 300 余场美育活动依次举办。全球视野下的艺术潮流都汇集于此，吸引了来自中国、英国、法国、比利时、希腊、西班牙、葡萄牙、爱尔兰、德国、意大利、美国、荷兰、日本等 17 个国家的 100 余位艺术家参与，展出 2000 余件作品，以兼具国际化、创造力、丰富度和大众化的艺术语言，以开创性的姿态和国际化的视野，呈现了一幅最具有活力、最激动人心的苏州文化艺术图景。至今，双年展连续举办六届，总计参展中外艺术家 1500 余人，展出作品 5000 余件，吸引观众 2000 万人次，已经成为苏州工业园区迈向全球舞台的一张闪亮名片。

　　几年前，苏州工业园区积极探寻文旅融合新路径，首创"阅读＋旅游"跨界融合，为园区市民和游客提供全新体验，受到市民和游客的热情追捧。每天早上，苏州工业园区的市民和游客在焕然一新的早餐车前购买早餐时，很多人不约而同地拿出手机，扫描车身上的"读吧 SIP"二维码，获取苏州工业园区图书馆的海量数字阅读资源和专属定制书单，让味觉和心灵得到双重满足。这种"阅读早餐"新模式，通过对 20 家早餐车点位进行特别包装，市民和游客可以非常方便地进行在线阅读。除了"阅读早餐"，园区还围绕空间融合、数字文化、科技赋能、社群交互 4 个重点，通过政府主导、机构链接、社会参与，创新建设"主客共享"新型公共阅读空间，在都市商圈、产业园区、旅游景区、公园绿道、特色街区、交通枢纽等区域，创新打造 10 个阅读广场、10 辆阅读巴士、10 个阅读便利店，通过看、听、触等形式导入阅读资源，为市民游客提供处处可读、时时可读、人人可读的文化体验，并有机会获得旅游优惠和福利，打造独特的文旅品牌和城市阅读新亮点。

每年端午节，金鸡湖龙舟赛都在月光码头如期举行。这是苏州工业园区精心打造的体育品牌赛事，已连续举办了 14 年。金鸡湖端午龙舟赛已成为园区经典赛事，不断传承着园区人勇往直前、坚毅果敢的龙舟精神，也成为园区向世界讲述江南文化的一扇窗口。2024 年 6 月 10 日，金鸡湖端午龙舟赛在苏州工业园区再次鸣锣开赛。9 支青少年邀请组队伍逐浪竞渡，成为金鸡湖上一道亮丽的风景。而来自新加坡、奥地利、瑞士、德国、俄罗斯、法国、美国、新西兰、非洲等 15 个国家和地区的 7 支、126 人组成的外籍参赛队伍，成为吸引眼球的亮点。赛场上，龙舟竞渡，百舸争流；赛场下，龙舟经济，风生水起。作为园区最具知名度的品牌赛事之一，金鸡湖端午龙舟赛已经不仅是一场体育竞技的盛会，更是传承和弘扬中华优秀传统文化的平台，也是深挖"体育 + 文化""体育 + 旅游""体育 + 商业"的重要载体。为进一步深挖"龙舟经济"潜力，园区同时策划举办家庭帆船赛和皮划艇、桨板、帆板联赛，打造"龙舟有好市""一带一路"国际美食汇，鼓励人们跟着赛事去旅游、去品尝美食，让赛事活动流量赋能经济发展增量，释放赛事和假日经济活力。

如今的金鸡湖，既是园区的"商务中心"，也是园区的"文化中心"。以金鸡湖为中心，苏州文化艺术中心、国际博览中心、时代广场、李公堤、月光码头、东方之门、苏州中心等城市地标在此汇集。其中，占地近15万平方米的苏州文化艺术中心无疑是一块文化高地。它由大剧院、大道喜剧院、金鸡湖音乐厅、电影院、美术馆、文化馆、培训中心、商业中心构成，同时也是苏州交响乐团、苏州芭蕾舞团驻地。近年来，苏州文化艺术中心创新升级，打造苏艺演艺文化集聚区，以文旅融合为指引，改造新增8个小剧场，在金鸡湖边形成了好戏天天有的戏剧部落，观众既能观看国际级的音乐会、歌舞剧，也能欣赏昆剧、评弹、民族歌舞等传统文化演出。精彩纷呈的文艺活动，活跃了人们的精神文化活动，也在一定程度上拉动了各种消费，促进了经济的发展。

文化搭台，经济唱戏。园区形成了以人为核心，产业、文化、城市良性互动的发展态势。近年来，苏州工业园区在推动经济社会发展的同时，更加注重发展文化产业，依托产业优势、创新优势和人才优势，着力构建具有"金鸡湖"特色和核心竞争力的"2XN"现代文化产业体系，全面强化适配面向未来的苏州城市新中心定位的时尚消费和文化交流功能，围绕建设"引领苏州、对接上海、融入长三角的现代文化产业示范区"总定位，重点打造"游戏版权、演艺娱乐、影视创制、文体旅消费"四大中心，形成以"数字文化"为主要特色的文化产业高质量发展先行区。目前园区拥有文化产业单位12000多家，从业人员近5万人，文化产业增加值254亿元，占GDP比重达6.9%，文化产业已成为园区支柱产业，进而使苏州工业园区真正成为人文经济发展的现实样本和时代典范。

　　30 年前，中新两国政府高瞻远瞩，合作开发建设苏州工业园区，打开了一扇世界看中国、看江苏、看苏州的重要窗口。30 年后，"姑苏城东、低洼水田"蝶变为"创新之城、非凡园区"。

　　人们不禁要问：何以园区？

　　纵观 30 年发展历史，不难看出，园区始终紧握"三把钥匙"：亲商、亲才、亲绿。

　　水深鱼聚，林茂鸟悦。优质的营商环境和一流的亲商服务是园区成功的关键所在。从成立之初，园区上下效仿新加坡的做法，把投资者视为"好伙伴、好邻居、好朋友"，强化亲商导向，优化亲商理念，从政府供给侧和企业需求侧两端发力，迭代升级亲商措施，营造市场化、法治化、国际化的营商环境。坚持"无事不扰、有求必应"，透明政策，规范操作，严肃纪律，端正风气，全面构建新型政商关系。

　　1996 年，首开窗口式服务，设立经发、规划和组织人事 3 个窗口，推行涉企登记"一站式服务"。2002 年 9 月，按照"充分授权、集成服务"原则，成立一站式服务中心，率先在国内试点相对集中行政许可权改革，启动"一枚印章管审批"到深化一网通办、免证园区、审管执信等区域专项改革。

　　随着时代的发展，园区亲商服务顺势而为，牢牢把握数字化赋能新机遇，不断提升亲商服务效能，推动"高效办成一件事"，通过环节整合、流程重塑和系统对接等方式，平均跑动次数减少90%、材料精简50%、时间和环节精简70%。同时优化"智慧办"体验，围绕企业及自然人全生命周期、产业全链条需要，以"制度创新＋数字赋能"双轮驱动，将亲商服务向更广范围的政策、人才、金融等衍生服务拓展，多方协同提供多维度服务，厚植"亲商沃土"，进一步优化营商环境。

一流环境聚拢一流人才，一流人才带动一流产业。当人们把目光聚焦苏州工业园区这片热土，就会发现，这里是汇聚改革开放科技人才的创新高地，人才总量和质量位居全国开发区前列。"产业地图"和"人才图谱"相融共进，彼此赋能，犹如双蝶共舞，创造了一个又一个创新发展的奇迹。

聚天下英才而用之，是苏州工业园区的一个成功秘诀。长期以来，苏州工业园区认真贯彻落实中央和省市关于人才工作的决策部署，不断提升汇聚全球创新资源的能力，把"招商"与"招才"结合起来，"亲商"更"亲才"，不断完善引才、育才、留才、用才机制，探索一条"面向未来、赢得未来"的人才发展之路。

园区对产业创新人才视如珍宝，自2007年起便在全省率先实施"金鸡湖科技领军人才创新创业工程"，聚焦三大战略性新兴产业所需招引人才，以"看长线"的战略定力、优选赛道的战略眼光，助力一批批怀揣梦想的人才"开花结果"，已累计支持创新项目2654个，培育诞生了园区60%的上市企业。

人才金字塔的高度，是由塔基的深度决定的。围绕产业发展需求，园区建设高水平、高质量的人才发展高地、集聚平台、网络支点，充分发挥各类人才"雁阵"效应，人尽其才、各展其能，让人才"金字塔"的顶部更高、中部更壮、基础更实，为高质量发展源源不断输送动能。园区不仅走出去招引外来人才，也充分盘活本土资源，激发本土人才进步成长的内生动力。同时推进产教融合发展，瞄准区域发展优势产业，建立高技能人才、工程硕士、博士后全产业链人才培育体系；推动与华东理工大学、中国药科大学建立"2＋1"工程硕士校地人才联合培养机制；聚焦园区生物医药一号产业，设置西浦慧湖药学院、集萃学院，累计培养1万余名专业学位工程硕士；以"全链条育人"，促进人才供给侧和产业需求侧结构要素全方位融合，以深化校地企三方合作激活区域发展"一池春水"，使人才"能量核"与产业"增长极"同生共进，增强"各类人才＋新兴产业＋创新集群"的"链式效应"。

当今世界，绿色发展已经成为一个重要趋势。早在20年前，联合国环境规划署便提出了ESG概念。

ESG是环境、社会、治理三个英语单词的首字母缩写。结合中国实际探索ESG发展之路，是中国接轨国际规则，落实双碳目标要求，推动经济、社会绿色低碳高质量和可持续发展的重要抓手。

进入新时代以来，苏州工业园区坚持以习近平生态文明思想为指引，认真落实市委、市政府决策部署，积极倡导ESG理念，握紧"绿色钥匙"，加快健全ESG体系、大力发展ESG产业，加速打造苏州ESG发展高地，努力建成全省乃至全国推动ESG发展的标杆区域，生态环境保护工作取得明显进展，绘就人与自然和谐共生的现代化新画卷。

一组数据，为这一新画卷作了注脚：园区万元GDP能耗为0.1436吨标准煤、碳排放为0.357吨二氧化碳，均为全国平均水平的三分之一，用水量5.33立方米，仅为全国平均水平的10%。这些指标都已达到国际先进水平。

同时，园区积极开展生态环境保护修复，新增湿地保护小区面积698公顷，新建史家港入湖生态湿地3万亩，种植水草2000亩，建成阳澄湖"水下森林"，生态质量达到Ⅲ类标准，植被覆盖情况较好，生态系统提供了较高的生态价值和良好的物种宜居空间。第三轮苏州工业园区生物多样性调查中累计记录物种数1688种，新增物种80余种，更不乏青头潜鸭、

阳澄湖半岛
白鹭飞

小天鹅、鹗、小鸦鹃等国家重点保护物种和碧凤蝶、稻眉眼蝶、红灰蝶、直纹稻弄蝶等生态环境指示物种。

这几年，园区空气质量优良天数比例达81.1%，相比2018年提升6.9个百分点；PM2.5浓度27.9微克/立方米，下降28%。太湖和阳澄湖饮用水源地水质100%达标；省考断面年均水质达到或好于Ⅲ类断面比例为100%，其中优Ⅱ比例为66.7%，相比2020年提高66.7个百分点；全区河道优Ⅲ比例为95.3%，相比2019年首次开展全区河道断面监测以来，提高64个百分点，Ⅴ类、劣Ⅴ类断面实现首次清零。

绿色已成为园区高质量发展的"底色"。园区先后获评国家生态工业示范园区、国家首批绿色园区、国际能源互联网示范园区等称号，并成为首批国家碳达峰试点园区。

更为可喜的是，ESG已成为企业自觉的行动，成为衡量企业"优质"与否的重要标志。

康美包是全球仅有的两家无菌纸包装系统供应商之一，自2002年落户园区以来，逐步构建起集研发、生产、销售、服务于一体的全产业链布局。

他们始终坚持生产绿色化，每年减少约 1000 吨有机废气排放，产品可回收利用率达 100%，走出了一条独具特色的 ESG 发展道路。SIG 康美包亚太技术中心获得美国 LEED 铂金认证和中国三星级绿色建筑认证。

在园区，有一座充满现代感的建筑在阳光下熠熠生辉。外墙采用新型 LOW－E 玻璃幕墙，既隔热又不影响内部采光。厂区内使用 LED 灯和太阳能路灯，充分做到节能减排。屋面光伏年发电量超 164 万度。这家名为"博格华纳"的公司，在践行 ESG、深层赋能企业发展上，付诸行动，内外兼修，富有成效。

依托园区前瞻布局的产业体系，越来越多的企业投身 ESG 的浪潮，极大增强了园区经济发展的韧性与活力。先进制造业和现代服务业实现双向赋能，高端装备制造产业的迅猛发展，为 ESG 发展夯实了土壤。生产性服务业占服务业增加值比重达到 70%，现代服务业尤其是生产性服务业的强劲发展势头则为 ESG 发展提供了有力支撑，进而形成了"2＋4＋1"特色产业体系。

步入新赛道，领跑 ESG。苏州工业园区已成为全省乃至全国 ESG 发展的标杆区域。

三十而立

在金鸡湖畔的湖滨大道上，耸立着一座高 12 米的现代雕塑，尤为引人注目。

这座题为"圆融"的雕塑，由新加坡著名雕塑家孙宇立先生创作。其设计理念源自佛教用语"圆融"，意指破除偏执，圆满融通。雕塑由两个动态扭转的圆紧密相叠而成，外圆内方，象征着海纳百川、兼容并蓄、和谐为本的独特情怀。这一设计表达了传统与现代、科技与人文的互融和共生，蕴含了中新双方密切合作、相辅相成、相互交融的深意，同时还形象地展现了"园区经验"的重要构成部分。

早在 2006 年，时任江苏省委副书记、省长梁保华交办省委研究室一项调研任务，对苏州工业园区的发展进行调研总结。调研组经过深入调查研究，形成了调研报告，对苏州工业园区的发展第一次作了全面系统的回顾与总结，并概括出"亲商为民、圆融共赢、借鉴创新、致美求精"的 16 字园区理念。调研报告刊发于省委研究室内刊《调查与研究》，在全省引起积极反响。之后，园区领导班子听取各方面的意见，从园区理念中进一步提炼出"借鉴、创新、圆融、共赢"的园区经验，并不断丰富这 8 个字的内涵——

借鉴，就是坚持世界眼光、全球视野、国际水平，以我为主，自主地、有选择地学习包括新加坡经验在内的一切人类社会文明成果，在更高层次、更高水平上对标国内先进地区，对标国际先进水平，对标世界一流高科技园区，准确把握园区发展的时代方位，始终保持开放心态，在借鉴中提高，在提高中前进。

创新，就是对发展战略、发展思路、发展模式进行全方位改革，特别是拥抱全球新科技产业革命浪潮，抢抓数字经济时代机遇，顺应创新驱动与国际化的发展趋势，在开放的环境下搞自主创新，积极构建高水平开放创新体系，推动质量变革、效率变革、动力变革，不断攀登新的高峰。

圆融，就是弘扬中华优秀传统文化精神，团结合作，和谐发展，创造高品质的生产、生活、生态环境，实现更加包容、更加和谐、更高效能、更可持续的发展，让园区更有温度、幸福更有质感、发展更可持续，为构建人类命运共同体多作贡献。

共赢，就是把园区放到全局之中来谋划，服务重大发展战略，构建新型政商关系，打造政府、企业和居民利益共同体，让政府治理有更高效率、企业投资有更好回报、群众生活更有尊严，努力实现共同发展、共同富裕的目标。

园区经验的提出，已近 20 个年头，一直沿用至今，在文字上从来没有修改过，但其内涵不断充实，其精神不断升华。

梁启超先生有言，文明者，有形质焉，有精神焉。求形质之文明易，求精神之文明难。精神既具，则形质自生。①

苏州工业园区始终坚持形神共求，建有形之园区，立精神之新城，创文明之都市。园区主要领导明确提出，各级各部门要大力弘扬"四敢"精神，不断丰富"园区经验"，进而树立和弘扬"改革创新、开放包容、敢为人先、追求卓越"的新时代园区精神。

"园区精神"是"园区经验"的升华版，是园区人心血和汗水的结晶。他们用行动和实践诠释了什么是新时代"园区精神"：

---

① 梁启超：《国民十大元气论》，《饮冰室合集》第 1 册，文集卷 3，中华书局 1994 年版，第 61 页。

改革创新，就是要敢于实践、勇于探索，不断深化改革，始终鼓励创新，构建新模式，拓宽新路径，跃上新台阶，推动新发展。

开放包容，就是始终秉承开放的态度，敞开开放的胸怀，面向世界，借鉴和学习国际先进的管理经验和新兴技术，同时积极倡导绿色发展和可持续发展，开创人与社会、人与环境、人与人的和谐局面。

敢为人先，就是敢于走别人没有走过的路，始终走在时代发展的前列，率先领先，争当第一，力争唯一，当好改革开放和经济社会发展的排头兵、领头羊。

追求卓越，就是始终保持积极向上的奋斗姿态，永不满足、永不停步，不断挑战自我、超越自我，向前奋进，向上攀登，做更好的园区，作更大的贡献。

人无精神则不立，园无精神则不强。苏州工业园区创立的"园区经验"和新时代"园区精神"，已经写在园区发展的旗帜上，正在产生不竭的动力，推动着园区更新、更快、更好地发展。

2024年，对于苏州工业园区来说，是一个值得纪念、引以为豪的年份——园区成立30周年。

三十而立。何立之有？

30年来，特别是党的十八大以来，苏州工业园区坚持以习近平新时代中国特色社会主义思想为指引，高质量发展不断迈上新台阶，交出了一份"三个超万亿"的骄人成绩单：

实现税收1.03万亿元。

全社会固定资产投资1.04万亿元。

进出口总额1.46万亿美元。

这"三个超万亿"，凝聚了多少决策者、创业者、奋斗者的心血与汗水，体现了苏州工业园区的开放程度、经济密度、创新浓度和发展速度，走出了一条开放与创新融合、创新与产业融合、产业与城市融合的发展道路。

正是依靠这些扎实的数据和骄人的业绩，苏州工业园区在国家级经济开发区综合考评中实现"八连冠"。

这是我国国家级经济开发区极为看重的一份榜单，也是有关国家级经济开发区排名最权威的一份榜单。考核评价结果显示，苏州工业园区作为高水平对外开放平台，积极推进经济高质量发展，在巩固外贸外资基本盘中发挥了重要作用，呈现总量扩大、质量提升、开放带动作用进一步增强的良好发展态势。在单项排名方面，苏州工业园区进出口总额继续保持全国第一，实际使用外资多年进入全国十强。

在 20 世纪 80 年代，中国女排创造了"五连冠"的辉煌成就，成了中国竞技体育的一面旗帜，激励了无数人。虽然苏州工业园区的"八连冠"与中国女排的"五连冠"不能同日而语，但同样令人振奋，值得称颂。

更令人欣喜的是，在 2023 年世界投资论坛上，联合国贸易和发展会议秘书长蕾韦卡·格林斯潘，向苏州工业园区管委会颁发了联合国"2023 年度全球杰出投资促进机构奖"，以肯定和表彰苏州工业园区管委会在促进国际投资及经济园区可持续发展方面的突出贡献。这个奖，被称为"投资领域的诺贝尔奖"，堪称世界级荣誉。

数字是惊人的，荣誉是喜人的。但是，如果不是亲身经历、亲眼所见，光凭这些数字和荣誉称号，也许不会让人有强烈的感受。百闻不如一见。我们不妨到那里去走一走、看一看，实地领略一番她的风采与魅力。

在苏州工业园区规划展示馆内，有两张图片特别吸引人们的眼球：

一张是 1994 年编制园区总体规划时设计师手绘的效果图。

一张是现在园区的实景图。

站在这两张图片前，人们细心地观看、认真地对比，不禁惊叹道：太不可思议了，30 年前凭空手绘的一张图，竟与今天的实景图如此相似！

这就是规划的力量。这就是建设的奇迹。

一张蓝图绘到底，一代接着一代干，造就了苏州工业园区，成就了现代化的新城区。如今的苏州工业园区，高楼大厦鳞次栉比，各种景观错落有致，自然环境美不胜收。从北向南穿越苏州工业园区，分别是阳澄湖、金鸡湖和独墅湖。三湖相连，延续着苏州几千年的水文化情调，更展现着园区的现代风貌。

不知你是否知道，园区的园，英文为 garden，即花园、公园、乐园。是的，今日之苏州工业园区，不愧为一座美丽的花园、一个幸福的乐园。

园区之美，以金鸡湖为最。金鸡湖，谐称"经济湖"。湖水清澈见底，湖面波光粼粼。她是苏州工业园区的一颗璀璨明珠，或者说是苏州工业园区的明亮眼睛。在她的眼睛里，便是园区经济蓬勃发展的缩影，也是园区与苏州古城、古典园林及周边水乡共同构成的一幅"双面绣"。

金鸡湖处于园区的中央。在这里，音乐喷泉、苏州中心广场、金鸡湖大桥、诚品书店、文化艺术中心、东方之门、月光码头、望湖角、国金中心、李公堤"十大景观"像一颗颗珍珠串联其中。而周边集聚了苏州的金融机构和企业总部，汇聚了园区乃至苏州最优质的商业与文化资源。这里的苏州中心，是苏州市的新地标，融汇轴景、环景、路景、城景、天景，尽显金鸡湖多元精彩。

东方之门，以苏州古城门为创意蓝本，双子塔在天际连接成门，欢迎四海宾朋。湖东 CBD 中的诚品书店，是一座集人文阅读、创意探索为一体的美学博物馆，将自然环境与吴地文化融合在一起。拔地而起的九龙仓国际金融中心，为江苏第一高楼，代表了中国超高层建筑的世界级水准，其主塔楼以鲤鱼跳龙门之势，从水岸延伸出去，呈现曼妙而漫长的弧线，勾勒出一道靓丽的城市天际线。

天际线下，百年李公堤如水墨画一般，在金鸡湖面徐徐展开，又如飞鸟展翅，直扑湖心，隐于碧水白浪中，游客可以在这里了解到苏州的许多历史故事。而不远处的中茵皇冠假日酒店在灯光的点缀下，宛如一艘停泊在金鸡湖畔的游轮，船上流光溢彩，船下波光粼粼，为湖面增加了一份浪漫气息。

与金鸡湖的动态之美不同，独墅湖则是一种静态之美。独墅湖，谐称"读书湖"，是海内外莘莘学子的聚集区。目前入驻高等院校 31 所、在校师生超过 8.5 万人，其中拥有硕士研究生及以上学历的人员近 2 万人，是全国首个高等教育国际化示范区。西交利物浦大学是经教育部批准设立的中外合作大学，学校中心楼的设计概念源于中国古代"四大名石"之首的太湖石，整座大楼的空间分割如太湖石的切片形态，象征着知识碎片的独立与整合。在风光秀丽的湖景水色中，求知钻研、创新创业的风景气象，书写了独墅湖的人文意境，诠释出独墅湖的别样情怀。

在阳澄湖区域，到处洋溢着生活之美。阳澄湖，谐称"养生湖"，是休闲度假、享受生态的理想场所。作为首批国家级旅游度假区，阳澄湖半岛旅游度假区紧紧围绕全域旅游发展战略，以"旅游＋体育＋健康"为核心发展思路，推动文体旅游融合发展，形成了一批深受游客欢迎的旅游资源项目和体育赛事品牌，被《中国国家旅游》评为 2017 年度最佳度假旅游目的地，环湖自行道被评为 2017 年度中国自行车联赛"最美赛道"。半岛内已建成莲池湖公园、仙樱湖公园、云杉湖公园 3 个开放式公园。在驿站租辆自行车，沿湖骑行 15 公里，赏景健身两不误，已成为一种时尚；在湖边露营野炊，看着夕阳映湖、白鹭纷飞，体验四季美景，可以感受到"语眼动静体自然"的美好禅境。

苏州工业园区就是一座现代化的水城，一个开放式的公园。漫步其间，除了现代建筑和自然景观，还有那些精美的雕塑，也给人留下深刻印象，成为园区建设的点睛之笔。

从古城区进入园区，一座名为"世界之窗"的雕塑映入眼帘，它以掀开的窗帘为造型，寓意园区是中国改革开放的一个重要窗口，春风吹起"窗帘"，带来了春的消息与喜悦，展示了园区昨天的成功、今日的卓越和未来的辉煌。

在金鸡湖西畔，伫立着园区的城市符号——著名的"圆融"雕塑。这座雕塑由两个动态扭转的圆紧密相叠而成，展现出海纳百川、融四海文化为一体的精神，寓意着中新双方紧密合作、相互交融。2001年6月9日，时任国务院副总理的李岚清和新加坡资政李光耀先生共同为雕塑揭幕，见证了中国和新加坡两国政府间的首个特色合作项目——苏州工业园区的开发与建设，表达了传统与现代、科技与人的互融共生。

来到独墅湖科教创新区，一座名为"升华"的双环形结构巨环横跨星湖街。这是园区最大的城市雕塑，寓意园区致力科技创新、加快产业升级的决心和信心。除了标志性雕塑，在园区还有很多绿影婆娑的景观小品、曲径通幽的水憩长廊。

城，所以盛民也。苏州工业园区既是创业的天地，也是市民的乐园。每个周末，位于金鸡湖畔的音乐厅内总会传出美妙的音乐。作为苏州文化艺术中心代表性空间之一，这个音乐厅已成为苏州市民、音乐爱好者享受音乐艺术之所。话剧、芭蕾舞、交响乐、音乐剧，多元的舞台演出纷至沓来；金鸡湖艺术节、江南青年戏剧节、iSING! Suzhou国际青年歌唱家艺术节，丰富的艺术活动精彩纷呈，吸引着无数的市民与游客。

夜幕降临，金鸡湖音乐喷泉在优美的背景音乐中，翩翩起舞。熙熙攘攘的人流慢慢汇聚到了圆融时代广场。抬头仰望，喷泉水柱冲天，天幕流光溢彩，不同主题的图案充分展示出科技、艺术、城市的魅力；天幕之下，"夏夜浪漫计划"天幕市集热闹开张，人潮涌动，成为园区夜生活的一道靓丽的风景。

茭白地上起广厦，莲藕塘中垒瑶台。如今的金鸡湖畔、独墅湖边、阳澄湖滨，处处体现着"双面绣"的特质，彰显了园区的现代活力、国际潮流，书写着具有无限可能的发展蓝图和繁华长卷。

上有呀天堂，下呀有苏杭。城里有园林，城外有水乡。哎呀，苏州好风光，好呀好风光……

这首名为《苏州好风光》的歌曲，由评弹曲调改编而来，在 2004 年确定为苏州市市歌。假如现在来写这首歌，是否可以改两个字，这样来写：

上有呀天堂，下呀有苏杭。城里有园林，城外有园区。哎呀，苏州好风光，好呀好风光……

在这里，人文经济在互动中发展，新质生产力在激荡中跃升。在这里，人们创业、读书、生活，创造着现代化的辉煌业绩，收获着现代化的丰硕成果，憧憬着现代化的美好未来。

2024 年 11 月 7 日，经国务院同意，商务部印发了《支持苏州工业园区深化开放创新综合试验的若干措施》，在全面总结 2015 年国务院批复开展开放创新综合试验经验的基础上，聚焦建设具有世界聚合力的双向开放节点、建设具有重要影响力的区域科技创新高地、建设具有全球竞争力的现代产业高地、建设展示中国式现代化的开发区治理样板四方面主要任务，提出 14 项措施。

2024 年 11 月 25 日，中共中央政治局委员、国务院副总理何立峰在苏州会见新加坡国务资政李显龙。会见时，何立峰表示，去年习近平主席和阁下共同将中新关系提升为全方位高质量的前瞻性伙伴关系，为新时期两国关系和各领域合作发展擘画了蓝图。双方要紧紧围绕中新关系新定位，抓住发展新契机，充分利用好苏州工业园区等合作平台，推动既有合作提质升级，共同把两国领导人的重要共识落到实处。

李显龙表示，在两国高层的引领下，新中关系不断深化，发展势头强劲。新方愿与中方一道，密切各层级交往，加强各领域合作，推动重大合作项目取得新发展，进一步巩固提升新中关系。

同日，何立峰和李显龙共同出席中新苏州工业园区高质量发展座谈会。双方全面总结苏州工业园区 30 年建设成果，规划下阶段发展合作方向和重点。双方一致同意，站在新的历史起点上，要更好发挥苏州工业园区中新合作先行者和排头兵作用，不断深化体制机制改革，继续扩大国际合作，努力打造开放创新的世界一流高科技园区。

会后，何立峰和李显龙共同见证签署推动苏州工业园区高质量发展合作愿景、开展数字贸易合作等文件，还共同参观了苏州工业园区 30 周年成果展，并在金鸡湖右岸客厅艺术广场的飞翔雕塑下，亲手种下了象征着两国深厚友谊的柿子树。

这棵柿子树不仅承载着中新两国的友好情谊，更寓意着两国合作的未来必将"事事顺利"。

从邓小平在裕廊山挥锹种下一棵苹果树，到中新领导人在金鸡湖右岸种下一棵柿子树，已近半个世纪，而苏州工业园区也已成立 30 周年。其间，中国改革开放和现代化建设成就辉煌，苏州工业园区的发展硕果累累——

从"八连冠"到"四个一流"，从"新高"到"更高"，从"出色"到"卓越"，30 岁的苏州工业园区依然青春洋溢、意气风发，热情地拥抱时代，坚定地走向未来！

全新版图

姑苏复苏

姑苏是苏州的别称，其名称可以追溯到春秋战国时期。

姑苏之名虽然得名较早，但一直作为吴国都城或苏州古城的别称存在。而姑苏区是成立于2012年的一个行政区，由原平江、沧浪、金阊三个老城区合并而成。可以这样说，现在的姑苏区，就是苏州的老城区。

姑苏区地处苏州市的核心地区，是吴文化的重要发源地。公元前514年伍子胥就在这里建城，从那时起，它就是整个苏州和长江下游流域的政治、经济中心，是当之无愧的"江南心脏"。

这里，基本保持着宋代《平江图》中"水陆并行、河街相邻"的双棋盘格局和"小桥流水、粉墙黛瓦、古迹名园"的独特风貌，保留着"老苏州"众多的历史古迹和文化遗产。

区内现有文控保建筑和文物登录点合计1500余处，其中全国文保24处、省级文保37处、市级文保123处、控保254处、文物登录点1149处，约占苏州全市的41%。此外，还有虎丘、留园、拙政园等国家5A级景区，平江路、山塘街2条中国历史文化名街，沧浪亭、狮子林等8处世界文化遗产。

故而，姑苏区是全国首个也是目前唯一一个国家历史文化名城保护区。

2023年7月6日，习近平总书记到苏州平江历史文化街区考察。他对当地负责同志讲，平江历史文化街区是传承中华优秀传统文化、加强社会主义精神文明建设的宝贵财富，要保护好、挖掘好、运用好，不仅要在物质形式上传承好，更要在心里传承好。①

遵照习近平总书记提出的要求，姑苏区在古城保护方面采取了新的措施，整合保护力量和资源要素，突出保护职能，不断理顺保护区体制机制，强化和优化议事协调机构和运作机制，构建多元古城保护体系。通过成立一个领导小组、挂牌一家保护集团、设立一支保护基金、加强市域一体化建设，不断增强市、区两级保护合力。

同时，姑苏区不断深化大部门制和"区政合一"改革新模式，健全项目工程指挥部等古城保护更新区级领导机构，全面提升名城保护和基层治理能级。组建苏州名城保护集团作为实施古城保护更新的主要平台，按照策划、投资、建设、运营一体化模式，纵深推进古城保护，设立首个跨市区板块联合发起的姑苏古城保护与发展基金，突出反哺古城机制，赋能古城产业高质量发展，先后与工业园区、高新区、相城区、常熟市、吴中区、吴江区签订协同发展合作协议，打造深度融合的协同发展新格局。按照"公益性项目财政保障，经营性项目市场化运作"原则分类建立资金筹措、保障机制，并积极向上争取资金，形成稳定的财政投入机制。

古城的复苏，始于对历史的敬畏。姑苏区创新推出"古城保护伙伴计划"。立足文物建筑的修缮利用，将参与古城保护、文物保护的每个主体都作为"伙伴对象"，构建了"线下"政府主导，鼓励产权人自主保护利用，"线上"促进社会多元参与的文物保护利用新模式。"线下"以民生和公益为主，涵盖绝大多数的文物建筑，坚持民生优先，政府和产权人共同参与，保护修缮文物建筑，保留居住功能，或将文物建筑用于提供公共服务功能。"线上"严格按照规定审批流程，依托苏州市公共资源交易中心搭建展示宣介平台，通过"以用促保"的方式，旨在吸引更多有文化、有情怀，懂文

① 《习近平在江苏考察时强调：在推进中国式现代化中走在前做示范 谱写"强高美高"新江苏现代化建设新篇章》，《人民日报》2023 年 7 月 8 日。

物、懂保护的社会力量参与保护古城、保护文物建筑。

"伙伴计划"让沉睡的老宅睁开眼睛——潘曾玮故居化作非遗体验馆，洪钧祖宅变身金融会客厅，金城新村的青砖黛瓦下，咖啡香与评弹声交织。数字孪生技术为古城编织了一张虚拟的保护网，27个街坊的一砖一瓦都被数字化存档，CIM平台让千年肌理在数据中永生。

深入实施的"古城细胞解剖工程"，将古城的各类传统民居建筑看作构成古城结构的"基本细胞"，以街坊为单元，对建筑主体和环境信息开展古城保护对象专项调查，推进名人名居、古树古井等数字化信息采集和测绘建档，目前已完成27个街坊、5个历史文化街区全要素信息普查，相关工作成功入选江苏省高质量发展案例。打造"CIM＋数字孪生古城"平台，通过对现有二维、三维基础数据进行深度挖掘及加工，形成健全完备的数字化管理体系，建设全区历史建筑"一张图"，为后续历史建筑保护、修缮及利用奠定数据基础。

围绕"城区即景区，旅游即生活"的理念，打造苏式生活典范，形成在长三角具有魅力和影响力的居住区、旅游地。深入挖掘江南文化、吴文化、大运河文化、红色文化，持续举办古胥门元宵灯会、"轧神仙"庙会、吴地端午节庆、石湖串月等民俗文化活动。推进江南小剧场建设，推动评弹、昆曲等地方特色文化进酒店、进景区、进特色街区。持续培育沉浸式昆曲《浮生六记》《拙政问雅》《虎丘奇妙夜》等一批特色文旅产品。振兴苏式传统工艺，做强联合国教科文组织授予的"手工艺与民间艺术之都"品牌，擦亮"苏工苏作"金字招牌，以平江路、临顿路为核心，串联观前街、仓街以及大儒巷等6条特色街巷，构建"两纵多横"苏式生活体验街区。创设文化艺术赋能的特色咖啡店、书店、餐馆、美术馆、博物馆等消费场景，开发双塔市集、竹辉环宇荟、海市山塘、平江金谷里、同德里、同益里等一批体现文旅融合特色的"网红打卡地"。

人民城市人民建，人民城市为人民。

姑苏区作为中心城区，不仅承载了居民的日常生活居住需求，也承载了众多本地居民的精神文化需求。随着城市化进程的推进，姑苏区部分老旧小区的基础设施和居住环境逐渐不能满足市民的需求。为切实解决部分老小区在安全设施、服务设施、公共设施等方面存在的问题，改善居民的生活环境，提升居民幸福指数，姑苏区精心筹措，按计划逐步推进老旧小区改造工程。

近两年，姑苏区已完成158个老旧小区改造项目，涉及房屋1794幢，建筑面积达349万平方米，惠及居民4.4万多户。改造内容不仅涵盖屋面工程、立面工程和楼道工程等建筑本体修缮，还包括市政基础设施、景观环境的完善提升，以及小区入口、监控系统等安防设施提升和电梯加装等。

为确保老旧小区改造工作有序实施，姑苏区在组织保障、资金筹措、意见征集等多个环节积极开展工作，确保各项措施落实到位。2023年初，制定了《姑苏区老旧住区改造提升职责分工和推进机制》，各部门、各街道按照职责分工，各负其责、各司其职、强化协同、整体推进。同时通过改造信息公示、居民代表座谈、改造样品展示、新闻媒体发布等多样化的途径开展改造宣传，同步征集居民意见，让居民知晓、参与并监督。围绕临顿路、金门路等市区关注、群众关心的重点道路，实施城建项目32个，以整治市政基础设施薄弱环节为重点，完善路网结构、提高通行能力。

在仓街深处，一位姓汤的阿姨摩挲着老宅的雕花窗棂，眼中泛起泪光。这里曾是她童年的乐园，斑驳的墙皮下藏着岁月的密码。如今，老宅的修缮保留了原真性，新增的智能家居系统让生活更便捷。"以前觉得老房子是负担，现在成了宝贝。"汤阿姨的话，道出了无数居民的心声。老旧小区改造如同给古城换上新衣，158个小区旧貌换新颜，加装的电梯让银发族也能登高望远，口袋公园的鲜花为街角添上亮色。

提升生态环境，打造宜居城区。城市绿化不仅是城市美观的重要体现，更是提升居民生活质量的关键因素。按照"一街一方案"的工作思路，陆续完成干将路、三香路、馨泓路、银泰路、平海路、虎殿路、十梓街、广济路、金储街等 12 条主次干道绿化和景观提升。姑苏区创新举措高效利用空闲地块，精细化改造辖区"灰空间"，对城区内空闲地块开展覆绿工作，涉及 84 个地块 320 万平方米，在适宜地块播撒百慕大草籽及自衍花卉种子，其中竹辉路等特色花海成为"网红"地块，吸引众多媒体报道。同时启动新一轮空闲地块覆绿，继续对 73 个空闲地块约 124.6 万平方米的地块开展临时覆绿。

根据苏州市 2023 年见缝插绿整体工作部署，全区共计完成 76 个地块约 3.7 万平方米的绿化景观提升工作，打造了一批最美街角。此外，为营造特色鲜明、交通便利的城市休闲景观风貌，姑苏区在完成火车站出入口、新区出入口绿化和景观提升后，对广济路跨线桥、桐香立交桥实施立体绿化，用绚烂缤纷的"空中锦带"扮靓城市道路，新增沿途靓丽风景，被人民日报新浪微博报道"苏州用鲜花装点道路"。

由于古城区保护的需要，工业企业基本上外迁出去，姑苏区成了"文化的中心、经济的空心"。为了推动古城区的经济发展，姑苏区着重在人文经济学上做文章。

老字号既是对传统文化的传承，也是经济社会发展的必需。姑苏区采取各种措施，焕新老字号发展。积极组织老字号企业参加"老字号潮起来"创意推广活动、苏州青匠 BOX 品牌联名征集活动、中国（江苏）老字号博览会、"龙行龘龘十全年味"活动市集、快手直播带货对接会等各类活动，多家老字号积极围绕新平台、新产品、新营销逐步焕新活力。当前，全区共有市级以上老字号 45 家，其中中华老字号 19 家、江苏老字号 42 家、苏州老字号 45 家，位列全市第一。

根据人们生活习惯的改变，姑苏区大力繁荣夜间经济，先后打造"盛世观前街""不夜苏纶场""繁华金阊门""平江午后约""四季平门塘"等夜经济品牌，推出"欢购在古城繁华姑苏 yeah"等夜经济年度活动计划，延伸扩展十全街、平江路等"网红打卡地"及"碧凤坊美食市集""平江状元街一路生花·春闹市集""复悦城外场惠民休闲计划"等夜经济形式。"不夜苏纶场"获评苏州市首批品质夜市称号，观前商圈获评国家级夜间文化和旅游消费集聚区，山塘街、十全街入选江苏省第三批夜间文化和旅游消费集聚区建设单位。

为了持续激发消费活力，姑苏区组织发动区内大型商超结合传统消费旺季和节日节庆，开展"心动姑苏约惠一'夏'""惠满姑苏乐享欢购""龙行大运迎新年""年货大街乐惠集结""祥龙献瑞贺新春""家电年货节""五一欢乐购""端午嗨购，'粽'享好礼""父亲节遇上618"等千余场优惠让利促消费活动，持续用好市级新能源汽车、家电购置补贴和以旧换新政策，加快打造一刻钟便民生活圈，积极推动首店引进量质齐飞，全方位激发消费活力。竹辉环宇荟、金地广场、龙湖胥江天地、仁恒仓街等商业载体相继开业，泰华西楼重装开业，观前商业步行街获评首批"江苏省示范步行街"，古城商业布局持续优化。

依托古建老宅特色资源，招引金昱投资、苏州银行、菩云堂等项目落地，大力推动32号街坊打造"金融街坊"，已活化利用古建老宅27处。依托MO产业地块等优质资源，积极引入秋洋智慧科技、申浪信息等数字经济项目，联东U谷、姑苏智谷产业园落地项目41个，推动了数字经济产业集聚。

秋风送爽丹桂香，千里芳草觅姑苏。

这里是平江街道历史街区社区新时代文明实践站，居民们正在通过参加讲座、体验研学两种方式，深入感悟平江九巷的历史文化和人文风俗。

讲座中，主讲人曾北海别出心裁，从"吴""鱼""胥""瞭"这四个与苏州城起源和发展息息相关的字入手，引出太伯、仲雍退位让贤，建立吴国等历史渊源。此后伍子胥象天法地、相土尝水，为苏州做出最早的城市规划，其所奠定的水陆"双棋盘"格局，历经千年至今沿用……

经过一番讲解，居民对典籍中的平江心向往之。接着，曾北海带领大家共游平江九巷。一条条街巷、一座座古建、一个个故事，曾北海用细致的讲解，将平江路沿岸历史人文典故串联成串，用讲故事的形式娓娓道来，现场的居民连连赞叹。

　　这里的居民感慨道，我们从小在平江路这一片长大，那些老房子我都熟悉，但背后的故事我还是头一回听到，这一天下来大有收获！

　　历史的长河或许过于遥远，近在眼前的记忆也更能引发大家的感慨。最后，居民们来到城建博物馆。在这里，通过各种模型、图片、视频等媒介，大家在短短几分钟内穿越千年历史，见证了苏州城古今变革。那些曾经承载一代代人青春记忆又消失在历史中的厂房、住宅等，通过展览的方式又重现眼前，居民们仿佛回到了青春岁月，纷纷回忆起从前的时光，以亲身经历体会古城保护与更新的精细微妙之处。

　　像这样的文明实践活动，近几年在姑苏区遍地开花。全区广泛组织新时代文明实践志愿者、文明单位共同参与"共建洁净家园共创美丽姑苏"全民大扫除行动，让更多人加入"共建共治共享"中来。承接江苏省"新生活·新风尚·新年画"创作展示活动暨"在苏州过'酥'年"新时代文明实践主题活动。常态化实施"光明影院"无障碍观影项目，推动辖区电影院成为苏州市级固定放映点，面向全社会视障人士开展公益放映。广泛开展"心阅姑苏""文明姑苏幸福夜""古城文明里"等特色品牌项目，通过"线上＋线下"常态化活动，以文明实践助力辖区社会全年龄群体共享文化权益和精神文明建设成果，累计惠及群众 26 万余人次。

　　聚焦社会文明程度提升目标，因地制宜推动文明城市建设与古城保护、文化传承、保障公共安全等区委区政府中心工作紧密相结合。围绕平江路、十全街等著名街区，聚焦辖区内各类群众文化地标，以文明旅游、文明交通、公共安全等为切入点，有序打造更多彰显古城品质的主题小公园、文明景观小品等元素。同时在公益广告的方式载体、内容形式上进一步拓宽思路、推陈出新，不断提升公益宣传品质。以居民需求为导向，围绕促进邻里和谐、涵养健康生活、加强文明行为培育引导等方面推进文明小区建设、文明楼道建设、文明菜场建设等"文明细胞工程"，在做好基础设施维护、规范经营秩序、提升整体环境等工作的基础上，融入更多新时代文明实践服务内容。注重运用各级各类文明单位动态管理结果，争创新一届全国文明单位、省级文明单位等荣誉。

创新开展各类群众性精神文明建设工作项目，全方位提升群众对文明城市建设的参与度与满意度，让更多居民自发成为扮靓文明古城的"主角"。持续擦亮"尚德"姑苏品牌，多途径开展好人专场活动，通过新闻报道、声音故事等形式，宣传身边好人好事，进一步做实做强好人好事的宣传矩阵和日常礼遇。结合"文明实践姑苏行"外宣品牌整体提升工作，聚焦未成年人思想道德建设，持续做优新时代苏州好少年学习宣传，深化"稚爱古城"系列活动内涵，健全青少年理想信念齐抓共管机制。同时高度重视实践中心、分中心、所、站、点五级阵地运行发展，提升新时代文明实践数字化平台运用成效，拓展服务内容，丰富阵地内涵，打造特色品牌，重点扶持"心阅姑苏""稚爱古城""新书院"等新时代文明实践重点项目。

如今，漫步在姑苏的古街古巷，青石板路在脚下延伸，仿佛能听见历史的回声。那斑驳的墙壁，见证了岁月的变迁；那精致的雕花门窗，诉说着往昔的繁华。

在桃花坞美术馆，当代艺术与吴门画派对话；在32号金融街坊，青砖黛瓦间跳动着数字经济的脉搏。姑苏人用智慧将"文化的中心"转化为"经济的磁场"，45家老字号在创新中焕发青春，首店经济与数字产业交相辉映。当晨光洒在北寺塔的飞檐上，这座古城的每个细胞都在焕发新生。

今日之姑苏正焕发出新的活力与魅力。现代化的高楼大厦拔地而起，与古老的建筑相得益彰。科技产业蓬勃发展，创新的力量在这里涌动。姑苏的文化产业也日益繁荣，各种艺术展览、演出活动精彩纷呈，为这座城市注入了新的文化内涵。

在这里，人们可以感受到传统与现代的完美融合，领略到姑苏新韵的独特魅力。

站在阊门城头，看大运河水奔涌向前。姑苏的复苏不是推倒重来的重建，而是一场与历史的对话。在这里，传统与现代如同苏州园林的移步换景，每一处转折都藏着惊喜。始建于公元前 514 年的姑苏，正以一种温柔而坚定的姿态，在时光长河中续写新的篇章。

相城之相

相城，其名源于古代。公元前 514 年，吴王阖闾命令大臣伍子胥筑造大城，为选城址，曾派人来此"相土尝水"，因"城下湿乃止"。故而，相城区沿用了古称。

相城区文化底蕴深厚，不仅是吴文化的一脉，而且是苏州文化的重要组成部分，尤以民间工艺最为发达，拥有"相城十绝"：

御窑金砖，又称大方砖，是专为皇宫烧制的细料方砖，颗粒细腻，质地密实，敲之作金石之声，称"金砖"。金砖御窑现在位于苏州市相城区陆慕御窑村，御窑村原名余窑村，陆慕附近许多村庄都以烧窑而命名，如砖场、北窑、南窑、乌窑里、俞窑、御窑头等。由于陆慕的黄泥适宜制坯成砖，且做工考究、烧制有方、技艺独特，所产金砖细腻坚硬，有"敲之有声，断之无孔"之美誉。古老的金砖烧制工艺极为复杂，要经过选泥、练泥、制坯、装窑、烘干、焙烧、窨水、出窑八道工序。御窑金砖是我国窑砖烧制业中的一朵奇葩，明清以来受到历代帝王的青睐，成为皇宫建筑的专用产品。北京故宫的太和殿、中和殿、保和殿以及十三陵之一的定陵内的地面均为御窑所产方砖铺墁而成，这些大方砖上尚有明永乐、正德，清乾隆等年号和"苏州府督造"等印章字样。

元和缂丝，又名"刻丝""尅丝"，意思是用刀刻过的丝绸。缂丝是苏州传统工艺一绝，发端于汉代，从唐人的日用包到明代的皇帝龙袍，缂丝可以说是源远流长，历史悠久。缂丝与宋锦一样属于织锦工艺品，它的强度超过所有刺绣品类。它的成品没有底料和图案的分割，整幅作品浑然天成。它织法独特，以生丝做经线，各色熟丝作纬线，用"通经断纬"的技法织成。古人形容缂丝"承空观之如雕缕之像"，因其精湛技艺毋庸置疑成了丝绸品中的佼佼者。在清代为皇家所垄断，古人尊它为"一寸缂丝一寸金"。到明清时期，苏州缂丝达到顶峰，其间元和的缂丝工艺水平独步全国。而苏州缂丝又以元和街道西的张花村最为出众。张花村时称"缂丝村"，家家有织机，技艺代代相传，元和地区自宋代起至晚清，缂丝传人代代不断，名匠辈出。

陆慕泥盆，一种盛放蟋蟀的器皿，制作和使用始于南宋，盛于元明。明宣宗朱瞻基喜爱逗蟋蟀，下诏命苏州知府进贡，于是苏州刮起了捉蟋蟀风，蟋蟀盆便盛产于苏州。当时在苏州一带流传这样一首歌谣：御窑袁氏堂，艺术流传长，事事求和谐，避邪又吉祥。苏州蟋蟀盆以陆慕为最，精选河底泥料，精心制坯，烧出的蟋蟀盆有乌、黄、白、青等色，图案有龙凤、鸟兽、花卉、山水和人物等。

渭塘珍珠，为淡水珍珠。渭塘镇水网交错，水质清澈，养蚌育珠是渭塘人的传统产业。1965 年，原吴县太湖水产研究所人工培育珍珠获得成功，并在渭塘大面积推广，从此，渭塘镇被誉为淡水珍珠发源地。"天下珍珠渭塘先，渭塘珍珠甲天下"。珍珠经营大户与珠宝工艺专业机构合作，整合民间技艺，提高工艺水平，经营品种从单一的散珠发展到珍珠饰品、珍珠工艺品、珍珠保健品等多个系列。花样繁多的珍珠项链、耳钉、挂件、手链、胸针、戒指等饰品琳琅满目，使人目不暇接。1984 年，当地建成全国最早的珍珠贸易市场何家湾珍珠市场，1995 年变身为"中国珍珠城"。来自印度、日本、中国香港等国家和地区以及全国各地的珠宝客商都常驻渭塘设点收购珍珠，车水马龙，川流不息。

相城琴弓，为小提琴的关键部件。20 世纪 70 年代，相城一农具厂的技术人员刻苦攻关，制作出第一把琴弓，其后日积月累，不断发展，成立了强生公司和声达公司，其制作的琴弓，取材于昂贵的巴西木和苏木，从一块原木到成品经过 50 多道工序，达到音乐层次丰富和韵律灵动的效果，成为世界最大规模的琴弓生产企业，每年产量都在 15 万支左右，98% 以上都销往国外，占据世界近 8 成的市场，打破了韩国和德国在这一行业上的垄断。

苏派砖雕是南方地区砖雕艺术的典型代表之一。明代时，苏派砖雕较为朴素简洁。清朝时特别是康乾以后有很大发展和提高，形成了自己精细典雅的装饰风格，被誉为"南方之秀"。苏州的砖雕门楼字碑大多是名人题字，精美的书法和典雅的砖雕相得益彰，使苏州砖雕更添了几分浓厚的书卷气。随着现代人审美趣味向古老艺术回归，门楼砖雕重又为人们所钟爱，许多现代建筑和居民宅第也喜欢饰以门楼嵌以砖雕。

太平船模，是仿制各种船只的模型，由相城区太平街道的徐海林在 20 世纪 90 年代开始研制。去嘉兴看红船，去太湖看帆船……从仿制农船、渔船、渡船到传统画舫，徐海林的船模一艘比一艘精致。与其他船模不同，徐海林的船模并不是用胶水黏在一起，而是用榫头和钉子来加固的，镂花雕刻、船帆能收能放、窗户可开可关，放入水中后，除了体型小之外，和真船并无差别。在海林船模陈列室里，有历史上明确记载的郑和宝船、春秋战船、新安古船、鉴真船，还有曾经在江南水乡流行数千年的蚬山船、苏州杂货船、喜庆塘船、摆渡船、乌篷船。徐海林制作成型的船模有 50 多艘，很多作品被有关机构收藏，其中仿真船模"郑和宝船"摘得中国民间艺术品最高奖——"山花奖"。

黄桥铜器，是由相城区黄桥街道华宇精密铸造有限公司生产的仿古青铜器，约有上千种产品，如青铜铭牌、青铜人像、法器、大钟、云板、香炉、宝鼎等仿古青铜器，包括 24 枚双音编钟、西周中期的大克鼎、商后期的四羊方尊、西周早期的伯方扁足鼎、世纪宝鼎等，其花纹清晰细腻，表面处理效果极佳。产品将近一半出口，尤其受到日本客商的青睐。

水乡草编，是由渭塘媳妇吴招妹开发的一种草编工艺品，从蔺草浸泡、编织、拼接到缝制、上漆、打蜡、"开面"，前后累计数十道工序，制作过程相当复杂。吴招妹草编的蜻蜓、蚱蜢、龙、老鼠等动物活灵活现，煞是可爱，在第14届澳门艺术节上，她编制的300多只"草娃娃"被游客抢购一空，有国外游客送给吴招妹一个雅号"水乡芭比"。

阳澄渔歌，是江南水乡民歌民谣——吴歌中的一种，流传于阳澄湖地区和相城一带，以其清新的风格、委婉的曲调和吴侬软语的声腔形成了鲜明的地方特色。它细腻、含蓄、缠绵、清新、拙朴，表达着民众的愿望和情感。远听好似银铃声，近听胜过凤凰鸣，被人们称为"天籁之音"。

"相城十绝"，绵绵不绝。它如群星璀璨，熠熠生辉，正焕发出更加炫目的光彩。

新世纪第一年，苏州市按照国务院批准的《苏州城市总体规划》，将原吴县市撤市分设吴中区和相城区。

相城区位于太湖与阳澄湖之间，这里物产富饶，风光宜人，全区遍布河港湖荡，以盛产清水大闸蟹而闻名的阳澄湖有70%的水面在相城，漕湖、珍珠湖、盛泽湖，大大小小湖泊有几十个，全区范围内三分之一是水。

所以有人说：苏州是世界的水城，相城是苏州的水乡。

那时的相城，在490平方千米的土地上，密集分布着大片的农田和散居的村落，总体的发展基础非常薄弱。最靠近苏州主城区的陆慕、黄桥两镇也只是初具城镇形态，仅有一条齐门北大街与市区连通。虽为城区，但给外界的印象是"镶嵌在城市边上的一块土地"，一度被戏称为苏州的"北大荒"。

对于当时"一穷二白"的相城来说，最迫切的两大中心任务就是加快推进城市更新、全面谋求工业立区。

区里首先把靠近苏州主城区的元和镇作为相城的中心城区进行培育，推动城区面貌"筑成底盘、快出形象"，并带动全区各乡镇加快推进小城镇建设。

同时，通过建设标准化的工业集聚区来引进企业，包括2001年黄埭、东桥两镇建立的全区首个工业园——潘阳工业园。之后又分别建设了澄阳工业园、漕湖产业园，秉持"工业为王"的理念奋起直追，开始面向国内外大规模招商引资，出现了一批发展至今的龙头企业，并沿着苏州绕城高速初步形成了一条工业轴带。

但总体上而言，除了几个大型工业区成为主要的产业集聚承载空间外，全区还是以加工企业为主体，产业布局仍然分散，经济发展仍然没有驶上快车道。

机遇从不会主动敲门，但它总会留下一扇窗户。

历史性的转折出现在了建区十年后。2011年6月30日，京沪高铁正式通车。机遇就像闪电，只有敢于迎接它才能抓住它。相城区委区政府很快提出建设苏州高铁新城，成为苏州城市副中心之一。

2012年1月，苏州高铁新城管委会正式挂牌。那时的苏州北站周边还是一片水网农田，在苏州市委、市政府的大力支持下，市属国有企业等单位率先拿地，打造了高铁新城最早的"天际线"形态，以国发大厦、港口大厦为代表的8大项目集中开工，并于2016年陆续投入使用，为高铁新城早期城市建设和产业发展奠定了基础。2016年前后，苏州市第二图书馆、苏州市第二工人文化宫等市级公共设施开始在相城布局。之后，地铁2号线、4号线等城市交通配套陆续投入运营，由苏州中环北线、G524、S228等构成的快速路网体系不断织密，全区城市化建设持续提速。

党的十九大以后，全区深入落实新发展理念，聚力推动新旧动能转换，大力淘汰14000家"散乱污"企业，腾出13000多亩土地空间，率先抢抓数字经济的发展风口，布局数字金融、智能车联网等新兴产业赛道，力求

通过空间重塑、换道超车，实现后发崛起。

近几年来，相城坚持"工业强基"和"数字赋能"双轮驱动：突出产业转型升级这一"关键支撑"，聚力打造"3＋3＋X"产业体系，即做强做优智能车联网、智能建造、先进材料3大主导产业，发展壮大高端装备、新一代电子信息、新能源3个重点产业，以及低空经济、数据产业、在线新经济等未来产业集群。

在此过程中，突出强化科技创新这一"战略牵引"，围绕苏州实验室相城园区、全国首个先进技术成果区域转化中心、全国高校区域技术转移转化中心、长三角先进材料研究院等高能级创新平台，瞄准科技成果转移转化这条赛道，推动更多科研成果从"实验室"走向"生产线"。

随着通苏嘉甬高铁开工建设，京沪高铁和沿江高铁这两条经济大通道将在苏州北站实现唯一交汇，加上苏湖、苏锡常两条城际铁路，相城区域内将共同构成"双十字"枢纽。目前，苏州北站枢纽配套工程已经启动建设，总投资规模将达485亿元，这将是苏州历史上投资体量最大的工程，设计规模10台24线，预计2027年底建成投用。

鸟瞰相城

这又是给相城的一次历史性机遇。

抓住它！相城区快速行动起来，系统推进北站周边 TOD 综合开发，规划布局和启动建设长三角数字金融城、苏州国际会展中心等载体，争取把更多"高铁流量"转化为"发展留量"，打造苏州新的门户地标。

在抓大建设、大项目的同时，相城区依托历史文化底蕴深厚、生态环境优美的优势，大力发展文化产业，打造人文经济的"相城样本"——元和塘文化产业园区。

该园区规划面积 23.3 平方千米，于 2017 年开始建设。近 8 年来，这里已形成了"一带、一轴、四片区"空间格局：

文化旅游产业带。依托元和塘水系，充分利用文化资源和环境优势，开发活力岛、小外滩、元和塘御窑文化遗址、苏州国际会展中心等现代化滨水文化旅游项目，将相城传统文化元素导入各个项目建设中，形成一体化、特色化的文旅产业体系。

文化创新发展轴。以南天成路为轴线，发挥苏州高铁北站的区位优势和枢纽作用，架起沟通元和塘文化产业园区和上海虹桥的产业协同发展桥梁，实现文化和科技、传统和现代的深度融合，打造集聚影视动漫、游戏电竞、网络文化等业态的文化创新发展轴。

文化业态产业片区。有太平数字出版片区、蠡口家居设计片区、活力岛影音艺术片区和青苔国际工业设计片区，发展优势互补、各成体系的文化产业细分业态。

在"一带一轴四片区"的格局下，元和塘文化产业园区围绕影视动漫、游戏电竞等文化产业重点细分领域，打造了10个极具特色的"园中园"产业载体。活力岛影音艺术产业园、元和塘直播电商产业园、元和塘数字内容服务产业园等7个园区已建成，蠡口家居设计产业园、中日文创体验园等3个园区正在规划建设当中。其中，较具代表性的苏州影视动漫产业园已集聚影视动漫企业超130家，累计参与制作200余部优秀影视作品，动漫制作能力排名全国前三；苏州高铁新城电竞产业园在游戏厂商、电竞配套设备服务商、电竞教育培训等产业链关键环节布局，引进虚幻竞技等优质电竞企业；苏州阳澄湖数字文创园以数字出版行业为主导，集聚中纸在线等具有代表性的文化企业；元和塘数字内容服务产业园以总部经济为主要招引方向，正在对接养元记等一批大型产业项目，通过产业合作和资源共享，构建独立又相互关联的产业生态。

元和塘文化产业园区始终坚持以文化产业重大项目建设为抓手，打造产业特色鲜明、文化氛围浓厚的文化地标，知名度和影响力不断提升。截至2022年第三季度，园区在谈在建项目66个，总投资额112.23亿元。其中，2021年以来新增项目37个，投资额83.98亿元。活力岛城市副中心工程、斜杠广场直播电商基地等项目已建成投用，元和塘科技文化研发社区、青苔国际工业设计村、高铁之心等项目列入江苏省"十四五"时期文化及相关产业重点项目。园区连续举办英雄联盟LPL全国联赛等品牌活动，积极参与苏州创博会、澳门文博会等行业展会，提升园区品牌效能。

目前，区内文化企业近2000家，规模以上文化企业达59家，年营业收入 5 千万以上文化企业达到 32 家，高新技术文化企业 22 家，科创板上市文化企业 1 家，新三板挂牌文化企业 2 家，国家认定动漫企业 2 家。园区文化产业实现营收 350 亿元，年增长 25%，完成税收超 4 亿元，同比增长 25%。

无论是人文经济还是文化产业，其核心是人。为此，相城区始终着眼于"人"的建设，打造"相"约系列实践活动，持续延伸文明实践服务触角：

"相"约六点半，培育文明实践"服务种子"。为提升文明实践志愿服务精准化、便利化、专业化水平，丰富居民的业余生活，提升精神文明素养，增强居民的幸福感和归属感，围绕"文明相城幸福夜"，相城区新时代文明实践中心推出"'相'约六点半"新时代文明实践系列活动，采用小班化、周期化课程教学，确保课堂质量、提升课程体验，授课内容涵盖文化、健体、非遗等多个领域。课程时间从周三至周五延伸到周末、节假日，让上班族也有时间参与。同时，中心倾听各地需求，整合资源，优化服务，将"学讲'苏州闲话'"、八段锦、非遗体验课等"相"约六点半新时代文明实践系列活动送入实践所，让各地夜间文明实践活动更加丰富多彩，形成了上下联动、齐抓共管的良好局面。

"相"约自习室，发挥文明实践"阵地优势"。为满足辖区居民多元化的学习需要，营造高效、便捷且氛围良好的学习环境，按照"立足需求、精准服务、阵地受托"的原则，相城区新时代文明实践中心积极整合与优化区域内公共资源配置，在暑期打造"相"约自习室项目，推出 72 处"相"约自习室，共计 1382 个座位。自习室配置了空调与饮用水，部分点位还增设了 WiFi 接入和图书借阅服务。精准设置点位，完善设施设备，让居民在享受清凉的同时，拓展知识边界，提升文明素养。

"相"约新市集，汇聚文明实践"志愿力量"。为进一步聚焦群众所思所想所盼，紧扣文明实践"服务常年""活动常态""内容常新"定位，推动新时代文明实践工作持续走深走实，实现"群众在哪里，文明实践就延伸到哪里"。相城区在全区常态化举办"'相'约新市集"新时代文明实践主题活动，全区共举办"相"约新市集 30 余场，涵盖文明实践志愿者招募、文明养犬、文明交通、移风易俗、全民阅读、便民服务等多个固定特色摊位，让志愿服务渠道更加通畅、活动更加常态、服务更加精准、形式更加多样，把志愿精神融入百姓生活、带动文明实践蔚然成风。

"相"约大舞台，奏响文明实践"动听乐章"。为进一步提升居民的幸福感和满意度，丰富群众的文化生活，促进各板块文化活动交流和互鉴，相城区紧紧围绕"文化强区"的战略定位，将"送戏下乡"惠民演出与文艺创作、理论宣讲深度融合，推出"文明苏州美在相城——'相'约大舞台送戏惠民生"系列活动。来自全区各乡镇、街道的多个原创文艺作品同台竞技、各展风采，经评委现场打分评选出优秀作品，进而汇聚各类优秀文艺节目，持续推出"'相'约大舞台送戏惠民生"文艺作品巡演活动，切实将活动办到百姓身边、将文化送到群众心里，让"相约大舞台"成为群众放下筷子就想去的地方。

其实，相城区还有一个"永远的相约"，那就是：相约大运河。

大运河是人类宝贵的文化遗产，也是苏州历史文化的重要组成部分。其中大运河望亭段北起望虞河、南至浒墅关镇，全长约 6.5 千米，距今已有 2500 多年，是京杭大运河"最早的一段河道"，也是京杭大运河进入苏州的"第一门户"。

建设好望亭镇大运河文化带，既是相城区参与国家大运河文化保护传承和利用的重大文化工程，是塑造运河文化"相城印象"的重要着力点和展示点，也是打造相城区文化遗产保护传承利用示范样本的重要支撑点，对于推进相城区全域文旅产业发展具有重要意义。

为此，相城区高度重视大运河文化带建设，启动了"吴门望亭"项目建设。

该项目总投资 7.18 亿元，包含 14 个子项目。目前，望亭在京杭大运河西南侧已建成总占地面积约 19.8 万平方米、景观面积 17.5 万平方米的运河公园，沿运河布展约 1.6 千米。运河公园历史文化街区初具规模，望亭驿、望运阁、千年望亭、长洲吴门牌楼、皇碑亭等为核心的系列历史文化建筑风貌焕然一新，与运河东望亭现代工业建筑和码头风貌形成差异化的视觉景象，较为充分地反映了该镇独特的历史发展脉络。"大运河"文体馆、望亭地质馆和运河灯光秀，形成对大运河文化建设的重要补充。沙墩港、观鸡桥港、牡丹港、仁巷港、南河港等水系遗存，望虞河畔月城遗址、螺蛳墩、皇亭碑、沈宅、迎湖寺等古址遗存，崧泽文化时期、新石器时代等各时期的出土文物以及大量的非遗物质文化遗存遗址；连片的 15000 亩北太湖旅游度假区等农耕文化载体齐全。望亭运河公园已获评苏州"运河十景"、江苏"运河百景"标志性运河文旅胜景。

与此同时，"吴门望亭"项目重点打造望亭古镇的历史文化馆、苏州图书馆望亭分馆、望亭地质馆、稻香文化展示馆，营造富有望亭地方特色的乡土文化；打造运河河畔的江南小剧场，自编自演的"印象·望亭"大型情景剧成为望亭一张特色文化名片；"稻香文化""集市文化""农家文化""法治文化""文创文化"初步彰显，形成了具有一定规模、层次、影响力的运河文化产业。以大运河为主题，设计系列文化创意产品，建设高、中档和经济型酒店，开设的稻香小镇游、农家乐、蔬果采摘游、休闲度假游等新兴文旅业态日益兴旺。

大运河，这条流淌千年的古老水道，在当今依然散发着独特的魅力。

作为大运河苏州段的第一门户，"吴门望亭"正在守望过去，展望未来，既忠于历史而又与时俱进，既扎根望亭而又面向苏州乃至长三角，成为兼具开放性与持久性的"活"着的文化"守门人"。

吴中之中

吴中区名副其实。它位于苏州的地理中心，北与苏州古城、工业园区、高新区接壤，南临吴江区，东接昆山市，西衔太湖。

该区不仅地理位置处于苏州的中心地区，而且也是吴文化的发源地和核心区之一。东山镇三山岛发现的旧石器时代人类文化遗址，把长三角腹地人类居住史推进到一万年前。甪直镇张陵山出土的精美良渚玉器、澄湖遗址出土的黑皮贯耳壶上的良渚刻画符号，证明早在四五千年前的良渚文化时期，吴中地区已拥有高度发达的文化。春秋后期，吴中区境内出现具有都邑性质的大型城址"木渎古城"，总面积约 24.79 平方千米，是目前所知的我国春秋时期最大城址，分别被国家文物局和中国社会科学院列为"2010 年度中国十大考古新发现"和"2010 年中国考古六大新发现"。

从古到今，吴中区素享"风土清嘉、人文彬蔚"之誉。文坛艺殿上，文士如林，大师辈出。南朝顾野王，唐朝陆龟蒙，宋代范仲淹、范成大，明代王鏊、蔡羽，清代沈德潜、冯桂芬、王韬，现代新文化运动先驱叶圣陶、著名诗人袁水拍、作家和研究家陆澹庵、小说家严庆澍，当代作家范小青、叶弥，或出生于此，或居住于此，都是世人瞩目的文坛佼佼者。2018 年，吴中区被中国作协中华文学基金会授予中国"文学之乡"称号。

澄湖遗址出土的带刻画
符号的黑衣陶贯耳罐

吴中还走出了唐代塑圣杨惠之、宋代泥塑家袁遇昌，明代香山帮泰斗
蒯祥、画家陈淳，清代宫廷画家张宗苍，民国建筑大师姚承祖，当代中国
工艺美术大师蒋雪英、钟锦德，中国民间文艺最高奖"山花奖"得主姚建
萍、蔡云娣、宋水官、孙林泉、陆小琴、马洪伟、许忠英、钱建春、施冬
妹等名家。

天下工艺看苏州，苏作精华在吴中。全国工艺美术 11 大类中吴中区拥
有 10 个大类、3000 个品种，主要品种如刺绣、缂丝、玉雕、核雕、红木雕
刻、苏扇、佛雕、砖雕、砚雕、石雕、泥塑等。全区民间工艺美术作品 14
次获山花奖，位列全国各区县之首。2018 年，吴中区被中国民间文艺家协
会授予"中国民间文艺之乡"称号。

如何把传统民间工艺传承好？如何培育和弘扬工匠精神？如何把民间
工艺转化为现实生产力？

吴中区策划开展了"百匠系列活动"。历经"百匠赋能""百匠赋新"
"匠艺焕新"的更迭发展，逐步发展成为传播非遗文化和苏作技艺的平台、
中青年手艺人学习展示的秀场、城与城交流互鉴的桥梁。

2019 年，吴中百匠首次走入上海，在上海浦东机场设立"指尖上的吴
中"苏作体验中心，通过场景营造、实物展示、视频宣推、多媒体互动、

网上观展等途径，让苏工苏作走出苏州、走向大众。展期内共举办 10 场专题活动，共吸引 3 万余人次参与交流互动，发放相关资料 6000 余份，接待旅客咨询 1 万余人次。

同年，第四届澳门国际文化艺术品博览会，吴中工艺大师携苏工苏作亮相澳门国际文化艺术品暨非遗展，共同打造展现吴中百匠风采、传播吴中文化、展示苏工苏作、体验苏式生活的综合性文化体验空间。

2021 年，吴中百匠走进千年古都西安，通过大师展演活动，展现一件件精美作品背后凝聚着匠心的制作工艺，诠释了蕴藏在针线之间、梭织之中、刀刻之下的工匠精神。同时，开展苏绣、核雕、缂丝等体验活动，让参与者零距离体验苏工苏作的精湛技艺，增强观展人员的互动感和体验感。

2022 年，"百匠中国行"走进"创新活力之城"——杭州，传播苏工苏作，进行互学互鉴，探索传统文化创新和产业化发展路径。

同年，在吴中本土举办"吴中百匠苏作赋新"苏作文创设计大赛，围绕"匠心献礼二十大""创新苏式生活美学"等主题，共征集作品 380 余件，并从创新性、市场性、实用性、工艺性出发，评选获奖作品 11 件。举办苏作新品发布会，瞄准现代化、时尚化、市场化需求，吴中百匠不断探索打造走进市场、贴近生活、兼具文化价值和社会价值的文创衍生品，持续丰富苏工苏作内涵。

2023 年，吴中百匠走进首都北京，设立吴中百匠苏工手作体验基地，成立南北文化使者联盟，并与西单大悦城线上平台达成战略合作，促成交易额 63.8 万元，推动了南北两地文化交织、碰撞、跨界与共享。同年，吴中百匠走进苏州本色美术馆市集、嘉兴濮院时尚古镇，打造"吴中百匠匠 in 生活"市集、"2023 百匠中国行之遇见宋潮"市集等 6 场市集活动，依托苏州、嘉兴两地知名市集的品牌号召力，实现销售额约 256.8 万元。

2024 年，"百匠中国行"行至深圳，旨在展示传统与当代、技艺与表达、美学与生活之间的碰撞之美。展厅设立了有"木"、读"丝"、"玉"

见、"扇"雅、Wu's 五大主题展区，展出核雕、木雕、苏绣、缂丝、花罗、玉雕、苏扇等苏工匠作百余件，既有大师作品的艺术背书，又有新生代的设计创新，为大众展示新时代吴中文化人才传承有序的精神风貌，展现当代苏式艺术美学与人文精神的深度融合。同时在深圳保利大剧院同步开设苏式家具主题展，现场以展出苏式家具为主，充分展现"精、巧、简、雅"的风格特征，巧妙融合古典与现代之美，打造情景式苏式生活空间。

百匠中国行，一城一程，以踏石留印的稳健步伐，不断开启文化交流互鉴新天地。

在传承弘扬传统民间工艺的同时，吴中区立足于得天独厚的区位优势和资源条件，把发展文化产业摆在战略性、全局性位置，加快培育文化产业领域新质生产力，全区文化产业规模不断扩大、质效持续提升。

2023 年 7 月 19 日晚，苏州太湖国际电竞馆人声鼎沸。王者荣耀职业联赛夏季赛第二轮一场 A 组的榜首大战如约而至，快手苏州 KSG 战队主场迎战佛山 DRG。

近年来，电子竞技成为数字经济中蓬勃发展的新兴力量，据《2022 年中国电子竞技产业报告》显示，2022 年我国电竞用户规模约 4.88 亿人，电竞产业收入为 1445.03 亿元。自 2022 年下半年以来，电竞行业开始复苏，吸引了越来越多年轻人的目光。而随着第 19 届杭州亚运会进入开幕倒计时，与电竞相关的赛事、活动等热度不断攀升，可以说"电竞入亚"正掀起新一轮"风口"。

吴中电竞产业园以电竞赛事为纽带，串联产业上下游，凝聚了以游戏开发、俱乐部运营、数字消费、内容制作、解说直播、装备产品为核心的完整电竞生态链。随着快手电竞总部、QQ 文化院等龙头电竞企业相继落户，以 YGG 中国、麦片科技、五竹科技为代表的游戏高新技术企业，以虚幻竞技、蓝红红文化、玖竞文化为代表的内容制作公司，以竞麦文化、德米文化、千风娱乐为代表的解说直播公司，以 eSpace 科技、德玛互娱、猫维斯科技为代表的电竞装备公司，还有以 KSG 电竞俱乐部、ARIES 电竞俱乐部、狩猎电竞俱乐部、Fate 电竞俱乐部为代表的国际国内电竞知名战队纷至吴中。目前园区内集聚企业 65 家，2023 年实现产值 8.5 亿元。

与电竞产业园一起打造的还有苏州数智影视文化产业园和苏豪文化科技创意园。数智影视文化产业园围绕"数字苏州"和"江南文化"两大集群，充分发挥苏州广电传媒集团（总台）全媒体内容生产优势、技术优势、产业优势、人才优势，以"1、2、3、4、5＋N"为工作思路，以数字科技赋能文化发展，以核心项目促进消费转化，探索传统商业项目产业化转型升级道路，探寻新闻广电系统存量资产转型发展路径，并努力通过产业园优质文商旅业态促进园区所在地的文化产业高质量转型发展。苏州苏豪文化科技创意园主要引进文创类、艺术类、科技类等企业，汇集数字文化、非遗传承、文创传媒、现代美术、丝绸文化、教育培训及生物科技等元素，形成了文化科技产业的综合效应。目前园内入驻企业 62 家，其中文化企业 38 家，包括盛风苏扇馆、蔡霞明缂丝馆、长川美术馆、手造时代文创馆、鸿成丝绸馆、飞马良子动漫馆、舞之动画股份、钟苑核雕艺术馆和雅思堂等文化企业。

近几年来，吴中区提出构建"1＋4"文化产业体系，即以数字内容为引领，以创意设计、工艺美术、文化旅游、文化制造为基石，实施文化资源盘活转化工程、文化企业引培创优工程、文化平台激活提升工程、文化人才招才引智工程、文化品牌塑造传播工程五大重点工程，落实"制定一份产业规划、汇聚一群专业人员、成立一个运营公司、建设一批产业载体、完善一套政策体系、确保一支产业基金、引进一流大院大所、举办一众重磅峰会"八大重点任务，大力推动"三区一城"四大板块差异化竞合发展，把吴中区打造成为高质量文化产业示范区、数字文化创新发展先行区、文旅产业融合发展样板区。

经过多年的培育与发展，全区规上文化企业数量由 73 家增长至当前

116 家；年度总营收由不到 100 亿元增长至当前 223.6 亿元，涨幅超200%，文化产业增加值占 GDP 比重由 4.56% 逐步增长至 5%，接近省市平均水平；文化核心领域营收占文化产业总营收的比重从不到 10% 增长到目前的 23%，产业结构持续优化。

文化兴区，经济强区。

进入新时代，吴中区深入实施"产业强区、创新引领"发展战略，吴中大地产业大旗漫卷、创新热潮涌动，以"一号"吹响了新时代的"集结号"：

——及时制定"一号战略"。苏州市委、市政府赋予太湖新城"苏州数字经济发展的核心承载区"和"打造苏州未来城市新中心"的目标定位。吴中区积极行动起来，以更大力度推动太湖新城"一号战略"走深走实，以更实举措推进总部型、龙头型项目招引落地，集聚江苏汇川技术有限公司、江苏迈信林航空科技股份有限公司等行业领军企业，引进亿景智联、数坤科技等总部项目。举办数字经济产业专场推介会，招引优质产业项目备案投资额近 33 亿元。深度链接哈工大苏州研究院、中国信息通信研究院、赛迪研究院等大院大所，推动载体平台前瞻布局，吴中太湖新城·数字经济创新港获评省级中小企业特色产业集群。优化城市空间形态，谋划启动君益路—天鹅荡路、横泾片区产业更新，积极探索"数据得地""工业上楼"等方式，为优质企业集聚发展提供用地保障。

——积极落实"一号任务"。苏州市委、市政府提出高标准建设"太湖生态岛"，支持苏州建设太湖生态岛纳入省、市"十四五"规划纲要。吴中区将太湖生态岛建设作为"一号任务"加快推进。强化山水林田湖草系统治理，加快实施污水处理厂网一体化、环岛湿地带二期、水映长滩鱼鸟栖息地、幸福河湖等 24 项年度重点项目。积极探索生态损害赔偿基地、生态岛巡回法庭等制度创新，深化与百度智车、中软国际、新石器无人车等智能网联汽车企业的合作，引育更多创新型、科技型产业，聚力农文体旅深度融合，打通生态产品价值实现路径，加快将太湖生态岛建设成为全球可持续发展生态岛的"中国样本"和世界级环湖旅游目的地。

——大力推进"一号工程"。苏州市委、市政府决定设立"苏州市独墅湖开放创新协同发展示范区"，面积222平方千米，其中26平方千米作为协同发展核心区，全部在吴中区。为此，吴中区多点发力助推"一号工程"。对标苏州工业园区，深化甪直新区城市设计、协同区控规调整，完成社会事业专项规划、市政专项综合规划，加速推进甪直镇国土空间总体规划、综合交通专项规划、灯光专项规划、多规合一实用性村庄规划。加快推进交通道路、河道管网建设，开建长虹路高端人才公寓项目，续建完成重点区域绿化1平方千米，清理疏通主要道路雨水管网42千米，东方大道等5条区级主干道路纳入全区建管养一体化体系。同时紧扣三大主导产业，储备在谈31个优质项目，总投资达到116亿元。加快推进柳道万和热流道系统有限公司二期等12个单独工地工业项目，招引创新型企业64家。

——加快实施"一号项目"。苏州市政府与中国中医科学院签署全面战略合作框架协议，合作建设苏州首个"国字号"大学——中国中医科学院大学，选址在吴中区临湖镇。吴中区围绕"建设一所中医药特色鲜明、全国一流、世界著名的研究型大学"总体目标，全面加快"一大学两中心"建设进度。同时，加强医教研产协同发展，规划建设临湖生物医药科教创新集聚区，推动科技成果就地转化和产业化应用。引入绿色建筑、智慧校园、海绵城市、BIM建筑信息模型应用等先进技术理念。

风起太湖，潮涌吴中。在中国市辖区高质量发展报告中，吴中区位列百强区第七，并成功创建苏州首家国家级"绿水青山就是金山银山"实践创新基地，蝉联全国市辖区GEP百强榜。

经济是文化的基础。经济的发展为文化的繁荣提供了必要的物质条件和技术支持。随着生产力的提升和社会的进步，人们的物质需求得到满足后，开始追求更高层次的精神文化需求。

为了满足人民群众对精神文化的需求，吴中区创建了"文明实践，村村有戏"的精神文明建设品牌。通过群众喜闻乐见的多种艺术样式，将政策法规宣传、道德模范事迹传播、文明风尚引导等内容融入其中。

在推动"村村有戏"活动落地的初期，吴中区以优秀文艺作品为载体，力争寓教于乐、寓教于文。吴中区文明办携手苏州歌舞剧院、吴中评弹团等专业团队，精心挑选演出人员、精品创作节目剧本、精致打造现场氛围，从节目内容审定、专家意见征询、群众意见反馈等方面对演出进行全流程、多渠道把控，确保让群众在娱乐之余也能够受到启发和触动。

活动中，充分发挥群众主体作用，挖掘特色乡土文化资源，搭建才艺交流平台，在各个乡镇街道广泛激活群众力量，发展了莲溪民乐团、晴晖艺术团、十二织娘等多支成熟的民间文艺团体，不仅展现了新时代乡村的美好生活，引发群众共鸣，更让"群众演、群众看"成为文化生活的新方式。目前吴中区各村、社区活跃的具有本土特色的民间艺术团体数量达120个，这些艺术团体活跃在"村村有戏"的舞台上。

"村村有戏"的关键是要有好的节目。吴中区立足时代导向，通过评弹、小品等群众喜闻乐见的形式，聚焦好人事迹、移风易俗、文明新风、法律知识等丰富内容，让群众在享受文化大餐的过程中，增强文明意识，提升文明素养，弘扬守望相助、邻里和谐的文明乡风。相关节目包含中国好人何建金、沈敏菊等道德模范的鲜活事迹，以及礼让斑马线、文明养宠、垃圾分类等故事，紧跟主旋律开展创作和演出。

节目创作以"开源"方式接受"二次创作"和创新表达。2023年，吴中区继续推出"村村有戏"2.0版本，在原有节目的基础上进行内容创新，重点打造"移风易俗"主题，倡导厚养薄葬、节俭养德、邻里互助等移风易俗内容，保持活动的新鲜度、观赏性和持续度，充分发挥活动的教育引导功能，努力打造文化下乡品牌。目前共设计制作出评弹、小品、歌舞等近100个节目可供基层自由组合使用，更有中国曲艺最高奖牡丹奖的获得者评弹演员张建珍等知名演艺工作者参与演出，为市民群众提供丰盛的精神文化大餐。

吴中区各乡镇、街道不断优化整合各类资源，主要以新时代文明实践所站为演出场地，免费让群众参加观看，形成新时代文明实践中心与所站点矩阵效应。在做到资源下沉、丰富所站活动内容的同时，吴中区还不断拉近群众与文明实践所站的距离，提升新时代文明实践的活跃率和群众满意度及文化产品供给能力，为丰富农村居民的文化生活持续助力。同时通过线上线下相结合的方式，把优质节目通过各种形式广泛传播，不断扩大宣传的广度和范围，提升活动的影响力和辐射力。

目前，"村村有戏"活动已在吴中所有镇、街道全面铺开。一场又一场的文艺演出、亲子互动、评弹书场等，将移风易俗的理念传到千家万户。

这里不仅是宣传群众、教育群众、关心群众、服务群众的"最后一公里"，更是倡导文明新风、破除陈规陋习的前沿阵地。

吴江流变

吴江之"江",并非长江,而是吴淞江。

吴淞江也并非真正意义上的"江",而是一条河流,它发源于吴江区松陵镇的太湖瓜泾口,全长 125 千米,流域面积为 855 平方千米。它以北新泾为界,上游称为吴淞江,下游进入上海市区后称为苏州河。

吴江的地名由来与吴淞江密切相关。吴淞江,古称松陵江、松江、吴江,是太湖流域通向苏州的重要航道。

吴江历史悠久,早在新石器中晚期就有人类活动的踪迹,先秦时期属吴国。公元 909 年建县,至今已有 1000 多年的历史。在千年后的 1992 年,吴江撤县建市。20 年后,吴江撤市设区,为苏州市吴江区。

吴江地处江南水乡,区位优势独特,东邻上海,西濒太湖,南连浙江,北依苏州主城区。区内河道纵横交错,湖泊星罗棋布,全境拥有省级以上保护湖泊 330 个,京杭大运河纵贯南北,太浦河横穿东西,坐拥太湖岸线 48 千米,河湖水面占比 24.4%,是典型的江南水乡和吴文化发祥地之一,被誉为"鱼米之乡""丝绸之府"。

吴江宛如一颗璀璨的明珠,镶嵌在江、浙、沪交界处。在漫长的历史长河中,这里孕育形成了蚕桑丝绸文化、水乡古镇文化、千年运河文化、莼鲈诗词文化、国学文化和江村富民文化等一批特色鲜明的文化资源。走出或吸引居住的著名历史人物达 140 多位,如春秋时期的范蠡、宋代状元黄由、明代造园家计成、清代天文学家王锡阐、诗人叶燮、名医徐大椿、名宦周元理和沈桂芬、辛亥革命风云人物陈去病、爱国诗人柳亚子、社会学家费孝通等。

吴江的自然风光美不胜收。太湖的浩渺波光，同里古镇的水乡韵味，黎里古镇的古朴宁静，以及震泽古镇的丝绸文化，成为古往今来的亮丽风景。

沧海桑田，世异时移。改革开放的春风吹到了吴江。20 世纪 80 年代，吴江乡镇工业开始起步，成为"苏南模式"的代表区域之一。90 年代紧紧抓住浦东开发开放机遇，大力发展外向型经济，外贸收购额创下"全省 13 连冠"；随后乡镇企业大规模实施市场化改制，走出了一条民营经济和外向型经济"双轮驱动"的发展之路。拥有恒力、盛虹 2 家世界 500 强企业，亨通、通鼎等 4 家中国 500 强企业，永鼎、东方恒信等 6 家中国 500 强民企。全区形成了丝绸纺织、电子信息、装备制造、光电通信等多个优势产业集群。而吴江的传统丝绸产业，更是闻名遐迩，是中国重要的丝绸生产基地之一，其丝绸制品精美绝伦，畅销国内外。

进入新时代，吴江区牢牢把握高质量发展首要任务，立足"先进制造业立区、现代服务业兴区"，以民营经济和外资经济为主导，打造更具活力的创新生态系统，因地制宜发展新质生产力。2023 年，吴江实现地区生产总值 2377 亿元，是 1978 年 3.4 亿元的近 700 倍；完成一般公共预算收入 240 亿元，位列全市第 3；实现工业总产值 5800 亿元，其中规上工业产值 4970 亿元，增长 3.3%。2024 年前三季度，实现地区生产总值 1816 亿元、同比增长 7.2%；1—10 月，完成一般公共预算收入 220.93 亿元、增长 0.5%，规上工业总产值 4484.47 亿元、同比增长 7.7%。高质量发展始终走在全国同类区域前列，入选中宣部改革开放 40 周年"百城百县百企"县域发展典型代表，在综合实力百强区、创新百强区、中小城市高质量发展指数等榜单中均稳居全国第一方阵。

在经济快速发展的过程中，吴江区的产业结构不断优化。三次产业结构比从 1978 年的 45：36：18，逐渐发展为 2022 年的 1.6：52.3：46.1，实现了从农业大县到经济强区的飞跃。坚持把智能工业作为转型方向和升级路径，自 2015 年起滚动实施两轮智能工业三年行动计划，先后制定工业互联网、智能化改造和数字化转型等行动方案，持续推进智改数转网联，全力打造国家级工业互联网创新示范基地、国家"东数西算"工程全国一体化算力网络吴江算力调度中心，省级示范智能工厂、智能车间数持续领跑江苏全省。

五年前，吴江区围绕长三角一体化发展国家战略，紧扣一体化和高质量两个关键词，全力推动示范区建设走在前列。示范区成立五年来，吴江共排定实施 561 项示范区建设年度工作要点、166 项先行启动区重点任务，以项目化推动一体化、以一体化实现高质量。落实示范区、先行启动区国土空间总体规划，集中力量抓好先行启动区和"一厅一片"建设，水乡客厅方厅水院江苏馆主体全部完工，跨域步行桥合龙，23 千米鼋荡生态岸线全线贯通，桑基鱼塘二期、蓝环等项目开工建设。"轨道上的示范区"加速呈现，沪苏湖高铁进入联调联试冲刺阶段，苏州南站、盛泽站站房主体结构封顶，于 2024 年底通车运行，打造示范区门户枢纽，更好发挥服务沪苏同城、联动江浙效应。落地先行启动区的中国移动长三角汾湖智算中心、恒力长三角国际新材料产业基地、英诺赛科氮化镓等 50 亿级、百亿级项目集聚成势。

2023 年 7 月，长三角生态绿色一体化发展示范区跨省域高新技术产业开发区揭牌成立。

这是全国首个跨省域高新区。跨省域高新区包含上海青浦、江苏吴江、浙江嘉善 3 个片区，占地 19.54 平方千米，旨在打破区域壁垒，通过体制机制创新，统筹产业链、创新链的布局关系，建立高效的组织管理机构，从而加速推动跨区域生产要素市场化和自由流动，优化区域资源配置，稳步提升跨区域一体化程度，促进更高质量的区域经济发展。

为更好推动跨省域高新区建设，吴江区积极协同青浦、嘉善共同推动跨省域高新区建设，实施片区实体化运作，探索建立高新区内跨片区转移转化科技成果、联合引进培育使用人才、共同建设重大创新载体、合作落地重大产业项目的机制，形成协同推进高新区建设发展的强劲合力，同时积极向上争取纳入国家级开发区目录。在建立健全跨省域高新区运行机制的基础上，研究梳理、向上争取和统筹落实一揽子优惠政策，形成推动跨省域高新区建设发展的政策叠加效应。

这里是苏州湾数字艺术馆。

该馆位于苏州市吴江区，濒临太湖，建筑面积约 14000 平方米，展厅面积约 5000 平方米，包含常设展厅、特展厅、公教空间、多功能厅、艺术商店、轻餐饮等多种业态，构建起高频联动的跨学科创新交流平台，着力打造长三角一体化示范区数字文化高地。

场馆依托 H. 629.1 数字艺术显示国际标准产业联盟，聚拢博物馆、美术馆、图书馆、文化馆等公共文化机构及广大数字艺术内容创作者，对艺术内容进行数字化采集、二次创作和云存储，以独有的全场景数字化互动体验，打造科技领先、内容丰富、沉浸式体验、功能多元的标杆型数字艺术空间，向大众提供内容丰富、体验极佳的数字艺术展览。同时，基于物联网技术与管理手段，通过对运营数据的统计与用户画像的分析进一步赋能运营决策和场景提升，实现了展陈手段、导视系统、运营管理等全展馆场景数字化搭建。创新拓展团队全年跟进有效商机 30 余个，成功推动了 7 项重点项目，其中 3 项已顺利完成签约或落地，其中苏州湾数字艺术馆和温州眼谷项目完美落地，完成收入 2600 万元。苏州丝绸纹样数字化、北京王府井艺术馆及四川宜宾艺术馆正在紧锣密鼓筹备中。

自 2023 年 3 月 11 日开业以来，数字艺术馆全年累计开馆 239 天，全国 25 个省份的政府、企业及社会团体参观累计超 994 场次，游客数量突破

19 万人次。随着智慧旅游的兴起，提倡个性化和沉浸式旅游体验的时代已经到来，数字艺术馆正在数字文旅时代发挥更加重要的作用，创造更加丰富多样的展览方式，进一步提升苏州湾地区的文化旅游价值和影响力。

这里是苏州黎里纪录片产业基地。

该基地位于中国历史文化名镇、国家 AAAA 级旅游景区黎里古镇的核心保护区，占地面积约 30 亩。近年来，基地以"先行探路、引领示范、辐射带动"为使命，紧扣"国际、生态、艺术"主题，围绕"网络视听"和"文旅融合"功能定位，利用古镇肌理，创新发展载体，努力实现文化保护传承、文旅融合发展、数字文化产业崛起的三赢格局，为长三角生态绿色一体化发展示范区先行启动区的人文经济新实践开辟新赛道。

苏州黎里纪录片产业基地通过纪录片产业链条延伸，进一步点亮古镇文旅空间、丰富古镇文旅体验、焕新古镇时代价值。举办新鲜提案真实影像大会，助推 42 部优秀提案入围国内外重大影视节展，36 部成片平台播放，积极打造纪录片线上交易平台。引进 4 家纪录片大师工作室，入驻纪录片公司等文化企业 40 余家，与清华大学共建影视传播创作实践基地。创新开展短视频大赛、黎里纪实影像季等，发布黎里纪录片榜单，扩大文旅招商广度，挖掘纪录片产业深度，链接纪录片产业与文旅体验，实现古镇文旅 IP 创新裂变。同时，基地不断强化住宿餐饮、文化创意等配套设施。2023 年游客数 150 万以上，收入约 500 万元，先后被评为"江苏省广播电视和网络视听产业基地""中国十大纪录片推动者""2023 年度影响力纪录片平台"等。

这里是丝路盛泽·数字文化产业园区。

该园区位于吴江区盛泽镇，是积极贯彻落实国家文化数字化战略、推动本地丝纺服装支柱产业进行产业数字化转型升级的举措之一。产业园区占地面积 31380 平方米，项目建筑面积 13400 平方米，可运营使用面积 9980 平方米。

产业园区充分利用工业遗存，遵循"城市微更，修旧如旧"的原则，通过展示馆系统还原20世纪60年代末盛泽丝绸纺织工业的胜景，对厂房空间进行改造；同时保留了核心的丝绸美学博物馆、程开甲纪念馆、数字文化产业创新基地等服务配套，规划空间80%用于产业招商。园区的设计理念围绕美学生活、产业办公和产业服务，打造一个可消费、可体验、可产业化的创新型数字文化产业合作示范区。

产业园区以数字文化IP为核心，精准服务于吴江盛泽及全国更多丝纺中小企业，通过提供优质的中华文化IP资源，满足其对服装面料美学与视觉符号的提升需求，打通历史经典产业与数字文化IP对接的"最后一公里"。

在吴江区，还有一个闻达于世界的村庄。

这个村庄叫开弦弓村，又称江村。

它坐落在太湖东南岸，位于长江下游，地属苏州吴江。这里在苏杭之间，是太湖东平原的一部分，几乎就在苏杭两地的中间地段，得人间天堂之"中"之利，具有得天独厚的自然地理优势。尤其是太湖之滨平畴沃野，气候温和，雨量充沛，除了宜种稻、麦、油菜，也十分有利于蚕桑的自然生长。

当地民众在农耕的同时，从事植桑养蚕、缫丝织绸，且有悠久的历史。蚕桑丝织，成了当地百姓丰衣足食、安居乐业的传家宝。世世代代植根于此地的人们，既享用着这一方水土的滋养，又把这太湖之滨、运河两岸的吴越之地耕种和打理得如锦绣一般美丽与富足。

据史书记载，唐代时，"吴绫"已是朝廷贡品；明代时，这里更是"桑麻遍野""湖丝遍天下"。至清代同治年间，这里的丝市极为兴旺，周围摇经基地如众星拱月，摇户人众十万。蚕区人民惰于稼，而勤于蚕，以至于无不桑之地，无不蚕之家，蚕丝业呈现出一派繁荣景象。

开弦弓村位于震泽镇以北不远处，是该镇重要的蚕桑盛地，一度成为最为富裕的乡村。但是，不知从何时起，这里的蚕桑丝织业逐渐衰落。至19世纪末20世纪初，蚕桑丝织技术明显落后，市场萎缩，效益下滑。这里的农民不得不退桑种稻，半桑半耕，维系着越来越差的农桑经济和基本生活，许多农户陷入了穷困的境地。

100年前，江苏省立女子蚕业学校校长郑辟疆带领该校女教师费达生等师生来到开弦弓村，推广新蚕种、新技术，帮助农民脱贫致富，并在该村创办全中国第一个村办机械缫丝厂，振兴蚕丝业，改变农村落后面貌。

其间，费达生的弟弟费孝通从清华大学回乡养病，在姐姐的推荐下来到开弦弓村。他一边养病一边做社会调查，积累了大量的第一手资料。后来，费孝通赴英国留学，攻读社会学博士学位。在导师的指导下，他将在开弦弓村的调查资料撰写为博士论文，题目为《中国农民的生活》，后改为《江村经济》。此文一出，震惊学术界，被认为是人类学实地调查和理论工作发展过程中的一个里程碑。

从此，吴江的一个小小村庄名扬海内外。

100多年后——21世纪20年代的第一年——中国全面小康的决胜之年，在新的起点上，开弦弓村的小康理想在升华，小康实践在深化。

开弦弓村根据党中央新的战略部署，深入实施乡村振兴战略，按产业兴旺、生态宜居、乡风文明、治理有效、生活富裕的总要求，推进美丽乡村和特色田园建设，实现了乡村振兴的六大目标：

——生态优。优化村庄内的植物绿化、田园菜地；对村内外的水体环境进行生态化治理；对裸露和废弃场地进行复绿；对硬化驳岸进行生态化处理。

——村庄美。增加公共服务设施；完善市政基础设施，改善环卫设施；美化建筑立面，提升村容村貌。

——产业特。借助现代农业科技和市场资源，延伸农业产业链，促进农业与文化的融合发展；结合蚕桑文化，发展桑基鱼塘循环农业。

——农民富。完善产业链，促进村民以入股形式参与创收环节，增加村民收入；吸引年轻人返乡在村就业。利用租赁的农用地，以"合作社＋村民＋企业"的组织模式，实现规模化、专业化、技术化的特色产业发展；利用村内闲置房与废弃土地资源，发展民宿、农家乐，带动集体经济增长。

——村风好。进一步完善村民自治制度，加强江村文化资源的挖掘与利用；开展好村民、好家庭评比，全面提高村民综合素质；组织开展群众喜闻乐见的各类文化体育活动。

小康之路，开弦弓村创造新业绩；

乡村振兴，开弦弓村打造新样板。

2020年，开弦弓村被命名为江苏省"美丽家园"省级示范点。

一部创业史，一条致富路，一首田园诗，一座里程碑。如今，费孝通、费达生他们播下的强国富民、志在富民的种子已在开弦弓村的土地上生根发芽，未来必将在中国江村结出更加丰硕的成果。一幅更加美好的小康社会、乡村振兴图景在中国江村的土地上展开、延伸……

精神之炬

在长江下游的南岸，有一个以精神文明建设闻名于全国的城市，那就是张家港市。

张家港市于 20 世纪 80 年代正式设立和命名，至今只有 40 余年的时间，但它的历史非常悠久。

早在 8000 年前，张家港市南部地区就有人类活动，有 11 处新石器时代遗址，时间分布在距今 2500 年至 8000 年之间。

唐宋年间，香山和镇山之间有一涧谷流漕，终年涧水不绝，溪流潺潺。如遇大雨，山洪直冲流漕所在东江湾沙，形成水渠。这条水渠就是后来的张家港。

如今的张家港，北距长江约 14 千米。如果时间倒退到唐朝，这里就是海边，就是海港。黄泗浦遗址的发掘正是千年前"一带一路"的历史见证。千年前繁华富庶的江南货物集中从黄泗浦港口装船出海，东到日本，南到南洋，串联起不同的世界文化，长江文明由此从江入海走向世界，成为人类文明不可或缺的一部分。

时序轮回，岁月不居。一千多年后，在我国改革开放的大潮中，张家港港于 1982 年正式对外开放。4 年后经国务院批准，设立县级张家港市。

张家港市的前身沙洲县，是长江边上的一块"边角料"，也是整个苏南地区发展最落后、经济基础比较差的地方。但是，张家港农业生产条件得天独厚，水陆交通尤为便利，并毗邻上海、南通，使张家港人与上海、南通的产业工人有着天然的密切联系，也具有较强的接受经济、技术辐射能力。

在改革开放中诞生，在改革开放中成长。张家港踩着历史发展的节拍，抢占先机发展乡镇企业，利用地理优势，从上海聘请了大量技术工人，利用节假日到现场指导，带来了信息、技术和管理经验，由此张家港的乡镇企业如雨后春笋破土而出，蓬勃向上。建市3年后的1989年，张家港的乡镇企业创造的产值在农村社会总产值中已经占到了60%。

初出茅庐的张家港，一举成为"苏南模式"的一个典型样本。

1992年初，邓小平视察南方并发表重要谈话，吹响了中国改革开放的冲锋号。

就在这一年，56岁的秦振华出任张家港市市委书记。

秦振华是本地基层成长起来的干部，用他自己的话来说，在他的一生中，经历了"两次机遇"和"两次拼搏"：

第一次是1978年出任杨舍镇党委书记，时逢党的十一届三中全会召开。那时的杨舍镇面积狭小，人口不足1万，交通闭塞，房屋破旧，环境脏乱，镇办企业的数量几乎为零，全年工业产值不到450万元，是苏州6个县城关镇中的"小六子"。秦振华带领班子成员以整治环境攻坚战为突破口，全力拼抢、赶超。他一干就是14年，把一个落后的乡镇建成全省第一个文明卫生镇，在全国百强镇中排名第七位，成为苏州市乡镇"八颗星"典型中的第一块牌子。

第二次是1992年出任张家港市市委书记，恰逢邓小平同志发表南方谈话。新官上任三把火。秦振华上任伊始，就率领市委、市政府班子和全市人民打响了三场硬仗——

第一场硬仗，160天让长江边芦苇滩变身万吨码头。短短9个月，建成国家级保税区。

第二场硬仗，实施港口工业城市发展战略。120 多个大项目纷至沓来，一批世界 500 强和跨国公司落户，沙钢等 40 多家本土龙头企业茁壮成长。

第三场硬仗，率先提出实现城乡一体化，新建全国县级市首条高等级公路，建设全国首个城市步行街。

紧接着，张家港又针对自身的薄弱点打了一场突击战：以卫生创建和环境整治为突破口，以解决脏乱差问题为重点，进行垃圾分类袋装化，集中处理；禁止摩托车进城；城区禁放烟花爆竹；污染企业搬出城区；农村严禁河边倾倒垃圾；改水改厕、除"四害"、临街店铺"门前三包"，等等，着力提升广大群众的文明素养，养成了良好的生活习惯。

初战告捷，乘胜前进。秦振华又提出了"三超一争"即"工业超常熟，外贸超吴江，城建超昆山，各项工作争第一"。同时倡导"一把手抓两手"，重视寻找和善于抓住两个文明的结合点，率先将精神文明建设与经济社会发展同步规划、同步部署和同步落实。

他们以学习理论、解放思想为先导，先后掀起学习贯彻邓小平建设有中国特色社会主义理论的四次高潮，在弄懂上下功夫，在实践上见行动。

他们以各类主题鲜明的教育活动为中心环节，用共同理想动员和团结全体人民脚踏实地地为实现本地区的改革和发展目标而奋斗，把共同理想与张家港本地的以及各行各业的发展目标和任务结合起来，与干部群众各自的岗位职责和人生追求有机地结合起来，深入持久地进行了"热爱张家港、建设新港城、奉献在岗位"的主题教育，使"爱国家、爱港城、爱单位、爱岗位"融为一体。

他们以创优争先的竞赛活动为载体，在苏州市统一部署下，张家港在全市范围内开展了农业"丰收杯"、多种经营"致富杯"、工业"振兴杯"、外贸"创汇杯"、精神文明"新风杯"的竞赛活动。这"五杯"囊括了两个文明建设的主要方面，从机关到基层，从城市到农村，从单位到家庭，从个体到群体，都纳入了两个文明建设活动的体系，使人置身其中，既有压力，又有动力，把各方面的积极性和创造性吸引到创大业、争一流上来。

物质变精神，精神变物质。

1994 年，张家港被评为国家卫生城市。

1994 年，张家港经济总量、税收入库、外贸出口、外资引进等主要经济指标领先于苏州各县市，人均国民生产总值达 2214 美元，获得全国百强县市第二名，真正实现"三超一争"目标。

在短短两年中张家港获得 28 个"全国第一"，34 项工作获得全国先进称号，37 项工作获得全省先进称号。

在此基础上，秦振华与班子成员从实践中总结提炼出"团结拼搏，负重奋进，自加压力，敢于争先"的 16 个字"张家港精神"：

团结拼搏，就是始终保持团结和拼搏的精神状态，体现了敢于亮剑的精神。

负重奋进，就是在面对困难和挑战时，勇于承担责任，不懈奋斗。

自加压力，就是鼓励干部群众自我加压，不留退路。

敢于争先，就是在竞争中不畏强手，勇于争先。

张家港精神一经产生，便成为张家港人奔向小康、奔向现代化的发展之魂、力量之源。

正是在张家港精神的激励下，张家港人抢抓机遇，奋力拼搏，实现了张家港的大变化和大发展。张家港从昔日的"穷沙洲"一跃而起，成为统筹城乡协调发展的新兴现代化港口城市。

1995 年 10 月 18 日是精神文明建设史上值得记载的一天。

这一天，中宣部、国务院办公厅在张家港市召开全国精神文明建设经验交流会，向全国推广"一把手抓两手、两手抓两手硬"的张家港经验，同日《人民日报》以"伟大理论的成功实践"为题发表评论员文章。文中指出：张家港市的发展和变化，使我们具体而实在地看到了社会主义现代化的雏形，看到了邓小平建设有中国特色社会主义理论的成功实践。

随之，张家港成为全国两个文明建设的先进典型。大江南北迅速掀起学习张家港、创建文明城市的热潮。

一时间，张家港精神誉满寰中！

在庆祝改革开放40周年大会上，100名"改革先锋"称号获得者受到表彰。秦振华获得了"张家港精神"的塑造者的荣誉称号。

秦振华表示，"张家港精神"是张家港人民共同奋斗的结晶，曾经涌现出一批弘扬"张家港精神"的典范。

沙钢董事局主席沈文荣也曾表示，沙钢的发展历史是实践张家港精神的一个具有代表性的例子。

沙钢，成立于1975年。最初只是一个自筹45万元建起来的小轧钢车间，而且所处地区既无铁矿又没有煤。在这样的条件下，沙钢是怎样发展起来的呢？

在张家港精神的感召下和全市"三超一争"口号的鼓舞下，沙钢上下团结一心、艰苦奋斗，没有技术学技术，钢厂学习，睡地铺、吃大锅饭，每天跟班操作十多个小时；没有电，就用从旧轮船上拆下来的柴油机自己发电；缺乏资金，全厂人勒紧裤带，集中力量办大事，在市场的"夹缝"中不断成长，不断跨越，并把目光瞄准了世界第一流的设备和技术。设备更新与改造，原本预计3年的周期，沙钢硬生生地要把它压缩到23个月。

沈文荣经常说，我要把眼光放远点，一个国家的发展离不开钢铁工业，没有改革创新的精神，没有敢闯敢干的精神，怎么能迎头赶上！他还提出了"自力更生、艰苦奋斗、勇于创新、不断登攀"的"沙钢精神"，与"张家港精神"同频共振。

精神引领，实践跟上。沙钢坚持高端化、绿色化、智能化发展方向，不断向"优""特""高""新"领域迈进，聚焦"高效沙钢、品质沙钢、绿色沙钢、创新沙钢、智慧沙钢、责任沙钢"建设，大力实施创新驱动发展战略，年均开发新产品50余个，获得授权专利不少于500件。如今，沙钢已经发展成为以钢铁为主，资源能源、金属制品、金融期货、贸易物流、风险投资、大数据等多元发展的跨国企业集团、国家特大型工业企业，企业总资产3000多亿元，年产钢能力4000多万吨，产品涵盖150多个系列、14000多个品种，广泛应用基建、装备、军工等领域，出口100多个国家和地区，连续16年位列世界500强企业。

在发展过程中，沙钢始终坚持物质文明与精神文明两手抓，形成了系统的沙钢精神文化谱系，创作了《我们是光荣的钢铁工人》沙钢系列主题歌曲和电影《钢铁，是这样炼成》，制作了沙钢厂旗、厂服、雕塑、文化墙、党建馆等一系列文化标识。企业文化阵地——"职工之家"被中华全国总工会授予"全国模范职工之家"荣誉；企业荣膺"全国思想政治工作优秀企业""江苏省企业文化建设先进企业"。文化与经济交融互动、融合发展，有效地为企业赋能、为文化强基、为未来蓄势。

沙钢人用张家港精神创造了发展的奇迹。像这样的企业，在张家港比比皆是。

东渡纺织集团，也是一家从张家港本土成长起来的企业。在20世纪90年代初，东渡集团还是一家员工不足300人、年销售额不足2000万元、几近倒闭的小企业。东渡人没有气馁，而是在张家港精神的引领下，勇抓机遇、奋力拼搏，及时对传统行业进行技术创新，迈向智能化生产。经过多年的努力，东渡集团获评江苏省智能化示范车间，成为张家港市首个智能制造示范企业。东渡集团还建成了高度智能化车间，为全国所独有。

东渡集团从一家负债累累的小企业，发展成为年销售额超100亿元的中国民营500强企业，并形成"总部及研发、品牌机构和高科技面料制造业在张家港本土，外贸中心在新加坡，制造基地分布在东南亚和苏中、苏北，销售市场在美国、澳大利亚、欧盟、日本"的国际化大格局，成为张家港市纺织服装业的"龙头"和纺织行业的"标杆"。

东渡集团为什么有如此大的成就？东渡的"掌舵人"徐卫民说，张家港精神已经融入了我们每个张家港人的血脉，也融入了我们的企业文化之中，在任何时候、任何地方都不能丢。它是制胜的法宝。

是的。精神力量是无比强大的。就像钢铁经过千锤百炼变得无比坚韧、无比坚强一样，能产生克服困难、勇敢前行的无穷动力。

时代车轮滚滚向前，精神之炬照亮前程。

高举"张家港精神"这面永不褪色的旗帜，张家港人在新时代新征程上，举旗更奋发，扬帆再出发，迈开了高质量发展的坚实步伐。

高质量发展是一个系统化工程，其核心是创新驱动，实现发展动能的转换。作为沿江开发开放的前沿阵地，张家港在多年的发展进程中，虽然具有一定的先发优势，但也面临许多新问题、新挑战。张家港人深入地进行了自我剖析，总结出产业、动能、空间和民生4个方面短板，在全市开展"张家港精神再弘扬"活动，释放出一系列"共谋发展、砥砺奋进"的强大信号，动员广大干部与时俱进弘扬张家港精神，进一步解放思想、开拓创新，发挥国家改革开放先锋典型示范作用，扛起城市接续向好发展的历史责任，引领张家港建设发展"再突围"。

在张家港精神的不断激励下，张家港广大干部以饱满的工作热情、强烈的使命担当投入加快推动港城高质量发展的奋战中。他们善谋善为，变优势为胜势，抢抓沪通、通苏嘉、南沿江"三铁交汇"机遇，加大开放力度，提升开放层次，由"以港兴市"向"港铁联动、双轮驱动"转变，一体化打造44平方千米的高铁新城，以"三年成型，五年成城"的魄力，再造城市发展的新增长极；依托56家世界500强企业和1000多家本土规模企业，坚持智能化改造和集成式创新，做优存量和扩大增量，在推动港产城深度融合的过程中，奋力打造实体经济的"张家港板块"。

同时，瞄准"深度融入长三角一体化发展，推动港城高质量发展走在前列"这个目标，以"张家港精神"为激励，构筑"双强动力"，以全面深化改革为抓手，强担当、强作为、强活力、强后劲，打造港城经济、港城功能、港城生态、港城生活、港城治理"五个升级版"：

港城经济升级版，就是从"存量转型"和"增量提升"两端发力，大力发展智能工业、提升新兴产业，构建具有竞争力的创新生态系统，推动"港城制造"向"港城智造"转变。

港城功能升级版，就是要完善城市空间规划布局，高起点规划、高标准建设高铁新城，打造长三角公铁水联运的区域性枢纽，健全城市现代综合交通运输体系，建设"智慧城市"，让城市运行"更聪明"。

港城治理升级版，就是要深入推进"三治融合""三社联运"，进一步完善社会治理体制机制，推动基层治理能力和体系现代化，以善治促文明，让文明成为一种标识，成为一种习惯，成为每个港城人由内而外的独特气质。

港城生活升级版，就是要健全城乡就业创业服务体系，持续拓宽富民增收途径，让群众的"获得感"更足，不断提升教育、医疗、养老等公共产品的供给质量，让群众的"幸福感"更强。

港城生态升级版，就是要落实"共抓大保护，不搞大开发"，在保护中发展、在发展中保护，加快提升港城宜居宜业的生态品质。

这里，是江海交汇第一湾——张家港。长江的雄浑与大海的辽阔在此相拥，形成了一幅波澜壮阔的自然画卷。

这里，不仅是大自然的鬼斧神工，更是一座见证着岁月变迁和人与自然和谐共生的伟大丰碑。

江水奔腾，滔滔不绝。站在这交汇之处，感受着江风与海风的交织，耳畔是波涛汹涌的轰鸣声。眼前的景象，既有着江海的雄浑气魄，又有着清风吹拂的和谐体验。

而在几年前，这里的港湾内，还是机械老旧、污染严重的港口。

退港还城，守好家门口的碧水蓝天。张家港市投资 37.6 亿元，将张家港市沿江 9 千米"生产岸线"全面调整为"生态岸线"，通过百年江堤提升、水产养殖清理生产岸线腾退、生态环境修复、交通道路优化等生态工程的实施，对整体区域进行环保拆迁、码头清理及生态整治，构筑 140 万平方米滨江亲水景观带。

张家港精神在长江入海口的最后一道湾画上了浓重的一笔。

当然，这仅仅是张家港市持续推进长江大保护、打好碧水蓝天保卫战的一个缩影。几年来，张家港紧紧抓住水和源两个重点，在治水和管水上铆足了劲，大力推进、全面深化河长制改革，建立多维民间河长体系，形成"人人都是河长"的良好氛围。2019 年聘请 12 名政协委员、人大代表担任河长制工作社会监督员，对河湖治理保护工作进行监督。公开招募民间河长 200 余名，主动巡河，成为发现河道问题的"前哨"。团市委、水务局、环保局等单位联合开展"河小志"青年党团员志愿服务行动，组建了志愿服务队伍 107 支，共有 2736 名"河小志"参与，累计开展巡河护河工作 3000 余次。目前，张家港 29 条重要河道、269 条镇级河道和 7000 多条村组河道已全部实行"河长制"。同时相继启动河湖"三乱"治理等专项行动，对水环境问题持续发力，确保一泓清水浩荡东流。

上善若水，从善如流。青山绿水中蕴含着巨大的张家港精神之能。

长江两岸秋叶红，烟波浩渺别样美。2024 年 9 月 21 日，长江文化艺术节在江苏张家港开幕。一年一度的长江文化艺术节已经 20 岁了。20 年前，张家港牵手沿江十二省（区、市），成功举办首届长江文化艺术展示周，各大主流媒体惊叹：张家港这座小县城竟然扛起了弘扬长江文化的大旗！在之后的 20 年中，张家港搭建起一个文化交流共融的平台，依托平台持续打造国际幽默艺术周、中国少儿戏曲小梅花荟萃、全国少儿曲艺展演等具有全国影响力的文化品牌项目，展现张家港开放包容的城市文化性格和城市文化发展的大视野、新创造。

这一创新举措，荣获第二届文化部创新奖，并被确立为江苏重点培育的三大特色文化品牌之一，在第六届中国民族节庆峰会暨"中国优秀民族节庆"推荐评选中，荣获"最具国际影响力节庆"称号。

无疑，长江文化艺术节已成为张家港一张亮丽的文化名片，同时也拉动了本土文化的发展与提升。

张家港市文化部门精心挑选并组织基层优秀群众文化团队参加长江流域民族民间艺术节，带动了全市一大批城乡特色文化团队的发展建设，促进了本地节目的精品化。一批文艺精品在国内、省内重大赛事中屡获奖项。注重乡土文化的培育，张家港以"一镇一品、一镇多品"为目标，加强本土化品牌培育，河阳文化、暨阳文化、沙上文化、香山文化等地方特色品牌竞相绽放。

至2020年，张家港拥有众多"中国之乡"——中国民间文化艺术之中国曲艺之乡、中国小戏小品之乡、中国宝卷之乡、中国吴歌之乡、中国书法之乡……

物质文明建设与精神文明建设同步进行，文化与经济相互融合、相互促进，是张家港精神的最好写照，也是张家港市的最大特色，更是人文经济学的生动实践。

作为"两个文明"协调发展的先进典型，张家港在努力当好中国式现代化的探路先锋的同时，也在努力成为人文经济学生动实践的县域样板。张家港市委宣传部、市文明办、市社科联等单位，在全省率先组织建设"人文经济张家港实研基地"。基地坚持以习近平文化思想为指导，根据苏州市委"加快建成传统与现代结合、人文与经济共生的社会主义文化强市，打造展示中华民族现代文明的最美窗口"工作部署，以张家港推进中国式现代化实践为样本，以重大理论和实践课题研究为重点，以数字赋能、全域统筹、多方联动的沉浸式研学为助力，面向全市征集了100个人文经济学调研实践点位，推动形成中心布局、特色多样、亮点各具的"1＋X"人文经济张家港实研体系，深入探寻孕育城市独特优势和竞争力的深层次动因，阐释人文精神在经济发展中的重要性和经济生态对培育城市文化的关键作用，力争在全国范围内产生良好的示范效果和积极的借鉴意义。

在张家港市人文经济发展主题展厅里，有一张"人文经济现场教学实研点位和线路分布图"吸引了人们的眼球。图上标注了"文明探源，人文探秘""滨江休闲，生态度假""稻香酒韵，现代农业""数字引领，科技创新""乡村振兴，富民强村""文明培育，文明实践""教育均等，优质普惠"等 13 条线路、100 多个点位。这里不妨选择 3 个点位做扼要介绍：

——山岛之恋文旅综合体。双山香山旅游度假区依托优势资源，着力发展夜经济，持续丰富梅花节、樱花节、红叶节等品牌内涵，"江岛之夜"秋冬夜游季入选市夜间文旅消费集聚区。以红色资源为主轴，以绿色生态为基调，形成独具特色的区域文旅品牌，加强产品开发和市场推广，让市民和游客共享生态红利，"寻渡江胜利印记，走江岛生态之旅"入选张家港市十大精品红色旅游线路。十余年来，双山香山旅游度假区生态环境持续改善、文旅事业加快发展，双山岛入选长三角地区精品体育旅游目的地、苏州市体育旅游示范基地、张家港市夜间经济文旅消费集聚区，一个个文旅项目相继落地开花。

——沙洲优黄文化园。该园位于张家港市后塍街道，依托得天独厚的江南水乡资源与深厚悠久的苏派黄酒文化，秉持"塑造新江南人文产品内涵"核心理念，积极探索多业融合新模式，打造出集文化、研发、休闲于一体的沉浸式文旅空间，融合了江南建筑元素与新中式建筑风格，在东方美学与现代设计水乳交融的精美架构中，设置沙洲优黄博物馆、黄酒小镇、陈年酒库、传统酿造车间、水戏台、卡通园等 28 个功能区与景点，全面叙述苏派黄酒在历史、文化、生产、技术等各领域的内容，用黄酒元素唤醒江南记忆，在不断创新中活化非遗酿酒工艺，让"酒的故事"衍生出更多新意，逐步发展成为"江南文化"新 IP。白墙青瓦、流水环抱，云墙花窗犹抱琵琶，框景角亭隐约可见，移步换景，甘醴飘香，徜徉其间，大有"酒不醉人人自醉"之感。该园成功入选 2023 年国家工业旅游示范基地，并荣获 2021 年度美国 AIA 建筑卓越设计最高奖。

——南丰镇永联村。该村面积 10.5 平方千米，常住人口约 2.5 万人，拥有钢铁、新能源、环保、建筑、金融贸易、现代农业、现代商贸、乡村旅游、社区服务等产业板块。连续六届获评"全国文明村镇"。近年来，永联村积极开展村民教育、环境改善、文明评比和智慧乡村建设，带动村民共建幸福家园，共同汇聚向上向善的精神力量。常态化开展"文明家庭""文明楼道""身边好人"评选活动，制定了以"文明家庭奖"为抓手的文明创建评价机制，从遵纪守法、明礼诚信、爱护公物、保护环境、敬业勤俭、孝老爱亲、邻里互助等方面制定细则进行百分制考核，以积分量化文明元素。以"事业有发展，群众得实惠"为宗旨，探索"一网格四队伍"的文明实践队伍，打造"银发先锋""故事妈妈义工团"等品牌项目，通过"永联一点通"等平台畅通居民诉求渠道，健全服务成效评价机制，形成文明实践从需求到实践的有效闭环，打通服务群众的"最后一公里"。聚焦数字产业、数字治理、数字民生三方面，将基层治理、社会生活、文化建设融为一体，搭建综合数字平台，构建全方位的数字乡村管控体系，打造网格化综合化管理平台，家庭信用体系、健康数字档案、垃圾智能化系统等多个数字化应用场景，助力乡风文明建设和乡村治理现代化。

人文经济方兴未艾，精神之炬焕发华彩。

张家港与时俱进大力弘扬张家港精神，在人文经济的实践中，在新时代新征程上，正以"走在前、做示范"的目标定位，奋力打造"物质文明和精神文明相协调"的中国式现代化县域先行区。

昆山景象

　　昆山有山，但不叫昆山，而叫玉峰山。此山出产的石如玉，被称为昆石。因其晶莹剔透、质地精密、造型灵动，被称为玲珑石，堪与昆仑山玉石相媲美。南朝时期流行的《千字文》中有"玉出昆冈"的名句。有识之士便将地名定为昆山。

　　另一种说法是，昆山的地名与陆机和陆云两兄弟有关。陆机是三国东吴名相陆逊的孙子，他年轻时就有异才，文采冠盖于世。葛洪曾推许他的作品"犹玄圃之积玉，无非夜光焉"，陆机之弟陆云也被誉为"五俊"之一。由于陆氏祖先葬于此山，且陆机、陆云兄弟才华出众，犹如一对美玉，人们称此山为昆山。

　　昆山处在长三角的太湖平原地区。优越的地理环境为其历史发展提供了有利条件。这里河流纵横、土壤肥沃、物产丰富，是典型的江南鱼米之乡。早在新石器时期，昆山就已经有人类活动的痕迹，并创造了灿烂的史前文明。

　　自秦代置县以来，昆山已有2200多年有史籍记载的历史。昆山在历史上曾有过多个名称，包括娄邑、娄县、鹿城、玉峰、信义和新阳等。

　　昆山的文化底蕴深厚，是百戏之祖昆曲的发源地，拥有丰富的非物质文化遗产。

　　但是，近代以来，这里一直以农耕为主，经济社会的发展比较落后。

到 20 世纪 80 年代中期，昆山还是一个农业县，但通过改革开放和创新，迅速崛起成为全国百强县之首，昆山开发区建设走过的艰难道路被誉为"昆山之路"。

甲辰年秋，在昆山侯北人美术馆前的广场上，两棵硕大的桂花树——一棵金桂、一棵银桂，在阳光下绽放着簇簇花朵，散发着醉人的芬芳。

"2024 昆山巴城重阳曲会"的一项重要活动——《我山我水我的梦》杨守松画展开幕式就在桂花树下举行。

开幕式前，一些观众在议论：

他现在也画画了？以前没听说过呀。

他前几年一直在研究昆曲，还写了 300 多万字的书呢。

他就是《昆山之路》的作者吧，是当时非常有名的作家。

是的。他就是长篇报告文学《昆山之路》的作者杨守松。

杨守松，1943 年 12 月生于江苏盐城农村，1968 年毕业于南京大学中文系，毕业后分配到江苏昆山县政府办公室任秘书，1987 年 5 月调至昆山县文联工作。1991 年，他采写了长篇报告文学《昆山之路》，一炮打响，引发广泛关注与好评，获得江苏省人民政府个人文艺大奖和中国作协全国优秀报告文学奖，《人民日报》《新华文摘》《上海文学》等报刊纷纷选载和转载。一时间，海内外投资者闻讯纷纷前来考察，全国各地无数年轻人和各类人才，因为看了和听了《昆山之路》，来到昆山就业、打拼……

那么，杨守松在这篇报告文学中写了一个怎样的昆山、怎样的"昆山之路"呢？

这里不妨先来重温一下这篇报告文学的开头和结尾。

开头是这样写的——

> 大上海旁边有个小昆山。
>
> 昆山虽小，每年却能卖几亿斤商品粮。"田多劳少，产量不高，贡

献不小，分配蛮好。"这是流传全县的口头禅。自给自足也自满自足。小昆山小乐胃，也见出明显的小家子气。

忽然有一天，小昆山发现周围的世界大热闹也大变样了。江阴、无锡的乡镇企业突飞猛进。张家港、常熟也急起直追。唯独昆山自得其乐，慢悠悠稳坐钓鱼台。

1984年，姗姗来迟的春风例行公事一般给昆山抹了些许绿意，与往昔不同的倒是给年过半百的吴克铨捎来了一顶"县长"的乌纱。

这是一个不寻常的年代。改革开放搅动了五千余年沉睡的土地，蕴藏在11亿人血液里的一切善和恶，一切积极性和消极性，都释放出来了。国土热火朝天，国人眼花缭乱，国家日新月异。

无论如何，历史前进了，昆山也前进了，只是一个严峻的现实是：昆山比人家慢了一步。

一步慢，步步脱节。无锡、江阴靠的是下放工人的机遇，张家港、常熟靠的是插队青年的机遇，而且，他们都曾享受过税收上的优惠——这一切，昆山都没有了！

然而，吴克铨却要上。昆山是顾炎武的家乡。天下兴亡，匹夫有责，这有气节也有气势的名句，昆山无人不知。昆山人不会自甘落后……

结尾是这样的——

以前昆山人外出，总觉得"低人一头"，哪方面都硬不起来，只好缩在角落里。

现在不同了。

讲经济有开发区，有横向联合，讲文化有"大世界"，也不乏在全国有影响的代表人物。

昆山人终于有了自己的神气也有了自己的骄傲。

朋友！请到昆山看一看——不是说建设中国特色的社会主义吗？昆山可以给你启发。

什么时候，中国人在外国也能这样实在、这样神气就好了……

看了这开头与结尾，人们已经不难想象出中间发生的事情了吧。那就是昆山创业的历程，主要是昆山开发区走过的艰难道路，即"昆山之路"。

开发区是我国改革开放的产物，特指未被开发的、具有经济或人文环境潜力的地方。它由国务院和省市人民政府批准、实行国家特定的优惠政策。

而昆山开发区与别的开发区不一样，不享有国家特定的优惠政策，属于当地自费开发。那么，钱从哪里来，物从哪里来，人才和技术从哪里来呢？

20世纪80年代初，吴克铨和他的同事们面对这些难题，不是等靠要，而是立足于自力更生、艰苦奋斗。一方面，紧紧依靠群众，群策群力，积极动脑筋、想办法，千方百计挖掘潜力，勤俭节约，艰苦创业，使有限的物力充分发挥作用；另一方面，自力更生但决不自我封闭，而是积极主动地顺应改革开放大势，东依上海，西托"三线"，面向全国，走向世界，走横向联合的道路，引进资金、技术、人才，从而克服了一个又一个难以想象的困难，创造了惊人的速度、惊人的效益，使一个比较落后的农业县，通过艰苦创业、勇于创新，逐步发展成为全国百强县之首……

这就是当年杨守松笔下的"昆山之路"。

这条"昆山之路"先后经历了启程、开创、拓展、提速、奋飞的不同阶段。每一个阶段蕴含着发展的密码，焕发出时代的光华。

20世纪七八十年代，我国开启了改革开放的伟大征程。昆山抢抓改革开放的极佳机遇，提出了"东依上海、西托'三线'、内联乡镇、面向全国、走向世界"的发展思路,自费兴办工业新区,推动乡镇企业迅速崛起,并吸引外资企业逐步进入。

1984年初,日本苏旺你株式会社社长三好锐郎到中国考察投资地点,在长江三角洲地区一连跑了6个地方,都不满意。但最后他来到原本"不在考察城市之列"的昆山后,被昆山的区位优势所吸引,并很快决定在老城区东面兴办江苏省第一家中外合资企业中国苏旺你有限公司,生产并出口中高档牛皮手套。

由于江苏省此前没有中外合资的先例,项目审批难度很大。为此,昆山干部往南京、北京跑了123次,敲了723个公章,拟写文件和材料用去了3000张16开纸。最终,该项目于1984年6月正式获得批准,1985年2月正式投产,成为昆山开放型经济发展起步的重要标志之一。从此,昆山经济全面发展,从三次产业比重为51.4∶28.9∶19.7、经济总量在苏州下辖的6个县中排名末位的典型农业县,到1992年工业比重上升至56.2%,实现"农转工"的历史性跨越。

东方风来满眼春。1992年,邓小平南方谈话犹如一股强劲的东风,把改革开放和现代化建设推向了新的阶段。这一年,国务院批准浦东开发开放,昆山开发区获国务院批准升格。

昆山县委、县政府以敏锐的洞察力和果断的行动力,大力实施开放带动战略。1992年4月,沪士电子昆山有限公司成立,这是昆山第一个投资额超过3000万美元的项目,由此拉开了台企大规模投资昆山的序幕。之后统一食品、樱花卫厨、捷安特自行车等项目纷纷落户昆山。累计批准台资项目超5900个,投资总额近700亿美元,有力促进了昆山外向型经济的发展,平均每年引进外资增幅超过50%。到90年代末,昆山利用外资占比达90%以上,外资成为昆山经济增长的主体和主力,实现"内转外"的格局性转变。

1997年7月,爆发了严重的亚洲金融危机。面对这一危机带来的严重影响和国际环境变化，昆山积极应对，全面改善投资环境和招商服务，主攻台资，更加注重招商选资的产出效益、生态效益，并学习台湾新竹工业园，提出创建出口加工区。昆山干部先后进京 84 次，穿梭于 8 个中央部委。到 2000 年 4 月正式获得批准，其出口加工区面积达 2.86 平方千米，容纳 12.4 万劳动力。2009 年，昆山出口加工区转型为国家级综保区，开始大规模引进台湾 IT 产业，把台湾 10 大笔记本电脑厂商中的 6 家吸引到昆山。

在这些旗舰型项目的带动下，昆山出现了"以台引台、以台引外、以外引外"模式，引进一个大项目、跟进一批配套企业的"葡萄串效应"，迅速成为国内重要的电子信息产业基地之一。由此，昆山经济发展呈现企业由分散发展向各类园区集中，产业向电子信息、精密机械制造等重点产业门类集中，土地向规模集中这"三个集中"趋势，实现"散转聚"的阶段性变化。10 年中，工业园区产出 654 亿美元，成为世界上劳动生产率最高的工业区之一。

进入 21 世纪，中国经济社会迎来了新的发展高潮。昆山利用国内外有利条件，深入开展"整体发展学新加坡、产业提升学韩国、自主创新学台湾地区"的"三学"活动，创建全国首家设在县级市的国家级高新区和全省唯一以现代服务业为主导产业的花桥经济开发区，集聚一大批高新技术企业，形成十大特色产业基地，昆山产业结构得到进一步优化，呈现"低转高"的发展态势。

世上本无路，路是人走出来的。那么，昆山人用自己的脚步走出了一条怎样的"昆山之路"呢？

这是一条敢闯敢试之路。

"敢为人先、勇立潮头"是昆山发展的鲜明标识。从第一个创办全国县级开发区、引进江苏省第一家中外合资企业，到成立全国第一个封关运作的出口加工区、全国县级市第一家国家级高新区，从开通全国第一条跨省轨道交通线、建成全国第一条县级中环快速路，到开出全国第一张一般纳税人资格试点增值税发票、长三角第一张跨区域通兑创新券……昆山在改革开放史中写下了许多历史性"首创"，在县域发展史上创造了多项重量级"第一"。40多年来，正是凭着"第一个吃螃蟹"的勇气，昆山从一个典型的农业县跃升为全国县域经济发展的领头羊。

这是一条唯实唯干之路。

"实事求是、艰苦创业"是昆山发展的成事之本。昆山在创业之初底子薄、基础弱、条件差，但昆山的干部群众吃苦不言苦、处难不畏难，没有政策条件，就学习南方经济特区、比照国家优惠政策；没有资金条件，就大胆尝试以批租土地获得启动资金；没有项目条件，就主动出击招商引资。40多年来，正是凭着火一般的干事激情，昆山人民历坎坷而勇往直前，让这座城市经风雨而顽强崛起，创造了白手起家、绝境逆袭的时代传奇。

这是一条奋斗奋进之路。

"只争朝夕、狠抓落实"是昆山发展的关键动力。《人民日报》刊发的《"昆山之路"三评》文章指出，昆山"不等中央定什么'名分'，不要国家给什么投资，因陋就简，建成一片被誉为'投资者乐土'的经济技术开发区"，并总结出三点经验：向自己要钱、办大事未必花大钱、政策也会变成钱。1992年8月，国务院批准昆山经济技术开发区升格为国家级开发区，开创了一个县级开发区进入国家序列的先河。40多年来，正是凭着不甘落后、自立自强的拼搏精神，昆山发展始终保持了领先优势，始终在区域竞争中走在前列。

这是一条创新创优之路。

"人无我有、人有我优"是昆山发展的一贯追求。改革开放以来，从抓住军工企业转产民品机遇推动横向经济联合，到抓住国家沿海开发开放机遇发展外向型经济，从亚洲金融危机中通过"台资扩张"掀起开放发展又一轮高潮，到顺应经济全球化趋势全面融入国际产业分工体系，再到抢抓长三角一体化发展等机遇打造产业创新集群,昆山实现了从"昆山加工""昆山制造"向"昆山智造""昆山创造"的转变。40多年来,正是因为昆山始终坚持开放发展、创新发展,敏锐果敢把握一次次重大机遇,才能够在每一个转折关头乘势而上乃至逆势而进,实现经济社会发展的一次次巨大跨越。

路漫漫其修远兮,吾将上下而求索。昆山之路是昆山人民凭借着敢为人先的勇气和智慧,在不断求索中走出来的,创造了昆山从一个农业小县城迅速崛起为经济强市的传奇历程,成为中国改革开放伟大成就的生动写照。

路在延伸没有尽头,人在行走不会止步。

随着新时代的到来,昆山人的思想更加解放,视野更加开阔,步伐更加坚定,在"新昆山之路"上朝着新的梦想、新的目标奋进。

阳澄腾细浪,鸥鹭剪波飞。昆山紧紧围绕国家一流产业科创中心目标,高起点规划阳澄湖两岸科创中心,布局建设"一廊一园一港"等科创载体。获批设立国家超算昆山中心,获准发起"深时数字地球"国际大科学计划。设立国家技术转移东部中心昆山分中心,实施祖冲之自主可控产业技术攻关计划,鼓励企业联合高校院所开展产业技术攻关。全社会研发投入占比达3.9%,万人发明专利拥有量达66.4件。推动工业园区向科创园区转型,近5年累计淘汰落后产能企业955家,腾出发展空间1.9万亩,低效用地实现再利用4.5万亩,昆山开发区稳居全国前5位,昆山高新区全国排名6年跃升30位。

种好梧桐树,引得凤凰来。昆山加快汇聚高端资源要素,先后制定双创人才、产业人才、高技能人才、外专人才、乡土人才等政策措施,构建人才引进、培养、扶持、激励、服务工作全链条。实施人才科创"631"计划和人才"头雁工程",设立人才科创发展服务中心,发布政策服务、生产服务、生活服务"三张清单",在人才安居、医疗保健、子女教育等方面提

昆山夏驾河
科创走廊

供一站式专业化服务。人才资源总量达48.5万人，成为全国首个获评国家创新人才培养示范基地的县级市。建成知识产权运营交易平台，创成国家知识产权示范城市。新增境内外上市企业35家、总数达43家，成立总规模2亿元的天使投资基金、总规模100亿元的产业发展引导基金，成为全国首个存贷款总额突破万亿元的县级市。

同时，着力培育创新型产业集群。坚守实体经济为本，锚定制造强市定位，围绕产业链部署创新链、围绕创新链布局产业链，高新技术企业从2012年的385家跃升至2264家，战略性新兴产业、高新技术产业规模占规上工业产值比重分别提高至53.4%、49.7%。着力提升主导产业集聚度，一批百亿级项目顺利开工，一批百亿级企业快速成长，累计引育专精特新企业384家，规上工业企业2499家，电子信息和装备制造产业产值分别达5546.2亿元和2781.7亿元。坚持把数字经济作为转型发展的关键增量，实施制造业数字化改造行动和"崑朋"数字生态伙伴计划，完成数字化改造项目3000多项，培育示范智能工厂218家，获评江苏省星级上云企业320家、省级工业互联网示范企业13家，蝉联全国县域工业互联网发展指数排名首位。

因改革而立，因开放而兴。昆山主动把握新时代扩大开放发展大势，坚定扛起"前哨"担当，大力发展更高层次的开放型经济，牢牢抓住长三角一体化发展重大战略机遇，主动融入长三角生态绿色一体化发展示范区、协调区，牵头建立嘉昆太、虹昆相等区域合作机制，成为虹桥国际开放枢纽北向拓展带重要节点城市；主动融入"一带一路"建设，参与江苏昆山（埃塞）产业园等项目建设，探索地方政府、央企、非洲园区三方合作新路径。近十年实际使用外资累计达 112.5 亿美元，进出口总额保持高位增长，获批国家进口贸易促进创新示范区、外贸转型升级基地，外贸从"大进大出"迈向"优进优出"，对外开放水平不断提升。与此同时，继续做深做透昆台融合发展文章，成功获批深化两岸产业合作试验区和全国金融改革试验区，在更高层面构筑了对台产业开放合作平台，实现昆山台企工业总产值年均增速 10% 以上，已集聚台资企业 5600 多家，投资总额 670 多亿美元，投资领域从制造业向农业、金融、文旅、教育、医疗等服务业全方位拓展。

依绿水青山，造金山银山。昆山始终坚持把绿色作为普遍形态，不断打造低碳循环生产生活方式。以"蓝天碧水净土"保卫战为突破口，推动经济社会全面绿色转型。加快产业结构调整，实施最严格的环保准入制度，开展工业企业资源集约利用综合评价，大力发展绿色低碳循环经济，推动土地利用总量控制、增量优化、存量盘活、流量用好、质量提升，资源节约集约高效利用水平显著提升；促进能源结构优化，强化能源基础设施建设，加快重点电网工程、绿色电能通道、天然气管线建设，积极发展太阳能、生物质能，开展分散式风电建设试点，提高非化石能源占一次能源消费比重，加快能源绿色转型；推动生态农业发展，创新实施农田集中连片整治，实施耕地轮作休耕制度，大力发展绿色生态循环农业，成功创建全国绿色食品原料标准化生产基地、国家级渔业健康养殖示范县，以绿色生态展现江南水乡魅力，由此获评首批国家生态园林城市、联合国人居环境奖，生态文明建设取得积极进展。

物质文明如同坚实的基石，精神犹如璀璨的星辰。昆山市始终坚持物质文明和精神文明两手抓、两手硬，推动物质力量和精神力量全面增强。深入开展城乡精神文明创建活动。以新时代文明实践中心、实践所、实践站为基础，以新时代文明实践基地、实践点为补充，聚焦入城、入住、入职、入户、入学等关键节点，实施市民修身立德工程，开展市民文明十二条专项行动，弘扬社会主义核心价值观，创成了一批文明村镇、文明单位。2020 年，昆山成功获评全国文明城市。擦亮昆曲和顾炎武两张文化"金名片"。制定昆山市昆曲发展规划，新建成当代昆剧院、昆曲特色小镇，加强昆曲文化传承与保护，创新举办戏曲百戏昆山盛典，提升"百戏之祖"发源地影响力。将每年 7 月 15 日定为"昆山市顾炎武日"，编排昆剧大戏《顾炎武》，出版《顾炎武全集》，将先贤思想转化为现代化建设的精神动力。加强城乡优质文化产品供给，坚持文化育人、体育塑人，完善市镇两级文化馆、体育场馆建设，精心举办汤尤杯羽毛球赛、亚足联 U23 锦标赛、海峡两岸昆山中秋灯会、文化艺术节等，广泛开展群众性文化体育活动，着力构建"15 分钟文体生活圈"，不断提高优质文化产品和服务供给水平，人均公共文化面积从 2012 年的 0.36 平方米增长到 0.56 平方米。人民群众物质生活和精神生活得到同步改善，幸福指数不断提高。

2024 年 11 月，我国著名作家何建明先生的长篇报告文学《昆山景象》正式出版。他在序言中满怀激情地写道：

  龙年春节时，我来到昆山，在与昆山籍的中国航天英雄费俊龙欢聚时，加了一位当地朋友的微信。很快，这位朋友给我发了一则当地政府平台上发布的新闻《2023，昆山向您汇报！》。文章不足千字，但令我读后热血沸腾、感慨万千，因为文中的一串串数字，叫人心跳加快，当然是幸福和兴奋的节奏。

你哪里是"小昆山"嘛！明明是大昆山，如巍巍昆仑一般的中国大昆山——

昆山规模以上工业总产值再上一个千亿元级台阶，总量实现11433亿元，连续三年突破万亿元……

这一数据是什么概念？就是将它放进全国各省中比较，至少也超过个别省或自治区。上海是中国工业大市，昆山2023年的工业总产值相当于2003年的大上海水平。而与上海2023年的工业总产值相比，今天的4个昆山就已接近一个大上海。

不敢设想，今天的中国，少了一个上海会是怎样。然而谁也没有从另一个角度去认识昆山：假如中国多三五个昆山，又会是怎样呢？

昆山大吗？它只是区区一个县级市！

特别需要告知读者的是，就在这部书稿即将完成时，昆山又传来喜报——2024年上半年，全市外贸进出口总额达3644.6亿元，同比增长17.9%。

呵，如此强劲之势！

在中国外贸版图上，仍有一些县市的外贸进出口额是"零字头"，而昆山以其7600亿元的年进出口总额，占到全国总量的近2%，在全国所有城市中排名前15。

初入2024年，昆山市委、市政府又为昆山设定了一个更高的新目标，并将其归纳为力争用3年时间实现"12345"的具体目标：

"1"，新增地区生产总值1000亿元，总量迈上6000亿元新台阶；

"2"，新增规上工业总产值2000亿元，总量超1.3万亿元；

"3"，规上工业企业突破3000家；

"4"，高新技术企业突破4000家；

"5"，打造50个特色专业创新园区，总产值超5000亿元……

呵，如此"强富美高"！

这就是昆山——傲立于群山，雄居于巅峰，至今已整20载！

2024年，又逢昆山撤县设市35周年、"自费开发区"成立40周年……

作家何建明在《昆山景象》一书的结尾，又深情地写了一首诗：

有一种景象

是我们的梦想

有一种景象

是我们的向往

从田埂上走来

到大都市诗篇的激情挥洒

始于八十米高的地方

登临比肩昆仑的巅峰之上

那就是昆山的景象

那就是中国的景象

从新时期"昆山之路"到新时代"新昆山景象"，昆山实现了持续的高速发展，GDP连跨三个"千亿"台阶，连续20年位居全国百强县市首位，昆山开发区综合实力连续20年位居国家级经开区前五，昆山高新区位列全国第32名，十年提升29个位次，花桥经济开发区跻身省级前十，成为高质量发展的标杆典范和中国式现代化的县域样本。

更为重要的是，昆山不断赋予"昆山之路"新的时代内涵，在敢闯敢试、唯实唯干、奋斗奋进、创新创优的基础上，锚定"率先第一，争创唯一"的更高目标，不断实现新的超越。

岁月如歌，征途如虹。2024年是昆山撤县设市35周年，也是昆山自费创办开发区40周年。昆山市委、市政府召开昆山发展大会，致敬过往，激励当下，共谋未来，坚定宣誓昆山改革再出发的壮志豪情。市委主要领导表示，昆山将始终牢记嘱托、感恩奋进，认真落实党中央、国务院，江苏省委、省政府，苏州市委、市政府工作部署，锚定主要指标增速高于苏州、高于全省"两个高于"和加快经济转型、社会转型"两个转型"要求，以高度的改革自觉和狠抓落实的坚定行动，推动新时代"昆山之路"越走越宽广。

路虽远，行则将至。事虽难，做则必成。展望未来，昆山有可能成为全国第一个地区生产总值超万亿元的县级市。

明清时期昆山籍著名思想家顾炎武提出"天下兴亡，匹夫有责"。如今，昆山人立志做到——

以一域之光，为全局增光。

江南福地

常熟地处江南水乡，素有"江南福地"的美誉。

何以常熟？何为福地？

这与常熟所处的地理生态环境有关。它地处江苏东南部，属于亚热带季风气候，四季分明，气候温和，雨量充沛，生态环境良好，适合人类居住和各种生物生长。

常熟者，岁岁丰收之谓也。

福地者，土壤膏沃，岁无水旱灾害之谓也。

正是这块常熟之福地，自古以来经济繁荣、文化昌明、人才辈出。

早在6700年前，在梅李何村马家浜文化遗址的古常熟人，刀耕火种，并开始使用陶器和玉器，点亮了当地文明的曙光。

在常熟博物馆，有一件藏品是"双龙连体环形玉佩"，被誉为"良渚文化第一龙"。这里确实是藏龙卧虎之地。

3000年前，商末周族古公亶父之子仲雍随兄太伯奔吴，属地勾吴的常熟人由此掌握了中原先进的农耕技术。

又过了500年，常熟人言偃22岁时北上求学，成为孔门72贤中唯一的南方弟子，跟随孔子游历诸国。他擅长文学，人称"南方夫子"，又称"言子"，是春秋时期著名思想家。26岁时，他出任鲁国武城宰。武城是曲阜的一道重要屏障，坐落于距曲阜150多公里的沂蒙山的崇山峻岭中，依山面水，壁垒森严。言子登城观瞻，不禁为这座坚固城池的险要所惊奇，也为这座文化生气淡薄的偏远孤城而叹息。此情此景，让遵循孔子"学而优则仕"思想的言子激发了施展政治抱负的宏大志向。

治理武城期间，言子谦卑理政、知人善任、惠民为民，推行"敬德保民、崇礼尚和、选贤任能、清廉自律"的政德思想，使得武城一跃成为鲁国名邑。孔子来到武城考察，听到弦歌之声，打趣地问他："割鸡焉用牛刀？"言下之意是，武城这个小地方，用得着以礼乐教化吗？言子答问说："吾以为人人都应知礼。"孔子闻之颇为赞赏。后人称之为"弦歌之治"，世代颂扬。

在历史上，常熟名人不胜枚举，其中黄公望最为人熟知。他是元代著名画家，一辈子擅画山水，师法董源、巨然，兼修李成之法，得赵孟頫指授，与吴镇、倪瓒、王蒙合称"元四家"。黄公望从小读遍四书五经，一直向往功名，45 岁时当上了浙西廉访司的书吏。上任不久，就因他的上司张闾贪污舞弊案牵连被抓入狱。

出狱时，黄公望已经 50 多岁，他选择了浪迹天涯，当一个自在的道士。他用了 29 年的时间，走遍山川，游历大江大河。一年秋天，落叶缤纷。黄公望和他的师弟无用从松江游历到浙江富阳，只见富春江江面如练、渔歌唱晚，他流连忘返，就对无用师弟说："我不走了，留下来画画。"无用劝说他继续前行未果，只好一个人独自云游去了。

黄公望遇上一个樵夫，跟他来到庙山坞的山沟里。这里人烟稀少、三面环山、一面临江，举目四望，整个富春江尽收眼底，景致奇美。黄公望在这里一住就是四年，每天天一亮就戴着竹笠、穿着芒鞋出门，心随念走，身随缘走。沿江数十里，遇到好景就停下来画，风雨无阻。直到 84 岁那年，黄公望正式完成《富春山居图》。

公元 1353 年，无用师弟终于通过卖画的樵夫找到了黄公望。当看到《富春山居图》时，无用师弟热泪纵横、爱不释手。而黄公望一言不发，悄然在画卷题好字，将自己用生命绘制的《富春山居图》拱手赠予无用师弟。

后来，这幅中国十大传世名画之一的《富春山居图》几经周折，饱经风霜，辗转于文人墨客、达官显贵之手，后传至宜兴一位大收藏家。由于他太爱这幅画了，临死前竟要家人当他的面将此画焚烧，让他带入阴间。好在有人乘其不备，从火炉中将此画抢出，但已断为两段。之后，有人将前半卷另行装裱，定名为《剩山图》，现藏于浙江省博物馆；后半卷被皇宫所获，称之为《无用师卷》，现藏于台北故宫博物院。

在中国近代史上，常熟人翁同龢是著名的政治家、书法家、收藏家。他于1856年状元及第，此后历仕咸丰、同治、光绪三朝，历任翰林院修撰、陕西学政、文渊阁校理、都察院左都御史、刑部尚书、工部尚书、户部尚书等职。在任户部尚书的十余年时间里，当过同治帝和光绪帝的师傅，并两次入军机处，参与内政外交的决策。在甲午战争中，他坚决主战，被视为"帝党"的代表、晚清清流派中"后清流"的领袖。甲午战争战败后，他主张变法图强，并于1898年起草《定国是诏》，拉开百日维新的序幕。

在革命战争年代，常熟是新四军游击队活跃的地区之一，这里的老百姓把自己的粮食、衣服、房子甚至生命都贡献出来。锡剧《沙家浜》的故事就发生在这里：1939年，新四军转移时，郭建光等18名伤病员留在阳澄湖畔的沙家浜，他们与春来茶馆老板娘、地下党员阿庆嫂以及当地群众一起，与胡传魁和刁德一的"忠义救国军"进行了顽强机智的斗争，并取得胜利。

从古到今，常熟既是福地粮仓、文化重镇，也是革命老区，承载着光荣的红色印记。

时序多轮回，岁月更变化。从站起来的新中国，到富起来的新时期，再到强起来的新时代，福地常熟，常创常新，一直走在经济社会和文化发展的最前列。

碧溪，绿色的溪流。在我国，有许多乡镇叫"碧溪"。常熟也有一个碧溪镇。这里濒临长江，土质多沙，是个纯棉区。别看它拥有这样的地理位置和好听的名字，贫穷是这里最初的印记。

然而，大江滔滔，浪潮叠涌，淬炼和塑造了碧溪人的精神品格。40多年前，一个关于改革开放的故事在这里上演。

20世纪60年代，凭着紧靠上海、交通便利、商品经济发达等有利条件，碧溪人从一个队办五金厂起家，采用"母鸡下蛋"的办法，很快办起一批社队工厂。在当时发展工业，是要有点儿胆量的。"开山鼻祖"——碧溪五金机械厂就曾因"以小挤大""挖社会主义墙脚"而一度关门。在谈"企"色变的环境下，碧溪镇党员干部敢于身先士卒发展社队工业，义无反顾推进改革，支持并保护群众的创新成果。就这样，碧溪社队企业在艰难中挺进，在风雨中成长。

1978年，改革开放的春风吹到了苏南大地。碧溪的干部群众闻风而动，抓住机遇，大力发展社队企业。他们先是从上海引进原料、设备，并从上海、苏州等地聘请"星期日工程师"，利用周末业余时间来碧溪提供技术指导，帮助企业解决了生产中出现的疑难问题。

进入80年代，碧溪率先发展集体所有制性质的乡镇企业，探索以工补农、城乡融合、共同富裕的发展路径，形成了"离土不离乡，进厂不进城，亦工亦农，集体同富裕"的发展模式。在干部群众的共同努力下，碧溪走上了现代市场经济发展快车道：1983年10月柏油马路通到家家门口；1984年自来水第一次通到农民家里，有了第一台电视机；到1987年，全镇外贸收购额达3500万元，创汇400万美元。

90年代初，碧溪乡镇企业实行固定资产租赁、流动资产转让和全部资产风险抵押承包的经营机制改革。1996年，碧溪乡镇企业实施产权制度改革，24家改为股份制企业，19家改为有限责任公司，31家改为私营企业。

碧溪的发展模式，引起了新闻媒体的关注。《人民日报》曾在头版头条，以《碧溪乡发展农副工建成新型集镇》为题，做了专题报道。《新华日报》也刊发长篇通讯《碧溪之路》。一时间，"碧溪之路"成为社会传播热词，碧溪现象、碧溪故事成为人们争相谈论的话题。碧溪农民发展集体所有制性质的乡镇企业，走出一条以工补农、城乡融合、共同富裕的"碧溪之路"。

碧溪之路是一条艰苦创业之路。吃尽千辛万苦，想尽千方百计，说尽千言万语，历尽千山万水。

碧溪之路就是一条敢为人先之路。解放思想、勇于探索、敢于尝试、改革创新。

碧溪之路就是一条富裕农民之路。以工补农、以工促农、发展经济、共同富裕。

近水楼台先得月。"碧溪经验"被常熟市广泛推广，"碧溪之路"在常熟市不断延伸。改革开放以来，常熟市突破陈旧的思维模式，树立"敢闯善创"的改革精神，大力发展地方经济，形成了纺织服装、汽车及零部件、装备制造"三大支柱产业"；形成了新能源、新一代信息技术、数字经济、生命健康、声学"五大重点产业"；形成了生产性服务、文体旅游"两大服务业"。全市经济社会的发展持续行进在快车道上。

形成于改革开放新时期的"碧溪之路"，在新时代仍具有很强的生命力。常熟市继续弘扬"碧溪之路"的敢闯善创精神，不断改革创新，大力推进高质量发展，积极培育新质生产力，成功地从"纺织时代"切换到"汽车时代"，进而迈向"声学时代"，顺应"新型工业化"的时代浪潮。

纺织服装产业是常熟市的传统支柱产业。如何推动传统产业转化升级，加快发展新质生产力？常熟市进行了积极的探索。"波司登"就是一个成功的案例。

波司登集团创立于1976年，专注羽绒服48年，是国内兼具大规模及先进生产设备的品牌羽绒服生产商，主要从事自有羽绒服品牌的开发和管理，包括产品的研究、设计、开发、原材料采购、外包生产及市场营销和销售。波司登羽绒服畅销美国、法国、意大利等72个国家，全球有超2亿人次穿过波司登羽绒服。

进入新时代，波司登持续整合全球创新资源，构建研发体系，加大研发投入，以科技赋能产品的革新与升级，推动新材料、新品类、新科技的开发和应用，开展前沿科技功能和新品类探索，重视数字化AI设计，推进数字化智能工厂建设，实现全链路在线化、数智化运营。同时强化和国际设计机构、高等院校等的联合创新，以科技创新的硬核实力，强化品牌核心竞争力，以高质量的供给引领创造新需求。

波司登在科技赋能中不断"登峰"。2019年，波司登推出"登峰系列"，原材料选用北纬43度黄金羽绒带、蓬松度达到1000的顶级鹅绒，以及防风防水、高透气性面料和航天纳米保温材料；应用蜂巢立体充绒、防水压胶处理等尖端工艺和科学技术，历经489道工序、217次修版，充绒量达到95%，悉心打磨名副其实的全球顶配羽绒服。该系列产品荣获中国服装行业第一个"优秀工业设计奖金奖"。

2021年，波司登推出100%中国原创的登峰2.0系列羽绒服，经过了300余项专业测试，以及5次在珠峰及南极等极限环境进行测试。该系列还首次将航天科技应用在羽绒服上，四重保暖温控技术，使得登峰2.0系列在保暖性能上提升了15%。之后又推出了"登峰LITE"系列，衣身减重5%、最高可抵御-50°C气温，成为服装行业名副其实的"新质产品"和顶级品牌。

如果说，波司登是"转化性"新质生产力，那么"中国声谷"就是"原创性"新质生产力。

"中国声谷"以智能语音及人工智能技术为核心，通过整合全球领先的语音技术、机器视觉、生物识别等智能交互技术，构建"云平台"和"大数据"软硬件相结合的支撑服务体系，推动智能语音及人工智能产业的发展。其主要方向包括智能语音、机器视觉、生物识别等技术，并在"互联网＋"、智能终端、智慧城市、移动健康等领域进行布局。在全球声学产业蓬勃发展、产业规模不断扩大的当下，声学在国内却并非广为人知，更是缺乏与人文经济融合发展的机会。

常熟，古名"琴川"，自古便与声音有着不解之缘，"虞山琴派"的琴音早已悠悠穿越千年。声学作为物理学中历史最悠久的重要分支，与人类的文化、生产、生活息息相关。

2020 年，"苏州·中国声谷"横空出世。

常熟抢抓长三角一体化、苏南国家自主创新示范区建设等发展机遇，与中国声学学会、南京大学、苏州市人民政府联手共建"苏州·中国声谷"示范区，全力打造声学产业创新生态发展新高地。

"苏州·中国声谷"立足科技前沿，全力争取国家级、省级各类政策资源支持，推动声学由学科门类向产业门类转变，在压电材料、声学超构材料、建筑声学材料、汽车 NVH 材料等领域，开展前沿技术和颠覆性技术研究，着力攻坚基础材料、核心器件、重大装备等一批国家战略所需的声学核心技术。深度参与电子声学、海洋声学、建筑声学、医疗声学，以及航空航天、智慧交通、噪声治理等领域的技术研发，形成了海洋声学、车载声学、减震降噪声学"三驾马车"并驾齐驱。2023 年，常熟市声学产业完成规上产值 458.8 亿元。

如今，"苏州·中国声谷"传出的"新声音"正在成为常熟产业创新的"好声音"。在大力发展新质生产力的同时，常熟市深入挖掘本地文化资源，探索并践行着新时代人文经济的"常熟路径"，涌现出一个个亮点。

——藏书楼再现古里书香。常熟有 3000 多年的文明史，1700 多年的建城史。常熟刻书、藏书、读书之风源远流长。明清两代就有近 300 位藏书家，数量居国内县级市之首。清代四大私家藏书楼之首的"铁琴铜剑楼"更是声名远播。在国家图书馆 300 余万册古籍特藏中，有不少重要专藏来自常熟，或与常熟有关。"中华再造善本工程"出版的古籍善本中，出自常熟各藏书楼的版本占全国近 1/4。从享誉明清的虞山藏书派，到如今全面铺开的书香城市建设，常熟持续深挖文化资源，打造具有辨识度的"书香古里"文化标识。以"铁琴铜剑楼"为原点，串联锦龙国乐传习馆、常熟中医药博物馆、常熟监察印象馆等特色载体，创建全国首个以知识旅游为主题的历史文化街区。

——沙家浜成为文旅热点。由《芦荡火种》改编的京剧《沙家浜》，至今已有 60 年历史，其故事就发生在常熟。在抗日战争时期，江南新四军浴血抗日，某部指导员郭建光带领十八名新四军伤病员在沙家浜养伤，忠义救国军司令胡传魁、参谋长刁德一假意抗战，暗投日寇，地下共产党员阿庆嫂依靠以沙奶奶为代表的进步抗日群众，巧妙掩护新四军伤病员安全伤愈归队，最终消灭了盘踞在沙家浜的日伪武装。常熟市立足红色基调不变，坚持湿地红线不越，以"红色是魂、绿色为根"的发展路径，以"红绿相融永续发展"为主题，围绕"万物有戏"全新品牌概念，依托丰富的革命历史资源和得天独厚的自然生态资源，形成了以红色教育为基础，绿色生态游为重点，金色美食游、演艺文化游和休闲养生游为特色的红色旅游示范区，带动旅游和相关产业协同发展，年均接待游客超 200 万人次。该区先后被授予全国爱国主义教育示范基地、全国百家红色旅游经典景区、国家国防教育示范基地、国家 5A 级旅游景区、国家湿地公园、全国科普教育基地等荣誉称号，并于 2015 年入选国务院"国家级抗战纪念设施、遗址名录"。成为全国 30 条红色旅游精品线路的重要节点和 123 个红色旅游经典景区之一。

——山前坊尽显创意活力。常熟于 1986 年被国务院列入第二批国家历史文化名城，历史城区面积 2.66 平方千米，保留着南泾堂、西泾岸、琴川河、南门坛上 4 处历史文化街区。自 2020 年起，启动历史街区整理更新试点，以"绣花"方式推进古城蝶变。在全省首创提出"房屋使用权集中"概念，形成"腾换"和"腾空"两类建筑院落。其中"腾空"类用于市场化运作的产业植入和功能生态更新，推动历史街区"见文又见景、产业大融合"。山前坊文化创意产业街区位于常熟山前街历史文化地段，既有传统江南民居，又有印刷厂等近现代老旧工厂，还保留着祠堂、古井、古树、牌坊等历史文化遗存。常熟以老旧街区"微更新"的理念，对山前坊进行改造。改造后的山前坊凭借着独具特色的环境与氛围，成功吸引了一批新商业、新时尚、新青年，一个集文化创意、精品民宿、生活美学、休闲娱乐、活力运动、商业综合等业态为一体的综合性文化创意产业活力社区逐渐崛起。

——波司登融合文化元素。在大力培养新质生产力的同时，波司登努力从优秀传统文化中汲取灵感，"洋为中用、古为今用"，在传承中创新，在创新中发展。他们抓住国潮兴起的大趋势，以全球视野融合国潮元素和文化，推出国潮传统文化系列。先后参展纽约时装周、米兰时装周、伦敦时装周，参加"中国品牌日"等国家级品牌活动，持续增强品牌势能，提升品牌的国际影响力与时尚话语权。2018年，波司登作为唯一的中国服装品牌，以独立品牌亮相纽约时装周，便选择苏州园林古建筑中的窗棂为设计元素，用元代著名画家黄公望的《富春山居图》为发布秀背景，向世界展示中华文化的瑰宝。2023年和2024年，波司登重返米兰，带着融合中意文化的新一代轻薄羽绒服，在米兰·达芬奇庄园举办盛大的发布秀，创造性地运用了享誉世界的非物质文化遗产苏绣，结合意大利引以为豪的蕾丝工艺，让中西方传统文化在现代设计中碰撞、融合出全新的意境。同时将尖端科技融入传统工艺，使中华传统文化在现代设计语境中焕发出时代的活力，向世界展示古法工艺与时尚的碰撞，不仅让现场观众领略到中国传统文化的博大精深，也展示了波司登作为国际品牌的开放创新与兼容并蓄，推动传统文化与国潮风尚、现代时尚融合发展。

常熟宛如一颗璀璨的明珠，在人文与经济的交织中闪耀着独特的光芒。这里孕育了众多的文人墨客和艺术大家。诗词、书画、戏曲等艺术形式也在这里蓬勃发展，传承至今。古老的街巷、传统的建筑，无不诉说着历史的故事，承载着岁月的记忆。

更为可喜的是，在人文经济和新质生产力的引领下，常熟展现出了强大的活力和创新精神，成为重要的经济枢纽，形成了"三大支柱产业"和"五大重点产业"。汽车及零部件产业、装备制造业产业、纺织服装产业与高新技术结合，为持续增长注入了新的动力。新能源产业、新一代信息技术产业、数字经济产业、生命健康产业和声学产业迅速发展，为经济发展积蓄了新的增长点和后发优势。同时培育低空经济等未来产业，逐步形成"3＋5＋N"的产业体系。

在经济发展的过程中，常熟始终坚守绿色发展的理念，注重生态环境保护。美丽的湖泊、青山与现代化的城市景观相得益彰，营造出了宜人的生活和工作环境，探索出了一条具有新时代印记的"常熟路径"。

如果说，"碧溪之路"是常熟在改革开放中开辟的致富之路，那么，"常熟路径"就是在中国式现代化进程中织就的人文鼎盛与经济领跑的"双面绣"。这幅"双面绣"展现了人文与经济相互融合、古代文化与现代文明交相辉映的壮美图景。

永远的太仓

有这么一个县城，面积并不大，人口并不多，名气却很大，大到曾以"天下"冠之——"天下粮仓""天下良港"。

这就是太仓。

太仓位于长江入海口南岸。东濒长江，与崇明岛隔江相望。又因地处娄江之东，亦称娄东。江水滔滔，娄水悠悠，润泽了太仓这方广袤的沃土，滋养了太仓的黎民百姓。早在 4500 多年前，这里便有人们活动的踪迹，留下了良渚文化遗迹，开启了娄东文化、太仓文明的序幕。

春秋时期，吴王在此设立粮仓。后有战国楚国春申君、西汉吴王刘濞、三国孙权、五代吴越王钱镠等多位君王都在此设立过国家级储仓。故而，太仓成为名副其实的"天下粮仓"。

一千多年前，宋代的苏州知州范仲淹到太仓开浚七浦塘等河流，流经之处，水土丰饶，为当时太仓的富足打下基础。元朝时期，政府制定"海运漕粮"国策，太仓成为南粮北运的始发港口。当时，补给京师的粮食通过漕运一路北上到天津，因为水路复杂险峻、路途遥远，往返一次需要大半年时间，政府就出台政策，凡漕运至津的船工下船后发一笔钱作为补贴，长此以往，船工们就把这份到天津下发的贴补称为"津贴"。

随着海外贸易的兴起，太仓又开辟了通往国内沿海各地和东亚、东南亚、西亚等各国的航线，海内外商船云集于此，号称"六国码头"。由此，太仓港口和城市发展进入黄金期，由"天下粮仓"一跃成为"天下良港"。

这个"天下良港"，在明代永乐、宣德年间，成为郑和下西洋的起锚地。这场海上远航活动，首次航行始于 1405 年，末次航行结束于 1433 年。在 7 次航行中，郑和率领船队从南京出发，在江苏太仓的刘家港集结，至福建福州长乐太平港驻泊伺风开洋，远航西太平洋和印度洋，拜访了 30 多个国家和地区，其中包括爪哇、苏门答腊、苏禄、彭亨、真腊、古里、暹罗、榜葛刺、阿丹、天方、左法尔、忽鲁谟斯、木骨都束等地，已知最远到达东非、红海。

郑和下西洋是中国古代规模最大、船只和海员最多、时间最久的海上航行，也是 15 世纪末欧洲地理大发现之前，世界历史上规模最大的系列海上探险。由此可见太仓港在中国航海史上的重要地位。

太仓之所以能够成为郑和下西洋的始发地，首先得益于区位优势，这里是离明朝国都南京最近的对外天然良港。同时，作为"天下粮仓"，朱元璋在此设海运仓，贮存国家粮食百万石，是全国藏粮最多的地方。而且，太仓的百姓近半有出海经商的经历和经验，水手、船夫、差役、工匠等有上万之多。故而，郑和下西洋起锚地非太仓莫属。

在历史上，太仓因港口兴盛而繁荣，多元文化在这里交汇，带来了戏曲与技艺的繁荣发展。明代嘉靖年间，以魏良辅为首的艺术家对昆山腔进行了脱胎换骨的改革，创造了"水磨腔"——昆曲。

当年魏良辅住在太仓南码头，所以昆曲在明代也叫作"南码头曲"。魏良辅当时有个助手叫张野塘，擅长北曲和乐器，他跟随魏良辅学习南曲后，将以弦乐器为主伴奏的北曲和以箫、笛为主伴奏的南曲相结合，组成了为昆曲伴奏的乐队，也就是江南丝竹的前身——弦索。随着昆曲的流行，弦索也传遍大江南北，广泛流行于民间。新中国成立之初，正式定名为"江南丝竹"。

太仓不仅是"江南丝竹"的发源地，也是著名的武术之乡、龙狮之乡、桥牌之乡，孕育了丰富多彩的乡土文化。太仓还是人才辈出之地，古有大文豪王世贞、大画家仇英、大学士王锡爵等，及至近现代，太仓还走出了"中国居里夫人"吴健雄、诺贝尔物理学奖获得者朱棣文、上海交通大学首任校长唐文治、中国新舞蹈艺术奠基人吴晓邦，以及12位中国两院院士。

随着时间坐标向前推移，1993年1月8日，经国务院批准，撤县设市。从此，太仓这座江南小城翻开了历史性的新一页。

由"县"变"市"，不仅是名称与建制上的改变，更是太仓经济社会发展方式的全方位变革。面对新的机遇，站在新的起点，开始新的启航。

太仓市委、市政府审时度势，提出"以港兴市"的发展战略，决定在沿长江地区建立港口开发区，充分利用长江岸线资源优势，进行港口开发建设，以呼应上海浦东开发开放，推动外向型经济发展。

从此，太仓港踩着时代的节点，大踏步地向前发展。

1993年，江苏省委、省政府根据国务院召开的沿江开发开放会议精神，决定将太仓港列为江苏重点开发建设的港口。

1996年11月，太仓港被批准为国家一类口岸，正式对外国籍船舶开放。

2001年，太仓市委、市政府进一步确立了"以港强市"发展战略。交通部、国家发展计划委员会把太仓港定位为上海国际航运中心集装箱运输的干线港。

2003年，江苏省委、省政府实施"沿江开发"战略，把太仓港作为重点建设的"江苏第一外贸大港"。

2005年11月，江苏省委、省政府决定成立副厅级建制的江苏太仓港口管理委员会，全面承担港口建设和发展等管理职能。

2010年5月，太仓港被国务院定位为重点建设的集装箱干线港和江海联运中转枢纽港。

2012年12月，财政部、国家发展改革委、交通运输部共同批复同意，将太仓港作为沿海港口管理，成为全国第一个享受海港待遇的内河港口。

2019年12月，根据国务院《长江三角洲区域一体化发展规划纲要》要求，太仓港建设上海港远洋集装箱运输的喂给港，发展近洋航线集装箱运输。

2020年10月，太仓港成为国家物流枢纽入选项目，首创沪太两港通关一体化进口和出口模式。

2023年，太仓市委、市政府将"以港强市"升级为"以港强市枢纽城"，全力推进港产城融合发展。

在太仓港发展过程中，太仓市始终坚持把港口发展作为"一号工程"，按照"以港强市、以市兴港"发展路径，坚持把基础设施建设作为港口发展的根基工程，规划港口岸线25.2千米，已开发利用岸线15.69千米，建成投运各类码头泊位99个。强化智慧赋能，充分运用云计算、大数据等新一代信息技术，建设完成智能闸口车道、全自动化轨道吊机、远程控制岸桥作业等设施，长江流域首座堆场自动化码头太仓港四期码头、长江干线最大汽车滚装码头——海通太仓汽车码头建成投用。

同时，统筹推进江海河联动发展和港铁双枢纽建设，集中力量打造"公铁水"三位一体集疏运体系，共开辟运营集装箱班轮航线200多条，形成了内河喂给、长江集并、沿海内贸、近洋直达、远洋中转5张航线网络，已基本建成近洋直达集散中心、远洋喂给基地、内贸转运枢纽、江海联运核心港区，港口辐射能力和衔接转换水平得到有效提升。

如今的太仓港，集装箱年吞吐量达到831.8万标箱，连续7年位居江苏第一，连续15年领跑长江各港，全国排名稳居第8位，全球排名上升至第20位；货物年吞吐量2.89亿吨，年外贸货物吞吐量超1亿吨，汽车出口48.4万辆，占全国比重约8%。

太仓港，业已成为"江苏第一外贸大港"。以太仓港为龙头，太仓市在高质量发展中起锚"郑和新航线"。

太仓港区打造郑和文化融合创新工程，建成以郑和元素为主题、以航海文化为核心的情景式、体验式的综合性滨江公园——郑和公园，综合运用数字化技术手段和现代化运营模式对郑和文物、遗存进行保护修复和活化利用，对东南亚风情文化展示街区、郑和纪念馆及景区道路等进行提档升级，打造以郑和公园为核心，辐射周边区域的主题文化休闲地。

同时，依托郑和公园以及郑和纪念馆，太仓港区开展郑和文化研究，连续多年举办郑和航海节，推出"未来航海家"系列研学营、"趣江边"音乐节、万国美食节等各类活动，打造爱国主义教育、航海科普教育、华侨文化交流和未成年人社会实践基地，营造浓厚的特色人文氛围。

为了继承发扬郑和文化、航海文化，让郑和 IP 走出太仓、苏州，让郑和故事走向全国乃至世界，太仓港区积极承办中国航海节，邀请全国各地的航海人以及郑和下西洋沿岸途经的多个国家的相关代表、有关国家，以及郑和研究会代表等齐聚郑和下西洋起锚地。

此外，太仓港区每年举办科普研学、知识竞赛、游园会等航海文化主题活动，以丰富的活动内容、多样的活动方式，让郑和文化的传播范围更广、传播渠道更多元。同时，太仓港区还积极举办企业文化节、职工趣味运动会等特色活动，丰富港城企业职工的精神文化生活，提升各单位的凝聚力和向心力。如今，郑和文化已经成为港区对外的一张闪亮名片、对内的一种精神共识。

随着临港产业的逐渐壮大，太仓港区集聚了一大批职工群众。针对这些职工群众的精神文化需求，太仓港区依托苏州首个区域化新时代文明实践分中心——太仓沿江新时代文明实践分中心，打造"集宿温暖＋1℃""护江行动""江畔课堂""爱聚港城"等一批特色项目，让文明新风吹进集宿区。同时，围绕"点亮星夜"夏季晚间文明实践活动，开展形式多样的晚间新时代文明实践活动，丰富职工夏季晚间精神文化生活，不断提升职工群众的幸福感和获得感。各种生动鲜活的新时代文明实践活动不断档，让郑和精神变成可观可感的便民服务行动。

在继承和弘扬郑和文化的过程中，逐渐凝练成具有标识意义的港区精神，郑和船队劈波斩浪的精神力量内化成港区人敢闯敢试、创新图强的不竭动力。这片热土上集聚起一个个国家及省市级科技人才、技能人才，和一批批敢于走出国门、与世界对话的优质企业，进而促进港产城一体化发展。

太仓港区立足"千亿制造、千亿物贸"的产业基础，用好国家一类口岸、国家级经济技术开发区、综合保税区、港口型国家物流枢纽等四张国家级名片，形成世界 500 强企业、中央企业、欧美企业三个特色企业集群，成为全球最大的集装箱制造基地、亚洲最大的高级润滑油生产基地、华东最大的个人健康护理产品生产基地。同时，高端装备、先进材料、健康医药产业、低空经济等重点产业加速兴起，临港产业规模不断提升。

"郑和新航线"开辟了太仓人文经济的新路径。这条人文经济新路径，竟成为太仓招商引资的最佳通道。

一个偶然的机会，来自德国的斯坦姆博士，带着家族传承百年的弹簧制造技术，试探性地在太仓创建了太仓第一家德资企业——克恩里伯斯弹簧有限公司，几年间，大获成功。

一凤引来满枝鸟。之后，大批德企翩然而至。到现在，已有 550 多家德企纷至沓来，与本土民企融合发展、相生共赢。

德国企业为什么会如此钟情于太仓呢？

首先得益于太仓源远流长的历史文化。太仓建城始于春秋时期吴王在此设立粮仓，是郑和七下西洋的起锚地、娄东文化的发源地、昆曲的诞生地，积累了丰富的历史文化资源和科教人才资源。在太仓，古典园林、古宅深巷、古风民俗、古迹名胜与小桥流水、河湖碧水相得益彰，吴侬软语、昆曲评弹、演艺歌舞与老店小吃、手作雅物、潮流小铺相映生辉，这些保证了城市的生活品质。这对德国企业具有很大的吸引力。

当然，更大的吸引力在于太仓市的营商环境和各项政策措施。太仓连续三年位居企业家幸福感最强市（区）榜单第一，入选全国城市营商环境创新县（市）。

聚焦德企个性化需求和新兴领域，太仓建有航空产业园、生命科学园等"中德创新园"系列载体，建成投运太仓—柏林双向创新中心等海内外创新孵化平台，引入全球第五个德国中心、德中工商技术咨询服务公司中国总部，各类载体建筑面积超 100 万平方米。聚焦绿色低碳发展，与德国斯图加特大区合作探索建设"零碳试验示范区"，建设 4 平方千米中欧太仓绿色数字创新合作区，努力打造全国绿色低碳发展的示范区。

高度重视培育高技能人才，在全国率先引入德国双元制教育模式，建立中德培训中心等 15 个双元制教育平台，实现国际职业资格与国内职称比照认定，累计培育 1 万多名管理及专技人才。全国首个德国知名双元制职业教育机构 AHK 学院投入运营，32 万平方米中德双元制职业教育产业园建成投用，引进博世力士乐、客尼等 18 个职教机构、8 个德企培训中心，加快打造全国高职院校实训基地，每年可培训高技能人才超 5000 名。中德智能制造产教联合体入选 2024 年全省唯一"国家级市域产教联合体"。

为了让在太仓的德国人有宾至如归的感觉，市区建有德式街区、酒吧、面包房等配套设施，罗腾堡风情街业态不断提升；正在启动建设拜仁慕尼黑太仓足球学校；连续 16 年举办德国"太仓日"、19 年举办太仓"啤酒节"，推出外籍人士服务中心、月季花卡等便利化服务举措，1000 多名德国友人在这里享有原汁原味的德式生活体验。

多年来，太仓市积极拓展高水平合作，坚持深耕南德、拓展北德、延伸德语区，与德国于利希市、莱茵内卡大区建立友好城市关系。坚持招大引强、培优育强，实体化构建德国、德语区海外招商联络体系，在太德企从第 1 家到第 100 家用了 14 年，从第 400 家到第 500 家仅用了两年多时间，拥有"隐形冠军"企业 60 家，引进了通快、巨浪等 6 家德国十大机床企业，舍弗勒成为江苏最大制造业德企，90%以上早期落户德企完成了首轮乃至三轮以上增资扩产。支持传统制造业德企布局新兴产业，汽车零部件德企中超60%为新能源汽车产业配套，全球十大检验检测认证机构之一的德国莱茵TÜV集团在太仓建立长三角运营中心，建成德国莱茵海外最大的实验室。

高水平的中德合作，谱写了引人注目的"太仓样本"：以0.24%的土地，创造了太仓8%的GDP，形成了汽车核心零部件、高端装备制造等特色产业集群，成为国内德企集聚度最高、发展质效最好、与本土企业融合发展最佳的地区。

"太仓样本"正在不断放大溢出效应。在与德资企业融合的过程中，带动了太仓市产业结构优化和转型升级，合作领域涉及新能源汽车、智能制造、工业互联网、航空航天、生物医药、3D打印、数字化教育等。太仓德资企业与本土企业和科研机构开展了产业配套、研发创新、人才共育、资本联合等多种形式的合作，形成德资企业与本地产业融合发展的示范新态势和产业新模式。

在深化中德合作的同时，太仓市抓住长三角一体化发展这个"家门口机遇"，积极打造融入上海桥头堡，大力发展新质生产力。

为此，太仓市突出抓好"八个同圈"建设，加快建设虹桥国际开放枢纽北翼发展极。加速构建"5+1"轨道交通网络，沪苏通铁路、沪宁沿江高铁相继开通，实现与虹桥枢纽26分钟通勤，沪苏两省首条联合审查的跨省域城际铁路——沪苏锡常城际铁路太仓先导段全线开工，建成后将与上海10多条地铁实现无缝换乘。

围绕航空航天、生物医药、新能源汽车等领域，持续深化产业协同、创新协同，积极对接上海张江、临港等重点片区，在上海设立德国中小企业太仓孵化中心，共引进高博航空、零一汽车等沪上项目超500个，超40%的创业类领军人才来自上海，超70%的产学研合作与上海联合开展。

同时，深入实施创新驱动发展战略，"一城一港一谷一廊"——娄江新城、长江智慧港、沙溪生物医药产业园、中德创新长廊布局加速成型，特别是坚持把娄江新城打造成为太仓科教创新高地，5平方千米科教创新区基本成型，32万平方米智汇谷科创园正式开园，落户德国弗劳恩霍夫城市生态发展创新平台实验室、赛迪科创中心等优质项目超50个。集聚"两校多院"创新资源，西北工业大学太仓校区、西交利物浦大学太仓校区建成投用，西工大太仓长三角研究院、江苏先进无机材料研究院等10家"大院大所"高效运作。强化创新企业梯队建设，拥有高新技术企业超1300家，高新技术产业产值占比达55%、位列苏州县级市第一，规上工业企业研发机构建有率近80%，如果新能源获评中国独角兽企业。聚焦政策最优、效率最高、环境最宽松，制定出台大学科技园9条专项支持政策，首次落户创业项目可获5万元创业资助、3年场地免租、最高300万元股权投资等支持，高效运作"一站式"人才服务中心，筹集超1万套人才公寓，全力打造长三角大学生创新创业首选地。连续三年获评全国县域知识产权竞争力十强，获批首批国家知识产权强县建设示范县，入选国家创新型县（市）建设名单，连续多年位居全国科技创新百强县（市）第二位。

在经济社会发展过程中，太仓市积极推进数字化绿色化协同转型。加快推进智改数转网联，深入实施"十百千"工程，规上工业企业实现智改数转全覆盖，宝洁、联合利华获评全球"灯塔工厂"。加快绿色低碳发展，耐克建成国内首个"风光一体化"零碳智慧物流园，宝洁、通快等企业实现全量绿电绿证覆盖，7家企业获评国家级绿色工厂，30家企业获评省级绿色工厂，太仓高新区获评国家级绿色工业园区。中欧（太仓）绿色数字创新合作区入选全国首批碳中和试点项目，正加快推进1700亩的先行示范区建设，加速导入新能源、新工业、数字经济等业态，探索中欧绿色低碳领域标准互通机制。

经过多年的努力，太仓市的新质生产力大幅提升。高端装备、先进材料、现代物贸三大主导产业均迈上千亿级，航空航天、生物医药、文化旅游三个特色产业加速壮大。

——集聚舍弗勒、博泽等高端装备企业532家，2024年产值达1460.8亿元。汽车零部件企业实现产值787.3亿元，汽车产业关键核心零部件基地获评五星级国家新型工业化产业示范基地，"一条马路集聚一条产业链"特色布局加速呈现。

——形成以石化新材料、高分子材料、特种合金新材料为主的产业体系，集聚了埃克森美孚、中石油、BP等世界三大润滑油生产巨头，成为亚洲最大的高级润滑油生产基地。

——2024年现代物贸产业营收突破2000亿元，集聚了耐克、斯凯奇、京东等一批物贸总部企业，获评省级跨国公司地区总部和功能性机构17家、省现代服务业集聚示范区4家。

——拥有航空航天企业超160家，穆格工业控制、华钛瑞翔等10多家企业进入商飞供应商体系，总投资50亿元的中国商飞上飞院大飞机结冰安全实验中心签约落户。在低空经济新赛道上，集聚相关企业100家，获批试飞空域5块，企业数及产业链配套完整程度位居苏州各板块首位，建成投用苏州首家、省内第二家民用无人机试飞运行基地。

——系统构建以6平方千米生物医药产业园为主阵地，生物港、中德生命健康产业园为支撑的"一核两翼"发展格局，集聚生物医药企业超600家、实现四年四倍增长，昭衍成长为国内规模最大的药物非临床评价机构，奕瑞科技X光非晶体探测器市场占有率全国第一，生物医药众创空间获评国家级众创空间，太仓生物医药企业孵化器获评国家级科技企业孵化器。

——文化旅游产业加快发展，太仓阿尔卑斯国际度假区开业运营、二期项目开工建设，着力打造世界规模最大、滑道最长、娱乐配套最齐的室内冰雪主题综合体，生态休闲示范项目玫瑰庄园景区加快提档升级，72家理想村、香塘野邻露营村等农文旅项目亮点纷呈，国际卡丁车中心、马术俱乐部、高尔夫球场、板球运动中心等体育旅游业态持续丰富，"双核、两廊、多极"的全域旅游版图加速成型。

太仓连续9年位居中国最具幸福感城市县级市榜首，始终坚持把民生幸福作为城市发展的价值追求，统筹抓好新城建设、老城更新和乡村振兴，50平方千米娄江新城加速崛起，国家统计局乡村振兴统计监测评价结果位列全国县级市第一，城乡居民收入比降至1.764∶1。持续扩大优质公共服务供给，引进上海瑞金医院太仓分院、上海外国语大学附属太仓学校等高品质项目。获评全国义务教育优质均衡发展县（市、区）。入选"全国老龄工作联系点"，基本养老服务均等化模式全国推广。精心做优"城在田中、园在城中"的城市风貌，空气质量、地表水环境质量保持全省前列。作为"政社互动"的发源地、全省首获"长安杯"的县级市，太仓正加快推进"融合共治"城乡社区幸福生活共同体建设，入选全省"五社联动"创新试点县，全省首创网络综合治理中心、一校一社工、安全生产监管平台等经验，群众安全感保持在99%以上。

百舸争流千帆竞，乘风破浪正当时。喜看今日之太仓，天下粮仓蓄势待发，天下良港扬帆远航。锚定"现代田园城、幸福金太仓"目标定位，凝心聚力拼出"太仓速度"，高水平打造以港强市枢纽城、融入上海桥头堡、对德合作示范区、城乡和美幸福地"四篇文章"，奋力书写最新最美的文字，创造前所未有的辉煌。

第 九 章

CHAPTER

NINE

———————

高峰迭起

「贝氏」博物馆

历经沧桑岁月，苏州古城在保护中修复、修复中保护，古园林、古建筑、古河道、古街巷仍然坐落在 2500 年前的"双棋盘"原址上。

显然，苏州老城区就是一个硕大的"活"的博物馆。

然而，苏州人并不满足于此。他们知道，在这块历史悠久的风水宝地上，地面文物星罗棋布，地下文物数不胜数，民间收藏丰富多彩。但遗憾的是，苏州历史上竟从未建造过一座像样的博物馆。

直到新中国成立后的 1954 年，江苏省博物馆筹备处在苏州成立，选定太平天国忠王府原址为博物馆馆址。三年后，江苏省博物馆正式建立，属省级地方性博物馆。两年后，省博物馆迁往南京。这样，苏州博物馆才顺理成章建立起来，馆址还是在太平天国忠王府遗址上。

太平天国忠王府与拙政园相邻，为清代农民起义政权太平天国忠王李秀成的王府。这是当年太平天国留存下来的最完整的建筑物，也是中国历史上遗存下来最完整的农民起义军王府。其主体建筑包括了官署、庭舍和园池。府内建筑以彩绘装饰，其中部分彩绘描绘了山水、花卉、鸟兽及绚丽的锦纹，寓意福禄寿、吉庆有余、万事如意、锦上添花等。

在这样一座具有文化艺术气质的历史建筑中建立博物馆，在当时来讲还是非常合适的。全馆占地 11000 多平方米，其中展室面积 2600 多平方米，基本上满足了当时文物展陈的需要。

但是，随着苏州经济社会的迅速发展，博物馆发掘和收藏的各类珍贵文物越来越多，市民对于文化生活和文化观赏的需求越来越高，而设立在忠王府的博物馆明显难以满足现状。一方面，老旧建筑中的温度和湿度难以调控，馆藏文物无法得到科学有效的保护；另一方面，展厅面积和设施已经不能满足文物展陈的条件，影响了市民的观展效果和实际体验。

建设一座新的苏州博物馆迫在眉睫。

1998 年，苏州市两会期间，部分市人大代表和政协委员建议建造苏州博物馆新馆。这一建议引起苏州市领导的高度重视，他们认真听取了代表、委员的意见，责成有关部门将苏州博物馆新馆建设摆上重要议事日程。1999 年 6 月 20 日，苏州市文化局向市委、市政府提交苏州博物馆新馆建设报告。2000 年底，苏州市规划、建设、文化等部门对初选的六个地块进行比选，并听取了上海、南京、浙江等地博物馆专家的意见，决定把平江医院西扩至齐门路作为新馆的选址方案。

选址确定后，博物馆的设计是首要的也是最重要的课题。当时，从领导到专家形成了一个共识：在历史文化底蕴深厚、现代文明高度发达的苏州建造博物馆，必须将苏州历史风貌和现代科学理念相结合，贯通苏州文脉，设计一座独特的、现代化的全新博物馆。

这样的设计要求，无疑是一个巨大难题。

谁能破解难题、担此重任呢？

大家不约而同地想到了贝聿铭，而且认定他是设计苏州博物馆新馆的不二人选。

贝聿铭，祖籍苏州。贝氏族人为躲避元末的战乱，从北方迁移到了苏州。他们靠行医卖药起家，到了乾隆年间，贝氏已经成为"苏州四富"之一。

贝聿铭的祖父贝哉安是当时著名的金融大亨，参与创办了上海银行，还协助创办了中国第一家新型旅行社——中国旅行社。贝聿铭的父亲贝祖贻承袭父业，且青出于蓝而胜于蓝，曾任中华民国中央银行总裁，同时还是中国银行的创始人之一。贝聿铭的母亲，是清朝最后一任国子监祭酒的女儿庄氏，擅长吹笛子，虔心向佛，可惜在1930年患癌去世。此后，贝聿铭的父亲贝祖贻又娶了江南名媛蒋士云，是为贝聿铭的继母。

当时贝家在苏州的老宅，是贝聿铭的叔祖父，当时号称颜料大王的贝润生花重金买下的狮子林。这座狮子林建于元朝，由元代著名画家、造园家倪瓒设计建造，距今600多年，是苏州四大名园之一。

1935年，贝聿铭随家人游历欧洲，并在那里第一次对现代建筑设计产生浓厚兴趣。之后，贝聿铭前往美国深造，分别在麻省理工学院和哈佛大学获得学位，并最终决定留在美国，任职于韦伯纳普建筑公司，后离开韦伯纳普建筑公司，成立了自己的建筑公司。从此，贝聿铭的设计作品遍及世界多个大城市，并在美国大气研究中心的设计中逐步形成个人风格，因设计美国华盛顿国家艺术馆的成就赢得了广泛赞誉。

1981年，法国宣布扩建并改造卢浮宫的计划，总统密特朗因为看过贝聿铭的很多设计，直接拍板贝聿铭操刀整个项目。但卢浮宫的馆长得知贝聿铭这个外籍人士要参与设计后，最先提出反对意见，后又辞掉馆长职务以示抗议。在贝聿铭的设计模型公布后，更是引发了一场轩然大波，法国上下几乎异口同声地质疑甚至谴责贝聿铭的设计。在法国历史古迹最高委员会上，一个参会委员尖锐地指责贝聿铭，这是什么破玩意，这个中国老头理解法国的历史吗？他肯定会把卢浮宫毁掉的！顿时会场上一片哗然，指责声、讽刺声、羞辱声一浪高过一浪，铺天盖地地涌向贝聿铭，但他仍镇定自若地解释，各位放心，建成后的玻璃金字塔，会像钻石一样璀璨夺目。

相比于暴风骤雨般的讽刺和侮辱，修建过程中的各种困难更是让贝聿铭承受着巨大的压力。玻璃金字塔最关键的材料是玻璃，但是当时市面上的玻璃都会泛出绿色的光泽，和周围建筑物的风格极不协调，所以必须采用透明干净的白玻璃，而供应商不愿投入研发精力，一口回绝。贝聿铭设法找到了一块飞机舱的白玻璃，拿给供应商做样品，供应商依然不愿意做，最终还是密特朗总统出面，才解决了玻璃制作的问题。在组装过程中，要由 675 块菱形玻璃和 118 块三角形玻璃组装成玻璃金字塔，其结构相当复杂，不仅要保证稳定性，还要展现其艺术魅力，难度可想而知。但在贝聿铭的指导下，玻璃金字塔在 1989 年 3 月 29 日终于竣工。

贝聿铭又一次成功了！玻璃金字塔闪烁着璀璨的光芒，在琥珀色古老建筑的环绕下，就像一颗巨大的宝石璀璨夺目、光彩照人。高傲的法国人被贝聿铭征服了。前来现场观看玻璃金字塔的市民和游客无不为之折服，惊叹不已。密特朗总统亲自授予贝聿铭法国最高荣誉——法国荣誉军团勋章。玻璃金字塔成为巴黎新的地标和 20 世纪建筑史上的杰出典范。

贝聿铭以其无与伦比的建筑设计，先后获得美国建筑师学会金奖、法国建筑学院金奖、普利兹克奖以及英国皇家建筑师学会金奖等顶级奖项，被誉为"现代主义建筑师中最伟大的一位大师"。

这样一位世界级著名建筑大师，能够接受邀请为家乡建造一座规模并不大的博物馆吗？

非他莫属。苏州有关部门向贝聿铭发出了热情而真挚的邀请。而贝聿铭没有立即给予答复，而是要求苏州方面将博物馆新馆规划及周边环境、现在馆藏文物的详细资料发给他。当他仔细阅读资料，看到苏州博物馆新馆将建在古城东北角的忠王府和拙政园的紧邻处，与贝家祠堂所在地——狮子林连成一体，顿时产生了浓厚的兴趣。那里，留着他童年的记忆，对他来说是那样熟悉、那样亲切！

浓浓的乡愁，促使贝聿铭同意担任这座博物馆新馆的建筑设计师。

得知耄耋之年的贝聿铭同意出山的消息，苏州方面闻风而动，随即派出代表团，就苏州博物馆新馆设计的具体事项赴美与贝聿铭进行商谈。

出乎意料的是，他们来到纽约贝氏建筑设计事务所，看到墙上挂满了苏州博物馆新馆及周边环境的航拍图、规划图，桌上放着苏州博物馆的地图模型。

在听取苏州代表团成员的扼要汇报后，贝聿铭笑言道，你们说是非我莫属，而我说是当仁不让，因为这是家乡的一片盛情、一个重托，我有责任把这个项目做好。接着他说，他曾为日本设计的美秀博物馆建在圣山上，而苏州的这座博物馆紧邻世界文化遗产拙政园和全国重点文物保护单位忠王府，可以说是在"圣地"上建造一座新的博物馆，所以对我来说是一个新的挑战，也是自己最后一次挑战，但我愿意接受这一挑战，也有信心把苏州博物馆设计建设好。

就这样，双方一拍即合，确定了在苏州的签约时间。

阳春四月，春暖花开。贝聿铭开始了他的签约之旅。2002 年 4 月 28 日下午，他乘坐港龙 800 航班飞机，准点降落在上海虹桥机场。他身穿藏青西服，手挽米色风衣，健步走下飞机，坐上前来接他的汽车，奔赴他魂牵梦萦的故乡苏州。

当晚，苏州市市长在吴宫喜来登大酒店宝带厅，会见贝聿铭一行，代表苏州市政府和苏州人民欢迎贝聿铭一行的到来，并简要介绍了苏州的经济发展和城市建设所取得的成就。接着，双方就苏州博物馆新馆的设计及苏州的古城保护等问题进行交流。

交流时，贝聿铭高度赞扬家乡的变化，他认为全国像苏州这样的古城很少，苏州有很好的机会，要好好利用。他动情地说，我的根在这里，我想做一些能对建筑艺术有更大影响的事情。虽然我对苏州博物馆新馆的选址很熟悉，但这次来，我要仔细看一看，还要听取各个方面尤其是专家的意见。

翌日上午，贝聿铭一行开始了对博物馆新馆地块及周边环境的踏勘。他仔细勘察了苏州博物馆老馆所在的忠王府大殿，细细审视忠王府建筑中最有价值的建筑彩绘，了解地面铺设的一种古代流传至今的青灰色大金砖的生产状况。

从忠王府出来，贝聿铭不顾天气闷热，沿着齐门路一带的小街小巷走了两个多小时，仔细察看忠王府与新馆的结合部和新馆馆址四周的古建筑和民居，还不时用家乡话与居民亲切交谈，询问他们的生活和居住情况。

在勘察过程中，他向同行的人反复强调，在城市建设中，建筑不是最主要的，最重要的是规划和环境。

"今天是很好的机会，想听你们说说博物馆新馆该怎么做？"在第三天召开的苏州文化界知名人士座谈会上，贝聿铭的开场白既谦逊又坦诚，他开宗明义道，建筑与生活很接近，现在是新的生活，做生意、打电话、用电脑，人们不可能回到过去的生活，不能完全照搬中国古代建筑。而文化方面又不同，以前 4000 年的历史跟现代生活不配合，因此新馆不能随便做，要想办法跟中国文化相融合，这问题我们要好好研究一下。

贝聿铭的一番话，引起了大家的共鸣，也引发了大家的思考，与会者踊跃发言，建言献策。

著名作家陆文夫首先发言说，建筑是物化了的生命，是生命的留痕。相信贝先生一定会留下值得苏州骄傲的建筑。他接着说，我只能给贝先生一点灵感。苏州是个文化古城，苏州的博物馆不可能像工厂，工厂可不断扩大，博物馆有限量。新馆不要太过沉重，不要粗重高大，轻巧、灵便、精致是苏州的特点，这样与苏州整体风貌比较统一。

接着，艺术家们纷纷发言，他们希望苏州博物馆新馆的色彩要雅致，要与其他传统建筑有所不同，要让人觉得是苏州的，但又不是过去苏州的，而是现在苏州的。他们建议新馆要有精神元素，这就是水，把水引到建筑内部去，实际上就把文化引进去了。

上午的座谈会让贝聿铭听到了许多有见地的意见。下午继续座谈，而与会者均为贝聿铭特邀的中国建筑设计、古建保护、城市规划的著名专家学者，他们是：两院院士、清华大学教授吴良镛，两院院士、原国家建设部副部长周干峙，北京建筑设计院总建筑师张开济，中国科学院院士、东南大学教授齐康，国家文物局古建专家组组长罗哲文，东南大学建筑系教授陈薇等。

会上，专家学者分析说，苏州博物馆新馆设计有三条路子：第一是传承，第二是转化，第三是创新。这三条路不是并行的，而是交叉的，就是既要有中国特色、苏州风味，又要现代化。

有专家指出，新馆建在古城历史街区之中，应该在继承传统文化的基础上有所创新。现在已跨入 21 世纪，不能单用传统方法来解决现代的需求。新馆的设计要将传统与现代有机结合，让它既是一座现代化和高科技的博物馆，又能充分反映苏州历史的变迁。

有专家发言说，能请到贝先生设计苏州博物馆新馆，是苏州的荣幸，也是中国建筑界的光荣。相信中国建筑师一定能从贝先生身上学到许多东西，也相信贝先生此次设计的苏州博物馆新馆一定能成为贝先生心中最喜欢的"小女儿"。

是的，是的。贝聿铭开怀大笑道，我也希望是个漂亮的"小女儿"。他接着说，大家的真知灼见对我启发很大。这次邀请我设计苏州博物馆新馆，对我来说，的确是一个挑战，新馆既要尊重历史文化，又要具备时代代表性，也就是要做到苏州方面提出的"中而新、苏而新"，这是一个很好的构想，也是一个很高的要求，我一定尽力做一个让你们更让市民喜欢的、与以往不一样的博物馆。

至此，苏州博物馆新馆的定位与构思在贝聿铭的脑海里基本形成。他胸有成竹地参加了在苏州会议中心姑苏厅举行的签约仪式。

与其说是签约，不如说是如约。这是他退休 11 年后再度出山签署的协议，更是他与家乡人民的一个约定。

带着约定，贝聿铭愉快而圆满地结束了签约之旅，回到美国，立即投入苏州博物馆新馆的设计之中。他查阅了有关苏州的大量资料，既有历史书籍，也有现实发展情况；既有唐诗宋词，也有昆曲、评弹脚本；既有园林图片，也有民居集萃，从中寻找设计元素和设计灵感。

在设计过程中，贝聿铭多次召集设计团队进行商讨，反复强调，苏州方面的要求很高，"中而新、苏而新"，这是个涵盖了过去、现在和未来的挑战。苏州博物馆新馆不是一个功能简单的博物馆，而是一个象征和符号，是连接传统文化与未来文明特定的复兴和升华的媒介。

有设计人员向贝聿铭请教传统与现代如何融合的问题，贝聿铭便向他们介绍中国的老子哲学。他说，老子主张"无为而治"，这不是无所作为，而是要深刻理解自然规律和人类社会关系，强调人类必须遵循与顺应自然的法则，达到人与自然的共融与和谐。把老子思想应用到建筑设计上，就是要"随方制象，各有所宜"，把建筑与环境、人文融合在一起，探索承载于现代生活需要和传统文化内核之上的审美路径，实现历史与现代、艺术与自然的融通与平衡。

在贝聿铭的亲自设计和带领下，经过3个多月的紧张工作，苏州博物馆新模型在反复修改、完善、深化的基础上初步形成。

看着自己倾注心血的模型，贝聿铭说，这是我们交出的第一份答卷。这份答卷合格与否，还是要给苏州政府和市民去审阅、去打分。

2003年8月，夏末的影子开始慢慢地延伸开来，繁盛热烈的气息混合着秋意的酝酿，带来了一季变换的序曲。在炙热和清凉间，人们感受到的是万物生发的活力与即将收成的期待。

苏州市民期待的日子到了。6日至12日，苏州博物馆新馆设计方案在太平天国忠王府归来轩向苏州市民公示，一时间成为全城关注的新闻和街头巷尾的谈论热点。

那些天里，市民扶老携幼前往忠王府观看贝氏方案，来得最多的是附近的居民。当新馆模型掀开了"红盖头"，市民们欣喜地看到他们熟悉而又新鲜的建筑场景——

一座园林式博物馆。该馆与园林相互依托，主庭园由新馆建筑相围，巧妙地形成文保单位的建设控制地带，以保护拙政园和忠王府。主庭园中石景将采用石材切片加以堆砌，以壁为纸，以石为绘，在水面上营造一幅写意的中国山水画，使博物馆与拙政园有机结合，融为一体，成为一代名园拙政园的现代化延续。

看着这巧妙而独特的设计模型，市民们啧啧称赞，并纷纷发表自己的看法和期望。一位居住在附近的老居民高兴地对现场的工作人员说，这个设计方案很苏州也很耐看，希望这座博物馆成为苏州的地标性建筑，给古城带来运气，送来人气。一些年轻人认为，贝先生设计的苏州博物馆新馆虽然并不十分高大，但这样一座文化交融的博物馆，是对苏州文化的承接与丰富，就像一座永不封顶的时代大厦。

在前来观看的人群中，也有许多政府官员和专家学者，他们是带着审视的目光而来的，从建筑的总体布局，到每一座建筑的造型和结构；从建筑色调的变化到古典园林符号的嵌入；从现代玻璃屋顶和金属遮阳片的运用，到传统木梁和木椽的保留，由衷钦佩大师的高超智慧和别具匠心。他们一致认为，苏州博物馆新馆虽然"不高、不大、不突出"，似乎并不那么"惊天动地"，但正是贝先生设计理念的一次新的创新，充满着苏州的人文气息和现代品质。

看了贝聿铭的精心设计，中国著名的城市规划和建筑设计师、两院院士吴良镛、周干峙联名致函贝聿铭：新馆设计方案与原有拙政园的建筑环境浑然一体，又有其本身的独立性，以中轴线及园林、庭园空间将两者结合起来，无论是空间布局还是城市肌理都处理得恰到好处。

公示期间，还进行了无记名投票。结果表明，93%以上参加投票的市民赞成博物新馆的设计方案。

苏州干部群众和专家学者给贝聿铭的设计打了高分，同时认为一流的设计须以一流的建筑施工质量为支撑，希望设计团队和建筑施工单位密切配合，加强施工管理和周边环境的设计规划，把贝聿铭的精湛设计作为艺术品来精雕细刻，万万不可粗制滥造。

处在大洋彼岸的贝聿铭和贝氏建筑设计事务所收到苏州有关部门转达的公示结果和意见建议后，颇为激动，也十分重视，对设计方案做了进一步的修改和完善，并着手进行细化设计。

两个多月后，贝聿铭先生再次登上飞机，远涉重洋，回到苏州，亲自参加苏州博物馆新馆奠基仪式。

2003年11月5日上午，奠基现场鲜花盛开，彩带飞舞，锣鼓喧天。前来参加仪式的贝聿铭夫妇和江苏省省长梁保华，以及著名专家学者周干峙、傅熹年、罗哲文、阮仪三、刘叙杰等步入现场时，受到苏州市民的热情欢迎。

在热烈的气氛中，奠基仪式正式开始。贝聿铭亲手揭开了奠基纪念碑上覆盖的红丝绒幕布，并与梁保华省长等一起用铁锹为奠基碑培土。接着，贝聿铭作了简短致辞，他说，苏州博物馆新馆设计特别具有挑战性，忠王府在左面，拙政园在后面，要做到"中而新、苏而新"，与拙政园、忠王府打成一片，不容易。我希望在继承传统和发挥创意与个性的尝试中，能得到社会各界的帮助，让苏州博物馆新馆从模型图纸上走下来，成为苏州古城的一个新的组成部分。

这是殷殷期望，也是铮铮诺言。

一诺千金。为确保新馆的质量，这位世界级的著名设计大师，不仅参加了设计的全过程，而且也参与了工程建设的全过程。从博物馆新馆开工到全面竣工，近3年间，贝聿铭先后三次飞越重洋，来到苏州考察新馆建设情况。每次到来，他都要向身边的人强调，我是来工作的。在工地上，从早到晚，他一边走一边看，与技术人员面对面地交流，不停地征询和提出意见，为新馆建设中的每一个重要环节及时拍板和严格把关。

注重细节、追求完美，是贝聿铭的一贯风格。青瓦是代表中式建筑的意象性构件，而贝聿铭认为，瓦片易碎又不易保养，坚决放弃，采用青色花岗岩干挂。他要求建筑外墙不宜采用简单的苏州传统抹灰白墙工艺，而是采用刷白涂料的幕墙，可避免开裂，降低雨水冲刷造成的侵蚀损害。

新馆内的庭院采用以山水为主题的设计方案，贝聿铭曾考虑过桂林山水。时任市文化局局长的高福民大胆建议，桂林山水不是江南山水，并塞给贝聿铭一本《米芾山水画》。贝老特别高兴，书不离手，反复研究，并作出了"片石假山墙"构思，即以白墙为纸、以假山作为图像，来表现江南水墨山水画的意境。

为了寻找合适的石头，贝聿铭要求弟子六上山东，每块都精挑细选，切割成片石运回。凡是遇到石头切割处过渡不自然，他们就人工将切面敲毛，通过燃烧制造阴影，石片终于呈现出天然野山石般的毛糙感和浑厚感。

建设片石假山时，整整3天，89岁的贝聿铭每天在施工现场工作10多个小时，他坐在水池对面，指挥升降机把一块块石头吊上来又吊下去，无数次地调整。24块厚重的片石，在大师奇思妙想的安排下，错落有致地竖立在与拙政园一墙之隔的粉墙前，壁为纸，石为画，呈现出米芾山水画的万千意象和丰富多变的色彩——天气晴好时淡灰色，小雨中深灰色，大雨的时候黑色，枯湿浓淡，尽得其妙。

在假山墙右侧的水池混凝土浇筑完成后，贝聿铭发现池边凉亭与桂花树之间的距离分配不够理想，他决定把南面原来的绿地改成水面，将已完成的水池及50厘米厚的地下室顶板敲掉，降低半米。要敲掉40立方米高标号混凝土，其中还密布着双层双向的25毫米直径钢筋，这无疑是一场与铜墙铁壁的搏斗。为了建筑的完美呈现，贝先生坚持自己的意见——敲！七八个工人足足敲了二十多天。

在建筑工程接近尾声时，贝聿铭提前来到苏州为开馆做准备，他感觉山水园直曲桥的桥墩颜色偏深，压住了山水园其他景观的颜色，他说，要想办法把水面上的桥墩颜色变浅，否则，人们只看到桥墩而看不见其他了。

工程人员立即按照贝聿铭的要求对桥墩颜色做了调整，果然产生了特殊的效果。工程人员感慨地说，做贝先生的工程，就像用钢筋水泥在苏州古城的土地上绣花。

是的，苏州刺绣工艺将一根丝线劈成几十股，精细入微，色彩清雅，美轮美奂。而贝聿铭对设计和施工的要求，其精细程度可与苏绣媲美。

博物馆的主要功能是展示。贝聿铭在注重建筑设计和施工品质的同时，对展厅设计和布展也倾注了大量心血，每一件展品的展示空间、灯光照明以至展示柜的位置，他都认真悉心布局。考虑到馆中藏品以明清工艺品为主，以"小、精、巧"为特色，精工细作的玉器、文玩、象牙制品等体积普遍偏小，因而贝聿铭坚决摒弃当时国内流行的大展厅理念，坚持精巧构思，调整建筑比例，展厅的设计采用了 1.35 米的模数，为展厅大小和不同的展示功能带来了灵活性，并为每一件展品的陈列量体裁衣。

经过三年的紧张施工，苏州博物馆新馆如期建成，一座传统与现代结合的崭新博物馆，坐落在古城之中、古运河之滨，成为人类建筑艺术宝库中的又一颗璀璨明珠。

从远处看去，新馆外观展现了江南水乡的建筑特点，抛弃了传统建筑的繁复雕饰，采用大面积的清水混凝土墙面和几何线条结构，呈现出简洁明快、现代感极强的视觉效果。它巧妙地融合了传统苏州园林有山有水的布局，设置了庭、水、桥等元素，既传承了苏州的传统文脉，又具有现代建筑的独特魅力。

该馆主体建筑为地面二层、地下一层。有书画厅、两塔瑰宝厅、明清工艺厅、吴文化厅和临时展厅，另设影视厅、多功能厅、贵宾厅、观摩室、书画装裱室、文物修复室、陈列设计部、考古部、商场和一个近 1000 平方米的地下库房以及面积 570 多平方米的图书馆。

走进中央大厅，里面敞亮通透，立面轮廓好似七宝楼台，四边形和三角形的玻璃天窗与白墙错落交织，阳光自穹顶和各个侧窗洒落内庭，所有

苏州博物馆

公共空间最大限度地引入自然光线，在开放式钢结构的玻璃尖顶下，以遮阳片和木料控制、过滤强光，使得室内光线充沛而柔和。

墙体的设计巧于因借，揽景入窗。庭院中精致的湖石、嘉木、修竹在每个不同线条和形状的窗口里，通过内外明暗、刚柔、浓淡的对比形成一幅幅同质异构的佳作，互呈其美。紫藤园内的一棵紫藤，由贝聿铭亲自挑选，从忠王府500年前文徵明手植藤上嫁接而来，寓意古今相通、薪火相传，姑苏文脉生生不息。

尤其值得赞赏的是，新馆与周边环境相融，其庭院绿地、水面面积达42.4%。有一个主庭园和九个小主庭园。主庭园由新馆建筑相围，设计以古典园林为鉴，以树、竹、太湖石点缀，与周边环境相得益彰，在有限的范围内营造了丰富多变的视觉空间。

时光荏苒，小女初长成。被贝聿铭称为最疼爱的"小女儿"——苏州博物馆新馆就要"出嫁"了。贝聿铭亲自选定了开馆的良辰吉日：

2006年10月6日——中国农历八月十五日——中秋佳节。

天高云淡，菊桂飘香。苏州博物馆新馆开馆典礼如期举行。

国务院总理温家宝发来贺信，对苏州博物馆新馆竣工开馆表示祝贺。文化部部长孙家正、江苏省省长梁保华、中国文联主席周巍峙与贝聿铭先生一起为新馆开馆剪彩。

梁保华发表热情洋溢的致辞，对苏州博物馆新馆项目在继承与创新、传统与现代完美融合方面所做的探索予以高度评价，对贝聿铭先生的精神风范、他对家乡的深情厚谊以及他为苏州博物馆新馆倾注的大量心血，表示深深的感动和敬佩。他特别指出，贝聿铭先生在耄耋之年担纲设计的苏州博物馆新馆将成为苏州的经典之作、传世之作，是苏州永远的骄傲！

怎么不骄傲呢？苏州籍的世界级设计大师为苏州设计了世界级的博物馆，给苏州增添了浓墨重彩的一笔，使古城焕发出青春的活力。

贝聿铭先生说，最美的建筑，应该是建立在时间之上的，时间会给出一切答案。

时间已经做出了答案。从开馆那天起，每天排队等候在门前的参观者络绎不绝，他们既是来看展览，也是来看这座出自国际大师之手的建筑，它本身就是一件无与伦比的文化艺术佳作。多年来，参观量每年突破 200 万人次，综合排名在地市级博物馆中始终保持第一，并跻身首批国家一级博物馆。

"贝氏博物馆"的建筑，也将成为当代"文物"，永留于世。

苏州博物馆新馆产生了巨大的"博物馆效应"。观赏文物蔚然成风，成为一种文化现象。

随着经济社会尤其是文化旅游业的快速发展，苏州博物馆新馆已经难以满足展陈和观展的需求，为此，苏州市决定在高新区狮山广场建设苏州博物馆西馆，作为苏州博物馆的分馆。该馆由德国建筑设计排行第一的 GMP 建筑师事务所设计。建筑面积 48365 平方米，展陈面积 13391 平方米。

2021 年 9 月 25 日，苏州博物馆西馆开放试运行，展出馆藏文物 2100

余件（套），包括良渚时期的玉琮、唐—五代碧纸金书《妙法莲华经》、宋钧窑鼓钉三足洗、元代灰陶枇杷贡器、顺治款天女散花碗等珍贵文物。

西馆建筑借鉴江南水乡街巷邻里格局，在传承经典的同时，彰显了鲜明的地域特色。常设展厅有通史陈列馆、苏作工艺馆、探索体验馆、国际合作馆和苏式生活馆。

为了让观众有更好的参观体验，苏州博物馆西馆向观众提供专职讲解服务。观众也可以通过租借智慧导览器进行自助参观导览。为配合一些特展，西馆还为观众准备了 AR 沉浸式观展方式，让观众与展品有更多互动。

如今，苏州市基本形成了以苏州博物馆为龙头、国有馆为主体、主题馆为特色、非国有博物馆为补充，各类博物馆协调发展的良好格局。全市共有各类博物馆 103 座，成为名副其实的"百馆之城"。

苏州文脉在这里得到延续。

传统文化在这里得到弘扬。

天堂的模样

阿根廷著名作家博尔赫斯说过：

如果有天堂，天堂应该是图书馆的模样。

此言极是。有"人间天堂"之称的苏州，的确具有"图书馆的模样"，堪称"图书馆之城"。

苏州是较早创办图书馆的城市。早在1914年9月，江苏省立第二图书馆在苏州落成，馆址在可园，藏书源于清末的正谊书院和学古堂。

正谊书院建于1805年，由两江总督铁保、江苏巡抚汪志伊发起，汪庚于可园东筹建而成，藏书以"经解古学"为主。

学古堂建于1888年，由江苏布政使黄彭年筹建。所谓学古，是要学生在学习西欧科学的同时，不忘国学。所藏图书达24603册。

江苏省立第二图书馆先后藏书7万余卷，采购书籍原则上以经、史、子、集、丛及新出书籍和地方文献为主。其办馆宗旨为：开导民智，以社会教育为要务。

在历史上，江苏省立第二图书馆几经更名，新中国成立后，正式更名为苏州图书馆。1972年与1982年，图书馆两次扩建，阅读与藏书条件有所改善。

在新世纪的第一年，苏州图书馆新馆落成开放。新馆坐落于人民路

858 号至 918 号，占地 16000 平方米，总建筑面积 25000 平方米，是一座以"建筑风格园林化、内部功能现代化"为特点的由文化部命名的一级公共图书馆。

苏州图书馆新馆深受市民和读者欢迎，接待读者人次持续攀升。然而，读者数量迅速超出了馆舍的设计容量。一个迫切需要解决的问题摆在苏州图书馆的面前：

如何满足苏州市民对公共图书馆服务的需求？

在此背景下，苏州图书馆开始调研国内外的体系建设途径，总结基层图书馆建设运动，特别是乡镇"万册图书馆"以及之前分馆建设的失败教训，寻找保障分馆可持续发展的有效途径，即总馆对分馆由"指导"变为"指挥"，强化总馆对分馆的人、资源、服务的管控权，即全委托的紧密型总分馆制。

依据这样的创新思路，苏州图书馆于 2005 年初起草了《苏州市城区公共图书馆网络建设方案》，得到各级政府的支持。同时，他们主动积极寻找分馆建设的合作伙伴，在 2005 年 10 月，与苏州市沧浪区政府合作，在沧浪少年宫建设一个由苏州图书馆直接管理的分馆——沧浪少儿分馆。

该馆由总馆直接向分馆派遣工作人员，保证了分馆正常开放、资源适用、服务专业、活动统一，深受读者欢迎，社会效益显著。其他区政府、街道办事处从沧浪少儿分馆看到了将图书馆委托给苏州图书馆建设运行是一项投入少、效益好的合作，便纷纷开始与苏州图书馆洽谈合作建设分馆事宜。

在短短 5 年中，苏州图书馆已建成分馆 26 家，其中除了与基层政府合作建设的社区分馆，还有与学校合作建设的学校分馆。在此过程中，逐步形成了总分馆建设的"苏州模式"：

由分馆合作方提供场地、装修、设施设备及后期的物业管理费用，并向苏州图书馆支付一定的运行费用；由苏州图书馆负责文献资源采配、业务软件安装、人员招聘与管理；双方以协议的方式确定合作关系。分馆执行总馆的服务标准，读者在总分馆体系内可以通借通还。

这一模式的特点是，通过动态资源实现文献资源的统一采编调配和通借通还，通过总馆直接向分馆派遣工作人员实现紧密型的统一管理，通过统一的服务规范实现服务质量的相对一致，通过统一的技术支撑实现业务规范的一致与资源共享。

河有两岸，事有两面。随着总分馆体系规模的扩大，建立在双方的契约精神上的合作因为缺乏制度的保障而无法得到稳固的发展，也因为缺乏上层的建设主体而导致体系的布局规划不够科学合理。为此，苏州图书馆要花费较多的精力和多个合作方沟通、签订合作协议。这种行业自主创新合作模式的弊端也逐渐显现，"苏州模式"的发展受到了限制，遇到了瓶颈。

2011 年，文化部、财政部启动国家公共文化服务体系示范区创建工作，苏州市成为第一批示范区创建城市，这为"苏州模式"总分馆体系带来了历史性的机遇。苏州图书馆抓住机遇，配合主管局为市政府起草创建规划和方案的机会，制订《苏州市总分馆建设实施方案》，并由市政府颁布实施，明确了总分馆模式的建设主体、管理单元、布局规划、业务运行办法等。至此，"苏州模式"总分馆制由政府主导，完美实现了由社会合作到政府主导，由职业创新到制度保障的过渡。

2014 年 9 月 20 日，苏州图书馆建馆百年。

这一天，没有盛大的百年庆典仪式，有的是一系列活动和一批新的成果：

——苏州图书馆首创的图书馆惠民服务"网上借阅社区投递"正式运行。作为"网上借阅社区投递"的组成部分，人民路石家湾 24 小时自助图书馆、高新区苏州创业园分馆、高新区科技大厦分馆、东园分馆 4 个"网借投递点"同时启动。

——"书香苏州"App 正式上线。读者可通过"书香苏州"享受"网上借阅社区投递"带来的便捷服务。

——苏州首座轨道交通图书馆苏州图书馆轨交分馆苏州乐园站正式启用。

——苏州图书馆与韩国全州市完山图书馆签署双方友好合作意向书，两馆正式成为友好姊妹馆。

——"公共图书馆与社会进步"国际学术座谈会暨"2014 年全国图书馆学博士生论坛"在苏州图书馆举行。文化部、国家图书馆、江苏省文化厅、苏州市委领导，以及来自美国、英国及国内知名高校的专家学者参加了此次会议。

——苏州图书馆东园分馆正式开馆，邀请苏州高等幼儿师范学校老师韩梅为新一批的"故事姐姐"志愿者做培训。

百尺竿头，更进一步。以建馆百年为新的起点，苏州图书馆踏上了新的发展征程。

2019 年 12 月 10 日，苏州第二图书馆建成并向公众开放。该馆位于相城区，项目总投资约 4.8 亿元，建筑面积 4.56 万平方米，相当于两个苏州图书馆老馆。通过引入旋转纸的概念，形成了一座具有书状结构的建筑，拥有 700 万册藏书量的大型智能书库。服务功能区包括少儿图书馆、苏州文学馆、音乐图书馆、设计图书馆、数字技术体验馆 5 个特色"馆中馆"。

2024 年 7 月 10 日，苏州图书馆黄桥分馆对外正式开放。馆舍面积 550 平方米，整体采用了现代主义的设计风格，以知识峡谷为灵感主题，通过地面墙面的装饰元素模拟构建了山地等高线的图案。馆藏图书达到 2 万余册，涵盖人文社科、国内外经典文学、少儿绘本、地方特色类书籍等多种类型，为读者提供更加便捷、高效、多元的阅读体验，让"悦读"和"夜读"成为黄桥街道最美的风景。

至此，苏州图书馆在新馆、二馆建设的同时，建成 100 多个分馆、69

个自助网投点的服务体系，通过网投外借图书 1578435 册，其中分馆为网投找书 334535 册，并形成了 3 个品牌性项目：

——"苏州书仓"。由苏州图书馆领衔，苏州市各辖区的公共图书馆联合打造了"苏州·书仓"平台。该平台整合了苏州图书馆、昆山市图书馆、吴中区图书馆、吴江区图书馆、苏州工业园区图书馆、常熟图书馆、太仓市图书馆、张家港图书馆的丰富图书资源，推出旨在解决各地图书馆借阅平台不兼容的问题，盘活各成员馆现有书目和馆藏资源，打破时间和空间的局限，提升图书馆藏利用率及共享性，让苏州市域范围内的公共图书馆在多区域间的网上借阅从理想变成现实。读者可以通过其中任何一家共享平台成员馆阅读更多的文献资源，体验更加人性化的服务，并通过本平台完成线上线下图书借还的各种手续。该项目的实施让苏州图书馆总分馆体系与苏州大市范围内的公共图书馆实现资源共享，苏州地区的读者可以随意预约任何一家图书馆的图书，总分馆体系走进了更为广阔的共享平台。

——"智能书库"。苏州图书馆北馆的落成，让"苏州模式"的总分馆体系文献资源管理更加科学智能。苏州图书馆拥有国内首座藏书容量 700

苏州图书馆北馆

万册的先进大型智能书库，成立了文献典藏部，专门负责总分馆体系的文献资源调配与管理。依托大数据平台，分馆可以随时向总馆发送调配图书请求，总馆可以及时监控每一个分馆的文献资源状态，包括是否出现图书胀库、是否出现资源种类分配不均衡、是否有系列文献分散等现象，平台可以第一时间发现问题并通过物流进行科学调配。智能书库为总分馆体系的文献资源的管理与流通提供了科学精准的保障，依托文献资源管理系统，100个分馆的文献资源得到有序化管理，资源的流转得到规范化的记录与追踪，现代化的技术使零散分布的"苏州模式"总分馆体系资源得到了科学化的统一管理。

——"网上图书馆"。苏州图书馆依托总分馆服务体系正式推出"网上借阅社区投递"服务，读者通过电脑、手机等智能终端设备访问图书馆的网上借阅平台，发送图书需求，并从现有总分馆服务体系中选择取书点，图书馆收到请求书单后，从体系内的开架文献中寻找到目标图书，再通过物流系统将图书调配至读者选定的取书点。该服务项目的推出打破了总分馆体系文献资源分散、读者分散带来的供需不匹配问题，大大提高了图书馆的资源和服务的利用效率。项目推出后深受读者喜爱，两个月借出图书2.32万册。苏州图书馆在总分馆体系基础上，继续探索新的体系建设方式，在不具备分馆的建设条件但依旧有读者需求的地方建设自助网投点，比如在地铁站、商业中心等，自助网投点和分馆共同构成了总分馆服务体系，体系内文献资源依托"网投项目"得到了充分的共享，读者在家门口就可以获取到体系内的所有可外借文献。

在持续推进阵地建设、硬件软件建设、品牌项目建设的同时，苏州图书馆广泛开展各级各类、多层次的阅读活动，组织和引导市民阅读，在全市营造浓厚的读书氛围。其活动形式和活动内容丰富多彩、亮点纷呈：

——"江南深处是姑苏"活动。苏州图书馆是首批"全国古籍重点保护单位"，馆藏古籍近20万册，其中珍贵善本2万余册，前六批入选《国家珍贵古籍名录》的古籍共计 124 种。为了让书写在古籍里的文字都活起来，增进社会各界对珍贵古籍的了解，苏州图书馆在 2021 年开展了"江南深处是姑苏"活动，之后不断丰富与衍生，并建立长效阅读推广机制，形成了持续开展的系列活动，包括：线上活动"苏州地方文学赏读"，通过精选出与苏州相关的近现代作家所著的文学作品，为读者开展线上阅读服务；线上活动"古籍中的四时之美"，依托苏州图书馆馆藏古籍《清嘉录》向读者介绍了苏州的节气民俗，带领大家领略古籍中的四时之美；线下活动"苏州民俗文化沙龙"，举办由苏州民俗专家叶正亭老师为主讲的"粽叶飘香，共述端阳——苏州民俗文化沙龙"；线下活动"纸上江南书写体验"，作为 2023 年的全新项目，该活动带领读者亲身体验书法艺术，书写节气诗，感受江南文化的独特魅力。这些活动每月开展两次，采用线上线下相结合的方式开展，并根据读者需求、节日需要追加特定场次，反响热烈。

——"蹒跚起步来看书"活动。苏州图书馆在推出"阅读大礼包"的同时，配套开展阅读打卡活动。图书馆为 20 本绘本设计了 50 枚可爱的卡通印章，每周推出一枚，只要家长带孩子到图书馆借书或参加活动，就可以在敲章册上对应的绘本旁盖印图章。每集齐 10 枚、20 枚、30 枚、40 枚、50 枚不同的印章，即可在"书香苏州"客户端上申请兑奖。要集满 50 枚卡通图章至少需要 50 周的时间，这考验着读者是否拥有持久的毅力。后来，这项活动又从线下转移到线上，通过小程序"悦读成长平台"，继续推进该项阅读打卡活动。这项活动自推出以来，受到了广大家长和孩子们的热烈欢迎和积极参与。通过多年的努力，该活动已成为苏州图书馆的一大品牌活动，不仅提升了图书馆的社会影响力，也为培养幼儿的阅读习惯和提升阅读能力起到了很好的推动作用。通过活动的宣传和推广，越来越多的家长开始认识到早期阅读对孩子成长的重要性，并积极参与到活动中来。活动以游戏的方式进行，让孩子们在轻松愉快的氛围中感受到阅读的乐趣，从而激发他们对阅读的兴趣和热爱。通过持续的阅读打卡和兑换礼物等激励机制，鼓励孩子们养成定期阅读的好习惯。在活动中，孩子们不仅可以接触到大量优秀的图书资源，还可以在家长和图书馆的引导下逐步提升阅读能力。

——"银龄潮流"系列活动。为弘扬孝亲敬老的传统美德、强化孝老敬老的社会氛围，不断满足老年群体的精神文化需求，苏州图书馆高新区分馆策划开展针对老年读者的公共文化服务项目——"银龄潮流"系列阅读推广活动，打造"老有所学、老有所乐"的精神文化家园。该活动包括："扶老上网"，针对老年群体难以熟练运用电脑、互联网等现代技术，无法满足获取信息需求的问题，设置不同的教学培训项目，以手把手教学的方式帮助老年读者熟练掌握浏览网站内容、获取新闻资讯、阅读电子书籍、观看电视电影以及通过苏州图书馆官网线上借阅图书等操作，帮助老年读者跨越"数字鸿沟"；"爱驻怡养"，结合端午节、重阳节等传统节日开展阅读推广活动，让老年公寓中的长者在"家门口"就能享受公共文化服务；"防诈骗知识课堂"，邀请银行职员等专业人士，结合真实案例，向老年读者分析诈骗手法、讲解应对方式、普及法律知识，增强老年人的自我防范意识、提升自我保护能力；"品读岁月，乐活今朝"，打造老年群体交流互动的新平台，通过播放历史影像、纪录片等沉浸式体验形式，引导老年读者回忆峥嵘岁月、分享人生经历、交流生命感悟；通过好书互荐的形式，帮助老年读者因书结伴、以文会友，寻找志同道合的读书伙伴，共读幸福生活。该活动开展至今，共计服务 2000 余人次，丰富了老年读者的精神文化生活，进而走出"孤读"生活，在阅读和交流中丰富精神生活、强健精神力量、安享幸福晚年。

——"我是你的眼"服务活动。苏州图书馆致力于推进全民阅读，为全社会提供无差别的信息服务，始终重视开展特殊群体的读者服务。在设立盲文阅览室的基础上，开展了"我是你的眼"特殊服务活动，由最初的盲文书借阅、为盲人录制听书磁带，发展到最新的十大主题活动：盲人读书会、无障碍电影、阳光大讲坛、一帮一手牵手、走出户外触摸世界、视障读者系列培训、真人图书馆、"超凡"盲人朗诵艺术团、心聆其境、声音房子。在活动中，不断听取视障读者、志愿者及社会各界的观点和意见并不断改进，从而让服务的内容与形式日趋丰富和完善。每次活动结束，工作人员都会认真收集每一位盲人读者对活动的意见，在之后的活动中加以改进。活动开展以来，年均活动50多场，服务视障读者3000多人次，同时还积极组织视障读者参加"4·23世界读书日"、全国助残日、国际盲人节、庆祝中华人民共和国成立70周年、建党百年等重要节点的读者活动，累计参与视障读者40000余人次。该活动获评中国图书馆学会2018年阅读推广优秀项目、2019文化和旅游志愿服务典型案例、第四届江苏志愿服务展示交流会银奖项目，2018—2020年连续三年入选"苏州市百个重点志愿服务项目"，荣获2019年度全国宣传推选学雷锋志愿服务"四个100"先进典型称号、2021年"光明的世界"苏州市视障读者朗诵大赛"优秀组织奖"、2023年度助残活动先进组织等各类荣誉，多次被新华网、《人民日报》、《中国青年报》、《新华日报》、交汇点等各类媒体报道，取得了良好的社会反响。

——"小候鸟开心驿站"活动。苏州图书馆潼泾分馆位于苏州古城区西部的城郊结合处，周边居民2000余户，总人口数近7000人。其中，青少年占比16%，流动儿童占比2%。寒暑假期间，大批"小候鸟"从老家"飞"来苏州与父母团聚，"小候鸟"们在城市的生活、安全、学习等成了家长们最为担心的问题。为此，潼泾分馆与社区合作，启动了"'小候鸟'开心驿站——外来务工人员子女服务活动"，以开展"小候鸟"快乐成长计划为主，旨在帮助辖区内外来务工人员子女在苏假期内安全、健康、快乐地成长。在这里，社区"小候鸟"们可以在开心驿站里读书、学习、娱乐。潼泾分馆还与社区一起合作，为他们准备了一系列丰富多彩的假日活动。每年寒暑假前期，潼泾分馆与社区合作策划活动方案，社区对活动进行宣传，图书馆负责活动的实施。通过一个个绘本阅读、安全科普、传统节日等不同类型活动，让每一位来苏的小朋友度过一个愉快、安全的假期。这项活动自开展以来，共开展活动 26 场，吸引近 500 个"小候鸟"到场参与，现已成为苏州图书馆的一个品牌活动，潼泾分馆也成为外来务工子女在苏州的一个温馨的活动场所。该活动项目先后获得江苏省校外教育辅导站活动优秀案例一等奖、苏州市校外教育辅导站活动优秀案例一等奖、江苏省城乡社区校外教育辅导站优秀活动视频案例征集和评选特等奖。联合国儿童基金会项目专员杨海宇先生先后 4 次调研"小候鸟"服务项目并对其予以高度评价。2018 年，该项目荣获"美国图书馆协会主席国际创新奖"，获奖证书中写道："通过创造良好的阅读环境，宣传共享社区理念的方式，鼓励外来务工人员子女及家庭走进图书馆阅读和学习；在如何让弱势群体，尤其是务工人员学龄子女平等享受图书馆服务这一问题上树立了楷模。"

诸如此类的阅读活动，不胜枚举。

苏州图书馆以良好的设施、健全的网络、丰富的活动、优质的服务，给苏州带来了满城的书香，为推进全民阅读的行动发挥了龙头作用。

图书馆遍布城乡，城乡飘满了书香。

这就是天堂的模样。

这就是苏州的模样。

书山·书海·书香

2011 年 5 月 27 日，中国台湾知名的诚品书店在大陆的第一家分店——诚品苏州分店正式奠基开工。

创立诚品书店的吴清友，出生于台南市将军乡最西边的贫穷渔村马沙沟，父亲吴寅卯是家族中第一位接受高等教育的人。吴清友由于有先天性心脏扩大症，不能当兵，从台北工专毕业后，他进入专卖观光饭店餐厨设备的诚建公司，从业务员做起。31 岁那年，他接下该公司的全部股权，业务蒸蒸日上，占有台湾大型观光饭店 80% 的市场份额。

但在当时，台湾高级饭店已趋饱和，诚建公司的发展遇到了瓶颈，吴清友计划转向经营其他领域。1989 年 3 月，他创立了以建筑、艺术书籍为主的诚品书店。创始之初，诚品以书店为品牌核心，营运范畴已逐步扩展至画廊、出版、展演活动、艺文空间和课程、文创商品，以及捷运站、医院、学校等各类型特殊通路之经营，并延伸至商场开发经营和专业物流中心建置等。

由于诚品书店独特的定位与经营者对理想的执着，让爱书人眼前一亮，很快就在市场上树立起广泛的知名度。

在诚品书店成立 20 年之际，吴清友有意进军大陆地区。经过考察，综合各种因素，他把首选之地定在苏州工业园区，具体的店址就在有"皇冠上的钻石"之誉的园区金鸡湖东岸。

这里位于湖东CBD核心区域，北接轻轨一号线时代广场站，南临7.4平方千米的金鸡湖，周围有科技文化艺术中心、时代广场、久光百货、博览中心、洲际酒店等成熟商业载体，是十分难得的黄金之地。

把书店放在这里，既体现了吴清友的商业眼光，也体现了苏州工业园区领导的文化情怀。

要做就做最好的。吴清友邀请台湾著名建筑大师姚仁喜亲自操刀设计。姚仁喜在实地考察后，进行了精心的设计。为了展现金鸡湖的美景，书店的建筑风格强调人、建筑与环境的平衡，结合园林、湖水等苏州元素，做到既低调和谐，又隽永大气，同时采用开放式的空间设计，巧妙地将开阔的金鸡湖风光引至建筑内，在建筑与自然之间建构出完美的平衡。在近5万平方米的建筑空间里，不但有完善的书店、商场、餐厅和咖啡厅，也有画廊、多功能视听展演厅、实验剧场、艺文空间等，成为融合苏州本土精神的城市文化新地标。

2015年11月29日上午，有着台湾文化地标之称的诚品书店正式在苏州落成并开业。

苏州人不用去台湾，就可以在家门口感受到诚品书店带来的阅读文化体验。走进位于苏州金鸡湖畔的诚品书店，此处展售了15万种、50万册来自世界各地2000多家出版机构的中文书籍，并引进海内外数百个文具礼品品牌，给读者营造出独特的体验式阅读生活空间。

苏州的诚品书店还做了许多别具匠心的设计，在通往书店的楼梯台阶旁，是诚品20多年的选书精华回顾书展。在书店的入口处，用醒目的标语体现诚品书店的阅读观点与态度——

　　　　书籍是人类进步的阶梯。
　　　　书籍是人类知识的总统。

理想的书籍是智慧的钥匙。

书山有路勤为径，学海无涯苦作舟。

与台湾、香港的诚品书店相比，苏州诚品书店追求连锁不复制的经营理念，以及融合人文书店、文创平台的经营形态，让诚品成为最具代表性的文化创意产业交流平台。

而诚品团队更是将诚品生活苏州店视为一个作品，借以展现对苏州城市的敬意，搭建两岸文化交流新平台。书店被定义为多元的、动态的文化事业。除了以精致优雅的阅读空间规划、精心陈设展现阅读价值外，更长期举办各项演讲、座谈、表演和展览等延伸阅读活动，开创了书店与读者之间的各种互动形式。

诚品在营造阅读空间的同时，更加关注读者的阅读体验与阅读心情，其书柜面板保持15度倾斜，体贴读者，书架上的书伸手可及，或站或坐，随你高兴。一位爱逛诚品的人士深有感触地说，诚品书店让书店不再只是购书地点，而是令人流连忘返的书香世界。

是的。在这个书香世界里，品种的组合更是诚品的经营特色。"诚品畅榜"定期向读者推荐一些有点冷门的好书，即使已在书架上睡了3个月的书也不把它送入仓库，这就是诚品与传统书店的差异，并为爱书者称道之处。事实上，这种看似逆势操作的手法，在诚品书店的悉心规划下，一些书往往大爆冷门，销售奇佳。

紧跟时代正是诚品书店的动力和活力所在。近几年来，书店与文创产业的结合已成为发展趋势，在苏州的诚品书店，除了阅读，诚品团队通过文创平台与展演空间的相互结合，将阅读视野延展到生活更多维度，成为一个城市文化综合体。

为了让阅读更好地融入日常生活，书店里特设了实演厨房，邀请世界各地料理专家来现场教学，定期举办烹饪实演；文学茶荟区以茶为媒介，

诚品书店

展示东西方茶道书籍，并汇聚了茶具、香器、精致小食等多元品类；将咖啡与音乐相结合，一旁的音像区售卖黑胶唱片与音像产品，如民谣、爵士、古典乐等，游客们可以在这里喝着咖啡听音乐看书。

本土化、生活化是诚品书店异地开花的秘诀与钥匙。其中"诚品生活采集"特色文化空间，汇聚苏州传统工艺和跨界艺术精华。顾客可欣赏苏扇、核雕、苏绣、木版年画、缂丝等国家级非物质文化遗产，了解其独特的工艺传承，随意挑选各种由传统工艺衍生出的文创产品。

诚，一份诚恳的心意，一份执着的关怀；

品，一份专业的素养，一份严谨的选择。

诚品书店带给苏州市民全新的购书、阅读体验，而江苏书展更是给苏州增添了人文生活的现代气息。

盛夏时节，书香芬芳，一年一度的江苏书展如约而至。2024 年 7 月 9 日，江苏书展以"新时代新使命新实践"为主题，在苏州国际博览中心又一次拉开帷幕。

江苏书展是由江苏省政府主办的促进全民阅读、建设书香江苏的标志性推广平台，创办于 2011 年，先后在南京、徐州、扬州等城市成功举办。

从 2015 年开始，江苏书展落户苏州。

是什么原因让江苏书展长期落户苏州呢？

这是因为，苏州自古以来就是一座充满书卷气的城市，从"状元之乡"到"院士之城"，这里文脉绵长、人才辈出，馥郁的书香涵养了她知性儒雅的文化气质，渲染了她崇文重教的精神底色，成为"最江南、最爱书"的人文之城。

而且，苏州自古以来就是全国刻书、卖书的集散地，直到现在，当地还有人数众多的藏书家，与书香为伴早已成为市民的行动自觉，人们在买书上舍得花钱，在读书上舍得花时间，这样的氛围在省内甚至国内都是不多见的。

2024 年是江苏书展第 9 次落户苏州。走过 14 年的江苏书展，以更浓郁的书香、更醇正的苏味，为新时代江苏壮美画卷增添了一抹秀色，更为"书州"苏州营造了浓厚的文化氛围。

这次书展，主场馆面积达 25500 平方米，共有 400 多家出版发行单位参展，参展出版物品种超 8 万种，举办各类阅读推广活动 176 场，其中苏州市举办的活动就有 31 场。可以说，书展已不仅仅是一个展销书籍的展会，而是一个承载着写书人、读书人情结的载体，召唤着每一个喜爱阅读的人，共赴书香之约。

书展现场人山人海，人头攒动，热闹非凡。苏州市民如赶集似的涌入书展现场，在这里看书、挑书。这里各类书籍琳琅满目，涵盖了文学、历史、科技、艺术等众多领域，满足了不同读者的需求。

除了丰富的书籍资源，本次书展还融入了众多科技元素。智能穿戴设备、交互式大屏等高科技产品的展示，为读者带来了全新的阅读体验。同时，创意手工材料和文创产品的亮相，也让书展充满了趣味性和互动性。

在众多精彩活动中，阅读推广活动无疑是一大亮点。147 场阅读推广活动形式多样，包括作家签售、读书分享会、主题讲座等。这些活动吸引了众多读者的参与，大家在与作家的交流互动中，深入了解书籍的创作背景和内涵，进一步激发了阅读兴趣。

青少年和儿童阅读区也是本届书展的重点区域。为了满足孩子们的阅读需求，书展特别定制了 60 余场阅读推广活动和 13 场研学活动。这些活动通过有趣的游戏、手工制作等形式，让孩子们在轻松愉快的氛围中爱上阅读。

最吸引苏州读者的，当然还是书香苏州馆，这里以"苏州文脉传承"为主题，展示了苏州深厚的文化底蕴。馆内不仅展出了《苏州全书》编纂工程已出版的 100 册图书，还举办了"斯文在兹——崇文重教的苏州城"特展，首次邀请人民教育出版社入驻并设立"培根铸魂启智增慧——人民教育出版社教材版本精粹展"，集中展示了 70 多年来出版的人教版教材。馆内还打造了"古吴轩人文空间"，集图书展销、古籍体验、非遗互动于一体，让读者在品味书香的同时，也能感受到传统文化的魅力。

值得一提的是，书展还推出了"我们云上见"直播活动。在为期五天的展期内，主办方精选 20 余场精彩活动进行线上直播，让无法亲临现场的读者也能尽享书展盛况。图书、文创、互动的搭配融合，线上与线下的彼此交流，充分满足了读者多样性的阅读需求。

书展上还出现了很多"黑科技"。由江苏凤凰科技出版社等单位推出的"我的中国航天课"元宇宙数智人＋沉浸式 VR 体验展，以及 3D 智慧阅读系统、世界地理超半球投影系统、AR 空间站等，尤其受孩子们欢迎。

行走在江苏书展的展馆中，仿佛进入了一个超然的文化空间，身处于书山书海里，转角就能偶遇文化大咖，时不时还会碰到作者给你送上一本好书。

好书、好逛更好玩，"书展＋"极大地拓展了书展的文化属性，为建设书香社会添砖加瓦。这次书展共组织各类活动 176 场，包括阅读推广活动 147 场、互动体验活动 16 场、研学活动 13 场。许多著名作家携自己的作品与读者们面对面交流，并将高质量的讲座带到书展现场，文史哲思在书展的各个角落闪烁，思想的碰撞给台下的观众以启迪的火花。

南京大学资深教授莫砺锋的讲堂内座无虚席，跟随着莫教授生动的讲述，小读者们穿越到千年前的大宋士大夫身边，为古代文豪的人格魅力所倾倒。著名儿童文学作家祁智的"唐诗课堂"气氛热烈，孩子们跟着祁智大声朗诵唐诗，踊跃发言，与老师交流自己对唐诗的理解……

一次次精心策划的书展，一场场精彩纷呈的活动，引领着全民阅读的风尚，推动着苏州书香建设。

为期5天的书展，进馆读者超过10万人次，线上线下实现销售25237万元码洋，其中，苏州展场零售929万元，全省参展实体书店零售4427万元，APP等线上销售和直播带货9645万元，馆配团购10236万元。

无疑，江苏书展已成为人文经济学的一个重要案例和实践样板。

在承办江苏书展的同时，苏州还自主打造了阅读节品牌。其主旨是：让我们捧起一本好书，使之成为一种生活方式；让我们养成阅读的风尚，使苏州更文气、更美丽。

遵循这样的主旨，苏州市先后举办了18次苏州阅读节活动。该活动通常在每年的4月23日世界读书日前后举行，持续一个月左右。

阅读节期间，会举办各种形式的阅读活动，包括读书分享会、讲座、展览、比赛等，同时还会推出一系列的阅读推广活动，如阅读马拉松、书香社区、书香校园等。这些活动涵盖了各个年龄段和阅读群体，旨在满足不同读者的需求和兴趣，鼓励市民积极参与阅读，营造浓厚的阅读氛围。

近几年来，阅读节紧紧围绕推进书香社会建设，对主题活动全面升级改造，由原来的"苏州阅读节"更名为"百步芳草　四季书香——苏州市全民阅读系列活动"，致力于实现全民阅读的普惠化、分众化、精细化，推动全社会参与阅读。

在第29个"世界读书日"到来之际，"百步芳草四季书香——2024年苏州市全民阅读系列活动"启动仪式在苏州文化艺术中心国风剧场举行。

这次活动在内容和形式上有许多创新，主要是：强化了横向协作，开通App"书香苏州"频道，整合全市阅读设施地图、阅读活动资讯、苏州书仓、在线阅读、古籍在线浏览等六大模块，让数字阅读服务在掌上平台触手可及；进一步深化纵向联动，形成"1＋10"市县联动、资源共享的阅读活动体系，推出全市272项重点阅读活动、一万余场各级各类阅读活动；联动全社会参与，发起"每天一小时，好书大家读"主题活动。时间从4月持续到10月，包括"每天阅读一小时"行动倡议、好书推荐、征文活动、共读活动、分享晚会、全民读书月等系列活动。

启动仪式上，年度全民阅读大数据发布，充分展示"书香苏州"建设成果。据介绍，苏州市获评"全民阅读推广城市"，吴中区、相城区建成江苏省第四批书香城市建设示范区；全市公共图书馆书刊文献外借一年达2338余万册次、824多万人次，线上、线下服务读者4561万人次。

阅读节期间，苏州市各地纷纷举办了形式多样的阅读活动。在姑苏区，一场以"书香姑苏，悦读人生"为主题的读书分享会吸引了众多读者参与。活动现场，读者们围坐在一起，分享着自己喜爱的书籍和阅读心得，彼此交流、互相启发。同时，还有专家学者举办了精彩的讲座，深入解读经典著作，引导读者更好地理解和欣赏文学作品。

吴中区开展了"书香吴中，墨香四溢"书法展览活动。展览展示了众多优秀的书法作品，这些作品不仅字体优美、风格各异，而且内容丰富，涵盖了诗词、名言警句等。通过欣赏这些书法作品，市民们不仅感受到了书法艺术的魅力，也进一步激发了阅读的兴趣。

相城区举办了"书香相城，亲子共读"活动。活动邀请了家长和孩子们一起参与，通过亲子共读的方式，增进了亲子之间的感情，同时也培养了孩子们的阅读习惯。在活动现场，还设置了互动环节，孩子们积极参与，气氛十分热烈。

这次阅读节还开展了一系列线上阅读活动。"书香苏州"微信公众号推出了"每日一读"栏目，每天为读者推荐一篇优秀的文章，让读者在碎片化的时间里也能享受阅读的乐趣。同时，苏州图书馆还举办了线上读书打卡活动，鼓励读者坚持阅读，养成良好的阅读习惯。

功在当代，利在千秋。苏州正以阅读节为抓手，不断推动全民阅读的深化和发展，努力实现全民阅读常态化，全方位、高水平推进书香社会建设，在全社会营造爱读书、读好书、善读书的良好氛围。重点打造有代表性的品牌活动。升级现有阅读品牌，结合第二十届江苏读书节和第十九届苏州阅读节满足市民群众新需求，优化"夜读""满纸书香共读好书"等阅读推广活动，形成苏州特色品牌。积极承办好第十四届江苏书展，突出读者主体地位，不断提升惠民力度。重视分众阅读活动，尤其是关注青少年阅读活动和重点人群阅读。积极适应数字化发展趋势，并结合不同场景，利用 VR、AR、区块链等技术融合文旅热点打造更多"书香＋"。同时，积极倡导数字时代的纸质阅读。通过阅读供给、宣传推广、氛围打造等多元化方式，帮助市民群众树立正确的阅读观念、形成自发阅读意识、养成良好阅读习惯，真正让群众成为阅读的主人，主动参与阅读、传承文化理念、提升文明素养、共建书香社会，让阅读成为城市中最美的风景，成为全社会的时代风尚。

苏芭：乘风而舞

产生于苏州的昆曲是中国的"百戏之祖"，故而，数百年来，以昆曲为代表的传统戏剧在苏州长盛不衰。然而，随着经济社会的发展，尤其是改革开放以来，国门打开，东西方文化在这里交汇激荡，这座充满古韵的城市受到外来文化、外来艺术的熏陶，展现出时代的新姿和艺术的风尚。

芭蕾舞是一种欧洲古典舞蹈，萌芽于14世纪意大利文艺复兴时期，18世纪在法国日臻完美，到19世纪末期，在俄罗斯进入最繁荣的时代。历经近500年的历史积淀与传承发展，芭蕾以其独特的魅力蜚声世界，成为传播极广的一种艺术形式。

2007年，苏州市领导意识到，作为在苏州古城边上生长起来的工业园区，已具备了新城的性质，而且外来人口包括外国人日益增多，有必要引进适合外国人观赏的西方文化艺术样式，实现东西方文化艺术的互补与交流，以西方艺术涵养城市现代气质，提升城市的开放度，于是，他们决定成立苏州芭蕾舞团（以下简称苏芭），打造全新的艺术品牌。

在一张白纸上成立起来的苏州芭蕾舞团，是江苏省唯一的专业芭蕾舞团，通过向全国公开招聘的方式，演员均来自国内外一流院团。

苏州芭蕾舞团

　　首任团长李莹，毕业于北京舞蹈学院，曾被选入中央芭蕾舞团任主要演员。1985 年，李莹在第十三届瑞士洛桑国际青少年芭蕾舞大赛中获得约翰逊基金奖第一名，成为中国芭蕾史上首个在国际比赛中夺冠的芭蕾舞演员，1992 年应邀赴美国哥伦布市大都会芭蕾舞团工作。自 1994 年至 2006 年，担任美国匹兹堡芭蕾舞剧院女首席主要演员。2007 年告别舞台后，李莹与先生潘家斌一起回到了他的家乡苏州，协助苏州文化艺术中心组建了苏州芭蕾舞团。

　　建团之初，苏芭从起初 21 个演员增加到 36 个演员，是中国规模最小的芭蕾舞团。李莹提出，苏芭既是演出团体，也是培养人才的地方，应当为优秀的舞蹈演员提供机会和成长的平台。

　　为了调动每一位舞蹈演员的积极性，苏芭不设主次要演员，不论资排辈，谁适合角色谁就上，充分挖掘每个演员的潜在能力。在这个 400 平方米的排练厅中，李莹、潘家斌带领新生的苏芭团队，本着原创主旨，推陈出新，先后创作编排了具有中国传统特色的芭蕾作品《囍》，新古典主义交响芭蕾《肖邦的诗》，中国的摇滚芭蕾《邂逅摇滚》等，用创新理念打造出别具一格的"江南芭蕾"。

建团 3 年后，苏芭开始创编大型芭蕾舞剧《罗密欧与朱丽叶》。该剧是英国剧作家莎士比亚创作的著名戏剧作品，闻名全球。世界各国改编的芭蕾舞剧也不少。尽管观众对芭蕾舞剧《罗密欧与朱丽叶》已非常熟悉，但苏芭的创新编排，仍以震撼人心的艺术魅力使法国观众领略到不一样的艺术风格。

中国版《罗密欧与朱丽叶》，以当代生活节奏及审美品位为前提，巧妙融入中国传统元素，以现代芭蕾的形式，展现舞者精湛的专业技术和表现力。与传统舞剧《罗密欧与朱丽叶》相比，既有故事编排上的创新，也有舞美与道具的改良，别具匠心，呈现出复古又时尚、优雅又飘逸的艺术特色，诠释着东方特有的审美观，颠覆了人们对芭蕾的固有认知，给中国观众带来了巨大的惊喜。后在巴黎安德烈剧场上演，让欧洲观众看到了不一样的"中国芭蕾"。

在艺术之路上，苏芭在西方芭蕾和中国传统文化相融合的道路上不断探索、越走越勇。

2012 年，苏芭创排舞剧《西施》，用西方芭蕾艺术、西方作曲家的音乐，讲述了在吴越相争这段历史中西施和琼姬面对国仇家恨时的选择。该剧将中国古典美的元素与现代芭蕾艺术的精髓巧妙结合，把江南文化中秀气、灵动的风韵贯穿至剧中的每个细节，演绎了一个感天动地的中国的故事。

2013 年，苏芭又编排了创意芭蕾舞剧《胡桃夹子》。该剧出自德国作家恩斯特·霍夫曼的插图，后来被柴可夫斯基改编成了芭蕾舞剧，在全世界广为流传。该剧讲的是在平安夜的晚上，女孩玛丽得到一只胡桃夹子。是夜，她梦见胡桃夹子变成了一位王子，带领着她的一群玩具同老鼠兵作战。后来王子又把小玛丽带到果酱山，受到糖果仙子的欢迎，收获了一场集玩具、舞蹈和盛宴于一体的欢乐体验。

而苏芭版《胡桃夹子》并不拘泥于霍夫曼的原作，而是对原故事做了全新的改编，将美丽的公主替换成本应是反派的小老鼠，描绘了小老鼠玛丽在圣诞之夜的黄粱一梦，让整部剧目变得既充满了童趣又洋溢着浓厚的节日氛围。

2014年，李莹、潘家斌在歌剧《卡门》和芭蕾舞剧《卡门》的基础上，重新编创了一部少见的两幕完整版芭蕾舞剧《卡门》。这是一部具有现实意义的舞剧，在传统芭蕾中融入了对现实生活的思考，剧中的4位角色卡门、何塞、米凯拉和斗牛士埃斯卡米洛，正是当下生活的缩影，从中可以找到身边的"白富美"和"高富帅"。这些人物之间的爱恨情仇，构成了苏芭《卡门》的完整结构。该剧上演后受到广泛的关注。曾应波兰第22届比得哥什歌剧节之邀，作为歌剧节闭幕大戏，在波兰NOVA歌剧院演出。当地报纸用"中国的《卡门》赢得了全场起立的喝彩"为标题，报道了这次成功的演出。

原创芭蕾一直是李莹和潘家斌追求的艺术方向。在连续3年每年推出一部大戏的背后，需要经过长时间的酝酿和准备，苏芭于2017年开始创作大型芭蕾舞剧《唐寅》。

自立项起，李莹、潘家斌不断对人物和故事进行细致研究，他们专门跑去苏州博物馆，详细观看了顾闳中和唐寅两位不同年代画家笔下的《韩熙载夜宴图》，萌生了以"红袍"作为仕途隐喻的想法，并从人物造型到动作编排，以及服装、道具、舞美布景等，都渗透着江南元素、江南味道。

为了进一步丰富舞剧《唐寅》的表现力，在标准的芭蕾动作外还加入了更多现代舞元素，多层次的舞蹈语言让原本"孤独"的人物充满了感情。这样，以自由开放的艺术形式，以独特的审美视角，把爱功名、爱红尘的"双面"唐寅表达得淋漓尽致，在矛盾的交错递进中挖掘其生命里的悲剧性，讲述了一个精彩的中国故事。

《唐寅》首演后，好评如潮，一举荣获江苏艺术基金、国家艺术基金双项资助，并先后在上海国际舞蹈中心、北京国家大剧院等国内重量级剧院成功演出，还被纳入国家文旅部"中国—中东欧国家庆祝建交70周年"重点项目，赴拉脱维亚首都里加及波兰第二十六届比得哥什歌剧节演出。

2021年，苏芭进入了一个新的发展阶段。剧团领导班子实行新老交替，聘请中央芭蕾舞团原党委书记、副团长王全兴担任团长。

王全兴，1979年毕业于北京舞蹈学院，之后考入中央芭蕾舞团从事演艺工作，主演了《红色娘子军》《雁南飞》等多部舞剧，后任中央芭蕾舞团原党委书记、副团长，中国国际芭蕾演出季执委会主席，国家艺术基金专家评委，负责中芭国内外演出策划、宣传、推广、运作等工作，成功策划运作了四届"中国国际芭蕾演出季"，策划实施了"纪念芭蕾舞剧《红色娘子军》首演50周年"在人民大会堂的演出活动等。完成中芭赴巴黎歌剧院、英国皇家歌剧院、美国肯尼迪艺术节、澳大利亚墨尔本艺术节等重大出访演出任务。

上任伊始，对"红色舞剧"情有独钟的王全兴便对苏芭筹划了两年的红色题材作品——《我的名字叫丁香》予以高度重视，并凭借自己在红色题材创作方面的专业能力，为之倾注了大量心血。

该剧在中国作家协会副主席何建明所写纪实体散文《雨花台的那片丁香》基础上创编而成。剧中主要人物丁香出生于苏州，是雨花台众多女性革命烈士中的一位。她在东吴大学认识了一生所爱——阿乐，婚后，丁香被派往北平从事地下活动，被捕后遭押解至南京，牺牲于雨花台，年仅22岁。痛失爱妻的阿乐独身18年，直到遇到相貌酷似丁香的时钟曼，才重组家庭。后来，他们的大女儿取名叫"丁香"。

舞剧《我的名字叫丁香》，就是在丁香、时钟曼、乐丁香三位"丁香"相望相舞中开场，讲述了中国共产党人在"艰难困苦、玉汝于成"的苦难历程中，在"凤凰涅槃、浴火重生"的辉煌胜利中所展现出的崇高理想、坚强党性以及爱与信仰的力量。

担任该剧总导演的是青年舞蹈家王亚彬。在她看来，舞蹈是用肢体语言表达人物的内心情感世界，而丁香经历的革命历程以及她与阿乐的红色浪漫爱情，非常适合用芭蕾去表达。在创排中，她打破线性的叙述方式，并且在人物塑造方面格外注重情感的丰富性和深度。通过具有情感张力的肢体动作，将丁香的人物形象立体呈现在舞台上，借助细腻的人物角色塑造，与台下的观众产生情感的连接和共鸣。

在建党百年这一重要时间节点，由苏州芭蕾舞团倾力打造的原创芭蕾舞剧《我的名字叫丁香》在苏州文化艺术中心成功首演，献上了一部有血有肉的艺术精品，塑造了可亲可敬可爱的英雄人物形象。之后，该剧通过巡演、户外惠民演出、公益讲座等多种形式，演出总计36场，并先后入选第三届中国苏州江南文化艺术节·国际旅游节"名团名剧名家展演"精品作品，参加"相约北京"奥林匹克文化节——苏州文化艺术展示周开幕演出，入选2022苏州市文华奖展演项目，新华社、《人民日报》、《新华日报》和中央广电总台国际在线等众多主流媒体对该剧做深入报道，引起社会各界广泛关注和好评。

作为中国国际芭蕾演出季执委会主席的王全兴，对芭蕾有独到而深刻的理解。他认为，芭蕾是一种全世界通用的肢体语言、文化语言。可以通过这门语言，向海外弘扬中华文化。为此，自2013年起，他就开始在北京策划运作中国国际芭蕾演出季，邀请世界上最顶尖的芭蕾舞艺术家到中国演出，让中国的观众可以现场观赏到最优秀的芭蕾舞表演。

来到苏州后，他又筹划了一年一度的"苏州国际芭蕾艺术节"，于每年金秋十月盛大上演。艺术节集合浪漫芭蕾、古典芭蕾、现代芭蕾等不同艺术风格的精彩剧目，涵盖演出、芭蕾大师课、高峰论坛等不同板块，特邀全球名家名团汇聚一堂，以芭蕾为桥梁，打造艺术的盛会，让国外的芭蕾艺术家感受到中国观众对芭蕾舞的热爱，同时在与中国芭蕾舞演员的合作、交流中看到了芭蕾舞在中国的蓬勃生机。

王全兴还主张，中国的芭蕾舞团要"两条腿走路"，尤其是赴海外演出要准备两台剧，一台古典芭蕾舞剧，拉近与海外观众的距离，让他们直观地感受到中国芭蕾舞团的水平实力；一台则是中国原创芭蕾舞剧，通过舞蹈展现中华文化的独特魅力。为此，他在继续抓好古典舞剧创排的同时，尤其注重中国原创芭蕾舞剧的创作与生产。

2022年，正值党的二十大召开，也是苏州芭蕾舞团建团15周年。作为中国首部原创科技题材芭蕾舞剧《壮丽的云》在当年正式立项。

苏芭特邀国家一级编剧、原中国人民解放军南京军区前线歌舞团艺术指导苏时进为总编导、编剧，与国家一级导演刘福洋、国家一级作曲家郑冰、国家一级舞美设计刘科栋、知名青年多媒体设计胡天骥、国家一级灯光设计任冬生、国家一级服装设计阿宽等业内大咖倾力打造。

《壮丽的云》选取了芭蕾舞剧中罕见的科学家为创作原型，通过对苏州籍"两弹一星"元勋王淦昌、程开甲，著名物理学家何泽慧等人的艺术性塑造，讲述了剧中人物王皓云、陈立人、方荷玉等一批新中国老一辈科学家在"我愿以身许国"的庄严承诺下，远离至亲、隐姓埋名，不断突破身体、精神和技术极限，圆满完成了中国第一颗原子弹研制。

为了使《壮丽的云》壮丽地呈现在艺术舞台上，该剧的整个创排过程历时三年！

第一年，完成初步创排及内部合成演出，并经对各方反馈意见的整理消化后，对该剧进行了第一次较大幅度的修改打磨。

第二年，在苏州首演。首演后，随即展开杭州、上海、北京、大连、南京等城市的首轮国内巡演。同年9月，剧中精选舞段作为中西建交50周年、中阿建交65周年系列文化活动的演出项目，随团赴西班牙、阿尔及利亚两国巡演。

第三年，在巡演的基础上，总结经验，查找不足，并听取各方意见和实地考察采风，秉承精益求精的态度，编创人员对该剧作了大量修改，并重新排练，创新性地编排了具有江南特色的"雨帘舞""苏绣舞"等。

一出好剧，不是一蹴而就的，而是反复打磨出来的。经过精心修改打磨后的《壮丽的云》，再度在苏州公演，以更加鲜明的艺术特色和感官体验打动了无数观众，也得到了专家学者的高度评价。

接着，该剧先后走入苏州10余所学校，为7000多名师生带去高品质的艺术享受，让年轻一代在优美的舞姿中感悟先辈们的奉献与担当。

之后，剧中的精选片段再次随团走出国门，作为中国与马来西亚建交50周年系列庆典活动之一，在马六甲剧场精彩上演，淋漓尽致地展现了江南之美、芭蕾之雅。

回国后，作为"大戏看北京"2024展演季演出项目在天桥剧场上演，吸引了很多科技领域、教育领域的专家学者前来观演。随后又受邀参加2024年江苏省研究生"开学第一课"，通过网络进行直播演出，观看人次达54万人，覆盖全省30余万在校研究生。

创排及演出期间，《人民日报》、《光明日报》、《中国艺术报》、文旅中国、中央电视台等国家重点媒体对该剧进行了广泛宣传报道，称之为舞出中国风、国际范的"江南芭蕾"。

近年来，苏州芭蕾舞团不断深化体制机制改革，加强内部管理，大力引进高层次人才，持续推出精品力作。谭元元就是苏芭新近引进的重量级高层次艺术人才。

谭元元，毕业于上海舞蹈学校，1992年，在第五届巴黎国际芭蕾舞比赛上获得金奖，并在之后获得"巴黎市勋章"。1993年参加日本名古屋国际芭蕾舞比赛，获得了尼金斯基大奖。1994年首登央视春晚舞台并表演节目《思乡曲》。1995年，进入旧金山芭蕾舞团，便开始在多部芭蕾舞剧中担任主演。1997年，成为旧金山芭蕾舞团首席舞者。其间先后获得第四届"国家精神造就者荣誉"奖，美国专业杂志《舞蹈》颁发的"终身成就奖"，英国国家舞蹈大奖最佳女演员，上海市"白玉兰纪念奖"。

2003 年，也就是在"世界芭蕾日"过去的第二天，谭元元举行最后一场演出，以此正式告别旧金山芭蕾舞团。这一天也是她 48 岁的生日。

消息传出后，售票系统因人数超载而一度崩溃。

当晚演出，谭元元谢幕长达 15 分钟，观众一直在欢呼和鼓掌，她缓步走到舞台中央，感动之外，心里满是欣慰。她激动地对观众说，一辈子把一件事做好，还能得到大家认可，这就很好，我在这里画了一个圆满的句号。

在国外是句号，而在国内是新的开始。谭元元没有做太多休整，便回国加盟苏州芭蕾舞团。消息传出后，媒体以"芭蕾女王"称呼她，谭元元笑着说，年轻时她被称为"芭蕾公主"，但我希望不被标签化，做一个纯粹的舞者真的很开心，现在回国担当苏芭的艺术总监，换一种方式继续从事舞蹈艺术工作，是我的荣幸，也是我的愿望。

我能给苏州芭蕾舞团的演员们带来什么呢？我能为舞团创作一些什么作品呢？谭元元在反复思考后，立即着手启动引进"美国芭蕾之父"乔治·巴兰钦的《小夜曲》。

作为一部无情节交响芭蕾，《小夜曲》的名字取自柴可夫斯基的《C 大调弦乐小夜曲》，是舞蹈界公认的音乐与舞蹈高度相融的经典之作，首演于 1934 年，巴兰钦用前卫的创作观念为芭蕾开辟了崭新的发展思路。

谭元元 19 岁开始跳《小夜曲》，跟多个院团合作过多个版本。在她看来，《小夜曲》节奏变换很快，舞蹈动作必须灵活干净，还要求演员对音乐感觉敏锐。排演这样的作品，不仅会给观众带来高品质艺术享受，也能提升青年演员们的舞蹈技巧和舞台表现力。

于是，谭元元写信给巴兰钦基金会，介绍了自己的情况，细数自己跳过的二十几部巴兰钦作品。基金会回信说，我们当然知道您是谁，但仍要按规矩授权，一步一步来。随即，谭元元让舞团按照基金会的要求，准备了详细的材料并录制舞者视频传递过去。对方经过严格的审核后，终于得到了授权许可。基金会派出了专门教授巴兰钦作品的指导老师，还寄来了一本厚厚的服装指南，里面是每一套服装颜色、细节、面料的展示，全要按照原版来。谭元元说，芭蕾是追求极致的艺术，一丝一毫都不能差。

谭元元把丰富的舞台经验、艺术审美、国际资源，都带到了苏芭，她希望苏州芭蕾舞团的年轻演员能在多元的世界芭蕾经典作品的滋养下成长，因为她自己就是这样，靠一部又一部好作品，一个又一个好角色成长起来的。让她欣慰的是，通过《小夜曲》的排演，团里年轻舞者的身体控制力有了明显提升。她高兴地对外界说，最重要的是给他们好作品跳，大家很积极、很配合，成长是肉眼可见的。

那年 7 月和 8 月，谭元元出任该团艺术总监后首次携作品分别到上海大剧院和江苏大剧院演出，以《小夜曲》和苏芭原先创排的《春之祭》展现舞团的全新形象，得到广泛赞誉。谭元元表示，未来要率团排演更多原创剧目，同时走出去，在国际上进行更多交流演出。

说出这样的话，谭元元是有底气的。因为自 2014 年起，苏芭的多部舞剧先后入选国家、省、市各级艺术基金等资助项目，并多次受国家委派和各国邀约开展国际文化交流活动，演出足迹遍布中国及法国、德国、荷兰、比利时、新加坡、波兰、卡塔尔、巴林、土耳其、拉脱维亚、阿曼等全球 10 多个国家 70 余座城市。

谭元元的加盟，无疑给苏芭带来了更多的可能性。她多次说过，中国有很多神话故事，祖上给我们留下了很多文化精髓，我想通过芭蕾向世界传递东方美学，让中国芭蕾最大限度地被世界认识。她还说，我是一个喜欢接受挑战的人，苏芭是一个年轻团队，有很大成长空间，我希望通过自己的努力帮助苏芭快速成长。

她很笃定，因为她初步提出的编创中国题材芭蕾作品的设想，与团长王全兴一拍即合，有的已经在进行中，或许两年后就会有所呈现。

如今，苏芭的"江南芭蕾"已成为苏州的一张靓丽文化名片，他们将用"江南芭蕾"继续讲好中国故事，在世界级的舞台上乘风而舞！

"苏交"：时代回响

2016年11月18日，在美丽的金鸡湖畔响起了金鸡的啼鸣声——苏州交响乐团（以下简称苏交）在此诞生了。

交响乐又称交响曲，最早出现于18世纪上半叶，是从意大利歌剧序曲演变而来的，名称源于希腊语的"一起响"或"和谐"之意。

现代意义的交响曲是指一种用大型管弦乐队演奏的器乐套曲，是音乐表现的最高形式，它能表现重大的题材、丰富的感情和深刻的思想。从创作到演奏都要求较高超的技巧。因而它是衡量一个国家或民族的音乐文化水平的重要标志。

可见，作为一个省辖市，要组建一支交响乐团，其难度是非常大的。为此，他们创新体制，实行市区共建，两级财政按照1∶1比例分担。这种共建模式为乐团提供了必要的资金、政策、涉外交流等方面的支持与保障。同时，乐团实行企业化管理运作，在苏州交响乐团理事会领导下开展工作。乐团薪酬架构、固定资产支出等重要事项由理事会专项研究决定，并委托苏州交响乐团有限责任公司进行管理。

体制的创新，解决了组团的许多难题，大大提高了工作效率。仅用半年不到的时间，苏交就完成了建团工作，创造了国内外交响乐团建团史上的"中国速度"和"苏州奇迹"。

用新体制组团，用新机制运营。苏交实行"不看国籍只看能力，相同岗位相同薪资"的新机制，本着"优中选精"的原则，以国际化视野，面向全球网罗优秀音乐人才，招聘的乐手平均年龄为34岁，均为世界范围内一流艺术院校以及交响乐团的音乐精英，硕士以上学历乐手超过84%。

群雁高飞头雁领。苏交又以全新的机制聘请陈燮阳为艺术总监、许忠为首席指挥、陈光宪为团长。

陈燮阳，1939 年出生于江苏武进一个文化底蕴深厚的读书人家庭。1953 年进入上海音乐学院附中，先学钢琴，后进入作曲班；1960 年升入大学本科指挥系，师从黄晓同教授。以优异的成绩毕业后，任上海芭蕾舞团管弦乐队常任指挥。1981 年 9 月，他应邀赴美考察，师从耶鲁大学奥托·缪勒教授进修指挥课，指挥多个美国乐团演出。1982 年他应邀在美国阿思本音乐节指挥音乐节乐团大获成功。1983 年 8 应法国"音乐之声"唱片公司之约，他指挥北京中央乐团录制了贝多芬第一、第四交响曲唱片；1983 年 9 月至 1985 年 1 月，担任大型音乐舞蹈史诗《中国革命之歌》的指挥。在他的演艺生涯中，积累了无数的第一。他是中国第一位交响乐团的艺术总监，也是在维也纳金色大厅指挥中国民族音乐的第一人，被誉为"中国第一棒"。

许忠，出生于上海的一个医学世家，3 岁半即随著名钢琴教授王羽习琴；11 岁时，许忠以第一名的成绩被上海音乐学院附属音乐小学录取，两年后进入附属中学学习。1986 年受周丽勤基金的资助赴法国巴黎高等音乐学院进修本科，并成为法国巴黎国民银行在全世界资助的五位杰出音乐家之一，毕业时获巴黎国立高等音乐学院颁发的钢琴首奖。他多次荣获国际大奖，常年活跃于世界音乐舞台，足迹遍及欧洲、亚洲、北美洲及南美洲。曾在巴黎、纽约、维也纳、慕尼黑、巴塞罗那、阿姆斯特丹、奥斯陆、莫斯科、东京、上海及北京等大城市演出，并经常与世界一流的国家交响乐团合作演奏。

陈光宪，中国交响乐发展基金会理事长、上海交响乐团基金会副会长、中国音乐家协会理事，曾担任上海歌剧院交响乐团中提琴首席，上海歌剧院交响乐团团长，上海歌剧院院长助理、副院长，上海交响乐团总经理、书记、团长，拥有丰富的乐团管理经验，也是中国交响乐领域富有声望和影响力的领军者。

聘请这样三位重量级的艺术大师担任艺术总监、首席指挥和团长，使苏交"一步登天"，站在了很高的起点上。陈燮阳与许忠也是不负众望，全身心投入苏交的艺术工作中，同样用了不到半年的时间，苏交就成功实现首演。

苏州交响乐团填补了苏州交响乐领域的空白，顺应了苏州国际化、现代化发展潮流，推动苏州文化建设呈现出继承与发展并重、传统与现代兼容、中方与西方互动的良好发展态势与繁荣格局。

自建团之日起，苏交就肩负起建设"国内一流、国际知名"乐团的使命，以"精致、特色、合作、共享"作为建团理念，进一步创新艺术形式、普及高雅艺术、弘扬传统与时尚文化。

2017年，苏州交响乐团主办的金鸡湖钢琴比赛拉开帷幕，在发掘古典音乐未来之星道路上迈出第一步。翌年，苏交再次主办苏州金鸡湖作曲比赛，征集作品来自全球39个国家和地区，开启了中西音乐文化交融的新篇章。

2018年4月11日晚，苏交首次进京演出，参加第六届"中国交响乐之春"，在国家大剧院举办了"赤子之心"交响音乐会。此次音乐会演奏了《第二交响曲》作品28号、《天乐》作品30号、《南海渔歌》第一组曲作品17号和《南海渔歌》第二组曲作品17号等曲目。演出中应用了中国的大锣、大鼓、木鱼、钟、锯琴等传统乐器，与西方乐器相映生辉，为演出增添光彩。演出获得巨大成功，把苏州的现代典雅通过交响音符带到北京，让观众观赏到更多的苏州元素。

首战告捷后，苏州交响乐团积极探索交响艺术与多种艺术形式的融合表达，对经典音乐作品进行"再创作"，与民乐、芭蕾、昆曲等多种艺术形式结合，为观众带来全新的艺术体验。

苏交尤其注重原创作品的委约与创作，邀请国内外优秀作曲家为乐团量身打造新作品。这些作品大都融入了诸如评弹、昆曲、民歌等江南风格的音乐文化元素，反映了江南地区的人文景观。

几年中，苏交坚持每年由陈燮阳大师执棒，上演"泱泱国风音乐会"，全部演出中国作曲家的作品，累计演出超80部。其主要作品有——

《沙家浜·世纪波光》音乐会，其呈现形式结合朗诵、评弹、合唱、管弦乐队与多媒体等多种元素，并依据音乐构思，通过多媒体手段在现场以视听融合之表现形态，展现"世纪篇章"。其中音乐会第一部分精选改编了交响乐《沙家浜》七段原曲，第二部分《世纪波光》，整场音乐会形成一部刻画苏州革命历程的壮美画卷。

《历程的献词》音乐会，旨在促进苏州地方文化特色与国际化作曲叙事手法的融合，以更好地展现在中国共产党的领导下，特别是改革开放以来，苏州和整个中国在各个方面所取得的举世瞩目的成就，打造"既面向苏州，又面向世界；既富有国际性，又充满中国特色"的高水准音乐会。

《苏州印象·评弹》音乐会，由著名作曲家、中国音乐学院作曲系教授权吉浩于2021年2月完成。此曲由三个独立乐章建构而成，各乐章的主题源头均取自苏州评弹，并以此为基础加以延展，使评弹艺术通过西洋交响乐团之手获得重现。

这些作品丰富了乐团的演出曲目、提升了乐团的艺术水准，在全国优秀交响乐展演、江苏省紫金文化艺术节等重要展演中多次获奖。

苏州交响乐团团长多次表示，在演绎经典音乐作品的基础上，融入多元风格，体现江南元素，探索先锋实验表演，满足多维度的观演需求。这既是苏州交响乐团努力的方向，也是接下来的道路。有乐评人评论道，苏州交响乐团可能是国内最重视推广中国本土交响乐作品的职业交响乐团。

透过苏州交响乐团这扇窗口，很多苏州百姓了解了西洋音乐，也有不少外籍人士从这里喜欢上苏州这座城市。伦敦皇家音乐学院毕业的丹尼尔在老师的推荐下参加苏交面试，成为苏交的一位圆号演奏家。几周后，他的女友也紧随其后，成为苏交的一员。如今，他们都成了新苏州人。

一系列的创举和成绩，让苏交在业内声名鹊起，迅速成长为国内最具影响力的交响乐团之一，也成为苏州城市文化的一张国际新名片。苏交坚持"国际性、艺术性、经典性"的品牌定位，致力于为"中西方音乐文化的交融"搭建沟通的桥梁，让出色的交响乐艺术呈现在苏州的舞台上，让世界聆听苏州对交响乐的独特诠释。

2017年苏州交响乐团首次走出国门，马不停蹄地奔赴新加坡、马来西亚、日本等地进行亚洲巡演，登上了新加坡滨海艺术中心音乐厅、中国台北"两厅院"音乐厅、东京三得利音乐厅等国际知名音乐厅的舞台。

2019年7月，乐团开启欧洲巡演，先后在德国柏林国家歌剧院、德国汉堡易北河爱乐音乐厅、奥地利维也纳罗纳赫歌剧院进行演出。这支年轻乐团的专业水平得到了业内人士和海外观众的高度认可。这年春节期间，受中国常驻联合国代表团以及文化和旅游部委托，苏州交响乐团前往纽约联合国总部演出。这是联合国首次在新春时节举办音乐会，也是年轻的苏交凭借过硬综合实力在世界舞台上的一次精彩展现。演出当天，80多个国家的大使应邀而来，对苏交的演奏给予了高度评价。有大使说，台下的听众是"大联合国"，台上的苏交是"小联合国"。

苏州交响乐团频频登上国内外知名舞台，足迹遍布全球10个国家和地区的近30座城市，现场观众超过40万人次；累计举办各类艺术普及活动超320场，现场参与观众超过10万人次；线上音乐会及艺术普及活动线上观看人数累计超过8000万。

2023年，苏州交响乐团8岁了。

8岁，对于一个人来说还是童年，但对于苏交来说已经是一个朝气蓬勃的青年。

是年6月28日，苏州交响乐团在首席指挥许忠的带领下，在苏州金鸡湖音乐厅首演《第三交响曲》，紧接着于30日在上海东方艺术中心再次演奏此曲，受到上海乐迷的热烈欢迎。虽然《第三交响曲》是一部富有张力的交响巨制，但其中有部分是非常抒情的表达。每当抒情部分出现，许忠指挥都会运用非常舒展的手势，在突出音乐"气口"的同时，加强旋律长线条的自然流动，形成浓郁的抒情气息，让人看到了中国交响乐团的音乐活力和巨大的艺术能量。

一个月后，苏州交响乐团《泱泱国风》在音乐总监陈燮阳大师执棒下隆重上演，以"倾听回响，可知心怀之大"为主题的音乐季也正式对外发布。

《泱泱国风》是苏州交响乐团乐季音乐会品牌，全部演绎中国作曲家创作的中国作品：

关峡所作管弦乐曲《星辰大海》以"百年辉煌"为底蕴，以"民族复兴"和"人民至上"为立意。在这部貌似是主调音乐实则是复调音乐的作品，作曲者对音符进行了严密的计算，是一部难得的精品力作。

交响组曲《山林之歌》取材于云南山区民歌，由马思聪所作，将自然、现实与神话色彩融于一体。"恋歌"一章旋律深沉且含蓄，"舞曲"则通过不断变化律动，让人眼前浮现出情绪激昂的歌舞聚会情景。木管乐器领衔的"夜"仿佛呼应着山鬼的呼唤，直至其悠然远去。

赵季平的《第一小提琴协奏曲》创作于2017年，在经历海外多家乐团以及诸多出众的小提琴演奏家的演绎之后，已成为近年来最常上演的中国协奏曲新作。这部单乐章作品虽没有明显引用中国传统音乐素材，但基于西式古典体裁的构思中却不着痕迹地沁润了东方气质，把作曲家不拘一格的创作风格表现得淋漓尽致。

芭蕾舞剧《魂》是作曲家奚其明的代表作之一。1982年夏，陈燮阳应邀成为第一个在美国阿斯本音乐节上献艺的中国指挥家，而他精心策划的选曲中正包含了这部编选自原独幕舞剧的交响芭蕾组曲。作品取材于鲁迅短篇小说《祝福》，在叙事架构上采用了文学意识流的手法，作品中的创新意识曾在国内音乐界引起轰动。

年届85岁的陈燮阳说，许多人认为中国自己的交响乐经典作品不够多，但好的音乐作品需要不断打磨与沉淀，也需要更多的演奏机会，才能被发现与认可。如今我们在做的，就是大浪淘沙的过程。有了更多更好的演出机会，造就经典的可能性大大增加。

除了《泱泱国风》品牌外，"音乐巨匠系列"成为一大亮点。该系列紧扣观众喜好，兼具艺术性与观赏性，通过精心策划的音乐会主题及曲目编排，引领观众深入探索古典音乐的无限可能。近70位古今中外作曲家的经典代表作品将轮番上演，包括舒曼、比才、德沃夏克、威尔第、里姆斯基-科萨科夫、肖斯塔科维奇等。这些音乐会不仅是对作曲家们的致敬与纪念，更是对古典音乐艺术深度与广度的挖掘与展现，为观众带来全新的听觉体验。

在保持古典音乐纯正性的同时，苏交大胆尝试跨界合作与创新表演形式。苏交木管五重奏将以音乐剧场的形式上演"探戈罗曼史"，邀请班多钮演奏家、探戈舞者共同参与，深度还原布宜诺斯艾利斯的街头艺术及氛围。大提琴声部则将呈现"玫瑰人生"室内乐音乐会，通过音乐与舞蹈的交融展现大提琴的独特魅力与世界文化的多元与个性。

创新，一直贯彻于苏州交响乐团的发展过程中，从体制机制创新到艺术融合创新，再到艺术演出、艺术传播的创新。

多年来，苏州交响乐团积极拥抱新科技，革新演出形式。作为国内较早启动线上直播音乐会的职业交响乐团，苏交与全世界数百万观众一起，不断拓展古典乐传播的"线上"的外延空间，并且将更多中国传统文化元素与古典乐的线上直播相融合，"中西交融，美美与共"。

2020年7月，苏交与咪咕视讯合作开启"VR线上演出"，借助"5G+4K+VR"等多项科技赋能，将指挥视角、多个演奏者视角一网打尽，4K高清画质也让观众在享受音乐的同时，可以更加清晰地感受现场氛围，给线上观众带来身临其境般的沉浸式体验。同年8月，苏交再度拥抱媒体新技术，成为国内首家使用"线上VR"形式发布新乐季的交响乐团。

2021年，在国内最先进技术5G和8K两项关键技术的加持下，苏交年度大型原创多媒体交响合唱音乐会《沙家浜·世纪波光》通过"百屏联动"开启了全球首演，让剧场外的观众在建党百年之际，通过新科技加持的大屏得以更清晰、更细致地感受沉浸式的艺术魅力，看见苏州历史发展的"世纪"篇章。

在演出模式上，苏交不仅与音乐领域内的艺术家和机构合作，还积极与博物馆、美术馆、风景名胜、著名地标等城市公共空间加强联动，探索走出音乐厅的可能性。目前已先后在苏州博物馆、苏州丝绸博物馆、同里退思园、苏州市美术馆、诚品书店、金鸡湖月光码头等多地跨界演出10余场，这些跨界合作不仅拓宽了乐团的传播渠道，也丰富了乐团的演出形式和内容。

乐团始终将人文关怀与普及教育作为自身发展的重要使命。通过导赏讲座、幕后探秘等活动形式带领观众更加深入地了解古典音乐的魅力与背后的故事。同时，乐团还积极履行社会责任，通过公益演出、音乐教育项目等方式将古典音乐带入更多人的生活之中。近年来，苏交又与苏州市教育局合作，先后于2022年和2023年成立了苏州青少年交响乐团和苏州交响乐团附属合唱团两支附属艺术团，开启了苏州政企协同推进音乐美育高质量发展的新篇章，辐射与带动了社区、学校的艺术教育普及工作，引领了苏州及周边区域城市音乐教育的向前发展。

苏州交响乐团用8年的时间，在繁荣公众文化生活、开展对外文化交流、培育提升观众素质、彰显苏州文化实力上，都取得了明显的成绩，已经迅速成长为中国交响乐领域的一支劲旅。"苏交经验"也作为全国院团改革范例，被中宣部在全国推广。

如今，苏州交响乐团正以更加丰富和谐的时代交响曲，回响在苏州，回响在中国，回响在世界。

"苏民"：国风浩荡

苏芭、苏交风靡一时。

这给苏州市有关领导以极大的信心与启示，他们考虑并构想，既然我们能引进西方剧种和乐团，为什么不再办一个民族乐团呢？

这一构想与苏州高新区一拍即合，随即决定市区合作成立苏州民族管弦乐团（以下简称苏民），旨在传承和弘扬中国民族民间音乐。

组团先组人，由谁来具体负责筹建工作呢？

有关领导不约而同地想到了成从武。他长期在苏州文化艺术战线工作，当过剧团团长、市文化局局长和市文联主席，具有丰富的文化艺术管理经验，更有对文化艺术的一腔热情，而且他刚从苏州市文联主席岗位上退下来，有时间也有精力。于是，领导找成从武谈话，请他出山。成从武听闻市里计划组建苏州民族管弦乐团，打心眼里表示赞同，他知道，苏州是江苏民乐尤其是江南丝竹的发源地，成立民族管弦乐团很有必要，也大有前景。然而，要从零做起组建一个乐团并做好做强，其难度是不小的。他有些犹豫，便婉转道，我恐怕难以挑起这副重担，但我一定做好协助和配合性的工作。领导却明确道，这件事必须由你来挂帅，你想推也推不掉的。

就这样，成从武挑起了这个重担。

毕竟是内行，成从武深知要让专业的人来做专业事，立即赶到南京找朱昌耀。

朱昌耀，国家一级演员，著名二胡演奏家、作曲家，中国民族弓弦乐学会副会长、中国民族管弦乐学会胡琴专业委员会副会长、江苏省音协名誉主席、江苏省演艺集团艺术指导委员会主任，中国音乐学院、南京艺术学院等多所高等专业院校的客座教授。1996 年，朱昌耀受命担任江苏省歌舞剧院院长，带领剧院创造了一个又一个辉煌乐章。后又担任江苏省演艺集团党委书记、董事长，享受国务院政府特殊津贴专家，荣获省委省政府颁发的紫金文化奖章。他曾多次赴欧美、东南亚及中国台湾、香港和澳门等地区访问演出，获得了国内外观众的高度称赞，被誉为"如杯中醇酒，满而不溢""弓弓诉人意，弦弦道世情"的一流弦乐演奏家。

此时的朱昌耀，也从领导岗位上退下不久。得知成从武来意后，作为一生从事民乐的艺术家，他对苏州市的举措由衷钦佩，毫不犹豫地答应参与筹建工作，但他提出，自己只能担任艺术指导，要在国内找一位著名的音乐指挥家来担任乐团的艺术总监兼首席指挥。成从武问谁最合适，朱昌耀脱口而出：非彭家鹏莫属。

彭家鹏，国家一级指挥，第76届国际青年音乐联盟执委。现任中国广播民族乐团等多家知名乐团艺术总监兼首席指挥；乌克兰国家交响乐团等多家国外著名乐团的常任客席指挥。先后师从著名指挥家夏飞云、徐新、郑小瑛；曾在由荷兰举办的第35届国际康德拉申指挥大师班中，成为唯一获奖的亚洲指挥家，并以第一名的成绩完成国际指挥大师班的学业。自2000年起连续13年在维也纳金色大厅指挥世界各大乐团，引起巨大轰动，被誉为"兼有日本小泽征尔和意大利指挥大师穆蒂的指挥风范""有着非凡的才华、高度的敏锐和细腻的乐感，这使他的指挥艺术臻于完美"的国际指挥家。2013年跟随康阿德·莱茵特纳教授于维也纳音乐表演艺术大学深造欧洲歌剧。2021年荣膺"奥地利音乐剧院奖·国际音乐文化成就奖"。

成从武久闻其大名，当然赞同朱昌耀的推荐，但又担心这位国内外享有盛誉的艺术大师是否愿意到苏州任职。朱昌耀详细询问了苏州方面组建苏州民乐团的基本构想和聘请条件后，表示愿意由他出面去请彭家鹏。

翌日，朱昌耀就乘飞机抵达澳门。真是无巧不成书，那一年，彭家鹏也在为民族管弦乐奔走。他是指挥交响乐团出身，但自从他在1997年第一次指挥民族乐团后，心中就燃起了一个梦想，那就是打造一个世界一流的民族交响乐团。可摸爬滚打十几年，他这个梦想依旧遥远。

而如今，机遇不期而至，大大出乎彭家鹏的意料，但他也有疑虑，管理机制的束缚、资金短缺、演出人员待遇上不去等问题，都阻碍着民族乐团的发展。他心里有些嘀咕，一个地级市能办好一个大型民族管弦乐团吗？

朱昌耀看出了他的疑虑，便向他详细介绍了苏州的情况以及市、区筹建民乐团的构想。闻之，彭家鹏爽快地答应了朱昌耀的邀请，表示在办好相关手续后便抓紧到苏州就职。

2017年6月19日上午，在苏州高新区文体中心召开了苏州民族管弦乐团筹建工作新闻发布会，标志着民乐团筹建工作正式开幕。

发布会上，市有关领导宣布成从武担任苏州民族管弦乐团负责人，特邀著名指挥家彭家鹏先生担任艺术总监兼首席指挥，著名二胡演奏家、作曲家朱昌耀先生担任艺术指导。

会上还发布消息，苏州民族管弦音乐厅将作为民乐团的常驻地和配套工程，与民乐团筹建工作同步启动，项目包括音乐厅和配套人才公寓两个部分，占地面积约10.2亩，建筑面积约1.9万平方米，可容纳观众750位。音乐厅声学设计由曾打造东京三得利音乐厅、圣彼得堡马林斯基音乐厅等世界著名音乐厅的声学泰斗丰田泰久执掌，建成外观优美、空间开阔、拥有国际一流声学效果的音乐厅。

三驾马车的苏州民乐团核心人物——成从武、彭家鹏、朱昌耀可谓"黄金搭档"。他们在一周内研究确定了建团方案，并明确分工，分头行动。经过半年的紧张筹备，那年底，苏州民族管弦乐团正式成立。

乐团艺术定位为"丝竹里的江南"，精神定位为"追求卓越"，目标定位为"全国一流"。乐团主要任务一是传承和弘扬中国民族音乐文化，成为践行新时代中国民族器乐现代性、交响性、国际性创新的先行军；二是坚持以人民为中心的工作导向，成为满足人民群众对民族音乐文化需求的生力军；三是服务于苏州现代化国际大都市建设，成为苏州音乐文化走出去、提升全球影响力的主力军；四是构建优质人才团队，成为凝聚全国同门类中良好艺术修养和精湛表演能力优秀人才的集团军。

打造国际一流的民族管弦乐团，把中国最美的声音传递给世界！彭家鹏立下这样的决心。但要打造一流的民族乐团，人才是关键，作品是根本。

乐团成立后的第一件大事就是向国内外公开招聘人才。首次招聘就有近 500 人报名，均是海内外知名演奏家及各大音乐学院的优秀毕业生，经挑选后录用了 85 名演奏员。乐团内部实行末位淘汰制，每年 5 月举办招聘会，引入新鲜血液，到 7 月再对乐团所有成员进行业务考核，落后者将被辞退。次年就有 14 名演奏员被淘汰，又有 14 名新人补充进来。

人才的问题解决了，创作优秀的原创音乐作品乃当务之急。没有作品，就是无米之炊。彭家鹏、朱昌耀利用自己的影响力和朋友圈广发"英雄帖"，邀约原创作品。刚开始，有很多作曲家不愿意写，因为没有多少范本可以参照，难度很大。经过他们与作曲家反复探讨和磨合，苏州民族管弦乐团当年成功委约了 7 部新作品。

如何演奏好这些作品，是对乐团的一大考验。有人认为，中国民族乐器适合独奏，不适合合奏，更不适合交响化。但彭家鹏认为这是"误读"，他指出，中国民乐本来就是各民族融合的产物，自带交响性。学习、借鉴西洋的形制，最终目的是为我所用，创造出中国好声音。为此，他与乐器厂联手完成对唢呐、笙等传统乐器的改良，原本擅长中高音的传统乐器，也有了低音唢呐、低音笙、中音笙和次中音笙，从而增强了整个乐团的低音厚度和层次感。

同时，彭家鹏组织乐队反复排练，努力提高乐手的演奏水平，用创新的方法体现民族音乐的交响性、时尚性、欣赏性，达到最佳的演奏效果。

彭家鹏曾预想，乐团在国内打开知名度起码需要 3 到 5 年的时间，但令他没想到是，成立不到两年，苏州民族管弦乐团就交出了令人惊喜的

"成绩单"：

平均年龄不到 28 岁的 90 余名乐手，他们在彭家鹏、朱昌耀的带领下，精心创排了多台委约创作的原创作品，在多地演出广获好评，很快在国内打开了知名度。

紧接着，苏州民族管弦乐团走出国门，在 25 天中，踏足欧洲 9 国 13 座城市、总行程 2 万多千米，进行了一次大规模海外巡演，将"丝竹江南"带到了欧洲观众面前，让年轻的苏州民族管弦乐团在国际乐坛上崭露头角。

更令苏州民族管弦乐团引以为傲的是，在临近建团两周年的前夕，他们自己的音乐厅正式落成。2019 年 9 月 25 日晚，音乐厅内金碧辉煌、热闹非凡，700 多名嘉宾与观众共同见证了音乐厅的落成揭牌。

揭牌仪式结束后，苏州民族管弦乐团激情上演了《来自苏州的声音》大型音乐会，作为首届中国苏州江南文化艺术·国际旅游节的系列活动之一，这是苏州民族管弦乐团第一次在自己的音乐厅主场演出，也是乐团 2019—2020 年音乐季自开季以来于日本巡演回国后的首场演出。

音乐会由著名指挥家、乐团艺术总监兼首席指挥彭家鹏先生指挥，精彩上演了由赵季平等著名作曲家委约创作的《风雅颂之交响》《来自苏州的声音》《干将·莫邪幻想曲》《烟雨枫桥》《四季留园》《丝竹的交响》等多部原创民族管弦乐作品。

这些作品以苏州、江苏、中国故事为演绎题材，以民族音乐管弦化、交响化为艺术创新，以礼敬中华传统经典、颂扬伟大新时代为主旋律，融"思想性、艺术性、创新性、时代性"为一体，获得了现场观众的热烈追捧。

其中，委约著名作曲家刘长远创作的新曲《丝竹的交响》，以江南自然与人文景观为灵感，通过器乐音色的巧妙编排，将太湖船歌的悠远、寒山寺钟声的肃穆、评弹艺术的婉转转化为交响化的音乐叙事。第一乐章"船歌"以柔缓旋律勾勒水乡画卷，营造烟雨朦胧的意境。第二乐章"丝竹交响"通过快板节奏展现传统丝竹乐器的灵动特质，在民族管弦乐队的恢宏声场中突显江南文化的生机与活力。

苏州观众听得如痴如醉，场内不时响起一阵又一阵热烈的掌声。

前来观看的中国民族管弦乐学会副会长王书伟对这支年轻乐团的快速成长表示惊叹：苏州民族管弦乐团在很多曲目上的演绎，已经达到国内一流水准了。

赵季平、汤沐海、张国勇等著名艺术家毫不吝啬对苏民的夸赞：乐团演奏出来的音色非常迷人，特别是乐器间能够碰撞出很雄厚的感觉。

我们所打造的民族管弦乐，就是要借鉴交响化之路，让我们的民族音乐向世界展现它的浩瀚和斑斓。这是彭家鹏的初衷与理想。

为此，彭家鹏坚持不懈地以交响乐团的规格打造苏州民族管弦乐团，同时在形式和内容上进行积极的探索与创新，在遵循交响乐的规范化、多元化和国际化的前提下，在内容气质上坚守中国民乐特色，亮出鲜明的中国标识。

在他与乐团全体人员的共同努力下，近两年苏州民族管弦乐团连续推出两部大型原创音乐作品，在观众和音乐界引起热烈反响。

2024年10月19日晚，2024紫金文化艺术节——苏州民族管弦乐团民族交响套曲《江河湖海颂》音乐会在江苏大剧院举行。

《江河湖海颂》是以江苏拥有江、河、湖、海的水韵特色为艺术题材，以民族管弦乐为载体而创作的交响音乐作品，它汲取江苏这片土地上的文化精粹、人文风采和风土人情建构出既有厚重历史感，又有江南风韵的音乐篇章，讴歌中华民族的伟大历史和文化成就，讴歌中国人民生生不息的生命精神和生活情感。整部作品由八个乐章组成：

《大江东去》为中国管弦乐，以豪放的气魄作为开篇，着力刻画了大江东去、春江潮涌、惊涛拍岸的宏大音乐场面。

《春暖江花》为乐队与昆曲吟诵，以温婉和丰富的色彩，意在描绘"日出江花红胜火，春来江水绿如蓝"的美景。与前乐章的豪放相对应，这一乐章以春为背景，描写了江的美丽。

《长河如歌》为中国管弦乐，以"河"象征华夏民族的文化历史。笛子与笙的声音，宛如从江南烟雨楼台云水流波中流出，道尽历经沧桑巨变的感慨。

《云水流波》为笛子、多声筝双协奏曲，着力表达了人民生活的欢欣和快乐。音乐以民歌风格的旋律引入，笛子和经过改良后的古筝在乐队的烘托下奏出华丽流动与舒展激情相融的音乐旋律。

《湖岸风和》为中国管弦乐，以平静抒情的动听曲调开篇，随后以婉约层叠的旋律模拟湖水微波荡漾之态，湖的美丽让人联想到柳岸与风和日丽，以此表达和谐幸福、丰富多彩的生活图景。

《水映星天》为二胡协奏曲，以其独特的音色，将"满船清梦压星河"的超脱与宁静凸显到位，乡情乡音融在柔美飘逸的二胡旋律和乐队空灵清淡的背景中。

《海阔天极》和《扬帆远航》均为合唱交响，两个乐章一气呵成，在人声与交响乐的共鸣中，建构起宏大磅礴的气韵，歌颂中国人民在共产党的领导下锐意前行、向着伟大的民族复兴扬帆远航的饱满精神风貌。

这次音乐会由彭家鹏执棒，苏州民族管弦乐团携江苏演艺集团"爱之旅"合唱团共同演绎呈现，多位名家大师倾情献演。民族乐器与昆曲、合唱相伴，管弦同吟诵、高歌和鸣，似水珠跳跃的音符，汇聚成《江河湖海颂》的壮丽乐章，让每一个热爱这片土地的人，都能感受到来自心灵深处的震撼与自豪。

演出在热烈的管弦齐鸣中落下帷幕，现场掌声雷动，经久不绝。

十天后的 11 月 1 日，苏州民族管弦乐团辗转上海。那天晚上，上海交响音乐厅内灯火辉煌。该团民族管弦乐《征程·光明》在此震撼上演，为文化和旅游部主办、上海市人民政府承办的第二十三届中国上海国际艺术节增添了一抹亮色。

《征程·光明》是苏州民族管弦乐团委约创作的大型民族声乐交响作品。作品追寻一代代仁人志士的心路历程，以一个满怀激情的青年视角为线索，展现无数中华儿女在家国情怀的激励下，为民族复兴的伟业、国家繁荣的前程、人类共同的命运，义无反顾踏上征途寻找光明的壮丽画卷，颂扬了中国共产党人引领中华民族破浪前进的非凡勇气，以及在构建人类命运共同体的伟大事业中展现的巨大贡献和历史担当，彰显了新时代的精神风貌与崇高追求。

这次演出仍为彭家鹏执棒，特邀朗诵艺术家庄嘉敏，青年歌唱家范雪妍、夏新涛倾情加盟，与乐团青年演奏家们共同献上对时代精神的崇高敬意。

音乐会伊始，在指挥彭家鹏的引领下，高音唢呐吹出号角式的主题动机。庄嘉敏以富有感染力的朗诵：我梦见一束光……

这一束光，带领观众踏上追寻光明的征途。

第一乐章《怀抱》以纯真的旋律，映射出主人公童年时期对未来的美好憧憬。随后《离别》《思乡》两个乐章中，乐队与人声交融，描绘出主人公踏上征程的坚定与"天涯路漫漫，何日是归期"的深切乡愁。至第四乐章《征程》，范雪妍、夏新涛激昂的歌声，与乐队铿锵有力的演奏和朗诵交相辉映，共同构筑了一幅勇往直前、无惧挑战的澎湃图景。

下半场中的《光明》乐章，则以更加宏大的时代视角展开叙述。空灵之音悠然响起，奏响《生机》的主题旋律，灵活多变的节奏与色彩性变音的巧妙点缀，生动展现了生活的多姿多彩与蓬勃生机。紧接着《交锋》通过紧张激烈的演奏，描绘出人们在遭遇艰难险阻时奋力抗争、寻找出路的艰辛历程。而《大爱》则以二胡与大提琴的温柔对话，表现出爱的传递与力量。至《家园》不同的乐器音色交织更迭，共同构筑起对美好家园的无限向往与憧憬。

最后，整个作品推向了高潮：我看见一束光，灿烂的光，耀眼的光，在前方！乐队以愈发激昂的演奏，纵横交错的绵密织体营造出充盈丰沛的情感体验，与朗诵相得益彰，展示了人类面对困难时的坚韧不拔，更彰显了人类追求光明与自由的坚定信念。

在优美的音乐中，在浩荡的国风下，现场观众报以长时间热烈的掌声。这掌声，表达了观众对苏州民族管弦乐团的赞美心声。这掌声，表达了观众对中国民族交响音乐的自信与向往。

上海观众杨云感慨道，每年苏州民族管弦乐团在上海的演出我都会来看，但是这次《征程·光明》还是给了我很大的惊喜！这也是我第一次看到乐团将文学剧本、音乐创作与舞台表现相结合的作品。乐队强大的表现力再加上形式上的创新很吸引人，整场演出的效果令人非常震撼！

有位音乐爱好者在接受记者采访时说，《征程·光明》故事性、表达力很强，我仿佛跟随音乐看到了每一个在生活中努力的自己，曲目传递的那种拼搏奋进、勇往直前的精神非常能引发内心的共鸣，对我的触动很大！

是的，《征程·光明》把声乐与民族管弦乐结合，文学与音乐呼应，挖掘民族音乐的叙事性，赋予民族交响乐新的意义，打造出民族交响乐新的经典。

正是凭借厚重的时代主题和艺术的创新与升华，《征程·光明》入选国家艺术基金 2024 年度舞台艺术创作资助项目，文旅部 2024—2025 年度"时代交响"创作扶持计划扶持作品，以及"江苏省舞台艺术精品创作扶持工程"重点投入剧目等。

多年来，苏州民乐团委约著名作曲家创作民族管弦乐 16 部，其中 7 部作品入选文旅部"时代交响——中国交响音乐作品创作扶持计划"，多部入选国家级、省级艺术基金资助项目。

截至 2023 年底，乐团先后举办国内演出 668 场。5 进国家大剧院，10 进上海交响音乐厅，7 进江苏大剧院；举办数十次国内巡演，足迹覆盖北京、上海、南京、杭州、西安、长沙、南昌、呼和浩特、太原、武汉、广州、深圳、苏州等 50 余座城市；举办"高雅艺术进校园、进社区、进企业、进军营、进西部"等文化惠民公益演出 472 场；举办国际巡演 7 次，演出地区包括欧洲、美国、韩国、日本等。

乐团还积极承办国家级、省级、市级重要艺术活动，先后完成中国文联"第 74 届世界青年音乐联盟大会"、文旅部"运河情·江南韵大运河民族民间文化交流展示周"、中国音协"中国音协民族弓乐学会成立暨名家名曲音乐会"等。

尤其值得肯定的是，乐团在做实做优实体音乐厅品牌的同时，注重利用现代信息技术，探索江南音乐文化品牌建设的新时代路径。经过多年耕耘，乐团已经构建了一个涵盖多领域的数字化传播平台体系——数字音乐厅。

苏州民族管弦乐团数字音乐厅是以数字技术为支撑，打造的国内首个聚焦于中国民族管弦乐的数字化江南音乐平台，于 2023 年 5 月正式运行，同年 9 月启动海外版。数字音乐厅，实现了乐团作品、演出等文化资产的全面数字化归档，为用户提供上百部乐团精彩音视频作品与访谈花絮，并每年提供多场直录播音乐会。会员可通过在线付费体验在线直播、视频点播、音频点播等多个数字化功能服务，在移动端、PC 端全平台享受线上超高清 4K 高品质演出内容与 5G 实时直播。

截至 2024 年 10 月，乐团数字音乐厅播出大型民族管弦乐音乐会 30 余场，上线 140 多个音乐会音视频片段，并开设名家访谈等深度内容，打造直播、中国管弦乐、作品欣赏、艺术大家、乐团风采五大核心栏目，充分展示了现代化、交响化、国际化的江南音乐及其品牌的特色，通过"文化＋数字"将江南音乐文化品牌发展实践推向新的高度。

目前，数字音乐厅注册用户达 25621 人，累计观看时长 8014 小时，上传视频数量 510 条，访问量超 73 万次。通过数字音乐厅，乐团打通了全方位传播渠道，链接国家公共文化云，YouTube、Facebook、Instagram、TikTok四大海外社交媒体，并与上海广播电台合作，连续三年通过欧洲广播联盟（EBU）在56个国家73个联盟成员的广播与网络平台播出乐团12台大型音乐会，覆盖观众超千万。

在奋斗的征途中，每一步脚印都记录着汗水与泪水，它们终将汇聚成成功的海洋。苏州民族管弦乐团成立至今，已先后获得人社部、文旅部"全国文化和旅游系统先进集体"，"奥地利音乐剧院奖·国际交响乐团奖"，文旅部"全国民族器乐展演优秀乐团"，中国民族管弦乐学会"全国十佳民族管弦乐团"，文旅部"欢乐春节"引导奖励资金评选一等奖，文旅部"丝绸之路国际艺术节·丝路文化贡献奖"，江苏省文华大奖，江苏省文明单位等荣誉，还有一批优秀个人获中国音乐金钟奖等荣誉。

潮平两岸阔，风正一帆悬。年轻的苏州民族管弦乐团正在浩荡的国风吹动下，扬帆远航，奔向未来！

文学之花——范小青

苏州，宛如一座璀璨的文学宝库，闪耀着无尽的智慧之光。它是文人墨客的心灵栖息地，是诗意与才情的桃花源。苏州的大街小巷，弥漫着浓郁的墨香，每一块石板、每一道里弄，都似乎在诉说着古老的文学故事。它就像一部永不停歇的文学巨著，页页精彩，章章动人。从古至今，这里的文学之花如绚烂的烟火，绽放出五彩斑斓的光芒。

早在南北朝时期，就出现了陆机、陆云等在文学史上颇受推崇的文学家。唐宋时期，苏州繁盛至极，当时一度与杭州并称"东南第一州"，成为经济与文化的繁荣之地。尤其在诗文、词曲、小说和文学理论上取得了卓越成就，范仲淹、叶梦得、范成大、李弥逊等文学巨匠熠熠生辉。著名的文人如白居易、苏东坡等都曾在苏州留下足迹，并有优美的诗词传世。

及至明清时期，苏州成为经济和文化中心，文学活动尤其繁荣，出现了唐伯虎、归有光、高启等著名文学家，更有擅长创作戏曲和小说的明代后期文学家冯梦龙，他的"三言二拍"属于明代市民文学短篇杰作的汇集，是中国古典短篇白话小说的巅峰之作，展现了白话短篇小说的魅力。这些作品不仅在文学史上具有重要地位，而且通过其内容反映了明朝中后期市民阶层和市民意识萌芽的社会大环境，满足了市民在政治、经济和文化艺术领域内对自己群体需求的反映。

近现代，苏州传统诗词、小说和戏剧继续辉煌，契合时代潮流的新作家作品蔚为壮观，尤以文学团体"南社"为近现代文坛的一支重要创作力量。南社核心人物柳亚子，一生创作宏富，有7200余首诗词存世。同一时期的苏州人叶圣陶是现代作家、教育家、文学出版家和社会活动家，有"优秀的语言艺术家"之称，其文学代表作有童话故事《稻草人》、白话小说《春宴琐谭》、长篇小说《倪焕之》。

苏州文学如同繁茂的森林，孕育了无数参天大树般的文学巨匠，他们的作品如繁盛茂密的枝干，撑起了文学的广阔天空；苏州文学又似一条奔腾不息的文学长河，汇聚了无数涓涓细流般的灵感与智慧，滔滔不绝，源远流长。

至当代，苏州文学仍然枝繁叶茂、成果丰硕。其最有影响力的文学家首推陆文夫。他虽然没有生在苏州，但他长期在苏州生活和创作。在50年文学生涯中，陆文夫以其乐观向上、严肃认真的生活态度，心忧天下的胸襟和关注民生的情怀，将高度的责任感、使命感融化在血液中，敏锐感悟洞察生活，创作了《献身》《小贩世家》《围墙》《清高》《美食家》等优秀作品和《小说门外谈》等文论集，饮誉文坛，深受中外读者的喜爱。时任文化部部长、作家茅盾为其撰写了题为《读陆文夫的作品》的长篇评论。

陆文夫在创作文学作品的同时，还热情培养和关心文学青年。受其影响，苏州文学氛围浓厚，涌现出一批当代文学新秀。范小青就是其中杰出的一位。

范小青，1955年7月出生于上海市松江县。那时该县归属苏州管辖。3年后，松江县划归上海市，她便随父母迁往苏州。

小时候，范小青性格内向，仿佛总是沉浸在自己的世界里。在热闹的人群中，她常常显得非常安静，不轻易主动与人交流。她的眼神中时常透露出一丝羞涩和拘谨，面对不太熟悉的人时，说话总是很轻、很谨慎，常

范小青

常因为担心说错话而保持沉默。所以家人说她是个"闷嘴葫芦"。唯有外婆特别疼爱她，把她当作"心头肉"，给了她许多温暖和勇气，使她在内敛文静的性格中增添了活泼和大胆的一面。

到小学四年级的时候，"文革"开始了，时兴停课闹革命，学生不用坐在教室里读书了，她就带着比她小一点的男孩和女孩出去尽情玩耍，做各种各样的游戏，无拘无束，放飞自我，性格随之变得更加开朗和自信。

上初中不久，范小青便随父母下放到吴江县桃源乡。桃源乡虽不是陶渊明笔下的"世外桃源"，但这里区位条件优越，周围都是经济文化发达的地区，东与浙江嘉兴毗邻、西与湖州南浔镇交界、北与震泽镇相连、南与乌镇接壤。在这里，范小青边读书边劳动，闲暇时常常与同学一起去附近的乌镇玩耍，对鲁迅、茅盾笔下的江南水乡有了真切的感受，也在不知不觉中种下了文学的种子。从那时起，她开始读鲁迅、茅盾的作品，还读了当时非常红的小说《红旗谱》《青春之歌》《欧阳海之歌》《艳阳天》等，受到初步的文学启蒙。

1972 年，范小青以优异的成绩考入震泽中学高中部，后又转到了吴江中学高中部。高中毕业后，她与当时的青年学生一样，成为一名"插队知青"，来到吴江县湖滨公社劳动锻炼。那时的农村环境差、条件差，生活十分艰苦，而身体瘦弱的她，劳动非常卖力，很快就学会了采桑、插秧、割稻等农活，受到当地干部群众的夸赞。不久，她光荣地入了党，还当上了大队团支部书记，立志在农村这个广阔天地里有所作为。

唯一让她不能满足的是，劳动之余没有书看，也没有人可以交流，常常会产生孤独感。为了打发时间，更为了寻找精神的寄托，她便开始在夜间伏案写作，写诗词、写小说，一篇又一篇，但从来没有投过稿，因为不敢投，也不知向哪里投。而这些没有投出去的稿子，成为她初试写作的见证。

1977 年，国家恢复高考。这一重大决策犹如一道曙光，照亮了无数年轻人的梦想之路。它为广大有志青年提供了公平竞争、改变命运的机会。无数年轻人日夜苦读，怀揣着对未来的憧憬和期待，为了实现自己的理想而努力拼搏。而当时的范小青对高考还是懵懵懂懂的，并没有太当回事，考试前还去看了一场名叫《征途》的电影，回来后被哥哥骂了一顿。还好，她基础好，运气也好，在当年考入江苏师范学院，成为中文系的一名学生。

一上大学，范小青的文学之梦就被点燃起来。她在学习之余创作了一部短篇小说《进山》，写的是从农村进入大学的年轻人对自由的渴望。她在学校图书馆看到了《上海文学》，就照着上面的地址投了出去。这是她的第一次投稿。没料到，一周之后她便收到了编辑张斤夫的回信，信中给范小青提了修改意见。她立即按照编辑的意见作了认真修改，虽然最后并没有发表出来，但对她鼓励很大。她看到了希望。接着，不断地写，不断地投，终于在一年之后，她的短篇小说《夜归》在 1980 年第 9 期的《上海文学》上刊登出来。

这是她的处女作，也标志着她正式开启了写作生涯，从此，她踏上了文学创作之路，并一发不可收拾，不断有新作发表。

大学毕业时，范小青有志于从事专业文学创作，但文艺理论老师认为她在文艺理论方面有很好的基础和潜力，力荐她留在中文系，教文艺理论。

这在当时是相当不错的工作了，而范小青的心还在文学创作上，在完成教学任务的同时，继续着她的短篇小说创作，追求着她的文学理想。

文学，是她心中熠熠生辉的星辰，是她灵魂深处永不熄灭的圣火。她渴望在文字的海洋中畅游，用细腻的笔触描绘世间万象，用深邃的思考洞察人性的幽微。在每一个清晨，伴着第一缕阳光，她的思绪在笔尖流淌；在每一个夜晚，伴着点点繁星，她的心灵在墨香中沉醉。她用汗水和心血浇灌文学之花，默默地创作着一篇又一篇文学作品。

范小青以其文学才华和创作成果脱颖而出。三年后，她被选调到江苏省作协，当上了她梦寐以求的专业作家。

怀揣着文学理想，范小青从苏州来到省会城市南京，但她的根还在苏州，她的创作源泉还在故土。她意识到，唯有深深扎根在故土之上，方能发掘和汲取不竭的文学资源和养分。这样的文学，无论从一条街巷、一个村庄还是一个小镇、一座城市出发，最终都可以超越民族、地域、文化、语言和时间抵达人心和理想。所以，她把自己仍然定位于一名"苏州作家"。这并不是因为她是苏州人，而是她的创作、她的作品，几乎都是源于苏州，源于她内心深处的故土以及那里的人与事。

　　确实有一些成名作家甚至大作家，当他们选择了一个地方，即意味着有把握能够得到需要的一切；而以后的许多年，他们从这里不断找到各种有价值的东西，于是他们有了一个以这个地方命名的完整世界。

这是文学评论家费振钟先生对范小青的作品的评述。的确，那个完整的世界，就是渗透在范小青血肉里的那个世界。正如她自己所言，苏州是我的家乡，是我生活了几十年的地方，推开门窗，她就是我的街景，不开门窗，她是我心底的涟漪，睁开眼睛，我看见她的远山近水，闭上眼睛，她就是我永远的念想。她就在我这里，我也就在她那里，我和这个地方是不可分割的，是无法隔离的，所以在我的小说或其他作品中，我都不可能脱离我的"苏州故事"。

她的"苏州故事"，从1980年发表处女作《夜归》到1984年发表的数十部短篇小说，如《上弦月》《毕业歌》等，虽然没有把苏州这个地理概念明确地带到自己的创作中去，但都带有明显的"苏州痕迹"。而到了1985年、1986年的系列短篇小说《冬天里》《小巷静悄悄》《小巷曲曲弯弯地延伸》等，就开始在一种自觉的状态下摸索寻找一条靠近并表现苏州地域文化的途径，以小巷和大街两种生活方式的碰撞，来建构作品中的故事情节。从此以后，她的这支笔，就一直流连于苏州这片秀丽而温柔的故乡。

故乡苏州，成为她的文学富矿，给她的创作带来了多重的可能性。

1987年，她发表了长篇小说处女作《裤裆巷风流记》，写的是一个地地道道的苏州故事，着重记录了生活于苏州裤裆巷里具有代表性的吴、乔、张三户人家的生活。时间跨度从新中国成立前后到改革开放时期。随着社会制度的变革，"房屋"的变更，阔绰地主变成平民，平民挤进了本不宽敞的裤裆巷。房子的事情越来越吃紧，这期间，有人浑水摸鱼发了横财，有人因此遭遇横祸，有人从险象中逃离。裤裆巷的平民俗子各有各的想法，最终各奔前程，而顽固守旧派依然坚守着那破落衰败的裤裆巷，期待着遥不可及的修建计划、制度变革、房屋拆迁……小说以细腻写实的笔法，描绘平民百姓的喜怒哀乐、平庸无奇和"小家子气"，以及他们的韧性和精神。

而这些现实的平民小故事，又与苏州历史的大故事相勾连，从虎丘在海中涌出，到诸樊筑吴子城、阖闾建阖闾大城、夫差称雄而亡国、勾践忍辱而复起、范蠡西施的传说，再到唐代诗人的吟咏、吴门画派的丹青、唐祝文周的笑料、况钟林则徐的清正、清朝的 17 名状元……从容翻阅千秋史，字里行间闪烁着苏州悠久的历史文化光芒。

同时，在小说的主体叙事中，又不时穿插了裤裆巷的由来与传说，以及小巷的格局，茶社的讲究，评弹的"糯答答、软绵绵"，园林的小巧玲珑、清静幽雅，加上一些诸如"苏州人小家子气，成不了大气候""苏州人是顶喜欢看西洋镜，轧闹猛、瞎起哄的"之类的议论，从历史到现实，从风俗到方言，交织成一幅幅生动传神的人世间风景画。

《裤裆巷风流记》开拓了"苏味小说"的新境界，让范小青"风流"一时，奠定了她在文学界的重要地位。两年后，她的又一部"苏味小说"横空出世——

他们家姓顾。

提起来大家都晓得，顾家。

顾衔弄里有座大宅，就是顾宅。大家都晓得顾宅的大。顾衔弄原先一定不是叫顾衔弄的，是因为有了顾宅才叫这个名字的，就一直叫到现今。

顾家是苏州城里的大家。从前顾家的人读书做官是有传统的，而且顾家的人丁一直很兴旺，他们家里从前多有"父子会状""兄弟叔侄翰林"，所以顾家的人倘是做个州官，是很不稀奇的。话再说回来，倘是顾家的人做州官，必定是做得极好的，这家人家的才智是血脉里传下来的，别人要想学也学不来，要想比也比不过的。后来有许多戏文里唱的历史故事，像"杨桂芳拦轿喊冤"什么的说起来都是顾家上代里判过的案子。

顾氏的家声后来到了顾允吉这里，就莫名其妙地溃败了。

顾允吉是父母的老拖儿子，也是唯一的儿子。并且顾家在这一代上，堂房各室偏巧均不得子，所以顾允吉就是顾家的最后一个男丁。

　　顾允吉的父亲顾尧臣，1895 年生人，原本也是科举的科子。在顾家这样的家庭里，总是教子孙的精力放在这上面的，自幼时起即练小楷，作八股文，试帖诗，父以此教，兄以此勉，然后就由秀才而举人，而进士，而翰林，步步高升……

　　这是《顾氏传人》的开场白，以家族史的演绎方式，交代了顾家几百年来的兴衰盛亡。在寥寥几句之后，笔锋陡转，一下子删除了小说的"历史"性质，而直接浸入世俗的烟火气里，带着纯粹的苏州腔调讲述苏州的故事。

　　故事在丰富的生活经验里展开，顾家盼了几十年的儿子顾允吉并不吉祥，竟呈痴憨状态。四个内秀外慧的姐妹，虽是大家闺秀却同样经历"文革"的悲惨遭遇。在很多人觉得生活无望的时候，他们却顽强地活着，表现出坚韧不拔的意志。二小姐从前是顶顶讲究的人，可是丈夫却逃去了台湾，面对老汪的追求她却一直不松口，而到最后终究是遗憾了，甚至死前都没有合上眼睛。三小姐聪明能干，死了丈夫还能吃下一大碗米饭，并且又适时地改嫁给更高的官员。顾允吉虽是痴呆，家里为了传宗接代却依旧为他娶老婆，生下了一个来历不明的孩子，引来百般猜疑……

　　乍一看，《顾氏传人》是一部"走了调"的家族小说，但细细品读，依然是在讲述着苏州市民的真实生活。讲述的是生活，上演的是生活。世俗里的生活就是这个城市的风土人情。而在范小青的笔下，残酷而冷漠的生活并不那么肝肠寸断，她把尖锐渐渐抚平，把冷漠无情变成软糯温和，把一切都放置于和谐理性的背景之中。这也许就是苏州的风格、苏州的精神——无论如何，人活着，生活总归要继续，还是安稳踏实地、一点一点地继续下去吧。这也是没有办法的办法。

　　在接下来的一系列创作中，范小青一次次地完成了对故乡的宏大追忆和细微描写，许多沉淀在记忆深处的东西在笔尖溢出。苏州城市的大街小巷，苏州人家的世俗风情，甚至于苏州话的甜糯温柔，都被她带入写作的文本之中。而文学就是人学，苏州人永远是她作品的主角。《裤裆巷风流记》里的阿惠，《光圈》里的吴影兰，《顾氏传人》里的二小姐，《瑞云》里的瑞云，这些活在俗世里的平凡人物，虽然她们有现实庸俗、无可奈何的一面，但她们有勤劳的品质，有生活的兴头，更有柔中带刚的韧劲。只有苏州人才知道苏州人，只有苏州作家才能写出"苏味小说"。

有专家评论说，范小青的苏味小说，既超越了"旧苏味小说"的"艳情"主题，又超越了陆文夫"新苏味小说"的"问题文学"的路子；既合乎当代文坛平民文学的大潮，又别有全方位描绘苏州文化的洞天，因而在"苏味小说"的发展史上独树一帜。

而范小青是怎样看待"苏味小说"的呢？许多年前，她在接受《周末》记者采访时，谈及了这个问题。下面是记者的访谈摘录——

记者：好多人读您的小说，都说从中可以触摸到苏州的山水园林、湿漉漉的小巷和软糯糯的苏州话，与陆文夫先生的文章并举为"苏味小说"。您自己怎么看"苏味小说"这个提法？

范小青：苏味肯定有苏味，但我不是写苏州小说的人，我写的不是苏州，或者说我写的苏州是一个外在的可能性，我用了一些吴方言，以及我描绘了苏州的实地场景，但是我写的人类共同的困境，不是专门为苏州人写的。

记者：就像福克纳说，那块邮票般大小的故乡——"约克纳帕塔法"，是一个虚构的文学天空之下，类似莫言的"高密东北乡""枫杨树乡"、贾平凹的"商州世界"。

范小青：福克纳不断地写他家乡那块邮票般大小的地方，终于创造出一块自己的天地。我写苏州也是如此，一辈子写苏州，主要是通过写苏州这个城市，写出我们共同面对的世界、共同面对的时代、共同面对的命运。

是的，文学的使命首先是关注人类共同的命运。而作为"女性作家"的范小青，自然更关乎女性的命运。在她的文学创作中，女性题材、女性人物占了相当大的部分。其中 2005 年出版的长篇小说《女同志》，无疑是百分百的女性题材。

这部小说的名称很有点意思。乍一看，很容易让人误解为这是一部写同性恋的作品。而读后知道《女同志》是写"女干部"的，这又会把这部小说当作一部"官场小说"来读。不错，这部小说确实写了"官场"，但是，范小青写作的本意并不在此。尽管"官场小说"必备的诸多元素在小说中比比皆是，比如权谋、倾轧、沉浮等，而细细阅读与品味，这些都处于次要的位置，"官场"只是作者把"女性"与"政治"缠绕在一起的一个中介而已。

与当下时兴的某女士、某太太、某小姐相比，女同志这个称呼，像一张张发黄的老照片，散落在高楼大厦、香车宝马、绅士淑女背影的边边角角，勾起人们对"时代不同了，男女都一样""不爱红装爱武装"那段历史的浮想联翩。

这种联想，与小说所讲的故事还是有所不同的。小说所写的是 20 世纪八九十年代以后，社会大踏步从计划经济转向市场经济，江南小城南州市的官场生活。照例，官场绝非"女儿国"，更不是"大观园"，而是男人纵横驰骋的地方。但作者给女主人公万丽一个机会进入了官场，并让读者看到官场里形形色色的"女同志"：万丽的不断进取与受挫，聂小妹的倔强与爽直，陈佳的内向与沉稳，余建芳的循规蹈矩与内心躁动，伊豆豆的泼辣与世俗……

作为小说主人公的万丽，从大学中文系毕业后想留校却没能留校，与男友康季平分手，因为恰恰是康季平占了唯一的留校名额。当万丽在市郊中学当了两年语文老师，日子过得无精打采时，却意外得到康季平的消息，参加了南州市级机关向社会招聘干部的考试。于是，她抓住机遇，摇身一变，到南州市妇联宣传科当了一名干部。从此，万丽在官场一路艰辛、一路拼搏、一路攀升，从科员到副科长、科长、南州市旧城改造指挥部副总指挥，一直做到市级大区区长，最后成为南州市副市长候选人。

如果把万丽的故事，说成一部知识女性在官场的奋斗史也未尝不可，这种题材在当代小说中比比皆是。而范小青以"女同志"破题，通过书写万丽等"女同志"的从政经历，深入挖掘了各种女干部丰富而复杂的人性特质，完成了对体制之中女性命运沉浮的穿透性的刻画，逼近人性深处，提供了对丰富人性的观照，使活跃在官场的职业女性别具蕴含。可以说，这就回归到了文学的本身。

以范小青的文化背景和价值取向，她可能会相信女权主义的一些观点，但她始终不是也不会成为一个女权主义者，不会以极端的方式来处理女性的生存困境。正如著名文学评论家王尧先生所指出的，范小青不是在逃离"社会"中孤立地书写"女性"，而是相反地突出"女性"与"社会"的纠葛，在这一维度上回到"女性"自身。所以，在多年来女性写作的潮流之中，范小青的小说始终是平和的面貌。在王尧先生看来，范小青并不回避女性主义关心的那些问题，但当她用这样一种取向来写作时，也就重新发现了另外一种女性文化身份，并颠覆了既往"女性写作"的模式。在当下的政治秩序之中，女性与体制的关系究竟如何？范小青是在这一整体性的追问中，书写女同志的命运的。

尤其值得肯定的是，在这部小说中，范小青以女性的自身优势，又以苏州独有的评弹化语调，轻拢慢捻，娓娓道来，使文字语言的"糯味"更足，达到了出神入化的境界，呈现出当今文坛"青衣花旦"独有的文学景观。

无论是在外表上还是骨子里，范小青是一位典型的城市女性。她步履轻盈，每一步都如同踏着清风，举手投足间尽显优雅之态。她的眼神清澈而深邃，透着智慧与温柔。她气质如兰、温文尔雅，散发出一种让人安心舒适的魅力。然而，也许是曾经有过下放农村的经历，她又具有朴素无华、吃苦耐劳的外表和性格。她对乡土、对农村一直怀有深厚的感情，并由此产生创作的冲动。所以，她在创作了《女同志》等大量城市题材作品之后，笔锋一转，开始了乡土文学的创作，其代表作是《赤脚医生万泉和》。

　　赤脚医生，是20世纪六七十年代开始出现的名词，是中国卫生史上的一个特殊产物，指乡村中没有纳入国家编制的"半农半医"的非正式医生。其主要来源于医学世家、高中毕业且略懂医术病理的人，以及上山下乡的知识青年，在经过一定的培训之后，在乡村为农民治病配药。赤脚医生为解决中国农村地区缺医少药的燃眉之急作出了积极的贡献。

　　《赤脚医生万泉和》里的主角是万泉和，他的父亲在"文革"期间作为赤脚医生因故离世，万泉和接过了父亲的衣钵，成为一名未受正规医学训练的乡村医生。尽管他在医学知识和技能上面临巨大挑战，但为了满足后窑村农民的医疗需求，他勉强接下了这个重任。

　　万泉和在行医过程中并非孤军奋战，他曾与几位医生合作，共同治疗村民的疾病。然而，这些医生都因各种原因相继离开，使得万泉和不得不独自承担起整个村庄的医疗保健职责。这个小小的村庄贫困落后，如果万泉和放弃他的医生身份，那么谁还能关心农民们的健康问题呢？他的存在，仿佛是村民们唯一的医疗保障，他的坚持和勇气，成为这部小说的核心。

　　对于小说里的故事和人物，范小青是非常熟悉的——在生活中，在小说里，都充满着感情。她在接受著名文学评论家汪政采访时动情地说，我闭上眼睛，就听到万泉和的声音，也看到他惴惴的样子，总是惴惴的。他对生活的敬畏，他对人间的温情，他对世界的宽容，他对人类的博爱，他和他爹的几十年生活，这一切都使我感动——我对自己笔下的人物很少有这样的感动。

只有感动自己，才能感动别人。正因为范小青感动于自己笔下的人物，才让小说中的人物深深地感动着读者。有一位 70 年代以后出生的读者看了这部小说后，写下了这样的感悟：《赤脚医生万泉和》是一部很有意思的长篇小说，主人公万泉和就像一台时代的摄影机，忠实地记录那个对我来说不太熟悉的时代、不太熟悉的农村。就好像如果你不了解"文革"中的北京孩子是怎么长大的，看一看《阳光灿烂的日子》你就全明白了。如果你不明白那个时代的农村，看一看《赤脚医生万泉和》，你也会明白的。

读者的印象和专家的评述竟如此吻合。汪政认为，小说的后窑村作为个案，在一个特殊地域文化背景下为中国几十年的变化提供了一份乡土中国的个性化书写。这种书写，既指重大事件与历史真相，也指我们的日常生活。有那么一种价值观念，就是不让我们去关注日常生活，去书写日常生活，但仔细想一想，我们这一代人都曾经浸染在这种价值观里。我不是反对所谓宏大叙事，要知道，日常生活实在太宏大了。

这种日常生活的宏大叙事，继续体现在范小青的《城乡简史》中。看篇名，应该还是一部长篇，起码是部中篇，但实际是部短篇小说。这部小说的创作灵感源于范小青自己的一个生活习惯。她从 1982 年初领取第一笔工资后就开始记账，目的是督促自己节约，记到后来，先前的作用和目的已经消失了，只是一种习惯，甚至是一种心理需求了。但就是这些账单带来的生活感悟，为范小青提供了创作灵感。

名曰《城乡简史》，实为"账本简史"。小说的主人公名叫自清，他是一名知识分子，一生爱书如命。他一直有记账的习惯，以前因生活拮据，记账为了更好地控制收支，之后生活好了，有房有车，相当富裕了，但自清还是有记账的习惯，仿佛成瘾了。因为买书太多家中积书成患，所以将一部分书捐给了贫困地区的学校，不承想将一个账本混在书中捐了出去。

账本的丢失，引发了自清一场心理和身体的不习惯。这个账本辗转到了甘肃省西部一个叫小王庄的地方，落到了一个叫王才的人手里。王才被账本中的一笔账弄糊涂了，为了弄清"香薰精油"，研究城里人的生活，找来字典求证，继而举家杀入城市。而且，离家之前在门上贴纸条，欠谁谁谁3块钱，欠谁谁谁5块钱，都不会赖的，有朝一日衣锦还乡时一定如数加倍奉还，至于谁谁谁欠王才的几块钱，就一笔勾销。

到了城里，王才处处感受到满足，由衷赞叹道，城里真是好啊！要是我们不到城里来，哪里知道城里有这么好，菜场里有好多青菜叶子可以捡回来吃，都不要出钱买的。进城的王才干着低贱的工作，却没有低人一等的感觉；物质贫乏，生活反而充满了阳光与灿烂。而自清呢？他借着出差特地到王才家中寻找账本，却与王才在路上失之交臂……

范小青《城乡简史》的笔触似简练的线条，没有一般女性作家的华丽和过度抒情，用回归小说本色的写作，采取和缓的叙述方式，不紧不慢，像品茶一般道出故事和人物的周遭情景——由于一个账本，机缘巧合，进入另外的空间里，进而把城市和乡村串了起来，形成城乡生活互相比照，触及了平常生活的真实，既有一种朴实生活的烟火味，也使小说的空间层次有了更多的意蕴，巧妙地展现了社会的变迁、人物的命运。

正是凭着回归本色、以小见大的写作，《城乡简史》广受好评，并荣获中国文学最高奖——第四届鲁迅文学奖。

范小青在获奖感言中说，账本打开了一篇小说的门锁，启动了一次心灵的历程。我想，这就是生活赐给我的机会。网上也在流行晒账本，晒出来的账本真是千奇百怪，什么都有，但是有一条真理却是共同的，那就是大家通过晒账本，感受到了生活和观念的巨大变化。因为有了巨大变化，身处偏远乡村的王才才可能看到蒋自清的账本，才可能沿着蒋自清的账本走到了城里，开始了他们一家的新生活。他们的新生活，在蒋自清看来，是艰辛的，而王才和他的妻儿却充满了兴奋和欢乐，他们捡到了电风扇，他们亲眼看到了香薰精油，他们已经无比满足了。在我们生活着的地方，生活着蒋自清，也生活着王才和他的妻儿。所以，我感谢生活，生活慷慨地、源源不断地提供给我写小说的灵感；同时，我感谢小说，小说让我的生活更充实、更有意义。

这篇获奖感言，范小青把它定名为《今天是一个新的起点》。

人生，犹如一场漫长的旅程，而每一个新的起点，都是一扇通往未知与希望的大门，眼前展开的是一片充满无限可能的画卷。在这个新的起点上，一切皆有可能。

范小青获奖后所说的新起点，是指文学创作上的新起点，但是，她未曾想到，组织上安排她担任江苏省作协主席。

这是另一种可能。这是她人生道路上的一个重要起点。

她的使命、她的职责，不再是单单继续自己的创作了，还要组织和带领全省作家进行文学创作。从 2010 年到 2020 年，范小青主持省作协工作整整 10 个年头。作为"作家领导"，她是怎样平衡工作与创作的关系的呢？

范小青坦言道，时间上是有很大影响的，但是从对生活的深入了解、对人生的历练、对各方面知识的积累，等等来看，工作对我的写作又是有很大帮助的。但要安排好工作与创作的时间是很困难很矛盾的，中间没有开关可以瞬间转换，更多是靠自己的毅力，当然也要有办法。

她的办法，用她自己的话来说，一是将复杂的工作事务简单化，在合理合规合法的前提下，简化程序，直达目的；二是将复杂的人际关系简单化，不纠缠，不争高低，不争输赢，放开心胸，用南京话说就是"多大个事啊"。同时，不把工作与创作对立起来，有时还可以结合起来。比如开会，即便是枯燥的会议，只要你用文学的眼光去打量，去探究，也许真能发现文学的萌芽。范小青有开会的"生活积累"，所以她写过一些与"会议"有关的小说。《城市表情》《女同志》中写到了许多会议场景，甚至在一些短篇小说中只写开会的故事，比如《国际会议》《我们的会场》《出场》《你的位子在哪里》等。

这一时期，在范小青的带领下，江苏文学事业一片繁荣，涌现出许多精品力作，"文学苏军"一直走在全国的前列。范小青以其出色的工作能力与创作成果，不愧为苏派作家的领军人物。

2020年，范小青从领导岗位退了下来。终点就是起点。她又踏上了人生的新起点——回到家乡苏州——开始了创作的新起点。

这个新起点也是转折点。写了大半辈子小说的她，应家乡之邀，其实也是她内心之约，用纪实文学书写苏州古城。

纪实文学只在忠于真实事件这一点上，与虚构文学形成异质分野。而在叙述手法的选择、结构的搭建、情节的营造、语言的讲究等追求上，与虚构文学并无二致。这正是范小青的优势所在。更何况，她生于斯长于斯，她对苏州"真实性"的了解，是一般作家难以企及的。

但是，范小青并没有吃老本，而是开始了她的寻根之旅。

寻根，是生命回归的过程，在抽丝剥茧的过程中，与曾经远去的时光对话，认真聆听内心的碰撞，重温过去，观照当下，思考未来。

为此，她冒着酷暑高温，带着工作小团队，走街串巷，踏访那些熟悉而又陌生的古街、古巷、老井、河道、博物馆和古城焕新改造工地等历史现场，采访姑苏区古城保护委员会、街道和社区的一线工作人员，并和他们座谈交流。

这个苏州女儿意在寻根，也更像是在寻亲访友。通过搜集、寻访、座谈、查考、验证、回忆、反思等方式获取许多素材后，她花了几个月时间，用饱含敬畏与爱的笔触，完成了一部37万多字的纪实文学《家在古城》。

"在场性"是非虚构文学的一大特点，或者说是文本要素。范小青在《家在古城》的创作中，完全做到了"家在古城""人在古城"。从同德里到五卅路，从北寺塔到状元博物馆，拙政园、五卅路、山塘街、北寺塔、平江路、阊门……边走边看，边看边写，如数家珍，娓娓道来，让广大读者读懂苏州古城的前世今生，充分展现了纪实文学的力量。

她从小的切口进入，饱含真情，在古老而雄健的脉络里穿行，关注城市发展进程，也很好地反映了变革中的伟大时代，对苏州古城的地理、历史、经济、文化、城建、生态等都做了不同层次的解析。这部作品不仅仅是探秘古城变迁之作，更是广大城市居民在社会转型期的集体记忆，是一部展现和记录苏州古城区的变迁史。内容不仅涉及历史、建筑、家园和精神品格，也触探到东方美学的深邃美妙，多方位解读苏州文化的精神与内涵，透过无数人的家园情怀、城市发展与保护的辩证思考，凸显一座城的襟怀与格局。同时，也把纪实文学的写作带入了一片全新的境地。

现在，又要回到范小青的小说世界中来了。最近，范小青创作出版了她的新作——长篇小说《不易堂》，其标题散发出一股浓郁的"苏味"。细细读来，更是犹如置身于"小城雨巷"之中，跨进一座古朴的苏式老宅。而在这座名叫不易堂的宅院深处，一代代人的坚守与失落、谜团与真相，在作家细腻的笔触下渐次铺陈，闪烁着人性的微光。

这里不妨与范小青的非虚构作品《家在古城》进行对照性阅读。在《家在古城》中，作家穿梭古今，搜集了苏州历史、地理、文化等丰富的纪实材料，同时结合个人的见闻，尽可能详实地书写故乡苏州。在此基础上，她对保护与建设、人与城、地方性与全球化等关系进行了全面且深邃的思考。而这种思考和启发，也延续到了小说《不易堂》中。苏州古城浓郁的传统文化韵味，使她无意识地流露出姑苏情结，苏州的方言、苏州的昆曲，还有苏州的园林、刺绣、评弹等，在她笔下自然而然地徐徐展开，字里行间倾注着她对苏州的深刻了解和无尽的眷恋，同时也陷入了对新时代、新家园、新人群的深入思考之中……

范小青用她深情而持久的写作，凭借一部又一部有影响力的作品，拥有了"苏味作家""女性作家""乡土作家""领导作家"等种种名头，但她自己真正看重并引以为豪的，还是"苏味作家"。因为"苏味"中蕴含着浓厚的人情味、文化味、中国味和时代味。

这正是她孜孜以求的。

苏昆之花——王芳

昆曲是百戏之祖。苏州是昆曲的故乡。

它发源于 14 世纪中国的苏州昆山，后经魏良辅等人的改良走向全国，自明代中叶以来独领中国剧坛近 300 年。

在这几百年中，昆曲高峰迭起，名家辈出。至当代，昆曲又一次获得新生。1953 年，为了扶持地方戏剧，苏州市把民营的上海民锋苏剧团接到苏州，改名为江苏省苏昆剧团。

昆曲名家俞振飞为了提携后辈，与当时的青年演员张继青合演了《白蛇传·断桥》。年仅 18 岁的张继青丝毫不怯场。北昆名家韩世昌、白云生等看后称赞说，张继青很可能成为未来的"昆剧梅兰芳"。果不其然，在苏昆剧团，张继青边学边演，博采众家之长，对戏剧表演的理解逐步提升，渐渐成长为剧团新生代当家小花旦。

张继青的表演，简洁而丰富，严谨而自由，准确清晰，生动鲜明，张弛有度，游刃有余，蕴藉含蓄，优雅端庄，诗意盎然，美不胜收。可以说，张继青标志着昆剧旦角表演的最高标杆，对旦角表演艺术产生广泛影响，是公认的当代昆剧大师。1984 年，张继青荣获中国戏曲的最高奖"梅花奖"，并荣膺榜首。

继张继青之后，苏昆剧团涌现出一批优秀的昆曲表演艺术家。张继青曾经的学生王芳就是杰出的代表。

人间四月，是一场盛大而温柔的邀约。春风轻拂，仿佛是大自然最细腻的笔触，描绘出一幅幅五彩斑斓的画卷。繁花似锦，姹紫嫣红，桃花带笑，梨花似雪，杏花娇俏，每一朵花都在尽情绽放着生命的魅力，吐露着芬芳。

王芳

1963 年 4 月，苏州皋桥下塘街的一个大杂院里传出了新生儿的第一声啼哭——王家的又一个女儿出生了。看着出生在百花盛开、桃李芬芳时节的女儿，爸爸当即给她取了一个名字：王芳。

王芳生而逢时。20 世纪 60 年代初期，我国刚刚度过三年经济困难时期，国民经济开始好转。人们都抱有极大的希望与热情，投入生产和工作之中。而王芳更有着良好的家庭环境，爸爸是大学教师，妈妈是服装厂工人，还有 3 个呵护她的姐姐。一家人虽不富裕，但很温馨，其乐融融。

小时候，王芳是个乖乖女，特别听话懂事，即便有不开心、不愉快的事，也不会哭闹。爸爸妈妈都说她是宠不坏的孩子。

那时，王芳的爸爸在苏州建筑工程学校任教，虽然他是学数学、教数学的，但他很喜欢文学艺术，工作之余总是在看这方面的书籍。他还有一个特别的爱好——听收音机。这慢慢地吸引了刚刚学会走路的王芳。每当爸爸拧开收音机的开关，她就赶紧抢着把天线一节一节全部抽出来，仔细地拨动侧面的拨轮，看着那个红色的指示针在数字之间慢慢移动，把声音调到最清晰的时候，她就立刻定住，把收音机乖乖放在桌子上，与大人们一起听《白毛女》《红灯记》《沙家浜》《智取威虎山》……虽然她根本听不懂，但里面的音乐和节奏让她听得很起劲，有时候还会跟着一起唱……

无意之中，这成了她的艺术启蒙。

7 岁那年，王芳上了小学。小小年纪的她十分要强，不仅学习认真、成绩优秀，而且活泼大方，乐于参加各种活动。因她长得漂亮，又有一副天生的好嗓子，三年级时便入选桃花坞片区的文艺宣传队，经常在学校和地区的各种文艺演出中表演独唱、诗朗诵、集体歌舞等。

那时，各类艺术团体经常到学校招学员，老师就把文艺宣传队里的学生们带去考试。王芳先后参加过前线歌舞团、南京越剧团的考试。前几轮她都顺利地通过了，但等到通知她去体检，并做最终决定的时候，她的爸爸妈妈就会反对。因为在他们心里，当演员吃的是"开口饭"，终归不是太好的出路。而那时王芳年纪尚小，加上特别听爸爸妈妈的话，所以老师让她去考试她就去，爸妈不让她做演员她就不做，反正她自己没有什么想法。

20 世纪 70 年代后期，我国开启了改革开放的大幕，迎来了干事创业的春天，文艺界也是百花盛开。

王芳刚刚升入初中那年，苏昆剧团又到学校招生，规模很大，首轮参加考试的学生有几千人。王芳被学校的音乐老师带着去参加了考试。初试就是考察嗓音条件，要求学生自备曲目唱歌。王芳选了《南泥湾》和《绣金匾》两首歌，一下子在考生中脱颖而出。初试后，评委对考生的身体条件进行考察，尤其是韧带的柔软程度。考生排成一排，做一些扳腿、下腰之类的动作，同时还考察每个人的表演能力。

在考试临近尾声的时候，老师发现王芳是扁平足，于是就让她在白色的粉末上踩一下，再印到空白处，用脚印来判断扁平足是否严重。还好，并不严重。这样，她顺利通过了苏昆的招生考试，成为 30 人录取名单中的一员。

然而，到了最终体检环节，王芳的爸妈依旧反对，不让她去了。而她的班主任汪德福老师和章继涓老师听说后，就赶到王芳家里做工作。汪老师虽然不是演员，但他对艺术的敏感度非常高，见过许多优秀的表演艺术家。两位老师劝说王芳的爸爸妈妈说，王芳是几千人中脱颖而出的好苗子，十分难得，以后一定会有出息的！但是，王芳的爸爸妈妈始终没有松口。

　　而汪老师、章老师也没有就此罢休，而是"三顾茅庐"，一而再再而三地劝说，最终用善意和执着打动了王芳的爸妈。"要不，就让芳芳去吧。"王芳的爸爸终于说出了这句话。就这样，王芳加入了苏昆剧团的学员班。还不知艺术为何物的王芳，正式踏上了艺术之路。

　　秋风拂过，丹桂飘香。1977年9月16日，王芳正式到苏昆剧团学员班报到。

　　学员班是苏昆剧团的随团学员班，实际上不隶属于任何一个戏曲学校。学员们就是跟着演员老师练功学戏。

　　学戏的日子是艰苦而紧张的。每天的起床铃五点半就响了，学员们在两分钟内就要赶到练功房。起初谁也做不到，王芳也是。后来她想了个办法，就是每晚睡觉之前，在头顶左侧扎好一个小辫子，第二天早上一打预备铃，她迅速坐起来把头发一拉，小辫子就理好了，也不洗漱，穿好衣服直接飞奔到练功房。

　　冬天的清晨，寒风吹拂，凛冽的气息弥漫在空气中。天空还未完全亮起，呈现出一片灰蒙蒙的色调，仿佛被一层薄纱所笼罩。

　　练功房里的灯光也是昏昏暗暗的。只有大门被风吹得吱呀作响，棉布门帘笨拙地拍打着门框。窗子上的玻璃破碎了，四处漏风。房内是水泥地，冰凉冰凉的。

　　22个学员在练功房内整齐地排好队，然后在老师的指导下开始练功，做下腰、压腿、踢腿等基本项目。其中一项是拿大顶，也就是练倒立，足部朝天，手臂在下，支撑全身的重量，保持身体的平衡。其难度不大，但要有很强的臂力。而王芳小时候手臂摔断过，恢复得不太好，所以拿大顶这个项目对她来说还是有很大难度的，但她咬紧牙关，坚持练习，比别人撑得直、撑得长。

除了每天练功，就是上课，既有语文、数学、历史这些文化课，也有唱念课、形体课。昆曲唱词文学性强，不通俗，这些初中还没有念完的学员根本不懂词义，只好死记硬背。给学员上唱念课的老师是著名的昆曲学家王正来，他的要求十分严格，吐字、归韵、行腔每一点都十分讲究，就"忧患元元"四个字，他让学员练了一个星期，每个字的韵头、韵腹、韵尾都要咬清楚，唱明白，才算通过。

无论是唱念课还是形体课，王芳都是全神贯注、一丝不苟，唱念做打，步步到位，招招稔熟，深得老师好评。

在经过半年多的"折磨式"的严格培训后，进入了学戏阶段，也就是"以戏带功，以功出戏"，开始完整地学演一出折子戏，参加学期末的汇报演出。

培训近两年后，学员们就可以排整场戏并参与演出了。王芳的开蒙剧目是武戏《扈家庄》，取自名著《水浒传》中的故事，讲的是宋江引兵攻祝家庄，祝彪的未婚妻扈三娘自邻庄来援，与梁山好汉酣斗，擒获王英，力败众头领。然而，扈三娘在战斗中被林冲所擒，导致扈家庄的势力大大削弱。扈家庄最终因为扈三娘被擒而决定与梁山泊讲和。

戏中主角扈三娘由王芳担当。该戏是刀马旦必修的基础功夫戏，唱念做打并重。戏中主要表演"一丈青"扈三娘起霸、走边，唱的是昆曲牌子，要求满宫满调。最后还要表演把子，与梁山好汉轮流开打，技巧繁复。扈三娘头戴蝴蝶盔插双翎，挂狐狸尾，身着粉蓝改良靠，腰挎宝剑，要求身上脚下和双翎、狐狸尾、宝剑，与画戟、马鞭互不勾挂，要干净利索，非常吃功。

1979 年的七八月间，正是盛夏时节，天气炎热，热浪难挡。《扈家庄》

就在此时开排了。那时练功房里没有空调，只有一个挂得很高很高的铁皮吊扇，在没精打采地运转着，学员们仿佛置身在巨大的蒸笼里。王芳生来体质较弱，从小就晕车，而《扈家庄》有很多鹞子翻身的动作，需要不停地翻身、涮腰。王芳还没有大动就昏沉沉的，但她强忍着坚持练习。当练完一组动作，她就蹲下来喘口气，这时候眼前便会出现许多"金星"，在空气的热浪里飘浮升腾，还没等"金星"全部消散开，她又开始下一轮练习了。一天下来，练功服早被汗水湿透了，紫红色也变成了深紫色，皱巴巴地贴在身上。

月复一月，日复一日。艰苦的训练，使王芳的身体几乎要垮下来，但她时刻提醒自己，绝对不能退缩，绝对不能落后，要拼命地练！

功夫不负有心人。终于，王芳迎来了第一次登台演出的机会。她的心情既兴奋又忐忑。兴奋的是终于能在众人面前展示自己的努力成果，忐忑的是害怕出现失误，让大家失望。那种复杂的心情交织在一起，使她的心脏急速跳动，仿佛要冲破胸腔。

然而，真的登台后，王芳非但毫不怯场，反而看到场下的观众就兴奋起来，所以演出时的状态比训练时还好，唱念做打，技巧娴熟，环环相扣，淋漓尽致，不时赢得观众的喝彩声和鼓掌声。

有位观众惊叹道，这个小姑娘才18岁，演得实在好，真是了不起！坐在一旁的王芳爸爸轻轻地告诉那位观众，她是我的女儿，才15岁。在演出结束后的回家路上，爸爸把此事告诉了王芳，并说，女儿你长大了，可以独挑大梁了。

观众和爸爸的肯定和鼓励，让王芳的心里仿佛燃起了缤纷的烟火，五彩斑斓，照亮了整个心房。此时，排戏中的一切困苦和伤痛，都被抛到九霄云外去了。几天后，王芳凭借这次演出，获得苏州市青年演员会演的学员表演一等奖。她在艺术之路上迈出了可喜的第一步。

小小的成功鼓舞了小王芳。从此以后，她又学习了《挡马》《借扇》等武戏，学习中更加投入，更加使劲。然而，高强度的练习给她的嗓子埋下了隐患。在一次唱戏时，感觉到嗓子有点不好使，唱不上去了。后来去看了医生，发现她的嗓子处于充血状态，确诊是声带闭合不良——倒嗓了。

医生告诉她必须休息，否则声带有可能会长小结，那就更麻烦了。当时的剧团团长顾笃璜老师看到这种情况，也严肃地告诫王芳，不能再唱了，你要休声，要养嗓子。王芳心里百味杂陈，担心这辈子再也不能唱戏了，于是就按照医生和团长的要求，不仅不敢练声，就连说话也不敢了，即便有需要，说话的声音也是很小很小，原来的"高音喇叭"变成了"闷葫芦"。

慢慢地，她的嗓子好起来了，又可以练功、演出了。然而，顾团长做出了改变她一生的决定——"弃武学文"。

武戏与文戏，一字之差，但区别很大，对演员的要求也大不同。一是表演形式不同。武戏注重动作的表演，演员需要在打斗动作中表达情感。而文戏以对白、唱词为主，演员的表演重点在语言表达和情感表现上。二是角色类型不同。武戏中，演员多扮演武将、武士、武林高手等角色，通常需要表现出壮烈、勇猛的风范。而在文戏中，演员通常扮演的是官僚、士人、商家等文化程度相对较高、身份地位相对较尊贵的角色。三是剧情走向不同。武戏更加强调动作、对象、场地等方面的表现，情节直接、紧凑，更注重战斗、动作等场面的呈现。而文戏通常呈现出的是比较复杂的人际关系和人性的矛盾，通常情节复杂，有文艺性。

对此，王芳浑然不知，只是觉得唱武戏威风，还没上场，两堂龙套都在台上站好等着你了，锣鼓点儿里登台，走到九龙口，啪一个亮相，底下观众马上叫好鼓掌。同时也感到，改学文戏后，之前练武功的那些付出就都白费了，有点惋惜。

而顾团长很笃定地对她说，文戏是昆曲的根，你一定会有很好的前途。听团长这么一说，一向听话的她就乖乖地改学文戏了。

其实，改戏路对于演员来说是非常难的一件事，更何况王芳的嗓子条件又不那么好。刚刚开始练习文戏时，王芳总是别别扭扭的，觉得不如原来那样自如，也不如别人演唱得好，心里很难过，也很着急。顾团长看出了她的忧虑，热情地鼓励她，为她找了专门的声乐老师帮她练声，还请了苏州"传字辈"名角沈传芷老师帮她排戏。

她排的第一出文戏《思凡》，是昆曲《孽海记》中的一折戏曲剧目。写的是小尼姑色空，年幼时多病，被父母送入仙桃庵寄养。这是大多数京昆旦角的开蒙戏，也是难度较大的一出戏，所谓"男怕夜奔，女怕思凡"。但王芳克服嗓子上的弱点，凭着认真与毅力，一举拿下了这个身段柔韧繁复、唱腔盘旋曲折的高难度独角戏。接着，又在沈老师的指导下，学排了《琴挑》《断桥》《惊变》《埋玉》《痴梦》《踏伞》等昆曲剧目，基本掌握了文戏的技艺和要领，顺利实现了武戏改文戏的转变。

在学习昆剧的同时，王芳还加入了苏剧的学习。苏昆苏昆，苏剧昆曲，但苏剧与昆曲还是不太一样，单纯从唱的角度来说，苏剧要比昆曲难，因为它音域宽，调门高，小腔非常多，节奏也快。比如，昆曲一个音拖几拍，而苏剧一个音有八分音符、十六分音符，时值短，还要转很多"弯"。如何圆润动听地转好这些"弯"，就需要合适的发声位置以及灵活的演唱技巧。比如《花魁记·醉归》中，花魁上场的一句"月朗星稀万籁幽"，仅"月朗星稀"四个字，王芳练习了不下千遍，才找到了"最优解"，达到了最优的演唱效果。

苏昆兼学、学演结合的教学模式，让王芳在短短的两年学员班学习中，初步掌握了苏昆的基础知识和基本技能，为她以后的艺术发展打下了坚实的基础。

经过两年的学习培训，苏昆剧团学员班的学员顺利毕业了。一毕业，他们就开始到外面跑码头巡演了。那时，昆曲观众特别少，而苏剧则十分火爆，所以巡演以苏剧为主，演出的剧目主要是新编历史苏剧《孟姜女》

《白蛇传》《大闹沈府》和昆曲折子戏。

每次演苏剧，剧场里全部坐满，连过道里、边边角角上都挤满了人。看着台下这么多观众，王芳与其他演员在台上表演时都特别兴奋，一个个全铆足劲来演。演员越认真卖力，观众越鼓掌叫好，这种热情互动、相互刺激，使观演氛围特别好，也带动了演出市场的火爆。

火爆到什么程度？有一次在常熟巡演，连演了9场苏剧，场场爆满，收入相当于11场的票房。这种场景持续到1983年秋冬季。

然而，谁也不承想，不到一年的时间，也不知道怎么回事，苏剧市场突然就冷淡下来了。那年正月初三开始巡演，去丹阳一带演出。本来按照惯例最起码要演5至7场，可演了两场后就没人看了，于是只好转到下一个码头，也是演了两三场就演不下去了。无奈之下，大家只好打道回府。

在回程的路上，大家七嘴八舌地分析原因，有人说，可能是地方选得不好，观众基础不够；有人说可能是剧目不对路，不够吸引人。而王芳沉默寡言，她在出发前就曾听到剧团领导的议论，他们已经预感到演出市场在变冷与下滑。

这与当时的社会背景有关。改革开放逐步改变了人们的思想观念和生活方式，那时上舞厅跳交谊舞、迪斯科，成为人们最时髦的娱乐交友方式；邓丽君的歌曲从20世纪80年代开始，传遍大街小巷，人们对轻盈美妙的流行音乐产生了极大的兴趣，而疏远了传统戏剧；加之电影创作空前高涨，《牧马人》《庐山恋》等兼具爱国与爱情题材的电影纷纷上映，中央电视台引进播出的外国电视连续剧《加里森敢死队》《血疑》等，形成了收视热潮，夺走了大部分戏剧观众。

面对这一状况，剧团积极采取措施，一方面优选剧目，一方面创办了"星期专场"——每周固定时间，由青年演员在市中心观前街的剧场里演出折子戏，并在剧场门口设立了一个捐款箱，给不给钱、给多少钱，全凭自愿，同时奉送一杯香茗。刚开始，一场还能有二三百观众，渐渐地，人越来越少，到后来台下的观众比台上演员还少，几乎演不下去了。

看到戏剧演出的颓势难以扭转，王芳与其他演员一样，心里非常难过。有青年演员看不到出路，前途未卜，就相继离开剧团，转业做别的工作了。

剧团的人越来越少，还时常传来坏消息。先是苏州京剧团解散，接着苏州沪剧团解散，然后苏州越剧团也解散了。每听到一个剧团解散，大家心里就咯噔一下，都在猜测，苏昆剧团会不会也解散呢？

时间一天天地过去，剧团就这么勉强支撑着。作为演员，王芳的内心却越来越煎熬。有一次，她爸爸的一个学生来到王芳家，希望王芳在演出之余，去她的婚纱摄影公司帮些忙。那天王芳出差在外，王芳的爱人答应考虑一下。

王芳回到家里，爱人把此事向她说了。王芳顿时五味杂陈，心里矛盾极了。思来想去，反正在剧团基本上没有什么演出，就先去婚纱摄影公司兼职吧！之后，她上午去剧团练功，下午到婚纱摄影公司工作，做些剪胶片、化妆、造型、发型设计等杂事。

这样两边跑了几年，到了1992年，王芳觉得难以两头兼顾，就主动向团里提交了辞职报告。时任团长褚铭再三劝王芳留下，然而她主意已定，请求团长把她的辞职报告递交到文化局，但局里没有批复，只给王芳办了"停薪留职"。

这实际上是给王芳重返舞台留了一条后路。

其实，王芳又何尝不想重返舞台呢？所有的过往都像一幕幕电影，常常在脑海里闪现：小时候学戏的日常、邻居们对她的夸奖、舞台上的英姿飒爽、观众热烈的掌声、爸爸妈妈为她骄傲的神情……

她做梦也想重返舞台啊！

两年后的一天，褚铭团长突然找到王芳，对她说，不久将在北京举行全国昆剧会演，团里让你去参加，不知你愿不愿意？

愿意，愿意的。这正是我梦寐以求的呀！王芳犹如乘风破浪般欢快，全身洋溢着愉悦的气息，她告诉褚团长，自己每天都在想，离开了舞台还有什么价值呢？不当演员，我还能做什么呢？我明天就回团里去排练！

翌日一早，王芳就到团里投入排练，准备去北京演出昆剧《寻梦》。

这是一次"寻梦"之旅。

王芳全身心地扑在排练上，练功、吊嗓子、背台词、排戏……只争朝夕，废寝忘食，她要把失去的时间补回来，她要把自己的艺术青春、最好的艺术状态展示在舞台上。

1994年6月，首届全国昆剧青年演员交流演出大会在北京举行。

名家毕至，高手云集。参加这次交流演出的有：北方昆曲剧院、上海昆剧团、江苏省苏昆剧团、江苏省昆剧院、湖南湘昆剧团、浙江京昆艺术剧院，以及中国戏曲学院、日本昆剧之友等8个专业昆剧院团和单位，选派出96名青年演员，汇报演出了64出传统昆曲折子戏。

最终，经过15位专家评委的评审，在闭幕式上评选出6位兰花新蕾奖、7位优秀新蕾奖、8位兰花之友奖、31位兰花表演奖、31位优秀表演奖、12位兰花最佳表演奖。王芳获得"兰花最佳表演奖"，并位列旦角行当榜首。

王芳喜出望外，脸上绽放出惊喜的笑容，她心中的梦想实现了！而市文化局领导告诉她，还要为她实现更大的梦想——申请中国戏剧最高奖"梅花奖"。

梅花奖的申报条件之一，就是演员必须在北京演场大戏或折子戏专场。为此，领导安排她趁着进京演出的机会，在北京举办了"申梅"专场演出，剧目是昆剧独角戏《思凡》《寻梦》和苏剧《醉归》。

专场演出结束后，王芳回到了苏州，继续在婚纱摄影公司工作。虽然她心系"梅花奖"，但也不敢抱有太大的奢望。然而，这年底，好消息自北京传来，王芳捧得了梅花奖。她成为团里第一个获梅花奖的演员，也是苏州市最年轻的梅花奖获得者。

获奖是一种荣誉，也是一份责任。突然间，王芳豁然开朗了：舞台才是她的归宿。她毅然从婚纱摄影公司辞职，回到了剧团，回到了梦想开始的地方。

新世纪的曙光照耀在神州大地上，又一个文化艺术的春天已经到来。2001年5月18日，对昆曲艺术来说是值得载入史册的日子。联合国教科文组织当天在巴黎宣布了首批"人类口头和非物质遗产代表作"，中国的昆曲在19个入选项目中名列榜首。

消息传来，昆剧界欢呼雀跃，群情振奋。社会上也开始关注昆曲了，许多人又走进了剧场观看昆剧，越来越多的人成了昆曲戏迷，昆剧艺术终于热起来了。

从中央到地方，也先后出台了一系列相关政策，要求传承发展、出人出戏。为了让昆曲能得到更好的发展，2001年11月，江苏省苏昆剧团改名为江苏省苏州昆剧院，同时筹建江苏省苏州苏剧团，并交由苏州市直接管理。从此，昆剧的大环境逐渐好转，院里的资金也比之前宽裕了许多，王芳排戏和演戏的机会明显增多了。

2002年，王芳任昆剧院副院长，担起了演出和管理两副担子。次年，台湾"石头书屋"的主人陈启德先生出资，想排一部昆剧《长生殿》。他在全国寻觅了很多院团，后经人介绍，来苏州找到了。

他邀请顾笃璜老团长担任总导演并进行剧本改编。

顾老决定由王芳和赵文林分别演杨贵妃、唐明皇。当时王芳40岁整，赵文林老师55岁，无论在年龄上还是艺术成熟度上，都比较合适。该剧还邀请了曾获奥斯卡最佳美术设计奖的叶锦添先生担任舞美和服装设计。

《长生殿》历来都有不同的演法，大部分是选几出舞台上常见的折子戏串演而成，对剧情连续性和人物完整性考虑得比较少。但顾老改编的这版《长生殿》，紧紧扣住唐明皇和杨贵妃的"钗盒情缘"的主线，突出爱情主题，具有戏剧的整体构思。该剧分为上、中、下三本，情节环环相扣，剧情连续发展，形成完整的长剧——从定情、密誓，到埋玉，再到杨贵妃死后两人的隔空思念，真挚的感情使他们终获团圆。

顾老凭着自己多年从事昆曲艺术工作的丰富经验，亲自下场指导排练，虽然不会手把手地教身段和唱念，但会非常细致地给演员整理人物的线条脉络和内心体验，并让演员通过自己的理解，加以自我发挥。顾老还邀请了许多已经退休的老师和专家来协助排练，并把张善鸿老师请来做艺术指导。张老师是武生泰斗盖叫天先生的嫡孙和著名的京剧武生，在他的协助下，剧中一些群戏、武戏进展都非常顺利。王芳也从中学到了许多新的东西，表演水平快速提高。

2004年2月，三本《长生殿》在台湾首演，并举行了各高校的巡演活动。演出引起了台湾观众高度的关注和高涨的热情。演出过程中，满座的观众掌声不断，谢幕之时更是爆发出长时间的掌声，且久久不愿离去。大幕不得不闭合后又开启，再闭合再开启，反复多次。

王芳与大家一样感到满足和自豪，心想，不知道何时我们大陆的观众和演出市场也能这样火热。让她意想不到的是，这一天很快就来了。

从台湾巡演回来后，在陈启德先生的建议策划下，主创团队开始了北京的演出宣传——在大学、图书馆、新华书店等地，主创分别做了各类讲座，现场同时售卖演出票。

这年底，三本《长生殿》在北京保利剧院演出，中央电视台戏曲频道《九州大戏台》栏目进行了全程录制。

当熟悉的音乐响起，王芳在舞台上站定，看到台下座无虚席，心头一热，忘情地投入表演之中。在这次演出中，王芳的扮相俊美秀丽、唱腔委婉动听、表演精妙细腻，达到炉火纯青的地步。当谢幕场灯亮起，观众席上爆发出经久不息的掌声。

这掌声，既是对演员的高度赞赏，也是对昆曲艺术的致敬。这一年，正是《长生殿》作者洪昇逝世300周年。这真是冥冥之中自有安排。

好风凭借力，送君上青云。凭着《长生殿》，王芳再一次捧得梅花奖，成为昆剧界屈指可数的"二度梅"。

随着王芳梅开二度，苏州昆曲昆剧事业趁势而上，繁荣发展，而与昆曲、评弹并称为苏州艺术"三枝花"的苏剧，却还没有得到复苏。

苏剧发源于苏州，前身是苏滩，俗称"打山头"。演出形式为5—7人围坐一桌，分别担任生、旦、净、丑等角色，自拉自唱，以第一人称出现，无说唱人的叙述，是一种代言体素衣清唱。清末民初，苏滩演员林步青与昆剧名旦周凤文合作首次演出化妆苏滩《卖橄榄》后，苏滩化妆演出由此开始。1941年朱国梁在上海创建国风新型苏剧团，尝试将对白南词发展为独立的戏曲声腔剧种苏剧，让苏剧和昆曲在一起混合演出。这说明，苏剧从成立之初就与昆曲有着千丝万缕的联系。

新中国成立初期，一位有志于发展苏剧事业的女艺人，通过个人集资与朱筱峰、华和笙、李丹翁等老一辈苏滩艺人，共同发起建立了上海民锋苏剧团，这是苏剧史上继"国风"后组建的第二个民间职业剧团，参与人数80余人，演出的第一台戏是《李香君血溅桃花扇》。为了扩大苏剧的影响力，争取更多的观众，民锋苏剧团决定离开上海闯新路，在上海邻县及江浙一带中小城市、农村等流动演出。1953年10月，上海民锋苏剧团回苏落户，改称苏州市民锋苏剧团。3年后，苏州市民锋苏剧团改名为江苏省苏昆剧团。

在长期的发展中，苏剧逐渐形成了独特的艺术风格。剧目上主要分为"前滩""后滩"两大类——"前滩"剧目出自昆剧传奇，内容略加改编，以南词曲调演唱，即把昆曲典雅的词句通俗化。"后滩"剧目大多改编与创作自滩簧对子戏或民间说唱，内容大多是表演市民生活，诙谐、滑稽、通俗。曲调上以"太平调"最为常用，清丽婉转、柔美典雅、富有变化，具有浓郁的江南风情。

2006年5月20日，苏剧经国务院批准，列入第一批国家级非物质文化遗产名录。但在之后很长的一段时间内，苏剧并没有独立建制的传承保护单位，人才断档严重，剧种发展堪忧。

虽然王芳的大部分精力都放在昆曲上，但她学过苏剧、演过苏剧，而且，她第一次夺得中国戏剧"梅花奖"的三个剧目中，其中之一便是苏剧《醉归》。所以，她对苏剧有很深的认识和感情，总希望苏剧与昆剧一样得到振兴。她在担任苏州市人大代表期间，写过关于成立苏剧独立建制单位的提案，在全国人大上也提交过关于苏剧保护传承的建议。苏州市领导很重视，多年来也一直在整合各种资源与力量，希望促成这件事。2016 年 5 月，由市委、市政府批准，经苏州市编委正式发文，同意建立苏州市苏剧传习保护中心。至此，苏剧终于有了独立建制的传承保护单位。

苏剧的星星之火将被点燃！

然而，由谁来担此重担呢？大家不约而同地推荐王芳。局里领导找王芳谈话，希望她接手撑起苏剧，并告诉她，局里已经为苏剧传习保护中心争取到了 21 个事业编制。

21 个人能干什么呢？连一出折子戏都排演不出来啊！王芳犹豫了，她一时拿不定主意。

一次，王芳去看望 97 岁高龄的苏剧元老尹斯明，自然谈起了苏剧。尹老拉着王芳的手说，当年苏剧在经济上养活了昆曲，现在昆曲好起来了，可不能把苏剧撂下呀！王芳啊，我这一辈子的心愿就是在有生之年看到苏剧的复兴，你一定要让我看到哦！

是啊！昆曲已经是"世界非遗"了，红了火了，有很多人都在做，不缺我一个演员。而苏剧如果不做，也许真的就要走向消亡了，老一辈艺术家留下来的东西就没有了，这对戏曲艺术来说是巨大的损失。

王芳感到责无旁贷，于是，她主动找到领导，表示服从安排，为苏剧尽自己的一份力量。

王芳知道，当务之急是实现苏剧的传承与发展，而一个剧种的传承与发展，一定要有能够呈现在舞台上的演出团体，这样才可以形成活态传承，剧种才能"动"起来，一步步往前走。可是 21 个人对于一个剧种来说远远不够。如何解决演出团体的问题？

在她的游说下，苏州市委、市政府决定再建一个 60 人左右的苏州市苏剧团。2019 年 1 月 8 日，苏州市苏剧团正式揭牌成立，并入驻位于竹辉路 298 号的苏州戏曲传承中心。这里原来是广电总台一号楼，由政府投资改造为戏曲传承中心，内部焕然一新，还增设了剧场、书场、排练厅、录音棚、多功能演出厅等设施。宽敞的排练大厅、现代化的办公设备、配套的剧场设备，为苏剧的复兴之路创造了良好的条件。

剧团有了，剧场有了，还要有一个好的剧目。想当年，一个《十五贯》救活了一个剧种——昆剧。现在要让苏剧活起来，也得靠剧目。

有一次，苏州市文旅局副局长徐春宏对王芳说，苏州有个潘于达献宝鼎的故事，你想不想把它改编成苏剧来演？

这是一个什么样的故事呢？王芳说，你能不能简要讲给我听听？

当然可以。接着，徐局长扼要地把这故事讲述了一遍：

1849 年，在陕西郿县礼村出土了西周时期的一种金属炊器——大盂鼎。这是西周早期青铜器礼器中的一件重器，具有很高的文物价值。出土后，几经辗转，由时任陕甘总督的左宗棠所得。后来，左宗棠为报答苏州人氏、朝廷官员潘祖荫三次保荐之恩，以大盂鼎相赠。

30 多年后，在陕西扶风县又出土了大克鼎，潘祖荫又以重金购得。至此，大盂鼎、大克鼎这两件周朝时期最大的青铜器齐聚潘府，轰动一时。潘祖荫去世后，其弟潘祖年将二鼎连同其他珍玩一起，由水路从北京运回苏州老家。

1923 年，18 岁的丁素珍嫁入潘家成为潘祖年的孙媳，在丈夫、祖父相继去世后，年仅 20 岁的她，挑起了掌管门户、守护家藏的重任，并改名潘达于。

潘家有宝众人皆知，这两尊旷世宝鼎，更是觊觎者众多。于是在数年的岁月中，清末权臣、军阀、日本侵略者、国民党军官都曾来到潘府，他们或以金钱相诱惑，或以刀剑相威胁，潘达于都不为所动。尤其是抗战爆发苏州沦陷之时，潘达于将两尊重逾半吨的宝鼎深埋地下，再覆之以青砖，上面堆满杂物，躲过了日本兵的一次又一次搜查。

1949 年新中国成立以后，经历了几个时代的潘达于感受到了一种从未有过的新气象。1951 年 7 月，移居上海的潘达于致函华东军政委员会文化部，愿将二鼎无偿捐献给国家。1952 年上海博物馆落成，大盂鼎、大克鼎藏入此馆，国之重器找到了最好的归宿……

这个故事太好啦！王芳激动地说，这是苏州人守护国宝的故事，更是文化传承的佳话，我们一定要把它搬上舞台！

说干就干。在局里的支持下，王芳邀请著名编剧李莉将这个故事改编成苏剧剧本，邀请最熟悉苏昆剧音乐的著名作曲家周友良作曲，并邀请杨小青导演执导全剧。剧名为《国鼎魂》，剧情以潘达于富有传奇色彩的一生为主线，表现了她保护国宝的坎坷经历和高尚精神。

《国鼎魂》姓"苏"——苏州故事、苏州剧种、苏州演员。由苏州市苏剧传习保护中心、苏州市锡剧团和苏州昆剧院三家单位联合排练演出。

在排练开始之前，王芳带领剧组成员翻阅了大量背景资料，还去了潘家老宅和上海博物馆参观，听潘家后人和上海博物馆的工作人员讲述历史。为了更生动地将潘达于的事迹展现在舞台上，让更多的人感受她的精神，主创人员在与潘家后人沟通之后，在艺术创作上做了相应调整，将本应是潘达于爷爷辈的潘祖念改成了她的公公，让人物脉络更加简单明晰；又将潘达于的捐鼎年龄由实际的 40 多岁改为将近 80 岁，使舞台上年龄层次感更分明，故事表现更有张力。

开始排练时，正赶上了苏州最热的两个月，排练厅如同蒸笼一般，闷得人喘不过气，但每一个人都认真严谨、一丝不苟地投入排练工作。大家有一个共同的信念与追求：把潘达于的形象艺术地展现在舞台上，让苏剧第一出大戏一炮打响！

从炎热的夏季到寒冷的冬季，《国鼎魂》经过半年多的紧张排练，终于到了亮相的时候了。2018年1月27日，在一个大雪纷飞的日子里，《国鼎魂》在苏州人民大会堂首次公演。

首演旗开得胜，获得各方好评。之后，《国鼎魂》一边演出，一边打磨。在经过60多场演出后，《国鼎魂》成为江苏省选送第十二届中国艺术节的唯一剧目，角逐文华大奖。

中国艺术节是我国规格最高、规模最大、最具影响力的国家级艺术盛会，文华大奖是由文化部设立的最高的政府奖。

这是多么难得的机会又是多么严峻的挑战啊！

备战艺术节，冲刺文华奖。剧组全面发动，演员全力以赴，王芳带领大家连续几个月，几乎每天早中晚三个班进行排练，反复修改，精心打磨，之后又在苏州、南京、常州、昆山等地演出，不断地在舞台上"滚"，真枪实弹地磨合了12场。

第十二届中国艺术节于2019年5月15日至5月31日在上海举办。51台优秀剧目在沪19个剧场演出。苏剧《国鼎魂》在经历了22次改稿、100多次排练、70多场演出后，终于在艺术节的舞台上正式亮相了。

一炮打响！苏剧《国鼎魂》在众多剧目中脱颖而出，荣获第十六届文华大奖。王芳作为该剧的主演荣获文华表演奖，再次获得殊荣。

当她站在领奖台上，双手接过那象征着荣誉的奖杯时，心中仿佛有万千烟火同时绽放。激动的情绪如汹涌的浪潮，一波又一波地冲击着她的心房。脸上抑制不住的笑容，是内心喜悦的真实写照。

这份荣誉，是对她过往努力的肯定，也是未来前行的动力。她感到无比的自豪和满足，同时也深知这只是一个新的起点。

在这荣耀的时刻，她立下更远大的志向。她要以所有获得的荣誉为基石，不断挑战自我，追求更高的目标，继续砥砺前行，不断超越自我，为实现更大的梦想而不懈奋斗。正如王芳当选"2020年度中国非遗年度人物"的揭晓词所言——

　　　　吴侬软语，婉转悠长，浅吟低唱里，道不尽她对传统昆曲的热爱；粉壁高堂，画栋雕梁，余音袅袅处，说不完她对戏剧传承的心声。

　　是的，说不完也做不完，王芳正以她独有的芬芳，继续为时代盛开，为人民绽放。

评弹之花——盛小云

　　在苏州，另一颗璀璨的艺术明珠是苏州评弹，以其独特的魅力，传唱着千年的故事与风情。它承载着江南人民的情感与记忆，传递着他们对生活的热爱和对美的追求。每一段旋律，每一句唱词，都凝聚着江南的韵味和风情，让人陶醉其中，流连忘返，被誉为"中国最美声音"。

　　评弹起源于宋元时期苏州的民间讲唱，盛行于江苏、浙江、上海一带。明末清初，苏州评话和苏州评弹先后形成，运用苏州方言进行说唱也不是一蹴而就的，而是一个渐进的过程。而后从乾隆到嘉庆、道光年间，评弹逐渐发展，名家辈出，书目繁多，形成了第一个兴盛期。道光以后，咸丰、同治年间，评弹艺术继续发展，咸丰时期的马如飞等人的"后四家"及其传人，在吴地传统文化特色的基础上吸纳了京腔、徽调、地方小调山歌的营养，形成了诸多流派唱腔，为苏州评弹的发展作出了积极的贡献。

　　到了20世纪二三十年代，在众多评弹艺术家的积极努力下，评弹的发展形成了第二个兴盛期。这个时期的评弹主要以上海等大中城市为主要阵地，因听众文化层次较高，提出的要求较高，故评弹的艺术水平也不断提高，响档辈出，流派纷呈。

盛小云

　　中华人民共和国成立后，1956 年苏州市区参加登记的苏州弹词艺人达 480 人。登记后，这些艺人分别参加了各地评弹演出团体，根据"百花齐放、推陈出新"方针，对书目、唱腔等作艺术改革。

　　20 世纪 60 年代初，在老一辈无产阶级革命家陈云同志的亲自倡导下，我国唯一一所重点培养评弹艺术人才的中等专业学校——苏州评弹学校正式成立。从此，评弹艺术人才的培养走上了一条现代艺术教育与传统师徒传承相结合的崭新之路。1977 年，经陈云提议并征得文化部同意后，在杭州召开了评弹工作座谈会。之后，他又提出了"出人、出书、走正路"的重要指示，为新时期评弹事业的健康发展指明了方向，也使得评弹艺术重获新生。

　　正是在这一时期，一批优秀的评弹演员经过培养迅速成长起来，其中一位突出代表就是著名评弹艺术家盛小云。

　　盛小云，1969 年 1 月生于苏州的评弹世家。父母都是评弹艺人，其父陈瑞安师从唐竹坪，擅长说《白罗山》《游龙传》《落金扇》等多部长篇，在苏浙沪很受听众欢迎。母亲盛玉影16岁拜评弹响档周玉泉为师，学艺唱评弹，她还会唱京剧，多才多艺。陈瑞安与盛玉影是评弹界有名的夫妻黄金搭档，几十年相濡以沫，拼档合作，夫唱妇随，珠联璧合。

"文革"初期，陈瑞安与盛玉影双双下放到农村劳动。还在襁褓中的盛小云，跟随父母从苏州下放到苏北盐城，在那里度过了童年时光。

盛小云的父亲人称阿水。为什么叫他阿水呢？因为陈老特别喜欢喝茶且勤于泡水。评弹团的惯例，一年两次集训。每次集中学习期间，大伙儿济济一堂，乒乓桌子上放满了各式各样大小不等的茶杯，泡的有祁门红茶、龙井绿茶，稍次一点一级炒青、顶谷大方。说书先生就是喜欢喝茶。俗话说开门七件事——油、盐、酱、醋、柴、米、茶，茶被列为生活必需品，尤其是评弹艺人们几乎每人一只茶杯。陈老他热心为大家烧开水、灌热水壶、给茶杯续水，久而久之得了一个雅号：阿水。

"阿水"到了苏北，就像鱼儿离开了水，原来的本事一点也发挥不出来，评弹更是唱不了了。一家人干起了农活，种起了自留地，过着艰苦的生活。而盛小云从小在这样的环境中慢慢长大，倒也不知其苦，反而快快乐乐的。家里养着鸡、鸭、羊、猪、狗、猫等，她很喜欢这些动物，总是抢着帮助大人喂养。她还自己钓鱼，小鱼喂猫，大鱼给父亲做下酒菜。

农村培养了她勤劳的习惯，也让她养成了要强的性格，自己能解决的事情就自己解决，不用找大人帮忙。她每天去学校的路上，要经过一座木桥。由于木桥年久失修，已经破烂不堪，有的木板钉子已经掉了，翘在桥面上很危险。有一次，几个男同学在她前面过了桥，然后把木板斜搭，大声起哄，等着看她的好戏。当时正值隆冬，下面就是河流，她心里很害怕，但仍装作若无其事的样子，在起哄声中硬着头皮一点一点爬了过去，准时到学校里上课。

当时农村小学条件差，对教育也不重视，所以盛小云在学校没有学到什么东西。而在家里，她却得到了艺术的启蒙教育，就是常常跟着从事过文艺工作的爸爸妈妈，围坐在收音机旁，听京剧样板戏《红灯记》《沙家浜》《杜鹃山》等，边听边学边唱，有时母亲还教她戏中的一些表演。久而久之，盛小云的艺术天赋显现出来，成了村里文艺宣传队的一个小演员，逢年过节，都会上台表演节目，拿手好戏是《红灯记》中的经典唱段《都有一颗红亮的心》：

> 奶奶，您听我说！
>
> 我家的表叔数不清，
>
> 没有大事不登门，
>
> 虽说是，虽说是亲眷又不相认，
>
> 可他比亲眷还要亲，
>
> 爹爹和奶奶齐声唤亲人，
>
> 这里的奥妙我也能猜出几分，
>
> 他们和爹爹都一样，
>
> 都有一颗红亮的心……

她的演唱，每次都赢得满堂彩。父母更是看在眼里，喜在心头，暗暗夸她是块学艺术的料，可惜在苏北农村学艺无门啊！

1977年3月，大地从沉睡中缓缓苏醒。阳光变得格外温暖，驱散了冬日的寒冷与阴霾。微风吹拂，奏响了春天的旋律，到处充满了生机与活力，让人感受到生命的力量和无尽的可能，仿佛一切美好的事物都将在这个季节里绽放。

在这美好的春天，盛小云跟随父母回到了阔别近十年的故乡苏州，开始了新的生活。母亲因身体原因，没有回到她的原单位评弹团，而是到了文企招待所工作。父亲虽然回到了评弹团，但也没能马上参与团里的演出，而是做些事务性的工作。

20 世纪 80 年代初，苏州举办了一次苏浙沪大型会书，在新艺影剧院安排演出。盛小云的父亲负责接待工作，她就跟着父亲到剧场，站在台角边看演出。当时演出的节目是中篇弹词《拉郎配》等剧目，只见演员身着传统的中式服饰，手持琵琶或三弦，吴侬软语，婉转悠扬，说表诙谐，语言生动。

这是盛小云第一次听评弹，虽然还不知评弹为何物，但听得津津有味，煞是欢喜，留下了非常深刻的印象。

几年后，盛小云的父母也恢复了拼档演出，常年在外跑码头。每逢寒暑假，盛小云也会跟他们一起出去听书。有一次，在上海浦东的川沙，团里安排两个小时两档演出，大书、小书各一档。吕也康说《三国》，盛小云父母说《落金扇》和《游龙传》。每天，盛小云手捧一杯红茶，在书场第一排的"专座"上一坐，全神贯注地听着。凡遇到疑惑的地方，她会默默地记在心里，回宿舍后向父母问个究竟。看到她这么肯开动脑筋，父母在惊讶之余自然非常欢喜。但他们并不知道小小年纪的女儿，已经迷上了评弹，并立志要像父母一样上台演评弹。

上初中后不久，盛小云终于下定决心要把评弹作为自己的终身事业，并向母亲透露了自己的想法。

起初，母亲有些顾虑，觉得女儿虽然从小在文艺方面就很有天赋，而且脑子机灵，曲调一学就会，书情一听就懂，但评弹艺术要真正学成学好是非常难的。假如女儿休学去学评弹，万一学不出来怎么办呢？于是，母亲和学校的老师商量让盛小云休学三个月，如果学评弹不行就再回学校复课继续念初中。

经学校同意后，父母就带着女儿出码头了。因为这将决定女儿今后的发展道路，所以，在这三个月中，母亲对小云的艺术试验、观察、培养等抓得很紧。从在台下练习开篇，一直到正式上台演出，其间总共用了整整87 天。

小荷才露尖尖角，早有蜻蜓立上头。盛小云平生第一次正式演出是在上海的一个小码头，唱开篇《莺莺操琴》。母亲十分担心她上台紧张，忘了台词，而盛小云胸有成竹，不紧不慢、从从容容开腔唱道：

香莲碧水动风凉

水动风凉夏日长

长日夏，碧莲香

有那莺莺小姐她唤红娘

说红娘啊，闷坐兰房嫌寂寞

何不消愁解闷进园坊

见那九曲桥梁红栏曲

在那湖心亭旁侧绿纱窗

小姐身靠栏杆观水面

见那池中戏水有两鸳鸯

红娘是，推动绿纱窗，香几摆中央

炉内焚了香，瑶琴脱了囊

莺莺坐下按宫商

她先抚一支《湘妃怨》

后弹一曲《凤求凰》

《思归引》弹出倍凄凉

高山流水知音少

站起身躯意彷徨

小红娘，她历乱忙：

瑶琴上了囊，炉内熄了香

香几摆侧旁，闭上了绿纱窗，

跟随小姐要转闺房

这叫长日夏凉风动水

凉风动水碧莲香

果然夏景不寻常……

　　盛小云的初次登台演唱，一招一式，虽还稚嫩，但颇有童趣与韵味，这让她的父母颇为惊喜，也吃了定心丸，下决心让女儿从事评弹艺术。

　　作为启蒙老师，母亲对盛小云进行了循序渐进的系统教育，她告诫说，你学评弹，别急着练琵琶，我用竹片给你做一把小弓，你先进行琵琶的轮指训练。她还说，你不必和我唱得太像，录音机里的名家唱腔才是你需要认真学习和模仿的对象。当然了，每个老师在艺术上都有自己的优缺点，哪怕名家也不例外，这就看你需要汲取什么了。真正的艺术精华往往最难学到，而缺点一学就会，模仿得快极了。缺乏辨别能力的人，往往把老师的缺点当作优点在那儿模仿，这就非常糟糕了。因此，艺术欣赏角度、着眼点是极其重要的。你需要在别的演员身上欣赏、寻觅、发掘什么，你自己心里必须有个主心骨。

　　盛小云把母亲的这些经验之谈牢牢地记在心间，开始了认真刻苦的学习。有时，她在学艺中遇到一些困难，也会产生畏难情绪，母亲便语重心长地对她说，学艺是很苦很难的，你要有充分的思想准备。如果你觉得受不了，那你就回学校继续念书。你到底要不要学？打算怎么学？你自己仔细考虑后给我答复。沉默几分钟后，盛小云擦了擦眼泪说，我还是要继续学评弹，这是不会变的。母亲鼓励说，既然不变，那就不要打退堂鼓，相信你是能学出头的。

　　从此以后，盛小云更加刻苦地学习，母亲对她的要求也更为严格。少年时代的她，是在勤学苦练中度过的，口中唱的是评弹，脑中想的也是评弹，一心想着有朝一日能够正式进入评弹团当演员。但当时进评弹团是很难的，唯一的途径是考入评弹学校。她在经过 3 个多月的准备之后，报考了苏州评弹学校，但未被录取，这对她打击很大。无奈之下，她只能一边跟随父亲跑码头演出，一边读夜校补习文化课。两年后，盛小云拿着夜校的初中毕业文凭，第二次报考评弹学校，终于顺利考上了。

在校学习期间，盛小云非常刻苦，练就了一手清晰、干脆的琵琶轮指功夫，掌握了演唱、伴奏等一系列评弹基本功。幸运的是，学校决定将她所在的85毕业班留校继续深造一年。

1986年，盛小云从评弹学校毕业，顺利进入苏州市评弹团，成为一名专业演员，并与父母拼档演出。这期间，盛小云的母亲在料理父女俩的日常生活起居的同时，几乎每天坐在观众席里听书，等女儿下台后，就给她指出当天演出中需要注意的问题。

有一次，在上海青浦朱家角镇演出，由于在一个小书场里，只有五六十个观众，加上盛小云对《白罗山》和《游龙传》这两部书目已经很熟悉了，演出时就有些懈怠了，坐姿有些随意，精神也不那么足。母亲听完书后很不高兴，严厉地批评了女儿，告诉她任何时候、任何场合都不能松懈与偷懒，必须一丝不苟、持之以恒，这既是对观众负责，也是对自己负责。

在父母的言传身教下，盛小云在表演上长进很快，基本上掌握了父母艺术上的优点和长处，而且还能自己琢磨、自我发挥。在一次演出中，盛小云手里的琵琶突然断了弦，父亲很着急，立刻放下手中的三弦，想要把琵琶抢过去替她接弦。可她不慌不忙将琵琶一按，弹起了自己早就练好的反宫，不露声色地坚持到了最后。

母亲对女儿在艺术上的进步甚是满意，但又担心她长期与父母拼档，容易继承他们的老式腔调，影响了她的戏路和创新，于是便找了个机会对盛小云说，女儿，父母的这点东西你已经学到家了，但这是很不够的，你想想，是不是要给你拜个名师呢？

爸爸妈妈不就是名师吗？盛小云调皮道，我从你们这里还没有学够哩！

母亲笑道，你这样说，父母当然开心，但有言道，转益多师是汝师。

无所不师，故能兼取众长；不囿于一家，才能发挥自己的创造性。你要懂得这个道理啊！

盛小云默默点头。

是啊，生也有涯，而艺无涯。1993 年，盛小云拜在苏州弹词名家蒋云仙的门下，学说《啼笑因缘》。

长篇评弹《啼笑因缘》是根据张恨水同名小说改编的一个剧目，讲述了北洋军阀统治时期的故事，其主要人物是樊家树，家住杭州。樊家树去北京报考大学，唱大鼓书的姑娘沈凤喜，百万富翁的女儿何丽娜，侠女关秀姑，三个女郎先后都对樊家树萌动了爱情。樊家树与沈凤喜正准备结婚时，樊母重病，樊家树只好回到杭州。有侠义心肠的关寿峰父女，受樊之托，秀姑化名进刘府做工。刘国柱计上心来，想得到秀姑。关寿峰将计就计，诱刘到西山上，为民除了一大害。事后，关寿峰父女远走东北，参加了义勇军，樊家树与何丽娜喜结良缘，终成眷属。

这样一部长篇评弹作品，对于青年演员盛小云来说，几乎是一座高不可攀的堡垒、一条不可逾越的鸿沟。不光是别人，就是她也觉得自己的书路并不适合说《啼笑因缘》，但她没有退缩，而且勇敢地挑战自我，知难而上。她先听蒋云仙老师说书，其间母亲帮她把整部书都录了下来，让她反复听。不久，蒋老师就把她领上台，开始拼档合作演出，边演边熟悉、边领悟。一年下来，盛小云就能单档演出了，而且通过这部书，使她在艺术上前进了一大步，无论是人物性格的塑造、心理描摹，还是情节设置、语言风格，都十分精妙传神，真正做到了俗中有雅、雅中有趣。

她深有感触地说，在学习这部书之前，我只知道那种脸谱化、程式化、戏剧化的角色表现方法，大家闺秀就是袅娜娉婷、委婉多姿的淑女，贴身丫鬟则是古灵精怪、叽叽喳喳的小姑娘，各类角色行当言行举止都有一套固有的戏剧表演程式和套路，没什么个性可言，缺乏性格的充分表露，基本上都是思春、叹春的美女和才女，如《珍珠塔》中的陈翠娥、《落金扇》

中的陆庆云等皆属此类。学了《啼笑因缘》这部长篇以后，我才懂得如何去个性化、性格化、生活化地塑造人物，才懂得演员需要根据角色的性格去表演。

在艺术之路上，每一滴汗水的洒落，都是在为未来的丰收浇灌；每一次的辛勤付出，都是在为梦想的大厦添砖加瓦。在春天播下希望的种子，只要用心去耕耘，施肥浇水，到了秋天，便能迎来那满仓的金黄。

2000年，盛小云登上了她人生中的第一个艺术的高峰。那一年，她先后获得第六届中国艺术节优秀表演奖、中国曲艺牡丹奖表演奖和第十一届文华表演奖。

"三连冠"是对盛小云长期以来的努力和取得的艺术成就的最高赞誉。然而，盛小云并没有陶醉于获得的成就和荣誉之中，而是开始了一条更加艰辛的探索之路——原创。

以往，评弹表演的剧目以传统剧目为主，鲜有新鲜的原创剧目。进入新世纪，文艺创作空前活跃，舞台艺术的原创剧目如雨后春笋般涌现出来。苏州评弹团不甘示弱，着力推进原创评弹剧目的创作。中篇弹词《大脚皇后》就是这一时期苏州市评弹团推出的一个原创精品剧目。

中篇弹词《大脚皇后》由傅菊蓉、赵开生根据梁波的同名京剧改编而成，讲述朱元璋坐天下后，其妻"大脚皇后"马秀英广开言路、爱惜贤才，反对阿谀逢迎的故事。这部中篇是由"讽脚""缠脚"和"审脚"三回书构成。盛小云饰演马皇后角色，与袁小良、施斌等同台联袂出演。

马皇后这类角色，在传统的评弹书目中并不多见。她，既贵为皇后却出身贫贱，既没有多少学问却聪明绝顶，既要"为民请命"又要维护皇帝的"权威"，既要劝谏丈夫又不能直言相向，既要表明态度还要迂回曲折、正话反说、真话假说。这样一个复杂的角色，现成的老旦或花旦演法全不能套用，所以演起来是有相当难度的。

这无疑是对盛小云的一次挑战。而她没有望而却步，而是勇敢面对。

她认为，既然是原创，就要在"创"字上下功夫。于是，她在反复琢磨故事中的情节和人物的基础上，对马皇后的角色作了如是定位：既不能过于雍容华贵，又不能流于俗气；既不能没有法度，又不能流于死板，在"皇后"与"凡人"之间找到一个平衡点，突出她的"正"与"真"的性格和气质。

同时，鉴于中篇弹词的篇幅局限，无法像说长篇那样用细腻的说表去描摹人物内心的活动，盛小云大胆加强了"演"角色的成分。比如，马皇后出场时，让宫女帮着假装缠脚，听说朱元璋进来，便叫道："宫人们扶我起来……"盛小云把这句台词的声调有意拖得很长、很阴、颤颤抖抖、一波三折，把马皇后的形态凭借声音传达得极其生动，一个智慧、风趣、可爱的马皇后立现眼前。又如，马皇后说到"臣妾迎接圣驾"时，便假装迈不开步；说到"你看我的脚是不是小了些"时，假装欣喜满足。再如，为了阻止朱元璋滥杀书生，马皇后挥剑假装欲斩自己的大脚……

盛小云时而正色，时而娇嗔，时而愤慨，不真不假，亦真亦假，辅之以多变的唱腔、唱法和演技，表演得活灵活现，满台生辉，观众不禁赞叹道：

一个精彩的马皇后，一个惊艳的盛小云！

由于盛小云与搭档的精彩表演，原创评弹《大脚皇后》大获成功，于2004年获得第十一届文华新剧目奖，一年后又入选第五届中国曲艺精品节目。

《大脚皇帝》之后，盛小云脚不歇泥，继续行走在原创之路上。她与她的一个朋友发起创作中篇评弹《雷雨》。

《雷雨》是剧作家曹禺创作的一部话剧。此剧以1925年前后的中国社会为背景，描写了一个带有浓厚封建色彩的资产阶级家庭的悲剧。剧中写了8个人物，有伪善的大家长周朴园、受新思想影响的少年周冲、被爱情和家庭逼疯的女人繁漪、对过去所作所为充满了罪恶感的周萍等。不论是家庭秘密还是身世秘密，所有的矛盾都在雷雨之夜爆发。其人物个性鲜明、剧情错综复杂，语言含蓄精炼，是中国现代话剧的一个里程碑。

该剧曾被改编为长篇评弹，共 25 回，充实了许多内容。要在话剧和长篇评弹的基础上改编成中篇评弹，既有一定的条件也有更大的难度。难就难在不能是简单的压缩或重复。对此，有人主张不要再去改编，认为这可能是件顶着石臼做戏——吃力不讨好的事情。但盛小云不这么看，她心想，没有难度，就没有高度。如同平坦无奇的道路，无法引领人们走向远方、攀登高峰。每一次面对看似不可逾越的困难，都是攀向更高峰的基石。没有难度的事情谁都会做，有难度才有挑战，才能有所突破，才能拿出真正的原创优秀作品。

想来容易做来难。这次盛小云不再像以前那样只是以一个演员的身份参与，而是担任这个作品创作的总策划、总统筹，负责创作、排演等一系列工作。她担心自己缺乏经验，会有风险，没敢动用团里有限的创作经费，而是拉了 20 万元赞助经费作为启动资金。但在创排过程中，各种困难接踵而至：如何准确把握原著精神和思想内涵？故事情节如何展开？人物的内心世界尤其是潜台词如何表达？如何在这个作品中实现评弹艺术的创新？

这些问题和困难，一度成了"拦路虎"，难以逾越，创作班子都有"山重水复疑无路"的感觉。盛小云更是焦虑，心理压力很大。但她没有被压力所压住，而是努力寻求突破口。于是，她静下心来，回过头再看原著。

第一次看原著，她觉得繁漪是个心狠手辣、不守妇道的坏女人。后来再看原著，才渐渐感觉到，这样一个原本富有生机、中西合璧的年轻女性，竟遭受如此非人的待遇，这正是导致她最后带有神经质的疯狂性格的根本因素。理解了这一点，盛小云与创作团队商量，在书中加一个唱段，将繁漪对三个男性的爱恨情仇表现得淋漓尽致，让她将自己胸中积聚已久的情感爆发、宣泄、倾吐出来。对她而言，这是一种情感的宣泄，同时也是在其一生不为人们所理解的遭遇中最后的申诉机会。唱段从声音、形象、表情、情感等方面去加以刻画，把繁漪这个人物的复杂多面的人格展现了出来，引发了观众对她的怜悯、同情与感慨，深化了全书的主题和思想内涵。

在反复阅读原著的同时，盛小云还认真阅读了苏州大学朱栋霖教授给她的释义解析读本，其中对每个人物的出场都有合理、深入的解释说明。盛小云豁然开朗，这些角色分析可以成为中篇评弹中的表白啊！话剧往往只能通过角色的言行举止等表演来表现剧情，而评弹拥有自己的艺术优势，其语言精雕细刻、无微不至，而且，演员能够在"全知视角"与"限知视角"中跳进跳出，充分运用"六白"——官白、表白、私白、咕白、衬白、托白，从不同的角度、层次来刻画人物，描述情节。这就找到了创作的突破口，使评弹比话剧在语言表达和表演时空上更有弹性、更胜一筹。

经过反复斟酌，盛小云与主创班子讨论确定，中篇评弹《雷雨》以繁漪与周萍的冲突为主线，以繁漪为第一主角，发挥评弹心理刻画优势，集中刻画繁漪与周萍。全书分为三回：第一回"山雨欲来"，繁漪被逼喝药后要以情留萍；第二回"夜雨情探"，繁漪跟踪周萍，在四凤家窗外窥听周萍四凤热恋；第三回"骤雨惊雷"，繁漪在绝望中爆发。

在戏剧大师曹禺百年诞辰之际，苏州评弹团的原创剧目——中篇评弹《雷雨》先后献演于北京大学、清华大学、南开大学、南京大学、东南大学、苏州大学、南京艺术学院和长安大戏院、梅兰芳大戏院等。盛小云、徐惠新、施斌、吴静、陈琰联袂弹唱，广获好评。

戏剧影视学家黄会林观后评价说，编导和表演都很到位，出乎意料的棒！使经典又一次鲜活起来，也使盛小云的表现达到了一个新的层次。

北京大学资深教授钱理群认为，这部中篇完成了从话剧到评弹、从20世纪30年代到21世纪的今天两个转变，既演出了爱情的真挚和复杂，又刻画了人性更深层次的东西，更符合现代年轻人的审美情趣。

观众对主演盛小云的表演更是好评如潮，赞扬她的演唱独具风采，以腔含情、情随腔显、情在腔中，演唱出了繁漪感情的"涟漪"——优雅而清傲、痴情而压抑、艳丽而乖戾、叛逆而痛苦，在众多的繁漪舞台形象中独具魅力，并把评弹艺术推向了一个更高的观赏层面。

如果说，原创是盛小云评弹生涯的一个突破和跃升，那么，进入新时代后，进行主题创作和现实题材创作，则是她的新的更高追求。

主题性创作是一种艺术创作方式，它主要围绕某个特定主题进行，通常蕴含重要的人文思想价值、体现民族精神和时代价值，是讲好中国故事、记录时代、讴歌英雄的重要艺术创作。

2022 年，江苏省文联确定了一批主题创作的重点题材，其中有一个题材是关于"两弹一星"元勋郭永怀的事迹。

郭永怀是我国著名的力学家、应用数学家、空气动力学家，中国科学院学部委员，中国科学技术大学化学物理系首任系主任，近代力学事业的奠基人之一。他于 1938 年考入中英庚子赔款基金会留学委员会。1941 年赴美国加利福尼亚州立理工学院研究可压缩流体力学，并于 1945 年获得博士学位。1953 年，他拒绝了美国同事邀请他参加的机密研究项目，携妻挈女归途。他的科研理论和应用实践横跨了核弹、导弹、人造卫星等三个领域，直接推动了中国的第一颗原子弹和第一颗人造地球卫星的试验成功，为党、为国家、为人民贡献了毕生的心血。1968 年 12 月 5 日，他因飞机失事不幸牺牲，而他怀中的数据材料却完好无损。12 月 25 日他被追认为烈士。1985 年，被授予国家科学技术进步奖特等奖。2018 年 7 月，编号为 212796 号的小行星被永久命名为"郭永怀星"。

盛小云在了解了郭永怀的成就和事迹后，深受感动，主动要求把这一题材创作成评弹作品，并由自己执笔创作。

这对于一个初中毕业、长期忙于舞台演出的演员来说，无疑是一大挑战。因为弹词的创作，不同于电影剧本和其他舞台艺术剧本，不仅要有故事情节和人物对话等，还要满足弹词的押韵。为此，盛小云边学习边创作，从主题提炼、章回设置，到人物语言、唱词韵律，她潜心创作、反复推敲，有时半夜想到一句，就起床写下来；有时灵感迸发，整日整夜地进行创作。

无论梦想多么遥远，只要愿意用心去付出，一步一个脚印地踏实前行，就没有无法逾越的障碍。功夫不负有心人，每一滴汗水都不会白流，每一分努力都将在未来的某个时刻得到回报。

是的，付出总归有回报。经过3个多月的创作，盛小云终于完成了平生第一次的剧本创作——中篇苏州弹词的本子，以郭永怀之名取名《永远的怀念》，由"焚稿明志""舍家报国""爱在永远"三回书组成，讲述了郭永怀放弃美国优厚条件回到祖国，投身国防，以身殉国的感人故事。通过师生、友情、爱情、亲情等多方位、多视角展现出郭永怀的崇高品格和家国情怀，并运用大量的心理刻画，凸显出郭永怀高山仰止、鞠躬尽瘁的人物形象，从而真情歌颂了新中国科学家艰苦奋斗、自力更生、勇攀高峰、无私奉献的爱国主义精神。

本子写好后，便开始排练。没想到，在排练的时候，本应该得心应手的她，却遇到了一个大难题。剧中有一个情节，就是郭永怀的夫人李佩在接到郭永怀不幸逝世的噩耗时，竟大悲无泪，一个人静静地站在家里看着窗外5个小时。每次排练到这一段时，按照剧情的要求演员不能有眼泪，还要边说边唱，盛小云却难以抑制悲伤，哭得厉害，排不下去。这时，盛小云和其他演员只得停下来调整情绪、平复心情，过了好长一段时间才能继续排下去。

为了能更多地了解郭永怀，打磨剧本，盛小云带着主创演员们来到了中国科学院大学雁栖湖校区国际会议中心排演，郭永怀、李佩生前的学生、秘书、生活助理和同事们应邀到现场观看。大家被剧中还原的人物故事和盛小云的深情演唱所打动，对这个原创评弹剧目给予充分肯定，并结合自己与郭永怀、李佩的相知相识，提供了新的素材，提出了修改意见。

盛小云在现场表示说，这是我的处女作，我也没想到我能独立完成一本中篇弹词，当时查阅了很多资料，被郭永怀的精神所感动，就是想用评弹的方式演绎出来。现在让你们来审看，大家提供了新的素材，提出了宝贵意见，对我继续修改打磨，很有帮助，很有启发。我一定认真修改台本，继续进行排练，让这个原创剧目真正在舞台上立起来。

2023 年是郭永怀牺牲 55 周年。在这个特殊的日子里，盛小云和她的团队来到郭永怀生前工作过的地方——中国科学院力学研究所做汇报演出，以评弹《永远的怀念》来缅怀这位值得我们永远怀念的"两弹一星"元勋。

演出感动了在场的所有观众。中国科学院大学生命科学学院 2022 级研究生邵玉颖说，这是我第一次听苏州评弹，整个演出过程我完全沉浸其中，全程专注于演员们娓娓道来的故事。与其他曲艺不同，苏州评弹每次出场只有两三位演员，也没有很多的道具与布景，但演员们生动的表演、吴语软糯的唱腔，搭配琵琶和三弦的伴奏，总能够扣人心弦，无不令我惊艳。我的心也随着故事的讲述一次次动容。

中国科学院大学计算机科学与技术学院 2022 级硕士研究生张鹏飞，被演员们动情而精彩的演出深深打动。他眼含着泪水说，当听到郭永怀壮烈牺牲的事迹后，内心受到很大的触动，更加激发了对英雄的敬仰之情，更加激发了我们青年一代的责任感和使命感。

虽然《永远的怀念》获得了成功，但盛小云并不满足，她继续带领她的团队边演边修改，决心把《永远的怀念》打造成"永远的精品"。

打造精品，传承精品，是盛小云永远的追求。

2024 年 9 月，上海乡音书苑迎来了由盛小云老师与谢岚、陆佳麒两位徒弟共同演绎的新版长篇弹词《啼笑因缘》的演出。

新版长篇弹词《啼笑因缘》是盛小云经过多年整理、修改的版本，也是师徒三人首次合作这部书。在排练过程中，盛小云一次又一次对文本进行细致修改，并且每回都反复打磨，要求极高。

上海的听众是非常热情的，也是非常内行的。这部新版长篇弹词《啼笑因缘》是否能够得到上海听众的认可？盛小云的内心充满期待。

令她欣慰的是，两个多月的演出场场爆满。盛小云感慨道，没有人可以永远立于书台之上，但是评弹精品却是必须一代代传承下去的。过去，在这里开场是我跟着先生，现在是我带着徒弟。时隔 30 年，我终于担起了传承的重任。

永远的精品，永远的追求。

作为中国文联主席团委员和中国曲艺家协会第九届副主席，盛小云深知在艺术的殿堂里没有终点，只有不断前行的征程。她将继续保持对艺术的执着追求，对创新的无限热情，去追寻那更高、更远、更深的艺术境界，努力构建新时代评弹艺术的新高峰。

苏滑之花——顾芗

如果说，昆曲和评弹是在苏州这块文化沃土上生长出来的两朵绚丽的艺术之花，那么，苏州滑稽戏就是一朵艺术奇葩。

苏州滑稽戏是一种具有浓郁地方特色和独特魅力的艺术形式。它以幽默诙谐的表演风格、生动有趣的剧情和富有个性的角色而深受观众喜爱。苏州滑稽戏常常取材于日常生活，通过夸张、变形的手法展现人间百态，让观众在欢笑中感受到生活的酸甜苦辣。

演员们凭借精湛的表演技艺，将滑稽戏中的角色演绎得活灵活现。他们的语言幽默风趣，充满了苏州方言的韵味，使得整个表演更具地方特色和亲和力。在舞台上，精彩的情节和巧妙的喜剧冲突不断，令观众捧腹大笑的同时，也能引发对社会现象和人性的思考。

虽然滑稽戏成型的时间不算太长，但有着深远的历史文化渊源。早在春秋时期的"俳优"可谓"滑稽"的萌芽。《史记·滑稽列传》中有关于"滑稽"一词的最早记载。后历经唐参军戏、宋杂剧、明昆剧净丑角色的表演得以不断发展，最终以苏州方言为舞台语音，综合苏州地区的独角戏、滩簧、双簧、隔壁戏、小热昏、民间小调等多种民间说唱艺术发展而成，进而成为独立剧种。

在近代，滑稽戏又吸收了文明戏的某些结构方式，但基本元素仍是"滑稽"。以讽刺为己任，以致笑为手段，形成了一套具有自身特色的编剧、导演、舞美、作曲、表演机制，积累了一大批反映古代、近代和当代市民生活的剧目。

苏州滑稽戏的表现方法主要是说、噱、做、唱。通过铺设和释放包袱、利用吴地方言俗语的幽默，以及外地方言与吴方言之间的语音差异造成的误会触发笑机，并在笑声中叙述故事、塑造人物。

20世纪初，苏州籍作家徐半梅首创"趣剧"，人称"下笔皆滑稽，出口尽诙谐"，被誉为"东方卓别林"。同时代的苏州曲艺家王无能创造了独角戏，极大丰富了趣剧的滑稽表演手段，使独幕滑稽小戏迅速发展成为多幕的中型或大型滑稽戏剧。

新中国成立前后，苏州滑稽戏艺术家张幻尔、张冶儿、方笑笑等各树一帜，形成了苏式滑稽戏支流，并于50年代合并于苏州市滑稽剧团。从此，苏州市滑稽戏开创了新的局面。至20世纪八九十年代，迎来它的发展高潮期。

这个高潮期是由一批滑稽戏编剧和演员共同推动形成的。其中有一位演员发挥了非常重要的作用。她就是著名滑稽戏演员顾芗。

顾芗，1953年1月25日出生于上海一个工人家庭，本名顾龙英，后改为顾芗。这个名字，寄托了父母对她的美好期望。顾芗曾自我介绍道：

> 我叫顾芗。芗，草字头下面一个乡村的乡，字典上解释，是一种调味的香草。好像我从娘胎里出来，命运注定要做调味品。结果呢，我17岁下乡当知青，20岁进江苏省金湖县文工团，30岁跨进了苏州市滑稽剧团的大门。滑稽戏最直接，最明显的效果就是笑。笑，就是百姓生活的调味品。

顾芗

　　寥寥数语，道出了顾芗的人生轨迹和价值追求。

　　幼年时，因为父亲工作调动，顾芗随父母从上海搬到苏州。在铁路小学读书时，她就显露出艺术天赋，既是学校广播台的播音员，又是学校歌咏队的独唱和领唱，还是学校文艺演出的主持人。

　　1969 年 12 月 29 日，顾芗从铁路中学毕业，成为一名"上山下乡"的知识青年，离开苏州城，来到了苏北农村，被分配在江苏生产建设兵团 4 师 23 团 2 营 7 连。

　　在那激情燃烧的岁月里，虽然物质生活和精神生活十分匮乏，但她积极地投入劳动锻炼之中。白天，她与男知青一样，干着繁重的农活；晚上，她不顾一天的劳累，在灯下阅读各种书籍，还不时练习歌唱。这一期间，她还参加了镇里宣传队，在舞剧《白毛女》中扮演角色。3 年后，金湖县文工团招收演员，顾芗凭借良好的艺术才华和综合条件脱颖而出，被选调进文工团，成为一名专业演员，踏上了舞台艺术之路。

文工团不同于专业性剧团，什么剧种都演。这给顾芗以多种表演艺术的实践。这些年，她先后在京剧、歌剧、话剧、黄梅戏、沪剧、淮剧等多个剧种的剧目中担纲主演，饰演了江姐、韩英、刘胡兰、刘三姐等角色。这些角色，一次又一次地感动了广大观众，也让她得到了一次又一次的精神洗礼。演英雄，学英雄，"做人要做这样的人"，顾芗立志当好演员，争做英模，初步确立了自己的人生观和价值观。

1980年元月，寒风萧瑟，但顾芗的心中升腾起一股暖流。那年那月，她回到了阔别十年的家乡苏州，进入苏州沪剧团，成为一名骨干演员。之后，她先后在沪剧《雷雨》中扮演四凤，在《她含笑死去》中扮演盛雪，在《魂牵万里月》中扮演陈珍妮，在《未出嫁的妈妈》中扮演方盈春，在新的舞台上崭露头角。

正当她在艺术的海洋中尽情遨游之际，市有关部门突然宣布苏州沪剧团解散。毫无思想准备的演员们面临两个选择：要么进厂当工人，要么去苏州滑稽剧团。已经对舞台艺术产生极大热情的顾芗不假思索，毅然选择了去苏州滑稽剧团。

出乎意料的是，对滑稽戏一窍不通的她，竟在这里找到了更大的用武之地。

不久，苏州滑稽剧团排演反映改革开放初期的现代戏《小小得月楼》，故事围绕得月楼菜馆杨家父子为解决游客吃饭难问题而展开的一连串妙趣横生的活动，从而歌颂了服务行业的新人新事，鞭挞了社会上存在的不正之风。

导演安排顾芗在剧中饰演女主角——一个生性活泼但热衷打扮、想去拍电影的青年服务员乔妹。

这对顾芗来说，既是机会也是挑战，毕竟她从未演过滑稽戏。但长期以来的舞台艺术实践，使她积累了丰富的经验，以前表演的各种剧种的各种角色，都反哺着她的滑稽戏表演。其他剧种的"说学逗唱舞""九腔十八调"都可以拿来借鉴，为已所用。她还从舞剧中寻找舞蹈的灵感，从昆剧、歌剧、京剧、黄梅戏中汲取唱腔的精华。当然，光靠"拿来主义"是不够的。顾芗虚心向导演请教，向同行学习，对自己所演的角色反复琢磨、刻苦演练，有时一个人在剧场排练到深更半夜。

一段时间下来，她终于掌握了滑稽戏的基本特点和基本技能，还学会了多种方言，并随人物角色、表演地点、场所条件的变化而变化，在南方演出，就将苏南、上海等地方言附着在角色上；在北方演出，就将山东等地方言恰到好处融入剧中，这样拉近了与观众的距离，让角色更鲜活、更真实地呈现在观众面前。

顾芗等演员的出色表演，使《小小得月楼》一炮打响，广受专家好评和观众喜爱。第二年，该剧被上海电影制片厂拍成同名电影，很快在全国走红，顾芗的名字也被全国的观众所熟知。

之后，她几乎每一两年就参加一部新戏或电影的演出和拍摄。1985年，在长春电影制片厂根据滑稽戏《屋顶奇缘》改编的电影《三十层楼上》中扮演建筑工人乐茜；1987年，在反映乡村改革的滑稽戏《赤脚外交官》中扮演杜十娘；1988年，在反映服务业改革开放成果的现代滑稽戏《店堂里的笑声》中扮演主角……

就在顾芗全身心投入演出之时，一个消息从北京传来：常州滑稽剧团青年演员张克勤获得第六届中国戏剧梅花奖，为全国滑稽戏剧界摘得首朵梅花。

欣闻这一消息，顾芗受到极大的鼓舞，一个梦想在她的心中萌生——我也要拿梅花奖！

1989年是新中国成立50周年的大庆之年。为了反映苏州日新月异的发展变化，人民生活水平如芝麻开花节节高，苏州滑稽剧团决定创作大型现代滑稽戏《快活的黄帽子》，并邀请梅花奖获得者张克勤与顾芗合作出演。

该剧描写了一群可爱的小人物的喜怒哀乐。黄帽子搬家队的柏德心、小罗斯、黄毛等，天天为别人搬家，为他人送去美好与温馨，眼见一家家不断改善居住空间，可他们自己却有的无处安家，有的蜗居在六平方米的小天地里，忍受着拥挤和逼仄。于是，他们心灵的天平倾斜了，他们埋怨、发牢骚，甚至愤愤不平……

顾芗在剧中饰演黄毛。作为搬家队队长的妻子，黄毛处处以"大小是个干部家属"的原则律己，又时时用祥林嫂式的唠叨诉苦：结婚六年整，只住六个平方；她全心全意地工作，又一心一意盘算着自己的小窝；她含着兴奋的热泪接受海外"爸爸"的厚赠，又闪着伤心的泪花决定放弃；为了住房，她一次次地和丈夫抗争，却又一次次陷入窘境。

这样一个充满矛盾心理的角色，其表演难度是很大的。好在顾芗与张克勤首次搭戏非常顺畅，两人相互学习，相互配合，一起进行二度创作，完成了对角色的塑造。顾芗饰演的黄毛，很好地达到了喜剧性典型人物的审美效果，令观众在大笑之后既感动心酸，又能从中获得一股坚韧向上、乐观开朗的力量。

《快活的黄帽子》首演获得巨大成功，并一路高歌猛进。1991 年 5 月，苏州滑稽剧团应邀携《店堂里的笑声》《小惊大怪》和《快乐的黄帽子》到北京展演，共演出 112 场。有一次，中宣部、文化部、全国总工会、人民日报社等主要领导前来观看，并在演出结束后上台表示祝贺，文化部部长贺敬之即兴说，建议有关部门的同志研究一下喜剧的问题，这个喜剧很成功，有批评有歌颂，笑得开心，笑得有意义，我笑了，也掉眼泪了。

随后，剧组赴扬州参加全国现代戏观摩演出，顾芗以《快活的黄帽子》获得优秀表演奖。翌年春，顾芗又凭借在《快活的黄帽子》中的精彩表现，获得第九届中国戏剧梅花奖，成为苏州市第一位获得梅花奖的演员。

梅花香自苦寒来。顾芗以不懈的刻苦努力，在艺术中真正获得了"快活"，也获得了至高的荣誉——圆了自己的"梅花梦"。

演员走上台，笑声滚滚来。这是滑稽戏带来的舞台效应和观众体验，也是滑稽戏独特的审美功能。可以说，滑稽戏是笑的艺术，在笑声中展开喜剧性的故事情节，在笑声中揭示戏剧性的矛盾冲突，在笑声中展现人物形象与性格，在笑声中取得良好的社会效果。

而在这笑声的背后，滑稽戏演员需要付出常人难以想象的精力与心血。而顾芗不止于此，她还一直在思考、在探索。

她认为，苏州滑稽戏不仅仅是笑的艺术，笑不是目的，只是艺术的手段，关键要在文化内涵和人物刻画上下功夫。一部成功的滑稽戏，要求演员以最大的热忱和耐心去分析人物、透视心理、刻画性格、塑造形象，用自己的生命意识和表演手段，去激活舞台上的人物形象，立体化地刻画出人物的性格特点，把创作主体的艺术风格融入舞台表演的人物塑造之中，擅长捕捉各种小细节，舞台表演神态细腻、方言唱腔韵味醇厚，具有独特的审美价值，创造独特的滑稽表演艺术样式。

她表示，滑稽戏没有固定的程式，但更要求演员具备扎实的基本功。各地的方言，各种戏曲唱段，现场的发挥，各种表演风格，都要尽力去掌握，不断付出努力。噱头、方言和演唱是滑稽戏演员的三大武器。为此，滑稽戏演员必须学懂、弄通、做实。

正是学懂、弄通、做实这六个字，促使顾芗在艺术之路上永不止步、不断精进，不断挑战自我。

新的挑战又来了。1996年，团里决定创排儿童滑稽戏《一二三，起步走》。这是一个儿童剧。团里决定让"台柱子"顾芗扮演山村女孩安小花。那年，她43岁，而剧中安小花15岁。

中年演少年，无疑是一大挑战。初读剧本时，顾芗冒出一身冷汗，无论是年龄还是经历，她和主人公安小花之间，似乎横亘着一条难以逾越的鸿沟。如何跨越这条鸿沟呢？

顾芗忐忑不安，食不香，夜难眠。有人开导她说，一笑遮百丑，只要包袱甩得响，笑料塞得足，噱头足够多；只要台下笑声不断，演员也就成了角儿，鸿沟就在笑声中填平了。

但顾芗并不这么认为，她再三思考，觉得太多的插科打诨会亵渎或扭曲了安小花这样一个纯真、无邪、可爱的孩子，也会冲淡剧作中的文化品位与艺术价值，这并不是跨越鸿沟的最好办法，而应从儿童的思想感情和趣味出发，怀抱一颗纯洁纯真的童心去演好角色。

顾芗开始了艰苦的"倒行"。在经过节食和锻炼后，身体减重6斤，使形象更接近于角色。她更注重走进安小花的内心深处。一个单纯、天真、活泼、倔强的农村小女孩走进了她的内心；奋发向上、胸有大志、不怕艰苦的性格，让她深受感动。她想到自己的人生历程和艺术追求，也曾经有一种倔强向前、不肯回头的犟劲，安小花的意志、性格并不陌生，自己和她有着许多共同经历，她为自己能出演这个角色而欣慰。她感到，作为演员，第一要务是到广阔的社会生活中去，对一切人、一切事物进行观察和体验，有所感受，然后才可能进入创造的过程。于是，她多次到学校体验生活，与小学生交朋友，倾心交流，了解他们的兴趣爱好和所思所想，从孩子们的一言一语、一举一动中去寻找安小花的影子，去发现安小花的内心世界。

排练期间，她反复阅读剧本，从语言、细节、动作、唱腔方方面面，进行加工、修饰，让安小花从平面中走出来，成为立体化的人物，从剧本中跳出来，走向舞台。休息时，她把思维拉回童年，和小伙伴跳橡皮筋、玩老鹰捉小鸡，看舞狮子……

就这样，一个天真可爱的少女安小花形象，终于光彩照人地出现在舞台上，感动了无数少年儿童。一次，在广东雷州半岛演出，场内座无虚席，演出中，小观众时而哄堂大笑，时而掩面而泣，时而报以热烈的掌声。他们记住了那个自强不息、乐于助人的山村女孩。结束以后，一个学生守在后台迟迟不肯离去。她手里紧紧攥着40多元钱，要"安小花"转交给生病的"苏老师"……

面对小姑娘泪水盈盈的双眼，顾芗被深深地感动了，用艺术在孩子们幼小的心灵里播下希望和爱的种子，是比鲜花和掌声珍贵百倍的奖赏。

《一二三，起步走》又一次火遍大江南北，几年间在全国演出数千场，创舞台艺术演出场次和观众数之最，并囊括了包括儿童剧顶级奖项在内的全国所有大奖。顾芗也因在儿童滑稽戏《一二三，起步走》中扮演安小花，再获中国戏剧梅花奖，成为江苏首个"二度梅"得主。

梅开二度，是急流勇退，还是花开不败？

顾芗记得爱因斯坦曾经说过，人生就像骑自行车，要保持平衡就得往前走。所以，她一再告诫自己，不能因为一时的成功而停滞不前，而应保持清醒的头脑，分析自己的得失，继续优化自我，为下一次的成功做好准备，不断挑战自我、超越自我。

生有涯而艺无涯。年过半百的她又踏上了《青春跑道》，这一跑就是10年。

《青春跑道》是一部校园青春剧。故事的主角是有着外国名字的玛利亚老师，她把心理课变成与学生心心相印的人际关系课，现身说法，剖析人生，启迪爱情。她将属于自己的隐私也是最宝贵的财富——为她造成怨怼、不幸的初恋情书，在同学家长和全体同学面前坦然诵读，不动声色地将冒充懂得初恋却要严管孩子的同学家长、她的初恋情人一举拿下……

为演好这个剧，顾芗付出了从艺以来未曾有过的艰辛。剧本一改再改，她最早饰演的是一位自四川来苏打工的底层妇女，说四川话；后改为由山东来础园中学进修的老师，学生不知，把她当成打杂的阿姨，说山东话；后又改为该校的一位体育老师，班里一个同学、击剑冠军母亲的陪练，四十多岁，说普通话；后又改为海外归来的心理学博士，充满西方气息而不失东方魅力的中年老师，说广东普通话。随着每次身份的变化，年龄、口音、性情、人物内心都要变，而顾芗不厌其烦，剧本一次次地修改，她一次次地重排，人物形象一次次重新确立……

每一份付出，都是一颗希望的种子，在辛勤汗水的浇灌下，终将绽放出绚丽的花朵，结出丰硕的果实。

在大家的辛勤付出和共同努力下，《青春跑道》终于登上了艺术的舞台。顾芗成功塑造了一个温文尔雅、深藏不露、令人又敬又爱的老师形象，实现了自己的艺术升华，也将苏州滑稽戏的艺术水平推向了新的高度。

《青春跑道》先后获得中宣部精神文明建设"五个一工程"奖、国家舞台艺术精品工程十大精品剧目、文化部文华大奖、全国优秀儿童剧展演一等奖、中国戏剧节"优秀剧目奖"、中国艺术节奖等一系列高规格奖项。顾芗也凭该剧荣获文华表演奖、白玉兰奖、全国小品比赛最佳女演员奖。

既然站在《青春跑道》上，顾芗就不会停止奔跑。在进入天命之年后，她还在跋涉、探寻、思考、求索。她坚信，艺术永无止境，它如同那无尽的星空，璀璨而深邃，没有尽头，没有边界，永远在前方闪烁着诱人的光芒，令人心驰神往。

2009 年，苏州滑稽戏剧团创排大型现代滑稽戏《顾家姆妈》。该剧讲述了一个来自苏北的小保姆阿旦，不顾一生艰辛，不畏世人嚼舌，毅然担起抚养刚出生就被生母遗弃的一对双胞胎的责任，将他们养大，48 年后终被儿女们认作比亲母亲还亲的母亲。

《顾家姆妈》姓顾，非顾芗莫属。她当仁不让出演剧中主角阿旦。而剧情从新中国成立至今，时间跨度达半个世纪，波澜壮阔，跌宕起伏。这就意味着，几乎在每一幕里，顾芗所饰演的主人公阿旦，无论是在服装、化妆，还是在体态、声调、神情上，都要展现岁月的痕迹，并让观众在短时间内认同这样的变化。

其难度可想而知。但是，难度就是高度。顾芗再次向艺术的高度进发。一方面在外部造型上下功夫，一方面充分发挥滑稽戏兼容并蓄的"拿来主义"优势，以南腔北调的曲牌使剧情更加丰富，从而帮助刻画人物。如第三场《冒名顶替当娘亲》中，顾芗仅用 3 分多钟的时间，在唱段里用了沪剧、黄梅戏、苏北小调、流行歌曲等多种不同风格类型的曲调，抑扬顿挫的旋律将阿旦姆妈的辛酸与慈爱表现得淋漓尽致，回荡在剧场，震撼着每一位观众的心灵——

> 女人？女人不就是为人妻，为人母吗？我没有被男人抱过，可是我抱过两个男人和两个女人，我儿子、外孙、女儿、孙女。我没有被人疼过，可是，我疼过儿孙两代人。

> 48 年前来到紫衣巷顾家，反仆为主，48 年后拨乱反正，打回原形。其实也没什么。保姆也好，姆妈也好，人这一生只要不白活就行。我这辈子白活了没有？没有！我没白活，我尽力了，我尽心了，我付出了，我也老了……

她没有白活，她的母爱温暖了两代家人，她的行为感染了她周围的所有人，她的话语深深打动了在场的每一位观众。

她是阿旦，也是顾芗。阿旦感动了顾芗，顾芗塑造了阿旦。她的故事，她的表演，两者合二为一，让观众会心地发出笑声，五味杂陈的笑，人性百态的笑，幸福生活的笑。

就在那年，第 24 届中国戏剧梅花奖评选在杭州举行。顾芗带着《顾家姆妈》向"梅花大奖"发起了冲击。

山外青山楼外楼，还有好戏在后头。当年度的"梅花大奖"，由集京剧、昆曲、河北梆子三项技艺于一身的著名表演艺术家裴艳玲老师获得。对于这样的结果，顾芗不仅心服口服，而且从同行那里获得了艺术启迪和向上的力量。

回到苏州后，顾芗首先从剧本、从人物、从自身寻找差距，边修改边演出，一句台词一句台词地改，一个细节一个细节地抠，精雕细琢，不断打磨。每进行一次修改，每开展一场演出，她都会邀请专家会诊把脉，请观众畅谈感受、提意见建议，然后再修改、再打磨。其中最出彩的一笔，是在最后一场戏中，增添的淮剧《望天空》唱段，把滑稽戏演员学啥像啥、学啥是啥、兼学别样的功能发挥到了极致，以一连串排山倒海的唱词和澎湃激昂的乐曲，将阿旦这个人物隐忍心中几十年的悲苦宣泄释放，使观众与剧中人物产生强烈的情感共鸣，将整场戏推向高潮。

又一次冲刺的时刻到了！

第 25 届梅花奖评比于 2011 年 6 月在四川成都举行。顾芗带着全新打造的《顾家姆妈》，扬起希望的风帆，向着那璀璨的梦想之光，再次出发！

那天晚上，四川成都锦城艺术宫剧场内，坐满了热情的观众。顾芗以精湛的技艺演绎了一幕人间大情大爱，让观众如痴如狂，让评委钦佩之至。当整场演出落下帷幕，千余名观众全体起立，爆发出雷鸣般的掌声与欢呼声，激动的人群争着涌向台口，向顾芗表示敬意与祝贺。

大奖揭晓之日，顾芗却关掉了手机，一个人静静地待在宾馆的房间里。她躺在床上，夜不能寐，不禁想起著名作家陆文夫先生说过的一句话，艺术之花是用心血灌溉出来的。

是啊，顾芗的艺术之花是用心血和生命换来的。

她记得，有一次在外省巡回演出两个月后回来，当她踏进家门，看见妈妈嘴是歪的，腿是瘸的。她一阵酸楚涌上心头，半天说不出一句话来。原来妈妈前不久突发脑卒中，经抢救虽然脱险，但家里怕影响她演出一直瞒着她。

她记得，有一次她发现自己甲状腺上长了个 4 厘米×4 厘米的肿瘤，医生悄悄告诉剧团领导，顾芗同志颈部患有淋巴肿瘤，化验呈阳性，要立即住院手术。而恰恰就在此时，湖北十堰方面坚持首场演出必须由她主演。她毅然决然地踏上了演出的征途，把中风的妈妈、准备高考的女儿，统统丢给了自己的丈夫。演出回来后到医院再次检查，经过切片，确诊肿瘤是良性的。就在她治疗康复不久，她爸爸被确诊为胰腺癌晚期。可爸爸在连续 7 天滴水不进的弥留之际，还在关心女儿"开码头"，为她盘算着几点钟的火车，赶几点钟的汽车可以正点到达演出地点，并对顾芗说，只要你做出成绩来，就是对爸爸最好的回报，就是最大的孝顺！

顾芗没有辜负父亲的期望，她全身心地扑在艺术上，将自己的作品奉献给人民，也为自己争得了荣誉。

第二天早上，她打开手机，来自各方面的祝贺信息刷屏了，一个个都在告诉她：顾芗，您荣获梅花大奖啦！

梅花大奖，专门颁给第三次获得梅花奖的艺术家，在全国屈指可数。这是中国戏剧梅花奖中的最高奖——塔尖上的明珠。

顾芗又一次圆了自己的艺术之梦。她手捧奖杯，动情地说道：

今天我怀着无比激动和感恩的心情站在这里。能够获得这个大奖，对我来说是一份巨大的荣誉和惊喜。

荣誉，是人生的光环，人生因有了荣誉而出彩。在几十年的舞台生涯中，我所得的荣誉，挂起是垛墙，铺开来是条路。人家都说顾芗功成名就，苦吃到头了。说心里话，每年创作一两台新戏，演出 300 多场，说不累那是假话，说"乐此不疲"那是大话。我心里也有不平衡的时候，看着娱乐圈里那些歌星、影星十几万、几十万地创造财富，我也算是笑星啊，也有人请我去拍电视啊，我和张克勤是滑稽界唯一的"梅花"搭档，出场费也可拿到几万，一年中邀请演出也有那么几十次。还有我的另一个搭档、国家一级编剧陆伦章，我们的优势十分明显，但我并没有这样做，我不能那样做。因为，我的身后是一个哺育我、帮助我成长的团队，是一个为建设文化大省、文化强省而默默奉献的先进集体，因为在无数荣誉面前，我最看重"德艺双馨"这个称号，既然我选择了舞台，唱好戏就是我的天职！

艺术是一场永无止境的探索，正是与你们的交流和碰撞，让我不断开阔视野，不断突破自我。这个大奖是一个新的起点，它将激励我更加努力地表演，用更多更好的滑稽戏作品来回馈大家的厚爱。我相信，艺术的力量能够触动人心，能够传递美好，我愿在未来的日子里，继续用我的作品为这个世界增添一份独特的色彩。

继续，是承诺，也是行动。

2018年，顾芗退休了，但她退而不休。滑稽戏已成为顾芗生命中的重要组成部分。她是苏州滑稽戏的诠释者和著名品牌。她先后被选为全国人大代表，中国共产党十八大代表，获得全国劳动模范、全国五一劳动奖章、全国"三八"红旗手，两次被评为全国"德艺双馨"优秀艺术家、江苏省"优秀共产党员十大标兵"、"江苏省十大女杰"、"50名新中国成立以来感动江苏人物"。她发自心底地感恩这个时代，感恩伟大祖国，感恩党和人民的关心培养。

如何报答这个时代呢？顾芗意识到，她现在更重要的责任和任务，就是要关心培养新一代。她说，艺术家总有一天会老去，而苏州滑稽戏正当壮年，它要继续发扬光大，还需要更多年轻的"顾芗"。

为戏辛苦为戏忙。退休后的她，还在带学生，忙策划，忙业务，忙指导。为此，她打破地域、剧种的限制，收苏州滑稽剧团的演员朱雪燕、张家港艺术团的董红、浙江杂技曲艺总团的郎闻燕等为弟子，言传身教、精心培养，使他们一个个成为活跃在当今舞台的优秀演员和艺术骨干人才。为了滑稽戏的明天，为了青年演员尽快成长，她倾其所学，悉心帮扶，不知疲倦，如一颗明亮的星星依旧发出光和热。

两年前，她又参与策划了一出新戏《美食家》。这是根据著名作家陆文夫的同名小说改编的，以幽默讽刺的手法展现了近半个世纪的中国社会生活，反映了时代的变迁、社会的进步和人们价值观念的变化。虽然小说出版距今已40多年，但仍具有地方文化特色和现实的社会意义。

为了这出戏，顾芗花费了很大的心血，从项目论证到剧本打磨，从亲自出演到指导青年演员，从组织班子到选定演员，她都参与其中，出谋划策、出力出汗。

新竹高于旧竹枝，全凭老干为扶持。每次排练，她天天到场，带头进行排练，为青年演员放样子，并口传心授，手把手地教，一句句地抠，不放过一句台词、一个动作，既严格要求，又苦口婆心，让青年演员心悦诚服、心生感动。

2024 年 5 月，《美食家》在苏州大剧院内首演。

该剧由苏州滑稽戏剧团的中青年演员担纲主演，他们将陆文夫的原著与苏州滑稽戏的传统相结合，通过创新编排和娴熟表演，成功融入当地文化和民俗，冷峻幽默，爽甜润口，滑而有稽，寓理于戏，将苏州滑稽戏的艺术风格与审美品性展现得淋漓尽致，凸显了苏州美食文化与苏州人的精神世界、人文个性。

演出中，观众掌声不断。他们与演员一道品美食、品生活、品艺术——酸甜苦辣、人生哲理尽在笑声中。坐在台下的顾芗，第一次这样安静地与观众一起观演，为年轻演员的精彩表演而欢笑、而流泪、而鼓掌。

这欢笑，是欣慰；这泪水，是感动；这鼓掌，是对青年演员由衷的鼓励与期许。

落红不是无情物，化作春泥更护花。如今，她正用另一种方式奋战在艺术舞台上，用自己的经历、经验和精神，关心培养下一代，使青年艺术家更快成长起来，让新时代艺术之花开放得更加鲜艳、更加茂盛。

刺绣之花——姚建萍

苏绣姓苏，与苏州有着千丝万缕的关系。

苏州这座充满诗意与古韵的城市，为苏绣的诞生和发展提供了肥沃的土壤。苏州的水乡风情、园林景致以及细腻柔美的文化氛围，深深影响着苏绣的艺术风格和表现形式。苏州的经济繁荣和文化昌盛，也为苏绣的传承和推广创造了有利条件。众多的绣庄和绣坊在苏州兴起，培养了一代又一代的绣娘，使苏绣技艺得以不断传承和创新。

苏绣已有2000余年的历史，早在三国时期就有了关于苏绣技艺的记载。苏绣的风骨神韵，在隋唐时期已奠定基础，至宋元时期其基本技法与特色已渐趋形成。

明清以来，苏绣艺术开始走向成熟。明代刺绣始于嘉靖年间上海顾氏露香园。顾绣针法，主要继承了宋代最完备之已成绣法，更加以变化而运用之，可谓集针法之大成。清代苏绣开始进入全盛时期，宫廷绣品几乎全部出自苏绣艺人之手，民间苏绣艺术也得到了飞速发展。

民国时期，作为一代宗师，沈寿美名蜚声艺坛，引领苏绣艺术的发展。她吸收西洋油画的光影、用色和透视关系等技法融入苏绣针法中，自创"仿真绣"。"仿真绣"通过分层施针和丝理叠加，呈现出强烈的立体感，在中国近代刺绣史上开拓了一代新风。她带领苏绣民间艺术走向宫廷，她又走出国门，交流考察，其仿真绣作品获国际大奖，被世界艺术界认同。同时，她建立了开放式的传习所制度，任南通女子传习所所长7年，培养出的刺绣人才遍布大江南北。

至20世纪30年代初，著名画家、美术教育家吕凤子和刺绣大师杨守玉勇攀艺术高峰，一改传统细绣"密接其针，排比其线"的绣法，创造性地将西洋画用笔用色原理融入刺绣技法中，以长短参差的直斜、横斜线条交叉，分层加色，近观仿佛虚无杂乱，远视则真实立体，充满艺术感染力，自成一格，被著名画家刘海粟誉为"神针"。

新中国成立后，苏绣得到进一步的恢复和发展，涌现出任慧娴、李娥英、顾文霞等一批大师，她们继续推动着苏绣艺术的繁荣发展。

改革开放以来，以姚建萍为代表的新一代苏绣艺术家，开拓进取，传承创新，使苏绣艺术薪火相传，绽放新姿，在苏绣艺术的原创性、当代性、思想性、国际性等诸多方面进行了大量的探索，特别是在时代性主题创作上取得了令人瞩目的突破，使中华民族的瑰宝——苏绣绽放出更加夺目的光华。

拈针引线，丝情画意，智巧神韵吴趣生。

演绎华章，传世工艺，精妙绝伦美名扬。

太湖之滨，有一个镇叫镇湖，它三面环水，形成了一个斜伸进太湖水面的半岛。相传，这个镇是苏绣的主要发源地之一。自古以来，这里绣女成群，上至古稀老人，下至青春少女，没有一个不会描龙绣凤的。如今，这个镇依旧承袭和保持了"户户有棚架，家家会刺绣"的特有风貌。

姚建萍就出生在这个镇的刺绣世家。她从小依偎在母亲的身边，看着母亲飞针走线，耳濡目染中产生了浓厚的兴趣。

妈妈，什么时候教我穿针呀？

到了 8 岁就教你。

妈妈，你还会教我分丝吗？

当然，先把一根丝线分成两半，叫一绒，一绒再分一半叫半绒，一直分成 8 丝、16 丝，最巧的绣娘，能把一根丝线分成 128 丝呢！

怎么分呀？我能学会吗？

当然能学会啊，就用指甲来分，既要多练，还要心明眼亮。等你能够分得又快又细，妈妈做梦都会笑醒的。

妈妈，将来我不仅会分丝，还要绣花，绣得像您一样好。

好好好，你一定要绣得比我好，做个像沈寿那样的刺绣大师。

妈妈的一番话，就像一粒种子埋在了姚建萍的心田。

七八岁时，姚建萍就拿起绣针，在昏暗的煤油灯下帮母亲穿针引线，并开始学着刺绣。初学时，她的手总是不听使唤，绣出来的图案针脚不够整齐，也不那么好看。母亲总是坐在边上耐心地看着她绣，还手把手地教她。几年后，她逐渐掌握各种针法，从简单的平针、回针，到复杂的锁链绣、缎面绣，每一种针法都能熟练地运用。到 12 岁时，她就能独立刺绣领带，而且能卖出十几元的价格。

姚建萍

　　姚建萍边上学边刺绣，高中毕业后，她放弃了高考，专门从事她心爱的刺绣事业。随着年龄的增长和手法的熟练，爱动脑筋的姚建萍渐渐感到，她掌握的绣法都比较老套，似乎欠缺些什么，便寻思着学习新的东西。

　　20岁，人生之春，充满着无限的想象和求知欲，梦想在心中炽热燃烧，蓝图在脑海里升腾。那年，姚建萍进入苏州工艺美术学校的刺绣班学习，她被大师们的传神绣品深深震撼，心里总是想，前辈们的作品如此鲜活，而我只能做到把图案绣出来，我怎样才能达到她们的艺术高度呢？

　　她努力寻找着答案，如饥似渴地吸收和学习前辈们精湛的技艺，同时运用从书上学到的新方法，把美术中的素描关系、光影变化以及透视与色彩的表现手法，灵活运用到刺绣中来，在传统苏绣基础上进行创新，想方设法绣出全新的效果。

　　从学校毕业后，姚建萍被苏州市丝绸服装厂聘为老师，带着40多人的团队。她白天教刺绣，接待外宾，晚上自己做刺绣。后来，她成了家，有了孩子，家庭生活忙碌而充实。本来，她可以像苏州镇湖当地的 8000 名绣娘一样，在绣绷和家庭里安稳地生活，但她并不满足于此，觉得这么重复下去，长进不够快、意义也不大。

一个偶然的机会，姚建萍听说苏州刺绣研究所的辅导员徐志慧因病退休。这让她萌生了一个念头：何不向徐志慧拜师学艺呢？于是，她来到徐志慧的住所登门拜访。

时年 70 多岁的徐志慧是刺绣界的权威，姚建萍见到她有些拘谨，怯怯生生地说，我久仰您的大名，今天冒昧前来，希望能拜您为师，学习您的精湛技艺。

看着姚建萍十分精干和诚恳的样子，徐志慧试问道，你学过刺绣吗？这可是件吃苦而又难学的活儿。

我学过，我不怕吃苦。姚建萍自我介绍说，我从小跟着母亲学习刺绣，又上了几年苏州工艺美术学校的刺绣班，知道一些基础的东西，也有了点技巧。

哦，看来你已经能自己绣了。徐志慧又问，既然这样，你为什么要来找我呢？

我想提高自己。姚建萍坦然道，我要像您那样，用高超的技艺，绣出传神生动的人物、动物和花鸟，所以才来求您收我为徒。

听姚建萍这么一说，徐志慧顿时对眼前的这位年轻人刮目相看，便说，看来你是一个有想法、有志向的人，我愿意收你为徒，不过，我现在年老体弱，还有病在身，恐怕有点力不从心。

姚建萍诚恳道，这个我知道。我是这样想的，如果您同意收我为徒，我可以搬到您这边来住，一边照顾您的生活，一边向您学习刺绣。不知这样可以不可以？

啊？徐志慧十分惊讶道，这样你太辛苦了，而且家里也照顾不到了啊。

姚建萍表示说，我是不怕辛苦的，家里的事情我也会安排好的。

那好吧。徐志慧点头道，看你如此诚恳，我就给你这个机会吧。

姚建萍喜上眉梢，连连道谢。

彼时，姚建萍已经有了8个月大的女儿，但她当了个"狠心的妈妈"，克服种种困难，来到老师家潜心学艺。在这段日子里，姚建萍每天刺绣的时间超过12小时，每月只回家一次，第二天吃过中饭就返回老师家，继续埋头苦学。从基础针法到人物肖像绣、双面绣，她样样都学得精、学得深，还常常向老师请教艺术上的一些理论问题。

这样的生活周而复始，整整坚持了4年。徐志慧评价说，姚建萍是我带过的最用功、最出色的一位学生。

的确，这4年的拜师学艺，姚建萍收获很大，不仅是技艺上的提高，也是思想上、精神上的成长，她懂得了坚持的意义，培养了足够的耐心与毅力，更重要的是，她初步找到了自己在刺绣上的努力方向。

有位名人说过，人生最重要的不是所站的位置，而是所朝的方向。

姚建萍的努力方向，或者说她的艺术使命，就是要创新发展刺绣技艺，将美术中的素描、光影、透视、色彩等手法与传统的苏绣艺术结合，让苏绣在21世纪焕发新的面貌和新的生机！

千里之行，始于足下。姚建萍朝着自己确定的方向，开始了艰辛的探索。

1996年，是敬爱的周恩来总理逝世20周年。姚建萍对周总理无比崇敬，她想为"人民的好总理"绣制一幅刺绣作品，以此作为纪念。于是，她在几百张照片中，精心选出了一张题为《沉思中的周恩来》的摄影作品。这是意大利摄影家焦尔焦·洛蒂于1973年1月9日拍摄的一张照片。照片上的周恩来微侧身躯、面容刚毅、双眉微蹙，眉峰间凝聚着无穷的智慧、意志和信念——这幅照片是记录周恩来晚年形象的一幅闻名世界的经典作品。1973年，意大利政府将这幅摄影作品的原版照片作为国礼赠送给周恩来，后珍藏于国际友谊博物馆。

要把这样一张伟人的经典照片创作成刺绣作品，其难度是可想而知的。姚建萍怀着对周总理的深厚感情，查阅了周总理的大量生平资料，深刻领悟周总理的精神世界，同时运用自己已经掌握的精湛技艺，在构图、造型、神态、光感、色彩等方面精心设计，反复琢磨，将照片转换成苏绣的针线艺术，既体现出摄影中的光影效果，又突显出苏绣的材料与技艺及表现手法特点，把总理忧国忧民的神情呈现得更加栩栩如生。在绣制时，将总理眉宇间、眼角、嘴角等具体细节进行生动刻画；在脸部的小肌肉块面中使用有韵律起伏的针线变化，实现肌肉块面转化；在侧脸处，注重边缘线的虚实变化关系，使得总理的面部呈现出形神兼备的效果。

历时 8 个月的精心创作，姚建萍完成了人生第一幅双面绣作品《沉思——周恩来肖像》。它是时间与耐心的结晶，是艺术与心灵的完美交融，承载着历史的沉淀和岁月的记忆，倾注着姚建萍的爱戴、深情和思念，展现无尽的魅力与韵味。

这幅作品一经面世，就引来了无数人的惊叹，观者无不啧啧称奇：这简直就是一幅惟妙惟肖、精彩绝伦的油画啊！

正是这幅作品，以其精湛的技艺和多种表现手法的结合，成功斩获了首届中国国际民间艺术博览会金奖！

一时间，姚建萍声名鹊起。从此，姚建萍的艺术成就引起海内外关注，先后应邀赴澳大利亚、荷兰等国展出，盛况空前。

之后几年，正是我国市场经济大发展的时期，刺绣作品成为市场上的热销品。政府顺应当地"女人刺绣，男人销售"的家庭生产模式，专门规划了绣品一条街，同时减税降费，吸引了许多绣娘到镇上开办绣品店、绣庄，这个约为 1.7 千米长的绣品街，很快就成为全国最大的苏绣集散地。一些专门经营苏绣的商贩找到姚建萍，以比普通绣娘要高出几倍、十几倍的价格，高价订购她的作品。

而姚建萍对开店卖货、高价订购一点兴趣也没有，她注意到这样一个事实：看起来苏绣市场欣欣向荣，作品价格猛升，但刺绣题材雷同、陈旧，大多是采用神话题材、历史题材、传统花鸟题材，现实题材却几乎没有，普遍缺乏原创性的设计与制作。由此她想，要突破苏绣缺乏原创、缺乏现实题材作品的困局，改变苏绣作坊式师徒传承的人才培养模式，必须抓紧探索新的可能、新的路子。于是，她在办店卖货的热潮中独辟蹊径，计划在镇里成立第一家刺绣研究所。

消息传开，有人嗤之以鼻道，刺绣就是手工活，熟能生巧，还用得着去研究吗？

也有人认为她学历不高、资历太浅，做不了研究工作。

甚至有人质疑，她怎么有资格注册刺绣艺术研究所？

面对各种议论和冷嘲热讽，姚建萍不解释、不争辩，而是用行动来回答。她把在镇上的小楼作为研究所的用房，把别处的房屋卖掉，所得款项悉数投入刺绣艺术的研究和创作之中，重点放在肖像绣的研究中，以针代笔，以绣作画，开拓人物绣的新境界。

就在姚建萍的镇湖苏绣研究所成立后不久，苏州市委宣传部邀请高级工艺美术师朱龙泉担任对外文化艺术展示交流艺术总监，到镇湖镇进行调研、考察。姚建萍得知朱龙泉常年从事苏绣创新设计，是推动引领苏州刺绣走向国际的重要贡献者之一，就在研究所接待了他，并与他进行了深入的交流，将自己的想法、纠结、愿望都告诉了朱龙泉，获得了他的充分理解、支持和欣赏，并表示在今后探索原创设计以及辅导绣娘团队等方面无条件支持她，与姚建萍一起共同推动苏绣原创设计，绣制出代表当今时代的精品力作。

在朱龙泉的支持下，姚建萍开启了镇湖刺绣研究所在原创设计方面的探索，从创意构思、稿件设计、针法研究、色彩运用等环节加强研究，实现了设计和刺绣相互融合、相互渗透，组成了一支懂绣会画、会绣懂画的创作团队，开始了真正意义上的刺绣创作。

丝线在绣布上穿梭，宛如灵动的音符，谱写着细腻而华美的乐章。每一针每一线，都蕴含着姚建萍和绣娘们的巧思与深情，那是对美的追求与创造。

这一时期，姚建萍的主要代表作，是取材于意大利文艺复兴时期画家列奥纳多·达·芬奇创作的油画作品而创作的刺绣《蒙娜丽莎》。她把油画、摄影、雕塑、国画、书法的手法融为一体，并与传统刺绣针法有机结合，在刺绣作品的线条、结构、色彩、光影上实现创造性运用，达到了"不似油画、胜似油画"的艺术效果。

《蒙娜丽莎》荣获由中宣部批准、中国文联和中国民协共同主办的国家级奖项——山花奖。后来又在中法建交迈向60年之际，远赴法国，在卢浮宫非物质文化遗产展上亮相。

面对成功和荣誉，姚建萍没有止步，她不再满足于绣照片上、油画上的人物，开始了原创性的第二步探索——在内容上突出时代性，在手法上更具艺术性、在形式上实现多样性。

这一新的探索之路，启程于新世纪，一走就是15个春秋。

探索之路并非坦途，它充满了未知与挑战：可能是陡峭的山峰，需要耗尽体力去攀登；可能是湍急的河流，阻挡着前进的步伐；也可能是一无所获，让人心生恐惧和迷茫。

明知山有虎，偏向虎山行。为了实现自己的艺术使命，姚建萍以坚韧的毅力，不畏艰难，在各种困难和挫折中学会了思考，学会了创新，学会了自我突破，在探索之路上留下了一个又一个坚实的足迹，取得了一个又一个新的成果。

2015年是苏绣大师沈寿《耶稣像》获得巴拿马—太平洋国际博览会大奖100周年。就在这年的12月1日，"针融百家，艺开新境——姚建萍刺绣艺术展"在中国美术馆开幕。

中国美术馆馆长吴为山在展览前言中说，从传统的平针绣，到一百年前的仿真绣、乱针绣，经无数大师、绣娘的努力，苏绣适逢中华民族实现伟大复兴中国梦的重要历史时刻。因此，博采众长，沟通东方与西方，遥接古代与当代，是融汇。姚建萍正是在这种中国精神的感召下，在失败与成功的纠结与喜悦中形成了独特的"融针绣"，这不仅是一种方法，更是文化理想、创新理念的体现。这是苏绣发展过程中的又一里程碑。

是的，在苏绣艺术发展的历程中，又一个里程碑高高耸立。这一里程碑，是姚建萍用心血、用作品构筑而成的。

这次展览，共展出86幅苏绣作品。姚建萍带领着观众，沿着时间的轴线，在一幅幅作品前作详细的解读——

《英国女王》完成于2002年，是为纪念女王伊丽莎白二世登基60周年而作。姚建萍介绍说，为了创作这幅人物肖像作品，她在搜集了大量英国女王公开的图片资料中，选择了一张最适合用刺绣形式来表现的女王照片，并进行了设计创稿，使刺绣稿最大程度体现女王慈爱、睿智、坚毅的神态。在绣制过程中，姚建萍反复研究、摸索，尝试新的针法，力求把女王的优雅和气度表达准确。作品以针为笔，以线为墨，历时14个月制作完成。作品中女王气派威仪，华丽服装上点缀着华美的饰品，雍容富贵一览无余。这幅作品后被白金汉宫正式收藏。

《世纪和平——百鸽图》完成于2002年，是为迎接千禧之年而创作的。姚建萍告诉观众，这幅作品以山川、小溪、翠柏、牡丹等优美的自然景观为背景，描绘了99只栩栩如生、神态各异的鸽子。整幅画卷寓意着新世纪到来之际人们对和平与美好新生活的向往和期盼。创作时，采用传统的平针绣手法，与小细乱针法相结合，并搭配千变万化的色彩，将99只鸽子或栖、或飞、或行、或望、或嬉戏等各种姿态及灵动的眼神表达得栩栩如生。画面中的牡丹花色泽艳丽，精彩纷呈，又各具气度，花的正、反、侧、俯、仰等不同姿态刻画得生动活泼，各种牡丹的绰约风姿尽收眼底，完美地表现了苏绣平、齐、和、光、顺、匀的艺术特点，而那盛开着的牡丹，寓意着祖国欣欣向荣、繁花似锦的美好前程。作品中的和平鸽洋溢着崇尚和谐、充满凝聚力的中华民族精神，形象地表达了和平、和谐的美好主题。

《我爱中华》完成于2004年，这是具有特殊意义的一幅作品。这幅作品色彩鲜明，绣工精美，在纵43厘米、横4.2米的丝绸上，绣制了56个民族112个青年男女。他们相聚在巍巍长城下，人人身穿鲜艳的民族服饰，个个面部表情生动，姿态和谐大方。在现场，姚建萍兴奋地告诉大家，2004年9月27日16时，该幅作品带着她和绣娘们的美好祝愿，搭载我国第20颗返回式科学卫星顺利升空，在太空轨道飞行18天，环绕地球286圈，行程超过1200万千米，于10月15日顺利返回地面。听到作品顺利返回地面的喜讯后，她与她的合作者谭灿辉先生以及她的刺绣姐妹们都流下了激动的泪水。之后，航天英雄杨利伟为这幅大型刺绣签了"圆梦"两字。

《和谐——百年奥运中华圆梦》完成于2008年，这是镇湖刺绣研究所创办近十年以来，姚建萍和朱龙泉老师开启原创性、时代性、主题性创作取得的新突破，成功完成向奥运献礼的原创性苏绣巨作。姚建萍指着画面介绍道，这幅作品集国画、油画、摄影等艺术元素于一体，对雅典卫城、北京天坛、长城、珠穆朗玛峰等代表性景观及其距离感、空间感及透视效果进行了重点刻画，将一只只展翅飞翔的吉祥鸟，从灵动的眼睛到形象逼真的羽毛，都绣得栩栩如生。作品采用逐层加色、逐渐加深的技法着重刻画了天坛的镏金宝顶、蓝瓦红柱，雅典卫城的大理石柱，通过中西方最具代表性的地标建筑，寄托了中西方文化交流的新愿景，寓意着中华文明文化自信新篇章的开启。作品被北京奥运博物馆收藏。

《江山如此多娇》完成于2011年，是姚建萍历时3年，为庆祝新中国成立60周年打造的献礼巨制，幅面宽阔、气势宏大。姚建萍让观众退后几步，由远而近欣赏画面的技法：远景以平针夹乱针铺天地的景色，形成明朗、清澄的玉宇气象；中景以仿真绣结合乱针绣梳理山脉的连绵走势，在色彩的冷暖对比与相互映衬下，表现出山石的厚重与坚实；近景以乱针绣融丝理与石理于一体，体现出山石的构造、肌理和质感。姚建萍解释说，这幅作品突破了传统刺绣临摹、复制的方式，在继承苏绣"精、细、雅、洁"传统风格的同时，在内容题材、艺术形式、表现风格、针法技艺等方面进行了大胆的开拓创新。作品被南京博物院收藏。

《春早江南》完成于 2012 年。姚建萍告诉大家，为了创作这幅作品，她特邀江苏省工艺美术行业协会理事长、研究员级高级工艺美术师马达，苏州大学教授、博导、书画家廖军，苏州市工艺美术馆馆长马建庭，国家级苏绣大师李娥英、顾文霞、张玉英、蒋雪英、余福臻，苏州工艺美术学院副教授沈伟伟、张明等专家学者组建了顾问团队，率领 50 多名刺绣人员，经过 4 个多月的辛勤工作，终于圆满完成了这幅苏绣巨作。作品获得了社会各界的高度评价，业内人士称赞这幅苏绣巨作代表了中国刺绣艺术的最高水平，是中国刺绣艺术史上的冠绝之作。作品陈列收藏于北京人民大会堂。

《木槿花开》完成于 2014 年，是姚建萍的代表作之一。她介绍说，木槿花，在唐代诗人李商隐《槿花》中有咏，在古风《诗经》中有比喻，其诗性美和自然生态美洋溢着艳丽而灿烂的生命力。为此，她在构思中分别将已绽放的、正在绽放和含苞待放的三枝槿花有机组合，以双面绣的特殊艺术效果，表现出画面的立体感、层次感，以及花瓣和叶子在光线照射下的透明感，使迷人的翡翠绿和剔透的粉紫红形成鲜明对比，生机益然，烘托出时光的流逝，似听花开的声音，似见花瓣轻轻地绽放。

《丝绸之路》完成于 2015 年，是姚建萍为本次展览创作的主题作品，分为《西出长安》与《满载而归》。姚建萍介绍说，这是她学习体会习近平总书记提出的新丝绸之路经济带重大命题后创作的，也是她进行重大主题创作的一次尝试。《西出长安》以大汉盛世为基准点，通过张骞西出长安的场景，回顾了丝绸之路的历史起源。画面人物神情坚毅果敢，健马长嘶、牛羊成群，汉使牵黄擎苍，尽显大汉雄威。作品用针线展现苍茫雄壮的厚重之势，带领我们回溯到丝绸之路的起源，回味那段荣耀又恢宏的历史画卷。《满载而归》以大唐盛世为基准点，表现胡商驼队在长安采购完毕，满载货物翻越帕米尔高原之情境，展现了当时丝绸之路贸易的繁荣景象。作品具有姚派艺术独特的"融针绣"风格，通过彩线的巧妙叠加，打造出丰富斑斓的色调，仿佛用针线雕刻了时光，让悠久的历史画卷灵动起来。作品《丝绸之路——满载而归》被中国美术馆收藏并入选由中国美术馆主办的《走向西部》展览。

看着一幅幅精美绝伦的刺绣作品，听着姚建萍如数家珍的介绍，观众无不表示由衷的钦佩——钦佩她的作品，钦佩她的艺术，钦佩她的精神。

有观众说，鲁班是木匠，但是木匠不尽是鲁班；姚建萍是绣娘，但是绣娘不尽是姚建萍。她那种精益求精的艺术态度和尽善尽美的艺术精神，以及锲而不舍的钻研和独一无二的传承，确实是难能可贵的。

有专家评论，从姚建萍的刺绣中，我们可以看到她靠的不是简单的功夫，而是深厚的功力，她甚至不是用眼睛和双手进行创作，而是用心灵去进行创作，她的眼睛不是盯着物质和名利的市场，而是盯着万紫千红、气象万千的刺绣艺术的精彩世界。

有媒体报道，姚建萍是改革开放热潮中成长起来的艺术家，她的苏绣艺术之路融入祖国发展强盛的变革之路中。多年来，她的作品铭刻着清晰的时代烙印，凝练着深刻的时代内涵，寄托着深厚的人民情怀，她用大题材原创苏绣作品来讴歌赞颂伟大的时代变革，作品先后被人民大会堂、中南海、北京奥运博物馆、南京博物院等殿堂级机构收藏。她在传承非遗的基础上，努力开拓创新，在千百次锤炼和淬火中，开创了当代苏绣艺术的新境界。

来自观众和媒体的褒奖，对于姚建萍来说，既是鼓励，更是鞭策，她表示，要始终紧跟时代，以作品立身，用作品说话，继续在苏绣艺术的高地上开始新的一程。

这一程，又是奋力前行的十年。

这一程，又是奋勇攀登的十年。

每一滴汗水的挥洒，每一次艰辛的探索，都在谱写艺术的崭新篇章，都在孕育艺术的成果之林——

2016 年，原创作品《中国大飞机》获全国手工艺产业博览会暨非物质文化遗产传统技艺展"国匠杯"最佳创作奖。

2017 年，国礼作品《仕女蹴鞠图》被国际奥运会总部奥林匹克博物馆收藏。

2018 年，原创作品《玉兰飘香》收藏并陈列于上海首届中国国际进口博览会迎宾厅；国礼作品《其乐融融》被西班牙王室收藏。

2019 年，原创作品《江山多娇》陈列于上海国家会展中心"苏工苏作"旗舰店；原创作品《锦绣河山》被中国美术馆收藏；国礼作品《世纪之约》被新加坡政府收藏。

2020 年，原创作品《新辉煌》被中国国家博物馆收藏。

2021 年，原创作品《初心盛放》被上海中共一大会址纪念馆收藏；原创作品《我的父亲》入选由中国工艺美术学会主办的"回眸百年——中国刺绣艺术红色主题展"。

2022 年，原创作品《启航》为喜迎二十大的献礼作品；原创作品《踏浪飞霄》被南京师范大学收藏；作品《南雍春色》《枣园曙光》被南京大学收藏。

2023 年，原创作品《盛颜》被中国工艺美术馆收藏；原创作品《锦绣江南》被苏州国际会议酒店收藏。

2024 年，原创作品《木棉迎春》入选"艺心向党——庆祝中华人民共和国成立 75 周年美术展"。

这些苏绣作品，或历史故事，或人物风景，或花鸟虫鱼，无不栩栩如生，仿佛能从绣布中呼之欲出。那细腻的纹理，柔和的色彩过渡，如同被大自然赋予了生命；那绚丽多彩的图案，针线间的诗意舞蹈，是指尖上绽放的绚烂花朵。

这些苏绣作品，只是姚建萍在新时代创作的部分代表作。她用自己的原创作品，记录时代、讴歌人民。同时，她还有一项特别重要的创作任务——绣制"国礼"作品。

多年来，姚建萍率领她的团队创作的多件苏绣作品，被作为国礼由国家领导人赠送给外国政要，如马来西亚总理马哈蒂尔、英国女王伊丽莎白二世、韩国总统朴槿惠、联合国秘书长安南、美国总统布什等。在这些作品中，姚建萍倾注了无数的心血，为中国艺术走向世界作出了贡献，也获得了无上荣光。

2012年6月7日下午，姚建萍受邀前往英国，亲自将苏绣作品《英国女王》送至白金汉宫。安德鲁王子仔细欣赏了绣像作品后说，这是我见过的最好的女王肖像作品之一。作品对女王面部表情的表达，尤其是对眼睛部位细节处理的细腻程度，甚至超过了我这个儿子对自己母亲的了解。3年后，姚建萍创作的苏绣《岁月如歌》再度走进白金汉宫，作为国礼送到了英女王手中。这幅作品描绘了英国女王伊丽莎白二世和丈夫菲利普亲王相伴的温馨场景，深受女王喜爱，并表示将作为王室世代传承的藏品。

2014年，姚建萍参加完巴黎展览回国，一下飞机就接到了一个出乎意料的重大任务，让她为墨西哥总统和夫人绣制一幅肖像，作为国礼赠送。这让她既激动又紧张，因为时间太紧了，只有短短3个月，而正常情况下，这样的作品至少需要8—12个月才能完成。但姚建萍没有犹豫，立刻着手准备。为了保质保量完成任务，她放下其他所有的工作，挑选了团队中最优秀的人员，组建了一个精英小组。她亲自查找资料，收集了墨西哥总统夫妇不同时期的照片，经过反复对比，最终选定了体现他们温馨瞬间的照片作为蓝本。团队不分昼夜地赶工，姚建萍对每一个细节都力求完美，自己更是常常工作到凌晨。从10月1日上绷，动第一针，11月10日送往北京，经过 40 多天的艰苦努力，这幅凝聚着无数心血的作品终于完成了。几天后，当墨西哥总统收到这幅肖像时，脸上满是惊喜与感激。随后，他亲自写了一封感谢信，表达对姚建萍和这件作品的高度赞赏。信是这样写的："姚建萍艺术大师，在我访问中国时，习近平主席赠予了由您制作的精美绝伦的苏绣作品。您用精湛技艺呕心沥血制作而成的作品，凸显了中华民族艺术的深厚底蕴。谨借此信，对您表达深深的谢意！致以诚挚问候！"姚建萍接到信的那一刻，泪水忍不住涌了出来——这是她收到的第一封外国元首的亲笔信，是对她多年来坚守与匠心的最好回报。

　　同年，刚从清华美院讲堂下来稍作休息的姚建萍，突然接到一个通知，让她为习近平主席访问韩国制作一件国礼绣品，受赠人是韩国总统朴槿惠。姚建萍接到任务后，确定以木槿花为主题绣制一幅作品，并立即投入紧张的创作准备之中，寻花、看花、画花……她根据木槿花生长期的不同特点，准备了 8 套方案，然后与北京有关方面确定了正式设计稿。接着，她与团队人员根据画稿方案，确定了以传统针法和现代针法相结合的刺绣技法，采用 12 套色系计 116 种颜色来表现木槿花的光泽与精致，进行了几个月的精心绣制，其作品构图严谨，虚实相间，既灵活又细腻，既洒脱又平整。最后，姚建萍为"木槿"绣品选择了紫檀木装饰架，使其凸显出古典而高贵的气息，古色古香中透出时代气息、时尚意味。然而，当姚建萍将《木槿花开》送到北京验收时，发现在阳光照射下绣品外包的凸面玻璃上有一处极小的黑点。不行，这是国礼，不能有一点瑕疵！姚建萍二话没说，立即带着作品返回苏州，从 40 多块玻璃中选出一块没有瑕疵的凸面玻璃，进行重新装饰，并在当晚赶高铁把作品送往北京。几天后，姚建萍在电视前，看到习近平主席面带微笑，把她的作品递到了韩国总统朴槿惠手中……

　　这一刻，自豪感、幸福感在姚建萍心中油然而生。

　　像这样艰巨又光荣的国礼创作任务，姚建萍总是每时每刻准备着，毫不犹豫地承担着。2018 年，西班牙国王费利佩六世在皇宫为来访的中国国家主席习近平和夫人彭丽媛举行家宴，宴会之前，习近平主席向费利佩国王赠送了由姚建萍绣制的《其乐融融》刺绣作品。该作品把西班牙国王费利佩六世的全家福表现得精准传神、惟妙惟肖，深得国王和王后的喜欢和赞赏。

姚建萍用自己的作品走向世界，为国争光，成为名副其实的"国绣手"。

甲辰初秋，宛如一位温婉的女子，轻轻掀开季节的帷幕，悄然登场。

2024年9月21日，姚建萍苏绣艺术展在中国大运河博物馆举办。此次展览，展示了姚建萍刺绣艺术作品共计62件套，既有主题创作，又有艺术作品，基本涵盖了姚建萍的苏绣传统、创新以及破界联动的艺术全貌。

展览期间，数万观众前来观赏。展厅内，天天人头攒动，个个赞叹不绝。观众被一幅幅精湛的刺绣艺术作品所吸引，尤其是姚建萍绣制的那幅题为《明眸》的作品，清澈猫眼堪称一绝，成为围观焦点。人们惊鸿一瞥，驻足欣赏，惊叹不已——

你们看，猫眼会发光呢！

居然能把猫眼绣出玻璃体的感觉，太神奇了！

这样逼真的猫眼是怎样绣出来的呢？

在现场，姚建萍向观众介绍说，之所以看起来十分逼真，是因为刺绣用针的方向完全是根据动物的形态和结构来处理的。尤其是对猫眼光晕的刻画，针线方向是根据猫眼玻璃体的结构，打着圈绣，同时用色非常丰富，绣线层层加色，明暗等细节处理扎实，才能绣出玻璃体的光泽感。她还告诉大家，现场展出的《螳螂猫》《藏羚羊》《荷露娇欲语》等，大多是运用平针绣、乱针绣等各有特色的苏绣针法融合绣制而成的，所以被称为"融针绣"。

"针融百家，无远弗届。"这是本次展览的主题，也是姚建萍艺术特色、艺术生涯的高度概括。

无远弗届，出自《尚书·大禹谟》中"惟德动天，无远弗届"，其大意是：不管多远之处，没有达不到的。

那么，姚建萍是怎样通过"针融百家"实现"无远弗届"的呢？

在这次展览结束前，江苏省当代艺术研究会主办了姚建萍苏绣作品学术研讨会，围绕这一问题进行了深入的探讨。专家们从不同的角度和层面，对姚建萍的艺术经历和艺术作品进行了探讨与总结，认为她在苏绣艺术上实现了"六个跃升"——

一是从传统到现代的跃升。小时候，姚建萍接受了严格的传统苏绣工艺的教育与训练，打下了传统苏绣技术的坚实功底。长大后，她走出"刺绣镇"，进校求学，拜师学艺，增长了知识，开阔了眼界，活跃了思维，提出"绣随时代"的新理念，并在技法、材料、工艺上进行大胆创新，尤其注重内容的创新，突出现实题材和时代主题的创作，一改刺绣作品以传统题材为主的面貌，实现了苏绣的创造性转化、创新性发展。

二是从仿制到原创的跃升。作为传统工艺的苏绣，很长时间以来，作品都以仿制、复制为主，而姚建萍认为，仿制作品不是自己真正的作品，只有原创性的作品，才是自己的"拳头产品"，才能成为我们这个时代的代表作和艺术品牌。为此，她在原创作品上苦下功夫，狠抓原创题材和原创设计。如姚建萍领衔创作的苏绣《丝绸之路》系列作品，其设计构思花了很长时间。为了真实再现丝绸之路，姚建萍和主创团队一起参观国博的丝绸之路展，去敦煌观摩，去戈壁滩露营，边走边探讨创意构思。同时聘请姚建萍刺绣艺术馆艺术顾问刘华龙将创意构思进行设计。在设计过程中，无数次遇到瓶颈，无数次修改，几易其稿，反复斟酌，最终确定设计稿，并由姚建萍在设计稿的基础上进行提升完成了这幅原创刺绣作品。

三是从小件到大作的跃升。传统苏绣偏于家用，所以尺幅都比较小。而如今，苏绣作品如同书画作品一样，已经进入展厅和公共空间，需要创作大幅作品，这对用一针一线制作的绣品来说，无疑是一大难题。在姚建萍看来，大作品不是用时用工多的问题，也不是简单的放大，而是要在形式、内容和技法上进行转化，立足大时代，关注大题材，创作大作品，形成大气象。她主创的《中国大飞机》《丝绸之路》《江山多娇》《锦绣长江》《玉兰飘香》《初心盛放》等大幅作品，就是在这样的思路中创作出来的，真正能够称之为"时代大作"。

四是从工艺到艺术的跃升。一般来说，刺绣作品属于工艺品的范畴，主要指纯手工艺制品，即手作。也专指工业化时代，通过机器成批量生产的，有一定艺术属性的能够满足人民群众日常生活所需，具有装饰、使用功能的商品。姚建萍并不满足于此。在她看来，随着社会的发展，刺绣的实用功能在弱化，只有不断提高它的文化艺术含量，强化它的审美功能，使之成为艺术品，才能增加刺绣的活力和生命力。为此，姚建萍注重从书法、国画、油画、摄影以及舞蹈等艺术样式吸收艺术元素，兼收并蓄，对刺绣进行雅化、文化、美化，特别讲究造型结构的和谐处理，构图表达错落有致，疏密相间，并大胆运用复杂丰富的色调，追求色彩反差和色彩互补，烘托出强烈而又斑斓多姿的色彩效果，巧妙处理光影明暗的自然转换关系，写实部分以平针绣绣制，朦胧部分以细乱针绣过渡，使作品虚实相衬，相得益彰，进而不断提高刺绣作品的艺术性。她的许多作品尤其是国礼作品，不愧为名副其实的艺术精品。

五是从沈绣到姚绣的跃升。在苏绣历史上，沈绣与顾绣是刺绣的两座高峰。沈绣是沈寿独创的仿真绣，首用旋针来表现人物的肌理，运用丰富多彩的丝线调和色调，展示绣线的自然光泽，使沈绣的作品色彩柔和自然，栩栩如生。顾绣是以宋元名画中的山水、花鸟、人物等杰作作为摹本，以绣代画，以画代绣，绣画结合，使山水、花鸟和人物表现得尤为生动。姚建萍集众家之长，在沈绣和顾绣的基础上，独创了"融针绣"，即针法与丝理的融合，绣理与画理的融合，内容与时代的融合。具体地说，就是不同的针法与丝理的错综交叠，通过光线折射，呈现出不同的远近距离空间感和凹凸不平的立体感；把书法、绘画、舞蹈等艺术元素融入刺绣作品之中，在色彩、光影、动感上增强可视性和艺术性；尤其注重在作品中体现文化理想、创新理念，突出刺绣作品的时代性、主题性和人民性。由于姚建萍创立的"融针绣"吸收了各大绣种流派的特点，在当代独树一帜，而且具有坚实的实践基础和系统的理论体系，故而学术界称之为"姚建萍艺术"，与历史上的沈绣、顾绣各领风骚，正所谓"喜看群山多一峰"。姚建萍从一位辛勤付出的绣娘，一跃成为有影响力的一代艺术大师。

六是从制作到传承的跃升。长期以来，姚建萍不仅坚持奋斗在创作的第一线，而且积极倡导和参与苏绣作为非物质文化遗产的保护与传承。一方面，她着眼于人的传承，注重培养更多年轻人，并从自己的女儿抓起，与两个女儿共同创立了姚绣品牌和姚绣团队，由一群平均年龄在 25 岁左右的青年设计师、传承人组成，他们都是国内外美术院校的高材生，又在苏绣家庭的浸润中长大成人，对苏绣有着特殊的情感。姚建萍艺术馆还先后培养了近千名学生。同时，姚建萍作为各大院校的兼职教授，在清华大学美术学院、南京大学、苏州大学、苏州工艺美术职业技术学院等以开班、做讲座、做培训等多种形式，开展苏绣的传播与传承。她还在全国两会上，以代表提案建议，把非物质文化遗产项目传承纳入高等院校学历教育体系，系统培养不同领域的非遗传承者，提升他们的专业技术能力、创新能力和可持续发展能力。另一方面，姚建萍竭力推动苏绣传承与文化产业的结合，利用"绣花针经济"的巨大发展空间，使之成为乡村振兴的有效抓手。从2011 年开始，姚建萍就带领团队来到新疆伊犁州尼勒克县，连续十年开办刺绣技能培训班，助力当地妇女提高刺绣技术，也把尼勒克县的年轻绣娘带到苏州的姚建萍工作室学习和实践。在这个过程中，提高了她们的职业技能，也让她们树立了独立自强、实现自我价值的理想。5 年后，姚建萍又多次来到国家级贫困县——贵州册亨县，给当地民间工艺工作者授课，帮助他们提高刺绣技艺，并逐步与服装设计等产业结合，发展地方经济，提高家庭经济收入，促进了苏绣艺术的广泛传播，带动了布依族刺绣不断发展。2019年，姚建萍在参加少数民族地区调研中，发现侗族绣娘仍保留了最原始的单手刺绣的方式。姚建萍与她们交流，为她们开出了三张"方子"，并手把手教会她们操作。当地的干部群众赞扬说，像姚建萍这样的大师，走进我们大山深处，帮助少数民族妇女提高刺绣技艺，提高信心，无疑是在进行文化输血、文艺造血，她不愧为"德艺双馨"刺绣艺术使者！

听着专家们在研讨会上对她艺术经历的梳理和评述，姚建萍受到极大的鼓励和启发，她说，"六个跃升"是一个过程，不升则降，不进则退，我要始终保持积极向上的生命姿态，牢记"艺命"——以精湛的技艺和独特的风格，让苏绣成为艺术殿堂中一颗璀璨的明珠，闪耀着永恒的光芒。

"艺命"就是使命。姚建萍把"艺命"两字绣制成一幅苏绣作品，挂在她的工作室里。

这是她对自己奋斗经历的概括。

这是她在未来之路上的座右铭。

文化产业是一种新兴产业。文化产业一词最初出现在霍克海默和阿多诺合著的《启蒙辩证法》一书之中。它的英语名称为 Culture Industry，可以译为文化工业，也可以译为文化产业。

在姑苏城的千年文脉里，文化产业恰似一幅徐徐展开的双面绣长卷。一面是针脚细密的传统肌理，另一面是流光溢彩的现代纹样，在经纬交织间演绎着文化基因的当代传承。这座东方水城正以"双面绣"的独特技法，在传统与现代的对话中绣出文化产业的崭新图景。

漫步在苏州的街头巷尾，处处都能感受到文化产业蓬勃发展的气息。走进平江路，地上是古老的青石板路，两旁是粉墙黛瓦的建筑，传统的苏绣、评弹等文化元素与现代的文创店铺相互交融。这里每天都吸引着成千上万的游客，他们在欣赏江南美景的同时，也沉浸在苏州独特的文化氛围中。评弹的吴侬软语与文创咖啡的香气在粉墙黛瓦间流转。这条全长 1.6 千米的历史街区，每年吸引超 500 万游客驻足，创造文创产值逾 8000 万元。这种"老瓶装新酒"的模式，正是苏州文化产业破局的生动注脚，成为苏州文化产业发展的一个生动缩影。

苏州的文化旅游产业发展如火如荼。以拙政园、狮子林等为代表的古典园林，每年吸引着大量国内外游客。苏州还推出了一系列文化旅游项目，如江南水乡古镇游、苏式生活体验游等，让游客在欣赏美景的同时，深入了解苏州的文化内涵。据统计，苏州的文化旅游收入逐年增长，已成为苏州经济发展的重要支柱之一。

苏绣作为中国四大名绣之一，在苏州得到了很好的传承与发展。镇湖镇是苏绣的发源地之一，该镇在保留传统刺绣技艺的基础上，引入了现代设计理念。当地政府与高校、设计机构合作，举办刺绣设计大赛，鼓励绣娘将现代元素融入传统刺绣作品中。许多年轻的绣娘大胆尝试，将动漫形象、抽象艺术等融入刺绣，创作出了一批兼具传统韵味与现代美感的作品。绣娘姚建萍、卢福英等，凭借精湛的技艺，将传统苏绣与现代设计相结合，创作出了许多精美的作品。她们的作品不仅在国内各大展览中获奖，还被众多博物馆收藏。在她们的带动下，苏州的苏绣产业不断发展壮大，形成了集设计、生产、销售于一体的产业链，带动了众多绣娘就业，形成年产值28亿元的完整产业链，促进了地方经济的发展。

前不久，苏州滑稽戏剧团创排了一个新剧，叫《美食家》，根据陆文夫的小说改编而成，讲述了苏州美食文化的故事，折射出时代的变迁和社会的进步。苏州的饮食文化在吴文化的滋润和培育下，在清代就已形成了苏式菜肴、苏式卤菜、苏式面点、苏式糕点、苏式糖果、苏式蜜饯和苏州小吃、苏州糕团、苏州炒货、苏州名菜、苏州特色酱菜、苏州特色调味品12个大类别，品种达到了1200余种之多，形成了清淡雅致、精细玲珑等特色。随着经济社会的发展，苏州饮食文化产业长盛不衰。如今的苏州饮食文化产业搭载"互联网＋"快车，采用互联网技术整合传统资源，实现线上线下对接。同时，加快进军周边地区以及新兴商业综合体和购物中心，实现住宿餐饮业年零售额500亿元以上，继续在全省领跑。

当VR技术让拙政园的假山在游客眼前立体化呈现，当AR导览系统将留园的花窗变成历史故事的全息屏幕，科技正重塑着传统文化的体验方式。

文化与科技的深度融合，正是苏州文化产业发展的一大特色。在发展传统文化产业的同时，大力培育高知识性、高附加值、高融合性的文化创意产业。苏州的一些博物馆、景区，借助虚拟现实、增强现实等技术，游客可以身临其境地感受历史文化的魅力。苏州博物馆通过 AR 导览，游客可以更直观地了解文物背后的故事，增加了参观的趣味性和互动性。同时，苏州的动漫产业也借助科技的力量，不断推出精品力作。

苏州的动漫产业始于 20 世纪 90 年代，创办了亚洲最大规模的动画加工厂，主要从事国内外动画原片加工工作，如泰山动画、宏广动画、鸿扬卡通等主要从事对外加工业务的动漫企业，已具备动画制作全流程的加工能力。苏州舞之动画股份有限公司，运用先进的动画制作技术，创作了多部深受观众喜爱的动画作品，不仅在国内市场取得了良好的成绩，还远销海外，提升了苏州文化的国际影响力。

经过多年的发展，苏州共拥有动漫企业 60 余家，成立了苏州工业园区、昆山软件园和长桥三个国家、省、市级动漫产业基地。其中，苏州工业园区动漫产业园占地约 1 万平方米，总建筑面积达 5.8 万平方米，拥有从事动漫产业相关人员上千人。经国家广电总局批准，苏州工业园区动漫产业园以园区科技园为发展平台正式晋级为"国家动画产业基地"，跻身为 15 个国家级动画产业基地之一。之后，逐渐形成了一个适合动漫企业发展的环境，涌现出了大批新兴动漫企业，例如天堂卡通、天瑞安鼎动画、欧瑞动漫、蜗牛电子、神游科技、士奥动画等，逐步形成了比较完整的动漫产品设计、制作、运营的产业链。许多苏州本土原创动漫不仅在国内外获得大奖，还在中央电视台播出，如天堂卡通的《搜救犬阿虎》、欧瑞动漫的《欧力牛与迪瑞羊》、士奥动画的《诺诺森林》、天一动画的《智慧岛》和汉文动画的《卡拉乐队》等。苏州动画产业逐渐形成了较为完整的动漫产业链，并且营造出了良好的动漫企业发展氛围。

多年前，数字文化产业开始兴起。苏州阳澄湖数字文化创意产业园应时而生。整个园区的总规划面积约 700 亩，分为 A、B、C 三区进行建设，总投资约 30 亿元。该园区由苏州阳澄湖数字文化创意园投资有限公司投资建设，经国家新闻出版署批准成立"国家数字出版基地"，成为江苏省"一基地四园区"中开园最早的园区。按照江苏省政府提出的"专、精、特"的数字出版样板园区的建设要求，阳澄湖数字文化创意产业园重点发展"3＋1"模式——电子图书、互动教育、游戏、电子商务和应用软件服务四大板块内容。开园以来，吸引了大批数字文化企业前来，有清华紫光、上海盛大网络、兴游科技、星云网络、江苏连邦、北京神话等多家数字文化创意企业注册入驻，产业集聚初具规模。

随着新一代信息技术、元宇宙、5G、XR 等科技产业取得新的突破，新一代数字文化产业成为引领新供给、促进新消费、加快产业转型和经济高质量发展的新动能，代表了文化产业的主流方向。苏州市积极落实国家文化数字化战略，前瞻性布局数字文化产业，深化"文化＋数字"融合发展，加快推进新型文化基础设施建设，扎实推进文化遗产数字化工程，不断壮大数字创意、网络视听、数字出版等重点产业，开发更多体验式、沉浸式文旅融合应用场景。同时，进一步落实重大文化产业项目带动战略，重点引进一批数字内容服务领域生产型、平台类项目，培育壮大一批影视娱乐、创意设计领域创新型、示范类项目，巩固提升一批文化旅游、文化制造和特色文化领域智能化改造和数字化转型类项目。

苏州文化产业的蓬勃发展，离不开政府的积极引导与大力支持。近几年来，苏州市又出台了一系列支持文化产业发展的政策措施，加大了对文化产业的扶持力度。政府通过设立文化产业发展专项资金、提供税收优惠政策、加强知识产权保护等方式，为文化产业的发展创造了良好的政策环境，进而促进了文化产业规模不断扩大。

在文化产业发展过程中，文化产业园区一马当先。全市市级以上文化产业园区 31 家，集中分布在古城区、环金鸡湖、环太湖和各县级市区中心城区、经济开发区。这些园区集聚了近 1/3 的规上文化企业和从业人员，贡献了全市约1/8的文化产业营业收入，规模化、融合化效应日益显现。

独墅湖月亮湾文创产业园，汇聚了友谊时光、同程网络等4家上市企业，蜗牛游戏、叠纸网络等6家国家文化出口重点企业，梦想人、和氏设计等8家省级重点文化科技企业，主营业务收入超5000万元的文化企业达到45个，形成了以数字文化、创意设计、演艺娱乐等为主的六大产业方向，培育出丝绸文化、核雕文化、古建文化、书画文化、刺绣文化等极具地域特色的专业化园区，打造了如"苏州国际设计周"等一批在国内外产生较大影响的文化品牌，逐渐形成了特色鲜明的品牌影响力。

文化产业园区积极为企业提供从孵化到运营的全链条创新创业服务。如蓝文化创意产业园为创业者提供客户服务、商业社交、资源配置互换、物业管理、投融资等多产业链服务生态，既能满足中、小型企业快速成长、发展的诉求，亦能为成熟的总部型企业提供广阔视野的商务平台。

同时，文化产业园区与周边地区跨界融合、一体化发展的格局逐渐形成，对城市更新、文化遗产保护、产业高质量发展的辐射带动能力持续增强。吴中区舟山核雕村依托国家级非物质文化遗产舟山核雕技艺，带动周边3/4村民参与到核雕的创新创业中，线上线下实现年销售额4.2亿元左右，占到全国78%的市场份额。太仓市天镜湖文化科技产业园充分依托中国科学院计算技术研究所太仓分所的技术力量，与周边高新区技术企业跨界融合，打造影视特效后期制作产业集聚基地。

在文化企业中，国有企业在文化产业生态营造、遗产保护和传承创新、资源整合、示范引领等方面的作用得到增强。苏州广电传媒集团成功创建全国首个以城市广电为依托单位的国家级媒体融合发展创新中心，新媒体指数位居全国41个城市电视台首位，智慧广电初见成效。苏州新时代文体会展集团"走出去"打响品牌知名度，太湖国际博览中心、苏宿工业园区文体综合体等新项目陆续签约，累计"走出去"管理、建设载体面积超过100万平方米，旗下奥体中心主办的一大批国际级和国家级赛事以及明星演唱会，提升了城市知名度，为社会提供了优质精神文化产品。

民营企业也不甘示弱，发展尤为迅速。大禹网络、中衡设计、启迪设计等9家企业位列2021年江苏省民营文化企业30强，欧瑞动漫、奥拉动漫、乐志软件等10家企业入选国家文化出口重点企业名单，欧瑞动漫的动画片《多多的童话》创作与海外推广项目入选2021年"一带一路"文化产业和旅游产业国际合作重点项目，2021年上声电子、国泰新点上市，全市境内外主板上市文化企业达到12家。

尤为可喜的是，苏州正在与头部企业加快合作。阿里巴巴苏州数字产业基地、腾讯—苏州数字产业基地、网易苏州数字文化创新中心等重点项目签约落地，阿里大文娱苏州中心·周庄数字梦工厂、京东方艺云数字文化产业基地等头部企业项目开工建设，喜马拉雅城市文化长三角区域总部、友谊时光文化产业园、仙峰游戏总部大楼等重点项目建成投用。

数字技术与非遗技艺在丝绸之路上交汇，传统美学与未来科技在江南水乡碰撞，苏州的文化产业发展模式，正为新时代的文化传承提供着独特的东方智慧。

苏州各县市区在文化产业发展中也是急起直追、各展其长，积极探索差异化路径，逐渐走出适合自身特点的发展新路径。

张家港市聚焦动漫游戏、信息软件开发、数字孪生等重点领域，积极培育长江文化IP品牌和数字文化产业生态体系。

常熟市依托在山水人文、载体资源、产业基础等方面的综合优势，全力打响"江南文化"常熟品牌影响力，构建常熟特色文化产业体系，助力城市能级提升。

太仓市积极壮大特色数字电竞业态，实施"文化＋"战略，推进文化创意与体育、旅游等产业融合发展。

昆山市依托强大的信息技术产业集群和环淀山湖古镇群，形成了数字文化和文旅融合发展特色，在文化制造业领域优势明显。

吴江区紧扣长三角一体化与大运河文化带建设国家战略机遇，重点打造运河、古镇、江村、丝绸、太湖溇港等特色文化 IP，不断强化"农文旅"数字化融合特色。

吴中区立足山水资源和地域文化特色优势，围绕创意设计、工艺美术、文化旅游、文化制造重点领域，积极拓展电竞产业，加快文化产业数字化发展。

相城区积极助推文化制造业数字化改造，快速培育影视动漫、游戏电竞和网络直播等具备先发优势的细分业态。

姑苏区依托深厚的文化底蕴，强化文旅深度融合和创意设计，推动文化引领的古城更新，形成文化旅游业核心。

苏州工业园区聚焦数字文化和内容版权两大主攻方向，推动动漫游戏、创意设计、影视创制、演艺娱乐等新兴文化业态创新发展。

苏州高新区依托科创优势，彰显文化与科技融合特色，加快推进大数据、云计算、人工智能、5G、VR/AR 等数字技术在文化产业领域的创新应用。

目前全市文化产业企业逾 1500 多家，包括文化制造业企业、文化批零业企业、文化服务业企业等 9 大类别，文化产业资产总额达 5100 亿元。

纵观苏州市文化产业的发展，规模总量稳步壮大，产业结构持续优化，市场主体充满活力，创新动能显著增强，各项主要指标稳定增长。多年来，苏州文化产业增速稳居全省第一，其文化产业产值占 GDP 比重提升到 5.5% 以上，超过全国和江苏省的平均水平，成为苏州市国民经济的支柱产业，为苏州人文经济的发展奠定了重要基础。

苏州文化产业的发展，织就了新版"双面绣"。站在"双面绣"的艺术维度审视，苏州文化产业的发展正是传统基因与现代元素的完美对仗，具有很高的文化价值与经济价值。

从平江路的市井烟火到阳澄湖畔的数字浪潮，从苏绣针尖的千年传承到元宇宙里的文化重构，这座城市正在用创新的针法绣出文化产业的时代华章。

AI：
新苏州繁华图

乙巳开春，DS 横空出世，AI 席卷神州。

AI（Artificial Intelligence，人工智能）引发了人类生产方式和生活方式的一场巨变。无疑，AI 也将深刻影响文学艺术包括绘画艺术创作的变革与创新。

许多书画家对 AI 高度关注，并尝试运用 AI 工具进行书画创作。徐惠泉也是 AI 的热情拥抱者。

徐惠泉，生于 1961 年，苏州人。中国工笔画学会副会长，中国画学会常务理事，中国美协第九届理事，江苏省文联副主席，江苏省美协副主席，江苏省美术馆名誉馆长，南京市文联副主席，南京市美协主席，获江苏省五一劳动奖章，享受国务院政府特殊津贴。作品入选第八、十一、十二、十三、十四届全国美展，获第二届"枫叶奖"国际水墨画创作大赛金奖，第四届全国工笔画展铜奖等。代表作品收入《中国当代美术全集》《中国现代人物画全集》《中国工笔画全集》《20 世纪中国绘画》等重要合集；作品由中国国家博物馆、中国美术馆、中国人民革命军事博物馆等专业机构收藏，已出版个人专著画集 20 余部。

徐惠泉作为苏州本土艺术家，其作品常以江南美学为基调，注重写意精神与技法的结合。多年前，徐惠泉与苏州几位画家创作了题为《苏州繁华》的国画长卷作品。

这是一幅以苏州城市风貌为主题的艺术作品，展现了苏州的独特文化底蕴和繁华景象。这幅作品融合了徐惠泉在水墨重彩人物画方面的深厚造诣，通过细腻的笔触和丰富的色彩，将苏州的古典美与现代气息完美结合，不仅描绘了苏州的城市景观，还通过人物的刻画传递了苏州人的生活情趣和文化内涵，展现了苏州作为历史文化名城的独特魅力，体现了徐惠泉对苏州文化的深刻理解和艺术表达，为观众呈现了一幅充满诗意的苏州画卷。

DS（DeepSeek）爆火之后，徐惠泉十分关注，并产生了与 AI 合作创作一幅《新苏州繁华图》的想法。经人介绍，他结识了 AI 专家孙峰峰，两人一拍即合，决定进行合作与尝试。

孙峰峰，南京投石智能系统有限公司的董事长，同时也是南京投石科技有限公司的创始人。他毕业于南京师范大学，他围绕艺术与科技的方法论、AIGC 赋能的沉浸式交互艺术展、装置艺术作品的创意设计等，进行了长期的深入研究和应用性实验，在数字媒体艺术和人工智能艺术创作领域有着丰富的经验和显著的成就。

著名画家与 AI 专家合作，实乃强强联手，实现了艺术与科技的融合，碰撞出绚烂的艺术火花。他们很快达成了这样的创作目标：

山水写意融数字，丹青妙笔焕新城。

其创作思路是，运用 AI 绘画大模型技术，以吴门画派沈周、文徵明、唐寅、仇英和黄公望、王希孟的笔墨意蕴为艺术基底，以苏州当代城市风貌为骨，通过 AI 技术重构传统山水画的空间叙事逻辑，绘制长卷《新苏州繁华图》，呈现出一座兼具水墨诗意与科技质感的"现代姑苏"。

他们在一起反复探讨，明确了长卷的主题、内容和形式：

一是自然与人文交织。保留太湖烟波、姑苏遗痕、虎丘斜塔等传统意象，融入金鸡湖摩天轮、东方之门、苏州中心等现代地标。

二是时空维度的叙事。长卷的"远处"以徐扬的《姑苏繁华图》为蓝本，以吴门画派的笔法，主要呈现老苏州的古风今韵；长卷的"近处"和中心位置，以徐惠泉的笔法，主要呈现新苏州的现代气象。

　　三是 AI 艺术符号的呈现。基于深度学习和概率扩散模型的高级图像处理技术形成的投石气韵再生 AI 绘画生成算法，通过收集多位画家的众多画作，对图片打标签，训练 LORA 模型等工作流程，不断地投喂、训练，让 AI 系统习得了画家们独特的气韵和画风精髓，不仅能够模仿传统绘画的风格，还能够在长卷中创造出新的艺术符号，为作品增添了独特的现代科技感。

　　四是长卷高 0.68 米、长 18 米，以现代新城为主体，强化现代人文色彩。

　　这一构思确定后，徐惠泉与孙峰峰分别行动，各自开展工作。

　　徐惠泉亲自动手，绘制了长卷的示意图，确定了基本的布局、内容与形式，并与苏州籍画家、摄影师姚永强一起，搜集有关文字资料、照片和画册，交给了孙峰峰。

　　孙峰峰团队则按照徐惠泉的构思和示意图，设定了这样的技术路线和实施方案：

　　先是古画学习。AI 系统深度学习吴门画派沈周、文徵明、唐寅、仇英和黄公望、王希孟的笔触、构图、墨色层次，提取"披麻皴""浅绛设色"等风格特征。

　　再是实景建模。优化 AI 算法，解决传统山水透视与现代建筑结构的兼容性问题，并通过 3D 扫描获取苏州地标建筑及街景数据，构建数字孪生城市模型。

　　接着是人机协同创作。AI 生成的水墨长卷由徐惠泉对其进行美学修正，强化留白意境、虚实对比，增添部分内容和细节，如现代建筑、人文景观等，并进行适当的补笔与着色，确保整体气韵贯通。最后完成题跋、印章的数字生成与布局设计，输出高精度数字长卷及宣纸微喷实体卷轴。

这幅由徐惠泉和孙峰峰团队合作完成的 AI 作品，表面上延续了传统水墨长卷的形式美学，内里却蕴含着一场静默而深刻的文化革新。当水墨的氤氲墨色遇上算法的精确计算，当艺术家的主观表达融合机器的生成能力，我们见证的不仅是一件新作品的诞生，更是一种艺术范式的根本性转变——从"人类独白"到"人机对话"的美学新时代正在到来。

《新苏州繁华图》解构了传统水墨艺术的创作神话。在传统认知中，水墨画是艺术家"外师造化，中得心源"的纯粹精神产物，毛笔与宣纸的每一次接触都被视为不可复制的灵感瞬间。而徐惠泉和孙峰峰却大胆地将 AI 引入这一神圣领域，让算法参与构图、笔墨甚至意境的生成。这种创作方式，彻底动摇了艺术原创性的传统定义——当一幅水墨画的部分元素源于深度学习对历代名作的解析与重组时，"独创性"不再意味着无中生有，而表现为对文化基因的智能筛选与创造性转化。作品中那些既熟悉又陌生的山水楼阁，恰如文化记忆的数字幽灵，在人与机器的协作中获得了新生。

在形式语言层面，这件作品创造了独特的"数字水墨语法"。AI 系统通过分析大量古典水墨作品，掌握了皴法的节奏、留白的哲学与构图的法则，却不受物理笔墨的限制。由此产生的线条既有宋代山水的严谨骨法，又具备数字时代特有的流畅与精确；墨色渲染既保持传统"五墨六彩"的层次感，又增添了算法生成的微妙渐变。尤为值得注意的是，长卷中现代苏州元素的融入——东方之门、苏州中心等地标建筑与传统园林和谐共存，这种时空拼贴并非简单的并置，而是通过 AI 的风格迁移技术实现了视觉语言的统一。作品证明，数字技术非但没有消解水墨的精神内核，反而为其表达开辟了新维度。

《新苏州繁华图》的创作过程本身即一场精妙的"人机共舞"。与常见的"艺术家主导 AI 执行"的模式不同，徐惠泉和孙峰峰与 AI 系统建立了真正的对话关系。AI 生成的数百幅草图成为艺术家的灵感来源，而艺术家的选择与修改又反过来训练 AI 更好地理解创作意图。这种互动打破了单向度的工具主义技术观，呈现出主体间性的新型创作关系。当艺术家开始欣赏算法出人意料的构图建议，当 AI 逐渐掌握艺术家的审美偏好，创作行为便升华为两种智能形态的创造性碰撞。这一过程暗示着，未来艺术的创新可能不再源于人类天才的孤军奋战，而来自生物智能与人工智慧的共振。

《新苏州繁华图》的展出方式同样值得玩味。数字长卷既可以作为整体展示，也能分解为多个片段独立呈现，观众还可以通过交互设备探索画面细节或查看创作过程。这种可变性彻底颠覆了传统长卷"移步换景"的线性观赏模式，代之以非线性、可扩展的数字体验。水墨艺术首次真正获得了"超文本"特性——每一处笔墨都可能链接到艺术史参照、创作数据或城市记忆。艺术品的边界由此变得模糊而开放，它不再是一个完成的对象，而成为不断生成的意义网络。

当然，这种人机合作模式也带来了深层焦虑：当 AI 越来越深入地参与艺术创作，人类艺术家的角色将如何重新定义？《新苏州繁华图》给出的启示是，未来的艺术家或许不再主要是技术执行者，而将成为"意义策展人"。他们的核心能力在于设定创作框架、引导 AI 探索方向，并在算法输出中进行文化判断与选择。徐惠泉和孙峰峰的工作很大程度上正是如此：他们不再追求对笔墨的绝对控制，而是专注于整体构思与审美把控，将部分执行权交给 AI。这种分工变化不是艺术家权力的削弱，而是其职责的升华。

《新苏州繁华图》所预示的艺术未来，既不是人类艺术的终结，也不是技术的全面胜利，而是一个更为复杂的共生图景。在这里，水墨的"气韵生动"与算法的"深度学习"相互启发，艺术家的文化自觉与 AI 的计算能力彼此增强。这种合作不满足于表面上的形式创新，而是试图在方法论层面重新构想艺术的可能性。

假如沈周、文徵明、唐寅、仇英、黄公望和徐扬看到这幅《新苏州繁华图》，他们会有什么感想呢？这当然不得而知。但今天的观众，站在18米的长卷前，他们看到的不仅是苏州的古今风貌，更是一幅人机关系的新地图——

在这里，创造力的疆界已被重新划定。而艺术，正以前所未有的方式见证着苏州的历史变迁和艺术的新的可能性。

尾 声

EPILOGUE

现代苏州赋

在本书创作接近尾声的时候，又有一个新的喜讯传来——由新华社《瞭望东方周刊》主办的"2024最具幸福感城市论坛"在上海举办，现场发布了"2024最具幸福感城市"系列榜单。

苏州获评2024最具幸福感城市，位居地市级城市榜首。

何谓幸福？

幸福是一种美好的向往。这种向往，不仅仅是对物质欲望的满足，还包括对生活的整体积极评价和满足感。

对于一个城市来说，幸福可以这样来描述：

当晨光初露，夕阳晚照，城市的每一个角落都沐浴在安宁和谐的氛围中。人们在这里愉快地工作和生活着，安享当下，憧憬未来，追逐梦想，彼此关爱，共同收获着属于自己的幸福美好。

幸福如好酒，是时间酿造出来的。

城市亦然，它是岁月雕刻出来的。

拥有2500多年历史的苏州古城，至今仍然保持着"水陆并行、河街相邻"的双棋盘格局，仍然呈现出"小桥流水、粉墙黛瓦、史迹名园"的独特风貌。

这里，拥有苏州古典园林和中国大运河江苏苏州段2项世界文化遗产，以及昆曲、古琴艺术、中国传统木结构建筑营造技艺等多项人类非物质文化遗产代表作。

这里，连续开通三条地铁线城市轨道，交通实现"九线联运"，市民日常出行更便利。

这里，首店经济、直播经济、平台经济繁荣发展，长江文化节、文博会、大运河文化旅游博览会等精彩纷呈。

这里，大型演唱会、体育赛事火爆上演，世界旅游目的地和国际消费城市建设如火如荼。

这里，人们上午吃苏式面、逛园林，下午听评弹、游古巷，日常的生活场景充满了诗意……

苏州始终把人民幸福安康作为推动高质量发展的最终目的，每年把80%以上的一般公共预算支出投入民生领域，努力让每个人都能得到充分的关注和照顾。

目前苏州人均期望寿命超过 84 岁，建成了首个国家生态园林城市群，实现全国文明城市"五连冠"，获得联合国人居环境奖，连续 12 年入选"外籍人才眼中最具吸引力的中国城市"。

幸福是奋斗出来的。

年末岁首，苏州市委召开十三届九次全会暨经济工作会议。会议的主题是"干字当头坚定信心攻坚克难，奋力推动全市经济稳中向好"。

会议指出，2025 年是"十四五"规划收官之年，也是谋划新时代"两步走"发展战略第二个五年规划之年。

会议要求全市上下坚持稳中求进工作总基调，完整准确全面贯彻新发展理念，服务全国加快构建新发展格局，扎实推动高质量发展，进一步全面深化改革，扩大高水平对外开放，更好统筹发展和安全，有效防范化解重点领域风险和外部冲击，稳定预期、激发活力，推动经济持续回升向好，不断提高人民生活水平，保持社会和谐稳定，高质量完成"十四五"规划目标任务，谋划"十五五"发展，以新的发展实绩为全国全省大局作出更大贡献。

从"十四五"向"十五五"，一场新的奋战、一次新的跨越开始了！

如今，苏州人民正在用自己的双手，构筑令人向往的创新之城、开放之城、人文之城、生态之城、宜居之城、善治之城、福气之城。

概而言之，苏州必将成为当代中国的经典之城。

有感于此，作者以赋的形式写下本书的尾声——

昔东吴故地，今江南明珠。倚三万顷太湖浩渺水韵，揽八百里运河旖旎烟波。承春秋吴越之文脉，启当代复兴之鹏程。今观其盛，星斗焕然，遂欣然作赋，以文载册。

若夫经济昌隆，如千帆竞渡。古城肌理犹存，新城蓝图呈现。创新驱动智造，集群崛起云端。纳米科技，以微小之躯洞见宇宙乾坤；生物医药，借分子奥秘探寻生命密码。数据浪潮席卷平江大地，万千电商纵横五洲四海。无人驾驶奔驰在城市环道，低空经济腾飞于广阔蓝天。

至若人文渊薮，似琼琚玉佩。平江路石板留印，山塘街灯笼摇红。拙政园移步换景，网师园月到风来。昆曲水袖，拂过六百年沧桑。评弹弦索，弹唱人世间百味。苏绣针尖，游走山水花鸟间。缂丝经纬，织就天地自然景。诚品书香，漫过金鸡湖波。书展人潮，涌动大运河畔。交响乐团，奏响姑苏夜曲。芭蕾舞步，旋转园林月光。

复观山水景象，恰水墨长卷。沧浪亭里，感受岁月静好。虎丘山巅，见证沧桑巨变。十全街头，老巷子与新招牌共存。观前街上，老字号与新商铺同兴。独墅湖边，滨湖步道蜿蜒于柳下花丛。新城十里，摩天大厦耸峙于千里平畴。

且说民生福祉，赛世外桃源。人间烟火，现代建筑，凝聚城市气质。社区优美，邻里和睦，洋溢温馨之情。教育公平，医疗保障，增进民生福祉。流连古巷，漫步新城，追寻似水年华。休闲时光，品茗读书，享受人生乐趣。

仰望城市精神，如北斗引航。书院碑廊星列，院士绶章闪耀。苏作匠心传千载，吴门慧眼纳百川。既守楮墨丹青之雅，复争量子星河之先。创新创造，勇立时代潮头。开放包容，彰显城市胸怀。争先创优，激发进取之志。和谐融合，营造幸福家园。

赞曰：首善之区，古韵今风辉映；奋斗之都，人文经济辉煌；经典之城，天堂福地重光。

后　记

AFTERWORD

当这部长篇纪实文学采写和出版之际，人工智能正以强劲的势头席卷而来，广泛而深刻地改变着人类的生产方式和生活方式，给各行各业带来前所未有的机遇和猝不及防的挑战。

文学艺术界亦是如此。有人认为 AI 是杀手，文学创作将被 AI 所替代；有人认为 AI 是帮手，对文学创作可以起到很好的帮助作用；也有人对 AI 嗤之以鼻，拒绝使用。

而我认为，人类智慧将永远超过人工智能，而人工智能有可能超过人类的个体智慧，但如果个体能够学好 AI、用好 AI，实现人机良好合作与互动，就能创造人类更加美好的未来。

这话说得有点绕、有点大，简而言之，我们既不要排斥 AI，也不能依赖 AI，而是要拥抱 AI，与 AI 共舞。

就拿文学创作来说吧，AI 是可以有所帮助的，如收集素材、提供线索、梳理提纲等，但它确实替代不了作家的写作，尤其是报告文学、纪实文学的创作，必须坚持"真实性、在场性、时效性"的原则，这恰恰是 AI 无法做到和替代的。

与以前的历次创作一样，为了恪守"真实性、在场性、时效性"的原则，我重点做好采访工作。只要把采访工作做好了，做扎实了，掌握了大量的素材和第一手资料，创作就有了很好的基础，甚至可以说比较容易与轻松了。

我一直认为，一部纪实文学作品，是由人物、被采访者和作者一起完成的，是"共同作者"。所以，我要特别感谢作品中的人物，是他们创造了历史，创造了业绩与奇迹，他们是"剧中人""剧作者"；同时我要感谢被采访者，他们在百忙之中接受我的采访，提供了大量具体的、生动的、鲜活的素材，这些都是写作的重要内容，如果没有这些内容，我就无从下手、无从写起。所以，我要在这里按照采访的时间顺序一一列出，以表谢意。他们是：

许洪祥、高福民、成丛武、张苏宁、沈卫奇、张蓁、顾凤娟、薛衡、徐刚毅、平龙根、夏健、周伟苠、张斌、潘云官、吴多深、李晓旻、康义瑶、张斌、许文清、蒋卫明、王强斌、余强、李春梅、章新胜、范小青、顾芗、王芳、盛小云、姚建萍、顾志军、盛李豪，以及苏州博物馆、苏州图书馆、苏州非遗馆、苏州数字艺术博物馆、苏州交响乐团、苏州民族交响乐团、苏州芭蕾舞团、苏州高新区元宇宙园区、苏州市新时代文明实践中心城展馆、永联村村史馆、沙洲优黄文化园、古里铁琴铜剑楼街区、波司登集团智能制造车间、中国声谷、沙家浜湿地公园、天工设计工业园、太仓美术馆、太仓港码头、郑和纪念馆、张继馨艺术馆、苏州元和塘文化产业园区、32号街坊、苏作馆、金城新村遗址、古吴轩书店、章太炎故居、十全街、吴中展示中心、快手电竞馆、盛泽镇先蚕祠、宋锦文化园、丝路盛泽·数字文化产业园、诚品书店等单位的负责人和有关工作人员等。

他们不仅接受了采访、陪同参观、详细介绍，并帮助收集整理了许多书面材料和照片，花费了许多时间与精力。为了我的采访工作顺利进行，苏州市委、各区委宣传部和苏州市文联、作协给予了热情的帮助和支持。尤其是苏州市文联季岷书记、冷建国副主席亲自组织协调，彭配军、糜鸣峰两位主任为配合我的采访工作做了许多具体的工作。

我之所以要把以上人员的姓名一一列出，既是为了表达我对他们的谢意和敬意，也是说明采访工作面广量大，尤为重要。

从采访到写作再到出版，大约用了一年半的时间，与前几个"三部曲"

相比，花的时间相对缩短了一些，但我花的精力一点没有少，反而更多，因为写一个城市，而且是从古写到今，又要以现实题材为主，着实很难，在我的写作生涯中是第一次，在当今的纪实文学、报告文学写作中也不多见。所以，对我来说困难很大、挑战很多。难度就是高度，挑战就是突破。经过艰苦的思考和艰辛的创作，现在终于成稿，自我感觉在写作上是一次新的尝试、新的突破、新的跨越。当然，存在许多不足和遗憾，白纸黑字，难以弥补，只能请求有关方面和读者朋友多多谅解了。

好在江苏人民出版社一如既往地重视与支持，高质量地做好本书的编辑出版工作，提高了本书的质量。在这里，我要特别感谢凤凰出版传媒集团的章朝阳董事长、徐海总编辑，江苏人民出版社的王保顶社长、谢山青总编辑、戴亦梁副总编辑，以及责任编辑强薇、装帧设计薛顾璨、特约编辑朱云霏等。还有许多人为本书的创作和出版提供了帮助，在此一并表示感谢。

参考文献
REFERENCES

1.《苏州通史》，姚福年编著，苏州大学出版社 2019 年版。

2.《苏州城建史话》，潘君明著，古吴轩出版社 2022 年版。

3.《苏州文脉》，王家伦、高万祥主编，东南大学出版社 2019 年版。

4.《吴文化概论》，许伯明主编，南京师范大学出版社 1996 年版。

5.《苏州经济社会发展报告》，王俊主编，社会科学文献出版社 2023 年版。

6.《家在古城》，范小青著，江苏凤凰文艺出版社 2022 年版。

7.《我的苏州工业园故事》，张大正著，江苏人民出版社 2009 年版。

8.《万鸟归巢》，何建明著，江苏凤凰文艺出版社 2022 年版。

9.《昆山之路》，杨守松著，江苏人民出版社 2015 年版。

10.《昆山景象》，何建明著，江苏凤凰教育出版社 2024 年版。

11.《迈向社会主义现代化：苏州工业园区的实践与探索》，本书编写组编，上海人民出版社 2021 年版。

12.《贝聿铭与苏州博物馆》，高福民主编，古吴轩出版社 2007 年版。

13.《苏州艺术家研究——盛小云卷》，徐国强、朱栋霖主编，上海三联书店 2011 年版。

14.《古街新韵》，平龙根著，古吴轩出版社 2012 年版。